Philippa Carr
Das Geheimnis von St.Branok

Philippa Carr
Besser bekannt als
Victoria Holt

Das Geheimnis von St. Branok

Roman

Aus dem Englischen
von Dagmar Roth

HESTIA

Die Originalausgabe erschien 1987 unter dem Titel
The Pool of St. Branok
by William Collins Sons & Co Ltd.

Deutsche Erstausgabe

Dieser Titel erscheint bei Hestia
Textbearbeitung: Petra Gallmeister
Umschlagentwurf und -gestaltung: Graupner & Partner, München
Umschlagillustration: Image Bank, München
Gesetzt aus der Palatino bei MPM, Wasserburg
Druck und Bindung: Mohndruck Graphische Betriebe, Gütersloh
Printed 1992 in Germany
ISBN 3-89457-016-4

Inhalt

Begegnung am Teich

Schon im ersten Augenblick, da Benedict auf dramatische Weise in das Leben unserer Familie trat, spürte ich die besondere Anziehungskraft zwischen uns — lange vor dem alptraumhaften Erlebnis am Teich von St. Branok, das uns die folgenden Jahre quälen und unser Dasein völlig verändern sollte.

Im Jahr 1851 fuhren meine Eltern mit mir und meinem kleinen Bruder Jack zur Weltausstellung nach London. Ich war gerade neun Jahre alt, Benedict siebzehn. Eigentlich kein großer Altersunterschied, aber wenn man neun ist, bedeuten acht Jahre fast ein ganzes Leben.

Wir kamen mit dem Zug aus Cornwall — schon die Bahnfahrt erschien mir äußerst abenteuerlich — und wohnten nun im Haus von Onkel Peter und Tante Amaryllis am Westminster Square. Die beiden waren eigentlich gar nicht mein Onkel und meine Tante. Wegen der reichlich komplizierten Verwandtschaftsverhältnisse in unserer Familie nannte ich sie einfach so. Onkel Peter hatte in die Familie eingeheiratet, sich aber schon bald zu ihrem unangefochtenen Oberhaupt aufgeschwungen. Meine Mutter hegte eine fast widerwillige Bewunderung für ihn. Ihre zwiespältigen Gefühle verrieten mir, daß er ein Geheimnis haben müsse, von dem ich nichts wußte. Er besaß ein überschäumendes Temperament, Charme und jene gewisse verruchte Ausstrahlung, die viele Menschen fasziniert. Ich hatte mir oft und vergeblich gewünscht, sein aufregendes Geheimnis aufzudecken. Tante Amaryllis — die Nichte meiner Großmutter, obwohl beide fast im gleichen Alter waren — war eine sanfte, liebenswürdige Frau und erschien selbst einem kleinen Mädchen wie mir rührend naiv. Alle liebten sie zärtlich. Zwiespältigkeiten oder gar Geheimnisse gab es bei ihr bestimmt nicht.

In ihrem Haus wurden häufig Gesellschaften gegeben, an denen bedeutende Persönlichkeiten teilnahmen. Natürlich durfte ich bei solchen Anlässen nicht dabeisein. Trotz meiner Jugend kannte ich aber die Namen vieler Gäste. Meist handelte es sich um bekannte Politiker.

Auch die Kinder der beiden führten ein aufregendes Leben. Ihre Tochter Helena war mit Matthew Hume, einem erfolgreichen Politiker, verheiratet. Er hielt sich häufig bei Onkel Peter auf, auch ohne Helena. Sie verbrachten viel Zeit zusammen, denn Onkel Peter nahm großen Anteil an Matthews politischer Karriere. Einmal hatte ich meine Mutter sagen hören, Onkel Peter sei die graue Eminenz hinter Matthew Hume. Den Sohn Peter nannte die ganze Familie nur Peterkin, damit es nicht zu Verwechslungen zwischen Vater und Sohn kam. Zusammen mit seiner Frau Frances leitete er eine Mission im Londoner East End. Das Ehepaar widmete sein Leben ausschließlich der Wohltätigkeitsarbeit.

Meine Mutter interessierte sich sehr für unsere Familiengeschichte und hat mir viel darüber erzählt. Sie sprach sehr gerne von der Vergangenheit. Sie war auf dem altehrwürdigen Landsitz Cador geboren, der sich seit Hunderten von Jahren im Besitz der Cadorsons befunden hatte. Inzwischen gab es die Cadorsons nicht mehr, denn meine Mutter, die einzige Erbin der Familie, hatte Rolf Hanson geheiratet. Obwohl er erst durch die Heirat mit meiner Mutter Besitzer von Cador wurde, liebte er es mehr als alle anderen Familienmitglieder. Ich hatte gehört, wie jemand sagte, der Landsitz samt allen dazugehörigen Gütern sei noch nie zuvor verwaltet worden. Außerdem war der Besitz noch nie so groß gewesen. Mein Vater hatte ein Herrenhaus mit sehr viel Grundbesitz mit in die Ehe gebracht und somit die Ausdehnung der Ländereien von Cador noch beträchtlich vergrößert.

Er stammte nicht aus Cornwall. In diesem abgelegenen Teil der Welt galt er als Ausländer, weil er jenseits des Flusses Tamar in jenem fremden, fernen Land namens England geboren wurde. Diese Einschätzung seiner Person amüsierte ihn ungeheuer. Wir waren eine sehr glückliche Familie. Mein Vater schien der klügste Mann der Welt zu sein. Er hatte auch für das kleinste Problem Verständnis und löste es, ohne Aufhebens davon zu machen. Nie habe ich erlebt, daß er die Beherrschung verlor. Häufig begleitete ich ihn auf seinen Inspektionsritten zu den Farmen. Jack, der drei Jahre jünger war als ich, schloß sich uns erst seit kurzer Zeit an. Meine Eltern hatten geglaubt, ich würde ihr einziges Kind bleiben, und mich bereits als zukünftige Herrin von Cador betrachtet. Doch als sie noch einen Sohn bekommen hatten, sollte selbstverständlich er Cador erben.

Meine Mutter sagte oft zu mir: »Cador ist ein wundervolles Haus — nicht wegen der Türme und der gewaltigen Mauern, sondern wegen der Menschen, die hier gelebt und ein Zuhause daraus gemacht haben.« Meist fügte sie noch hinzu: »Du darfst niemals, niemals glauben, ein Haus an sich habe Bedeutung. Es kommt nur auf die Menschen an, die du liebst und die dich lieben. Ich bin lange davon überzeugt gewesen, deinem Vater läge mehr an Cador als an mir, und habe damit kostbare Zeit verschwendet, die ich in liebevoller Verbundenheit mit ihm hätte verbringen können. Zum Glück habe ich meine Lektion noch rechtzeitig gelernt. Aber da hatten wir leider schon ein paar gemeinsame Jahre vergeudet. Dir kann das, Gott sei Dank, nicht passieren, da Cador eines Tages Jack gehören wird. Wenn du einmal heiratest, kannst du sicher sein, daß dein Mann dich um deiner selbst willen liebt und nicht, weil du Besitzerin eines großen Landsitzes bist.«

Diese Sätze brachte sie stets mit großem Nachdruck vor. Meine Mutter redete gern — ganz im Unterschied zu meinem Vater. Wenn sie auf ihre lebhafte Weise sprach, betrachtete er sie mit einem nachsichtigen, liebevollen Lächeln. Obwohl eine gewisse Ähnlichkeit mit ihm nicht zu leugnen war, schlug ich mit meinen blonden Haaren, den großen, verträumten grauen Augen und dem breiten Mund äußerlich mehr meiner Mutter nach. Auf den ersten Blick wirkte ich auf die meisten Menschen ernst und nachdenklich, aber meine kecke Nase machte diesen Eindruck schnell zunichte. Meine Stupsnase strafte meine Ernsthaftigkeit Lügen. Meine Vergangenheit stand meiner Nase in nichts nach.

In jenen Tagen wußte ich nicht, wie glücklich ich mich schätzen konnte, solche Eltern zu haben. Was ich ihnen alles zu verdanken hatte, erkannte ich erst sehr viel später.

Ich verbrachte eine herrliche, ungetrübte Kindheit. Bis zu jenem Tag am Teich von St. Branok, als ich auf einen Schlag Gefahr und Todesangst kennenlernte und sich mein Leben von Grund auf veränderte.

An die Zeit vor jenem Tag erinnere ich mich gern. Rückblickend kommt es mir vor, als hätte es nur sonnige, unbeschwerte und ausgefüllte Tage gegeben. Ich hatte eine Gouvernante, Miß Prentiss, die sich verzweifelt und ihrer Meinung nach leider vergeblich bemühte, aus mir eine kleine Lady zu machen. Ihrer Ansicht nach entsprach mein Benehmen nicht meiner gesellschaftlichen Stellung. Doch was konnte eine Gouvernante schon ausrichten, wenn meine Eltern mir meine Freiheit ließen und mich nicht bändigten? Ich bin überzeugt, bei ihren seltenen Besuchen in der Küche hat sie sich bei Mrs. Penlock, unserer Köchin, und Watson, unserem Butler, über ihre schier unlösbare Aufgabe beklagt. Da sie als Gouvernante höher auf der sozialen Leiter stand als das übrige Hauspersonal und sie auf die gesellschaftliche Hierarchie großen Wert legte, ließ sie sich nur gelegentlich dazu herab, in die Küche zu gehen.

Mrs. Penlock dagegen, die schon auf Cador gearbeitet hatte, als meine Mutter noch ein kleines Mädchen war, fühlte sich Miß Prentiss durchaus ebenbürtig. In ihrem vornehmen schwarzen Kleid aus schwerer Seide herrschte sie wie eine Königin über das Hauspersonal. Auch Watson stand Miß Prentiss in nichts nach — er war ein sehr würdevoller Gentleman, sofern er nicht gerade hinter einem der hübscheren Hausmädchen her war. Aber selbst auf Freiersfüßen verhielt er sich noch ein wenig herablassend.

Es waren glückliche Tage. Ich vermute, meine Mutter ließ mir meine Freiheit, weil sie selbst sehr frei erzogen worden war. Weder sie noch mein Vater entsprach der landläufigen Vorstellung von gestrengen Eltern. »Kinder darf man sehen, aber nicht hören«, sagte die alte Mrs. Fenny, die in einem der kleinen Häuser in der Nähe des Hafens in East Poldorey wohnte. Sie gehörte zu den alten Frauen, die ständig nach der Sünde Ausschau halten und anscheinend dauernd mit der Nase darauf stoßen. Stundenlang sah sie aus ihrem winzigen Fenster auf den Kai hinaus, wo die Männer ihre Netze flickten oder die Fische abwogen. Ihren Augen entging nichts. Im Sommer pflegte sie sich einen Stuhl vor die Tür zu stellen und dort den ganzen Tag zu sitzen. So konnte sie noch besser am Geschehen teilhaben. Auch die kleinste Missetat und schon den leisesten Hauch eines Skandals bekam sie mit.

»Solche Leute hat es immer gegeben und wird es immer geben«, meinte meine Mutter achselzuckend. »Ihre übertriebene Neugier kommt nur daher, daß sie selbst ein schrecklich langweiliges Leben führen. Sie beneiden die anderen, die etwas erleben. Aus Langeweile und Neid suchen sie ständig nach einer Gelegenheit, andere zu verleumden. Hoffen wir, daß wir nie so werden.«

Ich liebte den Hafen und die kleinen Fischerboote, die auf den Wellen schaukelten. Die Boote waren an großen Eisenringen festgemacht. Wenn man am Kai entlangging, mußte man ständig aufpassen, nicht über diese Fußangeln zu stolpern. Besonders gern schaute ich den Männern bei der Arbeit zu.

»Wünschen guten Tag, Miß Angel!« riefen sie mir freundlich zu.

Eigentlich heiße ich Angelet. Meine Mutter kannte unsere Familiengeschichte gut und erzählte mir von einer Vorfahrin, die zur Zeit des Bürgerkriegs, des Kampfes zwischen den englischen Royalisten und dem Parlament, gelebt hatte. Sie hieß Angelet, und nach ihr war ich benannt worden. Ich fürchte, Angel, die Kurzform dieses Namens, paßte nicht unbedingt zu meinem Verhalten. Vielleicht hoffte man, ich würde versuchen, diesem Namen Ehre zu machen, und ein engelhaftes Wesen werden.

Alle in Poldorey kannten mich. »Miß Angel, die Kleine von Cador. Wenn Jack nicht wär', hätt' sie den Landsitz geerbt.« Ich konnte mir vorstellen, was nach seiner Geburt geredet wurde. »So ist es besser. Besser, ein junger Bursche wird später Grundherr. Für ein Mädchen ist das nichts.«

Ich kannte alle diese Menschen gut. Manchmal wußte ich schon im voraus, was sie sagen würden, noch ehe sie die Worte ausgesprochen hatten. Die alte Mrs. Fenny mit den neugierigen Augen und der unfehlbaren Nase für Dinge, die sie nichts angingen; die unverheirateten Schwestern Poldrew, die in einem kleinen Haus am Rande von East Poldorey wohnten und deren größtes Bestreben Sauberkeit und Tugend war. So eifrig waren sie auf die Wahrung ihrer Tugend bedacht, daß sie jeden Abend unter die Betten guckten, ob sich dort nicht ein Mann versteckt hätte. Dabei hatte bisher kein Mann auch nur die geringste Neigung erkennen lassen, ihnen zu nahezutreten. Dann gab es da Tom Fish, der sofort mit seiner Schubkarre zur Stelle war, wenn die Fischer mit ihrem Fang in den Hafen einliefen. Er schob die Karre durch die Straßen der beiden Stadtteile links und rechts vom Fluß und ratterte auch zu den umliegenden Dörfern. Dabei rief er in monotonem Singsang: »Fisch, fangfrischer Fisch! Nur herbei, meine Damen! Tom Fish steht vor Ihrer Tür! Ich bin wieder da, meine Schönen!« Oder Miß Grant, der das Handarbeitsgeschäft gehörte. Solange sie auf Kundschaft wartete, saß sie neben ihrem Ladentisch und häkelte. Da waren die Bäcker, aus deren Backstuben der verführerische Duft nach frischem Brot aufstieg, und »Pengelly's«, wo man alles kaufen konnte, vom Fingerhut bis zu Arbeitsgeräten für die Farm. Nicht zu vergessen »Fisherman's Rest«, wo die Fischer nach dem Verkauf ihres Fangs einkehrten. Auch der Weg der Bergarbeiter führte nach Feierabend meist zuerst ins Wirtshaus. »Werfen alles zum Fenster raus, was sie dem Meer entrissen oder aus dem Boden gewühlt haben«, bemerkte Mrs. Fenny, die von ihrem Fenster aus beobachtete, wie die Männer auf schwankenden Beinen aus dem Wirtshaus torkelten. »Dem alten Pennyleg sollte auch etwas Besseres einfallen, als den Leuten Alkohol auszuschenken«, nörgelte sie. Für sie stand längst fest, daß der alte Pennyleg, der Wirt, einmal im Fegefeuer schmoren würde.

Mrs. Fenny weckte stets meine Neugierde. Ich beobachtete sie, wie sie mit der Bibel auf dem Schoß auf dem Stuhl neben ihrer Tür saß, mit dem Finger jede Zeile entlangfuhr und dabei unentwegt die Lippen bewegte. Erstaunt fragte ich mich, was sie damit bezwecken wollte, denn wie alle anderen wußte auch ich genau, daß sie nicht lesen konnte.

Gerne setzte ich mich auf die zusammengerollten, aufgestapelten Taue, denen ein strenger Geruch nach Seetang entströmte, lauschte dem Rauschen der Wellen und blickte auf das Meer hinaus. Dabei träumte ich oft von den Männern, die dort hinausgefahren waren, um unentdeckte Gebiete zu erforschen — Männer wie Drake und Raleigh. Ich stellte mir vor, wie die Segel der Schiffe sich im Wind blähten und barfüßige Seeleute geschäftig hierhin und dorthin eilten, während ich mit gespreizten Beinen auf dem unruhig schwankenden Deck stand und ihnen meine Befehle zurief. In meiner Phantasie sah ich spanische Galeonen, vollbeladen mit Schätzen. Ich schickte meine Freibeuter auf Kaperfahrt aus, und sie brachten Berge von Schätzen zurück nach England. Immer wieder verlor ich mich in solche Tagträumereien. Am liebsten sah ich mich als Raleigh und Drake. Das war gar nicht so einfach, denn dabei mußte ich mich in einen Mann verwandeln. Deshalb übernahm ich des öfteren die Rolle der Königin Elisabeth und schlug die tapferen Männer zu Rittern. Das fiel mir leichter. Ich konnte mir sehr gut vorstellen, die große Königin zu sein. Dreitausend Kleider, eine rote Perücke und Macht, uneingeschränkte Macht zu haben, fand ich herrlich.

Für mich waren diese Tagträume zuweilen lebendiger als alles, was sich um mich herum tatsächlich ereignete. Doch so unbeschwert Kind sein konnte ich nur bis zu dem Vorfall am Teich von St. Branok. Danach veränderte ich mich völlig. Ich wagte nicht mehr, mich meinen Tagträumen hinzugeben, denn ich hatte Angst, mit ihnen käme die Erinnerung an den Alptraum zurück.

Cador lag ungefähr eine Viertelmeile von den beiden Poldoreys entfernt auf einem Hügel. Von dort oben hatte man einen herrlichen Blick auf das Meer. Das prächtige Haus mit den Türmen und Zinnen und den mächtigen grauen Steinmauern trotzte seit Hunderten von Jahren Meer und Wetter. Vielleicht war es vor langer Zeit einmal eine Festung gewesen. Wenn ich nachts im Bett lag, hörte ich das Lied des Windes — manchmal klang es wie das schrille Gelächter eines Wahnsinnigen, manchmal winselnd wie ein notleidendes Tier; manchmal fröhlich, manchmal schwermütig. Vor jener schicksalhaften Begegnung hatte mich der Gesang des Windes fasziniert. Danach haßte ich das Geräusch. Mir kam es wie eine unheimliche Warnung vor.

Ich hatte niemals Langeweile. Besonders lebhaft interessierte ich mich für Dinge, die mich nichts angingen. »Miß Angels Nase ist nun wirklich ein wenig klein geraten, aber zum Ausgleich dafür steckt sie sie überall hinein«, bemerkte Mrs. Penlock immer wieder.

Mir gefielen die kleinen Cottages mit ihren weißgetünchten Lehmwänden, die sich am Kai zusammendrängten. Wann immer sich die Gelegenheit ergab, betrat ich eines der Häuschen. An Weihnachten verteilte ich zusammen mit meiner Mutter nach uraltem Brauch Geschenke an die Bewohner der Cottages. Die Behausungen der Armen bestanden aus zwei dunklen Räumen, von einer Trennwand aus Brettern abgeteilt, die nicht bis zur Decke hinaufreichte. Ich nahm an, dies sei mit Absicht so gemacht worden, damit die Luft zirkulieren konnte. In manchen Cottages gab es einen *talfat*, eine Art Bord oder Sims knapp unterhalb der Decke, auf dem die Kleinen schliefen. Mit Hilfe einer aus Seilen geknüpften Leiter kletterten sie hinauf. Die einzige Lichtquelle bestand aus einer Tonlampe, *Stonen Chill* genannt, die an einen Kerzenleuchter mit Sockel erinnerte. In den Sockel wurde Petroleum gegossen und anschließend ein Docht, der *purvan*, eingesetzt.

Solche Besuche verliefen immer nach dem gleichen Muster. Die Hausfrau staubte rasch einen Stuhl für meine Mutter ab, bevor sie ihr Platz anbot. Ich stand daneben, beobachtete alles mit großen Augen und ließ mir kein Wort der Unterhaltung entgehen. Die Frauen erzählten, wie sich Jenny als Dienstmädchen im Pfarrhaus machte oder wann Jim von See zurückerwartet wurde. Diese Besuche gehörten zu den Pflichten der Herrin des Landsitzes, und meine Mutter verstand es, mit den Leuten umzugehen.

In den Cottages roch es immer nach Essen. Die Feuer wurden mit Holz in Gang gehalten, das die Leute am Strand sammelten. Mir gefielen die blauen Flammen. Die Leute behaupteten, das Salz im Holz würde die Flammen färben und verraten, daß es dem Meer entrissen worden sei. Die meisten besaßen offene Öfen, in denen sie buken, während in einem rußgeschwärzten Kessel über den Flammen weitere Speisen zubereitet wurden.

Die Leute sprachen einen ganz eigenen Dialekt. Erst mit der Zeit lernte ich, sie zu verstehen. Sie aßen auch ganz merkwürdige Speisen, zum Beispiel *quielett*, einen Erbsenbrei, der fast so aussah wie Porridge, oder *pillas*, ähnlich einer Hafergrütze, die aufgekocht wurde und dann eine Art Eintopf namens *gurts* ergab. Meine Mutter erzählte mir, die Menschen seien im vorigen Jahrhundert noch sehr viel ärmer gewesen. Damals hätten sie Gras gerupft, das Gras in einen Teig aus Gerstenmehl gerollt und die Teigrollen in der heißen Asche gebacken.

Im Vergleich dazu waren sie fast wohlhabend geworden. Meine Mutter wies mich häufig darauf hin, wie verantwortungsbewußt mein Vater sei. Er hielte es für seine Pflicht, darauf zu achten, daß niemand in seiner Nachbarschaft Hunger leide.

Die armen Fischer waren völlig vom Wetter abhängig. Der Wind an unserer Küste frischte oft zu Sturmstärke auf. Wenn Stürme vorhergesagt wurden und die leeren Boote auf den Wellen schaukelten, legte sich eine schwermütige Stimmung über die beiden Poldoreys. Natürlich kamen manche Stürme ohne jede Vorwarnung, und davor fürchteten sich die Fischer und ihre Familien am meisten. Ich hörte einmal, wie die Frau eines Fischers sagte: »Wenn er hinausfährt, weiß ich nie, ob er wieder zurückkommt.« Diese Worte machten mich sehr traurig. Die ständig drohende Gefahr war die Ursache nicht nur ihres, sondern des Aberglaubens auch all der anderen. Immerzu achteten sie auf Vorzeichen und böse Omen.

Die Bergleute waren nicht weniger abergläubisch. Das Moor fing ungefähr zwei Meilen außerhalb der Stadt an, und dicht beim Moor lag die Zinnmine von Poldorey. Die Leute nannten sie liebevoll »Scat Bal«, das bedeutete soviel wie nutzlos, abgebaut, eben eine ehemalige Mine. Doch das traf bei weitem nicht zu. Die Mine hatte der Gemeinde Wohlstand gebracht. Wir waren gut bekannt mit den Pencarrons, die in einem schönen Haus namens Pencarron Manor in der Nähe des Bergwerks wohnten. Sie hatten vor einigen Jahren den Grund und Boden gekauft und mit dem Zinnabbau begonnen.

Die abergläubischen Bergleute ließen immer etwas von ihrem Lunch in der Mine zurück, um die Geister versöhnlich zu stimmen. Auf keinen Fall wollten sie ihren Unmut erregen, damit kein Unglück im Bergwerk passierte. Es hatte bereits einige schlimme Unfälle gegeben. Etliche Frauen und Kinder hatten den Ernährer in der alten »Scat Bal« verloren. Wie die Fischer achteten auch sie unentwegt auf schlimme Vorzeichen. Nicht die kleinste Kleinigkeit, die etwas bedeuten mochte, entging ihnen.

»Es ist verständlich, daß sie Angst haben«, erklärte meine Mutter. »Und ein wenig von seinem Lunch abzugeben, wenn man davon überzeugt ist, sich damit Sicherheit zu erkaufen, ist schließlich nicht verwerflich.«

Ich konnte nicht genug über die bösen Geister erfahren. Begierig lauschte ich den Geschichten der Leute. Angeblich hatten die Geister die Gestalt von Zwergen. Die Bergleute behaupteten, es handle sich um die Geister der Juden, die Christus gekreuzigt hatten. Meine Mutter hielt das für blanken Unsinn. Aber schließlich mußte sie ja auch nicht hinunter in den Stollen. Trotzdem interessierte sie sich sehr für die vielen Legenden, die in unserer Gegend die Runde machten.

Nachdenklich sagte sie zu mir: »In London würden sie uns auslachen. Aber in Cornwall scheinen sich diese merkwürdigen Legenden manchmal zu bewahrheiten. Diese Gegend ist der geeignete Ort für Geister und diese seltsamen Geschichten von Quellen, die über geheimnisvolle Kräfte verfügen, von Gespenstern und unerklärlichen Begebenheiten. Denk doch mal an den Teich von St. Branok.«

»O ja«, bat ich eifrig, »erzähl mir vom Teich.«

»Am Teich mußt du sehr vorsichtig sein. Du darfst nur mit Miß Prentiss oder einem anderen Erwachsenen hingehen. Der Boden ist ein bißchen sumpfig.«

»Erzähl die Geschichte. Bitte.«

»Es handelt sich um eine uralte Legende. Ich vermute, ein paar von den Leuten hier glauben sogar daran.«

»Was glauben sie denn?«

»Daß sie die Glocken hören.«

»Glocken? Welche Glocken?«

»Die Glocken, die angeblich im See liegen.«

»Was? Im Wasser?«

Sie nickte. »Das Gerede ist einfach lächerlich. Manche behaupten, der Teich sei unergründlich tief. Wenn das der Fall wäre, wo sollten sich dann die Glocken befinden? Schließlich müßten sie auf dem Grund liegen. Entweder hat der Teich einen Grund oder er hat keinen. Beides geht nicht.«

»Erzähl mir die Geschichte von den Glocken, Mama.«

»Vor langer, langer Zeit, so sagt man, stand dort ein Kloster.«

»Das glaub' ich nicht. Im Wasser?«

»Damals gab es dort noch keinen Teich. Als die Mönche das Kloster errichteten, waren sie fromme, sehr gläubige Männer, die ihre Tage mit Beten und guten Taten verbrachten. Das geschah zu der Zeit, als der heilige Augustinus das Christentum nach Großbritannien brachte.«

»Ja, ja«, drängte ich ungeduldig. Ich fürchtete, die Erzählung würde in eine Geschichtsstunde ausarten.

»Von nah und fern kamen die Menschen zum Kloster. Alle brachten Geschenke mit — Gold und Silber, Wein und köstliches Essen. Und plötzlich waren die Mönche nicht mehr arm, wie es ihre Ordensregel vorschrieb, sondern reich. Von da an gaben sie sich verwerflichem Treiben hin.«

»Was haben sie denn gemacht?«

»Sie liebten gutes, reichhaltiges Essen. Sie tranken zuviel, sie feierten ausgelassene Feste, sie tanzten; kurzum, sie taten Dinge, die sie nie zuvor gemacht hatten. Eines Tages erschien ein Fremder im Kloster. Doch er brachte den Mönchen keine Geschenke, sondern ging geradewegs in die Kirche und hielt eine Predigt. Er sagte den Mönchen, Gott sei sehr unzufrieden mit ihnen und sehr zornig. Aus diesem wunderschönen Kloster, das sie Ihm zu Ehren errichtet hatten, hätten sie eine Lasterhöhle gemacht. Sie müßten ihre Untaten bereuen. Aber die Mönche genossen ihr Leben viel zu sehr und hatten nicht die geringste Lust, etwas zu ändern. Sie haßten den Fremden, der ihnen die Botschaft überbracht hatte. Sie befahlen ihm, unverzüglich zu verschwinden. Wenn er nicht freiwillig ginge, würden sie ihm Beine machen. Doch er dachte gar nicht daran. Da holten sie die Peitschen und Stöcke, mit denen sie sich früher kasteit hatten, um wahrhaft Heilige zu werden — ich hab' nie verstanden, wozu das gut sein soll. Damit schlugen sie auf ihn ein, aber die Schläge prallten ohne jede Wirkung von seinem Körper ab. Er trug nicht die kleinste Verletzung davon. Plötzlich umgab ihn ein heller, glänzender Lichtschein. Er hob die Hände und belegte St. Branok mit einem Bannfluch. Seine Worte lauteten: ›Früher war dies ein heiliger Ort, jetzt ist er verflucht. Bald wird nichts mehr von ihm künden. Fluten werden sich über ihn ergießen und ihn vor den Blicken der Menschen verbergen. Die Glocken werden schweigen, es sei denn, sie kündigen eine entsetzliche Katastrophe an.‹ Nach diesen Worten verschwand er.«

»Geradewegs in den Himmel?«

»Vielleicht.«

»Ich wette, das war der heilige Paulus. Ihm traue ich so etwas zu.«

»Wer auch immer es war, er hat die Wahrheit gesprochen. Jedenfalls, wenn man der Legende Glauben schenkt. Die Mönche versuchten, die Glocken zu läuten, aber diese gaben keinen Ton von sich. Da bekamen sie Angst. Sie beteten, aber es half nichts. Die Glocken schwiegen. Eines Nachts begann es zu regnen. Ohne Unterbrechung regnete es vierzig Tage und vierzig Nächte. Die Flüsse traten über die Ufer, das Wasser stieg und stieg, bis über das Dach des Klosters. Und so entstand der Teich von St. Branok.«

»Wie tief im Wasser befindet sich denn das Kloster?«

Lächelnd sah sie mich an. »Es ist doch nur eine Geschichte. Immer wenn eine Katastrophe passiert, behaupten die Leute, sie hätten die Glocken gehört. Aber wenn du mich fragst, bilden sie sich das nur ein, denn alle reden erst hinterher davon. Vor der Katastrophe sagt keiner ein Wort von den Glocken. Es ist halt eine der alten Legenden, von denen es in Cornwall so viele gibt.«

»Aber der Teich ist da.«

»Es ist einfach ein Tümpel, weiter nichts.«

»Und er ist unendlich tief?«

»Das bezweifle ich.«

»Hat schon einmal jemand versucht, das herauszufinden?«

»Warum, um alles in der Welt, hätte das jemand tun sollen?«

»Um nachzusehen, ob dort unten ein Kloster steht.«

»Ach was, das ist doch nur Aberglaube. Kein Mensch überprüft das. Niemand hat das Wasser der Nun's-Quelle im Altertum auf seine angeblichen Heilkräfte untersucht. Oder die St. Uny's Quelle in Redruth. Von der erzählt man sich, man könne jemanden, der zum Tod durch den Strang verurteilt worden ist, nicht hängen, wenn er daraus getrunken hat. Es gibt Leute, die glauben solche Dinge. Andere wiederum sind skeptisch. Mit St. Branok ist das nicht anders.«

»Trotzdem möchte ich die Glocken hören.«

»Aber es gibt keine Glocken. Ich bezweifle sogar, daß es jemals ein Kloster St. Branok gegeben hat. Wenn die Leute für ein Ereignis keine Erklärung finden, bilden sie sich ein, dies oder jenes gehört oder gesehen zu haben. So entstehen die Legenden. Aber geh bitte nicht zu nahe an den Teich! Es ist zu gefährlich. Stehende Gewässer haben immer so etwas an sich, ich weiß auch nicht, wie ich es sagen soll. Außerdem ist der Boden sumpfig. Das habe ich dir bereits gesagt.«

Ich dachte nach dieser Unterhaltung kaum mehr an den Teich, denn es gab sehr viel interessantere Geschichten als die Legende um St. Branok. Es kursierten alle möglichen Erzählungen über Hexereien. Angeblich besaßen manche Menschen die Macht, andere mit einer Krankheit zu belegen. Wieder andere vollbrachten Böses, indem sie eine kleine Wachsfigur mit dem Aussehen ihrer Feinde anfertigten, in die sie Nadeln hineinsteckten. Als ein Mann ganz überraschend gestorben war, beschuldigte seine Mutter dessen Frau, Salz um seinen Stuhl gestreut zu haben — ein Mord, für den sie kein Gericht der Welt verurteilen konnte. Die Frau hieß Maddy Craig. Wie man behauptete, besaß sie übernatürliche Kräfte, weil einer ihrer Ahnen einer gestrandeten Meerjungfrau zurück ins Wasser geholfen hatte. In Cornwall gab es mehrere Familien, die es auf ähnliche Weise angeblich zu übersinnlichen Kräften gebracht hatten.

Meine Mutter wußte gut Bescheid über die Vorfahren unserer Familie und erzählte gern und oft von ihnen. Die meisten stammten aus Eversleigh. Im Lauf der Zeit heirateten einige in andere Gegenden Englands. So kam es, daß der eine Zweig der Familie in Cador, der andere in Eversleigh lebte. Wir besuchten diese Verwandten sehr selten, denn Eversleigh liegt im Südosten Englands, Cador dagegen im Südwesten.

Meine Mutter besaß einige Familienstammbücher und unterhielt sich mit mir über die Angelet, der ich meinen Namen verdankte. Ich interessierte mich natürlich für sie. Sie hatte eine Zwillingsschwester namens Bersaba, und beide heirateten denselben Mann — zuerst Angelet und dann Bersaba. Bersaba natürlich erst nach dem Tod meiner Namensschwester.

Cador besaß eine Ahnengalerie. Am meisten fühlte ich mich zum Porträt meines Großvaters hingezogen. Er blickte auf mich herab, seine Augen schienen mir zu folgen, wohin ich mich auch wandte. Nach meinem Geschmack handelte es sich um ein gutes Gemälde, denn es vermittelte den Eindruck, als würde er jeden Augenblick aus dem Bild heraussteigen, so lebendig sah er aus. Er war ein dunkler Typ, und sein Gesicht drückte Willenskraft aus. Seine Mundwinkel waren zu einem leichten Lächeln nach oben gezogen, und in seinen Augen lag ein gewisses Zwinkern. Er sah so aus, als hielte er das Leben für einen Riesenspaß.

Meiner Mutter fiel mein besonderes Interesse an diesem Porträt auf.

»Du siehst es dir oft an«, bemerkte sie einmal.

»Er sieht aus, als wäre er lebendig. Die anderen sind so langweilig wie die meisten Gemälde.«

Sie wandte sich ab. Ich wußte, sie wollte mir nicht zeigen, wie tief bewegt sie war.

Nach einer Weile sagte sie leise: »Er war ein wunderbarer Mann. Ich habe ihn geliebt. Sehr geliebt. In meiner Kindheit war er für mich der wichtigste Mensch auf der ganzen Welt. Ach, Angel, ich wünsche mir so sehr, du hättest ihn noch gekannt! Manchmal könnte man meinen, unser Schicksal sei vorbestimmt. Er mußte jung sterben. Ich kann ihn mir beim besten Willen nicht als alten Mann vorstellen. Abenteuer faszinierten ihn, ja, man könnte fast sagen, Gefahren zogen ihn magisch an. Aber schließlich fand er im Kreise seiner Familie Ruhe und

Frieden. Er hat seine Familie zärtlich geliebt ... meine Mutter, Jacco und mich.«

Sie verstummte. Ihre Gefühle überwältigten sie.

Ungestüm umarmte ich sie.

»Gehen wir. Die Erinnerungen tun dir zu weh«, bat ich.

Sie schüttelte den Kopf. »Wenn er mich so sehen könnte, würde er mich auslachen. Er würde sagen, ich hätte nicht den geringsten Grund zum Traurigsein. Sie ging mit ihm ... meine Mutter ... und Jacco auch. Alle sind sie fortgegangen und haben mich allein gelassen. Aber in meiner Erinnerung sind sie noch heute lebendig. Ich werde sie nie vergessen. Auch jetzt denke ich an den Tag, an dem sie weggegangen und niemals wiedergekommen sind.«

Sie erzählte mir von Großvater Jake Cadorson. »Cador war seine Heimat. Er hatte einen älteren Bruder, der den Besitz erbte. Die beiden Brüder sind nicht gut miteinander ausgekommen. Jake verließ Cador und lebte bei den Zigeunern.«

»Er sieht fast selbst wie ein Zigeuner aus.«

»Das Zigeunerleben lag ihm im Blut. Er hatte vor nichts und niemandem Angst. Er forderte die Gefahr heraus und nahm jede Herausforderung an. Und am Ende hat er stets gewonnen. Während er bei den Zigeunern lebte, tötete er einen Mann. Dieser Mann, ein Aristokrat, überfiel ein kleines Zigeunermädchen. Jake eilte dem Kind zu Hilfe. Es kam zu einem Kampf, in dessen Verlauf er den Mann tötete. Dafür wurde er zu sieben Jahren Verbannung in Australien verurteilt. Er wäre als Mörder gehängt worden, hätte nicht deine Großmutter Jessica ihren Vater überreden können, alles in seiner Macht Stehende für ihn zu unternehmen. Ihr Vater machte seinen großen Einfluß geltend und konnte die Strafe mildern. Mit der Deportation in ein fremdes Land ist er als Mörder, und so haben sie ihn ja bezeichnet, glimpflich davongekommen.

Während seiner Abwesenheit starb sein Bruder, und nun war er Erbe von Cador. Nach der Verbüßung seiner Strafe kehrte er nach England zurück und heiratete Jessica. Mein Bruder Jacco wurde geboren und später ich. Wir waren eine glückliche Familie. In Australien war er zu Wohlstand gekommen und besaß auch Land dort. Deshalb waren sie an jenem unseligen Tag in Australien. Er wollte mit meiner Mutter und Jacco segeln. Sie sind auf dem Meer geblieben. Sie sind nie zurückgekommen.«

»Sprich nicht weiter!«

»Es erschüttert mich. Selbst heute noch.«

Ich legte meinen Arm um sie. »Sei nicht traurig, Mama. Heute hast du Papa und uns — Jack und mich.«

Sie drückte mich ganz fest an sich. »Ja. Ich habe allen Grund, glücklich zu sein. Aber diesen Tag werde ich niemals vergessen. Wir waren fast immer zusammen. Und dann — nie wieder. Die Wege des Lebens sind unerforschlich. Stets muß man auf das Schlimmste vorbereitet sein.« Sie küßte mich und fügte rasch hinzu: »Eigentlich habe ich keinen Grund zum Traurigsein. Ich habe mit ihnen eine so herrliche Zeit verbracht. Daran sollte ich mich erinnern und dankbar sein. Und jetzt habe ich deinen Vater und dich und Jack.«

Nachdem ich diese Neuigkeit über meinen Großvater erfahren hatte, zog es mich noch häufiger zu seinem Porträt in der Galerie. In meinen Tagträumen versetzte ich mich in die Zeit lange vor meiner Geburt. Ich war eine Zigeunerin, und wir wohnten zusammen in einem Zigeunerwagen. Ich begleitete ihn auf der Schiffsreise nach Australien. Auch an jenem verhängnisvollen Tag war ich beim Segeln dabei. Den Schluß veränderte ich, denn ich rettete sie alle. Mein Großvater beanspruchte von nun an einen bedeutenden Platz in meinen Träumen.

Anfang April lag der erste Hauch des Frühlings in der Luft, und Jack, unser Kindermädchen Amy und ich hielten uns oft im Garten auf. Eines Tages spazierten meine Eltern auf dem Gartenweg zu uns herüber.

Jack lief zu Mutter und klammerte sich an ihren Röcken fest. Zärtlich hob sie ihn hoch. Sie lächelte mir zu. »Wir haben Nachricht von Tante Amaryllis.«

Tante Amaryllis schrieb häufig. Sie hielt es für ihre Pflicht, die Familie zusammenzuhalten. Darüber hinaus hatte sie wohl das Gefühl, sie müsse sich nach dem unglückseligen Unfalltod meiner Großmutter in Australien ganz besonders um meine Mutter kümmern. Amaryllis und Großmutter Jessica waren fast im gleichen Alter gewesen und zusammen aufgewachsen.

»Tante Amaryllis ist schon ganz aufgeregt wegen der Weltausstellung, berichtete meine Mutter. »Die Königin höchstpersönlich wird am ersten Mai die Ausstellung eröffnen. Tante Amaryllis meint, wir dürften uns dieses Ereignis nicht entgehen lassen. Außerdem ist es schon einige Zeit her, seit wir sie zuletzt besucht haben.«

Vor Freude hüpfte ich von einem Bein aufs andere. Ich machte sehr gerne Besuche in London.

»Es spricht nichts dagegen, diese Einladung anzunehmen«, sagte mein Vater.

»Ich komme auch mit«, verkündete Jack.

»Aber natürlich, mein Schatz«, antwortete meine Mutter.

»Wir denken nicht einmal im Traum daran, dich zurückzulassen. Oder glaubst du das etwa?«

»Nein«, erwiderte Jack ein wenig selbstgefällig, wie mir schien.

»Bestimmt wird es sehr aufregend. Die Vorbereitungen für die Weltausstellung laufen schon seit Monaten. Und die Königin scheint besonders davon angetan zu sein, weil die Ausstellung auf eine Idee von Prinz Albert zurückgeht. Er beschäftigt sich nach wie vor damit.«

»Wann reisen wir?« erkundigte ich mich.

»In ein paar Wochen«, antwortete meine Mutter.

»Spätestens«, versicherte Vater. »Wir wollen doch nicht die Eröffnung verpassen.«

»Und die Königin«, warf ich ein. »Oh, ich kann es kaum noch erwarten.«

»Ich schreibe sofort an Tante Amaryllis«, beruhigte mich meine Mutter.

In den nächsten Tagen sprachen wir fast ausschließlich über die bevorstehende Weltausstellung.

In London bereitete uns Tante Amaryllis einen herzlichen Empfang. Das Haus am Square versetzte mich jedesmal aufs neue in Entzücken. Mitten auf dem schönen Platz, den prachtvolle Häuser säumten, befand sich ein abgeschlossener Garten. Nur die Bewohner der umliegenden Häuser durften diesen Garten benutzen. Alle besaßen einen eigenen Schlüssel, damit sie nach Belieben hineingehen konnten. Die Anlagen wurden hervorragend gepflegt. Zwischen den Bäumen und Sträuchern schlängelten sich schmale Wege, hie und da standen Bänke zum Ausruhen. Ich betrachtete diesen Garten als perfekte Miniaturausgabe eines Zauberwaldes. Von den Fenstern im obersten Stock des Hauses aus erhaschte man einen Blick auf die Themse. Ich hätte stundenlang hinaussehen können. Der Anblick versetzte mich zurück in die ruhmreiche Vergangenheit der Großstadt, in die Zeit, als der Fluß noch die Hauptverkehrsader gewesen war. Als Anna Boleyn machte ich mich auf den Weg zur Krönung und wurde später in das trostlose Gefängnis des Londoner Towers geworfen. Oder ich nahm an einem prunkvollen Fest am königlichen Hofe teil und lauschte hingerissen Händels *Wassermusik*. Stets stand ich im Mittelpunkt großartiger Ereignisse. Ich war die Heldin.

Tante Amaryllis mußte schon fest sechzig Jahre alt sein, sah aber mit ihrem faltenlosen, fast kindlich wirkenden Gesicht um einiges jünger aus. Onkel Peter war noch älter, machte jedoch einen unverwüstlichen Eindruck.

Amaryllis umarmte meine Mutter besonders herzlich. Tränen standen in ihren Augen. Ich wußte, sie dachte an meine Großmutter. Es war immer das gleiche, wenn sie meine Mutter längere Zeit nicht gesehen hatte.

»Es ist so schön, dich wieder einmal bei uns zu haben«, sagte sie. »Mir kommt es vor, als hätte ich dich eine Ewigkeit nicht mehr gesehen. Angelet, wie du gewachsen bist! Und der kleine Jack! Na, klein darf ich wohl nicht mehr sagen, oder?«

»Ich bin schon ziemlich groß«, bestätigte Jack in seiner üblichen Bescheidenheit.

Tante Amaryllis küßte ihn zärtlich.

»Und Rolf ... Schön, dich zu sehen. Jetzt zeige ich euch eure Zimmer. Selbstverständlich dieselben wie immer. Morgen kommen übrigens Helena und Matthew zum Essen. Matthew will am Vormittag irgend etwas Berufliches mit Peter besprechen.«

Freudig erregt bezog ich mein kleines Zimmer im Obergeschoß des Hauses. Tante Amaryllis wußte, wie gerne ich den Fluß betrachtete. Sie merkte sich solche scheinbar unwichtigen Dinge. Ich glaube, sie hat ihr Leben lang versucht, anderen Menschen eine Freude zu bereiten.

Bis zum Schlafengehen unterhielt sich die ganze Familie äußerst angeregt.

»Du mußt mit den Kindern Helena besuchen!« sagte Tante Amaryllis. »Jonnie und Geoffrey freuen sich schon auf Angelet.«

»Wie alt ist Jonnie jetzt eigentlich?«

»Er wird bald dreizehn.«

Ich konnte es kaum erwarten, Jonnie zu besuchen.

Am nächsten Vormittag nahm meine Mutter Jack und mich mit zu den Humes. Matthew war natürlich bei Onkel Peter, aber Tante Helena begrüßte uns überschwenglich. Tante Helena hatte große Ähnlichkeit mit ihrer Mutter, nur fehlte ihr die herausragende Eigenschaft von Amaryllis: der naive Glaube an das Gute im Menschen. Helena liebte ihre Familie über alles und bewunderte ihren Mann wegen seiner beruflichen Erfolge. Sie unterhielt sich mit meiner Mutter über Matthews Karriere im Parlament und betonte ihre große Hoffnung, daß seine Partei bald wieder an die Regierung komme, denn dann würde Matthew bestimmt ins Kabinett berufen werden. Jedenfalls zweifelte ihr Vater nicht im geringsten daran, und der hörte ja bekanntlich das Gras wachsen.

Ich schloß mich Jonnie an, der mir seine Bücher über Archäologie zeigen wollte. Seine ganze Begeisterung galt seiner Bibliothek. Ich machte mir nicht viel aus alten Waffen, Münzen, Tonscherben und Dingen, die irgend jemand irgendwann ausgegraben hatte und anhand derer man die kulturelle Entwicklung von der Steinzeit zum Bronzezeitalter nachvollziehen konnte. Aber ich war gerne mit Jonnie zusammen. Die Weltausstellung interessierte ihn natürlich ebenfalls. Er berichtete mir, er sei häufig in den Hyde Park gegangen und habe sich die Fortschritte beim Aufbau der Ausstellung angesehen. Seiner Meinung nach mußte die Eröffnung einfach großartig werden. Besonders neugierig war er auf den fast schon legendären Kristallpalast.

Geoffrey, obwohl nur zwei Jahr älter als ich, verhielt sich mir gegenüber immer ein wenig gönnerhaft und reserviert. Er benahm sich, als sei es unter seiner Würde, sich mit einem so kleinen Mädchen abzugeben. Jonnie war vier Jahre älter als ich, nahm mich aber im Gegensatz zu seinem Bruder völlig ernst. Ich mochte Jonnie sehr.

Als wir zu Tante Amaryllis und Onkel Peter zurückkehrten, war Matthew immer noch da.

Onkel Peter verhielt sich mir gegenüber ausgesprochen freundlich und zuvorkommend. Ich hatte den Eindruck, er widmete mir besonders viel Aufmerksamkeit. Einmal sagte er zu mir: »Du siehst deiner Großmutter gar nicht ähnlich, trotzdem kommst du ganz nach ihr.« Ich spürte, daß er mir damit ein Kompliment machte. Anscheinend hatte er Jessica sehr gern gehabt.

Obwohl schon recht alt, war er eine Herrschernatur. Sein Haar glänzte fast weiß, aber er wirkte noch immer sehr stattlich. Den besonderen Unterschied zu allen anderen Menschen, die ich kannte, bildete sein geheimnisvolles Lächeln. Wenn er lächelte, sah er aus, als sei das Leben für ihn ein einziges Vergnügen. Ich war überzeugt davon, daß er einen Weg gefunden hatte, das Leben ganz auf seine Weise zu genießen.

Die graue Eminenz ... nun, daran gab es wohl kaum einen Zweifel. Mochte Matthew auch ein guter Politiker sein, so betrachtete er seinen Schwiegervater doch als seinen unentbehrlichen Mentor. Matthew hatte seit seiner Rückkehr aus Australien viel erreicht. Unter anderem hatte er ein Buch über die Deportationen und die Gefangenen in Australien geschrieben, das zu *dem* Klassiker über dieses Thema aufgestiegen war. Noch immer wurden Verurteilte deportiert, und noch immer gab es diese berüchtigten Aufseher, denen die Gefangenen rechtlos ausgeliefert waren. In den Gefängnissen herrschten entsetzliche Zustände. Aber Matthew war es mit seinem Buch immerhin gelungen, die Aufmerksamkeit der Öffentlichkeit auf diese furchtbaren Zustände zu lenken. Die Deportation war ins Kreuzfeuer der Kritik geraten. Matthew, der für die Abschaffung dieser barbarischen Bestrafung plädierte, hatte inzwischen zahlreiche Anhänger. Es schien nur noch eine Frage der Zeit, bis diese sich durchsetzen konnten. Matthew hatte auch ein Buch über Kinderarbeit verfaßt und besonders über das Schicksal der Kinder berichtet, die als Schornsteinfeger und in den Bergwerken schuften mußten. Er setzte sich nachhaltig für Reformen ein. Im Parlament begegnete man ihm mit großem Respekt. Seine Wähler achteten und schätzten ihn. Die Parteiführung hatte große Pläne mit ihm, und er durfte mit Recht auf ein Ministeramt hoffen, sobald seine Partei wieder die Regierung übernehmen würde.

Ich durfte zusammen mit den Erwachsenen essen.

»Angelet, setz dich bitte neben mich!« forderte mich Onkel Peter auf. Mit seinem Charme gelang es ihm spielend, das Herz eines Kindes zu erobern.

Den größten Teil der Unterhaltung bestritt er alleine. Anscheinend hatte er seine Finger wirklich »überall drin«. Jedenfalls hatte ich einmal gehört, wie jemand so über ihn urteilte. Damals wußte ich noch nicht genau, welchen Geschäften er nachging, aber sie mußten sehr einträglich sein, denn er war äußerst vermögend. Später erfuhr ich, daß ihm einige Klubs gehörten, von denen manche einen besonders schlechten Ruf genossen. Aber seiner Ansicht nach leistete er mit seinen Klubs der Gesellschaft einen großen Dienst. In den Klubs verkehrten Leute, die sich manch kleiner Vergehen schuldig gemacht hatten. Ohne diese Treffpunkte hätten sie leicht zu einer Bedrohung für die Gesellschaft werden können. Das behauptete jedenfalls Onkel Peter, und deshalb betrachtete er sich fast als Wohltäter. Auch Amaryllis war von seinen guten Absichten felsenfest überzeugt, obwohl es im Zusammenhang mit seinen geschäftlichen Aktivitäten einmal einen handfesten Skandal gegeben hatte, der ihn seinen Sitz im Parlament kostete. Seitdem mußte er sich damit begnügen, Matthew in seinem Sinne zu beeinflussen. Ich hielt Matthew für eine Marionette und Onkel Peter für den Puppenspieler.

Aber er manipulierte nicht nur Matthew. Ich bin sicher, daß er eine ganze Anzahl von Leuten nach seiner Pfeife tanzen ließ.

Neben ihm sitzen zu dürfen, empfand ich als eine Art Auszeichnung. Ich fühlte mich wichtig.

Die Unterhaltung drehte sich um die Torheiten des Premierministers John Russell, der den Whigs angehörte. Onkel Peter war ein Tory und ließ kein gutes Haar an dem kleinen John, wie er den Premierminister abfällig nannte.

Über die Ausstellung wurde des langen und breiten gesprochen.

»Du freust dich bestimmt schon auf die Eröffnung, nicht wahr, Angelet?« fragte er mich.

Ich nickte aufgeregt.

»An dieses Erlebnis wirst du dich dein Leben lang erinnern. Es ist ein historisches Ereignis.«

»Soweit ich weiß, nimmt die Königin die Eröffnung selbst vor«, warf meine Mutter ein.

»Ja, natürlich. Ihre kleine Majestät gerät über die Ausstellung geradezu ins Schwärmen. Und warum? Weil die Ausstellung ein Geisteskind ihres geliebten Albert ist. Schon aus dem Grund muß in ihren Augen einfach alles großartig sein.«

»Findet ihr es denn nicht auch schön, wie glücklich die beiden sind?« fragte Tante Amaryllis. »Sie gehen ihrem Volk mit gutem Beispiel voran.«

»Glaub mir, auch in dieser Ehe wird es hin und wieder ein Gewitter geben. Davon bin ich überzeugt, meine Liebe«, antwortete Onkel Peter. »Aber ich denke auch, daß sich Albert jedesmal gut aus der Affäre zieht, und das sagt schon einiges über seine Klugheit aus ... oder sollte er seinen Einfluß auf die Königin vielleicht doch nur seinem guten Aussehen verdanken?«

»Aber Peter!« sagte Tante Amaryllis, halb scheltend, halb bewundernd.

»Wie dem auch sei«, mischte sich Matthew ein, »das Projekt steht jedenfalls kurz vor der Vollendung. Es wird schon nichts schiefgehen.«

»Der kleine John wird sich die größte Mühe geben, Schwierigkeiten zu machen«, sagte Onkel Peter. »Was hat er denn diesmal wieder ausgeheckt, Matthew?«

»Er möchte, daß die Salutschüsse im St. James Park abgefeuert werden. Er behauptet, wenn man die Zeremonie im Hyde Park vornähme, könnte die Kristallkuppel zerspringen.«

»Besteht denn diese Gefahr?« wollte meine Mutter wissen.

»Ach was«, entgegnete Onkel Peter scharf. »Er muß nur mal wieder ungefragt dazwischenreden und Ärger machen.«

»Vermutlich wird sich Albert gegen ihn durchsetzen«, meinte Matthew.

»Und was ist, wenn die Kuppel wirklich beschädigt wird?« fragte ich.

»Meine liebe Angelet«, sagte Onkel Peter und schenkte mir ein strahlendes Lächeln, »dann hat Albert unrecht gehabt und der kleine John recht.«

»Ist die Gefahr groß?«

Er zuckte die Achseln. »Ich glaube nicht. Albert wird in dieser Sache kaum einlenken oder sich zu einer Änderung seiner Pläne überreden lassen. Mach kein so besorgtes Gesicht. Ich bezweifle, daß etwas passiert. Die Kristallkuppel wird die ganze Prozedur unbeschadet überstehen. Und falls nicht... nun, dann kommen wir zumindest in den Genuß eines gewaltigen Gescheppers.«

»Ich finde es ziemlich leichtsinnig, ein solches Risiko einzugehen«, wagte ich zu widersprechen. »Es wäre doch furchtbar, wenn die Kuppel zerbrechen würde nach all dem Wirbel, den es bereits um sie gegeben hat.«

»Das Leben steckt voller Gefahren, mein Liebes. Manchmal lohnt es sich, ein Risiko einzugehen. Gibt der Prinz in dieser Angelegenheit nach, dann bringt der kleine John mit Sicherheit neue Einwände vor. Albert kann unmöglich zugeben, daß er sich möglicherweise irrt. Folglich bleibt ihm gar nichts anderes übrig, als das Risiko in Kauf zu nehmen.«

Mich beunruhigte diese Ansicht außerordentlich, aber ich sagte nichts mehr, denn ich fühlte Onkel Peters amüsierten Blick auf mir.

Er sprach weiter über die Ausstellung. Über die Ansicht des Prinzen, damit ein Fest der Arbeit und des Friedens feiern zu wollen. Und wieviel schöner es wäre, wenn die Nationen auf dem Feld der Technik friedlich miteinander wetteiferten, anstatt sich auf den Schlachtfeldern die Köpfe einzuschlagen. Kunst und Handel sollten in Zukunft eine gleichwertige Stellung einnehmen.

Endlich kam der große Tag. Ich war froh, daß wir zu den Glücklichen gehörten, die zur Eröffnungsfeier gehen konnten. Zum erstenmal sah ich die Königin. In ihrem kostbaren rosa-silbernen Kleid fand ich sie sehr schön. Sie hatte den Hosenbandorden angelegt und trug auf dem Kopf eine kleine Krone mit dem funkelnden Kohinoor-Diamanten. Vor Entzücken hielt ich den Atem an. Noch nie hatte ich ein so großartiges Schauspiel gesehen. Stolz stimmte ich in die Hochrufe der Menge ein, als die Königin aus der Kutsche stieg. Zwei Federn, die an der Krone befestigt waren, wippten elegant. Sie sah stolz, glücklich und wahrhaft königlich aus. Genauso, wie ich mir immer eine Königin vorgestellt hatte.

Wir verbrachten einen wundervollen Tag. Meine hochgesteckten Erwartungen wurden mehr als erfüllt. Die Musik klang herrlich. Ich liebte den Halleluja-Chor. Die Königin und ihr Gemahl nahmen auf dem eigens für sie reservierten Podium Platz und thronten unter einem blau-goldenen Baldachin. Ich konnte meine Augen nicht von dem Paar losreißen. In Gedanken versetzte ich mich an ihre Stelle. Ich war Viktoria — die stolze Ehefrau, die kluge Mutter, die große Königin —, das Vorbild einer ganzen Nation. Diese Vorstellung gefiel mir ausnehmend gut.

Es war ein aufreibender Tag. Es gab unendlich viel zu sehen. Viele Länder hatten weder Kosten noch Mühen gescheut und ihre besten und qualitativ hochwertigsten Produkte nach London gebracht. Die Anwesenheit zahlreicher Berühmtheiten wie des Herzogs von Wellington imponierten mir besonders. Am meisten aber beeindruckte mich unsere kleine Königin. Sie sah so strahlend glücklich, so menschlich und trotzdem königlich aus. Ich mochte sie vom ersten Augenblick an. Sie hinterließ einen unvergeßlichen Eindruck bei mir. Die Königin leibhaftig gesehen zu haben, das war das aufregendste Erlebnis der ganzen Ausstellung.

Am Abend drehten sich unsere Gespräche ausschließlich um die Weltausstellung.

Die begeisterte Tante Amaryllis sagte: »Ihr wollt bestimmt noch einmal hin, bevor ihr nach Cornwall zurückfahrt.«

Meine Mutter nickte nachdrücklich.

»Wird dann die Königin auch wieder dasein?« erkundigte ich mich.

»Das würde mich nicht überraschen«, antwortete Onkel Peter schmunzelnd. »Die Ausstellung ist eine Herzensangelegenheit ihres Alberts, und sie unterstützt ihn, wo immer sie kann.«

»Die Salutschüsse wurden im Hyde Park abgefeuert«, sagte ich, »und die Glaskuppel ist nicht zerbrochen.«

»Das hat dir große Sorgen bereitet, nicht wahr?« Onkel Peter sah mich lächelnd an.

»Ja, natürlich.«

»Ein kleines Risiko war schon dabei. Aber ich habe dir ja gesagt, man muß Gefahren ins Auge sehen. Wer sich unerschrocken und mutig einer Gefahr stellt, kann nur gewinnen.«

Wir gingen erst sehr spät zu Bett. Kaum lag ich in den Kissen, fiel ich in tiefen Schlaf. In einem wunderschönen Traum sah ich mich in einem rosa- und silberfarbenen Kleid majestätisch die Treppe zur königlichen Tribüne hinaufschreiten. Eine riesige Menschenmenge jubelte mir zu.

Am nächsten Tag geschah etwas Unerwartetes.

Wir saßen gerade beim Essen. Matthew war auch wieder anwesend. Wahrscheinlich holt er sich wieder Ratschläge für seine Parlamentsarbeit, dachte ich ein wenig hochnäsig.

Wir redeten fast ausschließlich über die Weltausstellung. Als wir beim Dessert angelangt waren, klopfte es leise an die Tür. Auf Onkel Peters Aufforderung erschien Janson, der Butler.

Er hüstelte diskret und verkündete: »Ein junger Herr wünscht Sie zu sprechen, Sir.«

»Ein junger Herr? Kann er nicht warten, bis wir mit dem Essen fertig sind, Janson?«

»Er sagte, es sei wichtig, Sir.«

»Wer ist es denn?«

»Ein Mr. Benedict Lansdon, Sir.«

Onkel Peter schien sekundenlang zu überlegen und rührte sich nicht. Dieser Moment der Unsicherheit fiel kaum auf, aber ich beobachtete ihn genau und fand, er wirkte verstört.

Er erhob sich halb von seinem Stuhl, setzte sich aber gleich wieder.

»Oh«, sagte er nur. »Ja, also gut, ich komme sofort, Janson. Bitten Sie ihn zu warten.«

Janson verließ das Zimmer. Onkel Peter warf Tante Amaryllis einen raschen Blick von der Seite zu.

Sie fragte: »Wer ist das, Peter? Der Name ...«

»Es könnte ein verschollen geglaubter Verwandter sein. Ich werde der Sache nachgehen. Wenn ihr mich bitte entschuldigen wollt.«

Kaum war er draußen, begannen die Mutmaßungen.

»Wer könnte das nur sein?« überlegte Matthew laut. »Es muß jemand aus der Familie sein. Dieser Name ...«

»Ich finde es sehr aufregend«, meinte ich.

Meine Mutter lächelte mir zu, sagte aber kein Wort.

Nach dem Essen erhoben wir uns sofort. Bestimmt sprach Onkel Peter noch mit dem geheimnisvollen Besucher.

Es war wirklich nicht schön, ein Kind zu sein. Die wichtigsten Dinge enthielt man mir vor. Ich spürte, es mußte ein Geheimnis um diesen Benedict Lansdon geben. Da war ich ganz sicher. Meine Eltern unterhielten sich im Flüsterton über ihn. Tante Amaryllis sah reichlich verwirrt aus. Ich hörte Matthew zu meinem Vater sagen, er hoffe, »es spreche sich nicht herum«.

Angestrengt überlegte ich, was er damit gemeint haben könnte.

Ich lauschte, ich beobachtete, und schließlich kam ich der Sache auf den Grund.

Benedict war Onkel Peters vor siebzehn Jahren in Australien geborener Enkel. Sein Vater war ein Sohn von Onkel Peter. Onkel Peter hatte zwar nur einmal geheiratet, nämlich Tante Amaryllis, aber vor seiner Ehe zeugte er einen Sohn, von dessen Existenz Amaryllis bis zu diesem Augenblick keine Ahnung gehabt hatte.

Ich hörte, wie meine Mutter zu meinem Vater sagte: »Er hat es auf seine Art erledigt. So, wie man es von ihm erwartete. Eine Jugendsünde ... Damals hat er Amaryllis natürlich noch nicht gekannt.«

Benedict war also das Produkt einer Jugendsünde.

Von Benedict selbst erfuhr ich endlich mehr darüber. Wir fühlten uns sofort zueinander hingezogen. Ich zu ihm, weil er ganz anders war als alle, die ich bisher kannte, und er zu mir, weil ich ihn unverhohlen bewunderte.

Er war groß für sein Alter, hatte strahlendblaue Augen, die in einem merkwürdigen Kontrast zu seiner sonnenverbrannten Haut standen. Sein Haar war sehr hell, von der brennenden australischen Sonne gebleicht. Seine zur Schau getragene Unbekümmertheit erinnerte an Onkel Peter, wirkte aber bei Benedict ein wenig großspurig. Bestimmt war Onkel Peter in Benedicts Alter genauso gewesen. Sein Enkel vermittelte den Eindruck, als sei die Welt nur zu seinem Wohlergehen und Vorteil geschaffen worden. Bei Onkel Peter war mir diese Einstellung auch schon aufgefallen. Es konnte nicht den geringsten Zweifel geben, daß die beiden miteinander verwandt waren.

Das Stadthaus hatte nur einen kleinen eigenen Garten. Er war fast vollständig gepflastert, die kleinen Büsche sahen kümmerlich aus, und der Birnbaum trug nur harte, kleine Früchte. Damit der Garten ein wenig Farbe bekam, hatte Tante Amaryllis blühende Pflanzen in Tontöpfe gepflanzt und eine rustikale Bank aufstellen lassen.

In diesem Garten fand meine erste Begegnung mit Benedict statt.

»Hallo«, sagte er. »Du bist ja ein hübsches kleines Mädchen. Wie heißt du denn?«

»Angelet. Manche Leute nennen mich Angel, aber das paßt gar nicht zu mir.«

»Das möchte ich hoffen«, erwiderte er. »Vor einem Engel wäre mir angst und bange.«

»Ich kann mir nicht vorstellen, daß du dich vor irgend etwas fürchtest.«

Davon war ich wirklich zutiefst überzeugt, und er hörte das nur allzugern. Seine blauen Augen blitzten vor Vergnügen. »Es gibt wenig, wovor ich Angst habe«, gab er zu. »Aber Engel haben die irritierende Angewohnheit, über die Sünden der Menschen Buch zu führen.«

»Hast du denn viele Sünden begangen?«

Er nickte und sah mich verschwörerisch an. Ich lachte und fragte: »Wie heißt du?«

»Benedict Lansdon. Nenn mich Ben!«

»Ben paßt auch besser zu dir. Benedict klingt so heilig. Das ist ein Name für einen Mönch, einen Heiligen oder dergleichen.«

»Ich fürchte, zu dieser erlauchten Gesellschaft werde ich niemals gehören.«

»Was machst du hier?«

»Meinen Großvater besuchen.«

»Onkel Peter?«

»Ist er wirklich dein Onkel?«

»Nein, eigentlich nicht. Onkel ist eben eine Anrede für Leute, von denen man nicht weiß, wie und ob man überhaupt mit ihnen verwandt ist. Er hat meine Tante Amaryllis geheiratet, aber sie ist auch nicht meine richtige Tante. Dieses Verwandtschaftsverhältnis ist viel zu kompliziert, um es einleuchtend erklären zu können.«

»Bei mir ist das ganz einfach. Er ist mein richtiger Großvater.«

»Merkwürdig. Er scheint erst seit heute zu wissen, daß es dich überhaupt gibt.«

»Das ist ganz und gar nicht merkwürdig. Im Gegenteil, sogar völlig normal. Manche Menschen haben Kinder, die nicht eingeplant waren. Die völlig überraschend kommen, um es mal so auszudrücken. Jedenfalls ist das meiner Großmutter und deinem Onkel Peter passiert.«

»Ich verstehe.«

»Meine Großmutter wanderte nach Australien aus. Er gab ihr Geld und unterstützte sie, solange sie lebte. Mein Vater wurde geboren. Er bekam den Namen Peter Lansdon, nach seinem Vater ... Peter Lansdon Carter. Den Carter hat man dann weggelassen. Meine Großmutter hat nie geheiratet, aber mein Vater schon. Ich bin also Onkel Peters richtiger Enkel. Meine Großmutter sprach oft von England. Sie hat immer betont, was für ein feiner Mensch mein Großvater sei. Einmal stand etwas in den Zeitungen über ihn. Nicht gerade Gutes. Aber sie lachte nur darüber und sagte, er sei unverbesserlich. Nach ihrem Tod verloren wir jeglichen Kontakt zu ihm, aber wir haben nach wie vor oft von ihm gesprochen. Dann starb auch meine Mutter. Mein Vater und ich hatten ein wenig Grundbesitz, führten aber ein karges Leben. Der Boden taugte nichts, denn er war viel zu trocken. Immer wieder gab es lange Dürreperioden. Und jede Menge Schädlinge — Heuschrecken und dergleichen. Als mein Vater wußte, daß er bald sterben müsse, sprach er mit mir über meine Zukunft. Er hatte einen Käufer für unser Land und meinte, ich solle nach England gehen und meinen Großvater aufsuchen. ›Es ist sicher kein Problem, ihn ausfindig zu machen‹, hat er gesagt. ›Er ist ein angesehenes Mitglied der Gesellschaft.‹ Nach Vaters Tod fand ich es an der Zeit, nach England zu gehen. Ich verkaufte das Land, und jetzt bin ich hier.«

»Ganz schön mutig von dir.«

»Ach, ich habe nicht weiter darüber nachgedacht. Ich wollte einfach nach England.«

»Was wirst du jetzt machen?«

Er zuckte die Achseln. »Mal sehen, woher der Wind weht.«

»Hoffentlich aus der richtigen Richtung.«

Er schenkte mir ein zuversichtliches Lächeln. »Dafür sorge ich schon.«

»Davon bin ich überzeugt.«

Wir lächelten einander an. Ich empfand große Sympathie für ihn. Ich prahlte: »Mein Großvater ist auch nach Australien gegangen.«

»Tatsächlich?«

»Ja. Das erste Mal als Sträfling.«

»Das glaube ich nicht!«

»Doch, doch. Er hat einen Mann getötet und wurde zu sieben Jahren Verbannung verurteilt.«

»Du flunkerst.«

»Nein. Aber ich gebe zu, es ist schwer zu glauben. Er hat bei Zigeunern gelebt, obwohl er auf Cador aufgewachsen ist. Du mußt unbedingt einmal nach Cador kommen, ja?« Es ist ganz herrlich dort. Seit Generationen gehört Cador der Familie Cadorson.«

»Also einer dieser alten Herrensitze.«

»Es ist mein Zuhause.«

»Erzähl mir von deinem Großvater.«

»Na gut. Als er bei den Zigeunern lebte, hat er beobachtet, wie ein ehrenwerter Gentleman ein Zigeunermädchen überfiel. Mein Großvater griff ein und tötete ihn im Kampf. Aber vor Gericht nannte man ihn einen Mörder und verurteilte ihn zu sieben Jahren Verbannung in Australien.«

»Ein mildes Urteil für einen Mörder, das muß ich schon sagen.«

»Aber er war doch kein Mörder. Es war Notwehr. Meine Großmutter, die damals noch sehr jung war, rettete ihn, beziehungsweise ihr Vater. Sie hat ihren Vater gebeten, sich für meinen Großvater einzusetzen. Mein Großvater fügte sich in das Unvermeidliche, gelangte in Australien zu Wohlstand und kehrte nach England zurück. Dann heiratete er meine Großmutter.«

»Aha. Ein Happy-End.«

»Nicht ganz. Mein Onkel Jacco und meine Mutter wurden geboren, und sie waren eine sehr glückliche Familie, bis sie wieder nach Australien gingen. Dort sind sie ertrunken, alle bis auf meine Mutter. Sie ist am Leben geblieben, weil sie an jenem Tag nicht mit ihnen segeln ging.«

»Dann hat Australien ihn am Ende doch besiegt.«

Ich nickte. »Ja. Das scheint ein Land zu sein, wo viele schlimme Dinge passieren.«

»Überall passiert etwas.«

»Jedenfalls freue ich mich, daß du nach England gekommen bist, Ben.«

»Ich mich auch.«

Amaryllis kam mit meiner Mutter in den Garten. Bens Gegenwart verunsicherte sie sichtlich. Aber er lächelte sie unbefangen an. Er fühlte sich bereits ganz zu Hause.

Er erzählte von Australien und fand London genauso aufregend, wie er sich die Stadt vorgestellt hatte. Er erkundigte sich, ob man hier reiten könne. Tante Amaryllis meinte, das ließe sich arrangieren.

»Ich gehe jede Wette ein, daß du eine ausgezeichnete Reiterin bist«, sagte er zu mir.

»Nun, ja«, antwortete ich. »In Cador reite ich oft und gern.«

»Vielleicht können wir mal zusammen ausreiten.«

»Ja. Das wäre herrlich.«

Meine Mutter und Tante Amaryllis wechselten besorgte Blicke. Tante Amaryllis verkündete rasch, das Essen werde in einer halben Stunde serviert.

Jonnie, Geoffrey und ich gingen mit Ben zum Reiten in die Rotten Row. Es war ganz anders als in Cornwall. Die vielen eleganten Menschen zu Pferde tauschten beständig Begrüßungen aus. Ich ritt wahrhaftig nicht schlechter als die Jungen aus London, aber Benedict war ein phantastischer Reiter. Ich wünschte mir, ihn einmal in einer Umgebung reiten zu sehen, wo er seine ganze Reitkunst demonstrieren konnte.

Er unterhielt sich fast ausschließlich mit mir. »Du solltest das Outback sehen.« Er schilderte mir das Land in leuchtenden Farben. »Nur Busch und Hügel und Eukalyptusbäume, so weit das Auge reicht.«

»Und Känguruhs?« erkundigte ich mich.
»Natürlich. Känguruhs auch.«
»Sie tragen ihre Babys in einem Beutel vor dem Bauch. Ich habe schon Bilder von diesen Tieren gesehen.«
»Wenn sie geboren werden, sind sie winzig klein. Gerade mal einen guten Zentimeter groß.«
Er erzählte mir von Sydney und seinem wundervollen Hafen mit den vielen kleinen Buchten und Meeresarmen, den herrlichen Pflanzen und den bunten Vögeln.
»Und Sträflingen«, erinnerte ich ihn.
»Ja. Die gibt es immer noch. Wir könnten sogar noch mehr brauchen. Doch inzwischen kommen viele Siedler freiwillig und geben sich große Mühe, das Land urbar zu machen.«
Jonnie schloß sich uns an. Geoffrey hielt sich ein wenig abseits.
»Hättest du Lust, nach Australien zu gehen, Jonnie?« fragte ich ihn.
»Schon. Auf einen Besuch. Aber auf Dauer möchte ich lieber in England leben.«
»Woher weißt du das so genau?« fragte ich herausfordernd. »Du bist ja noch gar nicht dort gewesen. Ben, du müßtest eigentlich wissen, wo es besser ist, weil du beide Länder kennst. Was glaubst du, Ben?«
»Darüber habe ich mir bis jetzt noch keine Meinung gebildet.«
Endlich waren nicht mehr so viele Reiter unterwegs, und wir konnten wenigstens ein kurzes Stück in leichtem Galopp zurücklegen. Ich genoß es, neben Ben herzureiten. Ich mochte ihn immer mehr.

Ben wurde wie selbstverständlich in die Familie aufgenommen. Niemand schien an seiner Anwesenheit Anstoß zu nehmen. Das hatte er größtenteils Onkel Peter zu verdanken, der sich benahm, als wäre es das natürlichste von der Welt, wenn ein illegitimer Nachkomme an den heimischen Herd zurückkehrt. Er trat sozusagen die Flucht nach vorn an und siegte auf der ganzen Linie. Später erfuhr ich, daß er sich früher, als ein Skandal seine Karriere zu zerstören drohte — und in gewissem Sinn auch zerstört hat —, genauso verhalten hatte. Er nahm die Dinge als gegeben hin, paßte sich den Umständen an, und früher oder später gewöhnten sich auch die anderen Leute daran.
Onkel Peter schien recht stolz auf Ben zu sein. Ich vermute, er sah in ihm so etwas wie sein zweites Ich. Er schien sich

durchaus zu freuen, so unvermutet zu einem weiteren Enkel gekommen zu sein.

Er unterhielt sich mit meinem Vater über die Zukunft des Jungen. Später hörte ich meinen Vater mit Mutter darüber sprechen.

»Ich bewundere Peter«, erklärte mein Vater. »Er drückt sich nicht vor der Verantwortung. Er möchte alles in seiner Macht Stehende für den Jungen tun. Er will ihn für mindestens ein Jahr auf die Universität schicken, um ihn ein wenig aufpolieren zu lassen, wie er sich ausgedrückt hat. Er ist davon überzeugt, daß der Junge begabt ist.«

»Das glaube ich auch«, antwortete meine Mutter. »Das Sprichwort, der Apfel fällt nicht weit vom Stamm, bestätigt sich wieder einmal.«

Sie merkten, daß ich gespannt zuhörte, und wechselten rasch das Thema. Es war zum Verrücktwerden! Ich interessierte mich brennend für Ben und alles, was mit ihm zusammenhing, und wollte mehr hören.

Noch einmal besuchten wir die Weltausstellung. Ben begleitete uns. Mir fiel auf, daß er meine Nähe suchte, und ich freute mich darüber. Außerdem konnte er mir einzelne Ausstellungsstücke gut erklären.

Ich fragte ihn: »Bist du froh, daß du nach England gekommen bist?«

Er drückte meine Hand. »Darauf kannst du wetten.«

»Ich bin auch froh«, erwiderte ich.

»Mir geht's hier nicht schlecht. Mein Großvater scheint ein angenehmer Zeitgenosse zu sein.«

Ich nickte zustimmend.

»Ich möchte auch einmal so werden wie er.«

»Das bist du doch schon«, sagte ich.

»Ich meine, in jeder Hinsicht. Ich möchte ein Geschäftsmann werden. Er hat sich oft mit mir unterhalten. Wenn es nach seinem Willen geht, soll ich erst einmal lernen, mich wie ein englischer Gentleman zu benehmen. Was meinst du dazu?«

»Ich finde dich genau richtig, so wie du bist.«

Er grinste mich an, und seine Augen zeigten, wie sehr ihm meine Antwort zusagte.

Als wir die Heimreise antraten, war ich sehr traurig. Der Abschied von Ben fiel mir ungeheuer schwer.

»Du kannst ja bald wieder nach London kommen«, tröstete er mich. »Oder ich komme zu dir und besichtige das sagenhafte Cador.«

»Das wäre herrlich«, antwortete ich.

Er begleitete uns zum Bahnhof, half uns in den Zug und winkte uns bei der Abfahrt vom Bahnsteig aus zu.

»Ihr zwei scheint gut miteinander auszukommen«, bemerkte meine Mutter.

»Eine schillernde Persönlichkeit, der Junge«, fügte mein Vater hinzu.

»Was erwartest du? Er ist Peters Enkel. Außerdem hat er in Australien ein recht ungewöhnliches Leben geführt.«

»Ich bin gespannt, ob er uns tatsächlich besucht.«

»Ganz bestimmt«, versicherte ich. »Er hat es doch versprochen.«

»Nicht alle Menschen halten ihr Wort, mein Liebes.«

»Er schon.«

»Viele meinen es ehrlich in dem Moment, in dem sie ein Versprechen geben. Und dann vergessen sie es.«

Ich war mir ganz sicher, daß er nicht zu diesen Menschen gehörte.

Ich dachte noch lange an ihn, doch mit der Zeit verblaßte die Erinnerung.

Ein Jahr verging. Ab und zu bekamen wir Nachricht von Tante Amaryllis. Peterkin und Frances hatten an ihre Mission einen weiteren Flügel angebaut; Jonnie und Geoffrey besuchten fast das ganze Jahr über eine Internatsschule. Die Hoffnungen, die Peter bezüglich Matthew hegte, hatten sich erfüllt. Der kleine John war nicht mehr Premierminister. Die neue Regierung unter Lord Derby hatte Peters Schwiegersohn zum Minister ernannt. Peters Enkel hatte sich völlig verändert. »Er wird immer mehr zu einem richtigen Engländer. Fast könnte man ihn schon als echten Gentleman bezeichnen. Peter kümmert sich sehr um ihn. Seiner Meinung nach gäbe er einen hervorragenden Gutsverwalter ab. Er bittet euch, ihn für ein oder zwei Monate nach Cador einzuladen, damit man sieht, ob ihm der Beruf zusagt.«

»Natürlich kann er kommen und eine Weile bei uns bleiben«, sagte mein Vater. »Ich kann ihn mir durchaus als Gutsverwalter vorstellen. Immerhin ist er in Australien auf eigenem Grund und Boden aufgewachsen. Es könnte genau der richtige Beruf für ihn sein.«

Unverzüglich schrieb meine Mutter an Tante Amaryllis. Ich wurde ganz aufgeregt bei dem Gedanken, ihn wiederzusehen.

Ein paar Tage später lernte ich Grace Gilmore kennen. Ich ritt auf meiner Stute Glory am Strand entlang, denn ich galoppierte gerne mit ihr über den harten Sand, der immer wieder von Wellen überspült wurde. Mein Lieblingsstrand lag knapp ein halbe Meile vom Hafen entfernt und gehörte zum Gebiet von Cador, aber er war der Öffentlichkeit uneingeschränkt zugänglich. Trotzdem begegnete ich dort nur äußerst selten jemandem.

Zu meiner Überraschung befand ich mich an jenem Tag nicht allein am Strand. Eine junge Frau saß auf einem umgedrehten Boot in der Nähe des alten Bootshauses, das nicht mehr benutzt wurde. Nachdenklich sah sie auf das Meer hinaus.

Erstaunt blickte sie auf, als ich mein Pferd vor ihr zügelte.

»Guten Tag«, sagte ich.

Sie erwiderte meinen Gruß. Nach meiner Schätzung war sie recht jung — noch keine zwanzig. Sie hatte etwas an sich, das mein Interesse weckte. Ihr Blick war ernst, fast sorgenvoll. Mein unvermutetes Erscheinen schien sie zu beunruhigen.

Ich fragte mich, wer sie war. Nach Mrs. Penlocks Ansicht gehörte meine Neugierde zu meinen am strengsten zu mißbilligenden Eigenschaften. Die junge Frau war eine Fremde, und in unsere Gegend kamen nur sehr selten Fremde. Im allgemeinen zählten Besucher zur Verwandtschaft der Einheimischen und gaben immer Anlaß zu Klatsch und Tratsch. Von dieser Frau hatte ich noch nichts gehört.

»Schöner Tag heute.« Ich bemühte mich, ein Gespräch in Gang zu bringen. »Wohnen Sie hier?«

Zögernd antwortete sie: »Ich bin für ein paar Tage im ›Fisherman's Rest‹ abgestiegen.«

»Oh? Sind Sie dort gut untergebracht?«

»Mhm, ja.«

Ich wußte genau, daß Pennyleg zahlenden Gästen nur wenig Komfort zu bieten hatte. Es kamen einfach zu wenige Touristen. Meines Wissens hatte er lediglich zwei kleine, enge Zimmer zu vermieten. Sein Geld verdiente er mit der Kneipe, die die ortsansässigen Bergleute und Fischer aufsuchten.

»Bleiben Sie lange?«

»Ich weiß noch nicht genau.«

Sehr gesprächig war sie wirklich nicht.

Plötzlich fragte sie: »Und du? Wohnst du hier?«

Ich nickte und wies mit der Hand die Klippe hinauf in die Richtung von Cador.

»Ein wunderschönes Haus«, sagte sie bewundernd.

Sofort wurde sie mir sympathisch. Menschen, die Cador lobten, fanden stets meine uneingeschränkte Zustimmung.

»Ist das euer Bootshaus?« erkundigte sie sich.

»Vermutlich war es das mal. Aber es wurde nie benutzt.«

Sie interessierte mich, aber ich war immer neugierig auf Menschen, ganz besonders natürlich auf Fremde. Irgend etwas schien sie zu bedrücken. Doch dann sagte ich mir, daß ich mir das sicher nur einbildete.

Ich verabschiedete mich und ritt durch Stechginster, wilden Baldrian und Seenelken den Hang hinauf.

Ich vergaß die Begegnung. Aber am nächsten Tag sah ich sie wieder.

Ich schnitt mit meiner Mutter Blumen im Garten. Plötzlich stand sie vor uns. Sie mußte über den Hof gekommen sein. Traurig und mitleiderregend sah sie uns an.

Meine Mutter fing sich als erste. »Guten Tag. Zu wem möchten Sie denn?«

»Sind Sie die Hausherrin?« fragte sie.

»Ja.«

»Ich habe gestern Ihre Tochter kennengelernt.«

»Ja, das stimmt«, bestätigte ich. »Am Strand bei dem alten Bootshaus. Wohnen Sie noch im ›Fisherman's Rest‹?«

Sie nickte. »Ich dachte, ob Sie vielleicht eine Arbeit . . .«

»Arbeit?« wiederholte meine Mutter.

»Ich brauche unbedingt Arbeit«, sagte sie verzweifelt. Meine Mutter war davon ebenso berührt wie ich.

»Watson, der Butler, stellt das Personal ein«, meinte Mutter. »Wenden Sie sich an ihn!«

Ich sah Watson vor mir. Er konnte sehr herablassend sein. Welche Arbeit würde er ihr geben? Soweit ich wußte, brauchten wir kein weiteres Personal, und sie sah ganz und gar nicht wie eine Küchenmagd oder ein gewöhnliches Hausmädchen aus.

»Ich . . . ich kann nähen«, behauptete sie.

Meine Mutter sah mich an. Ich merkte, daß die junge Frau ihre Sympathie gewonnen hatte. Wir wünschten beide, ihr helfen zu können.

Ich erriet die Gedanken meiner Mutter. Das wäre vielleicht eine Möglichkeit. Die Kleider wurden zur Ausbesserung nach London oder Plymouth gebracht. In Plymouth gab es nun einen einigermaßen guten Schneider. Meine Mutter seufzte oft: »Wenn doch die gute alte Miß Semple noch bei uns wäre.« Miß Semple hatte ein Zimmer im Dachgeschoß bewohnt. Daneben befand sich ein großer, luftiger und heller Raum, der ihr als Nähzimmer diente. Dort hatte Miß Semple fleißig und unermüdlich gearbeitet. Vor drei Jahren war sie gestorben.

Plötzlich schwankte die junge Frau. Hätte meine Mutter

nicht rechtzeitig zugegriffen, wäre sie auf den Boden gesunken.

»Das arme Ding. Sie ist ohnmächtig geworden«, sagte meine Mutter. »Hilf mir, Angelet! Halt ihren Kopf nach unten! Dann kommt sie rasch wieder zu sich.«

Ein paar Sekunden später öffnete sie die Augen.

»Bitte verzeihen Sie«, hauchte sie.

»Mein liebes Kind«, begann meine Mutter, »wir bringen Sie ins Haus. Sie müssen sich eine Weile ausruhen.«

Wir führten sie in ein Zimmer und umgingen dabei die Halle, um eventuellen Besuchern, die etwas mit meinen Eltern besprechen wollten, nicht zu begegnen.

»Läute und sage, jemand soll rasch einen Brandy bringen!« ordnete meine Mutter an.

Ich befolgte ihre Anweisung.

Die junge Frau saß wie ein Häufchen Elend in einem Sessel. Trotzdem behauptete sie: »Mir geht es schon wieder gut. Es tut mir so leid. Wie konnte mir das nur passieren?«

»Es geht Ihnen ganz und gar nicht gut«, widersprach meine Mutter. »Sie werden sich jetzt eine Weile ausruhen.«

Ein Diener brachte den Brandy, den die Fremde in kleinen Schlucken trank. Langsam schien sie sich ein wenig zu erholen.

Sie erhob sich halb aus dem Sessel, aber meine Mutter drückte sie sanft wieder hinein.

»Sagen Sie«, fragte sie, »woher kommen Sie? Und warum sucht ein Mädchen wie Sie nach Arbeit?«

Sie lächelte kläglich. »Ich glaube, es hat keinen Zweck, Ihnen etwas vorzumachen. Ich muß unbedingt Arbeit finden. Und zwar schnell. Ich bin in einer verzweifelten Situation. Ich weiß nicht, wo ich hingehen soll.«

»Ich dachte, Sie wohnen im ›Fisherman's Rest‹«, sagte ich vorwitzig.

»Dort muß ich morgen ausziehen. Ich habe kein ...«

»Warum sind Sie in diese Gegend gekommen?« unterbrach sie meine Mutter.

»Ich wußte, daß es hier ein oder zwei große Landsitze gibt. Und ich brauche Arbeit. Deshalb ...«

»Ich verstehe«, sagte meine Mutter. »Und woher kommen Sie?«

»Aus Barton in Devon. Mein Vater war Pfarrer. Er war sehr viel älter als meine Mutter. Meine Eltern waren beide nicht mehr jung, als sie heirateten. Ich war ihr einziges Kind. Nach dem Tod meiner Mutter kümmerte ich mich um meinen Vater ... Es war eine schwere Zeit. Er war lange krank und konnte seinen Beruf nicht mehr ausüben. Bald waren alle Ersparnisse aufgebraucht. Wir mußten einige Schulden bezahlen und alles verkaufen. Ich wußte, mir würde nur wenig bleiben und das Geld würde nicht lange reichen. Ich muß eine Stellung finden. Wissen Sie, ich habe keine besondere Ausbildung, aber ich habe für Nachbarn und Bekannte viel genäht. Ich kann wirklich gut nähen.« Ihre Stimme klang flehend.

Rasch entschied sich meine Mutter. »Bleiben Sie hier! Wir werden ja sehen, ob es Ihnen bei uns gefällt. Miß Semple, die jahrelang für uns genäht hat, ist vor drei Jahren gestorben. Wir waren außerordentlich zufrieden mit ihr und hatten sie sehr gern. Wir brachten es bis jetzt nicht übers Herz, eine andere Näherin einzustellen. Ihr Zimmer ist seit ihrem Tod nicht mehr benutzt worden. Gleich daneben befindet sich ein schönes Nähzimmer.«

Das Gesicht der jungen Frau strahlte vor Freude. »Sie meinen wirklich, ich kann ...«

»Aber natürlich«, antwortete meine Mutter. »So, jetzt müssen wir uns um die praktischen Dinge kümmern. Am besten zeige ich Ihnen gleich die Zimmer.«

Mit geschlossenen Augen griff die junge Frau nach der Hand meiner Mutter. Ich fürchtete, sie würde jeden Moment in Tränen ausbrechen, aber sie nahm sich zusammen.

Ihre Dankbarkeit rührte meine Mutter zutiefst. Rasch sagte sie: »Bestimmt wollen Sie Ihre Sachen gleich holen.«

»Ich habe nur ein paar Kleider im ›Fisherman's Rest‹. Sonst nichts.«

»Ich zeige Ihnen Ihre Zimmer. Anschließend gehen Sie in das Gasthaus und packen Ihre Sachen zusammen. Sie können sofort bei uns einziehen.«

»Sie sind so freundlich ... Ich kann es noch gar nicht richtig glauben.«

Wir nahmen sie zwischen uns und zeigten ihr die Zimmer. Im Nähzimmer stand ein großer Tisch, an dem Miß Semple immer gearbeitet hatte. Auch die Schneiderpuppen hatte niemand weggeräumt. Und in den Tischschubladen lagen noch Stoffreste, Garne und Maßbänder, ganz so, wie sie Miß Semple zurückgelassen hatte.

Die junge Frau sagte uns, sie heiße Grace Gilmore und hoffe, sich eines Tages für unsere Hilfsbereitschaft erkenntlich zeigen zu können.

Noch am selben Tag zog Grace Gilmore bei uns auf Cador ein.

Unter den übrigen Hausangestellten machte sich eine gewisse Verstimmung breit. »Einmischung von oben«, wie sie es nannten, sehen sie gar nicht gern. Aber meine Mutter erklärte ihnen die Lage. Miß Gilmore sei eine vornehme junge Dame, die sehr schwere Zeiten hinter sich habe und Hilfe brauche. Sie bat das Personal, die junge Dame nach besten Kräften zu unterstützen.

Watson und Mrs. Penlock versicherten, sie würden alles in ihrer Macht Stehende tun, um dem »jungen Ding« zu helfen. Sie gestanden sogar großmütig ein, daß eine Näherin nicht unbedingt zu den Watson unterstehenden Personen gehöre und damit sein Vorrecht, die Bediensteten einzustellen, nicht angetastet worden sei. Wir konnten von Glück sagen, daß sie das ungeschriebene Protokoll so großzügig auslegten.

Am Nachmittag brachte Grace Gilmore ihre persönlichen Sachen nach Cador und bezog die Zimmer im Obergeschoß des Hauses.

Sie war ganz versessen darauf, sogleich mit der Arbeit zu beginnen. Zu unserer Freude erwies sie sich tatsächlich als hervorragende Näherin.

»Wir haben Glück gehabt«, meinte meine Mutter. »Sie ist eine Dame, das erleichtert den Umgang mit ihr. Wir müssen sehr nett zu der armen jungen Frau sein. Und wenn sie erst etwas länger hier ist, wird sie sicherlich Miß Prentiss entlasten können.«

Ich war überglücklich, daß wir einer unglücklichen jungen Frau hatten helfen können.

Endlich traf Benedict in Cador ein. Er sah eher noch besser aus, als ich ihn in Erinnerung hatte.

»Meine Güte, bist du groß geworden!« rief er aus. »Du bist ja schon fast eine junge Dame.«

Er lachte übermütig. Seine strahlendweißen Zähne blitzten, und seine blauen Augen schienen noch intensiver zu leuchten als früher.

»Ich habe mich in England gut eingelebt«, berichtete er. »Bald bin ich genauso englisch wie du.«

Meine Eltern begrüßten ihn sehr freundlich. Nach ein paar Tagen hatten wir alle das Gefühl, er gehöre zur Familie und zu Cador. Er verbrachte viel Zeit mit meinem Vater. Jack mochte ihn auch sehr, und mit dem Personal kam er blendend aus.

Wann immer sich die Gelegenheit bot, mit ihm zusammenzusein, nutzte ich sie. Aber er war natürlich gekommen, um möglichst viel zu lernen, und hatte nur wenig Zeit für mich. Er schwärmte für unseren Landsitz. Wenn er nicht mit meinem Vater arbeitete, suchte er die Gesellschaft von John Polstark, unserem Verwalter. Alle mochten Benedict. In der Küche war er Gesprächsstoff Nummer eins, das wußte ich. Ganz besonders unter den jüngeren, leichtsinnigeren Mädchen.

»Er ist ein Charmeur«, lautete Mrs. Penlocks Urteil. »Vor dieser Sorte Mann müßt ihr euch in acht nehmen, ihr jungen Dinger. Diese Männer schmeicheln und lächeln, bis sie bekommen haben, was sie wollen. Und dann heißt's: ›Adieu! Auf zur nächsten‹.« Aber auch sie konnte seinem Charme nicht widerstehen. Kaum befand er sich in ihrer Nähe, benahm sie sich albern. Benedict zeigte sich von seiner besten Seite. Er behandelte nicht nur die jungen hübschen Mädchen überaus freundlich, sondern vergaß auch die älteren Frauen nicht. Sogar Mrs. Penlock schenkte er große Aufmerksamkeit. Geschmeichelt behauptete sie, erst Anfang Sechzig zu sein, aber meiner Meinung nach hatte sie schlicht ein paar Jahre vergessen. Sie hatte bereits auf Cador gearbeitet, als meine Mutter noch ein kleines Mädchen war, und schon damals war sie nicht mehr die Jüngste gewesen. Benedict vermittelte jedermann das Gefühl, besonders liebenswert zu sein. Damals glaubte ich, diese Fähigkeit mache seinen Charme aus.

Die Herzen aller flogen ihm mühelos zu. Vielleicht lag es auch daran, daß er zu den Männern gehörte, die nach Macht streben, und eine solche Eigenschaft bei einem Mann sehr anziehend wirkt.

Meine Mutter sprach mit mir über ihn.

»Ihm gelingt es, sich unentbehrlich zu machen«, behauptete sie. »Er ist erst ganz kurze Zeit bei uns, und schon hat er alle auf seiner Seite.«

»Er hat etwas Besonderes an sich«, erwiderte ich. »Er ist ganz anders als alle Menschen, die ich bisher kennengelernt habe.«

Mutter lächelte. »Auch John Polstark und dein Vater sind sehr von ihm beeindruckt. Ihrer Überzeugung nach gibt er einen hervorragenden Gutsverwalter ab.«

»Glaubst du, Onkel Peter kauft ihm ein Gut?«

»Kann sein — aber bestimmt läßt er sich als Besitzer eintragen. Onkel Peter wird seine Hand fest draufhalten und Benedict höchstens zu seinem Verwalter machen.«

»Damit wäre Ben sicher nicht einverstanden.«

»Nein, das kann ich mir auch nicht vorstellen. Dazu hat er viel zuviel Ähnlichkeit mit seinem Großvater. Von den beiden will jeder das Sagen haben. Ich bin gespannt, wie das ausgeht. So willensstarke Persönlichkeiten wie die beiden kommen nicht immer gut miteinander aus. Was hältst du übrigens von

Miß Gilmore? Meiner Meinung nach hat sie sich bereits gut eingelebt.«

»Sie ist uns unendlich dankbar. Ihre Unterwürfigkeit ist mir fast schon peinlich.«

»Armes Mädchen! Ich weiß nicht, was aus ihr geworden wäre, wenn wir sie nicht aufgenommen hätten. Sie war völlig verzweifelt. Heute hat sie mich um einen freien Tag gebeten.«

»Einen freien Tag! Jetzt schon?«

»Sie hat in der Nähe von Bodmin eine alte Tante und möchte sie morgen besuchen. Vermutlich will sie ihr mitteilen, daß sie bei uns wohnt und daß es ihr gutgeht.«

»Ich dachte, sie hätte keine Verwandten mehr.«

»Ich kann mich nicht erinnern, daß sie so etwas gesagt hat. Anscheinend handelt es sich um eine Schwester ihres Vaters. Bestimmt ist sie schon sehr alt. Ihr Vater muß ja auch sehr alt gewesen sein. Wie dem auch sei, ich habe ihr freigegeben.«

»In der Nähe von Bodmin hast du gesagt?«

»In Lanivet.«

»Das ist ein ganz schön weiter Weg.«

»Sie fragte, ob sie über Nacht dortbleiben könne, und hat sich sehr gefreut, als ich es gestattet habe. Und warum auch nicht? Sie ist uns eine große Hilfe. Du weißt doch, wie schön sie mein Alpakakostüm gerichtet hat. Ich hatte dieses Kostüm immer besonders gern und wollte es nicht weggeben, aber die Manschetten waren etwas abgestoßen. Sie hat den Schaden so großartig ausgebessert, daß nichts mehr davon zu sehen ist. Und den Rock hat sie enger gemacht. Das Kostüm sieht fast aus wie neu. Die gute Mrs. Semple war für solch schwierige Arbeiten allmählich zu alt, wenn sie das auch nie zugegeben hätte. Aber ich glaube, in der letzten Zeit hat sie sehr schlecht gesehen.«

»Das hört sich an, als wärst du mit Miß Gilmore sehr zufrieden, Mama.«

»Es ist doch schön, wenn man einem anderen Menschen helfen konnte und dann feststellt, daß man gleichzeitig sich selbst auch einen Gefallen erwiesen hat.«

»Mit dem übrigen Personal hat sie keine Schwierigkeiten?«

»Man betrachtet sie als Außenseiterin.«

»Wenn's weiter nichts ist. Die Leute hier sehen doch jeden, der von der anderen Seite des Flusses kommt, mit Mißtrauen an.«

Meine Mutter lachte. »Miß Gilmore ist ruhig und gibt niemandem Anlaß zu Ärger.«

Ich dachte oft über Miß Gilmore nach. Etwas Geheimnisvolles umgab sie, das mich unwiderstehlich anzog. Ich sprach mit niemandem darüber. Man hätte nur gesagt — oder zumindest insgeheim gedacht —, meine Phantasie würde wieder mit mir durchgehen. Ich stellte mir vor, was für ein Leben sie mit dem alten Pfarrer geführt hatte, wie sie sich für den hinfälligen, pflegebedürftigen Vater aufopferte, nur für sein Wohlergehen lebte und dabei niemals an sich selbst dachte.

Ich begegnete Grace Gilmore auf dem Weg zum Bahnhof. Lächelnd wünschte ich ihr eine gute Reise.

Sie hatte eine große Reisetasche dabei. Ich begann mich zu fragen, ob sie überhaupt zurückkommen würde. Was wußten wir schon von ihr? Vielleicht verschwand sie auf Nimmerwiedersehen. Dieser Gedanke ließ mir keine Ruhe. Zu Hause ging ich sofort in ihr Zimmer. Es sah sauber und aufgeräumt aus. Ich schaute in ihren Schrank. Ihre Kleider hingen ordentlich auf den Bügeln. Ihr Nachthemd lag sorgfältig gefaltet unter ihrem Kopfkissen. Ja, ich muß leider eingestehen, meine Neugierde machte auch vor einer Untersuchung ihres Bettes nicht halt.

Dieses Zimmer erweckte keinesfalls den Eindruck, als hätte sie es für immer verlassen.

Am Nachmittag ritt ich mit Ben aus. In seiner Gegenwart verschwendete ich keinen weiteren Gedanken an Miß Gilmore.

Er sprach davon, einmal ein großes Gut verwalten zu wollen.

»So groß wie Cador?« erkundigte ich mich.

»Größer.«

Ich lachte. »Für dich muß wohl alles größer und prächtiger sein als bei anderen Leuten?«

»Ja. Das gebe ich zu.«

»Hast du dabei berücksichtigt, daß dieser Besitz im Verlauf von mehreren Jahrhunderten aufgebaut worden ist?«

»Natürlich.«

»Und du kommst daher, fängst ganz von vorne an, und von heute auf morgen hast du einen größeren und ertragreicheren Besitz als alle anderen.«

»So ungefähr. Ehrlich gesagt, ich hätte nichts dagegen.«

»Wir bekommen nicht immer das, was wir wollen.«

»Aber genau das ist meine Absicht.«

»Hochmut kommt vor dem Fall.«

»Aha. Du kommst mir mit moralischen Grundsätzen.«

»Ganz aus der Luft gegriffen sind die bestimmt nicht.«

»Jetzt bleibt mir nichts anderes übrig, als noch hochmütiger zu werden und trotzdem nicht zu fallen. Ich muß dir doch unbedingt das Gegenteil beweisen.«

»Falls dir das gelingt, wäre ich bitter enttäuscht. Meine Güte, wenn ich daran denke, wie oft Miß Prentiss mir befohlen hat, diesen Satz unzählige Male hintereinander aufzuschreiben.«

»Mir macht es riesigen Spaß, einen Moralisten zu widerlegen. Zu jedem Sprichwort gibt es ein anderes, in dem genau das Gegenteil behauptet wird.«

»Viele Köche verderben den Brei. Und: Zwei wissen mehr als einer.«

»Kein sehr gutes Beispiel, aber immerhin. Ich habe jedenfalls beschlossen, meine eigenen Grundsätze aufzustellen. Sie sollen nur auf der Vernunft beruhen.«

»Ach Ben, ich freue mich so, daß du da bist.«

»Soll ich dir sagen, was mir an Cador am besten gefällt?«

»Ja, bitte.«

»Daß Angel hier wohnt.«

»Du bist ein Schmeichler. Sagst du manchmal auch die Wahrheit?«

»Hin und wieder. In diesem speziellen Fall bestimmt.«

»Na, ich weiß nicht. Warum schwindelst du eigentlich?«

Er schwieg einen Augenblick, dann lachte er. »Nun ja, den Leuten gefällt's. Kleine Schmeicheleien machen sie glücklich. Und wenn du sie glücklich machst, mögen sie dich. Weißt du, es ist immer vorteilhaft, wenn einen die Leute mögen. Mach dir niemals Feinde, wenn es sich vermeiden läßt. Auch nicht aus Gedankenlosigkeit. Du weißt nie, welche im Grunde nichtssagende Bemerkung irgendwann gegen dich verwendet werden kann. Die Räder müssen geschmiert werden, damit sie ordentlich laufen.«

»Auch, wenn es nur mit Heucheln geht?«

Er zuckte die Achseln. »Da ist doch nichts dabei. Die Menschen freuen sich darüber. Was, um Himmels willen, soll daran schlecht sein?«

»Nichts vermutlich. Aber ich ziehe die Wahrheit vor.«

»Du stellst zu viele Fragen.«

Wir befanden uns auf freiem Feld, und ich ließ mein Pferd galoppieren. Er blieb neben mir.

»Wir sind schon fast am Moor!« rief ich atemlos.

Ich zügelte die Stute. Da lag sie vor uns — eine sich scheinbar ins Unendliche ausdehnende Moorlandschaft mit einzelnen Felsblöcken, kleinen plätschernden Bächen und blühendem Stechginster.

»Eine eigenartige Stimmung«, sagte ich. »Findest du nicht auch? Irgendwie unheimlich.«

»Man fühlt sich in eine andere Welt versetzt.«

»Du empfindest es also auch.«

»Dieser Stimmung kann man sich nicht entziehen. So stelle ich mir die Landschaft auf einem anderen Planeten vor.«

»Hier passieren merkwürdige Dinge. Wenn ich das Moor betrachte, kann ich mir gut vorstellen, daß es wirklich Geister, Gespenster und Feen gibt.«

Wir stiegen ab und führten unsere Pferde am Zügel. Nach einer Weile schlug er vor: »Binden wir die Pferde an den Busch dort und ruhen ein wenig aus. Was hältst du davon?«

»Eine gute Idee.«

Wir banden die Tiere an und setzten uns. Mit dem Rücken lehnten wir uns an einen großen Felsblock. Tief atmeten wir die frische Luft ein. Das Gras raschelte im leichten Wind. Es hörte sich an wie leises Seufzen. Es klang fast menschlich.

»Das Bergwerk ist ganz in der Nähe.«

»Ich weiß. Es gehört den Pencarrons, nicht wahr?«

»Ja. Wir können irgendwann einmal hinreiten, wenn du Lust dazu hast. Sie freuen sich bestimmt, dich kennenzulernen.«

»So ein Bergwerk wirft sicher einen anständigen Gewinn ab.«

»Soweit ich weiß, ja. Für Poldorey ist es ein Segen. Viele Männer arbeiten in der Mine. Abgesehen von ein paar Farmern und Landarbeitern verdienen die meisten in dieser Gegend ihr Geld im Bergwerk oder mit der Fischerei. Die Farmer sind die einzigen, die sich keine größeren Gedanken um ihre Sicherheit machen müssen.«

»Um ihre Sicherheit? Du sprichst in Rätseln.«

»Doch, so ist es. Sie sind nicht in Gefahr. Die Fischer und Bergleute müssen ständig mit Katastrophen rechnen. In einem Bergwerk oder auf See wirken sich Katastrophen besonders schlimm aus. Wenn die Bergleute schwarze Hunde und weiße Hasen im Moor entdecken, bedeutet das für sie drohendes Unheil. Nicht zu vergessen die Geister, die sie ständig bei Laune halten müssen. Die Bergarbeiter lassen immer etwas von ihrem Lunch zurück für die hungrigen Geister. Und erst die Fischer, also die wissen nie, wann ihnen eine Meerjungfrau begegnet. Sie halten eine solche Begegnung für eine Warnung vor einer ernsten Gefahr. Und wenn ein Geisterschiff auftaucht, dann wird es besonders bedrohlich. Das ist aber längst noch nicht alles. Auch das Wetter spielt eine ganz große Rolle. Du mußt schon zugeben, im Vergleich dazu führen die Farmer und Landarbeiter ein recht beschauliches Leben.«

»Wenn das so ist, warum beschäftigen sich dann nicht alle mit der Farmarbeit?«

»Wenn die Fischer einen guten Fang machen, verdienen sie eine Menge Geld. Und die Bergleute? Vermutlich bekommen sie viel mehr Lohn als die Landarbeiter. Immerhin ist ihre Arbeit sehr viel gefährlicher.«

»Das leuchtet mir ein«, meinte er. »Ja, wenn man so auf das Moor hinaussieht, kann man sich gut vorstellen, daß dort Gespenster ihr Unwesen treiben.«

»Sieh mal dort, diese Steine. Die können zum Beispiel ganz plötzlich lebendig werden. Oder schau dir mal die da an. Seine Form sieht dem Umriß einer Frauengestalt zum Verwechseln ähnlich. Das ist eine steinerne Nonne. Sie wurde aus dem Kloster vertrieben, weil sie die Gebote der Kirche nicht befolgt hat.«

»Mich würde interessieren, welches Gebot sie gebrochen hat.«

»Sie hatte einen Geliebten. Manche Leute behaupten, wenn man allein hierherkommt, hört man sie weinen.«

»Höchstwahrscheinlich hören sie nur den Wind.«

»Das Heulen des Windes ähnelt tatsächlich dem Weinen einer steinernen Nonne.«

»Erzähl weiter.«

»Ich muß kurz überlegen. Interessiert dich die Legende vom Bergwerk?«

»Pencarrons?«

»Nein, nein. In Cornwall gibt es viele Bergwerke. Ich meine eins, das nicht mehr in Betrieb ist.«

»Und was ist dort passiert?«

»Die Legende handelt von einer Zinnmine. Vor langer Zeit ereignete sich dort ein schrecklicher Unfall. Mehrere Männer kamen ums Leben. Nach der Katastrophe erinnerten sich viele Bergleute, daß sie vor dem Unglück schwarze Hunde und weiße Hasen in der Nähe der Mine gesehen hatten. Die entsetzliche Katastrophe bedeutete das Ende der ›Cradley Mine‹. Die überlebenden Arbeiter verloren ihre Stellung. Großes Elend war die Folge. Angeblich lastete ein Fluch auf dem Bergwerk. Nachts drang ein merkwürdiges Klopfen aus der Mine. Zwei Brüder, die auch arbeitslos geworden waren und in großer Armut lebten, beschlossen, in die alte Mine hinunterzusteigen, um nachzusehen, was es mit dem Klopfen auf sich hatte. Das war gefährlich, denn der Stollen konnte jeden Augenblick zusammenbrechen. Trotzdem wagten sie es eines Nachts. Sie krochen durch den niedrigen Stollen in die Richtung, aus der das Klopfen kam. Jeden Moment rechneten sie damit, verschüttet zu werden. Plötzlich tauchte ein Licht vor ihnen auf. Als sie sich diesem Licht näherten, glaubten sie, ihren Augen nicht zu trauen. Sie erspähten zwanzig kleine Männer, die mit winzigen Schaufeln nach purem Gold gruben und ihre winzigen Eimer damit auffüllten. Die Brüder wußten sofort, daß sie es mit Geistern zu tun hatten.«

»Und die fanden Gold? In einer Zinnmine?«

»So erzählt man. Die beiden Männer bekamen zuerst einen furchtbaren Schrecken, verloren dann aber ihre Angst. Die Geister waren so klein, nicht größer als Kinderpüppchen, berichteten sie später. Die Zwerge nahmen den Männern ihr Eindringen nicht übel. Im Gegenteil. Sie lobten ihren Mut, in stockdunkler Nacht in den Stollen hinabzusteigen. Die Männer staunten, als sie die vielen Goldadern sahen. Sie behaupteten, mit dem richtigen Werkzeug könnten sie in der gleichen Zeit zwanzigmal mehr Gold herausholen als die Zwerge. Sie schlugen den kleinen Männern vor, das Gold auszugraben, zu verkaufen und vom Erlös jeder Unze Gold den Zwergen zehn Prozent abzugeben. Die erklärten sich damit einverstanden. Nacht für Nacht machten sich nun die Männer ans Werk. Schon nach kurzer Zeit waren sie reich. Sie kauften sich ein wundervolles Haus und konnten ein Leben führen wie Leute von Adel. Ihre Nachbarn wunderten sich natürlich über den plötzlichen Reichtum und fragten sich, woher das Geld käme. Die beiden Männer aber behaupteten einfach, sie hätten ihr Vermögen reichen Verwandten aus Übersee zu verdanken.«

»Hoffentlich haben sie nicht vergessen, die vereinbarten zehn Prozent abzuliefern.«

»Nein, nein. Nicht ein einziges Mal haben sie das vergessen. Sofort nach jedem Verkauf bekamen die Zwerge ihren Anteil ausbezahlt. Die Männer heirateten, und jeder wurde Vater eines Sohnes. Als die Jungen alt genug waren, offenbarten sie ihnen das Geheimnis und nahmen sie mit in die Mine, damit sie nach ihrem Tod die Arbeit fortsetzen konnten. Die beiden Brüder starben als alte, zufriedene Männer. Nun kam die Reihe an die Söhne.«

»Ich ahne, was kommt.«

»Was?«

»Die Söhne haben die zehn Prozent nicht abgeliefert.«

»Richtig. Anfangs brachten sie das Geld immer in die Mine und hinterlegten es am vereinbarten Ort. Wenn sie das nächste Mal wiederkamen, war das Geld weg. Die ganze Geschichte erschien ihnen reichlich albern. Sie dachten, ihre Väter wären verrückt gewesen, so mir nichts, dir nichts ein Vermögen aus dem Fenster zu werfen. Sie fragten sich, warum sollten wir das auch tun? Wir machen schließlich die ganze Arbeit. Doch sie arbeiteten längst nicht so hart wie ihre Väter. Sie spielten und tranken in den Wirtshäusern. In die Mine gingen sie nur, wenn ihre

Schatztruhen leer waren und wieder aufgefüllt werden mußten. Den Anteil für die Zwerge hinterlegten sie nicht mehr. Als sie dann eines Nachts wieder in das Bergwerk kamen, war plötzlich das ganze Gold verschwunden. Es war kein Stäubchen Gold mehr da. Sie standen in einer ganz gewöhnlichen, alten, längst abgebauten Zinnmine.«

»Das ist ihnen recht geschehen, findest du nicht auch? Sie hätten sich an die Abmachung halten sollen. Schließlich begegnet man nicht jeden Tag Zwergen, die aus einer Zinnmine Gold fördern. Daß sie den Nachschub sofort einstellten, als sie betrogen wurden, finde ich völlig in Ordnung.«

»Du machst dich über mich lustig. Du glaubst kein Wort von der Geschichte.«

»Mach dir nichts draus. Sie hat mir trotzdem gefallen. Und die Moral von der Geschicht': Hab keine Angst, mit Verwegenheit kommst du zu Wohlstand. Wie die beiden Männer, die dem merkwürdigen Klopfen auf den Grund gegangen sind. Und: Betrüge nicht. Jedenfalls niemanden, der über mehr Macht verfügt als du.«

Ich lachte. »Was machst du, wenn Onkel Peter ein Landgut kauft und dich als Verwalter einsetzt?«

»Ich weiß es noch nicht. Noch habe ich mich nicht entschieden, ob ich überhaupt Verwalter werden will. Es gibt so viele andere Möglichkeiten. Am liebsten würde ich ein paar Zwergen begegnen und sie bitten, mir eine Goldmine zu verschaffen.«

»Kannst du nicht einmal ernst bleiben?«

»Doch, manchmal schon. Sehr ernst sogar.«

Wir schwiegen eine Weile. In stummem Einverständnis genossen wir den intensiven, unverwechselbaren Geruch des Moores.

Wenn ich daran zurückdenke, kommt es mir vor, als sei jener Tag der letzte glückliche, unbeschwerte Tag meines Lebens gewesen.

Entgegen meiner leisen Befürchtung kehrte Grace Gilmore wie vereinbart nach Cador zurück. Ich suchte sie einen Tag nach ihrer Ankunft im Nähzimmer auf. Da ich aus einem meiner Lieblingskleider herausgewachsen war, wollte ich sie fragen, ob sie den Saum herauslassen könnte, ohne es zu verunstalten.

Sie kam mir seltsam erregt vor. Ich hätte zu gerne gewußt, ob beim Besuch ihrer Tante etwas Besonderes vorgefallen war.

Scheinheilig erkundigte ich mich, ob ihre Tante sich gefreut hatte, sie wiederzusehen. Verblüfft schaute sie mich an. Sollte sie ihre Tante schon wieder vergessen haben?

Aber sie hatte sich gleich wieder gefangen. »O ja! Danke, Angelet! Wir haben ein paar schöne Stunden zusammen verbracht.«

»Bestimmt hat sich Ihre Tante sehr für Ihre Arbeit auf Cador interessiert.«

»Sie schien sich zu freuen, daß ich eine Anstellung gefunden habe.«

»Mama war sehr zufrieden mit ihrem Alpakakostüm.«

»Das freut mich.«

»Ist Ihre Tante auch Schneiderin?«

»Nein, nein.«

»Ich dachte nur, vielleicht sei es eine Familientradition. Die Mutter von Miß Semple, die früher bei uns genäht hat, war auch Schneiderin. Und ihre Großmutter.«

Sie ging nicht darauf ein, sondern sagte nur: »Ich glaube, es geht, den Saum herauszulassen, Angelet.«

Ihre Miene sagte mir unmißverständlich, ich solle meine Nase gefälligst nicht in fremde Angelegenheiten stecken. Bestimmt hatte man ihr schon erzählt, daß ich mich sehr für andere Leute interessierte und keine Ruhe gab, bis ich herausgefunden hatte, was ich wissen wollte.

So antwortete ich nur: »Vielen Dank, Miß Gilmore. Ich lasse das Kleid gleich da.«

Den ganzen Nachmittag dachte ich unentwegt über ihr seltsames Benehmen nach.

Am nächsten Tag ritt ich mit Ben aus. Wir wollten an der Pencarron-Mine vorbeireiten, denn anscheinend interessierte er sich neuerdings für Bergwerke. Meine Geschichte hatte ihn wohl doch beeindruckt.

Unser Weg führte durch die Stadt. Erstaunt fanden wir dort eine Menschenansammlung vor, wie ich sie hier nur selten erlebt habe. Merkwürdigerweise starrten die Leute auf eine Wand. Wir ritten näher heran und entdeckten ein Plakat.

Ich ritt zu Jim Mullens hinüber, einem Fischer, den ich gut kannte, und fragte ihn: »Was ist denn los, Jim?«

»Oh, Miß Angel, etwas Schreckliches ist passiert. Ein Sträfling ist aus dem Gefängnis von Bodmin entflohen. Er soll sehr gefährlich sein.«

Ich stieg vom Pferd und führte es am Zügel. Ben tat es mir nach.

Wir betrachteten eine ziemlich grobe Zeichnung, die einen

Mann mit dichten Augenbrauen, wilden dunklen Augen und dunklen Locken darstellte.

DIESER MANN IST GEFÄHRLICH stand in großen schwarzen Buchstaben auf dem Plakat.

Aufgeregt las ich weiter. Er hieß Mervyn Duncarry und war ein Mörder, der aus dem Gefängnis von Bodmin geflohen war.

Mrs. Fenny durfte sich diese Sensation natürlich nicht entgehen lassen. Sie hatte sich sogar von ihrem Haus entfernt, um ja nichts zu verpassen.

»Das ist einfach schockierend«, jammerte sie. »Wir können alle in unseren Betten umgebracht werden.«

Die beiden Jungfern Poldrew starrten ebenfalls auf das Plakat. Ich verstand ihre geflüsterten Worte. »Bevor er das Mädchen erdrosselte, hat er dem armen Ding Gewalt angetan. Er verdient es, zweimal aufgehängt zu werden. Und statt dessen ... kann er jede Minute in Poldorey auftauchen.«

Vergnügt stellte ich mir vor, wie die beiden Jungfern heute abend zweimal unter ihre Betten guckten.

Über den Verbleib des gefährlichen Mannes wußte die Polizei anscheinend nichts. Er war in der Nacht aus dem Gefängnis ausgebrochen und konnte sich überall in der Gegend herumtreiben. Sämtliche Häfen wurden streng bewacht. Die Öffentlichkeit wurde zu großer Aufmerksamkeit aufgefordert. Wer glaubte, ihn gesehen zu haben, sollte keinen Versuch machen, sich ihm zu nähern, sondern umgehend die nächste Polizeidienststelle verständigen.

Wir stiegen wieder auf unsere Pferde und ritten weiter durch die Stadt.

»Bestimmt greift ihn die Polizei bald auf«, meinte Ben. »Er kann noch nicht weit gekommen sein, weil er sich immer wieder verstecken muß.«

Beim Essen unterhielten wir uns über den Sträfling.

»Für ein solches Verbrechen muß er hängen«, erklärte mein Vater. »Ein trauriger Fall. Angeblich handelt es sich um einen jungen Mann aus gutem Haus mit einer sehr guten Ausbildung. Er war Hauslehrer.«

»Diesem Mann hat man Kinder anvertraut!« rief meine Mutter entsetzt. »Das ist ja furchtbar!«

»Er muß verrückt geworden sein. Er hat ein Dorfmädchen umgebracht. Ein Kind von ungefähr zehn Jahren.«

Meine Mutter mied meinen Blick. Das arme Mädchen war in meinem Alter gewesen. Und dieser Mann hatte es vergewaltigt und ermordet.

Mit ernstem Gesicht sagte meine Mutter: »Ich hoffe, sie finden ihn bald. Er hat seine Strafe verdient. Warum machen Menschen nur so etwas Furchtbares?«

»Das sind Geisteskranke«, antwortete mein Vater. »Er muß plötzlich wahnsinnig geworden sein.«

»Vielleicht kann man ihn heilen«, meinte ich.

»Vielleicht, vielleicht auch nicht«, erwiderte Ben. »Und wie stellt man fest, ob er tatsächlich völlig geheilt ist? Die Krankheit könnte irgendwann wieder zum Ausbruch kommen. Dann würde er weiter morden.«

»Ja«, stimmte ihm Mutter zu. »Ich glaube, der einzige Ausweg ist, diese Leute mit dem Tod zu bestrafen. Er kann nicht weit kommen«, fügte sie, wie um sich selbst zu beruhigen, hinzu. »Macht euch keine Sorgen.«

Nach dem Essen schlug Ben vor auszureiten.

»Du hast versprochen, mir den Teich zu zeigen.«

»Ja, ich weiß. St. Branok.«

»Den unergründlich tiefen Teich, aus dem vor einer drohenden Katastrophe Glockengeläut ertönt.«

»Genau«, kicherte ich. »Das ist auch so ein besonderer Ort... wie das Moor. Du kannst darüber lachen, aber wenn du dort bist, empfindest du bestimmt auch diese eigenartige Stimmung.«

»Also, abgemacht. In einer halben Stunde.«

Als ich zu den Ställen kam, saß Ben bereits auf seinem Pferd. »John Polstark hat mir einen Auftrag erteilt. Er möchte, daß ich mit ihm zu einem der Cottages reite.«

Ich war zutiefst enttäuscht. »Dann kannst du also nicht mit mir ausreiten.«

»Es dauert bestimmt nicht lange. Wenn dein Pferd gesattelt ist, kannst du schon vorausreiten und dort auf mich warten. Soviel ich weiß, liegt das Cottage in der Nähe des Teichs.«

Hocherfreut stimmte ich zu und machte mich bald auf den Weg. Ich konnte nicht ahnen, daß das Leben nach diesem Ausflug nie wieder so sein würde wie zuvor.

Der Tag war warm. Nur eine leichte kühle Brise wehte vom Moor herüber. Am Teich angekommen, empfand ich sofort diese sonderbare, fast unheimliche Stille. Hier hielt sich nur selten jemand auf, und auch jetzt war weit und breit keine Menschenseele zu sehen. Ich lauschte angespannt und bildete mir ein, aus der Tiefe ganz leises Glockengeläut zu vernehmen. Eine leise Angst beschlich mich, und ich versuchte, mich zu beruhigen. An einem solch unheimlichen Ort ging die Phantasie leicht mit mir durch.

Der Teich lag ganz ruhig da, nicht die kleinste Welle kräuselte seine Oberfläche. Ich fühlte den unwiderstehlichen Wunsch, das Wasser zu berühren. Kurz entschlossen stieg ich vom Pferd und band die Stute an einem Strauch fest. Sie war lammfromm, aber ich wollte nicht, daß sie hier herumlief.

Begütigend streichelte ich sie und flüsterte: »Nur für kurze Zeit, Ben wird bald dasein.«

Am Ufer des Teichs kniete ich nieder und plätscherte mit einer Hand im Wasser. Fast wünschte ich mir, die Glocken zu hören. Aber wenn sie tatsächlich geläutet hätten, wäre ich vor Entsetzen geflohen. Wie wohl Glocken unter Wasser klingen? Sehr gedämpft, entschied ich und fürchtete mich ein wenig, so ganz allein.

Mein Pferd wieherte.

Ich stand wie erstarrt und drehte mich nicht um. »Du brauchst keine Angst zu haben, Glory«, sagte ich und versuchte, mit fester Stimme zu sprechen. »Er wird bald dasein. Dann binde ich dich gleich los. Es sei denn, er möchte einen kleinen Spaziergang machen.«

Plötzlich hörte ich Schritte.

»Ben!« rief ich. Ich wandte mich um, aber da stand nicht Ben.

»Guten Tag«, sagte ein mir unbekannter junger Mann. Er mußte ungefähr Anfang Zwanzig sein. Freundlich lächelnd sah er mich an. »Ich habe mich verlaufen. Vielleicht kannst du mir helfen.«

»Bestimmt. Ich wohne hier.«

»Etwa in dem wunderschönen Haus, an dem ich vorhin vorbeigekommen bin?«

»Oben auf der Klippe?«

»Ja. Es sah aus wie ein Schloß.«

Er trat näher und betrachtete mich von oben bis unten. Er hatte dichte Augenbrauen und dunkles, lockiges Haar.

»Das ist Cador«, antwortete ich. »Dort wohne ich.«

»Da kann ich dir nur gratulieren. Es muß herrlich sein, in einem solchen Haus aufzuwachsen.«

»Das Haus ist natürlich sehr alt.«

»Das habe ich mir gedacht«, sagte er, und dann wollte er wissen: »Gibt es in der Nähe einen guten Gasthof?«

»Das ›Fisherman's Rest‹. Aber das ist ein sehr kleines Gasthaus. Früher gab es das ›King's Arms‹. Dort hielten immer die Kutschen. Aber seit die Eisenbahnlinie gebaut worden ist, kommen kaum noch Gäste, und der Besitzer mußte schließen. Jetzt gibt es nur noch das ›Fisherman's Rest‹.«

»Du bist ein hübsches kleines Mädchen«, sagte er und trat noch näher.

Plötzlich durchzuckte mich zum erstenmal Angst. Von einer Sekunde zur anderen schien er sich völlig verändert zu haben. Ich hatte geglaubt, er sei Student und sähe sich die Gegend an. Nun war ich mir da nicht mehr so sicher.

»Vielen Dank«, sagte ich so kühl und unnahbar, wie ich nur konnte. Ich wollte an ihm vorbei, aber er packte mich blitzschnell am Arm.

»Du hast Angst vor mir«, sagte er. »Warum?«

»Nein, nein«, stammelte ich. »Ich ... ich muß nur nach Hause.«

»Warum?« schrie er und schüttelte mich.

Ein entsetzlicher Gedanke durchfuhr mich. Ich erinnerte mich an das Plakat und blickte ihm prüfend ins Gesicht. Seine Augen blitzten mich wild an und schienen mich durchbohren zu wollen. Da wußte ich, wen ich vor mir hatte: Dieser Mann war der entflohene Sträfling. Und ich war ganz allein mit ihm. Mein Herz klopfte rasend schnell, ich fürchtete, es müsse zerspringen.

Mit schriller Stimme hörte ich mich fragen: »Wer sind Sie?«

Er antwortete nicht. Ich wich zurück und stand nun dicht am Wasser.

Er folgte mir. Er war nicht mehr wiederzuerkennen. Das war nicht mehr der freundliche Student. Ein wahnsinniges Leuchten glitzerte in seinen Augen. Seine Pupillen schienen sich zu weiten.

»Ich mag kleine Mädchen.« Ein entsetzliches Lachen drang aus seiner Kehle. »Mir gefällt es, wenn sie nett zu mir sind.«

»Ja, ja«, ich bemühte mich, meiner Stimme einen normalen Klang zu verleihen, und überlegte, wie ich an ihm vorbeikommen konnte — und dann laufen, laufen ...

Wieder packte er mich am Arm. Ich versuchte, mich zu befreien. Aber meine verzweifelten Anstrengungen reizten ihn nur wieder zu diesem schrecklichen Lachen.

»Nein, nein!« schrie ich. »Verschwinden Sie! Lassen Sie mich in Ruhe.«

Dann beging ich einen Fehler. Ich wollte rasch an ihm vorbeischlüpfen, aber dabei bekam er meine Schulter zu fassen.

»Lassen Sie mich los!« schluchzte ich. »Lassen Sie mich gehen!«

Panik ergriff mich. Ich konnte nicht mehr klar denken. Seine Nähe raubte mir den Verstand. Was er von mir wollte, wußte ich nicht genau. Aber eines wußte ich mit Sicherheit: Für mich würde diese Begegnung mit dem Tod enden.

Ich war ein Kind, ich war flink. Aber er war ein erwachsener

Mann und natürlich viel stärker als ich. Ich wußte, wenn ich ihm nicht entkommen konnte, war mein Schicksal besiegelt.

Ich schrie ihn an und erkannte meine eigene Stimme nicht mehr. Er preßte seine Hand auf meinen Mund. Ich trat nach ihm. Für einen winzigen Augenblick ließ er mich los. Ich begann zu rennen. Ich mußte unbedingt versuchen, zu Glory zu kommen. Aber würde ich das schaffen? Er würde mich packen, bevor ich sie losgebunden hatte.

Ich rannte, so schnell ich konnte, aber ich stolperte, und er holte mich ein. Zitternd vor Angst schrie ich, so laut ich konnte. Aber wer sollte mich hören? Hierhin kam doch nur sehr selten jemand.

Er sah abscheulich aus. Noch nie hatte ich ein so schreckliches Gesicht gesehen. Übelkeit stieg in mir hoch. Heftig zerrte er an meinen Kleidern. Ich trat nach ihm und schlug wild um mich. Sicher hatte ich ihn verletzt, denn er schrie vor Schmerz auf und verfluchte mich. Ein Boxhieb traf mich an der Schläfe. In meinem Ohr dröhnte es, in meinem Mund schmeckte ich Blut.

»Nein, nein, nein«, schluchzte ich.

In meinem ganzen Leben hatte ich noch nie so gekämpft. Mein Leben hing von meiner Verteidigung ab. Weinend wie ein Baby rief ich nach meinem Vater und meiner Mutter. Oh, wenn sie wüßten, was mit ihrer geliebten Tochter geschah! Was, um Himmels willen, *würde* mit mir geschehen? Irgendwann würde man mich finden. Tot. Ein neues Opfer.

Ich kämpfte um mein Leben und wehrte mich mit all meiner Kraft. Blut strömte über sein Gesicht. Je mehr ich mich verteidigte, um so wütender wurde er.

Meine Kräfte ließen nach. Ich konnte nicht mehr lange durchhalten. Der Kampf schien schon eine Ewigkeit zu dauern, und ich wußte, ich würde ihn verlieren, wenn nicht noch ein Wunder geschah.

Ich glaube, ich habe gebetet. Wahrscheinlich betet man immer, wenn man sich in Lebensgefahr befindet. Unbewußt sucht man den letzten Beistand, der einem vielleicht noch helfen kann.

Und ... das Wunder geschah, meine Gebete wurden erhört.

Wie aus weiter Ferne hörte ich jemanden meinen Namen rufen. »Angel! Um Gottes willen, Angel!«

Ben war gekommen.

Mein Angreifer sprang sofort auf die Füße. Ich sah, wie Ben auf ihn zulief. Immer wieder rief er meinen Namen: »Angel, Angel. O nein!«

Der Mörder rannte auf Ben zu, aber der war auf den Angriff vorbereitet. Unfähig, mich zu rühren, beobachtete ich die beiden. Mit aller Kraft schlug der Mann nach Ben, der aber den Schlag parierte und ihm einen Fausthieb zwischen die Augen versetzte. Taumelnd stürzte der Mann zu Boden. Meine Lähmung fiel von mir ab. Zitternd erhob ich mich und eilte zu Ben.

Er nahm mich ganz fest in die Arme. »Angel, liebste Angel. Ist alles in Ordnung mit dir? Oh, mein Gott!«

»Mir fehlt nichts, Ben. Wenn du bei mir bist, kann mir nichts passieren.«

Entsetzt starrte er mich an. Blut strömte über mein Gesicht. Auch meine Kleider waren blutverschmiert. Ich muß furchtbar ausgesehen haben.

Wir wandten uns um und blickten auf den Mann hinunter.

»Das ist er«, sagte Ben. »Das ist der gesuchte Sträfling.«

»Ja, das weiß ich jetzt auch. Er hat mich erst nach dem Weg gefragt. Da sah er noch ganz normal aus. Doch von einer Sekunde zur anderen hat er sich völlig verändert. Er hat mich gepackt, und ich konnte nicht mehr weglaufen. Ben, ach Ben.«

»Jetzt ist alles vorbei. Er sieht aus, als hätte er genug Hiebe abbekommen. Wir müssen sofort jemanden verständigen, damit die Polizei weiß, daß wir ihn gefunden haben.«

»Was machen wir, damit er in der Zwischenzeit nicht entkommt?«

Ben kniete nieder. Der Mann hatte sich seit seinem Sturz noch nicht bewegt. Er sah merkwürdig friedlich aus. Ben hob den Kopf des Mannes hoch. Blut sickerte zwischen den dunklen Locken hervor. Der Hinterkopf des Mannes war blutüberströmt. Und auch der Stein, auf den er mit dem Kopf gefallen war.

Entgeistert starrte Ben den Mann an. Seine nächsten Worte jagten mir einen Angstschauer über den Rücken. »Er ist tot.«

Nach einem Schweigen, das mir endlos vorkam, fügte er hinzu: »Ich habe ihn umgebracht.«

»Oh, Ben! Nein! Das darf doch nicht wahr sein! Was machen wir bloß?«

»Ich weiß es nicht«, stammelte Ben.

»Du hast mir das Leben gerettet. Das ist alles. Er kann nicht tot sein. Nicht deshalb.«

»Ich habe ihm einen ganz schönen Schlag verpaßt. Aber daran ist er nicht gestorben. Er ist auf den Stein gefallen. Genau auf diese scharfe Kante. Die hat ihm den Schädel gespalten.«

Fassungslos starrte ich ihn an. Grauen packte mich. Unwillkürlich dachte ich an das Porträt in der Galerie. Ganz deutlich sah ich die lachenden Augen meines Großvaters. Jake Cadorson hatte damals einen Mann getötet, der ein junges Zigeunermädchen überfallen hatte. Er hatte als Mörder gegolten. Obwohl er das Mädchen vor einem Angreifer gerettet hatte, war er zu sieben Jahren Verbannung verurteilt worden.

Nun hatte auch Ben einen Mann getötet, einen von der Polizei gesuchten Mörder. Auch Bens Tat würde man als Mord bezeichnen, zumindest als Totschlag. Ben würde dieselbe Strafe bekommen wie mein Großvater.

Das durfte nicht geschehen. Ich mußte es verhindern.

Von Bens Großspurigkeit war nichts mehr zu merken. Auch er hatte Angst.

Stockend sagte er: »Ich ... ich habe ihn umgebracht.«

»Du hast es nicht absichtlich getan. Du mußtest ihn aufhalten. Wenn du ihn nicht getötet hättest, hätte er mich umgebracht.«

»Das war Mord«, murmelte er. »Man wird mich als Mörder vor Gericht stellen.«

Eine Gänsehaut überlief mich. Ich begann am ganzen Leib zu zittern. »Mein Großvater ...« Ich verstummte, aber schließlich faßte ich mir ein Herz. »Es war damals dasselbe, jedenfalls fast dasselbe. Aber der Mann da war ein Mörder.«

»Was war mit deinem Großvater? Ich erinnere mich nicht mehr genau.«

Ich biß die Zähne zusammen und brachte kaum einen Laut heraus. Stammelnd sagte ich: »Sie wollten ihn hängen, aber meine Großmutter hat sich für ihn eingesetzt. Man hat ihn nur deportiert. Für sieben Jahre. Die Leute hielten das für ein mildes Urteil.«

Ben schwieg. Er konnte seine Augen nicht von dem Mann abwenden.

Langsam und betont sagte ich: »Ben, niemand muß etwas davon erfahren.«

»Sie kommen in jedem Fall dahinter.«

»Wie denn?«

»Für die Polizei ist das kein Problem. Es gibt Spuren und dergleichen. Du kannst dir nicht vorstellen, wie genau sie alles überprüfen können. Man hinterläßt immer Spuren, ohne es zu merken. Und was ist mit dem vielen Blut?«

Er verstummte und starrte nachdenklich auf das Wasser. Plötzlich rief er: »Ich hab's.«

»Was? Sag's mir, Ben.«

»Wir werfen ihn in den Teich. Dort findet ihn bestimmt niemand. Wir stecken ihm Steine in die Taschen. Das Gewicht wird ihn hinunterziehen.« Er schien seine alte Verwegenheit zurückgewonnen zu haben. »Los, komm. Hilf mir, Angel. Wir zerren ihn in den Teich.«

Ich konnte kaum einen klaren Gedanken fassen. Der Tote mußte verschwinden, das leuchtete mir ein. Im Teich würde kein Mensch nach ihm suchen.

Der Körper war schwer. Als wir ihn durch das Gras schleiften, blieb eine undeutlich sichtbare Blutspur zurück. Endlich gelangten wir an das Teichufer. Seine aufgerissenen Augen schienen mich anzustarren. Ich schauderte unwillkürlich. Mein Leben lang würde ich diesen Anblick nicht vergessen.

Ich wandte mich ab. Dabei fiel mein Blick auf irgend etwas Glitzerndes. Es war ein Ring. Ich hob ihn auf und steckte ihn in meine Rocktasche. Warum ich das getan habe, weiß ich nicht. Vermutlich wollte ich nur nicht mehr an den toten Mann denken, mich wenigstens für den Bruchteil einer Sekunde von ihm ablenken.

»Was machst du denn?« fragte Ben, der eifrig große Steine sammelte und sie dem Mann in die Taschen stopfte. »Los, komm. Hilf mir, ihn in das Wasser zu schieben.«

Wir zerrten ihn in den Teich. Aber das Wasser war am Rand zu seicht, und wir mußten ein Stück hineinwaten, bis wir an eine tiefere Stelle gelangten.

Das Wasser war eiskalt. Ich fröstelte. Ben gab mir ein Zeichen, und wir ließen den Körper gleichzeitig los. Einen Augenblick lang sah ich noch den Kopf mit dem dunklen, feuchten Haar, die seltsame Blässe der Haut, die offenen, anklagenden Augen.

Rasch wandte ich mich ab. Vor Schwäche taumelte ich und fiel ins Wasser. Ben half mir auf die Beine und sagte: »Es ist alles vorbei. Wir haben es geschafft.«

Dicht nebeneinander standen wir am Ufer. Liebevoll legte Ben seinen Arm um meine Schultern.

»Hör auf zu zittern, Angel. Er ist wie vom Erdboden verschluckt. Niemand wird ihn finden. Der Teich hat keine Strömung, die den Körper ans Ufer spülen könnte. Es ist, als hätte es ihn nie gegeben. Schnell, laß uns von hier verschwinden.«

Er stützte mich. Wie gebannt starrte ich auf die breite Blutspur im Gras.

Ben blickte zum Himmel hinauf. »Heute nacht wird es regnen. Der Regen vernichtet alle Spuren.«

»Und wenn vorher jemand kommt?«

»Kein Mensch wird kommen. Hierher geht doch kaum jemand. Außerdem muß man sehr genau hinsehen, um überhaupt etwas zu entdecken. Man müßte schon danach suchen. Und niemand kann mit letzter Sicherheit behaupten, daß es sich um Blut handelt.«

»Es ist furchtbar, wenn man einen Menschen umgebracht hat«, murmelte ich.

»Wir haben ihn nicht umgebracht. Es war ein Unfall. Du darfst nie vergessen, daß er mit dir dasselbe gemacht hätte wie mit dem anderen Mädchen. Sein Tod war ausgleichende Gerechtigkeit. Eine höhere Macht hat entschieden. Wenn wir vernünftig darüber nachdenken, empfinden wir keinen Funken Mitleid mit ihm. Wir haben nichts zu bereuen. Er hat den Tod verdient. Sein Leben hätte sowieso am Galgen geendet. Er war zum Tode verurteilt. Wir müssen vernünftig bleiben. Lieber Gott, Angel, du bist doch noch ein Kind.«

»Ich fühle mich uralt«, wisperte ich.

Er umschloß mein Gesicht mit seinen Händen und küßte mich.

»Das bleibt unser Geheimnis, Angel.«

»Aber er ist tot, Ben. Und er ist durch unsere Schuld umgekommen.«

»Nein, er ist selbst schuld. Ich empfinde kein Bedauern und keine Reue.«

»Aber wenn sie dahinterkommen?«

»Sie kommen nie dahinter. Wie auch?«

»Wir hätten das nicht tun dürfen, Ben. Wir hätten zur Polizei gehen müssen und alles erklären.«

»Was glaubst du, was das für einen Wirbel gegeben hätte? Sie hätten uns beschuldigt. Für sie ist das Mord. Erinnere dich, wie man mit deinem Großvater umgesprungen ist. Und dieser Fall liegt ganz ähnlich«.

»Nein. Er hat keinen gesuchten Mörder umgebracht.«

»Das ändert nichts. Hör zu. Wir stecken beide in der Sache drin. Es bleibt unser Geheimnis. Überleg mal, in welchen Skandal wir unsere Familien verwickeln würden. Der Klatsch und das Gerede nähmen keine Ende. Du weißt genau, wie die Leute übertreiben. Stell dir vor, die Presse bekäme Wind von der Angelegenheit. Nein, was uns betrifft, für uns ist die Sache erledigt und vorbei.«

»Ein solches Erlebnis kann man doch nicht einfach vergessen!«

»Die Sache ist vorbei und erledigt. Das heißt, wenn wir den Mund halten. Man wird nach ihm fahnden, und niemand wird ihn finden. Folglich werden sie annehmen, daß er entkommen ist. Falls wir zur Polizei gehen, wird man uns Fragen über Fragen stellen. Sie werden uns nie in Ruhe lassen und behaupten, ich hätte ihn ermordet. Und du wärst meine Komplizin. Genau das werden sie sagen. Unser Leben lang hätten wir darunter zu leiden. Denk doch mal an die Legenden. Je mehr darüber geredet wird, um so mehr wird die Sache aufgebauscht. Wir wären für immer gebrandmarkt. Den Mann hätte man ohnehin aufgehängt. Wenn ich mir's recht überlege, hat er auf diese Weise einen angenehmeren Tod gehabt. Wir müssen an uns denken. An unsere Familien. Wir haben keine andere Wahl. Ich weiß, was wir tun müssen.«

»Und was?« erkundigte ich mich.

»Auf jeden Fall endlich von hier verschwinden und niemandem sagen, daß wir am Teich gewesen sind. Kein Sterbenswörtchen darf über unsere Lippen kommen. Kannst du das, Angel? Kannst du schweigen? Kein Wort. Zu niemandem.«

»Ja. Ja, ich glaube schon.« Ängstlich blickte ich an meinen schmutzigen Kleidern hinunter. Auch an meiner Jacke klebte Blut.

»Das Blut müssen wir natürlich erklären«, fuhr Ben fort. »Wir sagen einfach, du wärst gestürzt. Das leuchtet ihnen sicher ein. Aber kein Wort über ... ihn.«

»Sie kommen bestimmt dahinter.«

»Nein. Nicht, wenn wir sehr vorsichtig sind. Hör endlich auf zu zittern, Angel.«

»Ich kann nicht. Mir ist so kalt.« Ich mußte niesen und konnte nicht mehr aufhören.

Ängstlich sah er mich an. »Hör zu, Angel. Das alles war schrecklich. Aber wir stecken nun einmal in dieser unangenehmen Situation und müssen zusehen, wie wir da wieder herauskommen.«

Ben gewann zunehmend sein gesundes Selbstvertrauen zurück. In seinen Augen blitzte sogar eine gewisse Abenteuerlust. »Wir arbeiten einen hieb- und stichfesten Plan aus. Der Mann ist tot. Der bringt keine kleinen Mädchen mehr um. Nie wieder. Im Grunde haben wir ein gutes Werk getan. Wir haben ihn vor dem Galgen und dem Henker bewahrt. Man kann sagen, wir haben ihm einen Gefallen erwiesen. Auch die anderen kleinen Mädchen, die er noch überfallen hätte, haben wir gerettet.«

Obwohl ich noch immer vor Kälte zitterte, fühlte ich mich langsam ein wenig besser. Ben sprach sehr überzeugend. Ich begann zu glauben, daß wir das Richtige getan hatten, für uns und auch für alle anderen.

Er bot seine ganze Überredungskunst auf. »Du begreifst doch, Angel, wie furchtbar es für uns und unsere Familien wäre, wenn all das bekannt würde. Ich weiß auch nicht genau, was man mit uns machen würde. Ganz ungeschoren davonkommen ließe uns die Polizei bestimmt nicht. Wenn ein Mensch getötet wird, bringt das immer eine Menge Ärger mit sich. Wie gehen wir am besten vor? Du bist durch und durch naß und ich auch. Daß wir im Teich waren, dürfen wir auf gar keinen Fall sagen. Wir behaupten einfach, wir wären im Meer geritten. Es könnte folgendermaßen abgelaufen sein: Wir sind am Strand entlanggaloppiert. Das machst du doch oft. Plötzlich ist Glory ins Straucheln geraten, über einen Felsausläufer gestolpert und hat dich abgeworfen. Das war ganz dicht am Meer, und die Wellen haben dich überspült. Du hast dich an diesem Fels verletzt. Das wäre eine Erklärung für das Blut. Du bist vornüber über Glorys Kopf gefallen. Ein paar Sekunden lang hast du das Bewußtsein verloren. Gott sei Dank befand ich mich in der Nähe. Genauso war es. Kannst du dir das merken?«

»Ja, Ben. Bestimmt.«

Er nahm meine Hand. Ich zitterte immer noch am ganzen Leib.

»Es ist besser, wenn wir nicht reiten. Ich setze dich auf Glory und führe die Pferde am Zügel nach Hause.«

Er hatte recht. Mir war schwindlig, und alles drehte sich. Das Zittern hörte nicht auf.

Beruhigend sprach Ben auf mich ein. »Es kommt nur darauf an, so wenig wie möglich zu sagen. Du mußt selbst davon überzeugt sein, daß alles genau passiert ist, wie wir es besprochen haben. Mit deiner Phantasie ist das eine Kleinigkeit für dich.«

»Ich werde nie vergessen, was vorgefallen ist. Wie er mich angesehen hat. Ach Ben, es war entsetzlich.«

»Du mußt das vergessen. Es ist nicht gut, wenn man ständig unangenehme Erinnerungen mit sich herumschleppt. Wir haben das Bestmögliche getan — das einzig Mögliche. Jetzt kommt es nur noch darauf an, daß wir unsere Geschichte glaubhaft erzählen. Wenn man die Wahrheit nicht ertragen kann, ist es gar nicht so schlecht, sich in seiner Phantasie etwas anderes zurechtzulegen.«

»Bleibst du bei mir und hilfst mir, Ben?«

»Natürlich. Ich lasse dich nicht aus den Augen.«

»Dann schaffe ich es. Ganz bestimmt.«

»Angel, ich liebe dich.«

»Wirklich, Ben? Ich liebe dich auch.«

»Wenn ich an diesen Mann denke und an dich ... meine

kleine unschuldige Angel, dann bin ich *froh*, daß ich ihn getötet habe.«

»Mir wäre es lieber, ein anderer hätte es getan. Ich wünschte, ich wäre ihm nie begegnet.«

»Solche Wünsche helfen auch nicht weiter. Damit erreichst du gar nichts. Meine liebe Angel, es geht dir sicher bald wieder gut. Die Zeit heilt alle Wunden.«

»Ich fühle mich ganz eigenartig. Alles ist so weit weg.«

Er hielt mich ganz fest. Ich nahm die Umgebung kaum noch wahr.

Ganz dunkel erinnere ich mich noch an meine Mutter, die mit einem lauten Schrei auf uns zustürzte. »Was ist los? Was ist passiert?« Und Ben antwortete: »Angelet hatte einen Unfall. Glory hat sie abgeworfen.«

»Mein armes Kind!«

Die Gegenwart meiner Mutter beruhigte mich sehr.

Mein Vater eilte aus dem Haus. Ängstlich und entsetzt starrte er mich an. Ich muß erbärmlich ausgesehen haben.

»Sie muß sofort ins Bett«, befahl meine Mutter. »Sie hatte einen Unfall. Beim Reiten.«

»Einen Reitunfall. Mit Glory?«

»Ich glaube, sie ist jetzt nicht in der Verfassung, um Fragen zu beantworten«, warf Ben ein.

Meine Mutter brachte mich in mein Zimmer. Sie zog mir die Jacke aus. Ein oder zwei Sekunden betrachtete sie voller Bestürzung mein blutbeflecktes Kleid. Ich schob die Hand in meine Rocktasche und spürte den Ring, den ich aufgehoben hatte.

»Was ist das?« erkundigte sich meine Mutter.

»Ach, nichts. Das habe ich gefunden.«

»Leg das Ding weg!« ordnete meine Mutter an. Ich öffnete eine Schublade und legte den Ring hinein. Erstaunt fragte ich mich, warum ich ihn aufgehoben hatte. Wahrscheinlich hatte ich es ganz automatisch getan, so wie ich immer unterwegs Dinge aufsammelte, die meine Neugier hervorriefen.

»Du mußt dich schnellstens aufwärmen. Meine Güte, du bist naß bis auf die Haut. Zieh dich endlich aus.«

Sie wickelte mich in ein Badetuch und half mir ins Bett. Noch immer zitterte ich am ganzen Leib.

»Dein Vater hat gleich nach Dr. Barrow schicken lassen.«

»Mir geht's gut.«

»Der Doktor soll dich ansehen. Nach einem Sturz weiß man nie. Ich glaube allerdings nicht, daß du dir etwas gebrochen hast.«

Meine Mutter setzte sich zu mir auf die Bettkante. Auf den Arzt brauchten wir nicht lange zu warten.

Behutsam betastete er meinen Kopf. Ich hatte einen großen blauen Fleck auf der Wange.

»Bist du auf das Gesicht gefallen?« fragte er.

»Ich ... ich weiß es nicht. In meinem Kopf geht alles durcheinander.«

»Hm«, brummte er. »Mach mal den Mund auf. Du hast dir anscheinend auf die Lippen gebissen. Wahrscheinlich beim Sturz. Und ein paar ordentliche Prellungen hast du dir auch zugezogen.«

Entsetzt überlegte ich, was ich tun sollte, wenn er eine Verletzung entdeckte, die nicht auf einen Reitunfall zurückzuführen war.

»Am Strand«, murmelte er verwundert.

»Ich kann mich kaum erinnern. Plötzlich lag ich unten.«

Er nickte und wandte sich an meine Mutter. »Könnte eine leichte Gehirnerschütterung sein. Zum Glück ist sie auf weichen Sand gefallen. Der Schock ist schlimmer als die Verletzungen. Halten Sie sie warm. Ich gebe ihr ein Beruhigungsmittel, damit sie tief und ruhig schläft. Morgen sehen wir weiter.«

Schlafen! Ich glaubte, nie wieder ruhig und friedlich schlafen zu können. Bestimmt würde ich immer von diesem gräßlichen Augenblick träumen, als ich seine Hände auf meinem Körper spürte. Und von der Blutspur im Gras. Von den starren toten Augen. Sein Blut hatte das Wasser rosa gefärbt.

Ich wußte, ich würde dieses schreckliche Erlebnis niemals vergessen können. Von einer Minute zur nächsten war ich ein anderer Mensch geworden.

Wider Erwarten verhalf mir das Beruhigungsmittel von Dr. Barrow zu einem tiefen und traumlosen Schlaf. Am nächsten Morgen hatte ich einen schweren Kopf. Mir war schwindlig, und ich glühte vor Hitze. Nach und nach kehrte die Erinnerung zurück. Sie legte sich wie eine Zentnerlast auf meine Brust, und ich glaubte, daran ersticken zu müssen. Ich wünschte nichts sehnlicher, als wieder in einen erlösenden Schlaf zu fallen, der mich alles vergessen ließ.

Mein schlechtes Befinden beunruhigte meine Mutter zutiefst. Unverzüglich ließ sie wieder nach Dr. Barrow schicken.

In einer Hinsicht war ich dankbar für das Fieber. Es verschonte mich vor Fragen. Sicherlich wäre es mir nicht möglich gewesen zu schweigen, hätte man mich so kurz nach dem Vorfall ausgiebig befragt.

Ich hatte mir eine schwere Erkältung zugezogen, die sich im Verlauf der nächsten Tage zu einer Bronchitis und dann zu einer Lungenentzündung entwickelte. Ich schwebte in Lebensgefahr. Niemand wußte, ob ich mich erholen würde. Meine Umgebung versank in einem Nebelschleier. Oft nahm ich sie überhaupt nicht mehr wahr. Verschwommen sah ich das besorgte Gesicht meiner Mutter, als sie sich über mich beugte. Plötzlich verwandelte sich ihr Gesicht in das des Toten, ich befand mich wieder am Teich und blickte in seine aufgerissenen Augen. Entsetzt schrie ich auf: »Nein, nein!« Die zärtliche Stimme meiner Mutter durchdrang den Nebel. »Es ist alles gut, Liebes. Ich bin bei dir. Alles ist gut.«

In meinem Zimmer herrschte geschäftige Unruhe. Durch den Nebelschleier erkannte ich Grace Gilmore. Sie schien häufig dazusein. Auch Ben besuchte mich. Als er neben meinem Bett stand, fühlte ich mich wieder an den Teich zurückversetzt und schreckte hoch.

Ich hörte die Stimme meiner Mutter. »Ich glaube nicht, daß sie jetzt schon Besuch bekommen sollte.«

Irgendwann unterhielten sie sich über die Krise. Es mußten mehrere Menschen im Zimmer sein. Die Gesichter verschwammen vor meinen Augen, die Stimmen schienen von ganz weit her zu kommen. Meine Mutter versuchte, mich anzulächeln, aber ich merkte sehr wohl, daß sie weinte. Ich glaubte, nun müsse ich sterben.

Aber das Fieber ging zurück, und der Nebelschleier lichtete sich langsam. Glücklich lächelnd versammelte sich die ganze Familie um mein Bett. Meine Mutter beugte sich über mich und flüsterte: »Wie fühlst du dich, mein Schatz? Es geht dir besser. Bald wirst du wieder ganz gesund sein.«

Meine Kindheit war unwiederbringlich vorüber. Ich war erwachsen geworden. Die Welt, in der ich bis zu jenem Tag am Teich voller Zufriedenheit gelebt hatte, existierte nicht mehr. Jetzt betrachtete ich die Welt als einen Ort, an dem schreckliche Dinge geschahen. Die in der Vergangenheit durchlittenen Ängste waren stets schemenhaft geblieben. Ich hatte nie wirklich geglaubt, daß mir etwas Schlimmes zustoßen könnte. Furchtbare Dinge geschahen anderen Menschen, nicht mir. Ich hatte meine Eltern, mein behütetes Zuhause, mich konnte nichts und niemand verletzen. Geister und Hexen, Grausamkeit und Entsetzen, Leid und Tod, das betraf andere Menschen, nicht mich und die, die ich kannte. Darüber sprach man nur, und dabei empfand man einen wohligen Schauer. Wenn ich eine kindliche Angst verspürte, wußte ich trotz aller Schrecken, meine Mutter war da und ich konnte jederzeit zu ihr laufen, mich an ihre Röcke klammern und alles Leid und jeden Kummer vergessen.

Diese unbeschwerte Kinderzeit hatte ich hinter mir gelassen. Das Entsetzliche war mir von Angesicht zu Angesicht gegenübergetreten. Ich konnte mir halbwegs vorstellen, was der Mann mit mir gemacht hätte. Ich hatte die Wirklichkeit mit all ihrer Grausamkeit kennengelernt. Auch mir konnte jederzeit Furchtbares widerfahren!

Meine Mutter erlaubte nicht, daß ich mich im Spiegel betrachtete. Einmal tat ich es doch. Eine Fremde starrte mir entgegen. Blaß und dünn, mit unnatürlich großen Augen. Und mein Haar — mein Haar war kurz wie das eines Jungen.

Liebevoll strich mir meine Mutter über den Kopf. »Es wird bald nachwachsen. Sieh mal, es hat wunderschöne Wellen. Wir mußten dir die Haare schneiden, wegen des hohen Fiebers.«

Ich konnte den Blick nicht von diesem Gesicht im Spiegel abwenden. Dieses Gesicht verbarg Geheimnisse. Es waren nicht mehr die unschuldigen Augen eines Kindes. Diese Augen hatten das Grauen gesehen.

Ich fühlte mich sehr viel älter. Während ich zwischen Leben und Tod geschwebt hatte, war ich erwachsen geworden. Jetzt war ich überzeugt, wir hatten das einzig Richtige getan. Bens Entscheidung war richtig gewesen. Er hatte einen Mörder getötet, um mich zu retten. Das war nicht dasselbe wie ein Mord an einem unschuldigen Menschen.

Ich mußte vergessen, wie Ben es mir geraten hatte, mußte mich selbst davon überzeugen, daß die Geschichte mit dem angeblichen Unfall tatsächlich der Wahrheit entsprach.

Mein Befinden besserte sich zusehends.

Eines Tages sagte meine Mutter: »Watson war heute morgen am Hafen und hat einen herrlichen Heringskönig entdeckt. Er meinte, das wäre genau das richtige, um dich in Versuchung zu führen. Mrs. Penlock hat ihn auf eine ganz raffinierte Weise zubereitet. Du darfst dir keinen Bissen entgehen lassen. Du weißt, wie empfindlich Mrs. Penlock ist.«

Ich zwang mich zu einem Lächeln. Ich klammerte mich an die Normalitäten des Alltags, die Erinnerungen an mein früheres Leben weckten.

Ich hörte, wie meine Mutter meinem Vater zuflüsterte: »Es ist besser, wenn wir kein Wort über den Unfall verlieren. Sie scheint sich noch immer sehr aufzuregen.«

Diese Worte beruhigten mich. Ich wollte nicht darüber reden, nicht mehr lügen, als unbedingt notwendig. Ihr Schweigen half mir dabei.

Meine Mutter erzählte mir, ich sei drei Wochen schwer krank gewesen.

»Jack hat sich furchtbar aufgeregt. Er wollte dir unbedingt seine Eisenbahn bringen, und du weißt ja, wie sehr er an ihr hängt. Du hättest die bedrückten Gesichter in der Küche sehen sollen. Mrs. Penlock hat laufend Vorschläge gemacht, was du essen sollst. Sie wird dich wieder ›aufpäppeln‹, hat sie gesagt. Du wärst so rund wie ein Faß, wenn wir sie gelassen hätten. Wir alle haben uns schreckliche Sorgen gemacht und sind so froh, daß es dir endlich bessergeht. Aber bilde dir bloß nicht ein, du könntest schon wieder herumlaufen. Du bleibst noch eine Woche im Bett. Wir gehen die Sache ganz langsam an.«

»Ich bin wohl sehr krank gewesen?«

Sie nickte. Ihre Lippen bebten.

»Du hast geglaubt, ich müßte sterben.«

»Mit Lungenentzündung ist nicht zu spaßen. Und dann dieses entsetzliche Fieber. Du schienst völlig verstört. Aber das ist jetzt überstanden.«

Überstanden? Es würde nie überstanden sein. Er wird immer dasein ... dort unten auf dem Grund des Teiches.

Ich fragte: »Wo ist Ben?«

»Oh, er ist abgereist. Er hat abgewartet, bis es dir besserging. Vorher wollte er auf gar keinen Fall nach London zurück. Er hat sich große Sorgen gemacht. Aber du weißt ja, er wollte nur einen Monat bei uns bleiben.«

»Er hat sich nicht einmal von mir verabschiedet.«

»Nein. Ich wollte nicht, daß dich jemand besucht. Und du schienst dich ein wenig aufzuregen, wenn ich ihn zu dir gelassen habe.«

»Habe ich gar nichts zu ihm gesagt?«

»Nein. Jedenfalls nichts Vernünftiges. Du hast irgend etwas Unverständliches gemurmelt. Es bekam dir gar nicht, wenn sich zu viele Menschen in deinem Zimmer aufhielten. Vor einer Woche ist er nach London gefahren. Ich muß dir eine Menge Neuigkeiten erzählen, wenn du erst etwas zu Kräften gekommen bist.«

Bis jetzt hatte also noch niemand Verdacht geschöpft. Ich fühlte mich gleich besser.

Trotzdem war ich noch sehr schwach. Erstaunt stellte ich fest, wie wacklig ich auf den Beinen stand.

»Es dauert noch einige Zeit, bis du wieder ganz bei Kräften bist«, meinte meine Mutter.

An den Nachmittagen leistete sie mir Gesellschaft. Manchmal las sie mir etwas vor. An anderen Tagen beschäftigte sie sich mit einer Handarbeit, und wir unterhielten uns.

Es dauerte ziemlich lange, bis ich den Mut aufbrachte, die Frage zu stellen, die mir am meisten am Herzen lag: »Mama, ich habe noch gar nichts gehört über diesen Mann ... diesen entflohenen Sträfling.«

»Ach der. Die Suche verlief im Sande. Die Polizei hat ihn nicht aufgespürt.«

»Was glaubt man denn, was mit ihm geschehen ist?«

»Die Polizei ist davon überzeugt, daß er außer Landes gegangen ist.«

»Hätte ihm das denn gelingen können?«

»Nun ja, möglich ist es schon. Vermutlich haben ihm Freunde geholfen. Es ist eine sehr merkwürdige Geschichte. Anscheinend war er wirklich ein junger Mann mit guter Ausbildung. Er hatte eine Stellung als Hauslehrer bei einer Familie in der Nähe von Bodmin. Crompton hieß der Ort, wenn ich mich recht erinnere. Es ist furchtbar, daran zu denken, daß er sich um Kinder gekümmert hat! Seine frühere Herrschaft wird Gott danken, daß ihren Kindern nichts geschehen ist. Zuletzt hat er einen Jungen in deinem Alter unterrichtet. Die Familie hatte auch eine kleine Tochter. Aber die wurde, soweit ich weiß, von einer Gouvernante betreut. Die ganze Angelegenheit war schrecklich für diese Familie. Sie hatten anscheinend eine sehr hohe Meinung von ihm und rechneten natürlich nicht mit so etwas.«

»Könnte es sein, daß er unschuldig war?«

»Nein, nein. An seiner Schuld besteht nicht der geringste Zweifel. Als man ihn aufgegriffen hat, waren seine Hände noch blutverschmiert. Er hat das Mädchen aus dem Dorf umgebracht.«

Mir lief es eiskalt über den Rücken.

»Offenbar war er davor schon einmal unter Verdacht geraten, aber die Polizei ging damals der Sache nicht weiter nach. Leider, sonst wäre dieses arme Mädchen vielleicht noch am Leben.«

»Und er ist ihnen nach seiner Verhaftung entkommen?«

»Ja. Er hatte ein Messer. Niemand weiß, wie er in den Besitz des Messers gelangt ist. Irgend jemand muß es ihm ins Gefängnis geschmuggelt haben. Damit hat er einen Wärter angegriffen. Der bedauernswerte Mann wurde schwer verletzt und erholt sich nur langsam. Der Mörder hat seinem Opfer die Schlüssel gestohlen und ist seelenruhig aus dem Gefängnis spaziert. Die Polizei konnte seine Spur bis nach Carradon verfolgen. Von da an scheint er spurlos verschwunden zu sein. Wie vom Erdboden verschluckt.«

O nein, Mama, dachte ich, vom Teich.

»Die Behörden möchten den Fall wahrscheinlich am liebsten vergessen. Die Presse hat lang und breit darüber berichtet. Aber die Leute werden es bald leid, immer wieder von einem Fall zu lesen, in dem es keinerlei neue Erkenntnisse gibt. Jetzt steht kaum noch etwas über den Mann in den Zeitungen. Die Öffentlichkeit hat es hingenommen, daß er entwischt ist. Ich bin überzeugt, er ist längst im Ausland.«

Ich brauchte mir also keine weiteren Sorgen zu machen. Niemand würde ihn je finden.

Meine Mutter fuhr fort: »Grace hat sich großartig verhalten. Sie ist nicht nur eine gute Schneiderin, sondern hat überhaupt eine sehr gute Ausbildung genossen. Es ist bestimmt sehr schwer für eine junge Frau aus gutem Hause, plötzlich ihren Lebensunterhalt verdienen zu müssen. Gestern hat sie mich frisiert. Auch dabei hat sie besonderes Geschick bewiesen. Ich brauche ja keine Zofe. Aber in London wäre es manchmal schon eine Hilfe. Ich war froh, daß sie mir während deiner Krankheit zur Seite stand.«

»Du scheinst sie sehr gern zu haben.«

»Sie ist sehr dankbar für die Stellung bei uns. Anscheinend kann sie gar nicht genug für mich tun.«

Grace besuchte mich und zeigte sich über meine fortschreitende Genesung erleichtert.

»Gott sei Dank bist du auf dem Weg der Besserung.«

»Vielen Dank für alles, was Sie getan haben. Meine Mutter hat mir erzählt, Sie hätten sie sehr unterstützt.«

»Das war das mindeste, was ich für sie tun konnte. Ich kann dir gar nicht sagen, wie froh ich war, als es dir jeden Tag ein wenig besserging.«

»Ich weiß erst jetzt, wie krank ich war.«

»Es war sehr schlimm. Aber es war nicht nur das Fieber. Eine innere Qual schien dir schwer zu schaffen zu machen. Du hast oft undeutliche Worte gemurmelt. Ein- oder zweimal hast du den Teich erwähnt.«

Ein scharfer Schmerz durchzuckte mich. Was hatte ich in meinen Fieberphantasien ausgeplaudert?

»Teich?« wiederholte ich wie eine Närrin.

»Ich nehme an, du hast St. Branok gemeint. Na ja, es hat das übliche Gerede gegeben. Die Leute hörten wieder einmal die Glocken. Aber wer hat jemals von Glocken unter Wasser gehört?«

»Haben die Leute die Glocken erst vor kurzem läuten hören?«

»Anscheinend. Irgend jemand ist in der Dämmerung am Teich gewesen und hat sich eingebildet, die Glocken läuteten. Dieser Aberglaube steckt einfach in ihren Köpfen. Da ist nichts zu machen.«

»Ja, das Gefühl habe ich auch. Die Leute bilden sich immerfort die sonderbarsten Dinge ein und deuten sie als böses Vorzeichen.«

Entschlossen wechselte ich das Thema, weil ich nicht mehr vom Teich sprechen wollte. Es beunruhigte mich, daß sie mich mit dem Teich in Verbindung gebracht hatte.

Einige Wochen vergingen. Endlich durfte ich mein Zimmer verlassen. Ich unternahm ausgedehnte Spaziergänge im Park. Obwohl meine Haare wieder wuchsen, sah ich immer noch fast wie ein Junge aus. Meine Mutter tröstete mich und versicherte mir, mein Haar wäre bald wieder so schön wie vor meiner Krankheit. Alle im Haus, auch das Personal, verhielten sich ausnehmend freundlich und rücksichtsvoll. Ich ritt mit meinem Vater aus, alleine auszureiten hatte er mir verboten. Aber dazu war mir ohnehin die Lust vergangen. Mein Vater fürchtete stets, ein langer Ritt könnte mich ermüden, deshalb kehrten wir meist schon nach kurzer Zeit nach Hause zurück. Glory durfte ich nicht reiten. Das arme unschuldige Tier war in Ungnade gefallen, weil ich es beschuldigt hatte, mich abgeworfen zu haben. Ich murmelte eine Entschuldigung für sie, weil ich liebend gern weiterhin Glory geritten hätte. Aber meine Eltern erlaubten es unter keinen Umständen.

Aus London erreichten uns Neuigkeiten.

»Deine schwere Krankheit hat die ganze Familie sehr beunruhigt«, berichtete meine Mutter. »Tante Amaryllis hat jede Woche geschrieben. Jetzt ist sie natürlich außerordentlich erleichtert, daß es dir wieder bessergeht. Sie schickt euch allen liebe Grüße und alle guten Wünsche.«

»Die gute Tante Amaryllis«, sagte ich. »Immer freundlich und gütig zu jedermann.«

»Meine Mutter hat mir einmal gesagt, Amaryllis sei sich überhaupt nicht bewußt, daß es auch Böses auf der Welt gebe, deshalb gehe es spurlos an ihr vorbei. Sie erkenne das Böse nicht einmal, wenn sie mit der Nase darauf gestoßen werde.«

»Ich finde es beneidenswert, wenn man derart unbeschwert

leben kann. Aber wenn man das Böse nicht sieht, wie schützt man sich dann davor?«

»Das weiß ich auch nicht. Amaryllis ist ein herzensguter Mensch und aus tiefster Seele überzeugt, alle anderen Menschen seien ebenso gut. Sie sieht, hört und sagt nichts Böses. Für sie existiert es einfach nicht.«

»Das Leben ist dann sicherlich leichter. Wohl dem, der keine schlechten Erfahrungen machen muß.«

Insgeheim fragte ich mich, wie sie wohl reagiert hätte, wenn sie wie ich unvermutet einem Mörder begegnet wäre.

Wieder brach die Erinnerung über mich herein. Energisch sagte ich mir, mit dieser ewigen Grübelei müsse endlich Schluß sein. Bens Worte fielen mir wieder ein. Ich mußte mir einreden und mich selbst davon überzeugen, tatsächlich vom Pferd gestürzt zu sein. Aber wie schafft man es, eine offensichtliche Lüge als gültige Wahrheit zu betrachten? Meiner Meinung nach könnte sich nicht einmal Tante Amaryllis nach einer solch bösen Erfahrung einbilden, es sei nichts weiter geschehen als ein Reitunfall.

Meine Mutter kam in mein Schlafzimmer. Der Arzt hatte jeden Nachmittag Bettruhe angeordnet. Schlafen mußte ich Gott sei Dank nicht. Ich freute mich stets, wenn meine Mutter mir während der Ruhezeit Gesellschaft leistete.

An diesem Tag las sie mir einen Brief von Tante Amaryllis vor.

Liebe Annora,
Wir sind unendlich froh, daß sich Angelet gut erholt. Der arme Schatz, was für eine Prüfung! Aber sie ist jung und kräftig und wird bestimmt bald wieder ganz gesund sein. Wir sehnen uns so sehr nach ihr, das heißt, nach Euch allen natürlich. Vielleicht hat Angelet Lust, uns in London zu besuchen, wenn sie wieder ganz zu Kräften gekommen ist. Eine Luftveränderung würde ihr bestimmt guttun, auch wenn wir in London keine Landluft zu bieten haben. Denk doch mal darüber nach. Wir hätten sie sehr gerne bei uns. Und Dich natürlich auch. Peter schließt sich meinen guten Wünschen an und läßt ausrichten, er hoffe sehr, daß Angelet bald kommt. Er sagt, sie erinnere ihn an Jessica, die er sehr gern gehabt hat, wie Du weißt.
Benedict hat uns verlassen. Er fehlt uns. Dieser lebhafte junge Mann hat frischen Wind in unser gemächliches Leben gebracht.

Meine Mutter lächelte. Ich ahnte, was in ihrem Kopf vorging: Typisch Amaryllis, das Produkt einer Jugendsünde ihres Mannes sofort in ihr Herz zu schließen.

Es hat ihm bei Euch sehr gut gefallen. Aber Angelets Unfall und ihre Krankheit haben ihn durcheinandergebracht. Soweit ich ihn verstanden habe, war er zum Zeitpunkt des Unfalls mit ihr zusammen und hat sie verletzt nach Hause gebracht. Er machte sich große Sorgen, wollte aber nicht darüber sprechen. Es schien ihn sehr aufzuregen.
Zwar hat er den Aufenthalt auf Cador genossen, aber Verwalter scheint er nicht werden zu wollen. Peter vermutet, der Beruf ist ihm zu langweilig. Was glaubst Du? Er ist wieder nach Australien gegangen! Er hat dort irgend etwas vor. Vielleicht hast Du in Cornwall noch nichts von der ganzen Aufregung gehört. Angeblich hat man in Australien Gold gefunden. Wie dem auch sei, Benedict ist zurückgegangen, um Gold zu suchen. Er ist davon überzeugt, daß er als reicher Mann zurückkommen wird.
Peter wollte ihn erst nicht gehenlassen. Schließlich hat er seinen Enkel gerade erst kennengelernt. Aber er wollte ihm auch nichts in den Weg legen. Er meinte, so eine Sache hätte ihn als jungen Mann auch gereizt. Peter glaubt allerdings, die Chance, in Australien Gold zu finden, sei nicht allzu groß. Die ertragreichen Minen befänden sich sicher schon im Besitz anderer. Aber der Junge solle es ruhig versuchen. Sonst könnte er später glauben, eine Chance verpaßt zu haben. Also ließ er ihn gehen. Benedict gehört nicht zu den jungen Männern, die ein Vorhaben auf die lange Bank schieben. Er ist unverzüglich abgereist, und wir warten nun auf die Rückkehr des frischgebackenen Millionärs.
Inzwischen müßte er bereits in Australien eingetroffen sein. Peter meint, er erinnere ihn an seine eigene Jugend, er sei selbst so gewesen.
Überleg Dir bitte, ob Du Angelet nicht zu uns schicken möchtest. Wir würden uns sehr freuen, sie und Dich einige Zeit bei uns zu haben.

Viele liebe Grüße
Amaryllis

Ben war also fort, in ein anderes, weit entferntes Land. Ich spürte einen Anflug von Groll, ganz so, als habe er die ganze Last unseres Geheimnisses mir allein aufgebürdet. Aber das war Unsinn. Er hatte jedes Recht der Welt, sein Glück zu machen.

Wir würden uns wiedersehen, daran zweifelte ich keinen Augenblick.

In jenem Jahr reisten wir nicht nach London. Meine Mutter machte sich offenbar große Sorgen um mich, denn ich hatte mich völlig verändert. Aus dem impulsiven, redseligen Kind war ein ruhiges, schweigsames Mädchen geworden. Sie muß sich gewundert haben, daß diese Krankheit meinen Charakter so völlig verwandelt haben sollte. Manchmal stieg die Versuchung in mir auf, ihr alles zu beichten. Hätte sie gewußt, was wirklich vorgefallen war, sie hätte mich verstanden.

Aber ich war von Natur aus widerstandsfähig und eher lebhaft veranlagt, und nach etlichen Monaten dachte ich immer seltener an mein schreckliches Erlebnis.

Wurde ich durch ein Gespräch oder eine Begebenheit mit aller Macht daran erinnert, zog ich mich von einer Minute zur anderen wieder in mein Schneckenhaus zurück. Meine Mutter zerbrach sich den Kopf über mein Verhalten, weil sie sich nicht erklären konnte, was in mir vorging. Ihre Sorge um mich berührte mich tief.

Mit den Pencarrons, den Besitzern der Zinnmine am Moor, standen wir auf sehr freundschaftlichem Fuße. Die Pencarrons waren eine alte, angesehene Familie aus Cornwall. Ursprünglich stammten sie aus der Gegend von Land's End, wo sie ebenfalls eine Mine besessen hatten. Als diese abgebaut war, hatten sie sich das hiesige Bergwerk gekauft. Sie bewohnten ein großes Haus, Pencarron Manor. Seit zehn Jahren wohnten sie hier und gehörten bereits fest zur Gemeinde.

Morwenna, die Tochter der Pencarrons, war ein ruhiges, ernsthaftes Mädchen. In meiner damaligen Stimmung empfand ich ihre Gesellschaft als ausgesprochen wohltuend. Sie stellte keine Fragen, und obwohl sie ein Jahr älter war als ich, befolgte sie widerspruchslos meine Anweisungen. Sie war sehr umgänglich, benahm sich stets tadellos und wurde bestimmt niemals von ihrer Gouvernante getadelt. Miß Derry hatte mit Miß Prentiss Freundschaft geschlossen. Beide hatten großen Spaß daran, die Fortschritte ihrer Schülerinnen untereinander zu vergleichen. Ich bin sicher, daß ich dabei schlecht abgeschnitten habe.

In jener Zeit war mir Morwenna eine große Hilfe. Sie stellte keine Forderungen. Wir ritten häufig zusammen auf der Koppel. Mit ihrem Verbot, allein auszureiten, schränkte meine Mutter meinen Bewegungsdrang so stark ein, daß ich unruhig wurde. Aber ich war zu teilnahmslos, um mich dagegen zur Wehr zu setzen.

Eines Tages ritt ich mit meiner Mutter zu den Pencarrons. Wie schon oft in der letzten Zeit waren wir von ihnen zum Essen eingeladen worden. Wir nahmen den Weg durch die Stadt, weil meine Mutter einer alten Dame in East Poldorey Wolle und Garn für Wandteppiche bringen wollte, die sie ihr nach der Fertigstellung stets abkaufte. In einer Kammer hatten wir einen ganzen Stapel derartiger Handarbeiten, die wir gar nicht brauchten. Meine Mutter hielt es für ihre Pflicht, Wolle und Seidengarn sowie anschließend das fertige Produkt zu kaufen, um auf diese Weise ein gutes Werk zu tun.

Mitten in der Stadt lief der junge John Gort auf uns zu. Sein Großvater, Jack Gort, war in seiner Jugend einer der besten Fischer der ganzen Gegend gewesen. Heute begnügte er sich damit, seine Familie vom Kai aus zu überwachen und lauthals Anweisungen zu erteilen.

Der junge John sah uns ein wenig ängstlich an.

»Was ist denn los?« fragte meine Mutter.

Entschlossen straffte er die Schultern und bemühte sich, seiner Stimme einen festen Klang zu verleihen. »Ich frage mich schon lange, Mylady, was mit dem Boot am alten Bootshaus ist.«

»Aha«, antwortete meine Mutter. »Warum?«

»Na ja, es liegt schon jahrelang da am Strand herum, ganz so, als ob's keiner haben will. Ich dachte halt, also, wenn's keiner will, na ja, dann also, vielleicht, dachte ich . . .«

»Willst du es?« fragte sie.

»Na ja, wenn's doch keiner benutzt. Darum.«

»Du kannst es haben, John.«

»Oh, Dank auch, Mylady.«

Sichtlich erleichtert flitzte er davon.

»Weißt du was von dem alten Boot, von dem er gesprochen hat?« erkundigte sich meine Mutter ein wenig verwirrt.

»Irgendwann habe ich da unten am Strand mal eins gesehen.«

»Na gut, dann soll er es haben.«

Wir setzten unseren Weg nach Pencarron fort.

Grace Gilmore leistete mir oft Gesellschaft. Wenn sie zu meinen Füßen kniete, Stecknadeln zwischen den Lippen, und einen Saum absteckte und ich mich anschließend auf einen Stuhl stellen mußte, damit sie die Länge genau überprüfen konnte, hatte ich immer das Gefühl, sie freue sich, etwas für mich tun zu können. Sie schien sich auffallend für mich zu interessieren. Aber vielleicht bildete ich mir das nur ein, weil ich selber schrecklich neugierig war und zu gerne mehr über sie gewußt hätte.

Inzwischen ging es mir viel besser. Ich verschlang wieder mit

Begeisterung Mrs. Penlocks Aufläufe und Lammpasteten. Meine Haare reichten mir schon bis auf die Schultern, und ich konnte sie mit einem hübschen Band zurückbinden. Ich sah nicht mehr aus wie ein Gespenst, lachte häufig und gab mich meinen Tagträumen hin, in denen ich die Heldin spielte. Kurzum, ich wurde wieder die alte Angelet.

Seit jenem Vorfall ging ich nicht mehr zum Teich. Manchmal war ich schon fast überzeugt, alles sei nur ein böser Traum gewesen. Benedict war zwar vollständig aus meinem Leben verschwunden, nicht aber aus meinen Gedanken. Seine Reise nach Australien hatte mich tief verletzt. Ich erinnerte mich lebhaft an seine Worte: »Ich liebe dich, Angel.« Trotzdem war er ohne Abschied auf die andere Seite der Welt gegangen. Manchmal dachte ich, er sei vor unserem schrecklichen Geheimnis davongelaufen. Andererseits glaubte ich fest daran, daß Benedict vor nichts und niemandem davonlief. Nein, ganz bestimmt hatte ihn das Gold gelockt. Aber er hatte mich allein am Ort des Geschehens zurückgelassen, und das nahm ich ihm übel.

Inzwischen paßten meine Eltern nicht mehr ständig auf mich auf. Ich konnte wieder allein meiner Wege gehen. Sogar Glory durfte ich wieder reiten. Das Pferd schien sich sehr zu freuen, als ich es zum erstenmal zu einem Ausritt sattelte. Pferde sind sehr intelligent, und ich überlegte, ob es vielleicht wußte, daß es wegen ungerechtfertigter Anschuldigungen in Ungnade gefallen war.

»Es mußte sein, Glory«, flüsterte ich ihr zu. »Das gehört zu unserem Geheimnis.« Sie sah mich an, als verstünde sie mich. Immerhin war sie ja auch Zeugin des fürchterlichen Überfalls gewesen.

Die Begegnung am Teich lag weit in der Vergangenheit. Ich durfte nicht mehr daran denken. Irgendwie mußte ich mich von diesem Schatten befreien, der mein Leben verdüsterte.

Eines Tages spürte ich, daß ich endlich handeln mußte, um die bösen Träume endgültig zu vertreiben, die mich immer wieder heimsuchten. Ich mußte zum Teich, mußte überprüfen, ob ich meine Schuldgefühle überwunden hatte. Immer wieder sagte ich mir, ich sei schließlich Opfer und nicht Täter gewesen. Mir blieb keine andere Wahl, als zum Teich zu reiten, sonst würde ich mich für alle Zeit vor diesem Ort fürchten.

Mit bangem Gefühl ritt ich los. Als ich noch keine Meile vom Haus entfernt war, bereute ich meinen Entschluß und wäre am liebsten wieder umgekehrt. Aber ich nahm mich zusammen. Bedrohlich neigten sich die Bäume zu mir herab und schienen mir zuzuflüstern: Geh nicht dorthin! Plötzlich lag der Teich vor mir, glitzernd im Sonnenlicht, geheimnisvoll.

Ich stieg ab und band Glory an demselben Strauch fest wie an jenem verhängnisvollen Tag.

Beruhigend klopfte ich ihren Hals und hoffte, sie erinnere sich nicht an die damaligen Geschehnisse. »Mach dir keine Sorgen«, sagte ich, »es geht nicht anders. Heute passiert bestimmt nichts. Von nun an können wir immer wieder hierherkommen, ohne Angst zu haben.«

Ich ging zum Teichufer hinunter und blickte auf das unergründliche Wasser, auf dessen Oberfläche sich die herabhängenden Zweige der Trauerweiden spiegelten. Schmutzigbraune Pflanzen trieben auf dem Wasser. Ich fragte mich, welche Geheimnisse der Teich in seiner Tiefe wohl noch verbergen mochte.

Wie gebannt starrte ich auf das Wasser. Angst stieg in mir auf. Ich fürchtete, jeden Moment könne der Körper wieder auftauchen und ich müsse in dieses schreckliche Gesicht mit den toten Augen blicken. Kurz glaubte ich, eine rötliche Färbung des Wassers zu erkennen. Aber meine Phantasie hatte mir einen Streich gespielt. Das Wasser hatte eine undefinierbare grünlich-braune Farbe, keine Spur von Rot.

In äußerster Anspannung lauschte ich. Wieder bildete ich mir ein, aus der Tiefe Glockengeläut zu vernehmen. Aber es waren nur die Blätter, die in der leichten Brise raschelten.

Mit geschlossenen Augen versuchte ich, die Erinnerungen auszulöschen. Es war dumm von mir gewesen, hierherzukommen. Mein Leben lang würde mich dieses Erlebnis quälen. Vor dieser Erinnerung gab es kein Entrinnen.

Ich öffnete die Augen. Nichts rührte sich, nur Schweigen ringsum. Aber dann, ganz plötzlich, hatte ich das Gefühl, nicht mehr allein zu sein. Deutlich spürte ich die Gegenwart eines anderen Menschen. Regungslos starrte ich ins Wasser. Er mußte hinter mir stehen. Ganz dicht hinter mir.

Gleich würde ich ihm gegenüberstehen. Sein Geist war aus dem Wasser gestiegen, um sich an mir zu rächen.

Blitzschnell wandte ich mich um.

»Grace!« rief ich in grenzenloser Erleichterung. »Was machen Sie denn hier?«

»Und du? Ich sah dich ganz dicht am Wasser stehen, völlig regungslos. Vielleicht hört sie die Glocken, dachte ich.«

Vor Erleichterung hätte ich am liebsten geweint. Es war nur Grace, kein gräßlicher Geist. Der Mörder war nicht von den Toten auferstanden.

»Ich? Ach was, ich habe nur so auf den Teich gesehen.«

»Der Teich hat dich wohl in seinen Bann gezogen?«

»Wahrscheinlich wegen der Glocken. Solche Dinge faszinieren mich.«

Sie kam noch näher und sah mich aufmerksam an.

»Du hast vom Teich gesprochen während deiner Krankheit. Komm weg da. Es ist feucht und kalt. Ein unfreundlicher Ort.«

»Allerdings«, stimmte ich ihr zu.

Ich bemerkte ihren verwirrten Blick sehr wohl. Zu gern hätte ich gewußt, was in ihr vorging. Die ganze Situation war mir ein wenig unheimlich. Ich hatte fast den Eindruck, als hätten wir beide etwas zu verbergen.

»Sind Sie zu Fuß hergekommen?« erkundigte ich mich.

»Ja. Dann entdeckte ich dich am Teich und fragte mich, was du da treibst. Ich machte mir Sorgen. Es ist sehr feucht hier. Du könntest dich wieder erkälten.«

Nebeneinander gingen wir zu Glory.

»Am besten reitest du sofort nach Hause«, bestimmte sie.

Ich nickte. »Und Sie?«

»Ich mache mich auch gleich auf den Rückweg. Ich muß noch einen Unterrock für deine Mutter fertig machen.«

Ich stieg in den Sattel und ritt auf Glory nach Hause.

Ich war froh, daß ich am Teich gewesen war, denn anschließend fühlte ich mich viel besser. Diesen Ort fürchtete ich nicht mehr. Meine Erinnerungen besaßen keine Macht mehr über mich. Ich mußte mir nicht mehr einreden, wir hätten keine Schuld. Nun *wußte* ich, wir hatten wirklich keinen Grund, uns schuldig zu fühlen.

Wenn ich so zurückdenke, finde ich es erstaunlich, wie schnell Grace fast zu einem Familienmitglied wurde. Ich genoß ihre Gesellschaft. Außerdem regte sie meine Phantasie an. Ich spürte genau, sie verbarg etwas vor mir. Fast unbewußt versuchte ich, ihr Geheimnis zu lüften.

Mit Morwenna Pencarron unterhielt ich mich über Grace. »Was hältst du von Grace?«

»Oh, ich finde sie sehr nett.« Morwenna fand die meisten Menschen »sehr nett«. Darin erinnerte sie mich ein wenig an Tante Amaryllis.

»Fällt dir denn gar nichts Besonderes an ihr auf?« Ich ließ nicht locker. »Sie spricht kaum von ihrer Vergangenheit. Weißt du, woher sie kommt?«

»Sie kommt aus der Nähe der Grenze zu Devon.«

»Das weiß ich. Aber sie *spricht* nie richtig darüber.«

Es war sinnlos. Morwenna verstand nicht, was ich meinte.

Meine Mutter unterstützte meine Freundschaft zu Grace, denn es beruhigte sie, wenn ich nicht allein unterwegs war. Sie kannte meinen unruhigen Geist nur zu gut, und obwohl sie meine Freiheit nicht einschränken wollte, war es ihr seit meinem angeblichen Reitunfall lieber, wenn ich draußen von einem Erwachsenen begleitet wurde. In London durfte ich nie alleine aus dem Haus. Aber hier, wo jeder jeden kannte, schien es ihr weniger gefährlich zu sein. In diesem Punkt war ich inzwischen allerdings eines Besseren belehrt worden.

Wenn Miß Prentiss keine Zeit hatte, begleitete mich Grace. Manchmal nahm Morwenna mit Miß Derry an unseren Ausflügen teil.

Eines Tages besuchten Morwenna, Jack und ich in Begleitung von Grace einen der zahlreichen Jahrmärkte, die in unserer Gegend abgehalten wurden. Ich hegte eine besondere Vorliebe für Jahrmärkte. Der bei weitem schönste war der von St. Matthew's, der jedes Jahr am ersten Oktober stattfand.

Dort pulsierte das Leben. Scharenweise strömten die Leute aus den umliegenden Dörfern herbei. Wahrhaft ohrenbetäubender Lärm und hastendes Gedränge bestimmten den ersten Eindruck. Etliche Pferde- und Viehhändler boten ihre Tiere an. Zwischen ihre Rufe mischten sich das Muhen der Kühe und das Grunzen der Schweine. Die Schweine waren in Pferche gesperrt. Die Farmer beugten sich über die Schranke und stachen mit Stöcken nach den Schweinen, um festzustellen, wieviel Speck sie auf den Rippen hatten. Mit Kennermiene musterten sie die Lämmer, Kühe und Ochsen. Am besten gefielen mir aber die Verkaufsbuden: Kandierte Früchte, Lebkuchenherzen, Porzellankrüge, Tassen und Untertassen, Teekannen, Farmgerätschaften, Kleider, Sattel, Bänder, Decken, Stiefel und Schuhe, Töpfe und Pfannen wurden angeboten. Alle Händler priesen lautstark ihre Waren an. Die Stände mit den Eßwaren übten eine magische Anziehungskraft auf mich aus: der ständige Duft nach Bratwürsten und Fleisch vom Spieß, Brot und Kartoffeln, die mit der Schale geröstet wurden, Tiere aus Zuckerwerk, Herzen mit einer rosa Zuckergußaufschrift wie »Ich liebe Dich«. Auch bei den Schaustellern gab es viel zu sehen. Man konnte in Guckkästen schauen, Marionetten- und Kasperletheater besuchen, Liliputaner, die dickste Frau der Welt, die bärtige Dame und den Kraftmenschen bestaunen. Und nicht zu vergessen natürlich die Zigeuner, die einem die Zukunft voraussagten.

Es war herrlich, durch die Budenstraßen zu schlendern. Wir besuchten zwei Vorführungen und bestaunten das Muskelspiel des starken Mannes. Außerdem versuchten wir unser Glück beim Ringwerfen. Wir kauften Lebkuchen und aßen sie beim Gehen. Grace wußte nicht genau, ob sie uns das erlauben dürfte.

Jack beruhigte sie. Er erklärte ihr, auf einem Jahrmarkt dürfe man alles, was sonst nicht erlaubt war. Mein Bruder war noch aufgeregter als Morwenna und ich. Er war jünger als wir, und wir sahen ein wenig auf ihn hinab.

Ein paar Geiger spielten muntere Weisen, und die Leute drehten sich im Tanz.

»Am schönsten ist es, wenn es dunkel wird«, behauptete ich. »Wenn all die Lichter angezündet werden.«

»Bis dahin müßt ihr längst daheim sein«, erwiderte Grace.

»Ich würde mir zu gern die Zukunft voraussagen lassen«, sagte Morwenna. »Ginny, unser Stubenmädchen, hat sich auf dem Jahrmarkt von Summercourt die Zukunft prophezeien lassen. Man hat ihr gesagt, sie würde einen reichen Mann heiraten und mit ihm nach Übersee gehen. Phantastische Aussichten, finde ich.«

»Woher wissen die Zigeuner das?« erkundigte sich Jack.

»Sie können in die Zukunft sehen. Und in die Vergangenheit«, antwortete Morwenna. »Sie sehen alles, was du jemals gemacht hast. Es steht klar und deutlich vor ihren Augen. Besonders, wenn du etwas Schlimmes angerichtet hast. Das erkennen sie am leichtesten.«

Jack warf ihr einen unbehaglichen Blick von der Seite zu, aber Morwenna klatschte in die Hände und bat: »Ich möchte so gerne.«

Ich dachte, ja, du kannst dir das ohne Bedenken erlauben. Du hast nie etwas Schlimmeres getan, als vielleicht einmal während der Schulstunde zu schwatzen oder heimlich abzuschreiben. Vielleicht hast du sogar einmal hinter dem Rücken der Köchin ein Cremetörtchen stibitzt. Aber auf gar keinen Fall hast du einen Mann umgebracht und die Leiche verschwinden lassen.

Schlagartig war mir der Spaß am Jahrmarkt vergangen. Es war immer dasselbe. Urplötzlich kam die Erinnerung zurück und verdarb mir jede Freude.

Ich war froh, als Grace Morwennas Wunsch ablehnte. »Dazu haben wir keine Zeit mehr. Wir müssen uns auf den Heimweg machen.«

Wir verließen den Jahrmarkt. Die Musik der Geigen begleitete uns noch einige Zeit.

Jack war enttäuscht. Lautstark äußerte er sein Mißvergnügen und verlangte, noch bleiben zu dürfen. Grace erklärte ihm geduldig, wir müßten unbedingt vor Einbruch der Dunkelheit zu Hause sein. Jack trotzte nie sehr lange und hatte sich schon bald wieder beruhigt. Er war ein sehr artiger kleiner Junge.

Dann trafen wir eine Zigeunerin am Straßenrand. Neben ihr stand ein voller Korb mit Wäscheklammern. Ich überlegte, ob sie vom Markt kam oder erst auf dem Weg dorthin war.

»Guten Tag, meine Damen, mein kleiner Herr«, grüßte sie.

»Guten Tag«, erwiderten wir.

»Wer möchte einen Blick in eine schöne Zukunft werfen? Die Zigeunerin sieht alles.«

Ich hörte, wie Morwenna vor sich hinmurmelte: »Ja. Oh, Miß Gilmore, darf ich?«

Grace zögerte, aber Morwenna sah sie so flehend an, daß sie ihr nicht widerstehen konnte.

»Na gut. Aber wir haben nicht viel Zeit.«

»Für die Zukunft füllst du die Hand der Zigeunerin mit Silber«, sagte die Frau.

Morwenna zuckte zurück. »Oh! So viel Geld habe ich nicht.« Sie holte einige Münzen aus der Tasche.

»Na ja, du bist so ein hübsches kleines Mädchen. Ich nehme, was du mir gibst. Ein so reizendes Kind darf ich nicht enttäuschen.«

Morwenna zeigte ihr hübsches Grübchenlächeln und streckte ihre Hand vor.

»Ah, ich sehe ein langes und glückliches Leben. Du wirst sehr reich sein. Kein Zweifel. Du gehst nach London, wenn du ein wenig älter bist. Dort heiratest du einen vermögenden Mann und lebst glücklich mit ihm bis ans Ende deiner Tage.«

Das schien mir ein bißchen wenig für all das Geld, das Morwenna ihr gegeben hatte. Ich wußte, wie gern sie sich eine Maus aus rosa Zuckerguß gekauft hätte, aber sie hatte schweren Herzens darauf verzichtet, weil sie ihr zu teuer war. Man brauchte wirklich keine übernatürlichen Kräfte, um zu erraten, daß Morwenna, sobald sie alt genug war, in London auf Gesellschaften gehen würde, um einen passenden Ehemann zu finden.

Die Frau wandte sich an mich. »Und nun du, meine Hübsche. Dir steht eine schöne Zukunft bevor, das seh' ich deutlich.«

Ehe ich etwas unternehmen konnte, hatte sie bereits meine Hand gepackt. Entsetzliche Angst erfaßte mich. Konnte sie es sehen? Sah sie in meiner Hand den Teich und den Toten? Starrten sie diese Augen an, die mich seitdem verfolgten?

»Brauchst keine Angst zu haben, meine Schöne. Einem kleinen Mädchen wie dir stehen nur Freude und Lachen ins Haus. Auch du wirst nach London gehen. Vielleicht zusammen mit deiner kleinen ...« Sie zögerte. Anscheinend versuchte sie herauszufinden, in welchem Verhältnis ich zu Morwenna stand. Schließlich fügte sie lahm hinzu: »... kleinen Gefährtin.« Wenn sie nicht einmal wußte, wer Morwenna war, konnte sie unmöglich etwas über den Teich herausfinden. Das beruhigte mich ungemein.

Anschließend konzentrierte sie ihre Aufmerksamkeit auf Grace.

»Im Laufe der Zeit schreibt das Leben viele Zeilen in eine Hand«, sagte sie. »Wenn die jungen Damen ein wenig älter geworden sind, kann man mehr daraus lesen. Jetzt sind Sie an der Reihe.« Schon hatte sie Graces Hand ergriffen.

»Nein«, wehrte Grace ab. »Ich glaube nicht ...«

Die Zigeunerin schaute sie durchdringend an. »Oh, da ist viel Kummer. Tiefes Leid.« Grace war leichenblaß geworden. Die Frau fuhr fort: »Ich sehe Wasser. Wasser steht zwischen Ihnen und dem Ziel Ihrer Wünsche.«

Mir wurde etwas flau. Für mich stand fest, daß das Leben kleiner Mädchen — und als solche betrachtete sie Morwenna und mich — für die Zigeunerin nicht sonderlich interessant war. Ich bekam eine ungefähre Vorstellung, wie die Wahrsagerei funktionierte. Zweifellos war eine gute Portion Zufall und Glück im Spiel, aber hin und wieder stießen die Zigeunerinnen auf die Wahrheit. Wenn jemand etwas wirklich Böses getan hatte, dann konnten sie das vielleicht tatsächlich entdecken. Meiner Ansicht nach hatte sie in meiner Hand etwas gesehen, das sie sich nicht erklären konnte. Wer hätte schon geglaubt, daß ein kleines Mädchen wie ich mit Gewalttätigkeiten in Berührung gekommen war? Das, was sie in meiner Hand gesehen hatte, übertrug sie deshalb einfach auf Grace.

»Sie sind stark«, sagte sie. »Sie werden den Schicksalsschlag überwinden.«

Die Zigeunerin schien erschüttert zu sein. Unverwandt sah sie Grace an.

Unwirsch entzog Grace der Frau ihre Hand.

»Da ist Kummer, großer Kummer. Aber Sie sind stark. Sie werden damit fertig. Alles wird gut. Auch Sie können wieder glücklich sein.«

Grace öffnete ihr Portemonnaie und gab der Frau etwas Geld.

»Kommt jetzt!« wandte sie sich an uns. »Wir sind schon spät dran und müssen uns beeilen.«

Schweigend steckte die Zigeunerin das Geld in ihre Tasche und setzte sich wieder an den Straßenrand.

Wir gingen rasch weiter.

»Wir hätten nicht stehenbleiben sollen«, sagte Grace. »Sie hat nur eine Menge Unsinn geredet.«

»Und viel Geld dafür bekommen«, bemerkte Jack. »Davon hätten wir noch sechs Lebkuchenherzen und ein rosa Zuckerschwein kaufen können.«

»Es war dumm von uns«, gab Grace zu. Ihre Stimme klang kalt, und ihr Gesicht sah völlig verändert aus.

Auch wenn sie behauptete, es wäre alles nur Unsinn gewesen, so hatten die Worte der Zigeunerin sie doch in Angst und Schrecken versetzt.

Verstohlen warf ich einen Blick über die Schulter. Die Frau saß noch immer reglos neben ihrem Korb und starrte uns nach.

Ich erzählte meiner Mutter von dieser Begegnung.

»Sie hat Morwenna und mir vorausgesagt, daß wir beide nach London gehen und reiche Männer heiraten.«

»Natürlich wirst du eine Saison in London verbringen. Aber bis dahin dauert es noch eine Weile. Und was den reichen Ehemann angeht — nun ja, das wird sich zeigen.«

»Ich glaube, sie hat Miß Gilmore erschreckt. Sie erzählte irgend etwas von Kummer und Leid.«

»Man sollte diese Leute überhaupt nicht beachten.«

»Höchstens, wenn sie etwas Schönes voraussagen.«

»Das ist eine gute Idee«, sagte meine Mutter lächelnd.

»Übrigens, da wir gerade davon sprechen: Wir werden bald nach London reisen. Ich habe mit Grace schon wegen ein paar neuer Kleider gesprochen. Sie meinte, sie könnte die Kleider nähen. Ich bin mir da nicht ganz sicher. Schließlich soll man nicht gleich auf den ersten Blick sehen, daß wir vom Land kommen. Ein Kleid, das hier als hochmodern gilt, ist in London längst aus der Mode. Aber dann dachte ich, einen Versuch könnte man ja wagen. Ich habe ihr den blauen Leinenstoff gegeben. Der hat genau die richtige Farbe für dich.«

Grace hatte große Angst, das Kleid könnte nicht unseren Wünschen entsprechen. Sie kam mit ein paar Entwürfen aus einem Modejournal, die sie mit mir besprechen wollte, in mein Zimmer. Den blauen Leinenstoff hatte sie mitgebracht.

»Ich dachte, wir könnten vielleicht an den Ärmeln ein paar Paspeln aufnähen. So wie bei diesem Modell hier. Glaubst du nicht, das könnte hübsch aussehen? Vielleicht in Hellbraun. Ich meine, ein sehr, sehr helles Braun. Das würde sich bestimmt gut machen.«

»Ja, möglich«, antwortete ich. »Ich habe einen hellbraunen Schal. Wir könnten ihn einmal gegen das Blau halten, damit wir sehen, ob die Farbe paßt. Er liegt in der Schublade hinter Ihnen.«

»Darf ich?« erkundigte sie sich und öffnete die Schublade.

Ein betroffenes Schweigen folgte. Sie starrte auf irgendeinen Gegenstand in der Schublade. Langsam nahm sie den Ring heraus, den ich damals am Teich aufgehoben, in die Schublade gelegt und in der Zwischenzeit völlig vergessen hatte.

»Dieser goldene Ring . . .«, sagte sie stockend. »Gehört er dir?«

Mir wurde etwas unbehaglich zumute, wie immer, wenn ich an jenen Tag erinnert wurde.

»Oh! Äh . . .«, stammelte ich ein wenig hilflos und streckte eine Hand nach dem Ring aus. »Ich, also, ich habe ihn gefunden.«

»Gefunden? Wo denn?«

»Damals. Als ich meinen Unfall hatte. Jetzt erinnere ich mich wieder. Ich habe ihn aufgehoben, ohne nachzudenken.«

»Am Strand?«

Ich antwortete nicht. Ich runzelte die Stirn, als dächte ich konzentriert nach. Dabei wußte ich nur zu gut, wo ich ihn gefunden hatte.

»Als du gestürzt bist?«

»Ja! Ja! Da muß es gewesen sein. Ich bin gestürzt, und da lag der Ring.«

»Am Strand«, wiederholte sie. »Und du hast ihn aufgehoben. Warum?«

»Ich weiß es nicht. Ich hebe immer irgendwelche Sachen auf, ohne im geringsten darüber nachzudenken. Ich kann mich kaum noch daran erinnern. Ich muß den Ring gesehen und in meine Tasche gesteckt haben.«

»Er ist sehr hübsch«, meinte sie. »Ich glaube, das ist echtes Gold. Was machst du mit ihm?«

»Ich? Nichts.«

»Willst du ihn nicht dem Besitzer zurückgeben?«

»Ich weiß doch nicht, wem er gehört. Ich kann mir nicht vorstellen, daß einer der Fischer einen solchen Ring besitzt. Außerdem kommen die fast nie an diesen Teil des Strandes. Der Ring kann schon sehr lange dort gelegen haben. Wahrscheinlich hat ihn ein Sommerfrischler verloren. Das ist bestimmt schon so lange her, daß niemand mehr den Ring vermißt.«

»Wenn du ihn nicht willst ... kann ich ihn dann haben?«

»Ja, natürlich.«

Sie schob den Ring über den Zeigefinger der rechten Hand.

»Das ist der einzige Finger, an dem er paßt«, erklärte sie.

Ich holte den Schal, und wir legten ihn auf den blauen Stoff. Aber ich war nicht ganz bei der Sache. Solche Zwischenfälle riefen immer die Erinnerung zurück und erschreckten mich zutiefst.

Auch Miß Gilmore schien ein wenig geistesabwesend zu sein.

Grace Gilmore erwies sich als gute Reiterin. Meine Mutter bestand darauf, daß sie mich auf meinen Ausritten begleitete.

»Angelet ist schon so selbständig«, hörte ich sie einmal zu Grace sagen. »Sie möchte allein reiten. Aber mir ist es lieber, wenn ein Erwachsener sie begleitet.«

Grace zeigte sich durchaus nicht abgeneigt. Sie schien es zu genießen, wie ein Familienmitglied behandelt zu werden.

Eines Tages ritten wir am Strand entlang und kamen in die Nähe des Bootshauses. Zu meinem Erstaunen zügelte sie ihr Pferd.

»Hier irgendwo mußt du den Ring gefunden haben.«

Ich nickte. Ich log sehr ungern, aber mir blieb keine andere Wahl.

Suchend schaute sie den Strand entlang. Ihr Blick schweifte vom Bootshaus hinüber zum Hafen, den man von hier aus gerade noch erkennen konnte. Sie holte den Ring aus der Tasche.

»Sieh dir mal die Initialen an!« forderte sie mich auf. »Hast du sie bemerkt?«

»Nein. Ich habe ihn mir nicht genau angesehen.«

»Damals warst du wohl auch kaum dazu in der Lage.«

»Nein. Ich weiß gar nicht, warum ich ihn überhaupt eingesteckt habe. Wahrscheinlich aus Gewohnheit.«

»Du warst gar nicht in der Verfassung, darüber nachzudenken. Sieh dir mal die Initialen an.«

Sie reichte mir den Ring. Auf der Innenseite entdeckte ich die eingravierten Buchstaben M. D. und W. B.

»Ich wüßte gern, was die zu bedeuten haben«, meinte ich.

Sie nahm den Ring wieder an sich. Was war ich doch für eine Närrin, den Ring aufzuheben. Wenn ich ihn dem rechtmäßigen Besitzer zurückgeben müßte, würde der mich natürlich nach dem Fundort fragen. Vielleicht war der Besitzer niemals am

Strand gewesen. Ben hatte irgend etwas von Spuren gesagt. Bestimmt war der Ring so eine Spur. Ich ärgerte mich, daß Grace ihn entdeckt hatte. Wenn ich noch an den Ring gedacht hätte, hätte ich ihn längst weggeworfen.

Bei ihren nächsten Worten lief es mir eiskalt über den Rücken.

»Diese Initialen M. D. — sag mal, wie hieß doch gleich der Mann, der aus dem Gefängnis von Bodmin entflohen ist?«

»Ich . . . ich kann mich nicht erinnern.«

»Sein Name war Mervyn Duncarry. Da bin ich mir ganz sicher. M. D. — begreifst du?«

»Die Namen vieler Leute beginnen mit diesen Anfangsbuchstaben.«

»Er muß hier gewesen sein. Hier, am Strand. Ich habe das sichere Gefühl, dies ist sein Ring.«

»Und wer ist dann W. B.?«

»Vermutlich irgendeine Frau, die dumm genug war, ihn zu lieben.«

Der Ring glitzerte in ihrer hohlen Hand. Mit einer plötzlichen heftigen Bewegung schleuderte sie ihn ins Meer.

»Ich kann unmöglich den Ring eines Mörders tragen, oder?«

»Nein«, betonte ich mit großem Nachdruck. »Wirklich nicht.«

Natürlich ahnte sie nicht im entferntesten, wie erleichtert ich war, daß das Meer den Ring verschluckt hatte. Sie hatte das einzige Beweisstück gegen Ben und mich vernichtet.

Hochzeit in einem fernen Land

Im Jahr 1854, ich war inzwischen zwölf Jahre alt geworden, reisten wir endlich nach London, um Onkel Peter und Tante Amaryllis zu besuchen.

Wie immer vor einer Reise gab es eine Menge Vorbereitungen zu treffen. Grace Gilmore hatte aus dem blauen Leinenstoff ein ganz reizendes Kleid für mich geschneidert und durfte deshalb noch weitere Kleider für mich und meine Mutter nähen.

Grace war aus unserem Haushalt nicht mehr wegzudenken und hatte inzwischen die volle Verantwortung für die Garderobe meiner Mutter übernommen. Sie konnte ihr sogar die Haare zu den kunstvollsten Frisuren aufstecken. Natürlich betrachteten wir sie nicht als gewöhnliche Zofe. Meine Mutter mochte sie von Herzen gern und bemühte sich ihrerseits, Grace immer wieder einen Gefallen zu erweisen. Grace zeigte sich äußerst dankbar und wurde für meine Mutter immer unentbehrlicher.

»Ich weiß nicht mehr, wie ich ohne sie zurechtgekommen bin«, pflegte meine Mutter häufig zu sagen.

Mehr und mehr behandelte man Grace wie ein richtiges Familienmitglied. Sie war klug und geschickt. In der Küche hätte es aufgrund ihrer bevorzugten Stellung zu einer Revolution unter den Dienstboten kommen müssen, denn Familienanschluß in diesem Ausmaß war ganz und gar nicht üblich. Doch Grace Gilmore meisterte die schwierige Situation mit großem Takt. Sie stellte sich mit Mrs. Penlock und Watson auf eine Stufe und tastete die Führungsrolle der beiden nicht an. Wer dem Personal vorstand, war daher allen klar. Grace befand sich außerhalb der Personalhierarchie. Inzwischen aß sie mit uns zusammen. Zuerst rümpfte Watson angesichts dieser Neuerung unübersehbar die Nase, und wir warteten gespannt, ob die Mädchen Grace bedienen würden oder ob sie sich das Essen selbst aus den Schüsseln nehmen müßte. Die Mädchen benahmen sich sehr unsicher. Anscheinend wußten sie nicht, wie sie sich verhalten sollten. Meine Mutter klärte den Sachverhalt und machte dem ganzen Unsinn rasch und energisch ein Ende.

Nun wurde auch Grace bei Tisch selbstverständlich bedient. Mit großem Geschick gelang es ihr, ihre neue Stellung zwischen Herrschaft und Personal auszubalancieren.

Selbstverständlich begleitete Grace uns nach London — als Gleichgestellte. Aber sie bestand hartnäckig darauf, sich um meine Mutter und ihre Garderobe zu kümmern. Darüber hinaus beschäftigte sie sich häufig mit Jack.

Tante Amaryllis begrüßte uns überschwenglich. Liebevoll schalt sie meine Mutter, weil wir so lange nicht gekommen waren. Sie umarmte mich und betrachtete mich ein wenig ängstlich von oben bis unten.

»Meine arme kleine Angelet«, sagte sie. »Dieser schreckliche Unfall! Aber du siehst ja wieder frisch und munter aus, nicht wahr, Peter?«

Onkel Peter merkte man an, daß er älter geworden war. Aber das Alter beeinträchtigte sein gutes Aussehen nicht, sondern machte ihn eher noch würdevoller. Zur Begrüßung küßte er mich leicht auf beide Wangen und sagte, er freue sich sehr, mich wiederzusehen.

»Nachher kommen Matthew und Helena mit Jonnie und Geoffrey vorbei«, verkündete Tante Amaryllis. »Als Jonnie hörte, daß ihr kommt, hat er sich schrecklich gefreut. Er ist richtig ärgerlich auf euch, weil ihr so lange nicht bei uns wart. Das sind wir übrigens alle.«

»Es ließ sich nicht ändern«, antwortete meine Mutter. »Glaubt bloß nicht, uns hätten die Besuche bei euch nicht gefehlt. Aber ihr hättet ja auch einmal nach Cador kommen können.«

Tante Amaryllis zuckte mit den Achseln. »Peter hatte so viel zu tun. Außerdem wohnt fast die ganze Familie in London. Hier können wir alle zusammenkommen. Deshalb halte ich es für viel vernünftiger, ihr reist nach London.«

»Darf ich dir Grace vorstellen?« sagte meine Mutter. »Grace Gilmore.«

»Schön, Sie kennenzulernen, Miß Gilmore. Wir freuen uns, daß Sie mitgekommen sind. Wir haben schon viel von Ihnen gehört.«

»Vielen Dank. Sehr freundlich«, murmelte Grace.

»So, jetzt geht erst mal alle auf eure Zimmer. Das Gepäck wird gleich hinaufgebracht. Abendessen um acht Uhr. Kommt herunter, sobald ihr fertig seid. Matthew und seine Familie werden jeden Moment dasein.«

Grace half meiner Mutter beim Auspacken und kam anschließend in mein Zimmer.

»Ein herrliches Haus!« sagte sie beeindruckt.

»Ja. Ich bin auch jedesmal aufs neue begeistert«, antwortete ich. »Tante Amaryllis gibt mir immer ein Zimmer mit Blick auf den Fluß.«

Sie ging zum Fenster und sah hinaus.

Ich trat neben sie. »Die Aussicht ist wirklich einmalig, nicht wahr? Von hier aus können Sie die Parlamentsgebäude sehen. Sehr eindrucksvoll, finden Sie nicht? Wußten Sie, daß die Königin erst vor zwei Jahren den Victoria Tower und die Royal Gallery eröffnet hat? Den Architekten hat sie zum Ritter geschlagen.«

»Ich freue mich, endlich einmal in London zu sein. Das war mein Glückstag damals, als ich zu euch in den Garten gegangen bin.«

»Unserer auch«, antwortete ich im Brustton der Überzeugung.

Ich konnte es kaum erwarten, endlich die ganze Familie wiederzusehen, und ganz besonders freute ich mich natürlich auf Jonnie. Zwischen uns hatte immer eine innige Freundschaft bestanden. Inzwischen machten sich die vier Jahre Altersunterschied nicht mehr so bemerkbar. Ich hatte den Eindruck, ihn in der Entwicklung ein wenig eingeholt zu haben. Ehe ich Ben kennenlernte, hatte ich Jonnie angebetet. Er war der erste Held meiner Kindheit gewesen.

Zur Begrüßung nahm Jonnie meine Hände in die seinen und lächelte mich freundlich an. Er wußte, wie sehr ich sein strahlendes Lächeln mochte.

»Meine Güte, bist du groß geworden, Angelet. Du hast uns allen große Sorgen gemacht, als du so krank warst.«

»Mir geht's wieder prächtig, Jonnie. Was machst du so? Interessierst du dich immer noch für Altertümer? Ich meine, wühlst du immer noch in der Vergangenheit herum?«

Er nickte. »Ich kann mir nichts Schöneres vorstellen. Nächstes Jahr darf ich vielleicht mit einer Gruppe nach Griechenland fahren.«

»Was hoffst du denn dort auszugraben? Eine versunkene Stadt?«

»Ganz so hoch schraube ich meine Erwartungen nicht. Im Grunde macht man nichts anderes als graben, graben und nochmals graben. Und am Ende muß man froh sein, wenn man ein altes Trinkgefäß findet.«

»Oh, das ist Miß Gilmore«, sagte ich rasch, als Grace zu uns trat.

»Erfreut, Sie kennenzulernen«, antwortete Jonnie. »Ich habe schon viel von Ihnen gehört. Tante Annora hat uns geschrieben, was für eine große Hilfe sie an Ihnen hat.«

Grace lachte. »Wenn man's genau nimmt, hilft sie mir.«

Mit ihrer natürlichen Eleganz wirkte sie ausgesprochen attraktiv, obwohl sie im landläufigen Sinne nicht unbedingt hübsch war. Ihr perfektes Gespür für die richtige Kleidung fiel besonders deshalb auf, weil sie ausgesprochen schlichte, aber hervorragend geschnittene Sachen trug. Ihr hellbeiges Kleid paßte sehr gut zu ihren braunen Augen und ihrem weichen braunen Haar, das sich leicht über den Ohren lockte und im Nacken zu einem Knoten gesteckt war. Als einziges Schmuckstück hatte sie eine Granatbrosche, ein Geschenk meiner Mutter, angesteckt. Grace strahlte eine unnachahmlich schlichte Eleganz aus.

Jonnie lächelte sie an. Obwohl er sie für eine Art Zofe halten mußte, verhielt er sich ihr gegenüber ausgesprochen zuvorkommend. Er kannte keinen Standesdünkel.

Ben hatte mich vom ersten Augenblick an so fasziniert, daß ich Jonnie fast vergessen hatte und mir erst jetzt wieder bewußt wurde, was für ein wunderbarer Mensch er war.

Grace sagte: »Wie ich gehört habe, interessieren Sie sich für Archäologie. Auch mich haben alte Kulturen immer besonders gefesselt. Sie beschäftigen sich bestimmt mit sehr aufregenden Dingen!«

»Ich habe gerade zu Angelet gesagt, die Leute stellen sich vor, wir fänden haufenweise alte Schätze. Dabei braucht man schon sehr viel Glück, um wenigstens einmal im Leben einen Fund von Bedeutung zu machen.«

»Das ist ja interessant! Darüber würde ich gern mehr erfahren.«

»Nun, Sie bleiben ja eine Weile hier. Bestimmt begegnen wir uns in der nächsten Zeit häufiger.«

Matthew, Helena und Geoffrey betraten das Zimmer. Wir begrüßten uns, und ich machte sie mit Grace bekannt. Geoffrey war recht groß geworden. Er mußte fast fünfzehn Jahre alt sein.

»Peterkin und Frances sind sicher auch bald da«, meinte Tante Amaryllis. »Ich habe mich bemüht, möglichst die ganze Familie zu versammeln. Wir haben uns so lange nicht gesehen. Ich weiß, es lag an Angelets Unfall und an dieser schlimmen Krankheit. Gott sei Dank ist das vorbei. Jetzt sieht sie wieder wie das blühende Leben aus.«

Wenig später saß die Familie vollzählig am Tisch, um das Abendessen einzunehmen. Onkel Peter setzte sich wie immer an das eine Ende des Tisches, Tante Amaryllis ihm gegenüber an das andere.

Ich hatte früher schon mit den Erwachsenen am Tisch sitzen

dürfen und erinnerte mich deutlich an spannende Gespräche. Immer bestritt Onkel Peter die Unterhaltung, die anderen hielten sich sehr zurück. Meist ging es um Politik, denn diesem Thema galt sein vordringlichstes Interesse.

Inzwischen verstand ich mehr von den politischen Diskussionen, aber noch war ich zu jung, um wirklich mitreden zu können.

An diesem Tag drehte sich das Gespräch um die Auseinandersetzungen zwischen Rußland und der Türkei sowie um Englands Rolle in diesem Konflikt.

»Palmerston, der frühere Außenminister, hat das Volk hinter sich«, behauptete Onkel Peter.

»Die entscheidende Frage ist doch, hat er recht?« warf Matthew ein.

»Meiner Meinung nach ist Krieg immer die schlechteste Lösung«, betonte Frances.

Frances hatte eine sehr freimütige Art. Sie gehörte zu den wenigen Menschen, die Onkel Peter offen zu widersprechen wagten. Jahrelang hatte sie allein eine Mission im Londoner East End geführt. Seit ihrer Heirat mit Peterkin leiteten beide die wohltätige Institution gemeinsam. Obwohl sie eher unscheinbar aussah, wirkte sie aufgrund ihrer Lebhaftigkeit und Begeisterungsfähigkeit sehr anziehend. Durch ihre Wohltätigkeitsarbeit und ihren unermüdlichen Einsatz für die Armen genoß sie allgemein großen Respekt.

»Meine liebe Frances«, antwortete Onkel Peter mit einem freundlichen, aber etwas gönnerhaften Lächeln, »wir alle wünschen keinen Krieg, aber manchmal läßt es sich nicht vermeiden. Schnelles Handeln, unter dem einige wenige leiden, kann das Leben von Tausenden retten.«

»Meiner Meinung nach«, fuhr Frances unbeirrt fort, »sollten wir uns da besser heraushalten.«

»Da bin ich ganz deiner Ansicht«, meinte Matthew. Trotz seines erfolgreichen Buches über Gefängnisreformen hätte er es ohne Onkel Peters Hilfe in der Politik niemals so weit gebracht, und Matthew vergaß das keinen Augenblick. Er mußte ein sehr entschiedener Kriegsgegner sein, wenn er so deutlich eine andere Meinung vertrat als sein Mentor Onkel Peter.

Onkel Peter setzte sich kerzengerade auf. Die Einwände von Frances hätte er mit Leichtigkeit beiseite gefegt, aber mit Matthew mußte er sich auseinandersetzen.

»Mein lieber Matthew, von Zeit zu Zeit muß man auch mal langfristig denken. Du wirst nie die Unterstützung der Leute bekommen, wenn du eine ausschließlich Schwäche zeigende, pazifistische Politik betreibst.«

»Aber ist Krieg wirklich die *richtige* Lösung?«

Onkel Peter zog die Augenbrauen hoch. »Ein Politiker muß stets das Wohl seines Landes im Auge haben. Wie behalten wir die Macht? Die jeweilige Lage muß mit Verstand und Weitsicht beurteilt werden. Sentimentale Anwandlungen sind da fehl am Platz. Das Volk stellt sich inzwischen sogar gegen die Königin. Und Albert ist in den Augen der Leute der größte Schurke.«

»Die Leute haben Albert noch nie gemocht«, sagte Frances.

»Das ist richtig. Aber jetzt sind sie davon überzeugt, ihm und der Königin lägen ihre russischen Verwandten mehr am Herzen als ihr eigenes Land. Das Volk will Palmerston und eine Kanonenbootpolitik. Und du mußt zugeben, diese Politik hat schon etwas für sich.«

Ich merkte, daß Matthews Überzeugung ins Wanken geriet. Bald würde er sich Onkel Peters Meinung zu eigen machen. Damit war er in der Vergangenheit stets gut gefahren, dieser Politiker von Onkel Peters Gnaden.

»Der Punkt ist doch, kommt es überhaupt zum Krieg?« sagte mein Vater.

»Das steht für mich so gut wie fest. Wir müssen der Türkei helfen. Die Franzosen werden unsere Partei ergreifen. Die ganze Angelegenheit wird sich in kürzester Zeit erledigt haben. Wir beweisen der ganzen Welt, wie man gewisse Dinge rasch und sauber erledigt.«

»Premierminister Aberdeen ist anderer Meinung. Er ist gegen Krieg«, versuchte es Matthew noch einmal.

»Aberdeen ist schwach. Das Volk schreit nach Palmerston. Denk an meine Worte. Die Leute wollen Krieg. Palmerston ist der Held des Tages.« Onkel Peter sah Matthew ernst an. »Wenn irgend möglich, sollte man stets versuchen, auf der Seite der Sieger zu stehen.«

Damit war dieses Thema erst einmal beendet. Das Gespräch wandte sich Cornwall zu. Anschließend redeten mein Vater und Onkel Peter über Geschäfte. Tante Amaryllis erzählte uns den neuesten Londoner Klatsch und berichtete von ihrem letzten Besuch in der Oper. Sie hoffte, wir würden bald alle zusammen in die Oper gehen.

Schließlich kam man wieder auf den möglichen Krieg zu sprechen, der anscheinend allen große Sorgen bereitete.

Als ich am Abend im Bett lag, dachte ich noch lange über diesen Tag nach. London beeindruckte mich immer sehr. Nicht nur die großstädtischen Straßen, gegen die unser ländliches Idyll entsetzlich langweilig wirkte. In London, dachte ich, sei das Leben keine Sekunde langweilig. Hier war immer etwas los. Ich wünschte mir brennend, später einmal für immer in London zu leben.

Der Krieg ließ auch mir keine Ruhe. Heute hatte ich zum erstenmal erfahren, daß es auch in einer derart wichtigen Angelegenheit unterschiedliche Meinungen geben kann. Ich war überrascht, wie offen Onkel Peter Einfluß auf Matthew ausübte, wo Matthew doch dem Parlament angehörte. Er mußte mit über Gesetze beraten und darüber abstimmen. Und er würde im Sinne Onkel Peters abstimmen, weil dieser es von ihm erwartete.

Die Tage vergingen wie im Flug. Mit Tante Amaryllis besuchten wir eine Opernaufführung. Jonnie sah ich häufig. Er steckte noch mitten in seiner Ausbildung, aber da er bereits fest entschlossen war, die Archäologie zu seinem Beruf zu machen, wollte er einige Monate mit praktischen Studien in Griechenland verbringen. Darauf bereitete er sich gerade intensiv vor.

Die Vormittage verbrachte er gewöhnlich in seinem Arbeitszimmer, aber die Nachmittage hielt er sich frei, um uns Gesellschaft zu leisten. Ich sage »uns«, weil auch Grace Gilmore immer dabei war.

An den Vormittagen gingen meine Mutter und ich oft einkaufen, Grace begleitete uns natürlich. Der Aufenthalt in London gab uns Gelegenheit zu einer modischen Ergänzung unserer Garderobe. Für meine Mutter und Grace schien es nichts Schöneres zu geben, als die neueste Mode zu studieren und sich in den Geschäften gegenseitig zu beraten. Grace wußte sehr viel über Materialien und den aktuellen Stil.

Nachmittags ritten wir häufig in der Rotten Row. Mir gefielen allerdings die Ausritte bei uns in Cornwall besser. Hier kam ich mir wie auf einer Parade vor. Gelegentlich begleitete uns Tante Amaryllis. Jonnie und sie wurden ständig von irgendwelchen Leuten begrüßt und grüßten zurück. Anscheinend war Reiten in London weniger eine sportliche Betätigung als ein gesellschaftliches Ereignis.

Die Spaziergänge im Park mochte ich im Grunde lieber. Jonnie oder Geoffrey begleiteten uns. Manchmal nahmen wir Jack mit, der mit großen Augen all die wunderbaren Dinge bestaunte, die auf ihn einstürmten, und endlose Fragen stellte.

Jonnie und Grace verstanden sich auf Anhieb. Sie hatte vielseitige Interessen und stellte kluge Fragen zur Archäologie. Jonnie lieh ihr einige Bücher über dieses Thema.

Eines Tages kam das Gespräch auf Ben, und sofort überfielen mich die unangenehmen Erinnerungen. Ich hatte lange nicht mehr an Ben gedacht, wahrscheinlich weil ich ihn seit St. Branok nicht mehr gesehen hatte. An seinen Besuch an meinem Krankenbett erinnerte ich mich nur undeutlich.

Wir spazierten an einem sonnigen Tag durch den Park, als Jonnie unvermittelt fragte: »Erinnerst du dich noch an Benedict, Angelet?«

»Aber natürlich.«

»Das dachte ich mir. Wissen Sie, Miß Gilmore, ich war eine Zeitlang sehr eifersüchtig auf Benedict. Angelet war meine beste Freundin, bis er auftauchte und sie nur noch Augen für ihn hatte.«

»In welchem Verwandtschaftsverhältnis steht Benedict eigentlich zur Familie?« erkundigte sich Grace. »Ich habe es, als er auf Cador war, nie ganz verstanden.«

»Das ist ein Kapitel für sich. Aber Ihnen kann ich es sagen. Benedict ist ein Enkel meines Großvaters. Vermutlich ist er dann mein Cousin. Genau weiß ich das auch nicht. Unsere Familienverhältnisse sind etwas kompliziert.«

»Vielleicht, weil ihr alle reichlich komplizierte Menschen seid«, meinte Grace lachend.

»Möglich. Von dieser Seite habe ich es noch nie betrachtet.«

»Ich möchte zu gerne wissen, ob er Gold gefunden hat und reich geworden ist«, mischte ich mich ein.

Jonnie wandte sich an Grace. »Deshalb ist er nach Australien ausgewandert. Um Gold zu suchen! Vielleicht erinnern Sie sich noch, daß es vor einiger Zeit eine ziemliche Aufregung über Goldfunde in Australien gegeben hat. In einem Ort namens Ballarat hat man Goldfelder entdeckt. Und Benedict gedachte, sich seinen Anteil zu holen. Er ist ein Glücksritter.«

»Wenn er Gold gefunden hätte, dann hätte er es uns bestimmt sofort mitgeteilt«, sagte ich.

»Das glaube ich allerdings auch«, stimmte mir Jonnie zu. »Benedict gehört nicht zu den Menschen, die ihr Licht unter den Scheffel stellen.«

Mir gefiel nicht, wie er über ihn sprach.

»Vielleicht muß er schwere Zeiten durchmachen«, murmelte ich.

»Nun, es ist bestimmt kein Honiglecken. Solange er kein Gold gefunden hat, wird er ein entbehrungsreiches Leben führen müssen. Aber nun zu einem anderen Thema: Wann wollen Sie nach Griechenland aufbrechen?«

»Vermutlich nächstes Frühjahr.«

»Wie aufregend! Ich kann mir keinen faszinierenderen Beruf vorstellen. Es muß hochinteressant sein, vergangenen Kulturen nachzuspüren und herauszufinden, was vor ewigen Zeiten geschehen ist und wie die Welt damals ausgesehen hat.«

Jonnie stimmte ihr eifrig zu. »Das finde ich auch. Im Anschluß an meinen Aufenthalt in Griechenland möchte ich unbedingt nach Pompeji. Meiner Überzeugung nach gibt es dort noch viel zu entdecken. Bisher ist erst wenig ausgegraben worden. Vor zwei Jahren war ich schon einmal dort, aber die Arbeiten gingen nicht richtig voran. Mal wurde hier, mal da gegraben. Ich bin sicher, bei einer systematischen Vorgehensweise kommt einiges zum Vorschein.«

»Phantastisch!« rief Grace geradezu entzückt. »Wenn ich mich nicht irre, dann hat ein Vulkanausbruch die Stadt zerstört.«

»Ja. Aber vorher kam es zu mehreren heftigen Erdbeben. Diese Erdstöße verursachten den Ausbruch des Vesuvs. Ascheregen und Lavaströme begruben Städte und Dörfer unter sich. Sie sind fast vollständig zerstört worden.«

Grace schauderte. »Da wird einem wieder bewußt, wie gefährlich das Leben ist.«

»Ja, da haben Sie recht. Wie dem auch sei, ich habe fest vor, nach Pompeji zu gehen, um dort zu arbeiten. Ich werde alles Erdenkliche unternehmen, um dieses Ziel zu erreichen. In Pompeji ist noch so viel zu tun. Ich vermute, man könnte die ganze Stadt ausgraben.«

»Woher weiß man denn, daß an dieser Stelle einmal eine Stadt gestanden hat?« erkundigte ich mich.

»Die Mauern des Amphitheaters sind stehen geblieben. Sie waren zwar zum Großteil von Erde bedeckt und von Gras überwuchert, aber sie waren immerhin vorhanden. Somit war klar, hier mußte eine Stadt gewesen sein. Im achtzehnten Jahrhundert wurden zwar einige antike Häuser freigelegt, aber die Ausgrabungen fanden nie unter wissenschaftlichen Gesichtspunkten statt. Es wird Zeit, daß das endlich geschieht. Weiß der Himmel, was da alles an unentdeckten Schätzen verborgen ist.«

»Sie haben einen herrlichen Beruf«, sagte Grace voller Begeisterung. »Diese Arbeit würde mir auch gefallen.«

»Das ist Schwerarbeit, das Graben und was sonst noch alles dazugehört.«

»Ich bin kräftig.«

»Wenn Sie sich so sehr dafür interessieren, leihe ich Ihnen gern noch ein paar Bücher.«

»Oh, wirklich? Das wäre sehr nett.«

»Das mache ich doch gerne.«

Er lieh ihr die Bücher, und bald vertiefte sie sich in endlose, kluge Unterhaltungen über ihr Lieblingsthema. Ich kam mir reichlich überflüssig vor. Zum erstenmal wurde mir überdeutlich bewußt, daß ich noch ein Kind war und Jonnie und Grace Erwachsene. Grace war sicher zwei, vielleicht auch drei Jahre älter als er. Obwohl ich Grace gern mochte, wäre es mir lieber gewesen, sie nicht auf allen Ausritten und Spaziergängen dabeizuhaben. Außerdem wünschte ich sie mir etwas weniger klug. Sie hatte sich in kürzester Zeit umfassende Kenntnisse über Archäologie angeeignet. Ich war mir sicher, sie hatte sich vorher noch nie damit beschäftigt.

Ein Tag blieb mir besonders in Erinnerung. Wir befanden uns auf dem Heimweg, als wir einer Gruppe von Männern begegneten, die unter lautem Singen Fahnen schwenkten. Wir blieben stehen und sahen dem Treiben zu. Ich verstand nicht, was sie sangen. Jonnie erklärte, es handele sich um ein patriotisches Lied.

»Und was bedeutet das?« wollte ich wissen.

»Diese Menschen wollen Krieg«, antwortete Jonnie. »Die Leute sind immer für den Krieg, wenn er nicht vor ihrer Haustür, sondern weit weg stattfindet. Sie verherrlichen den Krieg, solange sie selbst davon verschont bleiben. Und dieser Krieg ist sehr weit weg. Deshalb wollen sie ihn. Palmerston vertritt eine Politik, die England als Weltmacht stärkt. Wenn irgendwo auf der Welt jemand auch nur das leiseste antibritische Wort sagt, schickt er unverzüglich seine Kanonenboote los und läßt sie vor den Küsten des sogenannten Provokateurs auf- und abfahren. Damit will er die Allmacht Englands demonstrieren. Den Leuten gefällt das. Sie lieben Old Palm, wie sie ihn nennen. Trotz seines hohen Alters ist er noch heute eine schillernde Persönlichkeit. Er war immer ein Lebemann und ständig in irgendwelche Skandale verwickelt. Es ist schon seltsam, aber die Leute mögen ihn gerade deshalb. Sie wollen gar keinen ehrbaren Mann an der Spitze des Staates. Der arme alte Aberdeen mit seiner pazifistischen Politik ist ihnen viel zu langweilig. Tatsache ist jedenfalls, daß die Bevölkerung der Königin und Prinz Albert die Schuld an der Verzögerung des Kriegseintritts gibt. Das ist mehr als ungerecht. Man behauptet, die Königin sei mit den Russen verwandt und ihre Verwandten seien ihr wichtiger als England. Die Schuld schieben sie aber hauptsächlich auf Albert, den Verräter, wie sie ihn schimpfen.«

»Wirklich?«

»Ja. Aber das ist natürlich Unsinn. Ich wage zu behaupten, daß es nicht mehr lange dauert, bis wir Rußland den Krieg erklären.« Am Tag darauf erschien ein von Schatzkanzler Gladstone verfaßter Artikel in der *Morning Post.* Darin stellte er die Verdienste des Prinzen heraus und nahm zu den törichten Vorwürfen gegen den Ehemann der Königin Stellung. John Russell und Benjamin Disraeli hielten zum selben Thema mitreißende Reden im Parlament. Diese Reden und der Artikel von Mr. Gladstone beeinflußten die öffentliche Meinung sehr stark.

Aber noch immer lag die Kriegsdrohung in der Luft.

Die Regierung stellte Rußland das Ultimatum, unverzüglich die unrechtmäßig besetzten Donaufürstentümer, die unter türkischem Einfluß standen, zu räumen, andernfalls würde England Rußland den Krieg erklären.

Als Rußland dieses Ultimatum nicht einmal einer Antwort für würdig hielt, blieb der Regierung keine Wahl mehr.

Wir befanden uns im Krieg mit Rußland.

Es war erstaunlich, wie rasch viele Menschen ihre Meinung änderten. Matthew stand nun voll hinter der Kriegsentscheidung. Er hatte sich offensichtlich Onkel Peters Einfluß gebeugt. Aber auch Jonnie hatte seine Ansicht revidiert. Jetzt sprach er ständig davon, man müsse den Russen eine Lektion erteilen, die sie nicht so schnell wieder vergessen würden, und die kleine Türkei vor der brutalen Übermacht schützen.

Das Land befand sich im Kriegsfieber. Alle meinten, in ein paar Wochen sei alles vorbei. Man werde den Russen schon zeigen, was mit denen passiere, die ihre harmlosen Nachbarn überfielen.

Nach Meinung der Leute geschah es ihnen recht, wenn sie nun den Zorn des mächtigen Großbritannien zu spüren bekamen.

Im Mai kehrten wir nach Cornwall zurück. Das Leben ging bald wieder seinen gewohnten Gang. Nur noch selten wurde über die Spannungen zwischen der Türkei und Rußland gesprochen. Im Mittelpunkt des Interesses stand die Ernte. Wir waren besorgt, ob der Regen schon vor der Sonnenwende einsetzen würde.

Doch der Regen blieb gottlob aus. Er begann erst nach der Sonnenwende. Und wie so oft in Cornwall – jedenfalls behauptete das Mrs. Penlock –, wenn es einmal angefangen hatte zu regnen, hörte es nicht mehr auf.

Nun ging die Sorge um, der Tamar könne über die Ufer treten. Die Furcht vor dem Hochwasser war Tagesgespräch. Tatsächlich waren einige Felder zur Bestürzung der Farmer bereits überflutet.

Eines Tages kamen mir beunruhigende Neuigkeiten zu Ohren.

Wir erwarteten die Pencarrons zum Essen, und meine Mutter bat mich, in die Küche zu gehen und Mrs. Penlock nachdrücklich daran zu erinnern, daß Mr. Pencarron auf keinen Fall Sardinen esse. Mrs. Penlock hatte eine besondere Vorliebe für dieses Gericht. Sie war dermaßen stolz darauf, daß sie es mit Vorliebe zwischen die einzelnen Gänge schmuggelte, selbst wenn meine Mutter es vom Speiseplan gestrichen hatte. Sie servierte die Fische in einer Marinade aus Öl und Zitrone und weiteren Zutaten, die Mrs. Penlocks bestgehütetes Geheimnis waren. Angeblich handelte es sich um ein spanisches Rezept. Nach dem Untergang der spanischen Armada vor unserer Küste hatten viele Spanier Zuflucht in Cornwall gesucht. Vielleicht hatte die kornische Küche deshalb tatsächlich spanische Einflüsse angenommen.

Als ich in die Küche kam, war eine aufgeregte Unterhaltung im Gange.

Bei meinem Eintritt sagte Mrs. Penlock gerade: »Aber das leuchtet doch jedem ein. So was erfinden die Leute nicht. Das ist seit Generationen überliefert. Also muß was dran sein. Manche Leute haben die Glocken mit eigenen Ohren gehört.«

Wie immer, wenn jemand vom Teich sprach, verspürte ich einen Anflug von Furcht.

»Wo muß was dran sein?« fragte ich.

»Der viele Regen hat diesen Teich, St. Branok, du weißt schon, über die Ufer treten lassen. Na, kein Wunder bei solchen Wassermassen. Sie haben eine Menge Erde weggeschwemmt. Jetzt behaupten die Leute, daß man die Überreste des alten Klosters sieht. Im Boden sind angeblich Steine und solches Zeug freigespült worden. Anscheinend sieht man sogar ganz deutlich eine Mauer, eine uralte Steinmauer. Klar wie Kloßbrühe ist das, wie man so sagt.«

»Am Teich?«

»Das sage ich doch. An allem ist der Regen schuld. Er hat die Erde weggeschwemmt, und jetzt sieht man die Mauerreste. Da gibt's gar keinen Zweifel, sagen die Leute.«

Ich richtete ihr die strikte Anweisung meiner Mutter bezüglich der Sardinen aus.

»Manche Leute wissen einfach nicht, was gut ist«, murrte sie. »Ich sage dir, es gibt nichts Besseres als ersten Gang in einem

Menü. Sardinen regen den Appetit an, und das ist gut so. Daran gibt's nichts herumzukritteln.«

»Na gut, aber Mr. Pencarron ist eben anderer Meinung.«

Ich hätte sie gern über den Teich ausgefragt, traute mich aber nicht. Sobald wie möglich ritt ich hin, um selbst nach der Mauer zu sehen.

Der Boden am Teich war sehr feucht und glitschig. Zwei Menschen standen dicht am Ufer. Ich erkannte John Gurney und seinen Sohn. Sie bewirtschafteten eine Farm, die zu Cador gehörte.

Ich ritt zu ihnen hinunter.

»Ich habe gehört, man hätte hier eine Mauer entdeckt«, sagte ich.

»Dieser Regen, Miß Angelet. Ganz schlecht für das Getreide ...«

Ich unterbrach ihn: »Anscheinend stand hier wirklich einmal ein Kloster.«

»Sieht ganz so aus. Das da ist die Mauer.«

»Tatsächlich?«

»Wär' schon möglich, Miß Angelet. Viel sieht man nicht. Gerade genug, daß es eine sein könnte. Sehen Sie, da drüben!«

Entsetzt faßte ich die Zügel fester. Er zeigte genau auf die Stelle, wo der Mann gestürzt war und sich den Schädel eingeschlagen hatte. Im nächsten Augenblick durchfuhr mich die Frage, ob jemand die Blutspur entdeckt hatte. Wie albern! Wenn sie überhaupt noch zu sehen gewesen war, dann hatte sie der starke Regen längst abgewaschen.

Ich stieg ab und führte Glory hinüber. Das Gesicht des Mannes stand mir wieder deutlich vor Augen. Ich warf einen raschen Blick zum Teich. Er hatte Hochwasser. Das Wasser reichte bis zu der Stelle, an der wir unter den Weiden gestanden und von wo wir ihn in sein nasses Grab geschleppt hatten.

Ich wandte mich wieder an die Männer.

»Vermutlich kommen bei diesem Hochwasser die merkwürdigsten Dinge zum Vorschein.«

Verständnislos sahen sie mich an.

»Ich meine Dinge, die irgendwann einmal ins Wasser gefallen sind oder hineingeworfen wurden.«

»Nein, nein, Miß Angelet. Das liegt alles auf dem Grund des Teiches.«

»Ist er denn nicht unergründlich tief?«

»Muß wohl irgendwo einen Grund haben, Miß Angelet.«

»Aber die Leute sagen ...«

»Ja, ja. Und wo sollen dann die Glocken liegen?«

Die beiden lachten schallend.

»Ich wette, nach diesem Hochwasser kommen bald wieder ein paar daher und behaupten, sie hätten die Glocken gehört«, sagte John Gurney.

»Darauf kannst du dein Leben wetten«, meinte sein Sohn.

Ich machte mich auf den Heimweg. Energisch schalt ich mich eine Närrin, weil alles, was mit dem Teich zusammenhing, mich beunruhigte.

Als ich ein paar Tage später zum Frühstück hinunterkam, las meine Mutter gerade einen Brief.

»Guten Morgen, Angelet. Ein Brief von Jonnie. Er möchte uns gern besuchen.«

»Oh! Wie schön.«

»Er will einen Freund mitbringen.« Sie blickte rasch auf den Brief. »Gervaise Mandeville. Anscheinend ein Studienfreund von ihm. Vermutlich also ebenfalls ein Archäologe. Soll ich dir vorlesen, was er schreibt?«

»Ja, bitte.«

»Mit großem Interesse haben wir von dem Fund am Teich gehört. Wir würden gerne kommen und uns diese Mauern ansehen. Mein Freund interessiert sich außerordentlich dafür, deshalb wäre es wunderbar, wenn ich ihn mitbringen dürfte. Seit mir Miß Gilmore von dem Mauerrest geschrieben hat, kann ich es kaum abwarten, mir vor Ort ein Bild zu machen. Würden wir zwei auch nicht stören? Selbstverständlich können wir auch im Gasthaus absteigen, wenn wir ungelegen kommen ...«

Kopfschüttelnd sah mich meine Mutter an. »Was für ein Unsinn! Als ob wir sie im Gasthaus übernachten ließen! Natürlich werden sie bei uns wohnen.«

»Er hat reichlich schnell von der Entdeckung am Teich erfahren«, sagte ich mürrisch.

»Anscheinend schreiben er und Grace sich häufiger. Eine solch interessante Neuigkeit hat sie ihm natürlich umgehend mitgeteilt.«

Ärger stieg in mir hoch. Was hatte sich Grace ständig einzumischen? Aber warum sollten sich die beiden eigentlich nicht schreiben?

»Vermutlich dachte sie, eine derartige Entdeckung würde ihn interessieren«, meinte meine Mutter. »In dieser Hinsicht hat sie sich ja wohl auch nicht getäuscht. Er hofft, ein ganzes Kloster ans Tageslicht zu befördern.« Wie nebenbei fügte sie hinzu: »Er will auch den Grund des Teiches absuchen, um festzustellen, ob tatsächlich Glocken unten liegen.«

Bei dem Gedanken, was er dort unten finden könnte, legte sich mir eine Zentnerlast auf die Brust. Ich mußte mich zwingen, an etwas anderes zu denken.

Wieso verband ihn eine so innige Freundschaft mit Grace? Mir hatte er nicht ein einziges Mal geschrieben. Wahrscheinlich imponierte ihm ihr auffallendes Interesse für die Archäologie.

Ein paar Wochen später trafen Jonnie und sein Freund ein.

Liebevoll schloß Jonnie mich in die Arme. Er wirkte sehr aufgeregt und meinte, er könne es kaum erwarten, zum Teich zu gehen. »Und das ist Gervaise, Gervaise Mandeville«, stellte er seinen Freund vor.

Gervaise sah sehr gut aus. Er war groß, hatte blondes Haar, blaue Augen und schien immerfort zu lachen — selbst in Situationen, in denen man einen gewissen Ernst erwartete. Anscheinend hielt er das ganze Leben für einen einzigen Spaß. Seine Leichtlebigkeit übertrug sich auf die Menschen in seiner Umgebung. Ich mochte ihn vom ersten Augenblick an. Er gebärdete sich nicht ganz so eifrig wie Jonnie, aber die Aussicht, ein altes Kloster auszugraben, versetzte auch ihn in Aufregung. Hauptsächlich aber schien ihm die ganze Angelegenheit einen Riesenspaß zu bereiten.

Hier draußen auf dem Land waren wir ziemlich abgeschnitten von den Ereignissen in der Welt. Deshalb überschütteten wir Besucher aus London immer mit Fragen und ließen uns am ersten Abend ausgiebig über Neuigkeiten informieren.

Der Krieg war keineswegs vorbei. Im Unterschied zur Meinung der Leute auf der Straße hatten die Russen nicht sofort die Flucht ergriffen, als sie hörten, daß die Briten unterwegs zur Krim waren.

»Es sieht so aus, als könne der Krieg noch lange dauern«, meinte Jonnie sorgenvoll.

Alle Fröhlichkeit war von ihm abgefallen, und er sah sehr bedrückt aus.

»Inzwischen mehren sich die Stimmen, daß wir uns nie in diesen Krieg hätten verwickeln lassen dürfen.«

»Peterkin, Frances und Matthew waren von Anfang an dagegen, das weiß ich«, sagte ich.

»Peterkin und Frances, von ihnen war nichts anderes zu erwarten. Matthew hat seine Meinung gründlich geändert. Er hat schon einige kriegstreiberische Reden im Parlament gehalten.«

Ich lächelte. Onkel Peter zog die Fäden, und seine Marionette tanzte.

Gervaise sagte in heiterem Ton: »Ich gebe den Russen noch drei Monate. Dann haben wir gewonnen. Das sind sie mir einfach schuldig. Ich habe mit Douglas gewettet.«

»Gervaise ist ein unverbesserlicher Spieler«, erklärte Jonnie. »Und Tom Douglas ist genauso schlimm wie er. Wenn die beiden zusammen sind, wird pausenlos gewettet. Sie wetten zum Beispiel, wie viele Droschken ihnen auf dem Weg zum Klub begegnen. Einmal habe ich sie beobachtet, wie sie ganz besessen auf Regentropfen starrten, die an einem Fenster herunterliefen. Jeder hatte auf einen bestimmten Tropfen gesetzt, darauf, daß er eben schneller unten ist als der andere. Sie haben tatsächlich um Geld gewettet wie beim Pferderennen.«

Gervaise grinste. »Das gibt dem Leben erst die richtige Würze«, meinte er leichthin.

Grace wußte eine Menge über die alten Steine am Teich und sprach mit großer Sachkenntnis darüber. Mich hätte brennend interessiert, ob sie sich wirklich etwas aus Archäologie machte oder ob ihr eigentliches Interesse Jonnie galt.

Die beiden jungen Männer besprachen ihre weitere Vorgehensweise.

Jonnie sagte: »Wenn wir dort graben wollen, müssen wir vermutlich vorher die Genehmigung des Besitzers einholen.«

Mein Vater lächelte. »Der Teich liegt auf Cador-Grund. Das ganze Land in der Umgebung gehört zu Cador.«

Jonnie strahlte. »Dann müssen wir dich und Tante Annora fragen.«

»So ist es«, antwortete mein Vater.

»Und bekommen wir eure Erlaubnis?«

»Ich wüßte sehr gern, ob dort tatsächlich einmal ein Kloster gestanden hat«, antwortete mein Vater.

»Hurra!« rief Gervaise. »Jetzt kann's losgehen!«

Grace fragte: »Darf ich mitkommen?«

Freudestrahlend sah Jonnie sie an. »Ich wäre Ihnen böse, wenn Sie uns nicht begleiten würden.«

»Angelet wäre sicher auch gerne dabei«, meinte meine Mutter.

Jonnie lächelte mich an. »Natürlich. Du mußt unbedingt mitkommen und uns helfen.«

Ich fühlte mich geschmeichelt, weil er es offensichtlich ernst meinte.

»Wir werden diesem Ort zu großem Ruhm verhelfen«, verkündete Gervaise großspurig. »Stellt euch mal die Schlagzeilen vor. ›Studenten machen bedeutenden archäologischen Fund. Jon Hume und Gervaise Mandeville stellten sämtliche Experten in den Schatten. In einer abgelegenen Gegend von Cornwall entdeckten sie ein Kloster, von dessen Existenz bis heute niemand etwas wußte.‹«

»Man hat es wohl gewußt«, erinnerte ich ihn. »Die Leute hören seit vielen Jahren die Glocken.«

»Aha, die berühmten Glocken von St. Branok! Das wird die Leser erst recht faszinieren. Wir müssen unbedingt ein paar Glocken mitnehmen und läuten. Das schafft die richtige Atmosphäre.«

Meine Mutter sah Gervaise ernst an. »Angeblich kündigen die Glocken eine Katastrophe an.«

»Das wird ja immer aufregender.«

»Angekündigte Katastrophen treffen meist ein«, gab ich zu bedenken, »weil die Leute sie dann geradezu erwarten.«

»Eine kluge junge Dame, Ihre Tochter«, erwiderte Gervaise und lächelte mich fröhlich an. »Wir fangen sobald wie möglich mit der Arbeit an. Ich kann es kaum noch erwarten. Jon, ich wette zwanzig Pfund, daß wir diese Mauer innerhalb einer Woche freigelegt haben.«

»Ich bin kein Spieler«, erwiderte Jonnie. »Wir werden ja sehen, wie lange wir brauchen.«

Am nächsten Tag besichtigten sie die besagte Stelle. Grace, was wohl unvermeidlich war, und ich begleiteten die beiden.

Diesmal wirkte der Teich keineswegs unheimlich auf mich. Die schaurige Stimmung empfand ich nur, wenn ich allein dort war. Gervaise und Jonnie untersuchten den Stein, an dem sich der Mann den Schädel eingeschlagen hatte.

»Kein Zweifel«, sagte Jonnie, »das ist der Rest einer Mauer. Hier fangen wir mit unseren Grabungen an.«

Er ging hinunter zum Teich und schaute prüfend in das Wasser.

»Das war sicher einmal ein Fischteich. Alle alten Klöster besaßen einen ertragreichen Fischteich, aus dem sich die Mönche mit frischem Fisch versorgten.«

»Wir sollten angeln«, schlug Gervaise vor. »Wer zuerst einen Fisch fängt, bekommt zehn Pfund.«

»Sei nicht albern«, antwortete Jonnie. »Weiß der Himmel, was im Lauf der Jahre alles in das Wasser hineingekommen ist. Der letzte Fisch ist bestimmt schon längst zugrunde gegangen.«

»Aber es wäre doch lustig. Einen Zehner für den, der als erster irgend etwas herausholt. Es muß ja kein Fisch sein. Sieh mich nicht so mißbilligend an, Angelet. Es tut mir leid. Im tiefsten Herzen bin ich ein sehr ernsthafter Mensch.«

Er schenkte mir ein so reizendes Lächeln, daß ich ihm am liebsten erklärt hätte, warum mir sein Vorschlag so sehr mißfiel.

An jenem Nachmittag begannen sie zu graben. Die nötige Ausrüstung hatten sie mitgebracht. Sie erschienen in einer etwas merkwürdigen Kleidung, die sie als ihre Arbeitskluft bezeichneten. Meine Eltern amüsierten sich köstlich bei ihrem Anblick.

In der Nachbarschaft gab es wegen der Ausgrabungen eine Menge Gerede. Die meisten Leute äußerten sich sehr kritisch. Mrs. Penlock brachte die allgemeine Meinung auf den Punkt.

Streng sagte sie zu mir: »Es ist nicht richtig. Wenn unser Herrgott gewollt hätte, daß man das Kloster sieht, dann würde man es sehen. Er hat es zugedeckt. Es war Sein Wille.« Ich wußte, wenn sie unseren Herrgott ins Spiel brachte, meinte sie es bitterernst. Die Erwähnung Seines Namens bedeutete, daß es bei dieser Angelegenheit nur das Richtige oder das Falsche gab. Und in solchen Fällen standen Mrs. Penlock und der Herrgott gemeinsam immer auf der richtigen Seite.

»Aber es ist im Laufe langer Jahre zugedeckt worden«, erwiderte ich. »Manche Menschen müssen Altertümer ausgraben und zum Vorschein bringen, damit wir alle sie betrachten und daraus Rückschlüsse auf die Vergangenheit ziehen können. Die Menschen wollen alte Kulturen kennenlernen. Außerdem hilft unser Herrgott denen, die sich selbst helfen.«

»Es ist nicht richtig«, wiederholte sie eigensinnig.

Lautstarker Protest gegen die Ausgrabungen kam von ganz unerwarteter Seite, nämlich vom alten Stubbs. Er bewohnte ein Cottage in der Nähe des Teichs. Seit dem Tod seiner Frau, die so etwas wie eine weise Frau, eine Weiße Hexe gewesen war, die Kräuter sammelte und angeblich sämtliche Leiden heilen konnte, lebten er und seine Tochter Jenny allein. Die beiden bildeten ein seltsames Paar. Jenny Stubbs war — wie Mrs. Penlock sagte — »nicht ganz da«. Das heißt, im Grunde war sie schlicht ein bißchen einfältig. Wo sie ging und stand, sang sie leise vor sich hin. Wenn die Fischer mit ihren Booten einliefen, ging sie regelmäßig zum Kai. Sie hob jeden Fisch auf, den sie wegwarfen, weil er ihnen nicht gut genug war. Ein- oder zweimal sah ich sie Napfschnecken und andere Schnecken sammeln. Ich vermute, daraus bereitete sie einen Sud zu.

Die Stubbs' führten ein Einsiedlerleben. Vom alten Stubbs behauptete man, er sei ein Füßling, was bedeutete, daß er mit den Füßen voran geboren wurde. Solchen Menschen sagte man besondere Kräfte nach. Er selbst lebte von Gelegenheitsarbeiten, schnitt Hecken, half bei der Ernte. Mein Vater hatte ihm und seiner Familie das Wohnrecht in einem Cottage überlassen.

Jonnie und Gervaise gruben, Grace und ich schafften die Erde beiseite. Plötzlich stand der alte Mann wie aus dem Boden gewachsen vor uns. Seine Augen blitzten zornig, das zerzauste Haar stand ihm widerborstig vom Kopf ab.

Er brüllte: »Legt die Schaufeln weg! Was macht ihr auf unserem Land?«

Gervaise lächelte charmant. »Wir sind zu Forschungszwecken hier, und wir haben die Erlaubnis dazu.«

»Verschwindet von unserem Land, oder es wird euch schlecht ergehen!«

»Also wirklich«, begann Jonnie. »Ich begreife nicht ...«

»Dieses Land wird nicht zerstört. Es gibt Leute, die nicht damit einverstanden sind, Leute, denen das ganz und gar nicht paßt.«

»Was soll das? Hier ist kein Mensch.«

Der alte Mann sah ihn listig an. »Sie sind da. Ihr seht sie bloß nicht.«

Nun wurde Jonnie wütend. Gervaise schien den Auftritt für einen Witz zu halten. Aber für mich war alles, was mit diesem Ort zusammenhing, bitterer Ernst.

»Dieses Land gehört den Toten«, erklärte der alte Stubbs mit donnernder Stimme. »Wehe dem, der die Ruhe der Toten stört.«

»Man sollte doch annehmen, sie freuen sich, daß wir ihr altes Kloster ausbuddeln«, erwiderte Gervaise.

»Ihr stört die Toten. Das ist nicht gut. Dazu habt ihr kein Recht. Geht dorthin zurück, wo ihr hergekommen seid. Geht zurück in eure Stadt, wo ihr hingehört. Ich sage euch, was ihr hier treibt, das wird nicht gut enden.«

Bei diesen Worten schüttelte Stubbs den Kopf und machte sich humpelnd auf den Heimweg.

»Das ist ja ein seltsamer Heiliger«, sagte Gervaise.

Ich erzählte ihm von dem nahe gelegenen Cottage und wie schwer der alte Mann und seine Tochter es hätten.

Gervaise hörte mir aufmerksam zu, aber Jonnie drängte. Er wollte die Grabungen unverzüglich fortsetzen.

Drei Tage waren sie nun schon bei der Arbeit, aber an der Mißbilligung der Leute änderte sich nichts. Ich kannte sie genau. Hatten sie einmal einen Standpunkt eingenommen, dann blieben sie auch dabei.

»Sie benehmen sich dumm und albern«, sagte mein Vater. »Warum, um alles in der Welt, darf man nicht wissen, ob tatsächlich ein Kloster dort gestanden hat? Warum dieser Widerwille gegen die Ausgrabung?«

»Du weißt, die Menschen hier sind gegen jede Veränderung«, erinnerte ihn meine Mutter.

»Die Ausgrabung ändert nicht das geringste an ihrem Leben. Ich jedenfalls will wissen, was es mit dem angeblichen Kloster auf sich hat.«

»Ich hoffe, du gehst nicht so weit, den Teich abzulassen.«

»Das wird kaum möglich sein, fürchte ich. Aber wenigstens über das Kloster will ich Bescheid wissen.«

Was nun folgte, war unvermeidlich.

Ein Reitknecht, der mit einem unserer Pferde trainierte, ritt in der Dunkelheit an der Ausgrabungsstelle vorbei. Klar und deutlich hörte er die Glocken aus dem Teich.

Von diesem Augenblick an wurde über nichts anderes mehr geredet.

Die Glocken kündeten von einer bevorstehenden Katastrophe. Jemand hatte das Mißfallen Gottes hervorgerufen, und man mußte nicht lange nach dem Schuldigen suchen. Die Toten wollen nicht gestört werden. Die Mönche auf dem Grund des Teiches mochten keine Leute, die von London herkamen und ihre letzte Ruhestätte ausgruben.

Von diesem Tag an hörten immer mehr Menschen die Glocken in der Dämmerung läuten.

Zwei Wochen vergingen. Ich glaube, Jonnie merkte langsam selbst, daß es keinen Zweck mehr hatte, weiterzugraben. Ein Teil der Mauer war zwar freigelegt, doch sie schien von einem alten Cottage zu stammen. Nicht das geringste Anzeichen deutete auf ein Kloster hin.

»Wir brauchten eine Spezialausrüstung«, meinte Jonnie. »Vor uns liegt noch eine Menge Arbeit.«

»Und dabei werdet ihr höchstwahrscheinlich nichts finden«, fügte mein Vater hinzu.

»Wie schade«, sagte Grace. »Es tut mir so leid. Es ist meine Schuld. Ich hätte Ihnen nichts darüber schreiben sollen.«

»Aber nein!« rief Jonnie. »Wir hatten großen Spaß dabei — oder, Gervaise?«

Gervaise gab ihm recht. Außerdem hätte er neue Freunde gefunden, und das sei schließlich sehr viel besser als ein altes Kloster.

»Das haben Sie sehr nett gesagt«, antwortete meine Mutter. »Trotzdem seid ihr enttäuscht. Nehmt's euch nicht so zu Herzen. In Pompeji habt ihr bestimmt Erfolg.«

»Möglich. Vielleicht haben wir dort mehr Glück«, meinte Jonnie.

Es wurde des öfteren darüber gesprochen, eventuell mit den beiden gemeinsam nach London zu reisen und eine Weile dort zu bleiben. Aber mein Vater hatte keine Zeit, weil es auf dem Gut gerade eine Menge zu tun gab.

Ich war enttäuscht, gleichzeitig aber auch sehr erleichtert, weil sie endlich aufgehört hatten zu graben. Ihre ständige Anwesenheit und Aktivität am Teich hatten mich zunehmend nervös gemacht.

»Angelet ist so gerne in London«, sagte meine Mutter eines Tages. »Ich sehe keinen Grund, warum *du* nicht mitfahren solltest. Grace könnte dich doch begleiten.«

Begeistert rief Grace: »Aber das wäre ja wundervoll!«

Damit war alles abgemacht.

Am Tag vor unserer Abreise wandte sich Gervaise an mich. »Ich möchte noch einen letzten Blick auf unsere Grabungsstelle werfen. Kommst du mit, Angelet?«

»Warum willst du noch mal hin?«

»Ich habe einfach Lust dazu. Weißt du was? Wir gehen in der Dämmerung. Dann ist mit Sicherheit kein Mensch dort. Das ist die Zeit der Hexen.«

Eine Gänsehaut überlief mich.

»Los, komm mit«, ermunterte er mich. »Ich weiß genau, der Teich hat dich in seinen Bann gezogen. Mich übrigens auch.« Beruhigend setzte er hinzu: »Ich bin ja dabei. Dir kann nichts passieren.«

Wir ritten zusammen hin. Er hatte es so eingerichtet, daß wir am Teich anlangten, als die Sonne gerade unterging.

»Wir haben nicht unbedingt zur Verschönerung dieses Fleckchens Erde beigetragen, nicht wahr?« Reumütig blickte er auf den freigelegten Mauerrest und die Erdhaufen ringsum.

»Mach dir nichts draus«, erwiderte ich. »Das ist vermutlich das Los der Archäologen.«

»Ja, das stimmt. Wenn man nicht nachsieht, entdeckt man nichts. Außerdem hat es mir Spaß gemacht.«

»Obwohl die ganze Arbeit vergeblich war?«

»So sehe ich das nicht. Ich war ein paar Wochen in einer schönen Gegend, habe neue Freunde gefunden, und du fährst mit uns nach London.«

»Darauf freue ich mich auch.«

»Hörst du?« fragte er. »Hörst du die Stille?«

Es war unheimlich. Unweigerlich kamen die Erinnerungen zurück und versetzten mich in Angst. In der Dunkelheit war das Wasser kaum noch zu sehen. Ein leichter Wind wehte und ließ das Gras rascheln. Hin und wieder hörte es sich an, als stöhne der Wind.

»Allmählich begreife ich, warum sich um einen solchen Ort Legenden ranken«, flüsterte Gervaise. »Kommst du oft her?«

»Nein. Nicht mehr.«

»Hör mal.«

Da war etwas ... ganz schwach durchdrang ein Laut die Stille. Eine Täuschung war unmöglich. Ich hörte das Läuten einer Glocke.

Entsetzt sah ich Gervaise an. Hatte er es auch vernommen? Seinem Gesicht sah ich deutlich an, daß er es gehört hatte. Seine Miene spiegelte blankes Erstaunen. Unverwandt starrte er auf den Teich. Da erklang es wieder. Das deutliche Läuten einer Glocke.

Plötzlich sagte er: »Du bist ganz blaß. Fühlst du dich nicht wohl? Irgendwo muß hier eine Kirche sein.«

»Hier ist weit und breit keine Kirche.«

»Aber was ...«

Ich schüttelte den Kopf.

»Das ist unmöglich«, sagte er.

Zwischen uns breitete sich Schweigen aus. Wir hielten inne und lauschten angestrengt. Aber nur tiefe Stille antwortete.

»Hab keine Angst«, murmelte er. »Dafür gibt es bestimmt eine Erklärung.«

»Es schien aus dem Teich zu kommen.«

»Unmöglich.«

»Woher dann?«

»Betrachten wir es folgendermaßen: Wir sind hergekommen, um die Glocken zu hören.«

»Wirklich?«

»Ja, natürlich. Wir haben an die Glocken gedacht. Wir wollten sie hören. Also haben wir uns eingebildet, sie zu hören.«

»Wir beide? Zur gleichen Zeit?«

»So muß es gewesen sein.«

Er schickte sich an, hinunter zum Teich zu gehen. Ich zögerte. »Komm«, sagte er und ergriff meinen Arm. »Wir gehen ganz dicht heran und lauschen. Streng dich an.«

Ich folgte ihm. Ganz nahe am Ufer blieben wir stehen. Einen Schritt weiter, und wir wären in das dunkle Wasser gefallen.

Er rief: »Wer ist da? Los, läute noch mal!«

Das Echo warf seine Stimme zurück. Danach breitete sich wieder die unheimliche Stille aus. Nur das Rascheln des Grases im Wind war noch zu vernehmen.

»Es ist empfindlich kühl«, sagte er. »Reiten wir nach Hause.«

Auf dem Heimweg schwiegen wir lange.

Unvermittelt sagte er: »Wir haben uns das eingebildet.«

Aber er wußte ebensogut wie ich, daß wir uns nicht getäuscht hatten.

Nach unserer Ankunft in London fiel mir gleich auf, wie sehr die Kriegsbegeisterung inzwischen nachgelassen hatte.

Der Krieg nahm nicht den erwarteten Verlauf. Ein schnelles Ende war nicht in Sicht, und täglich trafen schlimme Nachrichten ein. Viele unserer Soldaten waren von einer Choleraepidemie dahingerafft worden. Die Artikel, die der Berichterstatter William Howard Russell von der Krim an die *Times* schickte, bildeten das Tagesgespräch. Im Kriegsgebiet herrschte ein katastrophaler Mangel an Medikamenten. Die Vorräte reichten nicht aus, um eine Epidemie zu bekämpfen. Chaos breitete sich aus und ließ die Organisation völlig zusammenbrechen. Die Krankheit war ein schlimmerer Feind als die Russen. Der Krieg zeigte sein häßliches Gesicht — er war alles andere als eine glorreiche Straße zum Sieg, wie so viele ganz selbstverständlich erwartet hatten.

Der Sieg der britischen und französischen Armeen in der Schlacht bei Alma weckte erneut Hoffnungen auf ein rasches Kriegsende. Doch die Artikel in der *Times* setzten dieser Zuversicht schnell ein Ende.

Es wurde fast nur noch über den Krieg gesprochen. Jeder benahm sich, als kenne er allein eine bessere Strategie für einen baldigen Sieg.

Jonnie wirkte von Tag zu Tag bedrückter. Stets stürzte er sich gierig auf die neuesten Nachrichten.

Während eines Spaziergangs begegneten uns einmal Soldaten auf dem Weg zum Hafen, wo sie sich zur Fahrt auf die Krim einschiffen sollten. Die Menschen auf den Straßen ließen sie hochleben. Eine Musikkapelle spielte. In ihren Uniformen sahen die Männer prachtvoll aus.

Wir gingen weiter in den Park, setzten uns auf eine Bank und beobachteten die Enten auf dem See.

»Der Krieg dient einer gerechten Sache«, behauptete Jonnie. »Wir dürfen nicht zulassen, daß eine mächtigere Nation eine schwächere einfach überfällt und unterwirft.«

Grace erklärte, ihrer Ansicht nach seien die Soldaten Helden, weil sie in ein fernes, fremdes Land zogen, um der Gerechtigkeit zum Sieg zu verhelfen.

Nachdenklich traten wir den Heimweg an. Jonnie schien über irgend etwas nachzugrübeln. Ich wünschte, von ihm ins Vertrauen gezogen zu werden. Zu gern hätte ich gewußt, ob er mit Grace über seine Sorgen sprach.

Eifersucht quälte mich. Er schenkte Grace viel mehr Beachtung als mir. Dabei waren wir vor gar nicht so langer Zeit noch die besten Freunde gewesen. Einmal hatte er gesagt, es habe ihn sehr gekränkt, daß ich ihn wegen Benedict Lansdon vernachlässigt hatte. Selbstverständlich hatte er das scherzhaft gemeint, aber vielleicht steckte damals doch ein Körnchen Wahrheit in seinen Worten. Jetzt ging es mir genauso mit ihm und Grace. Natürlich war sie älter als ich — sie war auch älter als er —, und sie las andauernd Bücher über Archäologie, seit sie Jonnie kannte. Sie führte mit ihm Gespräche wie ein Studienkollege.

Am nächsten Tag sah ich Jonnie nicht. Am übernächsten tauchte er wieder auf und kündigte an, er habe uns einen Entschluß mitzuteilen, den er sich reiflich überlegt habe.

Er wählte dafür den Zeitpunkt, bevor wir uns zum Essen setzten. Helena blickte ernst und sorgenvoll in die Runde, während sich Matthew geradezu feierlich gebärdete.

»Ich habe mich zur Armee gemeldet«, verkündete Jonnie. »Für eine lange Ausbildung als Soldat bleibt keine Zeit mehr. Vermutlich werde ich schon bald auf die Krim versetzt.«

Nach Jonnies Mitteilung herrschte in der Familie heller Aufruhr. Helena hatte schreckliche Angst um ihn und versuchte, ihn zu einer Meinungsänderung zu überreden. Geoffrey ärgerte sich, weil er noch nicht alt genug war, um Soldat zu werden. Ich glaube, Jonnies Vater stimmte im Grunde seines Herzens mit Helena überein. Aber Onkel Peter erkannte sofort, welche Vorteile sich aus Jonnies Entschluß ziehen ließen. In pazifistisch gesinnten Kreisen gingen Gerüchte um, daß diejenigen, die sich lautstark für den Krieg aussprächen, nicht dieselben seien, die hinaus ins Feld zögen, um zu kämpfen. Jetzt konnte man den Gegenbeweis antreten. Der Sohn eines bekannten Politikers hatte sich als Freiwilliger gemeldet. Ein Student der Archäologie kämpfte für Ruhm und Ehre des Vaterlands.

»Eine hervorragende Idee«, meinte Onkel Peter begeistert. »Der Krieg wird ohnehin bald vorbei sein. Vielleicht schon, bevor Jonnie London verlassen muß.«

Aber die niederschmetternden Kriegsberichte von Russell

widerlegten diese Hoffnung völlig. Als seine neuesten Artikel erschienen, ging ein Aufschrei durch das Parlament und durch das ganze Land. Irgend etwas mußte geschehen.

Immer häufiger wurde in der Öffentlichkeit der Name einer gewissen Florence Nightingale erwähnt. Onkel Peter und Tante Amaryllis kannten die Familie Nightingale recht gut. Ihrer Überzeugung nach war Florence ein besonders schwieriges Kind, das seinen Eltern viel Kummer bereitete. Sie strebte nicht nach den Zielen, die anderen Mädchen als größte Verheißung galten — ein guter Ehemann und ein warmes, sicheres Plätzchen in der Gesellschaft —, obwohl sie dafür die besten Voraussetzungen besaß. Florence war hübsch, klug und charmant und wirkte durchaus anziehend auf das andere Geschlecht. Aber sie wollte unbedingt Kranke pflegen. Einfach lächerlich! Krankenpflege war keine Beschäftigung für eine Dame, sondern gerade recht für Leute, die keine andere Arbeit finden konnten. Diese Leute standen auf derselben Stufe mit den Tunichtguten und Herumtreibern, die nichts Besseres wußten, als in die Armee einzutreten. Aber dieser Vergleich stimmte plötzlich nicht mehr. Über Nacht waren aus den Tunichtguten und Herumtreibern Helden geworden.

Die gute Gesellschaft, die Miß Nightingale bisher geflissentlich übersehen hatte, mußte jetzt wohl oder übel von ihr Notiz nehmen.

Selbst Onkel Peter hatte seine Meinung geändert. »Anscheinend nimmt man Miß Nightingale zunehmend ernst. Sidney Herbert ist überaus beeindruckt von ihr. Man braucht dringend gute Krankenschwestern draußen im Feld. Ich habe gehört, sie will eine ganze Gruppe von Frauen ausbilden. Das ist ein wichtiger Schritt in die richtige Richtung.«

Jonnie sah in Uniform blendend aus. Wir waren alle sehr stolz auf ihn, aber mit jedem weiteren Kriegstag wuchs auch unsere Angst.

Eines Tages holte die Vergangenheit unsere Familie ein.

Ein Lord John Milward, von dem ich noch nie etwas gehört hatte, starb an Typhus. In der Zeitung stand ein Artikel über ihn.

Ich dachte auch nicht im entferntesten daran, daß sein Tod Auswirkungen auf unsere Familie haben könnte. Aber dieser Lord Milward hinterließ merkwürdigerweise Jonnie ein Vermögen.

Erst schien Jonnie erstaunt, dann nahm er zu meiner Überraschung die Erbschaft an.

Kurze Zeit später erfuhr ich, warum.

Lord John Milward war Jonnies Vater und nicht Matthew Hume, wie ich bisher geglaubt hatte — und Jonnie ebenfalls.

Als Helena noch sehr jung war, hatte sie sich mit John Milward verlobt. Dann kam der Skandal, in den Onkel Peter mit seinen Nachtklubs verwickelt war, und die Familie Milward hatte darauf bestanden, daß die Verlobung gelöst wurde.

Meine Großeltern reisten nach Australien, weil sie sich um ihren dortigen Besitz kümmern wollten. Helena nahmen sie mit. Helena war damals schwanger und brachte Jonnie in Australien zur Welt. Meine Großeltern standen ihr in dieser schweren Zeit bei. Matthew Hume, ebenfalls Passagier auf dem Schiff, mit dem sie die Überfahrt gemacht hatten, befand sich auf dem Weg nach Australien, um Material für sein Buch über die Gefängnisreform zu sammeln — die Deportation nach Australien nahm darin großen Raum ein. Er lernte Helena kennen und heiratete sie. Jonnie hatte allerdings geglaubt, er sei Matthews Sohn.

John Milward vergaß seinen Sohn nicht. Mit seinem Testament machte er Jonnie zu einem reichen, unabhängigen Mann.

Jonnie meinte, sein neuer Wohlstand könne ihm bei seiner Arbeit von großem Nutzen sein. Wir alle freuten uns für ihn. Ich mochte Jonnie sehr gern. Er war der Held meiner Kindheit. Ich bedauerte, daß ich Ben Lansdon eine Zeitlang den ersten Platz in meinem Herzen eingeräumt hatte. Ben hatte mich nach dem furchtbaren Vorfall allein gelassen. So ein Verhalten wäre Jonnie in einer solchen Situation niemals in den Sinn gekommen. Er hätte mit Sicherheit auch nicht den Leichnam im Teich versenkt, sondern versucht, eine anständige Lösung zu finden.

Eine weitere Bombe platzte.

Einen Tag später erschien Grace in meinem Zimmer und sagte, sie müsse mit mir reden.

»Es wäre mir lieber, ich könnte mit deiner Mutter persönlich sprechen. Ich bin sicher, sie würde mich verstehen. Jetzt muß ich versuchen, es dir zu erklären.«

Ich stand vor einem Rätsel.

»Ich habe mich entschieden. Wenn man mich nimmt, gehe ich nach Skutari.«

»Nach Skutari!« rief ich. »Wie wollen Sie da hinkommen?«

»Mit Miß Nightingales Pflegerinnen. Ich habe mich heute zum Dienst gemeldet. Man wird mir Nachricht geben, ob ich angenommen werde. Aber ich bin mir ziemlich sicher. Man hat mir große Hoffnungen gemacht. Anscheinend melden sich nicht viele gut ausgebildete junge Frauen.«

»Aber Sie sind doch keine Pflegerin.«

»Die meisten anderen auch nicht. Im Grunde gibt es gar keine ausgebildeten Pflegerinnen. In den Krankenhäusern arbeiten fast nur unfähige Leute, die keine andere Stellung finden. Das hat man mir heute morgen bestätigt. Ich möchte gehen, Angelet. Bitte, erkläre es deiner Mutter. Ich komme mir sehr undankbar vor, weil ich sie im Stich lasse. Andererseits weiß ich, daß sie mich nur aus Gutherzigkeit aufgenommen hat. Eine Arbeit für mich hat sie erst suchen müssen, um mir nicht das Gefühl zu geben, ich würde zur Last fallen.«

»Das ist doch Unsinn, Grace. Meine Mutter mag Sie sehr.«

»Ja, das glaube ich auch. Deshalb bin ich auch sehr traurig. Ich habe sie sehr gern. Und dich. Einfach alles und jeden auf Cador.«

»Ich wünschte, ich könnte mitkommen.«

»Deine Mutter wird froh sein, daß du noch zu jung bist. Es erwartet mich bestimmt kein leichtes Leben. Aber es ist mein freier Entschluß. Als ich Jonnie in seiner Uniform gesehen habe ... Ach, Angelet, sag zu niemandem ein Wort, bevor ich nicht ganz sicher weiß, daß sie mich nehmen.«

Das versprach ich. Ein paar Tage später erfuhr sie, daß ihre Bewerbung Erfolg gehabt hatte.

Alle zeigten sich überrascht von ihrem Entschluß, zollten aber ihrem Unternehmungsgeist und ihrem Mut gebührend Beifall. Jonnie war ganz hingerissen und voller Bewunderung für sie. Wieder spürte ich leise Eifersucht.

»Ich hätte mich auch gemeldet, wenn ich älter wäre«, behauptete ich.

Jonnie schenkte mir ein liebevolles Lächeln. »Das weiß ich.«

Auch Grace trug nun eine Uniform — ein nicht gerade sehr kleidsames Kostüm, bestehend aus einem grauen Tweedkleid mit einer Kammgarnjacke in derselben Farbe, einer weißen Haube und einem Wollumhang.

»Man muß sich die Kleider aussuchen, die einem noch am besten passen«, erklärte Grace. »Besonders vorteilhaft ist die Tracht wahrhaftig nicht.«

»Das ist Absicht. Damit Sie nie vergessen, daß es nicht auf das Äußere ankommt, sondern nur auf das Praktische. Allerdings könnte man wenigstens dafür sorgen, daß die Kleider den Pflegerinnen passen.«

Grace fiel es nicht schwer, ihre Tracht so abzuändern, daß die

Kleider zumindest richtig saßen. Doch schöner wurde die Uniform dadurch auch nicht.

Jonnie erhielt seinen Einberufungsbefehl. Es war ein trauriger Tag. Tante Amaryllis bestand darauf, daß Helena und Matthew zum Essen zu ihr kamen.

Wir tranken auf den Sieg, auf das Ende der Feindseligkeiten und auf Jonnies rasche Heimkehr.

Im Oktober fuhr Grace mit einer Gruppe anderer Pflegerinnen mit einem Schiff von der London Bridge ab.

Nach ihrer Abreise fühlte ich mich verlassen. Ich hoffte sehr, Jonnie und Grace bald wiederzusehen.

Als meine Eltern erfuhren, daß Grace fort war, kamen sie nach London.

»Sie ist sehr mutig«, sagte meine Mutter stolz. »Immer will sie sich nützlich machen. Sie hat unsere Hilfe damals wirklich verdient. Ich erinnere mich noch genau, wie verzweifelt sie aussah, als sie zum erstenmal in unseren Garten kam. Stets war sie dankbar, und umgekehrt sind wir ihr selbstverständlich auch zu Dank verpflichtet. Sie wird uns sehr fehlen. Hoffentlich ist dieser abscheuliche Krieg bald zu Ende, und sie kehrt zu uns zurück.«

Wir blieben nicht mehr lange in London, sondern fuhren bald nach Cornwall zurück.

Der Krieg schien sich endlos hinzuziehen.

Nach all den Aufregungen in London kam mir das Leben in Cornwall noch langweiliger und ereignisloser vor als je zuvor.

Der Krieg beschäftigte uns pausenlos. Die Nachrichten verhießen nichts Gutes. Der Winter kam, und das Wetter schien ein noch schlimmerer Feind zu sein als die russischen Armeen. Wir hörten von der katastrophalen Niederlage des sechshundert Mann zählenden Regiments der Leichten Brigade bei Balaklawa. Nur wenige unserer Soldaten überlebten. In der Schlacht von Inkerman verloren wir über zweitausend Mann. Die trauernden Hinterbliebenen wird es kaum getröstet haben, daß in dieser Schlacht zwölftausend russische Soldaten den Tod gefunden hatten.

Tante Amaryllis schrieb regelmäßig. Sie teilte uns mit, Helena sei seit Jonnies Abreise sehr traurig. Sie sei nur noch ein Schatten ihrer selbst und lebe in ständiger Angst um ihn.

»Ich wünschte«, schrieb Tante Amaryllis, »dieser Russell würde endlich aufhören, diese schrecklichen Berichte zu schreiben. Sie versetzen uns jedesmal in Angst und Schrecken. Die arme Helena ist außer sich vor Gram und Sorge. Auch ich muß ständig an unseren armen Jonnie denken, der dort draußen in diesem fürchterlichen Krieg sein Leben aufs Spiel setzt. Und natürlich an die liebe Grace. Obgleich sie selbstverständlich nicht an der Front ist. Ach, wäre doch endlich alles vorbei. Dieser Krieg ist so weit weg. Was haben wir dort überhaupt zu suchen? Aber das darf ich nicht einmal denken. Peter sagt, der Krieg müsse sein, um unseren weltweiten Einfluß aufrechtzuerhalten. Anscheinend ist das sehr wichtig ...«

»Die arme Tante Amaryllis«, sagte meine Mutter. »Normalerweise nimmt sie Böses und Unheilvolles einfach nicht zur Kenntnis. Aber diesmal gelingt ihr das nicht. Nicht mehr, seit Jonnie an der Front ist.«

Die Belagerung von Sewastopol dauerte an. Fiele erst die Festung in die Hände der alliierten Truppen, so lautete die allgemeine Meinung, sei der Krieg bald gewonnen. Aber die Russen hielten sich hartnäckig und gaben nicht auf. Unsere Soldaten vor Sewastopol litten unter dem schrecklichen Winter mehr als die Russen in der Stadt. Die Kälte forderte zahlreiche Opfer. Russell schrieb, daß viele erfroren. Miß Nightingale und ihre Pflegerinnen halfen, so gut sie konnten. Aber wie sollten sie wirkungsvolle Pflege leisten ohne die nötigen Medikamente und Ausrüstung? Die Bedingungen waren entsetzlich. So oder ähnlich lauteten die Informationen, die er täglich lieferte.

Ein Ende des Schreckens war nicht in Sicht. Der Winter ging vorbei, der Frühling kam. Jeden Tag hofften wir auf die erlösende Nachricht, aber gute Neuigkeiten waren nicht zu vermelden.

An einem schönen Sommertag erreichte uns ein trauriger Brief von Tante Amaryllis.

Ich weiß nicht, wie ich es Euch schonend beibringen soll. Wir alle sind am Boden zerstört. Jonnie ist gefallen. Er war sehr tapfer, schreibt die Armeeführung. Ein wunderbarer Soldat. Ich fürchte, für die arme Helena ist das kein Trost. Das Leid überwältigt sie. Wir alle sind sehr, sehr traurig. Peter ist zutiefst bewegt. In einer Zeitung hat er einen schönen Artikel über Jonnies Tapferkeit entdeckt. Darin steht, er habe sein Leben für sein Vaterland geopfert. Peter sagt, so traurig der Anlaß auch sei, so werde dadurch doch gleichzeitig die öffentliche Aufmerksamkeit auf Matthew gelenkt. Das zahle sich bestimmt aus. Den armen Matthew tröstet das gar nicht. Er hat Jonnie geliebt. Auch wenn er nicht sein Sohn war, hat er ihn stets als solchen behandelt. Wir durchleben eine sehr traurige Zeit. Könnt Ihr nicht zu uns kommen? Ihr wärt uns eine große Hilfe. Helena hat Euch sehr gern. Sie spricht oft davon, wie sehr Eure Familie ihr geholfen hat, damals, als sie in Schwierigkeiten steckte ...

Meine Mutter las nicht weiter. Blicklos starrte sie vor sich hin. Tränen traten ihr in die Augen. Sie war nicht fähig, weiterzulesen.

Nach einem langen Schweigen sagte sie: »Es ist furchtbar, Angel. Du kennst ja inzwischen die ganze Geschichte. Wir befanden uns auf dem Schiff nach Australien, als ich erfuhr, daß sie Jonnie erwartete. Völlig verzweifelt drohte sie, über Bord zu springen. Matthew half ihr sehr in dieser Zeit. Man kann sagen, er rettete ihr das Leben. Er ist ein guter Mann. Leider gestand er seinem Schwiegervater zuviel Einfluß auf sein Leben zu. Aber wie sollte er sich auch dagegen wehren? Ohne Peter hätte er als Politiker nie Karriere gemacht. Die Nöte der Menschen waren Matthews Anliegen. Seine Bücher sind der beste Beweis dafür. Aber von diesen Büchern und seinen Reformvorschlägen hätte niemand Notiz genommen, wenn sich nicht Onkel Peter mit seinem ganzen Einfluß dafür eingesetzt hätte. Das weiß Matthew nur zu gut. In gewisser Weise schämt er sich deswegen. Jetzt ist er völlig abhängig von Peter. Er kann nichts mehr ohne ihn tun.«

Sie schien zu sich selbst zu sprechen. Schlagartig wurde ihr meine Anwesenheit wieder bewußt. Fast erstaunt sah sie mich an. Bestimmt redet sie jetzt nicht mehr weiter, weil ich noch zu jung für solche Gespräche bin, dachte ich. Das kannte ich schon zur Genüge. Ich hatte aber die Fähigkeit entwickelt, völlig mit der Stille zu verschmelzen, wenn jemand in meiner Anwesenheit selbstvergessen Selbstgespräche führte. Auf diese Weise erfuhr ich manches, was nicht unbedingt für meine Ohren bestimmt war.

Sie nahm sich zusammen. »Wir müssen nach London. Vielleicht können wir helfen. Ich fürchte allerdings, es wird kein sehr vergnüglicher Besuch. Die arme Helena. Sie hat sehr viel Ähnlichkeit mit Tante Amaryllis. Sie braucht immer jemanden, der sich um sie kümmert. Diese Erbschaft von John Milward hat all die schlimmen Erinnerungen wieder wachgerufen. Es muß entsetzlich für sie gewesen sein.«

»Ich finde, Jonnie hat allen Grund, sich darüber zu freuen. Sein richtiger Vater hat ihn nicht vergessen, und er selbst hat große Pläne mit seinen Ausgrabungen. Das Geld hilft ihm. Und jetzt ...«

Entsetzt verstummte ich. Mir wurde bewußt, daß er nicht mehr lebte, daß ich ihn nie wiedersehen würde. Meine Augen füllten sich mit Tränen.

Meine Mutter nahm mich in die Arme. Eng umschlungen weinten wir.

»Ja«, seufzte sie nach einer Weile. »Wir müssen hin. Wir müssen wenigstens versuchen, sie ein wenig zu trösten.«

Mein Vater hatte zuviel Arbeit und konnte uns nicht begleiten, aber auch er vertrat die Ansicht, meine Mutter und ich müßten unbedingt nach London.

Als Anfang des Jahres der Zar von Rußland gestorben war, schien der Frieden in Sicht. Aber auch diese Hoffnung war wie alle früheren Hoffnungen ins Nichts zerronnen.

Die Nachricht von Jonnies Tod hatte uns Ende August erreicht. Einen Tag bevor wir nach London abreisen wollten, hieß es, die Russen zögen sich aus Sewastopol zurück.

Die Neuigkeit wurde in Poldorey mit großem Jubel aufgenommen, denn dies konnte nur das endgültige Ende des Krieges bedeuten.

»Zu spät für uns«, sagte meine Mutter. »Jonnie ist tot.«

Es war ein trauriger Besuch in London. Meine Mutter wohnte bei Tante Helena im Haus der Humes in Westminster. Ich blieb bei Tante Amaryllis und Onkel Peter. Bei einem Besuch erzählten Frances und Peterkin von ihrer Mission im Londoner East End. Inzwischen hatten sie mehrere Häuser eingerichtet.

»Mein Schwiegervater hat uns stets großzügig unterstützt«, berichtete Frances. »Es gefällt ihm, wenn er als großer Wohltäter in der Zeitung erwähnt wird. Wir wissen genau, er spendet das Geld nur zum Ruhme von Peter Lansdon. Gäbe er sich nicht mit so anrüchigen Geschäften ab, hätte man ihn, den großen Wohltäter und Menschenfreund, bestimmt längst geadelt. Aber wahrscheinlich ist er davon überzeugt, auch dieses Hindernis noch zu nehmen.«

Peterkin nickte. »Ein Mann wie mein Vater überwindet *jedes* Hindernis.«

»Natürlich nehmen wir das Geld dankbar an«, fuhr Frances fort. »Mir ist es gleichgültig, aus welcher Quelle es stammt, solange wir es für einen guten Zweck verwenden. Immerhin konnte ich mit seinen Spenden drei weitere Suppenküchen einrichten. Ich habe also keinen Grund, mich zu beklagen.«

»Das Geld kommt von den Reichen, die es in den Klubs meines Vaters zum Fenster rauswerfen«, erläuterte Peterkin. »Es ist mehr als gerecht, daß es letztendlich zum Wohle der Armen verwendet wird — wenigstens ein kleiner Teil davon.«

»Onkel Peter ist ein guter Mensch«, meinte ich.

»Zumindest ist er gut für uns. Und zu sich selbst. Er spendet nur, um sein Ansehen in der Öffentlichkeit zu steigern«, versetzte Frances bissig.

»Ich weiß nicht, ob man immer so genau zwischen Gut und Böse unterscheiden kann«, antwortete ich.

»Sieh mal an. Die kleine Angelet entwickelt sich zu einer nachdenklichen Frau«, neckte mich Frances.

Als ich sie einmal in der Mission besuchte, wies sie mir sofort Arbeit zu. Mit einer großen Kelle schöpfte ich aus riesigen Terrinen Suppe in die Teller und teilte sie aus. Die Leute standen in einer langen Schlange in der Küche an. Diese Erfahrung berührte mich tief. Ich empfand großes Mitleid, ganz besonders mit den Kindern, die zu Hause nicht einmal das Nötigste hatten und sich einen Teller Suppe abholen mußten, um nicht zu verhungern.

In dieser Zeit lernte ich bedauernswerte Frauen kennen, die von ihren Ehemännern oder Freunden mißhandelt worden waren. Ich sah Frauen, die kurz vor der Niederkunft standen und ohne Obdach waren. Ich beobachtete, wie Frances sie behandelte. Sie sprach energisch mit ihnen und verschwendete keine Minute mit Rührseligkeiten. Kaum, daß sie einmal Mitleid zeigte. Aber sie löste die Probleme.

Peterkin stand ihr tatkräftig zur Seite, aber die treibende Kraft war sie. Er bewunderte Frances rückhaltlos, denn ihm ging das Elend, das er Tag für Tag sah, offenbar sehr viel näher als seiner Frau. Aber aus irgendeinem Grund, den ich noch nicht verstand, arbeitete er gerade deshalb weniger erfolgreich.

Ich dachte darüber nach, wie merkwürdig es war, daß Onkel Peter einen Sohn wie Peterkin hatte. Ich glaube, Onkel Peter empfand große Achtung für Frances, obwohl immer ein spöttischer Unterton in seiner Stimmung mitschwang, wenn er von ihr sprach. Aber sie durchschaute ihn. Einem Mann wie Onkel Peter mußte das Respekt abringen.

Diesmal war ich erleichtert, als wir nach Cornwall zurückfuhren. Die Stimmung war zu traurig gewesen. Wir hatten in dieser Zeit nur wenig Trost spenden können.

Mit dem Fall von Sewastopol endete der Krieg, obwohl es bis Jahresende noch zu vereinzelten Scharmützeln kam. Dann begannen endlich die Friedensverhandlungen, die sich allerdings über den ganzen Winter hinzogen. Erst Ende März wurde der

Pariser Frieden unterzeichnet, und die Streitkräfte konnten mit dem Abzug von der Krim beginnen.

Tante Amaryllis schrieb:

Helena scheint sich ein wenig erholt zu haben. Matthew ist unendlich gütig und liebevoll zu ihr. Einen besseren Ehemann kann man sich nicht vorstellen. In Palmerstons Kabinett hat er kein Amt, aber Peter behauptet, Palmerston würde sich nicht mehr lange halten. Während des Krieges war er populär, aber jetzt sind die Menschen kriegsmüde. Peter meint, in naher Zukunft werde Derby wieder an der Spitze stehen, und dann habe Matthew die größten Chancen . . .

Anläßlich der Unterzeichnung des Friedensvertrages wurden viele Feiern und Feste veranstaltet. Jetzt warten wir auf die Heimkehr der Soldaten. Aber unser Jonnie wird nicht zurückkommen. Einige Soldaten sind bereits zu Hause. Die armen Burschen, was mußten sie nicht alles durchmachen! Ich glaube, die Leute werden nicht so schnell wieder nach Krieg schreien. Wohlunterrichtete Kreise beziffern die Zahl unserer gefallenen Soldaten auf vierundzwanzigtausend, die der Russen auf fünfhunderttausend, und die Franzosen haben dreiundsechzigtausend verloren. Wir sind also noch am glimpflichsten davongekommen. Aber unser armer Jonnie war einer der vierundzwanzigtausend. Wie furchtbar traurig ist doch das Leben! Ich wünschte, die Nationen würden ein anderes Mittel finden als den Krieg, um ihre Streitigkeiten auszutragen. Da töten sich Menschen, die gar nichts damit zu tun haben und oft nicht einmal wissen, worum es überhaupt geht.

Anscheinend bleiben einige Krankenpflegerinnen in Skutari, bis die letzten Soldaten abgezogen sind. Dann werden auch sie zurückkehren. Manche sind bereits wieder in England. Sie haben die am schwersten verwundeten Soldaten auf dem Heimweg betreut. Ich frage mich, was mit diesem netten Mädchen passiert ist, dieser Grace. Was hat sie doch für eine aufopferungsvolle Arbeit geleistet!

Wir hoffen, Ihr kommt uns bald besuchen. Ihr wißt ja, wie gern wir Euch bei uns haben. In schwierigen Zeiten sollte eine Familie zusammenhalten. Je älter ich werde, um so mehr häufen sich die schweren Zeiten. Das ist jedenfalls mein Eindruck.

Bitte kommt bald.

»Wir müssen wirklich bald nach London«, sagte meine Mutter. »Ich habe immer gerne Besuche in London gemacht. Das letzte Mal geschah es natürlich aus einem traurigen Anlaß. Aber inzwischen wird sich Helena ein bißchen beruhigt haben.«

Es war das Jahr des Friedens. Obwohl ich erst vierzehn Jahre alt war, fühlte ich mich schon recht erwachsen. Die Begegnung am Teich, der Krieg und Jonnies Tod hatten meine sorglose Kindheit vorzeitig beendet.

Inzwischen war der September ins Land gezogen; die Blätter der Bäume auf den Londoner Plätzen und in den Parks färbten sich bereits goldbraun. Ich konnte den Schlüssel zu dem Garten, der den Anwohnern des Platzes vorbehalten war, jederzeit nehmen, hinübergehen und mich unter die blühenden Sträucher und buntgefärbten Bäume setzen. In den Park durfte ich nicht allein, aber in den Garten schon.

Ich genoß meine Unabhängigkeit. Während dieses Londonaufenthalts wurde der Garten zu meinem Lieblingsplatz. In unserer Familie machte man sich schon lustig darüber und nannte ihn scherzhaft »Angelets Garten«.

Meist saß ich ganz still da und lauschte auf das Klappern der Pferdehufe und das Rattern der Kutschen, die den Platz überquerten. Gelegentlich schnappte ich ein paar Brocken eines Gespräches zwischen vorübergehenden Passanten auf. Wenn sie außer Hörweite waren, stellte ich mir vor, wie die Unterhaltung wohl weiterging. Ich malte mir das Leben dieser Menschen aus.

Als ich eines Tages neben einem Beet mit üppigen Astern und Chrysanthemen saß, fiel mir vor dem Gitterzaun, der den Garten abgrenzte, eine Gestalt auf.

Es handelte sich um eine Frau. Da sie im Schatten stand, konnte ich ihr Gesicht nicht erkennen. Des öfteren blieben Passanten stehen und blickten in den Garten, deshalb achtete ich nicht weiter auf sie. Als sie plötzlich wieder verschwunden war, wunderte ich mich lediglich, warum sie mir überhaupt aufgefallen war. Vielleicht, weil sie länger hereingeschaut hatte als die anderen Spaziergänger.

Am nächsten Tag sah ich sie wieder. Sie trat an das Gitter und blickte herein. In diesem Moment war ich mir ganz sicher, daß sie ein besonderes Interesse an diesem Garten hatte.

»Hallo!« rief ich und ging zu ihr hinüber.

Erstaunt starrte ich sie an. Es war Grace.

»Grace!«

»O Angelet! Ich habe dich schon ein paarmal in diesem Garten gesehen.«

»Warum haben Sie nicht gerufen? Warum sind Sie nicht zum Haus gegangen?«

»Ich ... ich wußte nicht, erst als ich dich sah — ich wußte nicht, daß ihr in London seid.«

»Wann sind Sie zurückgekommen? O Grace, Sie haben bestimmt Schlimmes erlebt.«

»Ja, das kann man wohl sagen. Ich möchte mit dir reden.«

»Gehen wir ins Haus. Warten Sie eine Minute. Ich komme gleich hinaus.«

»Nein, nein«, wehrte sie ab. »Kann ich nicht zu dir in den Garten kommen? Ich möchte gern mit dir allein reden. Zuerst.«

»Aber natürlich. Warten Sie einen Augenblick.«

Ich schloß die Tür auf, und sie trat in den Garten.

»Grace, wie schön, Sie wiederzusehen. Wir haben viel von Ihnen gesprochen. Haben Sie es schon gehört? Von Jonnie?«

»Ja«, antwortete sie mit matter Stimme. »Ich weiß Bescheid.«

»Es war furchtbar. Inzwischen haben wir den ersten Schmerz ein wenig überwunden. Aber wir werden Jonnie nie vergessen. Wer könnte Jonnie je vergessen?«

»Nein. Wir vergessen ihn nie.«

»Es ist entsetzlich und unvorstellbar, daß wir ihn nie wiedersehen werden.«

»Ja. Mir geht es genauso. Ich muß dir eine Menge berichten, Angelet. Ich wollte zuerst mit dir sprechen, bevor ich irgend jemand anderen sehe. Oder mit deiner Mutter. Ich weiß nicht, was ich machen soll, und möchte deine Meinung hören.«

»Meine Meinung? Wobei könnte ich Ihnen schon raten?«

»Du bist schon länger da.« Sie zeigte mit der Hand aufs Haus. »Du weißt, wie dort die Dinge stehen. Du weißt, wie sie darüber denken.«

»Worüber?«

»Am besten fange ich ganz von vorn an. Wie du weißt, sind wir an jenem Tag von der London Bridge abgefahren ...«

»Ja, ja.«

»Wir fuhren nach Boulogne und weiter nach Paris. In Paris standen wir im Mittelpunkt des öffentlichen Interesses. Es war ja genauso ein Krieg der Franzosen, nicht nur unserer. Anschließend reisten wir nach Marseille. Dort blieben wir einige Zeit und sammelten Medikamente und andere Dinge für die Krankenpflege. Anschließend segelten wir auf der *Vectis* nach Skutari. Die Reise war entsetzlich. Ich dachte, das Schiff würde untergehen und wir müßten alle ertrinken.«

Sie verstummte. Ich ließ sie nicht aus den Augen. Was wollte sie von mir? Warum wollte sie ausgerechnet zuerst mit mir sprechen?

»Wie war es in Skutari?« erkundigte ich mich höflich.

»Es herrschten unglaubliche Zustände. Wir kamen in der Abenddämmerung an. Auf den ersten Blick sah alles sehr romantisch aus. Das Hospital war in einem maurischen Palast eingerichtet worden. Doch bei Tageslicht sahen wir die ganze grausame Wirklichkeit. Die Säle starrten vor Schmutz. Bevor wir überhaupt an etwas anderes denken konnten, mußten wir den ganzen Palast säubern. Miß Nightingale bestand unerbittlich darauf. Der Zustand der Verwundeten ... der Mangel an Verbandsstoffen und Material ...«

Meiner Meinung nach verschwieg sie irgend etwas, das ihr zutiefst am Herzen lag. Es schien ihr schwerzufallen, einen bestimmten Sachverhalt anzusprechen.

»Das Krankenhaus war sehr weitläufig. Es muß sich einmal um einen prächtigen Palast gehandelt haben. Die Mosaiken, früher sicher wunderschön, bröckelten bereits von den Wänden. Viele waren schon völlig zerstört. Die Feuchtigkeit drang durch sämtliche Ritzen. Schmutz und Dreck, wohin man auch sah. Und dann diese vielen schwerverwundeten Männer. Ein Bett stand neben dem anderen. Ich fühlte mich entsetzlich hilflos.«

»Aber Sie sind doch hingegangen, weil Sie dort dringend gebraucht wurden. Mit solchen Zuständen mußten Sie doch rechnen. Mr. Russell hat darüber berichtet. Man muß die Pflegerinnen mit Freuden begrüßt haben.«

»Na ja, die Behörden waren zuerst äußerst skeptisch. Anscheinend hielten sie uns für eine Gruppe völlig nutzloser Damen. Doch Miß Nightingale sorgte schnell dafür, daß sie ihre Meinung änderten.«

»Grace, was möchten Sie mir sagen?«

Sie schwieg eine Weile. Mit fest zusammengepreßtem Mund starrte sie auf die halbverblühten Blumen. In ihren Augen lag ein fast flehender Ausdruck.

Endlich sprach sie weiter. »Jonnie wurde eingeliefert. Es war ein merkwürdiger Zufall.«

»Sie meinen, Sie haben ihn als Verwundeten gesehen? War denn das so ein großer Zufall? Sie waren dort, er war dort, und die Verwundeten wurden zu den Pflegerinnen gebracht.«

»Er lag nicht in meiner Abteilung. Ich ging durch einen der Säle, und dabei entdeckte ich ihn. Er sah sehr schlecht aus. Ich ging zu ihm und kniete neben seinem Bett. Sein Gesicht werde ich nie vergessen, als er mich erkannte. Ich glaube, er hat gedacht, er träume. Er hatte eine schlimme Verwundung am Bein. Die Ärzte fürchteten, er würde Wundbrand bekommen.«

»Bestimmt war es für euch beide eine Freude, daß ihr euch wiedergesehen habt.«

»Ja, wir haben uns gefreut. Wirklich. Ich bat darum, auf seine Station versetzt zu werden. Eine der Frauen tauschte mit mir. Das machte man öfters, wenn ein Verwundeter eingeliefert wurde, den eine der Pflegerinnen kannte. Ich kümmerte mich um ihn. Ich habe ... ich habe Jonnie immer schon sehr gern gehabt.«

»Und er Sie.«

»Ja, wir hatten sehr viel gemeinsam. Ich ging jeden Tag zu ihm. Er hielt immer schon nach mir Ausschau. Es hat mich tief berührt, wenn ich sein Gesicht bei meinem Eintreten aufleuchten sah. Als man ihm eine Kugel aus dem Bein operierte, habe ich assistiert. Dabei gab es kaum Möglichkeiten zur Linderung der furchtbaren Schmerzen. An Betäubungsmittel war nicht zu denken. Es hat mir fast das Herz zerrissen. Anschließend pflegte ich ihn, und er erholte sich zunehmend. Hätte seine Genesung nicht so rasche Fortschritte gemacht, würde er heute vielleicht noch leben.« Sie biß sich auf die Lippen und machte keine Anstalten, weiterzusprechen.

Plötzlich wandte sie sich zu mir und nahm meine Hand. Sie drückte sie ganz fest. »Ich mußte ihn fortlassen. Die Männer wurden gebraucht. Vor der Rückkehr an die Front vor Sewastopol bekam er ein paar Tage Urlaub. In einer solchen Lage, wenn man ständig mit dem Tod konfrontiert ist und kaum eine Chance für eine glückliche Zukunft hat ... da überwältigt dich die Verzweiflung. Und so muß sich Jonnie gefühlt haben. Vielleicht hätte ich das bedenken sollen, aber ich hatte ihn so gern, Angelet. Ich habe ihn geliebt, Angelet. Wir hatten so wenig Zeit. Ich nahm mir frei, und wir gingen zusammen aus. Auf unserer Seite des Bosporus konnte man praktisch nirgendwo hingehen. Aber es fuhren kleine Boote, sogenannte *caiques,* hinüber nach Konstantinopel. Dort aßen wir zusammen. Wir waren unbekümmert und ausgelassen. Wie zwei Menschen, die wissen, daß ihnen nur eine kurze gemeinsame Zeit bleibt. Konstantinopel ist völlig anders als jede Stadt, in der ich jemals gewesen bin. Im Grunde handelt es sich um zwei Städte — das christliche Konstantinopel und Stambul. Brücken verbinden die beiden Stadtteile. Wenn die Pflegerinnen ausgingen — und gelegentlich machten wir das gruppenweise —, wurden sie nachdrücklich davor gewarnt, über die Brücken nach Stambul zu gehen. Aber mit Jonnie hatte ich nicht die geringste Angst. Wir verbrachten einen wundervollen Abend. Wir saßen in einer Nische in einem Restaurant, das er kannte, und er bestellte exotische Gerichte, Kaviar und mit Pfefferkörnern gespicktes Fleisch. Für mich war das etwas ganz Besonderes und Fremdartiges. Aber ich achtete kaum auf das Essen. Wir redeten und redeten. Nicht vom Krieg, nicht vom Lazarett, sondern von der Zukunft. Wir schmiedeten Pläne, was wir alles machen wollten, wenn wir erst mal wieder zu Hause wären. Er wollte unbedingt nach Italien, nach Pompeji. Er sprach so, als wäre es selbstverständlich, daß ich ihn nach Italien begleite. Plötzlich nahm er meine Hand und fragte: ›Willst du mich heiraten?‹«

Ich hielt den Atem an. Ich hatte einmal davon geträumt, Jonnie zu heiraten. Sicher, später träumte ich von einer Hochzeit mit Ben. Aber nachdem Ben nach Australien gegangen war, wandte ich mich wieder Jonnie zu.

»Ich sagte ja«, fuhr sie fort. »Dort schien es ganz leicht und so selbstverständlich, Angelet. Formalitäten gab es praktisch nicht. Man geht zu einem Priester, den man bezahlt und der die Trauung vollzieht. Vielleicht war es ein Priester, der in England seines Amtes enthoben wurde. Ich weiß es nicht. Jedenfalls hat er uns getraut. Wir haben es beide gewollt. Drei Tage verbrachten wir zusammen. Dann mußte ich zurück ins Lazarett und er nach Sewastopol. Das ist die ganze Geschichte, Angelet. Den Rest kennst du. Er ist nie zurückgekommen.«

»Aber dann sind Sie ... Sie sind Jonnies Frau?«

Sie nickte. »Was werden sie deiner Meinung nach dazu sagen, Angelet?« Ängstlich sah sie mich an. »Vielleicht akzeptieren sie mich nicht.«

»Was soll das heißen? Sie sind Jonnies Frau. Es bleibt Ihnen gar nichts anderes übrig.«

»Ich fürchte, sie werden die Trauung nicht anerkennen.«

»Warum denn nicht? Haben Sie keine Heiratsurkunde? Gibt es die dort unten nicht?«

»Doch, ich habe eine. Aber wie ich gesagt habe, dort ist alles ein wenig anders als hier. Man hat uns von diesem Priester erzählt. Er hat mehrere Paare getraut. Trotzdem könnte es sein, daß die Heirat in England nicht anerkannt wird. Seine Familie könnte die verschiedensten Einwände vorbringen. Wenn sie will.«

»Das kann ich mir nicht vorstellen. Warum sollten sie auch?«

»Angelet, begreif doch. Jonnie gehörte einem anderen Stand an als ich. Ich habe für deine Mutter gearbeitet.«

»Was hat das damit zu tun?«

»Sie könnten sagen ... ach, alles.«

»Ich verstehe nicht, was sie dagegen sagen könnten. Sie haben eine Heiratsurkunde als Beweis.«

»Wenn sie die Ehe für ungültig erklären lassen ...«

»Aber das sind liebe, freundliche Menschen. Jonnie hat Sie

geliebt und geheiratet. Wir alle wissen, wie gern er Sie hatte. Das war doch ganz offensichtlich. Seine Familie wird nicht einmal sehr überrascht sein. Sie waren mit ihm draußen im Krieg. Ich finde diese Hochzeit nicht weiter erstaunlich.«

»Ich will niemanden in Verlegenheit bringen. Ich möchte nicht zu dieser Familie gehören, wenn man mich nicht haben will.«

»Aber Sie sind Jonnies *Ehefrau*!«

»Schon.«

»Ich gehe sofort hinüber und sage es ihnen. Und Sie kommen mit.«

Sie wandte sich ab. »Nein, nein. Ich warte lieber hier. Du gehst und sagst es ihnen. Wenn sie die Heirat nicht anerkennen wollen, werde ich mich verabschieden. Von dir, von euch allen.«

»Das würde meine Mutter nie erlauben. Sie hat oft gesagt, wie sehr Sie ihr fehlen.«

»Ich war immer glücklich bei euch.«

»Ich gehe auf der Stelle. Versprechen Sie mir, hier im Garten zu warten, Grace?«

»Ja. Wenn du in, sagen wir, einer halben Stunde nicht zurück bist, weiß ich, daß sie dir nicht glauben. Daß sie mich nicht akzeptieren. Ich könnte es sogar verstehen.«

»Sie sind eine Närrin, Grace. Und ich habe immer geglaubt, Sie seien so klug.«

Ich verließ den Garten und lief über die Straße.

Tante Amaryllis machte sich in dem kleinen Raum zu schaffen, wo sie immer die Blumensträuße arrangierte. Eine mit Wasser gefüllte Vase stand vor ihr, die Blumen lagen im Ausgußbecken.

»Tante Amaryllis!« rief ich. »Grace ist drüben im Garten. Sie hat Jonnie geheiratet.«

Tante Amaryllis wurde erst blaß, dann rot im Gesicht. Die Blumenschere fiel ihr aus der Hand, so sehr zitterten ihre Hände.

»Komm mit«, drängte ich. »Ich bringe dich zu ihr.«

Ich freute mich, daß die ganze Familie Grace herzlich willkommen hieß. Jonnies Witwe würde in diesem Haus den ihr gebührenden Platz einnehmen.

Tante Amaryllis war glücklich und benachrichtigte umgehend Helena, die bald darauf eintraf. Traurig hörte sie Grace zu, die ihr die ganze Geschichte erzählte.

»Meine Liebe«, sagte sie. »Du hast ihn vor seinem Tod glücklich gemacht.«

»Ja, wir waren sehr glücklich«, antwortete Grace.

»Ich bin sehr froh darüber«, meinte Helena.

Ich war gespannt, was Onkel Peter dazu sagen würde. Er schien Grace zwar zu mögen, aber er mißtraute von Natur aus jedem. Onkel Peter stellte Grace eine Menge Fragen. Ich war überzeugt, daß er sich ihre Antworten bis in alle Einzelheiten genau merkte und sie später auf ihre Wahrheit hin überprüfte. Aber selbst ihn hatte Jonnies Tod sehr erschüttert. Über Graces gesunde Rückkehr schien er sich aufrichtig zu freuen. Vielleicht peinigten Onkel Peter sogar Gewissensbisse, weil er Jonnies Entscheidung, sich freiwillig zu melden, begeistert begrüßt und sich nur Gedanken über die vorteilhaften Auswirkungen auf Matthews Karriere gemacht hatte.

An diesem Tag stand Grace unangefochten im Mittelpunkt.

Jonnie hatte kein Testament hinterlassen, aber er war ein vermögender junger Mann gewesen, und seine Witwe würde gewiß nicht mittellos dastehen. Grace sagte, sie wäre froh, wenn sie die finanziellen Angelegenheiten in Onkel Peters bewährte Hände legen dürfe.

Ich weiß nicht, zu welcher Übereinkunft sie letztendlich gelangten oder wieviel Geld Lord John Jonnie vererbt hatte. Zweifellos ließ Onkel Peter Nachforschungen über die Gültigkeit der Heirat anstellen. Diese müssen zufriedenstellend ausgefallen sein, denn er erhob keine Einwände. Grace war nun eine unabhängige Frau mit eigenem Vermögen.

Helena bat sie, bei ihr zu wohnen, bis sie eigene Pläne gemacht habe. Sie sagte: »Ich habe mir immer eine Tochter gewünscht, und das bist jetzt du für mich. Ich habe einen Sohn verloren, aber eine Tochter gewonnen.«

Somit entwickelte sich die Angelegenheit zur Zufriedenheit aller Beteiligten. Grace konnte sich besonders glücklich schätzen. Jonnies Familie hatte sie aufgenommen.

Saison in London

Mein siebzehnter Geburtstag lag hinter mir. Nach Kriegsende hatte sich das Leben wieder weitgehend normalisiert. Jonnies Tod rief in der Familie nur noch wehmütige Erinnerungen hervor, keine bittere Qual mehr.

Wir waren des öfteren zu Besuch nach London gefahren. Grace konnte sich inzwischen Herrin eines eigenen kleinen Hauses nennen, das nicht weit entfernt von Onkel Peters Haus lag. Es war hoch und schmal gebaut, besaß vier Stockwerke, aber auf jeder Etage nur zwei Zimmer. Jonnies Erbe hatte ihr diesen Kauf ermöglicht, und sie verfügte auch über ein bestimmtes Einkommen. Die Abwicklung der finanziellen Angelegenheiten hatte Onkel Peter in gutem Einvernehmen mit Grace erledigt.

Während unserer Aufenthalte in London sahen wir Grace häufig. Sie schien nicht glücklich zu sein, was mich aber nicht weiter wunderte, da sie Jonnie schon nach so kurzer Ehe verloren hatte.

Ab und zu vertraute sich Grace mir an. Sie sagte, Helena, Matthew und Geoffrey seien sehr freundlich zu ihr. Aber sie habe immer das Gefühl, ihre Gegenwart erinnere alle an den schweren Verlust. Deshalb besuche sie die Familie nicht so oft, wie ihr eigentlich lieb wäre.

Ich meinte, das sei alles Unsinn und sie würden sich im Gegenteil freuen, sie häufiger zu sehen. Sie sei ihnen ein Trost in ihrem Kummer.

Ferner erzählte sie mir, sie gehe nicht sehr gerne zu Tante Amaryllis und Onkel Peter. Tante Amaryllis habe sich ihr gegenüber sehr freundlich gezeigt, aber sie merke deutlich, daß Onkel Peter ihr immer noch ein gewisses Mißtrauen entgegenbringe, obwohl er Nachforschungen über die Gültigkeit ihrer Ehe hatte anstellen lassen und anscheinend nichts Gegenteiliges ermittelt hatte. Sonst hätte Onkel Peter die finanziellen Angelegenheiten sicher nicht auf diese großzügige Weise geregelt.

»Ich verstehe natürlich seine Vorbehalte«, sagte Grace. »Ihr habt mir geholfen und mich aufgenommen, aber schließlich war ich doch nur eine bessere Bedienstete. Die Lansdons und Humes empfingen mich nur, weil deine Mutter mich freundlicherweise mitnahm und vorstellte. Peter Lansdon akzeptiert mich nicht ganz. Ich spüre das genau. Natürlich habe ich das Haus, und er hat alles mit dem Vermögen geregelt, aber ich darf das Kapital nicht anrühren. Er teilt mir mein Einkommen zu. Manchmal habe ich das Gefühl, er will alles in der Hand behalten, bis er einen Beweis gegen mich gefunden hat.«

Inzwischen duzte ich Grace längst. Für mich war sie zu einem wirklichen Mitglied der Familie geworden.

»Sein Verhalten hat nichts mit dir zu tun. Er ist ein gerissener Geschäftsmann und mißtraut allem und jedem. Das ist zu seiner zweiten Natur geworden. Du darfst ihm seine Vorbehalte nicht übelnehmen, Grace. Er kann nicht aus seiner Haut.«

»Nein, vermutlich nicht. Ach, ich wünschte, ich könnte Gäste empfangen. Wenn Jonnie noch lebte, könnte ich ihm bei seiner Arbeit helfen. Sehr viele einflußreiche Persönlichkeiten kämen zu Besuch.«

»Er war Archäologe, nicht Politiker. Ein Archäologe hat weniger mit Menschen, sondern mehr mit Altertümern zu tun.«

»Du hast natürlich recht. Manchmal habe ich das Gefühl, dieses Nichtstun nicht mehr länger zu ertragen. Ob du es glaubst oder nicht, hin und wieder sehne ich mich in das Lazarett nach Skutari zurück. Trotz des entsetzlichen Leids, das ich dort gesehen habe. Dort wurde ich aber gebraucht. Und Jonnie war noch am Leben.«

»Ich verstehe dich, Grace. Komm doch mit uns nach Cornwall und bleibe eine Weile. Mutter würde sich sehr freuen.«

Sie folgte der Einladung. Schon bald nach ihrer Ankunft in Cador bestand sie darauf, ein Kleid für meine Mutter zu schneidern. Außerdem machte sie auch für mich kleinere Näharbeiten.

Morwenna Pencarron kam häufig nach Cador. Auch wir besuchten ihre Familie oft in ihrem alten Herrenhaus in der Nähe des Bergwerks. Die Renovierung des Hauses hatten sich die Pencarrons viel Geld kosten lassen. Der Garten war ein wahres Kunstwerk. Josiah Pencarron hatte bereits mit dem Bergwerk, das er vor seiner hiesigen Mine besessen hatte, ein Vermögen verdient. Er war ein hervorragender Geschäftsmann. Seine Gedanken drehten sich nur um das Geschäft. Er sprach fast von nichts anderem.

Daneben war er aber auch ein liebevoller Vater und Ehemann. Morwenna, das einzige Kind, wurde richtiggehend verwöhnt. Er pflegte zu sagen: »Für meine Tochter ist das Beste gerade gut genug.«

Ich wußte, was mich nach meinem siebzehnten Geburtstag erwartete.

»Du mußt eine Saison in London mitmachen. Als Debütantin«, erklärte meine Mutter. »Dein Vater und ich sind uns in diesem Punkt völlig einig. Du kannst nicht immer auf dem Land bleiben. Du wirst erwachsen. Wir können von Glück sagen, daß wir Verwandte in London haben. Das erleichtert die Prozedur ein wenig. Tante Amaryllis kennt alle Kniffe. Sie hat schon Helenas Debüt arrangiert. Helena wird uns natürlich auch zur Seite stehen.«

»Helenas Debüt ist doch schon eine Ewigkeit her. Heute ist bestimmt alles ganz anders.«

»Nein, nein, da hat sich nicht viel verändert. Wie dem auch sei, wir werden es feststellen.«

»Hoffentlich erwartet ihr nicht von mir, daß ich die beste Partie der Saison mache.«

»Mein liebes Kind, dein Vater und ich wollen nur dein Glück, weiter nichts.«

»Helena hat gesagt, diese ganze Debütantinnengeschichte sei furchtbar gewesen.«

»Ach, weißt du, Helena war ein schüchternes junges Mädchen. Du bist ganz anders als sie.«

»Hast du keine Saison mitgemacht, Mama?«

»Nein. Ich war mit meinen Eltern in Australien. Was dort passiert ist, weißt du. Danach war es mir unmöglich, auf eine Ballsaison zu gehen.«

Ich lächelte entschuldigend. Ich wußte, ich hatte sie mit meiner Frage wieder an den Tod ihrer Eltern erinnert. Das hatte ich nun wirklich nicht beabsichtigt.

Seufzend sagte ich: »Also gut. Vielleicht finde ich es ja ganz amüsant.«

»Bestimmt. Es wird dir gefallen. Und wenn nichts dabei herauskommt ...«

»Damit meinst du, wenn ich mir keinen reichen und stattlichen Ehemann angle?«

»Angel!«

»Aber darum geht es doch, oder?«

»Mein liebes Kind, du bekommst die Gelegenheit, neue Menschen kennenzulernen. Ich weiß, manche Mädchen stehen auf Bällen Qualen aus. Sie haben Angst, unattraktiv zu sein und die Mauerblümchen der Saison zu werden. Und weil sie so ängstlich sind, werden sie es oft auch. Ich möchte, daß du dir in dieser Hinsicht nicht die geringsten Sorgen machst. Ich habe mit deinem Vater darüber gesprochen. Du sollst nicht das Gefühl haben, auf einer Auktion angeboten zu werden. Genieße einfach die Bälle. Und solltest du zufällig einen netten Mann kennenlernen, in den du dich verliebst, wird uns das freuen. Aber mach dir darüber keine unnötigen Gedanken. Es geht um nichts anderes, als dir die Möglichkeit zu bieten, einige Bälle zu besuchen und die unterschiedlichsten Menschen kennenzulernen. Was auch immer geschieht, du hast ja uns, nicht wahr? Du fühlst dich doch wohl zu Hause.«

Ich umarmte sie und gab ihr einen Kuß.

»Ich bin sicher, Tante Amaryllis hatte mit Helena auch nichts anderes im Sinn. Sie hat es ihr nur nicht gesagt. Onkel Peter hat sich wahrscheinlich schon ein gutes Geschäft davon versprochen. Ich bin so froh, daß ich euch habe, dich und Papa.«

»Glaube mir, wir sind auch sehr froh, daß wir dich haben. Und Jack wird bestimmt einmal ein guter Landherr sein, wenn es soweit ist. Davon ist dein Vater überzeugt.«

»Ach, du lieber Himmel. Bis dahin dauert es noch eine Ewigkeit.«

»Hoffentlich. Ich wollte dir nur begreiflich machen, daß du immer auf deine Familie zählen kannst. Du kannst immer zu uns kommen, was auch immer geschieht.«

In diesem Augenblick hätte ich ihr am liebsten von dem verhängnisvollen Vorfall erzählt, an den ich immer noch mit Entsetzen denken mußte. Ich überlegte, wie sie darauf reagieren würde, und konnte der Versuchung, ihr alles zu sagen, kaum widerstehen. Aber ich hielt mich zurück. Ich hätte sie nur verstört und verwirrt. Sie würde mich plötzlich mit ganz anderen Augen betrachten — ich wäre nicht mehr länger ihre unschuldige Tochter. Ich wollte nicht, daß sie sich aufregte. Sie war so glücklich in ihrer heilen Familienwelt. Das durfte ich ihr nicht zerstören. Folglich hielt ich den Mund.

Grace interessierte sich sehr für die bevorstehende Ballsaison.

»Ich würde gerne bei den Vorbereitungen helfen«, erklärte sie.

»Meine liebe Grace«, antwortete meine Mutter, »für alles ist bestens gesorgt.«

Graces Gesicht drückte grenzenlose Enttäuschung aus, und meine Mutter setzte rasch hinzu: »Selbstverständlich könnten wir deine Hilfe brauchen. Du hast Geschmack und ein sicheres Gespür für Eleganz. Wir würden uns freuen, wenn du uns bei der Garderobe berietest. Natürlich werden wir Hofschneider mit der Anfertigung beauftragen.«

»Das ist mir klar«, erwiderte Grace. »Aber ich stehe euch gerne als Beraterin zur Seite, wenn ich kann. Ich fühle mich recht einsam. Das wäre eine hübsche Abwechslung für mich.«

»Und für uns kann es nur von Vorteil sein«, sagte meine Mutter.

»Ich bin überzeugt, die Bälle werden dir gefallen«, meinte Grace zu mir.

Ich war mir da nicht so sicher. Aber ich mußte ja nicht nach einem reichen Ehemann Ausschau halten. Ich nahm mir vor, die ganze Angelegenheit einfach als großen Spaß zu betrachten. Anstatt mich als Versteigerungsobjekt vorführen zu lassen, würde ich die Herren genau unter die Lupe nehmen. Wenn sie meinen Vorstellungen nicht entsprachen, würde ich sie abweisen, gleichgültig, ob es sich um Herzöge oder Grafen handelte. Einer von Mrs. Penlocks Wahlsprüchen fiel mir ein: Man muß aus allem das Beste machen. Daran wollte ich mich halten.

Doch angesichts meiner ersten Ballsaison war es unmöglich, jeden Gedanken an eine Heirat zu verdrängen. Ich war erwachsen. Wehmütig erinnerte ich mich an die beiden Helden meiner Kindheit: Jonnie und Ben. Der Liebe zu diesen beiden lag nur die Phantasie eines Kindes zugrunde. Ich hatte bewundernd zu ihnen aufgeblickt. Aber Ben war bestimmt kein strahlender Held, und Jonnie war gestorben, bevor ich mir, was ihn betraf, ein abschließendes Urteil bilden konnte. Außerdem hatte er sich ohnehin für eine andere Frau entschieden.

Eines Tages ritten Grace und ich zu den Pencarrons.

»Ein schönes altes Haus«, sagte sie bewundernd, als sie Pencarron Manor erblickte.

»O ja«, antwortete ich. »Die Pencarrons haben ein wahres Wunder vollbracht. Mein Vater hat gesagt, es sei fast eine Ruine gewesen, als sie es übernommen haben. Jetzt heißt es Pencarron Manor. Die Mine trägt auch ihren Namen.«

»Sie müssen sehr wohlhabend sein.«

»Ich glaube schon. Die Mine bringt sicher viel ein. Außerdem hat Josiah Pencarron hier in der Gegend noch andere Geschäfte laufen. Sagt jedenfalls mein Vater.«

Morwenna lief uns entgegen.

Sie war ein wenig pummelig geworden und hatte die roten Backen eines Landmädchens. Leider besaß sie wenig Selbstvertrauen. Ich begriff ihre Unsicherheit nicht, denn sie war ein sehr nettes Mädchen, und ihre Eltern vergötterten sie — besonders ihr Vater. Eigentlich hätte man annehmen sollen, seine fast abgöttische Liebe hätte sie eher selbstgefällig machen müssen.

Mrs. Pencarron hatte einmal zu mir gesagt, ihr Mann habe sich zu Beginn ihrer Ehe sehr einen Sohn gewünscht. Aber nach Morwennas Geburt habe er keinen Gedanken mehr an einen Sohn verschwendet.

»Wir haben lange warten müssen«, sagte sie. »Ich fürchtete schon, ich sei zu alt, um noch ein Kind zu bekommen. Sie ist unser kostbarster Besitz. Ihr Vater sagt, er würde sie nicht gegen zwanzig Jungen tauschen.«

Morwenna freute sich über das Wiedersehen mit Grace. Sie mochte sie gern. Doch mir fiel niemand ein, den Morwenna nicht mochte.

Wir betraten die prächtige Halle im Tudorstil. Wuchtige Eichenbalken trugen das Deckengewölbe. Die Holztäfelung der Wände war mit enormen Kosten restauriert worden.

Die Treppe am einen Ende der Halle besaß ein mit Schnitzereien verziertes Geländer. Die Ornamente stellten die Rose der Tudors dar. Die Wände schmückte eine komplette Waffensammlung — die Waffen dienten natürlich nur als Dekoration und wurden nicht verwendet.

Josiah hatte einige Details von Cador imitiert. Wir hatten uns köstlich darüber amüsiert, uns gleichzeitig aber auch geschmeichelt gefühlt. Er war stolz auf seinen beruflichen Erfolg und den damit verbundenen gesellschaftlichen Aufstieg und machte kein Hehl daraus. Sicherlich hätte er gerne zum alten Landadel gehört. Doch es schien ihn zu trösten, und er prahlte häufig damit, sich heute dank seiner Klugheit und seines guten Gespürs für Geschäfte einen mindestens ebenso großzügigen Lebensstil erlauben zu können wie ein Adeliger.

Mein Vater sagte, es sei bewundernswert, wenn ein Mann aus eigener Kraft so weit nach oben gelange. Er empfand größte Hochachtung für Josiah Pencarron.

Wir nahmen den Lunch im Eßzimmer, das sie immer beim Besuch weniger Gäste benutzten. Anläßlich großer Gesellschaften wurde nach altem Brauch in der großen Halle serviert. An den hohen Wänden des Eßzimmers hingen wundervolle Wandteppiche, die Josiah zusammen mit dem Haus gekauft hatte.

Die Unterhaltung drehte sich um mein bevorstehendes Debüt.

»Ich muß nach London«, erzählte ich, »und mich auf Herz und Nieren prüfen lassen. Soweit ich weiß, muß man lernen, einen Hofknicks zu machen und anmutig rückwärts zu gehen. Jedenfalls eine ganze Menge überflüssiger Dinge. Ich weiß nicht einmal, wie lange die Vorstellung bei Hofe dauert. Wahrscheinlich ist es eine Sache von ein paar Sekunden. Ein Hofknicks — und fertig. Man tritt vor, und schon heißt's: ›Die nächste bitte!‹ Und für die paar Sekunden braucht man ein besonderes Hofkleid und Federschmuck für die Frisur. Man muß lernen, wie man sich benehmen muß, damit die Federn nicht verrutschen, und ein geziertes Lächeln einüben. Auf keinen Fall darf man beim Hofknicks das Gleichgewicht verlieren. Man darf nicht einen Fehler machen. Na ja, vermutlich bleibt kaum Zeit dazu.«

»Du wirst der Königin vorgestellt«, sagte Mrs. Pencarron mit ehrfürchtiger Stimme. »Meine Güte, darauf kannst du stolz sein.«

»Ich weiß noch nicht, was ich davon halten soll.«

»Was redest du da«, tadelte Mrs. Pencarron. »Das ist eine ganz große Ehre. Oder was meinst du, Jos?«

»Allerdings«, antwortete Josiah. »Und du kommst in den Genuß dieser Ehre. Soweit wird es unsere Familie nie bringen.«

Sie stellten weitere Fragen über die Vorstellung bei Hofe. Ich erzählte ihnen alles, was ich wußte, und das war zu ihrem Bedauern nicht sehr viel.

Mit liebevollem Stolz betrachtete Josiah seine Tochter.

»Unsere Morwenna wäre eine Augenweide in einem Hofkleid und mit Straußenfedern im Haar. Stell dir das mal vor, Mutter.«

Grace sagte: »Ich bin überzeugt, die Parade der Kutschen auf dem Weg zum Palast ist eine Sehenswürdigkeit. Wer führt dich bei Hofe ein, Angelet?«

»Helena, nehme ich an. Sie ist auch der Königin vorgestellt worden und weiß genau, wie alles abläuft. Und schließlich ist sie die Frau eines bekannten Parlamentsmitglieds und Mutter eines Helden.« Meine Stimme schwankte ein wenig, wie immer, wenn ich von Jonnie sprach.

»Bestimmt muß eine bedeutende Persönlichkeit diese Aufgabe übernehmen«, sagte Mrs. Pencarron mit leisem Bedauern in der Stimme.

»Es muß aber kein Verwandter sein«, erläuterte Grace. »Natürlich ist es eine kostspielige Angelegenheit. Aber es ist eben üblich, nur auf diese Weise kann ein junges Mädchen in die Gesellschaft eingeführt werden. Diese Feuerprobe muß es wohl oder übel über sich ergehen lassen.«

»Ich fände es zu schön, wenn unsere Morwenna dabeisein könnte.«

»O nein, Pa«, sagte Morwenna rasch. »Das ist nichts für mich.«

»Und warum nicht?« Plötzlich verwandelte sich Josiah in den erfolgsgewohnten Geschäftsmann, der allein schon bei dem Gedanken, sein kleines Mädchen könne für irgend etwas nicht gut genug sein, eine drohende Haltung einnahm.

»Möchten Sie wirklich ...«, begann Grace, verstummte aber sofort wieder. Kurz entschlossen fuhr sie fort: »Möchten Sie wirklich, daß Morwenna bei Hofe vorgestellt wird?«

»Bestünde denn die Möglichkeit?« erkundigte sich Mrs. Pencarron.

Grace lächelte. »Ich kann mir nicht vorstellen, was es dabei für Schwierigkeiten geben sollte. Sie leisten Hervorragendes in dieser Gegend. Viele Männer verdanken Ihnen Arbeit. Wie gesagt, man muß mit der Person, die die Vorstellung bei Hof übernimmt, nicht verwandt sein. Meiner Ansicht nach spricht nichts dagegen, Morwenna und Angelet gemeinsam der Königin vorzustellen.«

Grace sah mich an. Augenblicklich ging mir durch den Kopf, wie viel vergnüglicher es wäre, Morwenna bei diesem qualvollen Auftritt an meiner Seite zu haben. Sie war ein sehr nettes Mädchen, und ich mochte sie. Vielleicht war sie ein wenig träge. Sie widersprach mir nie, sondern schloß sich immer meiner Meinung an. Aber sie war ehrlich und zuverlässig. Und bei so netten Menschen wie Morwenna muß man eben eine gewisse Langweiligkeit in Kauf nehmen.

»Also ich fände es herrlich«, erwiderte ich. »Wir machen das zusammen. Helena nimmt uns beide unter ihre Fittiche.«

Beunruhigt sah mich Morwenna an.

»An eine Vorstellung bei Hofe habe ich noch gar nicht gedacht«, sagte Josiah.

»Sollen wir nähere Erkundigungen einziehen?« fragte ich.

»Dafür wäre ich dir dankbar. Stell dir vor, Mutter: Unser kleines Mädchen wird von der Königin empfangen.«

Während des Essens wurde von nichts anderem gesprochen. Wir unterhielten uns über die notwendigen Kleider und was wir noch alles lernen mußten.

»Zusammen macht es bestimmt viel mehr Spaß«, sagte ich, um die verwirrte Morwenna ein wenig aufzuheitern. »Wir zwei machen alles gemeinsam.«

»Es geht nicht nur um die Vorstellung bei Hofe. Im Anschluß daran folgt die Saison«, erinnerte uns Grace.

»Bälle und Feste und die tollsten Sachen«, setzte ich hinzu.

Die Pencarrons wechselten aufgeregte Blicke. Ich merkte, diese Unternehmung übertraf ihre bisherigen Erwartungen bei weitem.

»Die Saison findet ausschließlich in London statt«, erklärte ich. »Ich wohne wahrscheinlich bei Onkel Peter und Tante Amaryllis. Meine Mutter begleitet mich. Vielleicht wohnen wir auch solange bei Helena. Morwenna kann bestimmt mitkommen.«

Auf dem Heimweg sagte Grace zu mir: »Die Saat ist gesät. Ich wäre nicht überrascht, wenn Morwenna dich nach London begleitete.«

»Hoffentlich.«

»Ich fürchte allerdings, sie wird kaum die Debütantin der Saison. Das arme Mädchen ist ein bißchen linkisch.«

»Na ja, sie hat ihr ganzes Leben auf dem Land verbracht. Sie ist bestimmt nicht so glücklich über die Saison wie ihre Eltern.«

»Auf sie wartet eine Menge Arbeit, und ihre Eltern sonnen sich im neuen Glanz.«

»Ich weiß nicht, vielleicht war es doch keine so gute Idee. Morwenna scheint nicht die geringste Lust zu haben.«

»Vielleicht ist diese ganze Angelegenheit bald erledigt, und wir hören diesbezüglich nichts mehr von den Pencarrons.«

»Das glaube ich kaum. Josiah Pencarron ist nicht der Mann, der von heute auf morgen seine Meinung ändert. Er hält es für eine gute Sache. Er wird keinen Zollbreit davon abrücken. Für ihn steht bereits fest, daß Morwenna bei Hofe vorgestellt wird.«

»Warten wir's ab«, meinte Grace achselzuckend.

Ich behielt recht. In den Köpfen der Pencarrons war die Saat auf fruchtbaren Boden gefallen. Ihr kleines Mädchen sollte eine richtige Dame werden und in den Genuß all der Vorteile kommen, die ihnen früher verwehrt waren. Endlich kam der große Tag. Morwenna und ich reisten nach London, wo uns harte Erziehung zu vornehmen junge Damen erwartete.

Madame Duprey erteilte Tanzunterricht und brachte uns die richtige Haltung bei. Mit einem Bücherstapel auf dem Kopf mußten wir im Zimmer herumgehen. »Schultern zurück. Unterhalb der Taille Körper flachhalten. Einen Fuß vor den anderen setzen. Nein, nicht so, Morwenna. Es muß leichtfüßig aussehen.« Beim Tanzen führten Morwenna und ich abwechselnd. »Es ist *nécessaire* zu wissen, welchen Schritt der Partner in der nächsten Sekunde macht. So ist es schon besser, Angelet. Nein, nein, Morwenna, nach rechts. Nach rechts! *Ma foi,* Sie bringen den ganzen Kotillon durcheinander.«

Arme Morwenna! Ihr fiel der Unterricht nicht so leicht wie mir. Sie war völlig verzweifelt. »Ich lerne es nie«, klagte sie.

»Natürlich lernst du es«, beruhigte ich sie. »Es ist ganz leicht. Du machst dir viel zu viele Gedanken.«

Ich übte die Schritte mit ihr in unserem gemeinsamen Schlafzimmer. Da Helenas Haus nicht so groß war wie Onkel Peters, mußten wir das Zimmer teilen.

Helena zeigte sich sehr freundlich und mitfühlend gegenüber Morwenna. Wahrscheinlich erinnerte sie sich an ihren Unterricht, unter dem sie meiner Meinung nach mindestens ebensosehr gelitten hatte wie Morwenna.

»Auf keinen Fall möchte ich Pa und Mutter enttäuschen«, jammerte Morwenna. »Bestimmt erwarten sie, daß ich einen Herzog heirate.«

»Herzöge gibt es nicht allzu viele«, meinte ich obenhin. »Wir können froh sein, wenn wir einen Sir bekommen.«

Ich hatte gut lachen, denn ich konnte ja nichts verlieren. Kam in dieser Saison nichts heraus, würde ich einfach wieder nach Cador gehen, und alles bliebe beim alten. Meine Eltern würden mich niemals zu einer Heirat drängen. Bei Morwenna lag die Sache ein wenig anders. Ihre Eltern wünschten sich, daß ihr Kind die beste Partie mache. Aber ich versicherte ihr wieder und wieder, es käme ihren Eltern nur auf das Glück ihrer Tochter an, und wenn ihr Vater wüßte, wie verzweifelt sie sei, würde er dieses Unternehmen sofort abbrechen.

»Das weiß ich«, antwortete sie. »Ich weiß, sie sind sehr lieb und meinen es nur gut mit mir. Aber gerade deshalb möchte ich ja, daß sie stolz auf mich sein können.«

Der Unterricht ging weiter. Es war erstaunlich, wieviel Übung ein perfekter Hofknicks erforderte. An einem Tag klappte er hervorragend, am nächsten Tag ging er völlig daneben. Wir brachten Madame Duprey zur Verzweiflung. Ich vermutete, in Wahrheit hieß sie Miß Dappry oder so ähnlich. Bestimmt war sie Frankreich nie näher gekommen als bis Folkestone. Aber da die Franzosen nun einmal den Ruf von Eleganz und Charme hatten, war zur Ausübung ihres Berufs ein französischer Name von großem Vorteil.

Wir hatten auch einen Gesangslehrer, Signor Caldori. Ein Mädchen der guten Gesellschaft mußte singen und Klavier spielen können. Natürlich brauchte man nicht die Qualitäten einer Jenny Lind oder Henriette Sontag zu erreichen, sollte aber immerhin ein bißchen trällern können.

Auch Unterricht in Sprechtechnik blieb uns nicht erspart. In diesen Stunden tat sich Morwenna besonders schwer, weil sie einen leichten Cornwall-Akzent hatte, den sie ganz und gar ablegen mußte. Wir mußten üben, frei und wie selbstverständlich über jedes angeschnittene Thema ohne die kleinste Verlegenheitspause zu sprechen. Allerdings durften wir unsere Meinung nicht zu energisch vertreten. Dies blieb den Männern vorbehalten. Was auch immer geschah, wir mußten streng darauf achten, stets unsere Weiblichkeit zu bewahren.

Endlose Beratungen mit den Schneidern und das Anprobieren der Kleider kamen noch hinzu, so daß wir keine Zeit fanden, einen vernünftigen Gedanken zu fassen. Die gute Grace erwies sich als große Hilfe. Sie begleitete uns häufig zu den Schneidern und wagte sogar, ein paar eigene Vorschläge zu machen. Unsere Hofkleider fertigte der berühmteste Modeschneider an. »Es wird an nichts gespart«, lautete Josiah Pencarrons Devise. »Alles muß vom Feinsten sein. Auf keinen Fall darf meine Tochter bei Hofe schlechter angezogen sein als die anderen Mädchen.«

Schließlich kam der aufregende Tag, an dem wir uns in unseren Hofkleidern auf den Weg zum Empfang bei der Königin machen mußten. Die langen Schleppen an diesen Kleidern schienen ein boshaftes Vergnügen dabei zu empfinden, uns in besonders peinliche und manchmal sogar gefährliche Situationen zu bringen. Wenn wir nicht sehr aufpaßten, gerieten wir unweigerlich ins Stolpern. Der Hoffriseur hatte unsere Haare zu kunstvollen Frisuren aufgesteckt und sie mit je drei weißen Straußenfedern geschmückt. Wir hofften inbrünstig, daß sie nicht verrutschten. Unsere Korsetts hatte man so eng geschnürt, daß wir kaum Luft bekamen. Bei mir war es nicht ganz so schlimm, weil ich schlank war, aber Morwenna litt Qualen. Doch sie ertrug sie mit ihrem üblichen Gleichmut.

Helena begleitete uns. Unsere Kutsche war nur eine unter vielen, die auf dem Weg zum Palast durch die Stadt fuhren. Die Leute auf der Straße starrten uns ungeniert an — manche lachten uns aus, andere betrachteten uns voller Neid. Barfüßige Kinder standen am Straßenrand. Ich konnte meine Blicke nicht von ihren rotgefrorenen Füßen abwenden und empfand tiefe Scham.

Helena fiel meine veränderte Stimmung auf, und sie zog die Vorhänge der Kutsche zu, aber ich hatte genug gesehen. Ich dachte an Frances und Peterkin, die eine so verdienstvolle Arbeit leisteten. Am liebsten hätte ich mich ihnen auf der Stelle angeschlossen.

Vor dem Palast kletterten wir mit einiger Mühe aus der Kutsche. Wir mußten sehr darauf achten, daß sich die Schleppen nicht verhedderten.

Würdevoll schritten wir in den Palast und reihten uns in die Schlange der Debütantinnen ein. Dann erblickten wir die Königin, eine winzige, sehr sorgfältig gekleidete Frau. Sie schien über und über mit Juwelen geschmückt zu sein. In ihrer Frisur glitzerte ein diamantenbesetztes Diadem. Bei ihrem Anblick wußte man sofort, wen man vor sich hatte. So klein sie auch war, noch nie hatte ich einen Menschen mit einer solch königlichen Ausstrahlung gesehen. Neben ihr thronte der Prinz.

Jede Falte seines einstmals hübschen Gesichts drückte Ernst und Strenge aus. Er wirkte angespannt und müde. Bei seinem Anblick fielen mir sofort die Presseberichte ein, die sich während des Krieges gegen ihn gerichtet hatten. Er war nicht beliebt, weil er Deutscher war. Von Ausländern war man hierzulande nicht gerade begeistert. Aber das war wohl überall so. Die Franzosen hatten Marie Antoinette gehaßt, weil sie Österreicherin war, erinnerte ich mich.

Während ich noch meinen Gedanken nachhing, war ich schon an der Reihe. Ich trat vor Ihre Majestät. Dankbar erinnerte ich mich, daß mein Hofknicks zuletzt sogar vor den Augen von Madame Duprey Gnade gefunden hatte. Ich küßte die kleine, mollige, juwelengeschmückte Hand und empfing das gütige, wohlwollende Lächeln. Dann ging ich rückwärts zurück. Und schon war alles vorbei.

Ich wußte genau, ich hatte das Gleichgewicht nicht korrekt gehalten und ein wenig geschwankt. Auf meinen Hofknicks war eben kein Verlaß. Immerhin war er nicht ganz verunglückt.

Unser erster Ball fand bei Lady Bellington statt, einer der bekanntesten Gastgeberinnen Londons. Sie veranstaltete ihn für ihre Tochter Jennifer. Die Bellingtons residierten in einer prachtvollen Villa mit einem kleinen Vorgarten, dahinter erstreckte sich der Hyde Park.

Helena, meine Mutter, Tante Amaryllis und Onkel Peter begleiteten uns. Meine Mutter sagte, ich solle mir keine Sorgen machen, wenn ich nicht zu jedem Tanz gebeten würde. Wenn wir keinen Partner hatten, sollten wir uns angeregt unterhalten und den Eindruck vermitteln, es kümmere uns nicht im mindesten, gerade nicht aufgefordert zu werden. Mir fiel es schwer, mir Morwenna in angeregter Unterhaltung vorzustellen. Sie machte bereits vor dem Ball ein sehr verzweifeltes Gesicht.

»Bestimmt will niemand mit mir tanzen«, jammerte sie. »Und falls doch, ich habe fast alle Schritte vergessen. Ich weiß nicht, was schlimmer ist — zu tanzen oder sitzen zu bleiben.«

»Alles geht einmal vorbei«, philosophierte ich. »Morgen ist das längst Vergangenheit.«

Ich freute mich auf den Ball. Zum einen tanzte ich gern, und zum anderen amüsierte mich der Gedanke, all die mütterlichen Augen zu beobachten, die nach den in Frage kommenden jungen Männern Ausschau hielten, diese taxierten, um dann ihre Tochter möglichst unauffällig in ihrem Sinne zu beeinflussen.

Ich wechselte belustigte Blicke mit meiner Mutter. Sie wußte genau, was ich dachte. Ich sagte zu mir: Es kommt nicht darauf an. Und wenn ich den ganzen Abend sitzen bleibe, sie liebt mich genauso wie vorher. Ich dankte Gott für meine klugen und verständnisvollen Eltern.

Wir schritten die breite Treppe hinauf. Oben empfingen uns Lord und Lady Bellington. Jennifer stand neben ihnen.

Ein Orchester spielte. Zwei Herren in mittlerem Alter kamen zu uns und baten um einen Tanz. Helenas Schilderungen über ihr Debüt fielen mir ein. Danach mußten diese Herren dem verarmten Zweig einer guten Familie angehören. Sie erhielten eine Einladung, genossen die gute Bewirtung und tanzten als Gegenleistung dafür mit den Mauerblümchen.

Munter wirbelten sie uns im Kreis herum. Ich hoffte, Morwenna käme zurecht. Vielleicht war das ein guter Einstand für sie, denn die Herren im mittleren Alter erfüllten ihre Pflicht, und dazu gehörte sicherlich auch, zu schüchternen jungen Damen freundlich und hilfsbereit zu sein.

Nach diesem Tanz schlossen wir uns wieder meiner Mutter und den anderen an. Das Eis war gebrochen. Wir hatten zum erstenmal getanzt.

Ein junger Mann steuerte auf uns zu und verbeugte sich, die Augen unverwandt auf mich gerichtet.

»Darf ich bitten?«

Ich erhob mich und legte meine Hand leicht auf seine. Gleich darauf mischten wir uns unter die Tanzenden.

»Ziemlich voll«, meinte er gelangweilt.

»Ja.«

»Wie immer auf Gesellschaften der Bellingtons.«

»Sie nehmen häufig daran teil?«

»Hie und da.«

Wir unterhielten uns über das Wetter, die Dekoration des Ballsaals, das Orchester und weitere Belanglosigkeiten. Ein nicht gerade hochinteressantes Gespräch. Aber immerhin tanzte ich, und dank Madame Duprey gab ich wohl eine ganz gute Figur ab.

Plötzlich entdeckte ich ein Gesicht, das mir seltsam bekannt vorkam. Einen Moment lang wußte ich nicht, wo und wann ich diesen Mann schon einmal gesehen hatte. Er sah mich mit einem Ausdruck scheuen Erkennens an. Und jetzt erinnerte ich mich. Es war der junge Mann, der mit Jonnie zu den Ausgrabungsarbeiten nach Cador gekommen war. Sogar sein Name fiel mir wieder ein: Gervaise Mandeville.

Wir verloren uns im Gewühl der Tanzenden aus den Augen,

aber meine Gedanken wanderten von Orchester, Ballsaal und Wetter zurück nach Cornwall. Ich befand mich wieder am Teich, und alle bösen Erinnerungen kehrten zurück.

Ich war froh, als der Tanz zu Ende war, und ging wieder zu meiner Familie zurück. Morwenna war nicht aufgefordert worden.

»Hat es dir gefallen?« fragte Helena.

»Er ist ein guter Tänzer«, antwortete ich.

»Das habe ich gesehen«, sagte meine Mutter. »Aber auch Madame Duprey war offensichtlich keine schlechte Lehrerin.«

Schon stand er vor uns.

»Mrs. Hume, Mrs. Hanson, erinnern Sie sich noch an mich? Gervaise Mandeville.«

»Oh!« rief meine Mutter. »O ja, natürlich. Sie sind zu uns gekommen mit . . .«

Er verstand sofort. Auch er wollte nicht an schmerzliche Wunden rühren.

»Ja. Zu den Ausgrabungsarbeiten. Ich fürchte, das war nicht gerade ein durchschlagender Erfolg. Ich wollte Miß Hanson um den nächsten Tanz bitten.«

»Das ist Miß Pencarron«, mischte ich mich ein. »Sie hat zusammen mit mir ihr Debüt.«

Er verbeugte sich und lächelte Morwenna freundlich zu.

»Sie kommt auch aus Cornwall. Wir sind Nachbarn«, ergänzte meine Mutter.

Helena sah sehr traurig aus. Natürlich erinnerte sie Gervaise, ein Freund ihres Sohnes, an Jonnie. Gervaise wußte das genau. Er schien ein Gespür für die Gefühle anderer Menschen zu haben.

Er streckte die Hand aus. »Wollen wir tanzen?« Und fort waren wir.

»Ich glaubte, meinen Augen nicht zu trauen«, sagte er. »Zuerst war ich mir nicht ganz sicher. Es ist immerhin einige Zeit her. Sie sind erwachsen geworden.«

»Das läßt sich leider nicht vermeiden, fürchte ich.«

»Sie haben sich allerdings nicht verändert.«

»Sie auch nicht. Seit ich Sie aus der Nähe sehe, bin ich mir ganz sicher.«

Sehr freundlich und mit einer Spur von Bewunderung lächelte er mich an. Sofort regten sich meine Lebensgeister, und der Anflug von Depression, den die Erinnerung ausgelöst hatte, verschwand mit einem Schlag.

»Sie sind größer geworden«, sagte ich.

»Sie sind auch gewachsen.«

»Na ja, das ist kein Wunder, meinen Sie nicht auch? Ich glaube, damals war ich gerade dreizehn Jahre alt.«

»Wie die Zeit vergeht. Als kleines Mädchen haben Sie mir recht gut gefallen. Aber ich glaube, als Erwachsene können Sie mir auch gefallen. Vielleicht sogar noch mehr.«

»Ziehen Sie keine voreiligen Schlußfolgerungen.«

»Ich habe das unbestimmte Gefühl, daß ich diesmal ausnahmsweise eine vernünftige Schlußfolgerung treffe. Es wird mir einen Riesenspaß machen, herauszufinden, ob ich recht habe.«

»Erzählen Sie mir von sich. Beschäftigen Sie sich noch immer mit Ausgrabungen?«

»Nein. Ich glaube, ich habe keine besondere Begabung für diesen Beruf.«

»Damals schienen Sie davon begeistert zu sein.«

»Das war eine Ausnahmesituation. Dieser unheimliche Teich und das ganze Gerede über die Glocken. Übrigens, haben Sie die Glocken noch einmal gehört?«

»Nein. Ich habe immer geglaubt, die Leute bildeten sich das nur ein, aber nachdem ich sie selbst gehört habe, bin ich mir nicht mehr so sicher.«

»Das war schon eine tolle Geschichte. Und dann — es tat mir so furchtbar leid.«

»Jonnie?«

Er nickte. »Ich fürchte, meine Anwesenheit hat die schmerzlichen Erinnerungen wieder aufleben lassen.«

»Ja. Aber hin und wieder müssen wir uns ihnen stellen. Inzwischen ist es nicht mehr ganz so schlimm wie am Anfang.«

»Der arme, alte Jonnie. Er war der geborene Märtyrer.«

»Sie waren vermutlich nicht Soldat?«

»Mir liegt das nicht besonders. Ich bin kein Held.«

»Wenn ich nur wüßte, wozu dieser Krieg gut gewesen sein soll.«

»Ja, das ist die große Frage. Aber damals hielten die meisten den Krieg für die einzige Möglichkeit.«

»Erinnern Sie sich an Miß Gilmore? Grace Gilmore?«

»Natürlich. Soweit ich weiß, war sie eine sehr anziehende junge Dame.«

»Jonnie hat sie geheiratet.«

»Tatsächlich?«

»Ja. Sie hat sich Miß Nightingales Pflegerinnen angeschlossen und Jonnie zufällig in Skutari getroffen. Die beiden haben geheiratet. Jetzt wohnt sie in London. Wir sehen sie recht häufig. Schließlich gehört sie nun zur Familie.«

»Ich hielt sie immer für eine außergewöhnliche Frau.«

»Vermutlich ist sie das auch.«

»Und nun erzählen Sie ein wenig von sich.«

»Da gibt es nichts zu erzählen. Sie kennen ja Cador. Bis auf gelegentliche Besuche in London verläuft mein Leben in gewohnten Bahnen.«

»Wo wohnen Sie in London?«

»Bei meiner Tante Helena. Jonnies Mutter. Sie hat meine Vorstellung bei Hofe übernommen.«

»Ich verstehe.«

»Lädt man Sie häufig zu solchen Gesellschaften wie dieser ein?«

»Ja, oft. Bei einem Ball braucht man genügend junge Männer, damit es nicht an Tanzpartnern mangelt. Und an Begleitern für die Debütantinnen. Wer nicht zu alt, verkrüppelt oder in irgendeiner Weise mit einem auffälligen Makel behaftet ist, der wird eingeladen. Beide Geschlechter müssen gleich stark vertreten sein. Deshalb bin ich hier.«

»Und gefallen Sie sich in dieser Rolle?«

»Im Augenblick bin ich ausgesprochen zufrieden damit.«

»Es ist schön, alte Bekanntschaften wieder aufzufrischen.«

»Na ja, nicht immer. Manchmal ist es eher unangenehm. Überlegen Sie einmal, Sie würden plötzlich allen Gespenstern der Vergangenheit gegenüberstehen.«

»Haben Sie viele derartige Gespenster?«

»Das ist bei einem nichtswürdigen Menschen wie mir leider nicht zu vermeiden. Da sammelt sich einiges an. Sie waren immer ein tugendhaftes Mädchen. Sie sind die Unschuld, die sich erst jetzt auf das glatte Parkett des Lebens wagt. Das ist ein großer Unterschied.«

Ich fühlte mich nicht wohl in meiner Haut. Dieses Gespräch weckte wieder unangenehme Erinnerungen in mir. Seine Andeutung mit den Gespenstern der Vergangenheit verunsicherte mich.

Er schien zum Glück nichts davon zu bemerken. Als wir an meiner Familie vorbeitanzten, sah ich Morwenna noch immer auf ihrem Stuhl sitzen. In eine angeregte Unterhaltung schien sie auch nicht gerade vertieft zu sein. Sie wirkte im Gegenteil gelangweilt und besorgt zugleich.

Eindringlich bat ich ihn: »Würden Sie mir einen Gefallen erweisen?«

»Ich lege Ihnen mein halbes Reich zu Füßen.«

»So anspruchsvoll bin ich gar nicht. Ich möchte Sie nur bitten, einmal mit Miß Pencarron zu tanzen.«

»Ist das die junge Dame, die bei Ihrer Familie sitzt?«

»Ja, ich habe sie Ihnen vorgestellt. Sie ist schrecklich nervös und hat entsetzliche Angst, sie könnte das Mauerblümchen des Abends werden.«

»Diese Angst ist die sicherste Methode, es zu werden.«

»Das weiß ich.«

»Sie verlangen viel von mir.«

»Warum? Sie ist ein reizendes Mädchen. Und sie hat Tanzunterricht gehabt. Sie wird Ihnen schon nicht auf die Zehen treten. Jedenfalls nicht zu oft.«

»Ihnen zuliebe würde ich ein wahres Getrampel ertragen. Aber Sie verlangen wirklich eine Menge, denn ich müßte auf das Vergnügen Ihrer Gesellschaft verzichten. Ich habe eine bessere Idee: Überlassen Sie das Ganze mir.«

Wir tanzten weiter. Sein prüfender Blick schien jemanden zu suchen. Plötzlich blieb er stehen.

»Philip!« rief er. »Philip, darf ich dir Miß Hanson vorstellen? Was stehst du hier herum? Hast du keine Partnerin? Nennst du das etwa Pflichterfüllung? Miß Hanson, das ist Philip Martin.«

Er verbeugte sich. »Erfreut, Ihre Bekanntschaft zu machen.«

»Wir wollen uns nachher als Quartett dem Essen hingeben«, sagte Gervaise Mandeville. »Am besten machst du dich sogleich auf den Weg und forderst Miß Hansons Freundin zum Tanzen auf. Du mußt dich beeilen, sie ist sehr gefragt. Los, komm mit, wir stellen dich vor.«

Wir gingen zurück zu meinen Angehörigen. »So ein Glück«, sagte Gervaise. »Wie ich sehe, ist sie noch frei.«

Er stellte Philip Martin vor. Der junge Mann war ein wenig farblos, hatte aber ausgezeichnete Manieren. Die üblichen Gemeinplätze wurden ausgetauscht.

Höflich bat er Morwenna um einen Tanz. Ein Ausdruck der Erleichterung huschte über Helenas Gesicht. Gervaise und ich folgten dem Paar auf die Tanzfläche.

Ich mochte Gervaise für den Gefallen, den er Morwenna erwiesen hatte. Von Minute zu Minute gefiel er mir besser. Er steckte voller Lebensfreude und konnte eine wenig lustige Situation mit Leichtigkeit ins Gegenteil verkehren. Er lachte häufig. Und wenn er nicht lachte, blitzte das Vergnügen aus seinen Augen.

Ich verbrachte fast den ganzen Abend mit ihm.

Morwenna und Philip Martin trafen wir im Speisesaal. Wir setzten uns zu ihnen an einen Vierertisch, aßen köstlichen Räucherlachs und tranken Champagner. Auch Morwenna schien inzwischen den Ball zu genießen, und dafür war ich Gervaise zutiefst dankbar. An unserem Tisch wurde viel und herzlich gelacht.

Wir verabredeten, am nächsten Tag gemeinsam in der Row zu reiten. Ich freute mich, Gervaise so bald schon wiederzusehen.

Die Heimfahrt in der Kutsche verlief ziemlich schweigsam. Trotzdem merkte ich, daß alle mit dem Verlauf des Abends zufrieden waren.

Das hatten wir Gervaise zu verdanken, der nicht nur mir einen erfreulichen Abend beschert hatte, sondern auch Morwenna. Ohne seinen Freund Philip Martin hätte sie sicherlich den ganzen Abend herumgesessen. Außer den Herren mittleren Alters, die ihre Pflichttänze absolvieren mußten, hätte sie kaum jemand aufgefordert.

»Ein sehr charmanter junger Mann«, lautete Helenas Urteil über Gervaise.

»Ich habe mich gefreut, daß wir ihn bereits von früher gekannt haben«, bemerkte meine Mutter. »Bei solchen Anlässen freut man sich immer, ein bekanntes Gesicht zu sehen. Soweit ich weiß, ist er Archäologe.«

»Nicht mehr«, antwortete ich. »Die Archäologie hat er aufgegeben.«

»Die Bälle werden im Verlauf der Saison zunehmend interessanter und aufregender, wenn ihr euch erst einmal alle untereinander kennt«, sagte Helena. »Zu Beginn seid ihr euch ja zumeist fremd.«

»Gervaise Mandeville und Philip Martin holen uns morgen ab«, erzählte ich. »Wir wollen zusammen in Rotten Row reiten.«

Die zufriedenen Blicke, die meine Angehörigen daraufhin miteinander wechselten, entgingen mir nicht. Genauso hatte ein solcher Abend zu verlaufen. Ich wage zu behaupten, daß sich meine Familie noch äußerst angeregt über Gervaise Mandeville und Philip Martin unterhielt, nachdem Morwenna und ich uns zurückgezogen hatten.

Wir konnten vor Aufregung nicht einschlafen. In unseren Betten liegend, redeten wir noch lange.

»Ich glaube, Gervaise interessiert sich sehr für dich«, meinte Morwenna.

»Ach, das liegt nur daran, weil er schon einmal auf Cador war.«

»Das glaube ich nicht.«

»Er ist zusammen mit Jonnie gekommen. Sie haben Ausgrabungen gemacht.«

»Ich weiß. Am Teich von St. Branok.«

Schon allein die Erwähnung dieses Ortes wirkte wie ein kalter Guß.

»Deshalb hat er mich aufgefordert. Weil er mich gekannt hat.«

»Das ist aber kein Grund, sich den ganzen Abend mit dir abzugeben. Er mag dich. Er mag dich sogar sehr. Ich habe es genau gemerkt.«

»Und Philip mag dich.«

»Das glaube ich weniger. Er hat nur getan, was er für seine Pflicht hielt. Er hat mir erzählt, Gervaise hätte ihm einen Tip gegeben.«

»Einen Tip?«

»Ja. Er hat ihm gesagt, auf welches Pferd er im Rennen setzen soll, und er hat zweihundert Pfund gewonnen. Dafür war er Gervaise sehr dankbar. Ich glaube, er hat nur mit mir getanzt, weil Gervaise ihn darum gebeten hat.«

»Was für ein Unsinn!« log ich. »Also wirklich, Morwenna, du mußt endlich einmal damit aufhören, dir einzubilden, daß sich niemand für dich interessiert. Und da du diese Einstellung so offensichtlich zeigst, mußt du aufpassen, daß sie sich nicht bald auf alle Leute überträgt.«

»Du scheinst eine andere Einstellung zu haben.«

»Ja, meine liebe Morwenna. Ich denke nicht einmal darüber nach. Wenn mich die Leute mögen, freue ich mich. Wenn nicht, dann mag ich sie eben auch nicht. Es gibt immer Menschen, die uns so mögen, wie wir sind. Ich freue mich jedenfalls schon auf unseren Ausritt morgen. Gervaise ist sehr amüsant, findest du nicht?«

»Ja.«

»Bist du müde? Gute Nacht.«

»Gute Nacht.«

Nach diesem aufregenden Abend konnte ich unmöglich gleich einschlafen. Mir hatte alles gefallen — die Lichter, der Ballsaal, die herrlichen Kleider, die Blumen und natürlich Gervaise. Doch über all der Freude schwebte der Schatten der Vergangenheit. Ich konnte nicht an Gervaise denken, ohne ihm beim Graben am Teich zu sehen.

Meine Freundschaft mit Gervaise vertiefte sich rasch. Er besuchte mich häufig. Wir trafen uns auf Gesellschaften, und er arrangierte es immer so, daß wir viel Zeit miteinander verbringen konnten. Auf Philip Martin mußten wir verzichten. Wahrscheinlich glaubte er, seine Verpflichtung gegenüber Gervaise wegen des »Tips« abgegolten zu haben. Folglich waren wir fortan kein Quartett mehr. Die arme Morwenna ergab sich fügsam in ihr Schicksal. Die Saison entwickelte sich so, wie sie es immer vorausgesehen hatte.

Ich schloß mit Gervaise eine Art Vertrag. Wenn wir auf Gesellschaften oder Bälle gingen, sollte er dafür sorgen, daß Morwenna einen Partner bekam. Er hielt sich daran und bereitete die Partner äußerst taktvoll auf ihre Aufgabe vor. Morwenna sollte nicht den geringsten Verdacht schöpfen, er könnte ihre Partner zu einem Freundschaftsdienst überredet haben. Ich war ihm sehr dankbar für sein rücksichtsvolles Verständnis.

Auch Tante Helena und Onkel Matthew gaben einen Ball. Sie richteten ihn aber im Hause von Onkel Peter aus, da in ihrem kleineren Haus kein geeigneter Ballsaal zur Verfügung stand. Onkel Peter und einige hochkarätige Politiker waren natürlich anwesend. Der Abend wurde ein voller Erfolg.

Ich fühlte mich sehr zufrieden. Zu dieser Zeit hatte es bereits den Anschein, als würden sich aus der Freundschaft zwischen Gervaise und mir tiefere Gefühle entwickeln.

Onkel Peter teilte uns mit, er habe diskret Nachforschungen angestellt und herausgefunden, daß Gervaise der jüngste Sohn einer ziemlich illustren Familie sei. Angeblich waren die Vorfahren der Familie zusammen mit Wilhelm dem Eroberer nach England gekommen. Ihr Stammbaum lasse sich bis ins vierzehnte Jahrhundert verfolgen. Sie machten gerade schwere Zeiten durch, wie so viel Familien mit großen Namen, die ihre Herrenhäuser unterhalten mußten und den gewohnten Lebensstil aufrechterhielten, obwohl sie ihn sich längst nicht mehr leisten konnten. Aber das Leben dem Einkommen anzupassen, wäre einem Sakrileg gleichgekommen. Der Familienbesitz befand sich in Derbyshire. Gervaises Vater hatte eine reiche Erbin geheiratet. So war das zweite Vermögen der Familie auf einige Jahrzehnte gesichert, aber Gervaise selbst, der noch zwei ältere Brüder und eine Schwester hatte, war alles andere als wohlhabend. Er besaß gewiß Charme und eine gute Erziehung, hatte aber kein ausreichendes Einkommen.

Meine Mutter beunruhigte das nicht im geringsten. Seelenruhig behauptete sie, sie wisse genau, er sei keinesfalls ein Mitgiftjäger. Sie fand Gervaise charmant und wußte außerdem, daß ich ihn gern hatte.

An den wenigen Tagen, an denen ich ihn nicht sah, schien sich die Zeit endlos hinzuziehen. Sein Lachen und seine Lebensfreude fehlten mir.

»Du hast Glück«, sagte Morwenna in neidloser Bewunderung. »Er ist amüsant. Und so liebenswürdig. Wirst du ihn heiraten?«

»Ich muß erst abwarten, ob er mir einen Antrag macht.«

»Ganz bestimmt.«

»Manchmal bin ich mir da nicht ganz sicher. Ist dir auch schon aufgefallen, daß er zwar charmant ist, aber kaum einmal richtig ernsthaft?«

Angestrengt dachte Morwenna nach. »Er nimmt alles von der heiteren Seite, das ist schon richtig. Aber wenn es wirklich darauf ankommt, kann er sehr wohl ernsthaft sein, glaube ich. Mit dir ist es ihm sicherlich ernst. Davon bin ich überzeugt. Ihr seht euch sehr oft.«

»Ja«, sagte ich langsam. Und ich wußte, ich wäre sehr unglücklich, wenn er unsere Freundschaft nur als ein kurzfristiges, amüsantes Abenteuer betrachtete.

Wir ergänzten einander. Wenn wir zusammen waren, ging ich auf seinen leichten Ton ein, und seine Unbeschwertheit übertrug sich auf mich. Zuerst hatte er mich immer an den Teich und an Jonnie erinnert, doch jetzt fühlte ich mich in seiner Gegenwart völlig sorglos. Für mich kam diese Verwandlung einem Wunder gleich.

Meiner Familie gefiel er. Meine Mutter bat meinen Vater in einem Brief, nach London zu kommen. Ich wußte, warum. Sie dachte, aus meiner Beziehung zu Gervaise könnte etwas Ernstes werden, und mein Vater sollte wohl seinen eventuellen Schwiegersohn in Augenschein nehmen. Sie versuchten, diskret vorzugehen, aber dieses Manöver war leicht zu durchschauen.

Noch dauerte die Saison an. Ein Ball folgte dem anderen. Ich steckte ständig mit Gervaise zusammen. Da wir beide Musik liebten, besuchten wir auch öfters die Oper. Wir hörten Werke von Donizetti und Bellini und einem jungen Komponisten namens Giuseppe Verdi, dessen Musik mir am besten gefiel. Einmal sahen wir anläßlich einer Galavorstellung sogar die Königin in Begleitung des Prinzen.

Die Saison, an die ich vorher mit einem gewissen Unbehagen gedacht hatte, wurde zur aufregendsten und wundervollsten Zeit meines Lebens. Und das hatte ich nur Gervaise zu verdanken.

Er hatte Grace unbedingt wiedersehen wollen. Die beiden unterhielten sich lange über Jonnie. Grace meinte, es tue ihr gut, endlich einmal über ihn reden zu können. Sein Name fiel zu Hause kaum, da sie fürchtete, seine Mutter würde sich dabei zu sehr aufregen. Aber ihr brachte es Erleichterung, über Jonnie zu reden. Sie konnte nicht genug bekommen von den kleinen Anekdoten, die Gervaise über seine Freundschaft mit Jonnie erzählte. Er tat es in gewohnt lustiger Manier. Es war schön, die beiden lachen zu hören.

Später sagte Grace zu mir, er sei einer der charmantesten Männer, die sie je kennengelernt habe. Sie würde sich sehr für mich freuen.

»Ach, ich wünschte, Morwenna hätte ebensoviel Glück wie du«, seufzte sie.

»Morwenna wird froh sein, wenn die Saison endlich vorbei ist«, antwortete ich. »Aber ich glaube nicht, daß es ganz so schlimm ist, wie sie befürchtet hat.«

»Der liebe Gervaise hat also dafür gesorgt, daß sie immer einen passenden Begleiter hatte. Er ist wirklich ein sehr fürsorglicher junger Mann.«

Ich freute mich stets, wenn jemand ihn lobte.

Inzwischen war ich mir sicher, daß er um meine Hand anhalten würde. Ich wußte, ich würde ja sagen. Nichts wünschte ich mir mehr, als seine Frau zu werden.

Es geschah in Kensington Gardens, wo wir ausnahmsweise einmal ganz allein spazierengingen. Sonst begleitete uns Grace auf unseren Spaziergängen, aber an jenem Tag schloß sie sich Morwenna an, die unerwartet ihren Schneider aufsuchen mußte. Da Gervaise inzwischen als Freund der Familie galt, erlaubte man uns großzügig diese Zweisamkeit.

Wir gingen am See entlang und beobachteten die Kinder, die mit ihren Schiffen spielten. In einer schattigen Allee setzten wir uns auf eine Bank.

Ernst sah er mich an. »Ich glaube, du weißt, was ich dich fragen will, Angelet. Ich glaube, alle Welt weiß, daß ich es eines Tages sagen werde. Ich wollte nur eine gewisse Anstandsfrist verstreichen lassen. Obwohl ich auch nicht genau weiß, warum das üblich ist. Warum glaubt man bloß, man müsse sich den Konventionen gemäß verhalten? Ich frage dich hier in Kensington Gardens, und deshalb kann ich leider schlecht vor dir auf die Knie fallen, aber ich frage dich in tiefempfundener Demut und bin mir voll der Ehre bewußt, die du mir gewährst.«

Ich lachte. »Komm endlich zur Sache, Gervaise.«

»Auf diese Worte habe ich gehofft. Willst du?«

»Du mußt dich schon ein bißchen deutlicher ausdrücken.«

»Mich heiraten.«

»Aber natürlich«, antwortete ich.

Er nahm meine Hand und küßte sie.

»Du bist ganz anders als die Mädchen, die ich bisher kennengelernt habe. Du bist offen und ehrlich. Fast jedes andere Mädchen hätte erst einmal ›hm‹ oder ›aha‹ gemacht oder gesagt, es käme so plötzlich.«

»Das kann ich nun nicht gerade behaupten. Seit dem Ball bist du ständiger Besucher bei uns. Wir haben eigentlich nicht angenommen, daß du wegen der architektonischen Schönheit des Hauses kommst.«

»Wirklich nicht? Meine Güte, ich habe mich verraten. War es denn so offensichtlich?«

»Ich glaube schon.«

»O Angelet, wie klug deine Eltern waren, dir gerade diesen Namen zu geben. Du bist wirklich ein Engel.«

»Erwarte bitte nicht von mir, daß ich eine Heilige bin. Du könntest sonst schwer enttäuscht werden.«

»Im Grunde habe ich mich nie besonders für Heilige interessiert. Mit Engeln ist das schon etwas anders. Ich bin so froh, daß wir uns einig sind. Jetzt müssen wir Pläne machen. Wir sollten bald heiraten, meinst du nicht auch? Du mußt meine Familie kennenlernen. Deine kenne ich ja schon, das ist wenigstens etwas. Wir sagen es ihnen bald. Sie wollen bestimmt alles arrangieren. Laß sie ruhig. Wir wollen nur an uns denken. Stell dir vor, mein Liebling, wir werden für immer zusammensein.«

»Bis daß der Tod uns scheidet. Mir gefallen diese Worte. Für mich haben sie etwas Tröstliches.«

»Es war wie ein Wunder, daß wir uns auf dem Ball begegnet sind, findest du nicht? Obwohl sich unsere Wege früher oder später unweigerlich gekreuzt hätten, wenn man bedenkt, daß wir dieselbe Saison in London verbringen.«

»Ich habe geglaubt, so eine Saison wäre eine schreckliche Sache. Du weißt schon, was ich meine. Eine Zurschaustellung der Mädchen.«

Er nickte. »Aber irgendwie muß man die Menschen zusammenbringen. Und ich finde eine Methode nicht schlecht, die mich mit meiner Angelet zusammengeführt hat.«

»Inzwischen sehe ich das auch so.«

»Ich liebe dich, Angelet.«

»Ich habe darauf gewartet, daß du das sagst.«

»Muß das wirklich sein? Daß ich dir sage, was du ohnehin weißt?«

»Ich konnte es nicht glauben, bevor ich es nicht gehört habe.«

»Und du? Wirst *du* mir nun das sagen, was ich als selbstverständlich *erhoffe*?«

»Ich liebe dich, Gervaise.«

»Das wäre also auch erledigt.«

»Ein merkwürdiger Zufall, daß du damals nach Cador gekommen bist.«

»Da hatte das Schicksal seine Hand im Spiel.«

»Und dann haben wir uns jahrelang nicht wiedergesehen.«

»Ganz einfach, du warst noch zu jung. Du mußtest erst erwachsen werden. Als die Zeit reif war, hat das Schicksal entschieden. ›Führ die Liebenden zusammen‹, hat es sich gesagt und uns zum Ball der Bellingtons geschickt.«

»Du glaubst an das Schicksal?«

»Meiner Meinung nach bestimmen wir unser Schicksal selbst.«

»Warst du schon einmal in eine andere verliebt?«

Er schwieg.

»Gestehe!« befahl ich.

»Muß das sein?«

»Ja, das muß sein. Ich muß selbst das Schlimmste wissen.«

»Na gut. Als ich sechs Jahre alt war, habe ich mich in ein achtjähriges Mädchen verliebt. Wir besuchten denselben Tanzkurs. Sie hat mich entsetzlich herumkommandiert. Ich war ihr treu ergeben, obwohl sie mich gemein behandelte. Sie zwickte mich mit Vorliebe in die Ohren.«

»Ich meine ernsthaft verliebt.«

»Noch nie. Jedenfalls bis heute. Und du?«

Ich zögerte.

»Früher hatte ich Jonnie sehr gern. Und da war noch jemand anderer.«

»Oh?«

»So etwas wie ein Verwandter. Er kam für eine Weile nach Cador, weil er ausprobieren wollte, ob Gutsverwalter der richtige Beruf für ihn sei. Er hieß Benedict.«

»Der Name paßt zu einem Heiligen oder Papst, zumindest denkt man an einen Mönch. Waren es nicht Benediktiner, die einen herrlichen Likör hergestellt haben? Erzähl mir mehr über diesen Benedict.«

»Er sah gut aus und war einfach großartig. Ich war ungefähr zehn Jahre alt. Ich fürchte, auf das Urteil eines Mädchens in diesem Alter ist nicht unbedingt Verlaß.«

»Das hört sich fast so an, als stünde dein Held auf tönernen Füßen.«

»So kann man sagen. Ich war krank, und er ging weg. Ich habe ihn nie wiedergesehen.«

»Das lindert meine Eifersucht. Gab es noch andere?«

Nachdrücklich schüttelte ich den Kopf. Er lächelte mir zu, und ich dachte: Ich bin glücklich, glücklicher, als ich jemals gewagt hatte zu hoffen, seit ...

Lange saßen wir nebeneinander auf der Bank und beobachteten die Spielzeugboote auf dem Wasser. Verstohlen hielten wir uns bei den Händen.

»Sollen wir zurück und es ihnen sagen?« fragte er.

»Ja. Am liebsten würde ich es der ganzen Welt verkünden.«

»Mir geht es genauso.«

Langsam schlenderten wir durch den Park zurück. Eine Frau mit einem Korb voller Veilchen kam uns entgegen.

»Ein Strauß Veilchen für die junge Dame«, sagte sie schmeichelnd. »Greifen Sie zu, junger Herr. Auf mich warten meine Kinder, und ich muß die Blumen loswerden, bevor ich zu ihnen nach Hause kann. Kann doch nicht zu den Kleinen ohne Geld in der Tasche, oder?«

Gervaise wählte den dicksten Strauß. Die Veilchen sahen schon leicht verwelkt aus. Mitleid mit der Frau erfaßte mich. Sie hatte noch den ganzen Korb voller nicht mehr ganz frischer Veilchen, die sie alle noch verkaufen mußte, bevor sie nach Hause konnte.

Gervaise reichte mir die Veilchen. Er bemerkte mein Mitleid mit der Frau, und ich war sicher, er empfand ebenso. Ohne zu zögern, nahm er eine Handvoll Münzen aus seiner Tasche und legte sie der Frau in den Korb. Fassungslos starrte sie ihn an.

»Sir, Mylord . . .«, stotterte sie. »Ich, also, die Blumen gehören alle Ihnen.«

»Behalten Sie sie. Verkaufen Sie die Blumen.«

»Gott segne Sie.«

»Heute ist unser Glückstag«, antwortete er.

»Na, so etwas. Meiner, scheint's, auch.«

Er schob seinen Arm unter meinen. Tief atmete ich den Duft der Veilchen ein. Für mich waren es die schönsten Blumen der Welt.

»Du hast ihr viel Geld gegeben.«

»Was hätte ich tun sollen? Sie hat mir leid getan.«

»Wegen ihrer Kinder?«

»Weil sie nicht an meiner Stelle ist. Mir tut heute jeder leid, der nicht mit Angelet verlobt ist.«

»Du machst mir die hübschesten Komplimente.«

»Im Laufe der Jahre werden sie immer hübscher werden.«

»Darauf freue ich mich schon. Hast du ihr die Geschichte mit den Kindern geglaubt?«

»Nein, kein Wort.«

»Du hast ihr nicht geglaubt?«

»Ich nehme an, mit Mitleid verkauft sich's besser.«

»Aber du mußt ihr geglaubt haben. Wenigstens im ersten Moment. Du hast ihr dein ganzes Geld gegeben.«
»Sie braucht es vermutlich nötiger als ich.«
»Gervaise, ich glaube, sie hat Kinder, die auf sie warten.«
»So ist es recht, mein Liebes. Du bist gut, anständig und noch nicht mit der Schlechtigkeit der Welt in Berührung gekommen. Um ehrlich zu sein, es ist mir völlig gleichgültig, ob sie die Wahrheit gesagt hat oder nicht. Soll sie sich über das Geld freuen. Ich möchte, daß heute jeder glücklich ist. Hast du noch nie so empfunden?«
»Doch.«
»Wann?«
»Gerade eben.«
Lachend machten wir uns auf den Heimweg.
Meine Familie freute sich über die Neuigkeit.
»Ich habe mir schon gedacht, daß es früher oder später soweit kommen wird«, sagte meine Mutter.
»Bist du dir ganz sicher, daß du ihn liebst?« fragte mein Vater.
»Rolf!« rief meine Mutter. »Das sieht man doch!«
»Er meint, wir müßten nach Derbyshire, um seine Familie kennenzulernen«, informierte ich sie.
»Eine ausgezeichnete Idee«, sagte Mutter.
»Ich hoffe nur, die Familien sind einander sympathisch.«
»Wenn der Rest der Familie ebenso ist wie er, bleibt uns wohl gar nichts anders übrig, als sie nett zu finden.«
Wir vereinbarten, Ende der kommenden Woche mit ihm nach Hause zu fahren. Zuvor wollte er seine Eltern schriftlich von der Verlobung verständigen.
»Hoffentlich freuen sie sich darüber«, sagte ich ein wenig ängstlich zu Gervaise.
»Sie werden begeistert sein. Seit drei Jahren liegen sie mir in den Ohren, ich solle endlich heiraten und eine Familie gründen. Sie reden sich ein, ein solides Leben würde mich zur Vernunft bringen.«
»Bist du denn so unvernünftig?«
»Sehr sogar. Ich hoffe, du bist auf die gewaltige Aufgabe vorbereitet, aus mir einen beständigen Menschen zu machen.«
Dem bevorstehenden Besuch sah ich mit Bangen entgegen. Bis jetzt war alles ganz leicht gegangen. Würden sich nun Schwierigkeiten ergeben?
Gegen Ende der Woche machte ich mit Morwenna und Grace einen Spaziergang. Grace sprach über meine Aussteuer und meinte, wir sollten unseren Aufenthalt in London zu den nötigen Einkäufen nutzen.

»Ich könnte dir einige Kleider nähen, nicht gerade deine Festkleider, aber die Hauskleider«, schlug sie vor. »Das würde mir Spaß machen. Ich könnte mit euch nach Cador kommen und einige Zeit dort bleiben. Falls niemand etwas dagegen hat.«

»Du weißt, wir freuen uns immer, wenn wir dich bei uns haben.«

»Da bin ich mir nicht so sicher. Die Dienerschaft stürzt meine Anwesenheit jedesmal aufs neue in Verwirrung. Sie wissen einfach nicht, wo mein Platz ist. Gehöre ich zu ihnen oder zur Herrschaft? Ich habe in die Familie eingeheiratet, stehe aber trotzdem nicht auf derselben Stufe.«

»Ach, kein Mensch nimmt diesen Unsinn ernst«, erwiderte ich.

»Das Personal schon.«

»Dann achte einfach nicht darauf.«

»Ich gebe mir Mühe. Im Grunde berührt es mich nicht. Es amüsiert mich eher.«

Um ein wenig auszuruhen, setzten wir uns auf eine Bank. Während wir uns weiter unterhielten, ging ein Mann vorbei. Er blieb kurz stehen und betrachtete uns eingehend. Dann ging er ein paar Schritte weiter, blieb erneut stehen, kehrte um und kam geradewegs auf uns zu.

Er sah Grace aufmerksam an. »Guten Tag, Miß Burns«, sagte er. »Wie schön, Sie einmal wiederzusehen.«

Grace rührte sich nicht. Nach eine Weile sagte sie sehr langsam und betont: »Ich glaube, Sie irren sich.«

»Oh? *Sind* Sie nicht Miß Burns? Miß Wilhelmina Burns?«

»Nein. Ich kenne niemanden dieses Namens.«

»Ich hätte schwören können ...«

Unverwandt blickte er in ihr Gesicht. In seiner Miene spiegelte sich äußerste Verwirrung.

»Nein«, sagte Grace mit fester Stimme.

Ich sagte: »Die Dame ist Mrs. Grace Hume.«

Er trat ein paar Schritte zurück, lächelte und verbeugte sich. »Madam, Sie haben eine Doppelgängerin. Ich bitte Sie um Verzeihung. Würden Sie Miß Burns kennen, hätten Sie Verständnis für meinen Irrtum.«

»Schon gut«, erwiderte Grace. »So etwas kann passieren.«

Noch immer starrte er sie an, als hielte er sie für eine Erscheinung. Endlich wandte er sich ab und ging langsam weiter.

»Ich glaube, wir haben alle Doppelgänger«, sagte Morwenna. »Wenn man bedenkt, daß wir alle zwei Augen, eine Nase und einen Mund haben, dann können die Unterschiede nicht so schrecklich groß sein.«

»Er war recht hartnäckig«, bemerkte ich. »Mir kam es fast so vor, als hätte er uns nicht geglaubt. Anscheinend war er absolut überzeugt, du wärst Miß Wilhelmina ... Wie war doch gleich der Name?«

»Burns«, antwortete Morwenna. »Ja, er hat tatsächlich den Eindruck gemacht, als könne nichts auf der Welt seine Überzeugung erschüttern.«

Grace sagte rasch: »Nun, wie du gesagt hast, Morwenna, wir alle haben bestimmt irgendwo eine Doppelgängerin.«

Meine Mutter erhielt einen Brief von Lady Mandeville, in dem sie schrieb, sie und Sir Horace würden sich sehr freuen, wenn sie, mein Vater und Miß Angelet zu Besuch kämen. Außerdem schlug sie uns vor, zwei Wochen bei ihnen zu verbringen, um sich gegenseitig richtig kennenzulernen. Dies hielte sie unter den gegebenen Umständen für wünschenswert.

Meine Mutter antwortete, wir würden von Herzen gern die freundliche Einladung von Lady Mandeville nach Mandeville Court annehmen.

Ich gestand Gervaise, wie nervös mich der Gedanke an diesen Besuch machte. Bestimmt unterzogen sie ihre zukünftige Schwiegertochter einer gründlichen Überprüfung. In diesen Kreisen war das üblich.

»Ihnen bleibt gar nichts anderes übrig, als von dir entzückt zu sein«, beruhigte er mich. »Sie werden sich fragen: ›Wie, um alles in der Welt, hat es unser Sohn nur fertiggebracht, eine solch liebenswerte Braut zu bekommen?‹«

»Ich glaube kaum, daß Eltern in dieser Weise auf ein neues Familienmitglied reagieren.«

»Die gewöhnlichen Regeln treffen auf meine Familie nicht zu.«

»Warum nicht?«

»Weil bis heute kein Elternpaar einen solch leuchtenden Stern als Schwiegertochter empfangen durfte.«

»Du bist albern.«

»Vielleicht. Aber in diesem speziellen Fall meine ich es zu hundert Prozent ernst.«

»Es beruhigt mich ungemein, daß du mich als leuchtenden Stern betrachtest. Deine Eltern werden mich allerdings mit einem ungetrübten und sehr prüfenden Blick beobachten.«

»Ganz im Ernst, Angelet, du brauchst dir keine Sorgen zu machen. Sie haben keine sehr hohe Meinung von mir. Auf mir ruhen keinesfalls die Hoffnungen der Familie. Sie erwarten von mir keine Hochzeit mit einer königlichen Hoheit. Ihr einziger Wunsch ist es, daß ich endlich zur Ruhe komme.«

»Ach, Gervaise, du willst mich nur trösten.«

»Ich werde dich immer beschützen und trösten. Um einen deiner Lieblingssätze zu verwenden: Bis daß der Tod uns scheidet.«

Die Zeit bis zu unserer Abreise nach Derbyshire war mit Vorbereitungen auf den Besuch ausgefüllt. Meine Mutter, Grace und ich überlegten, welche Garderobe wir mitnehmen sollten. »Irgend etwas für einen Aufenthalt auf dem Land«, schlug Grace vor. Aber solche Kleidung hatte ich nach London nicht mitgenommen. Wir gingen zu »Jay's« in der Regent Street, um etwas Passendes zu kaufen. Ansonsten hatte ich meine Abendkleider und meine Reitkostüme.

»Ihr macht viel zuviel Aufhebens von diesem Besuch«, sagte Gervaise kopfschüttelnd. »Meine Familie empfängt keine königlichen Hoheiten, solange ihr unter unserem Dach weilt.«

Am Tag vor unserer Abreise, als ich gerade meine letzten Sachen zusammenpackte, betrat Morwenna unser gemeinsames Zimmer.

»Grace ist gekommen. Wir wollen einen Spaziergang machen. Ich dachte, du hättest längst fertig gepackt.«

»Eigentlich schon.«

»Kommst du mit?«

»Ich habe keine Lust.«

»Komm schon. Hol deinen Umhang. Ich werde mich sehr allein fühlen ohne dich, Angelet.«

»Es ist doch nur für zwei Wochen.«

»Ich finde es großartig, daß ihr heiratet. Du und Gervaise, ihr seid so glücklich und paßt so gut zusammen. Er ist ein besonders netter Mann.«

»Ja.«

»Du hast vielleicht ein Glück«, sagte sie wehmütig.

»Ich weiß. Ich wünschte ...« Sofort verstummte ich. Sie wußte genau, was ich hatte sagen wollen. Ich wünschte, auch sie würde einen Mann wie Gervaise finden. Die arme Morwenna. Sie hatte sich mit Erfolg eingeredet, so unbeholfen und linkisch in Gegenwart anderer Menschen zu sein, daß niemand sie mögen könnte. Sie hätte schrecklich gern eine gute Partie gemacht — weniger um ihrer selbst willen, sondern um ihren Eltern eine Freude zu bereiten.

»Komm schon«, sagte sie. »Grace wartet auf uns.«
Zusammen gingen wir hinunter.
»Angelet wird uns begleiten.«
»Ich fürchtete, du hättest noch zuviel zu tun«, sagte Grace.
»Alles ist erledigt. Ich bin bereit zum Kampf. Ein kleiner Spaziergang im Park ist eine willkommene Ablenkung.«
Wir unterhielten uns über die Reise nach Derbyshire und die bevorstehenden Gesellschaften und Bälle, die Morwenna ohne mich besuchen mußte — eine Aussicht, die sie nicht gerade begeisterte. Ganz unvermittelt rannte ein kleiner, barfüßiger, ungekämmter Junge in zerlumpter Kleidung auf uns zu und riß Morwenna fast zu Boden. Sie stieß einen kleinen Schrei aus und hielt sich mit schmerverzerrtem Gesicht die Seite.
»Mein Portemonnaie!« rief sie entsetzt. »Er hat mir mein Portemonnaie gestohlen.«
Wir standen wie gelähmt. Keiner rührte sich. Fassungslos sahen wir hinter dem kleinen Dieb her, der mit Morwennas Portemonnaie in der Hand davonlief.
Plötzlich tauchte wie aus dem Nichts ein Mann auf. Er mußte sich hinter den Büschen neben dem Weg aufgehalten haben. Der Mann versperrte dem Jungen den Weg. Der Junge versuchte, ihm auszuweichen, war aber zu langsam. Offensichtlich hatten seine Kräfte bereits nachgelassen. Der Mann packte ihn mit festem Griff.
Er schüttelte ihn wie einen Hund und nahm ihm die Geldbörse ab. Unvermittelt ließ er den Jungen los und versetzte ihm einen Stoß. Der Junge hastete eiligst davon. Mit Morwennas Portemonnaie in der Hand kam der Mann langsam auf uns zu.
Galant zog er seinen Hut und verbeugte sich. »Ich wurde unfreiwillig Zeuge dieses Vorfalls. Ich habe den kleinen Kerl allerdings entkommen lassen. Aber er tat mir leid. Er sah halbverhungert aus.«
Er reichte Morwenna die Geldbörse. »Ich glaube, sie gehört Ihnen.«
»Oh, vielen Dank«, sagte sie.
Der Mann kam mir bekannt vor. Ich mußte ihm schon einmal begegnet sein. Nach kurzem Nachdenken fiel es mir ein. Es handelte sich um den Mann, der vor kurzer Zeit Grace mit einer anderen Frau verwechselt hatte.
»Nanu.« Er lächelte Grace an. »Das ist ja unglaublich! Aber natürlich! Sie sind die Dame, die mit einer mir bekannten Dame so große Ähnlichkeit hat.«

Auch Grace lächelte. »Ja, ich erinnere mich gut. Wir sind uns damals fast an der gleichen Stelle begegnet wie eben jetzt. Es ist einer unserer liebsten Spazierwege.«

»Ich habe das Gefühl, es könnte auch einer meiner Lieblingswege werden.« Er wandte sich an Morwenna. »Ich fürchte, es war ein ziemlicher Schock für Sie.«

»Ja. Ich war aber auch zu dumm. Mein Portemonnaie in der Tasche meines Umhangs herumzutragen!«

»Diese kleinen Diebe sind sehr gewitzt. Wissen Sie, sie werden regelrecht ausgebildet und können lohnenswertes Diebesgut fast schon von weitem riechen. Warum setzen wir uns nicht für einen Moment?« Mit einer Handbewegung deutete er auf eine Bank.

Seine Kleidung machte einen gepflegten Eindruck. Er trug Cut und Zylinder und wirkte wie ein junger Mann aus unseren Kreisen.

»Halten Sie mich bitte nicht für aufdringlich. Aber angesichts unseres kleinen gemeinsamen Abenteuers, ist, glaube ich, nichts Unschickliches dabei.«

»Ich bin Ihnen unendlich dankbar«, erwiderte Morwenna. »Es ist nicht viel Geld in der Börse, aber das Portemonnaie ist eine Handarbeit meiner Mutter und deshalb von großem persönlichem Wert für mich.«

»Ein Geschenk von persönlichem Wert ist unersetzlich. Um so mehr freut es mich, daß ich Ihnen helfen konnte.«

»Welch glücklicher Zufall, daß Sie in der Nähe waren!«

Endlich stellte er sich vor. »Mein Name ist Justin Cartwright.«

»Wohnen Sie hier in der Nähe?« erkundigte ich mich.

»Ich war lange im Ausland und bin erst vor kurzem zurückgekommen«, antwortete er. »Zur Zeit wohne ich in einem Hotel. Ich bin noch dabei, Zukunftspläne zu schmieden.«

»Das klingt sehr interessant.« Morwenna strahlte ihn an.

Er lächelte. Anscheinend interessierte er sich für sie. Auch ihr gefiel er sichtlich. Sie machte überhaupt keinen schüchternen Eindruck mehr, obwohl sie plötzlich im Mittelpunkt stand.

Wir unterhielten uns über Belanglosigkeiten. Nach einer Weile meinte er, er wolle uns nicht länger aufhalten.

Morwenna dankte ihm nochmals überschwenglich für seine Hilfe, und er verabschiedete sich.

»Ein interessanter Mann«, sagte Grace.

»Und sehr nett«, fügte Morwenna hinzu.

»Ich wüßte zu gern, was er für einen Beruf hat. Immerhin war er wohl recht lange im Ausland«, meinte ich.

»Er hat den Jungen blitzschnell gepackt.« Morwennas

Augen glänzten vor Begeisterung. »Und ich bin froh, daß er ihn laufenließ. Er sagte, der Junge habe sehr verängstigt und hungrig ausgesehen. Bestimmt war er sehr, sehr arm. Die meisten Menschen hätten in einem solchen Fall die Polizei gerufen. Weiß der Himmel, was die mit dem Jungen gemacht hätten. Ich habe Matthews Buch über die Gefängnisreform gelesen. In den Gefängnissen herrschen ja entsetzliche Zustände.«

»Das sind Verbrecher«, wies Grace sie energisch zurecht. »Dieser Junge hätte sich mit deiner Börse auf und davon gemacht. Er wird weiter stehlen. Wahrscheinlich stiehlt er gerade in diesem Augenblick jemand anderem das Portemonnaie in der Hoffnung, daß genug Geld darin ist für eine gute Mahlzeit.«

»Trotzdem bin ich froh, daß er ihn entkommen ließ«, beharrte Morwenna. »Er hatte Mitleid mit ihm. Das zeigt doch, daß er einen guten Charakter hat.«

»Wie man's nimmt«, erwiderte Grace. »Es wird Zeit für den Heimweg. Im übrigen rate ich dir, in Zukunft vorsichtiger zu sein, Morwenna.«

Morwenna versprach es. Der Dieb hatte sie erschreckt, aber der Retter in der Not war liebenswürdig und sehr aufmerksam zu ihr gewesen. Das war ein so seltenes Erlebnis für sie. Morwenna blühte geradezu auf.

Ich sah sie erstaunt an und dachte, wenn sie doch endlich ihre Minderwertigkeitskomplexe ablegen könnte. Die glückstrahlende Morwenna war ein richtig attraktives Mädchen.

Entdeckung in den Flitterwochen

Nachdem Gervaise schon einige Tage vor uns nach Derbyshire gefahren war, reisten auch wir dorthin. Mit einer Kutsche, die das Wappen der Mandevilles zierte, holte er uns vom Bahnhof ab. Zwei prächtige, muntere Grauschimmel zogen das eindrucksvolle Gespann.

Gervaise begrüßte uns überschwenglich. Es war offensichtlich, wie sehr er sich über unser Wiedersehen freute. Seine Familie, versicherte er, sei schon sehr neugierig und warte gespannt auf uns. Aus dem überaus ehrerbietigen Benehmen eines Trägers, der das Gepäck in der Kutsche verstaute, konnte ich Rückschlüsse auf das Ansehen und die Bedeutung der Familie Mandeville in dieser Gegend ziehen. Wir ratterten mit der Kutsche über eine schmale Landstraße in Richtung Mandeville Court. Gervaise meinte, es sei nicht besonders weit. Schon nach kurzer Zeit fuhren wir vor dem Haus vor und stiegen aus.

Das alte Gebäude aus der Tudorzeit war Anfang des siebzehnten Jahrhunderts abgebrannt. Einige Jahre später hatte man das Haus mit Back- und Portlandsteinen wiederaufgebaut. Eine von Säulen flankierte Treppe führte zum Haupteingang des streng rechtwinklig angelegten Gebäudes. Die riesigen Fenster verliehen dem massigen Bau eine Spur Eleganz.

Mandeville Court war ein schönes Haus, wenn ihm auch das ehrwürdige Alter von Cador fehlte. Im Vergleich zu Cador wirkte es beinahe modern. Trotzdem strahlte der Familiensitz der Mandevilles stolze Würde aus.

Gervaise führte uns sofort ins Haus und machte uns mit seinen Eltern bekannt.

Sir Horace empfing uns mit freundlichen Worten und betonte, wie sehr sich seine ganze Familie über unseren Besuch freue. Auch Lady Mandeville verhielt sich außerordentlich zuvorkommend, aber ich merkte sofort, daß sie eine energische Frau sein mußte. Mit den Blicken, mit denen sie mich musterte, schien sie mein Inneres ergründen zu wollen.

Man stellte uns die Kinder vor: den ältesten Sohn, William, zukünftiger Erbe des Titels und des Besitzes; Henry, den zweitältesten Sohn, einen Jurastudenten; und Marian, die Tochter und jüngstes Familienmitglied. Meiner Schätzung nach mußte sie ein oder zwei Jahre jünger sein als ich.

Ein Mädchen zeigte uns unsere Zimmer. Die großen Räume mit den eleganten Möbeln beeindruckten mich. Mein Zimmer, das neben dem meiner Eltern lag, ging auf einen herrlichen Garten hinaus.

Das Mädchen half uns beim Auspacken, was ich für völlig überflüssig hielt, denn für eine zweiwöchige Reise benötigte man schließlich nicht allzuviel Gepäck.

Meine Abendkleider, mein Reitkostüm und meine »Garderobe für das Land« hingen schnell ordentlich im Schrank. Als ich gerade die Hände in der bereitgestellten Waschschüssel wusch, trat meine Mutter ein.

Sie setzte sich auf das Bett und lächelte mich an.

»Na«, sagte sie aufmunternd. »Ich glaube kaum, daß dieser Besuch eine große nervliche Belastung für dich wird.«

»Über Lady Mandeville bin ich mir noch nicht ganz im klaren. Ihre Blicke haben mich fast durchbohrt. Ich hatte das Gefühl, sie sieht tief in mein Innerstes.«

»Was hast du erwartet? Sie will sich ein Bild von ihrer zukünftigen Schwiegertochter machen.«

»Sir Horace gefällt mir besser.«

»Das kann ich mir vorstellen. Gervaise ist ihm sehr ähnlich.«

»Das fiel mir auch gleich auf. Sein Vater war mir sofort sympathisch.«

»Wir verbringen sicher schöne Tage bei den Mandevilles. Die Tochter macht einen sehr umgänglichen Eindruck. Die Brüder scheinen etwas schwieriger zu sein. Wahrscheinlich schlagen sie ihrer Mutter nach. Selbstverständlich muß ich die ganze Familie auch nach Cador einladen.«

»Wann?« erkundigte ich mich.

»Das hängt davon ab, wann die Hochzeit stattfindet. Vermutlich werden wir den Termin in den nächsten Tagen festlegen.«

»Ich dachte, ich wäre erst einmal hier, damit sie mich einer eingehenden Prüfung unterziehen können. Bestimmt wissen sie noch nicht, ob sie mich überhaupt als Schwiegertochter akzeptieren.«

»Das kann ich mir nicht vorstellen. Meiner Meinung nach gehört Gervaise zu den jungen Männern, die nicht erst lange fragen, sondern durchsetzen, was sie sich vorgenommen haben. Er hat längst alles Nötige mit seinen Eltern geregelt.«

»Was hält eigentlich Vater von ihm?«

»Was Gervaise angeht, so sind wir uns einig. Aber im Augenblick gilt sein Hauptinteresse Gervaises älterem Bruder, dem Jurastudenten. Als früheren Rechtsanwalt interessieren ihn selbstverständlich die heutigen Studienbedingungen in diesem Fach.«

»Warten wir ab, was noch alles auf uns zukommt. Wir werden ja sehen, wie es weitergeht.«

»Bist du immer noch so aufgeregt?«

»Nein. Obwohl es sicher nicht ganz leicht sein wird, einen guten Eindruck zu machen. Gervaise zuliebe hoffe ich, daß mir das gelingt.«

»Du mußt nur du selbst bleiben. Dann kann gar nichts passieren.«

Im Speisezimmer hatte sich die ganze Familie versammelt. Mir wies man den Platz neben Sir Horace zu. Lady Mandeville saß am anderen Ende des Tisches ihrem Mann gegenüber. Die Unterhaltung drehte sich zunächst um das Haus. Dann erzählten wir ihnen von Cador, und sie zeigten sich sehr interessiert.

Gervaises Mutter teilte uns mit, sie habe einige Dinnerpartys arrangiert, damit wir auch die Freunde der Familie aus der Nachbarschaft kennenlernten.

Ein paarmal glaubte ich, Marian blinzle mir über den Tisch hinweg verschwörerisch zu. Ich lächelte ihr zu und hoffte, wir könnten Freundinnen werden. Mein Vater schilderte in leuchtenden Farben einige der alten Bräuche und Legenden aus Cornwall. Die Mandevilles amüsierten sich darüber und stellten viele Fragen.

»Wir in Derbyshire haben nicht so viel Phantasie«, sagte Sir Horace mit leisem Bedauern in der Stimme. »Ich kann mir kaum vorstellen, daß jemand aus unserer Gegend an Moorzwerge glaubt, die aus einer Zinnmine Gold fördern.«

»Ich würde sagen, bei uns ist man realistischer«, warf Lady Mandeville ein.

Als meine Mutter die Legende der Glocken von St. Branok erzählte, äußerten sie offen Zweifel an deren Glaubwürdigkeit. Wie immer, wenn die Rede auf den Teich kam, fühlte ich mich nicht besonders wohl in meiner Haut.

»Cornwall scheint sich grundlegend von allen anderen Gegenden Englands zu unterscheiden«, meinte Lady Mandeville schmunzelnd.

»O ja, ganz bestimmt sogar«, erwiderte meine Mutter. »Mein Vater stammte aus Cornwall, meine Mutter dagegen nicht. Ich gehöre also nur halb dazu. Und Rolf ist fast schon ein Ausländer. Ich hoffe, Sie besuchen uns bald, dann können Sie sich mit eigenen Augen von der Fremdartigkeit Cornwalls überzeugen.«

Sie versicherten, der Einladung gerne Folge leisten zu wollen.

»Morgen zeige ich Ihnen das Haus«, versprach Lady Mandeville. »Natürlich nur, wenn es Sie interessiert. Bei dieser Gelegenheit erzähle ich Ihnen einige der Überlieferungen, die bei uns die Runde machen. Auch wir haben abenteuerliche Geschichten zu bieten. Den Krieg der Rosen. Den Kampf des Parlaments gegen Karl I. Aber dabei handelt es sich natürlich um wahre Begebenheiten. Wie schon gesagt, wir sind ein sehr bodenständiger Menschenschlag.«

Angeregt unterhielten wir uns über die geschichtliche Vergangenheit Derbyshires. Anschließend berichtete William, der älteste Sohn, über die Arbeit auf den Ländereien. Der zweite Sohn, der neben meinem Vater saß, informierte ihn über die Gesetzesänderungen der letzten Jahre. Alles in allem verlief der Abend überaus harmonisch.

Ich hatte das Gefühl, das Schlimmste sei nun überstanden.

Nach den ersten zwei Tagen, an denen ich mich wie auf dem Prüfstand fühlte, begann ich Gefallen an unserem Aufenthalt zu finden. Meine Liebe zu Gervaise wuchs mit jedem Tag. Ich schloß Freundschaft mit Marian, die ein Jahr jünger war als ich, und fühlte mich bald als ihre ältere Schwester. Da ich mir immer eine Schwester gewünscht hatte — wenn möglich, eine jüngere —, freute ich mich besonders über ihre offen gezeigte Zuneigung.

Das Haus gefiel mir außerordentlich, dennoch war ich insgeheim froh, daß wir nicht hierherziehen würden. Gervaise wollte in London wohnen. Im Unterschied zu seinen Brüdern hatte er sich auf dem Land nie recht wohl gefühlt.

Henry plante, bald eine Anwaltskanzlei zu eröffnen, vielleicht in London, möglicherweise aber auch in Derby oder einer anderen Großstadt. William sollte zusammen mit seinem Vater die ausgedehnten Ländereien verwalten. Und Marian würde im nächsten Jahr in die Gesellschaft eingeführt werden und voraussichtlich kurz darauf heiraten.

Häufig ritt ich mit Gervaise und seinen Geschwistern zusammen aus. Auf den Dinnerpartys, zu denen die Mandevilles ihre Nachbarn eingeladen hatten, wurde ich als Gervaises zukünftige Frau mit prüfenden Blicken beobachtet. Unser Besuch entsprach in jeder Hinsicht der Konvention. Ich versuchte, die Erwartungen, die an ein junges Mädchen gestellt werden, zu erfüllen, und war dabei ziemlich erfolgreich. Mein gelungenes

Debüt in der Gesellschaft, die Verlobung noch vor dem Ende der Saison und schließlich das Einverständnis beider Familien mit unserer Heirat befriedigten mich sehr. Jetzt mußte ich nur noch die Hochzeit hinter mich bringen.

Mein Vater und Sir Horace regelten die Mitgift und die finanzielle Seite der Ehe. Davon wollte ich nichts hören, denn ich fühlte mich dabei wie eine Ware, die so teuer wie möglich verkauft werden sollte. Lady Mandeville und Mutter sprachen über die Hochzeit, die selbstverständlich auf Cador stattfinden sollte.

Wegen der weiten und umständlichen Reise würden die Mandevilles erst zur Hochzeit nach Cornwall kommen. Unser Aufenthalt in Derbyshire bot ausreichend Gelegenheit, alles vorher Notwendige zu besprechen und zu regeln.

Beide Seiten einigten sich rasch, möglichst keine unnötigen Verzögerungen eintreten zu lassen.

Marian und ich verbrachten viel Zeit miteinander. Wir hatten uns viel zu erzählen. Ich hatte gerade mein Debüt hinter mir, ihr stand diese Feuerprobe im nächsten Jahr bevor. Sie wollte soviel wie möglich darüber erfahren, um sich zu wappnen.

Ich berichtete ihr von den Tanzstunden, dem endlosen Üben des Hofknickses, der kurzen Audienz bei der Königin und natürlich über die Ballsaison.

»Ich darf gar nicht daran denken, daß dieser ganze Aufwand nur dazu dient, uns zu verheiraten«, seufzte sie. »Na ja, bei dir hat diese Tortur wenigstens ihren Zweck erfüllt.«

»Die Voraussetzungen waren günstig. Ich kannte Gervaise schon von seinem Besuch bei uns in Cornwall. Er war ein Freund meines Cousins, der im Krimkrieg gefallen ist.«

»Ja, ich weiß. Gervaise hat davon erzählt. Wir haben alle gehofft, Gervaise würde Archäologe werden. Anfangs schien er ein ganz begeisterter Altertumsforscher zu sein. Aber er hat das Studium natürlich wieder aufgegeben.«

»Wieso natürlich?«

»Er hält nie lange durch. Seine Interessen wechseln ständig. Eine Ausnahme sind nur die Pferderennen. Ich könnte ihn mir gut als Rennstallbesitzer vorstellen. Jedenfalls sind Pferderennen das einzige, was ihn wirklich fesselt.«

»Aha.«

»Der Familie gefällt das gar nicht. Besonders nicht nach der Geschichte mit unserem Ururgroßvater. Aber ganz sicher war er nicht der einzige Spieler unter unseren Vorfahren. Wenn ich da an Sir Elmore denke! Er hat den ganzen Familienbesitz verspielt. Seitdem hat die Familie panische Angst vor allem, was mit Pferden zusammenhängt. In der Galerie hängt ein Porträt von ihm. Ich zeige es dir gelegentlich.«

»Soso«, sagte ich, »die streng gehüteten Familiengeheimnisse.«

»Davon haben wir etliche. Aber vermutlich stehen bei den meisten Leute ein paar Skelette im Schrank.«

»Das glaube ich allerdings auch.«

»Ab und zu macht es Spaß, sie hervorzuholen. Wenn ich's mir recht überlege, sollten wir das viel häufiger tun, sozusagen als warnendes Beispiel.«

»Du mußt mir das Porträt des leichtsinnigen Sir Elmore wirklich bald zeigen. Er interessiert mich.«

»Ich nehme an, du magst Pferde auch.«

»Ja. Ich reite sehr gern.«

»So habe ich es nicht gemeint. Ich meinte, gehst du auch gerne zu Pferderennen?«

»Ich habe noch nie gewettet. Ich habe überhaupt keine Lust dazu.«

»Dann mußt du unbedingt dafür sorgen, daß du dir in der Ehe nicht die Zügel aus der Hand nehmen läßt. Nimm ihn fest an die Kandare — sehr treffende Bezeichnung in diesem Fall —, sonst galoppiert er auf und davon. Weißt du, er kann ungeheuer leichtsinnig sein. Papa mußte schon ein paarmal Bürgschaften für seine Spielschulden übernehmen. Ach, entschuldige bitte, jetzt habe ich deine wunderschönen Illusionen von deinem Bräutigam zerstört. Vergiß es. Mein Bruder Gervaise ist der netteste Mensch, den man sich nur vorstellen kann. Ich habe ihn von Herzen gern. Wenn ich nicht seine Schwester wäre und du nicht seine Verlobte, würde ich ihn am liebsten heiraten. Er ist ein liebenswerter Mann. Ich kann froh sein, wenn ich einen Ehemann bekomme, der auch nur halb so nett ist wie er.«

»Mir sind seine Vorzüge bekannt.«

»Er ist viel lustiger als meine anderen Brüder. Dafür sind die beiden allerdings ausgesprochen zuverlässig. Aber für mich wäre Gervaise genau der richtige Mann.«

»Für mich auch«, antwortete ich lachend.

»Ich freue mich, daß ihr beide heiratet. Du paßt sehr gut zu ihm.«

»Danke. Das ist sehr nett von dir.«

»Am meisten freut mich, daß deine Eltern Gervaise auch mögen.«

»Sie halten ihn für sehr charmant.«

»Was will man mehr? Eure Verbindung ist einfach ideal. Ach, wenn ich nur schon wüßte, was mir während der Saison bevorsteht.«

»Ich fürchte, da hilft nur abwarten.«

Marian zeigte mir das Porträt des leichtsinnigen Sir Elmore.

»Er hat fortwährend gespielt. Am Ende setzte er das ganze Haus ein in der Hoffnung, zu gewinnen und seine Schulden bezahlen zu können.«

»Und hat er gewonnen?«

»Nein, eben nicht. Er hat verloren.«

»Aber das Haus befindet sich doch im Besitz der Familie.«

»Weil sein ältester Sohn eine reiche Frau heiratete. Sozusagen im allerletzten Moment. Er brachte ein großes Opfer für Mandeville Court, denn er liebte diese Frau nicht. Später wurde er seinen guten Vorsätzen leider untreu. Er kehrte zu seiner ersten großen Liebe zurück. Das heißt, um genau zu sein, er brachte sie in einem Seitenflügel des Hauses unter und hat sich geweigert, auf sie zu verzichten. Eines Tages verschwand sie spurlos. Die Leute munkelten, seine Frau hätte sie umgebracht. Angeblich hat sie ihre Nebenbuhlerin eines Nachts aus dem Fenster gestoßen und die Leiche heimlich vergraben. Manche behaupten, sie würde heute noch im Haus herumspuken.«

»Aha, noch ein Familiengeheimnis. Ein echtes Gespenst! Wenn ich mich recht erinnere, hat deine Mutter doch gesagt, ihr wärt hier sehr bodenständige Menschen.«

»Oh, sie glaubt nicht an das Gespenst. Ich schon. Ich finde, in alten Häusern muß es spuken. Sir Elmore sieht gut aus, nicht wahr?«

»O ja.«

»Ich bilde mir immer ein, so ein gewisses Zwinkern in seinen Augen zu erkennen, genau wie bei Gervaise. Bestimmt kannst du dir die Angst der Eltern vorstellen, einer der Söhne könnte auch in die ›Hände der Pferde fallen‹.«

»Und bei Gervaise befürchten sie das?«

»Pferde spielen in seinem Leben eine große Rolle. Andererseits weiß ich nicht, ob es unbedingt Pferde sein müssen, ihn interessieren auch die Karten. Ihm gefällt es einfach, verrückte Dinge zu tun. Meinem Vater wäre es am liebsten gewesen, er hätte Jura oder etwas ähnlich Vernünftiges studiert. Ein Fach eben, das seine Beständigkeit gefördert und einen guten Einfluß auf ihn ausgeübt hätte. Meine Familie war nicht unbedingt begeistert von seinem Entschluß, Archäologe zu werden. Aber es war immerhin besser als nichts.«

»Als er bei uns in Cador war, hatte ich den Eindruck, er sei ein leidenschaftlicher Archäologe.«

»Er ist immer schnell begeistert. Leider hält seine Begeisterung nur kurze Zeit an. Irgendwann wird er schon eine Beschäftigung finden, die ihn richtig fesselt. Und dann wird er dabeibleiben und diese Sache besser machen als jeder andere vor ihm.«

Nach diesem Gespräch ging ich häufig in die Galerie und betrachtete nachdenklich das Porträt von Sir Elmore.

Eines Tages gesellte sich Lady Mandeville zu mir. Ich hatte sie nicht kommen hören und schrak zusammen, als sie mich urplötzlich ansprach.

»Ein gutes Bild, nicht wahr? Sehr lebensecht.«

»Ja. Man hat fast den Eindruck, er lacht uns aus.«

Sie nickte. »Kennst du seine Geschichte?«

»Marian hat sie mir erzählt.«

Sie schwieg einen Augenblick. Dann wandte sie sich mir zu und sah mir aufmerksam ins Gesicht. »Diese Schwäche liegt in der Familie. Diese Familie hat kein Verhältnis zum Geld. Ich glaube, du bist eine sehr vernünftige junge Frau, darum kann ich mit dir darüber sprechen.«

Ich fühlte mich geschmeichelt. Zwar hatte ich gemerkt, daß sie mich mochte, aber daß sie mich auch für klug und besonnen hielt, wußte ich bis dahin noch nicht.

Sie warf einen raschen Blick über die Schulter und senkte die Stimme. Fast im Flüsterton fuhr sie fort: »Du mußt auf Gervaise aufpassen. Ich bin überzeugt, du kannst es. Das ist mit ein Grund, warum ich sehr froh bin über eure Heirat. William und Henry sind mir ähnlich, um sie mache ich mir keine Sorgen. Aber Gervaise ist ein Mandeville durch und durch.«

»O ja.«

»Sein Vater ist genauso. Die Mandevilles sind zweifellos charmant, aber sie haben keine Beziehung zum Geld. Geld bedeutet ihnen nichts. Man muß sie ständig im Auge behalten. Mir ist das bei Sir Horace gelungen. Ich halte es für meine Pflicht, dich jetzt darauf aufmerksam zu machen. Später werde ich kein Wort mehr darüber verlieren. Als ich Sir Horace heiratete, stand es mit den Mandevilles finanziell nicht zum besten. Ich brachte eine große Mitgift in die Ehe und erledige seit dem Tag meiner Hochzeit sämtliche Haushaltsangelegenheiten und kümmere mich um die Finanzen. Den neuen Wohlstand hat die Familie nur mir zu verdanken. Sicher denkst du jetzt, ich sollte nicht in dieser Weise über meine Ehe reden, aber ich muß dir eindringlich vor Augen führen, was dich erwartet. Gervaise ist ein reizender junger Mann. Ich weiß, er besitzt großen Charme. Aber im Umgang mit Geld neigt er, gelinde gesagt, zum Leichtsinn. Kaum hat er Geld, gleitet es ihm auch schon aus den Händen. Du mußt ihn unbedingt von den Spieltischen fernhalten. Du wirst es schaffen, meine Liebe. Mir ist es bei seinem Vater schließlich auch gelungen. Bitte versteh mich, ich mußte dich warnen. Wenn du Bescheid weißt, kannst du dich gleich von Anfang an darauf einstellen. Mein Sohn wird dich glücklich machen. Er hat im Grunde keinen Fehler, nur diese eine Schwäche. Aber diese Schwäche mußt du dir stets vor Augen halten.«

Sie tätschelte mir leicht die Wange. »Sicher erstaunt es dich, daß deine zukünftige Schwiegermutter so mit dir spricht. Aber ich habe dich von Herzen gern und vertraue dir. Du kannst Gervaise auf den rechten Weg bringen. Ich habe es bei seinem Vater geschafft, du schaffst es beim Sohn.«

Nach dieser Unterredung mit Lady Mandeville entwickelte sich eine besondere Freundschaft zwischen uns. Sie sprach mit größter Begeisterung von Mandeville Court, und ich begriff, wieviel das Haus ihr bedeutete. Obwohl sie eingeheiratet hatte, lag es ihr mehr am Herzen als allen anderen Familienmitgliedern.

Seit ich von Gervaises Schwäche wußte, mochte ich ihn noch lieber. Eine Ehe mit einem Tugendbold schien mir langweilig und in keinster Weise erstrebenswert.

Niemand von den Familien sah einen Grund zu einem Aufschub der Hochzeit.

Zwei Monate Vorbereitung würden reichlich genügen, meinte meine Mutter. Wir nahmen uns vor, gleich nach unserer Abreise in London wichtige Einkäufe zu erledigen.

Eines Tages kamen meine Eltern zu mir auf mein Zimmer. Ich sah es ihren Mienen an, daß eine ernsthafte Aussprache bevorstand.

»Es handelt sich um finanzielle Vereinbarungen«, sagte mein Vater.

»Davon will ich gar nichts wissen.«

»Sei vernünftig, Liebes«, bat Mutter. »Auch das gehört zu einer Eheschließung. Es ist nun einmal so üblich.«

»Warum? Für mich sieht es so aus, als werde Gervaise dafür bezahlt, daß er mich heiratet.«

»Das ist Unsinn. Aber schließlich sollst du deinem Mann nicht mittellos gegenüberstehen.«

»Gervaise hat im Zusammenhang mit unserer Heirat nie an Geld gedacht.«

»Mag sein. Aber deine Mutter und ich möchten dir Geld mit in die Ehe geben und ...«

Er biß sich auf die Unterlippe und senkte den Blick. Meine Mutter ergriff das Wort. »Es ist in deinem eigenen Interesse. Du weißt, das Geld steht dir zu. Du mußt einfach wissen, welche vertraglichen Vereinbarungen die Rechtsanwälte ausgearbeitet haben.«

»Ich begreife überhaupt nicht, wovon du redest.«

Mein Vater sah mir offen ins Gesicht. »Auf Anraten von Sir Horace und Lady Mandeville habe ich das Geld so angelegt, daß es nicht leicht verfügbar ist.«

»Anscheinend meinen sie, Gervaise wäre in bezug auf Geld ein wenig leichtsinnig. Sie hielten es für klug, gewisse Verfügungsbeschränkungen aufzustellen«, warf meine Mutter ein.

»Mir gefällt das nicht«, sagte ich.

»Sei vernünftig, Angelet«, beharrte meine Mutter. »Ein Ehevertrag ist eine Selbstverständlichkeit.«

Ich weigerte mich entschieden, auch nur noch ein weiteres Wort über finanzielle Angelegenheiten zu hören. Anscheinend trauten sie Gervaise nicht. Dieses Gespräch über Geld und Ehevertrag fiel wie eine kleine dunkle Wolke auf mein Glück. Ich hielt Gervaise für ein wenig verschwenderisch. Er dachte nicht ständig über Geld nach und gebärdete sich manchmal allzu großzügig. Ich erinnerte mich gut an den Vorfall mit der Blumenfrau, der er viel zuviel Geld für das Veilchensträußchen gegeben hatte.

Aber gerade diese Seite an ihm fand ich sympathisch. Er wollte den Leuten eine Freude machen, und wenn er dabei hin und wieder eher zu großzügig als zu kleinlich war, so liebte ich ihn dafür um so mehr.

Ich beschloß, keinen einzigen Gedanken mehr an irgendwelche Abmachungen oder Geldangelegenheiten zu verschwenden. Von nun an wollte ich nur noch an meinen Hochzeitstag denken.

Auf der Rückfahrt nach London planten wir die nächsten Schritte für die bevorstehende Hochzeit.

»Zwei Monate sind nicht übermäßig viel Zeit«, warnte meine Mutter. »Sobald wir in London sind, müssen wir Einkäufe machen. Wenn irgend möglich, sollten wir unsere Kleider in London anfertigen lassen. Aber ich weiß nicht, ob die Zeit dafür ausreicht. Vielleicht kaufen wir nur die Stoffe dort und beauftragen die Schneiderin in Plymouth. Wir werden ja sehen. Rolf, ich fürchte, wir müssen eine Woche länger als vorgesehen in London bleiben.«

Mein Vater erklärte, er müsse so bald wie möglich nach Cador, weil viel Arbeit auf ihn warte. »Aber du kannst mit Angelet selbstverständlich noch ein wenig länger in der Stadt bleiben.«

»Gut«, antwortete meine Mutter. »Du fährst voraus. Sicher hilft uns Grace. Sie ist immer auffallend elegant und hat einen ausgezeichneten Geschmack. Sie fühlt sich bestimmt ein wenig einsam, und vielleicht lenkt sie das ein bißchen ab. Entsetzlich, so kurz nach der Hochzeit schon Witwe zu werden. Es tut mir so leid für sie.«

Ich wohnte wieder bei Helena und Matthew, meine Eltern bei Onkel Peter und Tante Amaryllis. Während mein Gepäck aus der Droschke ins Haus gebracht wurde, lief uns Helena bereits entgegen.

Ich sah sofort, daß sie äußerst beunruhigt war.

Ängstlich rief ich: »Was ist passiert?«

Sekundenlang starrte sie mich an, als hätte sie mich noch nie gesehen, dann brach es aus ihr heraus: »Morwenna ist verschwunden.«

Anstatt gleich weiter zu Onkel Peter zu fahren, bezahlte mein Vater den Kutscher, und meine Eltern eilten mit uns ins Haus.

Aufgeregt berichtete Helena: »Sie ist einfach verschwunden. Seit zwei Tagen ist sie wie vom Erdboden verschluckt.«

»Verschwunden?« rief mein Vater. »Wie konnte das passieren?«

»Grace kam, um sie abzuholen. Die beiden hatten sich verabredet. Das Mädchen ging hinauf in Morwennas Zimmer, um ihr Bescheid zu sagen, daß Grace in der Halle auf sie wartet. Aber Morwenna war nicht da. Grace hat noch eine ganze Weile gewartet. Schließlich sagte sie, sie wolle zu meiner Mutter gehen, vielleicht sei Morwenna dort. Das schien mir zwar unwahrscheinlich, aber immerhin möglich. Irgendwo mußte sie ja sein. Aber natürlich war sie nicht bei meiner Mutter. Inzwischen machten wir uns die größten Sorgen.

Grace ging zu sich nach Hause, weil sie dachte, vielleicht hätten sie sich verpaßt und Morwenna würde dort auf sie warten. Es hätte ja ein Mißverständnis sein können. Zwar ist Morwenna nur sehr selten allein ausgegangen, aber hin und wieder kam es schon einmal vor. Jedenfalls ist sie jetzt weg. Wir können sie nirgendwo finden.

»Hat sie Gepäck mitgenommen?«

»Nein, es fehlen nur ein Kleid und ein Umhang, und diese Sachen hatte sie natürlich an. Alles andere scheint noch dazusein. Es sieht so aus, als hätte sie nur eben mal kurz aus dem Haus gehen wollen.«

»Niemals hätte sie allein einen Spaziergang gemacht«, sagte meine Mutter ungläubig.

»Sie hatte Angst, allein auszugehen«, bestätigte ich. »Sie wollte nur in Begleitung aus dem Haus.«

»Wir begreifen es auch nicht.«

»Seit Tagen ist sie schon fort?«

»Ja. Wir wissen nicht, was wir noch unternehmen sollen.«

»Die Polizei benachrichtigen, zum Beispiel«, sagte mein Vater streng.

»Das haben wir natürlich längst gemacht. Ihre Eltern haben wir ebenfalls verständigt. Ich kann mir das Verschwinden des Mädchens einfach nicht erklären.«

»Wäre sie verunglückt, hättet ihr sicherlich inzwischen Nachricht bekommen.«

Mein Vater sah sehr besorgt aus. »Habt ihr schon an eine Entführung gedacht?«

»Eine Entführung?« schrie Helena. »Wer, um Himmels willen, hätte sie entführen sollen?«

»Ich dachte an eine Lösegeldforderung«, fuhr mein Vater fort. »Vor ein paar Wochen erschien ein Artikel über die Pencarron-Mine in der Zeitung. Darin wurde unter anderem erwähnt, wieviel Profit sie abwirft. Wenn ich mich nicht irre, stand auch darin, daß sich Josiah Pencarrons Tochter Morwenna während der Saison in London aufhält. Deshalb wäre es doch möglich ...«

»Du meine Güte«, murmelte Mutter. »Dann ist eine Entführung tatsächlich nicht von der Hand zu weisen.«

»Was können solche Entführer mit ihr machen?« fragte ich entsetzt.

Meine Mutter wandte sich ab. »Falls sie wirklich entführt wurde, was ich nicht hoffe, wird man sie gut behandeln. Morwenna wäre bares Geld für die Entführer.«

»Morwenna!« jammerte ich. »Von allen Menschen ausgerechnet Morwenna! Ach, warum haben wir sie nicht nach Derbyshire mitgenommen?«

Nach Helenas Aussage hatten die Nachforschungen der Polizei bisher nicht das kleinste Ergebnis gebracht. Niemandem war etwas Ungewöhnliches aufgefallen. Nur ein Hausmädchen behauptete, Morwenna habe in der Nacht vor ihrem Verschwinden sehr spät noch das Haus verlassen.

Wir konnten das nicht glauben. Warum sollte Morwenna mitten in der Nacht aus dem Haus gehen? In ihrem Zimmer lag kein Brief, und es fand sich nicht der kleinste Hinweis, der Aufschluß hätte geben können. Mit wem hätte sie sich in der Nacht verabreden sollen?

So angestrengt wir auch nachdachten, uns fiel keine Erklärung ein.

Das Hausmädchen meinte weiter, Morwennas Bett sei nicht benutzt worden in jener Nacht, doch jemand habe sich die Mühe gemacht, die Laken zu zerwühlen.

Eine entsetzliche Unruhe befiel uns. Wir spürten alle den Drang, irgend etwas zu unternehmen. Nur was? Nichts ergab einen Sinn. Wäre Morwenna aus eigenem Antrieb aus dem Haus gegangen, hätte sie mit Sicherheit eine Nachricht hinterlassen.

Vom Zeitpunkt ihres Verschwindens bis zu dessen Entdeckung konnten zwölf Stunden vergangen sein. Was war während dieser verhängnisvollen zwölf Stunden geschehen?

Onkel Peter und Tante Amaryllis trafen ein, um sich mit uns zu beraten.

»Eine unangenehme Sache«, meinte Onkel Peter. Er schien nicht im mindesten an Morwennas Entführung zu zweifeln und war überzeugt, daß früher oder später eine Lösegeldforderung eingehen werde. Ab sofort müsse unser weiteres Vorgehen sehr sorgfältig überlegt werden, erklärte er uns.

»Aber alles deutet darauf hin, daß sie freiwillig weggegangen ist. Das begreife ich am wenigsten.« Meine Mutter konnte oder wollte nicht an eine Entführung glauben.

»Vielleicht habt ihr nicht richtig nachgesehen. Sie muß eine Nachricht hinterlassen haben«, behauptete Tante Amaryllis.

»Wir haben gründlich nachgesehen und auch das gesamte Personal befragt«, widersprach Helena. »Niemand hat auch nur den kleinsten Hinweis entdeckt.«

Onkel Peter sagte: »Wahrscheinlich hat man sie unter irgendeinem Vorwand aus dem Haus gelockt, und draußen haben die Entführer sie erwartet.«

»Niemand hätte sie aus dem Haus locken können. Allein hatte sie viel zuviel Angst. Das alles wäre nie passiert, wenn ich hier gewesen wäre.« Ich konnte die Tränen nicht mehr zurückhalten.

»Tatsächlich, überhaupt mysteriös, diese ganze Sache«, brummte Onkel Peter. »Und ausgerechnet dieses Haus ist darin verwickelt.«

Ich ärgerte mich über ihn. Selbst in einem solchen Moment dachte er daran, daß sich ein Skandal möglicherweise nachteilig auf Matthews politische Karriere auswirken könnte. Bestimmt überlegte er sich bereits, wie er Morwennas Verschwinden zum Vorteil für Matthew auswerten könnte. Er mußte noch aus dem schlimmsten Vorfall Gewinn ziehen.

»Es spielt doch keine Rolle, wo es passiert ist«, sagte ich zornig. »Das einzige, was zählt, ist, daß Morwenna verschwunden ist.«

»Wir müssen noch einmal sorgfältig überlegen. Nicht die kleinste Kleinigkeit dürfen wir übersehen«, warf mein Vater ein. »Der Ort ihres Verschwindens könnte durchaus von großer Bedeutung sein.«

»Inzwischen haben ihre Eltern sicher unsere Nachricht erhalten«, seufzte Helena. »Ich darf gar nicht daran denken, was in ihnen vorgeht.«

»Bestimmt trifft in Kürze eine Lösegeldforderung ein«, wiederholte Onkel Peter mit Nachdruck. »Vielleicht haben sich die Entführer auch gleich mit ihren Eltern in Verbindung gesetzt. Das wäre das Nächstliegende.«

Entsetzliche Angst ergriff mich. Ich stellte mir Mr. und Mrs. Pencarron vor, ihren Schock bei Erhalt einer Lösegeldforderung. Das Leben ihres Kindes war in unmittelbarer Gefahr. Morwenna befand sich in der Hand von zu allem entschlossenen Männern!

Gegen Abend trafen Mr. und Mrs. Pencarron bei Helena ein. Sie sahen alt und müde aus.

Bisher hatten sie keine Nachricht von Morwenna erhalten.

»Ich begreife das nicht«, klagte Mr. Pencarron. »Unser Mädchen . . . Warum gerade unsere Morwenna? Warum tut man ihr das an?«

»Wir hätten sie nie nach London lassen dürfen.« Händeringend sah Mrs. Pencarron ihren Mann an. »Ich habe dir immer gesagt, in dieser Stadt lauern hinter jeder Ecke Gefahren.«

»Wir finden sie«, versprach mein Vater mit fester Stimme.

»Bestimmt? Glauben Sie wirklich?« fragte Mrs. Pencarron. Ein Flehen lag in ihrer Stimme. »Was macht man Ihrer Meinung nach mit ihr?«

»Eins ist schon mal sicher: Niemand wird ihr ein Leid zufügen«, antwortete mein Vater. »Nur wenn es ihr gutgeht und sie am Leben ist, erhalten die Entführer das Lösegeld.«

»Am Leben ist? Sie glauben doch nicht etwa . . .«

»Aber nein, nein. Ich wollte Ihnen nur begreiflich machen, daß Morwenna unter allen Umständen gut behandelt wird. Früher oder später werden sich die Entführer melden.«

»Ich tue alles, was man von mir verlangt, wenn ich nur mein kleines Mädchen zurückbekomme«, sagte Mr. Pencarron mit lauter Stimme. »Diese Leute können alles von mir haben.«

Mrs. Pencarron konnte sich nicht mehr beherrschen. Sie brach in Tränen aus.

Ich ging zu ihr und nahm sie tröstend in die Arme. »Es geht ihr bestimmt gut, Mrs. Pencarron. Glauben Sie mir.«

»Hat sie dir denn nichts gesagt?« schluchzte sie. »Ist dir aufgefallen, daß sie vor irgend jemandem Angst gehabt hat?«

»Ich war mit meinen Eltern in Derbyshire«, erklärte ich. »Ich war nicht in London. Aber ich fühle, daß es ihr gutgeht. Glauben Sie mir bitte.«

»Du warst gar nicht da?« Bittere Anklage lag in Mrs. Pencarrons Blick.

Traurig schüttelte ich den Kopf.

Die Pencarrons waren gebrochene Menschen. Mit tränenerstickter Stimme erzählte Mrs. Pencarron, wie sie damals schon jede Hoffnung auf ein Kind aufgegeben hatte. Aber dann sei die kleine Morwenna zur Welt gekommen. Sie sei ihr ein und alles ...

»Sagen Sie das bloß nicht der Presse«, riet Onkel Peter. »Sonst schrauben die Entführer die Forderung immer weiter hinauf. Wir müssen jeden Schritt sorgfältig überlegen.«

In dieser Hinsicht verließen wir uns völlig auf Onkel Peter. Bei ihm war die Angelegenheit in den besten Händen. Die ganze Familie wußte von seinen fragwürdigen Klubs, denen er seinen Wohlstand verdankte. Darüber zu sprechen war jedoch verpönt. Wir alle verhielten uns, als gehe Onkel Peter nur ehrbaren Geschäften nach. In seinen Klubs verkehrten die merkwürdigsten Gestalten, auch Angehörige der Unterwelt. Vielleicht konnte er von diesen Leuten Näheres über Morwennas Verschwinden erfahren.

Aber auch zwei Tage später hatten wir noch immer keine Nachricht. Die Pencarrons, die meine Mutter bei Onkel Peter einquartiert hatte, weil es dort genügend Zimmer gab, wußten nicht mehr aus noch ein. Ihre Verzweiflung raubte ihnen fast den Verstand.

Onkel Peter erkundigte sich bei der Polizei nach dem neuesten Stand der Ermittlungen. Trotz weitreichender Untersuchungen war die Polizei auch vier Tage nach Morwennas Verschwinden noch keinen Schritt weitergekommen.

Am sechsten Tag hielt eine Droschke vor der Tür zu Helenas Haus. Morwenna stieg aus, gesund und munter, als wäre es das Normalste von der Welt. Sie war nicht allein. Ein Mann begleitete sie. Ich erkannte ihn sofort. Es war Justin Cartwright, der Mann, der ihr die gestohlene Geldbörse zurückgebracht hatte.

»Morwenna!« schrie ich. »Wo bist du bloß gewesen?«

Vor Erleichterung wäre ich fast in Tränen ausgebrochen. Ich

nahm sie ganz fest in die Arme, als müsse ich mich überzeugen, tatsächlich einen Menschen aus Fleisch und Blut und keinen Geist vor mir zu haben. Prüfend betrachtete ich sie. Sie sah überglücklich aus.

»Wo, um alles in der Welt, kommst du bloß her?« schimpfte ich. »Wir waren außer uns vor Sorge.«

Sie sah Justin Cartwright an und sagte: »Das ist mein Mann, Angelet. Ich bin mit ihm durchgebrannt. Wir haben in Gretna Green geheiratet.«

Zunächst mußten wir umgehend ihre Eltern verständigen. Unverzüglich machten wir uns auf den Weg zu Onkel Peters Haus. Kaum öffnete sich die Tür, rief ich auch schon, so laut ich konnte: »Sie ist da! Morwenna ist zurück!«

Aus dem ganzen Haus liefen die Leute in die Halle. Freudenschreie ertönten. Als die Pencarrons ihre Tochter sahen, stürzten sie auf sie zu und umarmten sie. Mrs. Pencarron strömten Tränen über die Wangen. Ihre Lippen bewegten sich tonlos, und ich wußte, sie dankte Gott für die Rückkehr ihrer Tochter. Niemand verlangte eine Erklärung. Alle waren überglücklich, Morwenna gesund und strahlend vor sich zu sehen. In ihrer übergroßen Freude vergaßen die Pencarrons erst einmal die Sorgen und den Kummer der letzten Tage.

»Ma, Pa«, sagte Morwenna schließlich mit zitternder Stimme. »Ich habe gar nicht daran gedacht, daß ihr euch so entsetzliche Sorgen um mich macht.«

Der Augenblick für Erklärungen war gekommen.

»Wir haben gedankenlos gehandelt«, gab Justin Cartwright zu. »Aber es ist ganz allein meine Schuld. Ich habe sie zu einer heimlichen Hochzeit überredet, da ich Einwände von seiten ihrer Familie befürchtete und den Gedanken nicht ertragen konnte, sie zu verlieren.«

Ein glückliches Lächeln huschte über Morwennas Gesicht. Fassungslos starrte ich sie an. Ich sah einen völlig verwandelten Menschen vor mir — keine Spur mehr von ihrer gewohnten Leidensmiene. Ein Mann hatte sich nach ihr gesehnt, sie gewollt; sie wurde geliebt; sie hatte eine romantische Trauung erlebt. Unübersehbar betete sie diesen jungen Mann an.

Die Freude über die glückliche Wendung in ihrem Leben überdeckte fast meinen Ärger über den Kummer, den sie uns bereitet hatte. Dieses Glück hatte ich Morwenna immer von

Herzen gewünscht, aber mußte sie uns dafür alle einem solchen Martyrium aussetzen?

»Habt bitte Verständnis«, bat Morwenna. »Es ging alles so schnell.«

Beinahe demütig sah Justin Mrs. Pencarron an. »Vom ersten Augenblick an, als ich Ihre Tochter sah, wußte ich, sie ist die einzige und richtige Frau für mich. Es war Liebe auf den ersten Blick. Früher habe ich nie daran geglaubt. Inzwischen bin ich eines Besseren belehrt worden. Ich fürchte, ich habe überstürzt und unüberlegt gehandelt. Aber gegen meine Gefühle konnte ich mich nicht wehren, mir blieb keine andere Wahl. Bitte verstehen Sie, ich hatte Angst, Sie würden unüberwindliche Hindernisse aufstellen und Morwenna für mich unerreichbar machen. Ich weiß, ich bin nicht gut genug für Ihre Tochter. Aber ich liebe sie. Jetzt kann ich nur noch hoffen, Sie können mir trotz all des Kummers, den Sie meinetwegen durchleiden mußten, verzeihen.«

»Was mich angeht, niemals«, erklärte Mrs. Pencarron streng. »Diese Geschichte hört sich an wie ein schlechter Roman.«

Onkel Peter stand wortlos daneben. Sein Mund verzog sich zu einem leichten, spöttischen Lächeln. Für Mr. Pencarron dagegen schien es das Natürlichste von der Welt zu sein, daß sich ein junger Mann auf den ersten Blick in seine Tochter verliebte und sie so sehr begehrte, daß er mit ihr durchbrannte, um sie zu heiraten.

»Morwenna wollte eine Nachricht hinterlassen.« Justin lächelte Mr. Pencarron ein wenig unsicher an. »Aber ich befürchtete, Sie würden uns folgen und die Hochzeit in jedem Fall verhindern. Wie schon gesagt, alles ist meine Schuld. Dennoch habe ich auch ein paar gute Seiten. Morwenna wird Ihnen das sicherlich bestätigen.«

Mr. Pencarron fragte barsch: »Bist du glücklich, mein Kleines?«

»Oh, Pa! Und wie! Ich bin überglücklich.«

»Das haben wir uns doch immer gewünscht, nicht wahr, Mutter?«

»Schon. Ja, es stimmt, wir wollten immer nur dein Glück.«

Onkel Peter schickte nach Champagner. Dann hielt er eine kleine Rede, und wir stießen auf das Wohl der Jungvermählten an.

»Und jetzt«, schloß er seine Ansprache, »möchten Mr. und Mrs. Pencarron vermutlich ein paar Worte mit ihrem Schwiegersohn wechseln.«

In der Familie herrschten Bestürzung und äußerste Verwirrung. Wer war dieser Justin Cartwright? Anscheinend ging er keinem geregelten Beruf nach. Er war gerade erst von einem längeren Auslandsaufenthalt zurückgekehrt und hatte noch keinerlei Zukunftspläne gemacht. Angeblich besaß er ein wenig Geld und war wohl das, was man einen finanziell unabhängigen Mann nannte. Er und Morwenna würden zwar nicht reich sein, aber immerhin konnte er — wenn auch nur in bescheidenem Maße — für seine Frau sorgen.

Die Polizei wurde von Morwennas Rückkehr verständigt. Erleichtert konstatierten die Polizisten, daß es sich nur um einen neuen Fall einer heimlichen Hochzeit handelte. So etwas passierte immer wieder. Ein Polizist sagte, die jungen Leute sollten sich doch besser vorher überlegen, wieviel Kummer sie mit ihrer Flucht anrichteten.

Onkel Peter meinte, der Vorfall könne sich für Matthew nun doch noch günstig auswirken. Schließlich habe die glückliche Braut in seinem Haus gewohnt. »Die Wähler lieben Romanzen«, behauptete er. »Was im einzelnen vorgefallen ist, vergessen sie rasch. Nach einiger Zeit erinnern sie sich nur noch an eine glückliche Liebesgeschichte und nicht mehr an die vorausgegangenen unerfreulichen Begleitumstände. Ihrer Meinung nach sind nur nette Menschen in Romanzen mit Happy-End verwickelt. Diese Geschichte ist also durchaus von Vorteil für dich, Matthew.«

Die Pencarrons wollten mit ihrer Tochter und dem neugewonnenen Schwiegersohn so rasch wie möglich nach Cornwall zurückkehren, um eine richtige Hochzeit auszurichten. Eine Trauung in Gretna Green besaß zwar Gültigkeit, aber für ihre Morwenna hatten sie sich eine große Hochzeit mit Schleier und Orangenblütenkranz vorgestellt. Die Trauung fand in der Kirche St. Ervan's statt. Hinterher gab es einen großen Empfang in Pencarron Manor.

Danach hatte auch für die Pencarrons endlich alles seine Richtigkeit. Wahrscheinlich boten sie Justin eine leitende Stellung in der Mine an, aber mir fiel es schwer, ihn mir in einer solchen Position vorzustellen. Ich hielt ihn für einen richtigen Stadtmenschen.

Obwohl die Erleichterung über Morwennas glückliche Rückkehr allgemein sehr groß war, blieb doch ein Rest Unbehagen zurück. Es herrschte ein gewisses Mißtrauen gegenüber Justin. Nach Onkel Peters Meinung handelte es sich bei dem jungen Mann mit ziemlicher Sicherheit um einen zwielichtigen Abenteurer. Da er selbst ein Abenteurer war, schloß er wohl von sich auf andere. Aber ich muß zugeben, wir alle hegten Zweifel an der glücklichen Zukunft des Paares.

Grace war die einzige, die sich vorbehaltlos für Morwenna freute. Ihrer Ansicht nach war es gleichgültig, ob Justin Morwenna aus Liebe oder wegen ihrer Mitgift geheiratet hatte. Auf die meisten Debütantinnen träfe letzteres zu. War es nicht sogar der eigentliche Sinn all dieser Bälle, reiche Erbinnen zu verheiraten? Sie hielt es für unangebracht, jetzt zu jammern, nur weil jemand einen etwas eigenwilligen Weg zum Ziel beschritten hatte. Der Zweck sei eine Heirat gewesen, und somit habe Morwenna das ihr gesetzte Ziel erreicht.

Sie behauptete sogar, Morwenna habe unbedingt ein romantisches Erlebnis gebraucht, um ihr ausgeprägtes Minderwertigkeitsgefühl zu überwinden. Und was sei romantischer, als mit einem Bräutigam durchzubrennen? Im schlimmsten Fall gehöre Justin Cartwright zu der immerhin nicht kleinen Zahl junger Männer, die im Verlauf der Saison Ausschau nach einer vermögenden Erbin hielten. Im besten Falle handle es sich um die große Liebe.

»Hoffen wir, daß ihn die Liebe zu diesem Schritt veranlaßt hat«, setzte sie abschließend hinzu.

Damit sprach sie mir aus der Seele.

Meine Mutter und ich blieben länger als geplant in London. Meist begleitete uns Grace bei unseren Einkäufen. Auch Gervaise kam nach London, und wir verbrachten ein paar wundervolle Tage zusammen. Wir besuchten die Oper und speisten in eleganten Restaurants — ganz allein, denn einem offiziell verlobten Paar gestattete man großzügig dergleichen Unternehmungen. Schweren Herzens mußte ich mich von Gervaise verabschieden, um die Heimreise anzutreten.

Erst bei unserer Hochzeit würden wir uns wiedersehen.

In Cador wurde von nichts anderem mehr gesprochen als von der bevorstehenden Hochzeit. Bei meiner Ankunft hatte Morwennas Trauung in St. Ervan's bereits stattgefunden. Ich bedauerte, nicht rechtzeitig zu diesem Festtag zurückgekehrt zu sein, um ihn mit ihr verbringen zu können.

»Mach dir nichts draus«, sagte Morwenna, »dafür komme ich zu deiner Hochzeit.«

Sie war wie ausgewechselt. Zweifellos hatte ich eine glückliche junge Ehefrau vor mir. In jenen Tagen schien sie wie auf Wolken zu schweben. Justin verhielt sich ihr gegenüber sehr liebevoll. Das gefiel mir an ihm. Aber insgeheim hegte ich nach wie vor Mißtrauen gegen ihn. Die Zweifel, die Onkel Peter in mir gesät hatte, zeigten Wirkung. Auch ich betrachtete ihn als Abenteurer. Die Pencarrons besaßen ein großes Vermögen, und Morwenna war ihr einziges Kind. Eine Ehe mit einer reichen Erbin mußte manch jungem Mann wie ein Geschenk des Himmels vorkommen.

Als ihm sein Schwiegervater eine gute Stellung in der Mine anbot, lehnte er höflich ab. Morwenna erzählte mir, er habe sich für die große Ehre bedankt, aber gesagt, er könne dieses großzügige Angebot nicht annehmen.

»Er ist so stolz«, fuhr sie fort. »Er sagt, er könne für seine Frau ohne Hilfe ihres Vaters sorgen. Auch, wenn ich mich in meinem neuen Leben etwas einschränken müsse, würde es mir an nichts fehlen. Findest du das nicht wundervoll? Außerdem sei er es gewohnt, in der Stadt zu leben, und könne sich nie an das Landleben gewöhnen.«

»Das dachte ich mir«, antwortete ich.

»In dieser Hinsicht ähnelt er Gervaise. Oder könntest du dir Gervaise auf dem Land vorstellen?«

Nein, das konnte ich ganz und gar nicht.

»Pa hat angeboten, uns zur Hochzeit ein Haus in London zu schenken. Aber er muß Justin erst noch überreden, das Geschenk anzunehmen. Er will von meinem Vater absolut nichts haben.«

»Wo hat er denn bis jetzt gewohnt?« erkundigte ich mich.

»In einem Hotel.«

»Er kann wohl kaum von dir erwarten, daß du mit ihm in einem Hotel wohnst.«

»Nein. Deshalb glaube ich, daß er um meinetwillen Pas Angebot schließlich doch noch annehmen wird. Meine Eltern sähen es zwar viel lieber, wenn wir nicht nach London gingen, sondern uns hier niederließen, aber natürlich richte ich mich ganz nach den Wünschen meines Mannes.«

»Und du? Was möchtest du, Morwenna?«

»Ach, weißt du, ich will nur bei Justin sein. Mutter und Pa können uns doch jederzeit besuchen und eine Weile bei uns bleiben. Und wir kommen selbstverständlich auch nach Cornwall.«

»Das klingt überaus vernünftig. Du scheinst mit Justin sehr glücklich zu sein. Oder irre ich mich, Morwenna?«

Heftig schüttelte sie den Kopf. »Ich wußte gar nicht, wie herrlich das Leben sein kann. Es kam alles so unerwartet. Erst diese gräßlichen Bälle und die trostlosen Dinnerpartys. Ich hatte keine Ahnung, was ich mit den Leuten reden sollte. Ich saß stumm wie ein Stockfisch da, und alle suchten verzweifelt nach einer Ausrede, um nur ja schnell wieder aus meiner Nähe fortzukommen.«

»Und seit du Justin kennst, hast du keine Scheu mehr vor anderen Menschen?«

»Mit ihm ist alles ganz anders. Er hört aufmerksam zu, wenn ich mit ihm rede, und gibt mir das Gefühl, wichtig und interessant zu sein. Ich merke genau, er ist gern mit mir zusammen. Das gibt mir Selbstvertrauen.«

»Hoffentlich bist du immer so glücklich wie heute, Morwenna.«

»Solange ich Justin habe, bestimmt.«

Dieser Mann scheint wahre Wunder zu vollbringen, dachte ich. Er hatte sie in einen anderen Menschen verwandelt. Oder lag es an der Zauberkraft der Liebe?

Die Wochen flogen vorbei. Mein Brautkleid, das wir in Plymouth hatten anfertigen lassen, wurde geliefert. Es war bei weitem nicht so prächtig wie mein Hofkleid, aber dennoch wunderschön. Mit dem üppigen Schleier und den Orangenblüten würde ich eine hübsche Braut abgeben.

Endlich kam der große Tag. Wie Morwenna ließ auch ich mich in St. Ervan's trauen. Die Trauungszeremonie erfolgte nach altem Brauch. Mein Vater führte mich zum Altar, wo Gervaise auf mich wartete. Ich war unendlich stolz auf meinen stattlichen Bräutigam. Auf dem anschließenden Empfang in Cador brachten die Gäste Toasts auf uns aus. Mrs. Penlock hatte einen riesengroßen Hochzeitskuchen mit reichen Verzierungen gebacken, den ich mit Gervaises Hilfe anschnitt. Wir hielten uns nicht allzu lange bei unseren Gästen auf, weil wir noch am selben Tag die Reise in die Flitterwochen antreten wollten. Als Ziel unserer Hochzeitsreise hatten wir uns für einen kleinen Ort in Südfrankreich entschieden. Nachdem ich den Kuchen verteilt hatte, ging ich gleich hinauf in mein Zimmer, um mein Reisekostüm anzuziehen.

Grace und meine Mutter begleiteten mich. Meiner Mutter erging es wie den meisten Brautmüttern: Sie wußte nicht, ob sie lachen oder weinen sollte. Vermutlich denken alle Mütter in diesem Augenblick, daß sie ihre Tochter an einen Fremden verloren haben und das bisher so innige Verhältnis zwischen Mutter und Tochter unabweislich zu Ende ist.

Ich umarmte sie und sagte tröstend: »Wir werden uns oft sehen. Ich besuche euch in Cador, und ihr kommt zu uns nach London.«

Sie nickte. Sprechen konnte sie nicht, denn nun, da der

Abschied bevorstand, rannen die Tränen lautlos über ihr Gesicht.

Auch meine Eltern wollten uns als Hochzeitsgeschenk ein Haus in London kaufen. Wie die Pencarrons, so hielten auch sie für ein jungverheiratetes Paar, das einen eigenen Hausstand gründete, ein Haus für das vernünftigste Geschenk. Morwenna und ich hatten einander versprochen, uns beim Einrichten der Häuser zu helfen. Allein der Gedanke daran versetzte uns in erwartungsvolle Aufregung. Besonders aber freuten wir uns, daß wir Nachbarn sein würden, denn wir hatten beschlossen, uns nicht allzuweit voneinander entfernt liegende Häuser auszusuchen.

Eine vielversprechende Zukunft lag vor uns.

Grace zog den Ärmel meiner Kostümjacke zurecht und glättete den Rock. Wir hatten das Kostüm, bei dessen Stoffauswahl sie half und wieder einmal ihre auffallende Sachkenntnis bewies, in London anfertigen lassen. Mit dem farblich passenden kleinen Hut, den eine geschwungene, blaugefärbte Straußenfeder schmückte, wirkte ich ausgesprochen elegant.

»Du siehst wunderhübsch aus«, sagte meine Mutter. »Nicht wahr, Grace?«

Grace nickte zustimmend.

Bevor ich hinunterging, umarmten wir uns noch einmal. Am Fuß der Treppe wartete Gervaise auf mich. Sein bewundernder Blick sagte mir, daß er die Meinung von Mutter und Grace über mein Aussehen teilte.

Als wir am Bahnhof eintrafen, stand der Zug schon bereit. Wir bekamen ein Erster-Klasse-Abteil ganz für uns allein.

»Wir haben vielleicht ein Glück!« jubelte ich.

»Alles arrangiert«, antwortete Gervaise. »Mit machiavellistischer Gerissenheit.«

Wir lachten.

Die erste Nacht wollten wir in London verbringen und erst am nächsten Tag unsere Reise auf den Kontinent fortsetzen.

»Ich war noch nie im Ausland«, teilte ich ihm mit.

»Bist du deshalb so aufgeregt?«

»Nur deshalb.«

»Angelet«, sagte er streng, »du darfst deinen Mann nicht belügen.«

»Was wirst du machen, wenn ich es trotzdem tue?«

»Dann muß ich zu drastischen Maßnahmen greifen.«

»Und welche wären das?«

»Das wirst du dann schon merken.«

Wir lachten und alberten während der ganzen Fahrt.

Die Reise nach London, die mir bisher stets unendlich lang vorgekommen war, verging wie im Flug. Ich hatte das Gefühl, gerade erst eingestiegen zu sein, als der Zug bereits in Paddington Station hielt.

Bewundernd blickte ich zu Gervaise auf, der mich sicher durch das Menschengewühl geleitete, einen Gepäckträger herbeirief und eine Droschke bestellte.

Er ist wirklich ein Mann von Welt! dachte ich stolz.

Unser Hotelzimmer, ein prächtiger Raum mit schweren Brokatvorhängen und kostbaren Möbeln, ging auf einen Park hinaus. In dem Bett hatte meiner Ansicht nach sicher schon Ludwig XIV. geschlafen.

»Die Suite für Hochzeitsreisende«, verkündete Gervaise. »Ich muß allerdings gestehen, das hat dein Vater in die Wege geleitet.«

»Er hat mir kein Wort gesagt.«

»Es sollte auch eine Überraschung sein.«

»Ein phantastisches Zimmer!«

»Genau das richtige für unsere Hochzeitsnacht.«

Nachdem ich ein Abendkleid angezogen hatte, gingen wir hinunter ins Restaurant, wo uns diensteifrige Ober zu einem hübschen Tisch führten. Bei dezenter Musik speisten wir aufs Angenehmste. Gervaise saß mir gegenüber und versicherte mir immer wieder, wie sehr er mich liebe.

Die Nacht war herrlich. Das Leuchten des Mondes und das Funkeln der Sterne schien allein für diese eine Nacht gemacht. Wir traten auf den Balkon und blickten auf den Park hinaus, der seltsam geheimnisvoll und unwirklich unter uns lag. Gervaise legte zärtlich seinen Arm um mich und liebkoste meinen Nacken. Vorsichtig entfernte er die Nadeln aus meinem Haar, so daß es in seiner ganzen Fülle über meine Schultern fiel.

Er führte mich in das Zimmer zurück. Mit beiden Händen umschloß er mein Gesicht und flüsterte: »Ich habe so lange auf dich gewartet, Angelet. Ich habe mich unendlich nach dir gesehnt.«

Dann küßte er mich, wie er mich noch nie zuvor geküßt hatte. Es erschreckte mich sehr, obwohl ich mir in aller Unschuld ein bestimmtes Wissen angeeignet hatte und glaubte, die Geheimnisse in der Beziehung zwischen Mann und Frau zu kennen. Ich stellte mir darunter etwas Kostbares, Einmaliges vor, ein Band, das zwei Menschen vereint. Zwischen meinen Eltern, Helena und Matthew, Onkel Peter und Tante Amaryllis bestand diese besondere Verbindung, das wußte ich. Ich erkannte es am liebevollen Umgang dieser Paare miteinander. Aber anscheinend gehörte auch noch eine andere Seite dazu. Einen flüchtigen Eindruck davon hatte ich an jenem schrecklichen Tag am Teich bekommen.

Und plötzlich, ohne Vorwarnung, überfiel sie mich wieder — diese entsetzliche Angst. Ich befand mich wieder am Teich. Alles stand mir so lebendig vor Augen wie an jenem Tag.

Ich sah die verzerrten Gesichtszüge, spürte die gierigen Hände, fühlte den heißen Atem auf meinem Gesicht.

Entsetzt hörte ich mich schreien: »Nein, nein!«

Ich versuchte, mich seinen Händen zu entziehen, aber er hielt mich fest.

»Laß mich!« schrie ich. »Laß mich los!«

Er gab mich frei und schaute mich verblüfft an.

»Angelet, was hast du? Was ist mit dir?«

Der Klang seiner zärtlichen, liebevollen Stimme brachte mich in die Gegenwart zurück. Was mußte er nur von mir denken? Ich hatte mich albern benommen.

»Ich ... ich ... weiß nicht«, stotterte ich.

»Du brauchst keine Angst zu haben. Ich tu' dir nicht weh. Um nichts auf der Welt würde ich dir weh tun.«

»Ich weiß. Es ist nur ...«

Er wollte mich wieder in die Arme schließen, aber ich wich zurück.

»Angelet, was, um alles in der Welt, ist los mit dir? Du siehst mich an, als sei ich ein Fremder. Ich bin kein Ungeheuer.«

Ich dachte: Ich werde es nie vergessen. Es wird mich immer verfolgen.

Müde wandte ich mich von ihm ab und ließ mich auf das Bett fallen. Ich vergrub das Gesicht in den Kissen, damit er meine Tränen nicht sah, doch hemmungsloses Schluchzen schüttelte meinen ganzen Körper.

Er legte sich neben mich. »Sag mir, was los ist, Angelet. Sag mir alles.«

Ich fühlte genau, er hatte sich nicht verändert. Vor ihm brauchte ich keine Angst zu haben. Und ich wußte, ich konnte die Last meines Geheimnisses nicht länger allein tragen.

Ich lag ganz still. Er nahm mich in die Arme und hielt mich fest.

»Beruhige dich, Angelet«, sagte er. »Wovor hast du Angst? Du brauchst dich nicht zu fürchten. Ich verspreche es dir. Sag mir, was dir solchen Kummer bereitet!«

Ich legte meinen Kopf an seine Brust und hörte mich wie aus weiter Ferne sagen: »Der Vorfall am Teich.«

»An welchem Teich?«

»Es liegt lange, lange zurück. Trotzdem kann ich es nicht vergessen. Immer wieder steht es mir vor Augen. Manchmal denke ich für kurze Zeit nicht mehr daran, aber dann kommt die Erinnerung urplötzlich zurück. Nichts wird sich je daran ändern.«

»Was ändert sich nicht? Sag es mir.«

Ich holte tief Luft. Dann brach es aus mir heraus: »Ein Mann ist aus dem Gefängnis von Bodmin entflohen. Damals wurde viel über ihn gesprochen, und die Polizei hat Fahndungsbilder ausgehängt. Ich befand mich allein am Teich. Glory — so hieß mein Pferd — hatte ich angebunden. Ich ging hinunter ans Ufer. Da kam er und hat mich angesprochen. Ich dachte, es sei ein netter Student, der sich die Gegend anschauen wollte. Doch von einer Sekunde zur andern ging eine entsetzliche Verwandlung mit ihm vor.« Klar und deutlich stand die Szene wieder vor mir, und ich zitterte am ganzen Leib. »Er sah mich mit bösartigen Augen an. Dann streckte er gierig seine Hände nach mir aus und packte mich mit aller Gewalt.«

»Oh, mein Gott«, flüsterte Gervaise.

»Ich wußte, was er mit mir vorhatte. Dasselbe hat er dem kleinen Mädchen angetan, bevor er es umgebracht hat. Ich wehrte mich mit aller Kraft. Aber ich war doch noch ein Kind und er . . .«

Ich spürte Gervaises wachsendes Entsetzen beinahe körperlich.

»Endlich kam mir jemand zu Hilfe. Er kämpfte mit dem Mörder, der während des Kampfes stürzte und mit dem Kopf auf einen Stein fiel. Ich kann mich deutlich an den Stein erinnern. Er gehörte zu der Mauer, die ihr später ausgegraben habt.«

»Was ist dann passiert?«

»Der Sturz war tödlich. Wir schleppten seinen Körper in den Teich und versenkten ihn. Alle glaubten damals, der Mörder sei entkommen. Aber das stimmt nicht. Er liegt auf dem Grund des Teiches. Wir haben ihn hineingeworfen.«

Er schwieg. Ich wußte, meine Beichte hatte ihn entsetzt. Trotzdem hielt er mich ganz fest. Beruhigend murmelte er meinen Namen.

»Begreif doch, Gervaise, ich habe es nie jemandem erzählt. Du bist der erste . . .«

»Ich bin froh, daß du es mir gesagt hast.«

»Ich hatte keine andere Wahl. Ich wollte, daß du mich verstehst.«

»Nun begreife ich vieles«, sagte er.

Ein langes Schweigen folgte. Endlich fand ich den Mut, die Stille zu brechen. »Was denkst du, Gervaise?«

»Ich denke über das nach, was du mir erzählt hast.«

»Es war furchtbar. Alles ging so schnell. Vor diesem Erlebnis war mein Leben unbeschwert, völlig unbelastet. Aber danach ...«

»Natürlich, ich verstehe.«

»Wir hätten das nicht tun dürfen, nicht wahr? Aber es war ein Unfall. Ben kämpfte nur mit ihm, um mir das Leben zu retten.«

»Ben?«

»Benedict. Wir nannten ihn Ben. Er sagte damals, der Mann wäre sowieso als Mörder gehängt worden. Wir hätten ihm im Grunde einen Gefallen getan. Ich glaube nicht, daß Ben ebenso sehr unter dem Vorfall gelitten hat wie ich.«

»Nein, wahrscheinlich nicht. Schließlich ist er auch nicht beinahe vergewaltigt und ermordet worden.«

»Nein, das stimmt natürlich.«

»Hör auf zu zittern, Liebling! Weißt du was? Ich bestelle Brandy, der wird dich beruhigen. Meine arme, arme Angelet, seit damals schleppst du diese fürchterliche Erinnerung ganz allein mit dir herum!«

Er stand auf und läutete nach dem Etagenkellner. Unverzüglich kam er zu mir zurück und schloß mich erneut in seine Arme.

»Ich bin sehr froh, daß du mir alles erzählt hast. Du hast viel zu lange geschwiegen.«

Ich nickte. »Es erleichtert mich, daß du Bescheid weißt. Meiner Mutter hätte ich es fast einmal erzählt, aber im entscheidenden Augenblick verließ mich der Mut. Nur zwei Menschen wissen davon: Ben und ich. Und jetzt du, natürlich.«

Er küßte mich zärtlich und ließ mich erst los, als es an die Tür klopfte. Gervaise öffnete und bestellte bei einem höflichen Kellner den versprochenen Brandy.

»Und wo ist Ben jetzt?« erkundigte er sich, als er wieder bei mir war.

»Auf Goldsuche in Australien.«

»Und du hast all die Jahre nichts von ihm gehört?«

»Ich nehme an, Onkel Peter bekommt hin und wieder Nachricht von ihm.«

»Meine liebe, liebste Angelet, wie alt warst du, als das alles passiert ist?«

»Zehn.«

»Du armes Kind.«

»Gervaise, manchmal denke ich, wir haben alles falsch gemacht. Aber was hätten wir denn tun sollen? Verstehst du, wir wußten es einfach nicht. Er lag tot zu unseren Füßen.«

»Meiner Meinung nach hättet ihr jemanden verständigen sollen.«

»Aber Ben sagte, man würde behaupten, wir hätten ihn umgebracht. Du weißt nicht, was meinem Großvater zugestoßen ist. Er tötete einen Mann und wurde dafür zu sieben Jahren Verbannung in Australien verurteilt. Die Tatumstände waren fast dieselben. Er lebte unter Zigeunern und kam dazu, wie ein Mann versuchte, sich an einem Mädchen zu vergreifen. Mein Großvater warf sich dazwischen und tötete den Mann im Kampf. Man hätte ihn gehängt, wenn meine Großmutter nicht ihren einflußreichen Vater eingeschaltet hätte.«

»Die beiden Situationen lassen sich überhaupt nicht miteinander vergleichen.«

Erneut klopfte es an der Tür. Der Kellner brachte den bestellten Brandy.«

»Trink das!« sagte Gervaise und reichte mir das Glas. »Das wird dich beruhigen. Danach fühlst du dich bestimmt besser.«

»Es geht mir bereits besser. Weißt du, es tut gut, sich alles von der Seele zu reden.«

»Ich weiß, mein Liebling.«

»Ich mußte es dir sagen, oder? Sonst hättest du vielleicht gedacht, ich würde dich nicht lieben. Aber ich liebe dich, Gervaise. Nichts darf zwischen uns stehen. Nichts darf uns trennen, auch nicht diese schreckliche Erinnerung.«

Zärtlich legte er den Arm um meine Schultern, während ich an meinem Brandy nippte.

»Mach dir keine Sorgen«, sagte er. »Denk einfach nicht mehr daran.«

Ich fröstelte. »Kann man ein solches Erlebnis jemals vergessen?«

»Ich glaube schon. Wir werden ja sehen. Den entscheidenden ersten Schritt hast du heute gemacht, indem du mit mir darüber gesprochen hast. Ich bleibe ein ganzes Leben lang bei dir und helfe dir. Ich kümmere mich schon um dich und passe auf dich auf.«

»Das hast du wunderschön gesagt.«

Er nahm mir das Glas aus der Hand und küßte mich.

»Du brauchst dir keine Vorwürfe zu machen«, betonte er. »Du hast zwar geholfen, ihn wegzuschaffen, das stimmt. Aber vielleicht war das wirklich die beste Lösung. Sein Tod war kein Mord, sondern ein selbstverschuldeter Unfall.«

»Wenn ich diesen Mann doch nur vergessen könnte.«

»Dieses Erlebnis hat eine tiefe Wunde in dir hinterlassen«, erklärte Gervaise. »Das kann auch gar nicht anders sein. Sie wird nur langsam heilen und manchmal wieder aufbrechen. Aber ich werde dir helfen, damit zu leben. Ich tue alles, um dich glücklich zu machen. Du hast Häßliches erlebt an jenem Tag. Aber auch das Häßliche gehört zu dieser Welt. Du dachtest, das sei ein Teil der Liebe zwischen Mann und Frau. Glaube mir, damit hat es nichts zu tun. Irgendwann begreifst du den gewaltigen Unterschied zwischen Gier und Liebe. Vor der Liebe brauchst du dich nicht zu fürchten.«

Liebevoll redete er auf mich ein. Es gelang ihm tatsächlich, mich zu beruhigen. Mir war, als habe er mir eine Zentnerlast vom Herzen genommen. Endlich konnte ich das Geheimnis, das mein Leben so sehr belastet hatte, mit einem verständnisvollen Menschen teilen.

Diese Nacht — meine Hochzeitsnacht — werde ich nie vergessen. Wir sprachen noch lange, und er zeigte sehr viel Mitgefühl und Verständnis. Seine hervorstechendste Eigenschaft schien sein Einfühlungsvermögen zu sein. Es gelang ihm völlig, sich in meine Lage zu versetzen und darauf Rücksicht zu nehmen.

Entspannt lag ich in seinen Armen. Er kannte meine Gefühle und wußte, ich brauchte Zeit, um dieses entsetzliche Erlebnis zu verarbeiten. Ehe ich nicht den Unterschied zwischen Begierde und Liebe verstanden hatte, konnten wir in letzter Konsequenz kein Liebespaar werden.

Erst viel später erkannte ich, wieviel Glück ich hatte, solch einen warmherzigen Ehemann zu haben. Ich verdanke ihm unendlich viel.

Wir reisten durch Frankreich und stiegen im Süden am Fuß der Berge in einer *auberge* ab, die Gervaise bereits aus seiner Studentenzeit kannte. Das kleine Dorf lag ungefähr eine Meile entfernt von den großen bekannten Ferienorten an der Küste.

In der *auberge* führte Madame Bougerie das Kommando. Gervaise erinnerte sich, daß sie bei seinem ersten Aufenthalt sehr von ihm angetan war. Alphonse, ihr Mann, war kleiner als sie und schien sich im Laufe der Jahre mit seiner absoluten Gehorsam fordernden Frau abgefunden zu haben. Die ganze Familie — dazu gehörten noch eine Tochter und deren Mann — arbeitete in der *auberge* mit.

Madame saß normalerweise am Empfang — eine strenge, ganz in Schwarz gekleidete Frau mit Jettohrringen und einer

Jetthalskette. Ihr ergrauendes Haar trug sie straff aus dem Gesicht gekämmt und im Nacken zu einem festen Knoten geschlungen. Vor ihr auf dem Tisch lagen stets eine Menge Papiere.

Alle, vom kleinsten Schankkellner bis zum anspruchsvollsten Gast, begegneten ihr mit äußerstem Respekt.

Der terrassenförmig in den Hang gebaute Ort entzückte mich auf den ersten Blick. In zahlreichen Ställen standen Mietpferde für die Gäste bereit, denn zu Fuß kam man in dieser Gegend nicht weit. Auf der Terrasse der *auberge* hatte Madame bequeme Korbstühle aufstellen lassen. Von diesem gemütlichen Platz aus konnte man einen atemberaubenden Ausblick auf die herrliche Landschaft genießen. In großen Terrakottatöpfen, die sich auffällig von den grauen Steinmauern der *auberge* abhoben, wuchsen die farbenprächtigsten Pflanzen. Die Blumenfülle dieser Landschaft überwältigte mich. Wohin ich auch sah, überall blühten die üppigsten Bougainvilleen und der herrlichste Oleander um die Wette.

Weit unter uns leuchteten kleine, weiß getünchte Häuser mit rosafarbenen Dächern und grünen Jalousien, die zum Schutz gegen die helle Sonne geschlossen waren, zwischen den Bäumen hervor.

Madame hatte schon zahlreiche englische Gäste in ihrer *auberge* beherbergt und war außerordentlich stolz auf ihre Englischkenntnisse. Wenn wir sie auf französisch ansprachen, antwortete sie stets auf englisch. Gervaise amüsierte sich darüber. Er versuchte immer wieder, sie zu zwingen, in ihrer eigenen Sprache zu sprechen. Ich hatte den Eindruck, sie führe denselben Kampf gegen ihn. Den beiden zuzuhören reizte mich stets aufs neue zum Lachen — er mit seinem gerade ausreichenden Französisch und sie mit ihrem Englisch, das über ein paar Brocken nicht hinausging. Aber keiner von beiden gab auch nur um ein Jota nach.

Wir bekamen ein Zimmer mit Balkon. Der Blick vom Balkon beeindruckte mich. Wie auf einem Gemälde lag die ganze Bucht vor meinen Augen ausgebreitet. Der Ort erwies sich als ideal für Flitterwochen. Wir mieteten Pferde und ritten aus oder unternahmen ausgedehnte Spaziergänge. Ein innerer Frieden breitete sich in mir aus, wie er mir seit der furchtbaren Begegnung am Teich nicht mehr vergönnt gewesen war. Seit ich Gervaise mein Geheimnis anvertraut hatte, schien alles viel leichter geworden zu sein.

Manchmal packte Madame Bougerie einen Picknickkorb für uns. Sie legte Brot mit einer knusprigen Kruste hinein, Käse,

Obst und eine Flasche Wein. Wir suchten uns einen hübschen Picknickplatz, lachten, aßen und tranken – und redeten. Erwähnte Gervaise mein Erlebnis am Teich, überlief mich nicht einmal mehr das kleinste Frösteln. Dank ihm betrachtete ich die Dinge mit anderen Augen. Niemand konnte Benedict und mir die Schuld am Tod des Verbrechers geben. Es war Notwehr gewesen, das erklärte mir Gervaise so lange, bis auch ich endlich überzeugt war.

Während dieser glücklichen, unbeschwerten Tage geschah das Unvermeidliche. Ich wußte, Gervaise hatte geduldig darauf gehofft. Niemals werde ich vergessen, wie verständnisvoll und beherrscht er auf meine Bereitschaft zur Liebe gewartet hat.

Wir waren zu wahrhaft Liebenden geworden. Die neue Beziehung zu meinem Ehemann beglückte mich sehr. Endlich waren die Gespenster der Vergangenheit und die bedrohlichen Schatten aus meinem Leben verschwunden.

Nach ein paar Tagen unternahmen wir einen Ausflug an die Küste. In dem eleganten Badeort herrschte eine völlig andere Atmosphäre als in unserem gemütlichen Dorf. Große Hotels säumten die elegante Promenade, auf der nach der neuesten Mode gekleidete Menschen flanierten. An den Tischen der Straßencafés nahmen die Feriengäste, durch bunte Markisen vor der Sonne geschützt, ihren *apéritif* ein.

Das Meer glitzerte im Sonnenlicht, als wäre es mit unendlich vielen funkelnden Diamanten übersät. Gervaise erzählte mir, dies sei einer der elegantesten Küstenorte und die meisten Besucher kämen aus England.

Wir setzten uns an einen Tisch vor dem Café »Pomme d'Or«. Ich trank in kleinen Schlucken meinen *apéritif* und versuchte, einen abgeklärten und gelassenen Eindruck zu machen. Niemand sollte mir ansehen, wie sehr mich diese neue Welt überwältigte.

»Der ›Goldene Apfel‹«, sagte ich. »Warum hat der Besitzer wohl ausgerechnet diesen Namen für sein Café gewählt?«

»Cafés und Restaurants mit dem Namen ›Goldener Apfel‹ gibt es auf der ganzen Welt«, antwortete Gervaise. »Seit jener Geschichte aus der griechischen Mythologie.«

»Dabei ging es doch um eine Art Schönheitswettbewerb. Wenn ich mich recht erinnere, mußte Paris der schönsten Frau einen goldenen Apfel überreichen. Er entschied sich für Aphrodite. Sie hat sich gegen zwei Konkurrentinnen behauptet.«

»Die beiden anderen haben ihm das bestimmt sehr übelgenommen.«

»Der Ärmste. Aber was hätte er machen sollen? Schließlich mußte er sich entscheiden.«

»Es war reichlich dumm von ihm, sich überhaupt in eine solche Situation bringen zu lassen.«

»Äpfel scheinen in der Antike eine besondere Rolle gespielt zu haben. Im Garten der Hesperiden wuchsen ebenfalls goldene Äpfel.«

»Du brauchst schon ein ordentliches Nugget, um aus einem Goldklumpen einen Apfel zu formen. Mich würde interessieren, ob dein Freund Ben solch einen Riesenklumpen gefunden hat.«

»Das kann ich mir nicht vorstellen. In dem Fall hätte er sicher sofort geschrieben.«

Ich genoß es, mit Gervaise über jedes Thema leicht und selbstverständlich reden zu können.

»Vermutlich wollen die Besitzer, die ihren Cafés den Namen ›Goldener Apfel‹ geben, ihren Gästen die alten Legenden und Mythen in Erinnerung rufen. Vielleicht wollen sie damit auch ausdrücken, daß alle Damen, die als Gast zu ihnen kommen, so schön sind wie Aphrodite und die Herren so edel wie Paris. In Cornwall, in deiner Heimat, gehören alte Legenden doch auch zum alltäglichen Leben.«

Sofort fielen mir die Zwerge ein, die angeblich Gold aus einer Zinnmine gefördert hatten, und der Tag, an dem ich Ben am Rand des Moores diese Geschichte erzählte.

Nach unserem *apéritif* schlenderten Gervaise und ich die Promenade entlang. Vor uns erblickten wir einen imposanten Rundbau, umgeben von den herrlichsten Blumenrabatten, deren exotische Blüten ich teilweise noch nie gesehen hatte.

»Was ist das für ein Gebäude?« fragte ich.

»Das Kasino.«

»Oh?« antwortete ich. »Hier also wird gespielt.«

»Sollen wir rasch einen Blick hineinwerfen?«

»Was meinst du?«

»Ich bin dafür.«

Damals hielt ich das für einen großen Spaß und dachte leider keinen Augenblick an die eindringlichen Warnungen meiner Schwiegermutter.

Im Kasino herrschte gewaltiges Gedränge. Wir zwängten uns an den dicht besetzten Tischen vorbei. Ich hatte keine Ahnung von den Spielregeln und wußte deshalb nicht, was die Leute spielten.

Neben Gervaise stehend, beobachtete ich auf einem der großen Tische ein sich drehendes Rad. Die angespannten Gesichter der Menschen, die starr auf irgendwelche Zahlenreihen blickten, berührten mich peinlich.

Das Rad kam zum Stillstand, und ein Mann — der Croupier, wie man mir später erklärte — sortierte mit einer Art Stock die Chips.

Auf mich wirkte dieses Spiel wie ein geheimnisvolles Ritual. Gervaise strahlte gespannte Aufmerksamkeit aus, was mir keineswegs entging.

»Sollen wir gehen?« fragte ich.

»Nur noch einen Augenblick«, antwortete er. »Einmal möchte ich mein Glück versuchen. Es dauert nicht lang.«

Er ließ mich stehen. Ich wartete. Die Zeit dehnte sich endlos. Ein wenig gelangweilt beobachtete ich die Leute am Spieltisch. Nervosität und Spannung lagen in der Luft. Einige schienen in Hochstimmung zu sein, andere wirkten überaus bedrückt. Die Atmosphäre gefiel mir nicht. Noch nie hatte ich Menschen gesehen, die von einer derart fiebrigen Aufregung befallen waren. Ich hoffte, Gervaise würde sich nicht allzu lange aufhalten.

Endlich kam er zurück. Mit hochrotem Gesicht und funkelnden Augen, aber in allerbester Laune.

»Ich habe gewonnen!« rief er. »Ich hatte Glück.«

Er streckte die Hände aus und zeigte mir das Geld.

»Anfangs lief es schlecht. Dreimal hintereinander habe ich verloren. Ich war fast schon blank. Aber dann hat sich das Blatt gewendet. Am liebsten hätte ich weitergespielt, dann wären wir heute noch Millionäre geworden. Aber mir ist eingefallen, daß du allein bist und auf mich wartest. Nur deshalb habe ich aufgehört.«

»Gott sei Dank. Ich stehe schon eine halbe Ewigkeit hier herum.«

»Weißt du, wenn du am Spieltisch sitzt, vergißt du die Zeit.«

»Nein, ich bestimmt nicht. Gehen wir jetzt?«

Zögernd willigte er ein. An der frischen Luft erwachten seine Lebensgeister wieder. Er war zu neuen Unternehmungen bereit.

»Ich weiß, was ich mit dem Geld mache«, verkündete er. »Ich kaufe ein Geschenk.«

»Für wen denn?«

»Für Mrs. Gervaise Mandeville natürlich.«

»Nein, nein. Gib das Geld nicht sinnlos aus. Behalt es lieber.«

»Geld ist zum Ausgeben, nicht zum Sparen da.«

»So? Bisher war ich anderer Meinung.«

»In diesem Punkt mußt du noch dazulernen. Geld ist nur

zum Ausgeben da, ganz besonders für Geschenke. Geld soll Menschen glücklich machen.«

»Ich bin auch ohne Geschenk sehr glücklich.«

»Ich weiß schon genau, was ich dir schenke.«

»Was?«

»Ich habe deine Augen gesehen, als du das Kleid in dem Schaufenster betrachtet hast, vor dem wir heute vormittag stehengeblieben sind. Das herrliche Kleid aus blauem Samt.«

»Oh ... das. Ja, das ist wirklich sehr schön. Und bestimmt auch sehr teuer.«

»Das macht nichts. Du hast einen reichen Ehemann.«

»Gervaise, wenn du das Geld unbedingt ausgeben mußt, dann kauf etwas für dich.«

»Ganz bestimmt nicht. Ich mache dir ein Geschenk. Komm mit.«

Er führte mich zurück zu dem Modegeschäft, in dessen Schaufenster ich das blaue Samtkleid bewundert hatte. Selten hatte ich ein eleganteres und schöneres Kleid gesehen.

»Das ist wirklich etwas ganz Besonderes«, sagte er. »Findest du nicht auch?«

»Es ist einmalig schön. Wenn ich mich nicht sehr täusche, hat es auch einen einmaligen Preis.«

»Gehen wir hinein und fragen.«

Fast widerwillig betrat ich an seiner Seite den Laden. Eine große schlanke Frau in Schwarz kam auf uns zu. Für mich sah sie aus wie eine Mischung aus Spinne und Madame Bougerie.

»Dieses Kleid? O ja! Das ist wirklich ein ganz besonders exquisites Modell.« Beim Reden gestikulierte sie wild mit den Händen. Und für Madame? Ja, ja, für Madame. Es hat genau Madames Größe. Man könnte meinen, es wurde eigens für Madame gemacht. So ging das Gerede hin und her.

Sie trieb mich förmlich in eine kleine Kabine. Dort half sie mir beim Ausziehen meines Kleides, das sie gleich mitnahm. Vor einem Spiegel betrachtete ich mich in der herrlichen Kreation aus Samt. Ich mußte zugeben, das Kleid war wunderschön und stand mir ausgezeichnet.

Es paßte *comme les gants*. Es war Madames Kleid. Niemand anders könnte es tragen. Es wurde speziell für Madame gemacht.

Der Preis entsetzte mich, aber Gervaise schien nicht im geringsten beeindruckt. Ich wußte, sein Gewinn würde gerade reichen, um das Kleid zu bezahlen.

Aber er schien sich nichts sehnlicher zu wünschen, als das ganze Geld sofort wieder auszugeben.

Das Kleid wurde eingepackt, und Gervaise trug es stolz aus dem Geschäft.

Zornig sagte ich: »Das ist die reinste Verschwendung. Du hättest nicht das ganze Geld ausgeben dürfen.«

»Aber das Kleid ist für Madame gemacht, das ist gar keine Frage. Du siehst phantastisch darin aus. Ich bin sicher, wenn du beim Schönheitswettbewerb angetreten wärst, hätte Aphrodite nicht den Hauch einer Chance gehabt. Paris hätte dir den goldenen Apfel überreicht.«

»Trotzdem ist es Verschwendung.«

»Ach, Unsinn. Ich wollte das Kleid kaufen. Was habe ich nur für eine Frau geheiratet, die mir nicht einmal erlauben will, ihr ein Geschenk zu machen?«

Ein wenig mißgestimmt kehrten wir in die *auberge* zurück. Am Abend trug ich das Kleid. Ich liebte es. Für mich war es das Schönste, was ich je besessen hatte — und das Kostbarste, weil es ein Geschenk von Gervaise war.

Später wünschte ich, das Kasino nie gesehen zu haben. Gervaise hatte natürlich genau gewußt, daß es in diesem Ort an der Küste ein Kasino gab. Schließlich war er nicht zum erstenmal hier. Vielleicht hatte er unsere Hochzeitsreise nur wegen des Kasinos hierher machen wollen.

Unsere Ausflüge zu Pferde und die ausgedehnten Spaziergänge in der Umgebung des Dorfes bereiteten mir sehr viel Freude. Aber ihm schien das nicht zu genügen. Ihn trieb es immer wieder in die Stadt und natürlich geradewegs ins Kasino. Er ging hinein, während ich es vorzog, draußen auf ihn zu warten. Natürlich hätte ich ihn begleiten können. Er hätte mir auch gestattet, ein wenig Geld zu riskieren. Aber ich verspürte nicht die geringste Lust zu spielen. Ein Verlierer in der Familie genügte mir.

Ein paarmal gewann er kleine Summen. Aber nie mehr brachte er es zu einem so großen Gewinn wie dem, von dem er das Kleid gekauft hatte.

Inzwischen erinnerte ich mich überdeutlich an die Warnungen seiner Familie, an die mahnenden Worte seiner Mutter, ich solle ihn nicht aus den Augen lassen.

Allmählich trübten die Kasinobesuche die Harmonie unserer Flitterwochen. Ich war so glücklich gewesen, nachdem ich mein schreckliches Geheimnis mit ihm geteilt hatte. Dieses Glück und diese Erleichterung hatte ich ausschließlich Gervaise zu verdanken. Das durfte ich nie vergessen.

Aber diese Besuche im Kasino! Jedesmal, wenn ich das Kleid nur ansah, überfiel mich die Erinnerung — an seine fiebrige Aufregung, seinen ihn überwältigenden, zwanghaften Wunsch zu spielen. Ich, die ich nicht die geringste Lust dazu verspürte, verstand nicht, was Gervaise an die Spieltische trieb. Wenn ihn der Drang zu spielen überkam, wurde er ein völlig anderer Mensch. Normalerweise wirkte er entspannt und sorglos. Doch dann packte ihn wieder diese Besessenheit, und er spielte.

Zwei Wochen wohnten wir bereits in der *auberge*. In drei Tagen wollten wir abreisen. Zwei Tage vor unserer geplanten Abreise mußte die Kutsche der *auberge*, die von zwei ziemlich betagten Pferden gezogen wurde, zum Bahnhof fahren. Mit dieser Kutsche wurde stets auch das Gepäck der Gäste befördert. Madame Bougerie bat uns, ob wir nicht so freundlich sein wollten, schon heute unser Gepäck zum Bahnhof bringen zu lassen, damit der Kutscher eine Fahrt sparen könne.

Traurig begann ich zu packen.

»Pack alles ein, was wir nicht mehr unbedingt brauchen«, sagte Gervaise. »Wenn wir kein großes Gepäck tragen müssen, können wir zu Fuß zum Bahnhof gehen.«

Später fragte ich mich oft, ob wohl dasselbe geschehen wäre, hätte man das Gepäck nicht bereits vor unserer Abreise zum Bahnhof geschafft.

Am Abend ging Gervaise allein in die Stadt. Ich war ziemlich erschöpft, da wir am Nachmittag einen langen Spaziergang unternommen hatten. Das Kasino lockte mich wirklich nicht. Ich verabscheute es, dort auf Gervaise zu warten. Trotz der glitzernden Lichter und der elegant gekleideten Menschen deprimierte mich dieser Ort. Der gehetzte Ausdruck auf den Gesichtern der Spieler peinigte mich.

In jener Nacht kam er sehr spät zurück. Ich hatte mir große Sorgen gemacht und begrüßte ihn erleichtert. In Gedanken hatte ich mir ausgemalt, wie er mit einem großen Gewinn in den Taschen das Kasino verlassen hatte, dann überfallen und ausgeraubt worden war.

Als ich ihm das erzählte, lachte er schallend.

»Bei dem Glück, das ich heute hatte, wäre niemand auch nur für den Bruchteil einer Sekunde auf den Gedanken gekommen, mich auszurauben.«

»Anscheinend hast du nie Glück.«

»Was? Das stimmt doch gar nicht! Denk nur mal an das schöne Kleid.«

»Das war das einzige Mal — und du hast das ganze Geld sofort ausgegeben.«

»Du wirst schon sehen. Eines Tages wirst du Augen machen.«

An diesem Abend wirkte er nicht mehr so gelöst und schien nicht alles auf die leichte Schulter zu nehmen wie sonst. Ich hatte keine Ahnung, wie schlimm es tatsächlich stand. Doch das sollte ich bald genug erfahren.

Als wir am nächsten Morgen in die Stadt kamen, fürchtete ich, er werde sofort wieder ins Kasino gehen. Seltsamerweise schlug er einen anderen Weg ein.

»Ich finde, wir sollten einmal zum Bahnhof gehen und nach unserem Gepäck sehen«, schlug er vor.

Ich atmete auf. Alles war besser als das Kasino. Außerdem hielt ich seinen Vorschlag für eine gute Idee.

Selbst heute erinnere ich mich überdeutlich, wie er mich überrumpelt hatte. Jeden Schritt hatte er sorgfältig geplant. Er ging zur Gepäckaufbewahrung und holte das Gepäck. Der Zug nach Paris stand bereits am Bahnhof.

Ein Gepäckträger griff nach unseren Koffern.

Ich rief: »Um Himmels willen, er glaubt, wir fahren mit diesem Zug!«

Gervaise antwortete nicht. Er gab dem Träger einen Wink, das Gepäck mitzunehmen, nahm meinen Arm und führte mich zum Zug.

»Erklär mir das!« forderte ich mit lauter Stimme.

»Es ist alles in Ordnung«, sagte Gervaise. Der Träger verstaute das Gepäck in einem Abteil. Gervaise gab ihm ein Trinkgeld.

Ich fragte: »Was machst du da, Gervaise? Was soll das?«

Lächelnd wandte er sich mir zu und gab mir einen leichten Schubs. Ich fiel auf den Sitz.

»Wenn wir nicht aufpassen, fährt der Zug ab. Was ist das nun wieder für ein Spiel?«

»Das wirst du schon noch sehen«, meinte er nur.

Der Zug fuhr an, und ich schrie entsetzt auf.

»Es muß sein«, sagte Gervaise. »Es geht nicht anders. Ich bin pleite.«

»Was ist mit der Begleichung von Madame Bougeries Rechnung?«

»Ich schicke ihr das Geld.«

»Du hast ihr kein Wort gesagt? Du hast es ihr nicht erklärt?«

»Wie sollte ich? Sie würde es nie verstehen. Ich schreibe ihr.«

»Was, um Himmels willen, wird sie nur von uns denken?«

Gleichgültig zuckte er die Achseln.

»Was soll's?« sagte er. »Das ist die einzige Möglichkeit. Ich habe letzte Woche bezahlt. Es ist nur noch die Rechnung für eine Woche offen. Aber die Sache mit dem Vorausschicken des Gepäcks war schon gewaltiges Glück. Das brachte mich heute nacht auf die richtige Idee. Besser, es auf diese Weise zu erledigen. Sonst hätte es nur einen ungeheuren Aufruhr gegeben. Weiß der Himmel, was daraus alles geworden wäre. Ich hätte ihr die Sachlage nie begreiflich machen können. Du weißt ja, sie bildet sich ein, Englisch zu verstehen.«

Ich verkroch mich tief in meinen Sitz und starrte ihn entsetzt an.

»Zum Glück hatten wir Rückfahrkarten«, sagte er seelenruhig. »Du siehst, alles steht bestens.«

»Gervaise«, stöhnte ich. »Wie konntest du nur? Das ist Betrug. Das ist Diebstahl ...«

»Ach was! Sie bekommt ihr Geld. Ich sorge schon dafür.«

Hilflos sank ich vornüber. Diese Schande war zuviel für mich. Ich schämte mich unendlich.

Kein Mensch ist perfekt. Nie würde ich seine liebevolle Zärtlichkeit vergessen, nie die erste Nacht unserer Ehe, in der er mich wie mit Zauberhand von den Schatten der entsetzlichen Erinnerung befreit hatte. Und das andere ... davor hatte mich seine Familie schließlich nachdrücklich gewarnt. Nur deshalb hatte mein Vater die finanziellen Angelegenheiten so geordnet, daß Gervaise nicht so leicht über mein Geld verfügen konnte. Ich mußte etwas unternehmen. Ich durfte nicht zulassen, daß wir zu Betrügern wurden. In Gedanken sah ich Madame Bougeries Gesicht vor mir, wenn sie entdeckte, daß ihre Gäste, ohne zu bezahlen, abgereist waren. Wie konnte er nur so etwas tun? Und dabei hatte er noch nicht einmal ein schlechtes Gewissen!

Er hatte behauptet, er würde das Geld schicken. Wahrscheinlich würde er sogar mehr schicken als nötig. Aber darauf kam es nicht an. Die Schulden mußten ohne weitere Verzögerung beglichen werden.

Ich mußte handeln.

Dieser Gedanke ließ mich auf der ganzen Heimfahrt nicht mehr los. Der Zauber der Reise war verflogen. Gervaise bemerkte das sehr wohl. Er machte einen zerknirschten Eindruck.

»Wenn ich gewußt hätte, wie sehr du dich darüber aufregst, hätte ich mir etwas anderes einfallen lassen«, meinte er.

»Dir wäre nichts anderes eingefallen. Du hast das Geld verspielt, das eigentlich Madame Bougerie gehörte. Das ist unehrlich, Gervaise.«

»Aber doch nicht, wenn ich es zurückzahle. Ich lege noch etwas drauf, für all den Ärger.«

Bis wir unser eigenes Heim eingerichtet hatten, wohnten wir im Stadthaus der Mandevilles. Da wir früher als erwartet zurückgekommen waren, erschien glücklicherweise niemand zu unserer Begrüßung. Das erleichterte mich, denn ich hatte keine Lust, eine Erklärung für unsere vorzeitige Rückkehr abgeben zu müssen.

Ich fand keine Ruhe, bevor wir nicht das Geld an Madame Bougerie abgeschickt hatten.

Mein Vater hatte meine Mitgift auf meinen Namen angelegt, aber ohne Einwilligung meiner Eltern konnte ich nicht über das Kapital verfügen. Mir stand zwar ein regelmäßiges Einkommen zu, das direkt an mich ausbezahlt wurde, aber dieses Einkommen war nicht groß, und ich hatte die erste Zahlung noch nicht erhalten. Ich brauchte dringend Geld. Wieviel, wußte ich ungefähr. Aber ich wollte Madame Bougerie etwas mehr schicken, um sie ein wenig für den von uns verursachten Ärger zu entschädigen. Ich schrieb an meinen Vater und bat ihn um die entsprechende Summe.

Er schickte mir das Geld umgehend und ohne jede Frage. Wahrscheinlich nahm er an, ich hätte während meiner Flitterwochen größere Einkäufe gemacht. Das war mir immer noch lieber, als ihm die Wahrheit gestehen zu müssen. Ich ging zur Bank, wo man mir erklärte, ich könne das englische Geld gleich in französische Währung tauschen. Unverzüglich brachte ich den Umschlag mit den französischen Francs zur Post und legte noch einen kurzen Brief bei, in dem ich mich bei Madame Bougerie entschuldigte. Vorsichtig deutete ich an, unvorhergesehene Umstände hätten uns gezwungen, sofort nach England zurückzukehren. Hätten wir diesen Zug nicht genommen, wäre uns ein ganzer Tag verlorengegangen. Uns sei leider keine andere Wahl geblieben. Ich bat Madame demütig um Verzeihung für unser ungehöriges Benehmen.

Erst als ich das Geld abgeschickt hatte, sagte ich Gervaise Bescheid.

Traurig sah er mich an. »Es tut mir sehr leid, Angelet. Jetzt weißt du, was für einen Mann du geheiratet hast. Verachtest du mich nun?«

»Nein, natürlich nicht. Aber für mich war es eine furchtbare Situation. Bring mich nie wieder in eine so entsetzliche Lage! Ich könnte es nicht noch einmal ertragen.«

»Ich weiß. Du bist ein guter Mensch. So ehrlich und aufrichtig.«

»Das stimmt nicht. Ich bin keine Heilige. Aber einfach zu verschwinden ... Bitte, Gervaise, bitte, so etwas dürfen wir nie wieder tun!«

»Nein, auf gar keinen Fall. Du hast völlig recht«, pflichtete er mir bei. »Ich verspreche es dir.«

Ich durfte nicht zuviel verlangen. Ich hatte einen wunderbaren, liebevollen und zärtlichen Mann, der nur eine einzige Schwäche hatte. In gewisser Weise liebte ich ihn gerade wegen seiner Schwäche, denn sie verlieh mir Stärke. Ich war kein unschuldiges junges Mädchen mehr, das behütet und angeleitet werden mußte. Jetzt trug ich Verantwortung. Es war meine Pflicht, mich um ihn zu kümmern.

Ich nahm mir vor, ihm die Risiken des Spielens deutlich vor Augen zu führen.

Wie naiv ich noch immer war, sollte sich bald herausstellen.

Kurze Zeit später erhielt ich einen Brief von Madame Bougerie, in dem sie mir für das Geld dankte. Natürlich habe sie sich gedacht, es gebe einen triftigen Grund für unsere überstürzte Abreise. Nicht einen Augenblick lang habe sie daran gezweifelt. Sie habe Verständnis dafür und hoffe, uns bald wieder als ihre Gäste in der *auberge* begrüßen zu dürfen. Selbstverständlich seien wir jederzeit willkommen.

Ich wußte genau, daß Madame durchaus das Schlimmste befürchtet hatte. Aber sie erledigte die Angelegenheit, wie ich es von einer Frau ihres Formats erwartet hatte: auf diplomatische Weise. Dieses Zwischenspiel nahm ein zufriedenstellendes Ende, jedenfalls soweit es die *auberge* betraf. In meiner Unschuld war ich absolut davon überzeugt, als erfahrene Beraterin und Gefährtin meines Mannes ein derartiges Vorkommnis in Zukunft verhindern zu können. Ich mußte ihm nur den vernünftigen Umgang mit Geld begreiflich machen.

Zuversichtlich gab ich mich dem Vergnügen hin, zusammen mit Morwenna auf die Suche nach einem passenden Haus zu gehen. Wir benahmen uns sorglos und ausgelassen, eben wie junge Ehefrauen, die sich dank der Großzügigkeit ihrer Väter in aller Ruhe in London ein Haus kaufen konnten.

Wir lachten viel, und wenn wir ein Haus besichtigten, begleiteten wir einander stets.

Ich weiß nicht, wie viele Häuser wir uns angesehen haben. Einige waren zu klein, andere zu groß. Wieder andere lagen zu weit vom Stadtzentrum entfernt, und damit wären weder Justin noch Gervaise einverstanden gewesen.

Nachdem wir uns ausführlich mit Säulengängen, überdachten Portalen und den an Spinnweben erinnernden Türfenstern des klassizistischen Adamstils beschäftigt hatten, mit Häusern im Regency- und Queen-Anne-Stil, fanden wir endlich die geeigneten Häuser. Sie lagen nicht weit voneinander entfernt. Morwennas Haus war im reinen Regency-Stil erbaut und hatte einen reizenden schmiedeeisernen Balkon im ersten Stock. Unser Haus war ein wenig älter — klein, aber mit den eleganten Proportionen des georgianischen Stils.

Die Pencarrons und meine Eltern kamen nach London, um mit uns die Einrichtung zu kaufen. Es machte Spaß zu sehen, mit welchem Eifer sie sich an Großzügigkeit gegenüber ihren Töchtern zu übertreffen suchten. Grace half uns bei der Wahl der richtigen Farben für Teppiche und Vorhänge. In dieser Aufgabe ging sie völlig auf.

Wir verbrachten eine sehr glückliche und fröhliche Zeit. Morwenna und ich unterschieden uns in nichts von anderen verwöhnten Töchtern und jungverheirateten Frauen.

Nach ein paar Monaten hatten wir uns in unseren jeweiligen Häusern vollständig eingerichtet.

In dieser Zeit starb der Prinzgemahl. Eine gedrückte Stimmung legte sich über die ganze Nation. Diejenigen, die ihn zu Lebzeiten unnachsichtig kritisiert hatten, priesen ihn nun als Vorbild für Rechtschaffenheit und Tugend. Die arme Königin, von Trauer überwältigt, zog sich völlig zurück und weigerte sich, in der Öffentlichkeit zu erscheinen.

Oft trafen wir uns mit Morwenna und Justin zum Essen. Es hatte sich so ergeben, danach ein wenig zu musizieren. Morwenna besaß eine schöne Stimme und sang gern. Ich begleitete sie auf dem Klavier — ich spielte nicht gerade gut, aber dafür reichten meine Fähigkeiten. Justin hatte einen angenehmen Tenor, während Gervaise ausgesprochen falsch sang, was natürlich unweigerlich große Heiterkeit hervorrief. Wir Frauen genossen die sogenannten Musikabende von ganzem Herzen, bemerkten aber bald eine nervöse Unruhe bei unseren Männern. Sie erklärten, sie würden lieber Karten spielen, aber das reizte uns Frauen nicht im geringsten.

Morwenna und ich bevorzugten Gesellschaftsspiele, die nicht allzuviel Konzentration erforderten. Aus diesem Grund zogen wir uns zurück und überließen die Männer immer häufiger sich selbst. Als ich zum erstenmal merkte, daß Gervaise und Justin um Geld spielten, war ich erstaunt und ein wenig verwirrt.

Ich erinnere mich noch genau an Gervaises gute Laune. Er hatte Justin einen ordentlichen Betrag abgenommen.

Diese Vorstellung behagte mir gar nicht. »Warum tust du das?« fragte ich ihn. »Er war Gast in unserem Haus.«

Verblüfft sah mich Gervaise an. Plötzlich brach er in lautes Gelächter aus.

»Ja, natürlich, Liebling. Wir haben ihm einen wundervollen Abend bereitet. Er hat sich großartig unterhalten. Es hat ihm gut gefallen bei uns.«

»Es hat ihm gefallen, Geld zu verlieren?«

»Das gehört zum Spaß dazu. Ich weiß, er schätzt ein gutes Spiel.«

»Ich kann mir nicht vorstellen, daß er es schätzt, Geld zu verlieren.«

»Natürlich gewinnt er lieber. Wer will schließlich nicht gewinnen?« Er faßte mich um die Taille und wirbelte mit mir im Zimmer herum. »Du bist ein seltsames kleines Mädchen, Angelet.«

»Warum?«

Er hob mit der Hand mein Kinn und küßte mich zärtlich. »Du kommst auf die drolligsten Gedanken. Die meisten Männer schätzen Glücksspiele. Begreifst du das nicht?«

»Wenn du es sagst.«

Trotzdem konnte ich mich des Gefühls nicht erwehren, daß Gervaise und Justin Glücksspiele ein bißchen zu sehr schätzten.

Von nun an spielten sie häufig Karten. Wann immer wir uns gegenseitig besuchten, fiel mir die wachsende Ungeduld der Männer auf. Sie konnten es kaum erwarten, endlich zum Wesentlichen des Abends, zum Kartenspiel, zu kommen.

Meist spielten sie Poker. Manchmal beobachtete ich sie dabei. Dann sah ich wieder dieses Glitzern in den Augen und die fiebrige Hitze auf den Wangen. Es war dieselbe Besessenheit, die ich an Gervaise bei seinen Kasinobesuchen beobachtet hatte. Ich machte mir große Sorgen und hoffte, keiner von beiden möge gewinnen oder verlieren. Am erfreulichsten fand ich es, wenn beide am Ende eines Abends die gleiche Summe besaßen wie vor dem Spiel.

Justin gewann häufig. Gervaise zuckte angesichts seiner beträchtlichen Verluste nur die Achseln.

»So ist das Leben. Mal hat man Glück, mal Pech«, meinte er gleichgültig.

»Anscheinend überwiegt bei dir das Pech. Justin hat wohl mehr Glück«, bemerkte ich etwas spitz.

»Das ist der Lauf der Welt. Aber irgendwann wendet sich das Blatt. Du wirst schon sehen. Das Glück ist wie eine Frau, launisch und unberechenbar.«

»Hältst du mich für launisch und unberechenbar?«

Er umarmte mich. »Natürlich nicht. Habe ich dir nicht hundertmal gesagt, daß du ganz einmalig bist? Darum liebe ich dich.«

War ich allein mit Gervaise, vergaß ich die bösen Vorahnungen, die mich immer häufiger beschlichen. In seiner heiteren, leichtfertigen Art nahm er Probleme einfach nicht zur Kenntnis.

Anfangs hatte ich gedacht, Justin und Gervaise seien sich sehr ähnlich. In gewisser Weise stimmte das natürlich. Sie stimmten in ihrem Lebensstil überein; beide behandelten jedermann freundlich und höflich; und beide spielten gern. Keiner übte einen Beruf aus. Früher war ich immer von Menschen umgeben gewesen, die einer Beschäftigung nachgingen. Auf Cador hatte es stets viel zu tun gegeben, und mein Vater konnte über Mangel an Arbeit nicht klagen. Mr. Pencarron kümmerte sich ständig um seine Mine. Bei den Freunden meiner Familie in Poldorey handelte es sich um Rechtsanwälte oder Ärzte. Onkel Peter vernachlässigte seine Geschäfte keinen Augenblick. Matthew widmete sich seiner Arbeit im Parlament. Peterkin und Frances waren vollauf mit ihrer Wohltätigkeitsarbeit beschäftigt. Hierin unterschieden sich Justin und Gervaise von all diesen Menschen. Doch trotz dieser Gemeinsamkeit gab es einen grundlegenden Unterschied zwischen den beiden.

Justin meinte, er müsse noch überlegen. Er sei vor noch nicht allzu langer Zeit aus Amerika zurückgekommen, wo er sich mit dem Anbau von Baumwolle beschäftigt habe. Nun suche er ein neues Betätigungsfeld. Er wolle gern arbeiten, wisse nur noch nicht, wofür er sich entscheiden solle. Solche Ambitionen waren Gervaise fremd. Er sagte, sein Leben, so wie es sei, stelle ihn völlig zufrieden, und eines Tages werde er am Kartentisch ohnehin ein Vermögen gewinnen. Dann habe er bis zum Ende seiner Tage keine finanziellen Sorgen mehr.

Immer wieder versuchte ich, vernünftig mit ihm zu reden. »Falls du tatsächlich einmal ein Vermögen gewinnen solltest, würdest du es sofort wieder im nächsten Spiel einsetzen.«

»Ja, natürlich. Und einen noch größeren Gewinn machen.«

»Hast du vergessen, was das Glücksspiel in eurer Familie angerichtet hat?«

»Das zu vergessen war mir leider nicht vergönnt. Davon wurde in unserem Haus gepredigt wie anderswo aus der Bibel.«

»Vielleicht beherzigst du diese Worte einmal.«

Er lachte mich immer aus, wenn ich ernsthaft mit ihm reden wollte. Das störte mich und brachte mich aus dem Konzept. Aber mit seinem Charme gelang es ihm mit Leichtigkeit, meine Bedenken zu zerstreuen.

Wir waren häufige Besucher in Onkel Peters Haus. Tante Amaryllis und Helena sorgten fast mütterlich für uns. Amaryllis vermutlich, weil sie sich für alle jüngeren Familienmitglieder verantwortlich fühlte, und Helena, weil sie sich während der Ballsaison um mich gekümmert hatte, als ich Gervaise nähergekommen war.

An einen Abend bei Onkel Peter erinnere ich mich ganz besonders. Nach jenem Abend veränderte sich unser ganzes Leben. Die Familie hatte sich wieder einmal um den Eßtisch versammelt. Onkel Peter kritisierte, daß Palmerston noch immer das Amt des Premierministers innehabe.

»Es wird Zeit, daß er endlich zurücktritt. Das gäbe deiner Partei neuen Auftrieb, und du bekämst ein neues Amt.«

Matthew meinte, Palmerston dächte nicht im Traum an Rücktritt. »Er stirbt im Geschirr wie ein Droschkengaul. Das entspricht seinem Naturell. Manchmal hat man den Eindruck, er befinde sich im Halbschlaf oder sei sogar fest eingeschlafen. Mit halbgeschlossenen Augen sitzt er auf der Bank — ein richtiger Dandy mit Gehrock und hellgrauen Hosen. Und mit Handschuhen. Er trägt immer Handschuhe. Du bist völlig überzeugt, daß er kein einziges Wort der ganzen Debatte mitbekommen hat. Dann, du kennst ihn ja, erhebt er sich und macht sich über seine Vorredner lustig. Dafür erntet er Gelächter. Ich weiß nicht, wie er es macht, aber irgendwie bringt er es immer wieder fertig, daß die anschließende Abstimmung in seinem Sinne entscheidet.«

»Ein bemerkenswerter Mann«, bestätigte Onkel Peter. »Es wäre nicht schlecht, wenn wir ihn auf unserer Seite hätten.«

»Allerdings«, pflichtete ihm Matthew bei. »Wer außer ihm hätte diesen ganzen Klatsch und Tratsch um Liebesaffären schadlos überstanden? Welcher Premierminister wäre damit durchgekommen?«

Ich liebte diese Anekdoten über bekannte Politiker. Gervaise ging es nicht anders. Trotzdem fühlte ich mich in letzter Zeit nicht ganz wohl in meiner Haut. Ich hatte Angst vor Onkel Peters scharfen Augen. Eines Tages nahm er mich beiseite und sagte: »Dein Mann braucht eine feste Hand. Die Spieltische haben es ihm ein bißchen zu sehr angetan.«

Onkel Peter mußte es eigentlich wissen, denn er hatte sein Vermögen mit Spielklubs verdient — und anderen Amüsierlokalen.

Er ließ auch Justin nicht aus den Augen. Aber ich merkte, es fiel ihm schwerer, sich über Justin eine ebenso fundierte Meinung zu bilden wie über Gervaise.

An jenem Abend unterhielten sich Matthew und Onkel Peter noch eine Zeitlang über das fortgeschrittene Alter Palmerstons und äußerten Sorge um die Gesundheit Lord Derbys, der ihrer Ansicht nach mit Sicherheit die nächste Wahl gewinnen würde.

Unvermittelt sagte Onkel Peter: »Ach übrigens, ich habe Nachricht von Benedict.«

Ich bemerkte den raschen Blick sehr wohl, mit dem mich Gervaise von der Seite streifte.

Onkel Peter fuhr fort: »Er schreibt nur selten. Vermutlich ist er auf größere Schwierigkeiten gestoßen, als er zunächst dachte. Jetzt scheint er es allerdings geschafft zu haben.«

Erklärend wandte er sich an Gervaise und Justin. »Benedict, mein Enkel aus dem australischen Zweig der Familie, ist ein ausgesprochen zielstrebiger junger Mann. Als er von den Goldfunden in Australien erfuhr, machte er sich sofort auf den Weg dorthin. Er wollte sich seinen Anteil sichern.«

»Das liegt schon eine lange Zeit zurück«, ergänzte Tante Amaryllis.

»Ja, ja. Schon recht. Benedict ist ohnehin kein großer Briefeschreiber und hat sich selbstverständlich nicht mit uns in Verbindung gesetzt, solange es ihm schlechtging. Trotzdem muß ich sagen, er ist ein treuer und anhänglicher Bursche. Als er nach Australien ging, war er davon überzeugt, ein Vermögen zu machen. Er gehört zu den Männern, die nicht aufgeben, bevor sie ihr Ziel erreicht haben. Nur aus diesem Grund ist er immer noch dort unten.«

»Er hat also bis heute keine Vermögen gemacht«, sagte Matthew.

»Er schreibt, es hätte einige unerwartete Probleme gegeben, aber nun sei er auf dem richtigen Weg. Er habe hart gearbeitet, aber das Glück sei launisch. Die Goldfelder hätten ihm sein Auskommen einigermaßen gesichert, mehr aber auch nicht. Doch er habe die Hoffnung nie aufgegeben. Und jetzt sehe es so aus, als würden seine Träume in Erfüllung gehen.«

»Wo in Australien liegen denn diese Goldfelder?« erkundigte sich Justin.

»Irgendwo nördlich von Melbourne.«

»Ich kann mich erinnern, daß früher einmal viel über diese Funde geredet wurde«, sagte Justin. »Das muß über zehn Jahre her sein. Soweit ich gehört habe, hatte irgend jemand in Australien sehr viel Glück. In einem Ort namens Golden Point, wenn ich mich nicht irre. Der Mann hat ein riesiges Goldvorkommen entdeckt. Wie damals beim großen Goldrausch in Amerika ließen die Leute alles stehen und liegen und kamen aus der ganzen Welt dorthin. Jeder glaubte, in Kürze Millionär zu sein.«

»Und ist es einem gelungen?« fragte ich neugierig.

»Nicht nur einem. Mehrere Leute hatten geradezu unverschämtes Glück.«

»Hoffen wir, daß Benedict dazugehört«, meinte Onkel Peter. »Vorher kommt er nicht zurück. Er ist ein zäher, hartnäckiger Bursche. Wenn er ein Ziel hat, gibt er nicht auf. Entweder der Erfolg gibt ihm recht, oder er bleibt für den Rest seines Lebens draußen auf den Goldfeldern.«

»Ich finde das ungeheuer interessant«, behauptete Gervaise. »Ich habe Verständnis für die Leute, die der Goldrausch packt.«

»Die Goldsucherei ist ein reines Glücksspiel«, erklärte Onkel Peter. »Der Erfolg hängt ausschließlich vom Glück ab. Du kannst Tag und Nacht schuften und findest nichts. Und dann kommt irgendeiner daher, spaziert eine Woche lang in der Gegend herum und stolpert plötzlich über ein Vermögen.«

Tante Amaryllis schauderte. »Wie ungerecht! Mir würde das ganz und gar nicht gefallen.«

Onkel Peter sah sie mit einem nachsichtigen Lächeln an.

»Mach dir keine Sorgen, meine Liebe. Ich habe nicht die geringste Absicht, auf und davon zu gehen und mich auf den australischen Goldfeldern herumzutreiben.«

Alle lachten, und die Unterhaltung wandte sich anderen Dingen zu.

Auf dem Nachhauseweg machte Gervaise ein sehr nachdenkliches Gesicht.

»Interessant, was wir über Benedict gehört haben«, sagte er. »Das ist doch der, von dem du mir erzählt hast?«

Ich nickte.

»Scheint ein zäher Bursche zu sein.«

»Das kann man wohl sagen. Er läßt nicht locker. Ich bin überzeugt, er findet Gold.«

»Scheint aber ziemlich lange zu dauern.«

»Ja, aber letzten Endes wird es ihm gelingen.«

»Und dann kommt er als Millionär nach England zurück.«

Ich fragte mich, ob er in diesem Moment auch an mein Erlebnis mit Benedict dachte. In Gedanken mit der Vergangenheit beschäftigt, entging mir völlig, wie aufmerksam Gervaise mich bei seinen letzten Worten ansah.

Ein paar Tage später machten wir einen kurzen Besuch bei Onkel Peter und Tante Amaryllis. Während ich mich mit Tante Amaryllis unterhielt, verschwand Gervaise mit Onkel Peter in dessen Arbeitszimmer. Als sich die beiden wieder zu uns gesellten, wirkte Gervaise ein wenig aufgeregt, aber Onkel Peter strahlte seine gewohnte Ruhe aus.

Gervaise drängte auf einen baldigen Aufbruch. Ich hatte keine Ahnung, warum er es so eilig hatte.

Auf dem Heimweg verhielt er sich auffallend schweigsam. Als wir uns in unser Schlafzimmer zurückgezogen hatten, fragte ich ihn schließlich, was los sei.

»Was soll los sein? Nichts. Alles ist in bester Ordnung. Was hältst du davon, nach Australien zu gehen?«

»Was?« rief ich entsetzt.

»Wir gehen nach Australien«, erklärte er. »Das heißt, du nur, wenn du möchtest. Ich gehe jedenfalls. Wenn du mitkommst, wird mich das freuen.«

»Gervaise, wovon, um Himmels willen, redest du?«

»Anscheinend muß ich ganz von vorn anfangen.«

»Das empfiehlt sich im allgemeinen.«

»Ich habe Schulden. Um die Wahrheit zu sagen, ich bin bis über beide Ohren verschuldet.«

Entsetzen packte mich. Die Angst schnürte mir fast die Kehle zu.

»Aber wie? Wann? Ich habe mich so bemüht . . .«

»Ich weiß. Ich habe einiges an Justin verloren. Aber das ist nicht so schlimm. Es geht um die Klubs. Ich muß meine Schulden in den Klubs bezahlen, sonst werde ich gesperrt.«

»Das wäre wohl nicht das Schlechteste.«

»Das verstehst du nicht, Angelet. Spielschulden sind Ehrenschulden. Man kann den Schneider warten lassen. Oder den Metzger, den Bäcker. Aber Spielschulden in Klubs muß man bezahlen.«

»Wieviel?«

»Zu viel. Ich kann es dir nicht sagen.«

»Ich muß es wissen.«

»Da bin ich ganz anderer Meinung. Es sei denn, ich komme nicht alleine aus den Schwierigkeiten heraus. Das also war die schlechte Nachricht. Jetzt kommt die gute: Meine Schulden werden beglichen. Ich habe mit Onkel Peter gesprochen.«

»Was hat er denn damit zu tun?«

»Ihm gehören etliche Klubs, in denen ich spiele.«

»O Gervaise! Und ich habe darauf vertraut, daß du endlich vernünftig geworden bist.«

»Es tut mir leid«, sagte er mit kläglicher Stimme. »Aber jetzt paß auf: Wir gehen auf Goldsuche nach Australien und kehren als Millionäre zurück. Dann sind mir meine Schulden gerade mal ein Achselzucken wert. Mit einer noblen Geste werde ich alles bar bezahlen.«

»Sei vernünftig, Gervaise! Es handelt sich um eine ernste Sache.«

»Ich kann nur sagen, es tut mir leid, Liebling. Natürlich handelt es sich um eine ernste Sache. Aber auf uns wartet ein neues, aufregendes Leben.«

»Was hat Onkel Peter zu dir gesagt?«

»Daß er meine Schulden begleicht und uns das Geld für die Überfahrt vorstreckt. Und noch ein bißchen mehr, damit wir die Übergangszeit durchstehen. Außerdem will er Benedict schreiben und ihn bitten, uns am Anfang zu helfen. Sozusagen als unser Gönner und Schutzengel. Er meinte, wir sollten so bald wie möglich fahren.«

»Aus welchem Grund sollte ausgerechnet Onkel Peter für deine Schulden aufkommen?«

»Bestimmt nicht aus reiner Nächstenliebe, wie du dir das vielleicht vorstellst. Dein Onkel ist ein kluger Geschäftsmann. Er gibt mir sozusagen ein Darlehen. Selbstverständlich verlangt er eine Sicherheit für sein Geld.«

»Was heißt das nun wieder?«

»Eben eine Sicherheit. Aber das macht nichts, wir haben ja eine.«

»Was?«

»Dieses Haus.«

»Das ist das Hochzeitsgeschenk meiner Eltern!«

»Das mindert seinen Wert in keiner Weise.«

»Gervaise, was hast du bloß getan?«

»Bis jetzt noch gar nichts. Es hängt alles zur Zeit ein bißchen in der Luft. Aber das ist die beste Lösung. Um ehrlich zu sein, es ist die einzige Lösung. Ansonsten, fürchte ich, schmachte ich wegen meiner Schulden bald im Gefängnis. Und wie sollte ein armer Schlucker wie ich dann jemals seine Schulden bezahlen?«

»Gervaise, du machst mir angst.«

»Ich habe selbst Angst. Ich habe hin und her überlegt, um einen Ausweg aus dem ganzen Schlamassel zu finden. Und nun weiß ich, was ich mache. Ich muß unbedingt etwas unternehmen, Angelet, und zwar schnell.«

»Arbeiten, ja. Daran habe ich schon oft gedacht.«

»Du wirst sehen, es wird großartig. Diese Arbeit entspricht

ganz meinem Geschmack. Jeder Tag ein neues Spiel. Stell dir das vor! Ich spüre schon die prickelnde Aufregung. Jeden Tag gehe ich auf die Goldfelder hinaus und weiß dabei nie, ob heute mein großer Glückstag ist.«

»Wir wissen überhaupt nichts über Australien und noch weniger über die Goldsucherei. Wo werden wir denn wohnen?«

»Ach, da gibt es tausend Möglichkeiten. Der erfahrene und kluge Benedict wird uns beibringen, was wir wissen müssen. Du scheinst nicht sehr begeistert zu sein, Angelet.«

»Das fällt mir allerdings schwer. So ein verrücktes Unternehmen, ohne die geringsten Vorkenntnisse willst du einfach nach Australien. Und du überschreibst Onkel Peter dieses Haus, damit er deine Schulden bezahlt. Das darfst du gar nicht.«

»Dabei handelt es sich doch nur um ein Stück Papier, eine Sicherheit eben. Wenn wir erst mit unseren Millionen zurückkommen, bezahle ich sofort meine Schulden bei ihm, und unser kleines, nettes Häuschen gehört wieder uns. Es wartet auf uns, es läuft nicht weg. Aber vielleicht wünscht sich die Millionärin Angelet Mandeville ein prächtigeres Haus. Wie wär's mit einem Herrenhaus auf dem Land und einem großen Stadthaus dazu? Was meinst du, ob ab und zu auch ein Schloß zum Verkauf steht?«

»Meine Güte, Gervaise, du bist verrückt. Sei bitte vernünftig.«

»Das versuche ich ja, aber ich bin entsetzlich aufgeregt. Ich spüre die Spannung in jedem Knochen. Das ist genau das richtige für uns, glaube mir, Angelet.«

Nebeneinander im Bett liegend, sprachen wir über Australien. Mir kam es vor wie ein wirrer Traum. Das ganze Vorhaben war ein Hirngespinst, etwas, das er hoffentlich nie in die Tat umsetzen würde. Aber die Schulden beunruhigten mich. Und natürlich die Vorstellung, er könnte unser Haus verpfänden, um sie zu bezahlen.

Ich hatte mich getäuscht, es war kein Hirngespinst. Er hatte tatsächlich mit Onkel Peter darüber gesprochen. Bereits am nächsten Tag nahm mich Onkel Peter beiseite. »Im großen und ganzen halte ich es für eine ganz gute Idee. Gervaise ist und bleibt ein Spieler. Nichts und niemand bringt ihn davon ab. Ich kümmere mich um eure Angelegenheiten, solange ihr in Australien seid. Wenn er aus eigenen Kräften zu Geld kommt, besteht immerhin ein Fünkchen Hoffnung, daß er künftig weniger fahrlässig mit Geld umgeht.«

»Ist das dein Ernst? Glaubst du wirklich, wir sollten nach Australien gehen?«

»Wie gesagt, ich halte die Idee für nicht so schlecht. Die Leute reden bereits über Gervaises verhängnisvolle Neigung. Weniger, was das Spielen angeht, als vielmehr in bezug auf das Bezahlen. Ein Mann mit einem Lebensstil wie Gervaise braucht ein gutes Einkommen. Laß ihn nach Australien. Vielleicht kommt er dort zur Vernunft. Ich habe an Benedict geschrieben und bin sicher, er hilft euch, so gut er kann.«

Meine Eltern kamen nach London. Ich merkte ihnen deutlich an, daß ihnen die Idee gar nicht gefiel — am wenigsten meiner Mutter. Daß auch ich nun ans andere Ende der Welt ging, ängstigte sie, denn sie dachte selbstverständlich an den verhängnisvollen Aufenthalt mit ihren Eltern in Australien, der ein so entsetzliches Ende genommen hatte.

Ich war überzeugt, mein Vater hätte lieber Gervaises Schulden beglichen, als mich nach Australien reisen lassen. Aber langsam begriff ich, daß dies Gervaises Problem nicht lösen konnte. Er mußte selbst etwas dafür tun. Kaum wären diese Schulden bezahlt, würde er neue machen. Inzwischen kannte ich ihn gut genug. Er spielte nicht zum Zeitvertreib oder zum Vergnügen. Ihn trieb ein innerer Zwang, dem er nichts entgegenzusetzen hatte. Es war wie eine Krankheit, die immer wieder zum Ausbruch kam. Ich gelangte zu dem Schluß, uns bliebe wohl keine andere Wahl als Australien.

Grace reagierte entsetzt. »Überleg doch mal, was dich dort erwartet!«

»Meine Mutter hat mir genug erzählt. Aber schließlich ist sie lange nicht mehr in Australien gewesen. Vielleicht ist inzwischen alles besser geworden.«

Im stillen hegte ich große Bedenken, aber Gervaise war voller Zuversicht. Ich glaube, die Höhe seiner Schulden hatte ihm einen gehörigen Schrecken eingejagt. Er fürchtete die unausbleiblichen Konsequenzen, wenn es ihm nicht gelang, sie zu bezahlen. In seiner Verzweiflung glaubte er, den idealen Ausweg aus seinem Dilemma gefunden zu haben.

Morwenna war sehr traurig, als ich ihr von unserem Vorhaben erzählte. Justin blieb merkwürdig stumm und sah mich nur nachdenklich an. Ein paar Tage später besuchte mich eine sehr aufgeregte Morwenna.

Bevor ich sie fragen konnte, was geschehen war, platzte sie schon heraus: »Wir kommen mit. Justin findet die Goldsuche wundervoll. Er überlegt schon lange, welche Arbeit ihm Spaß machen könnte. Das sei gerade das richtige für ihn, hat er gesagt.«

Lachend sah ich sie an. Mir fiel ein Stein vom Herzen.

Vermutlich empfanden alle Beteiligten tiefe Erleichterung, als sie hörten, daß wir uns zu viert in das große Abenteuer stürzen wollten. Grace schien besonders froh darüber.

»Jetzt sieht die Sache schon ganz anders aus«, urteilte sie. »Das beruhigt mich ungemein.«

»Also wirklich, Grace«, antwortete ich, »wenn man euch so reden hört, könnte man meinen, ihr traut uns gar nichts zu.«

»Morwenna wird dir eine gute Gefährtin sein. Und Justin und Gervaise sind ein ideales Gespann.«

»Ich fürchte nur, beide spielen zu gern.«

»Hoffen wir, daß sie bei diesem Spiel gewinnen.«

Auch ich blickte etwas zuversichtlicher in die Zukunft. Fast freute ich mich schon auf das große Abenteuer. Meine Mutter tröstete ich mit den Worten, wir könnten ja schon sehr bald Glück haben und nächstes Jahr wieder in England sein.

Benedict hatte geschrieben. In seinem Brief versprach er, alles in seinen Kräften Stehende zu tun, um uns zu helfen. Er hatte einen Brief an mich persönlich beigelegt, in dem er mir versicherte, wie sehr er sich auf unser Wiedersehen freue. »Du mußt inzwischen erwachsen sein. Eine verheiratete Frau! Ich bezweifle, ob wir einander noch erkennen.«

Daran zweifelte ich keinen Augenblick. Meine Erinnerung an ihn war noch außerordentlich lebendig.

Nachdem alle notwendigen Formalitäten und Vorbereitungen erledigt waren, fuhren wir nach Tilbury und begaben uns an Bord der *Royal Albert*, die uns nach Melbourne bringen sollte.

Gold

Nachdem wir uns auf dem Schiff halbwegs eingerichtet und an den geregelten Ablauf des Bordlebens gewöhnt hatten, verflog unsere anfängliche Aufregung rasch. Die Häfen, in denen wir anlegten, eröffneten mir eine völlig neue Welt, und ich fing an, die Reise zu genießen. Gervaise erwies sich als wundervoller Gefährte. An seine drückenden Schulden schien er sich nicht einmal mehr zu erinnern. Seiner Überzeugung nach lag eine glänzende Zukunft vor uns. Mit seinem Optimismus steckte er mich immer wieder an.

In Gervaises Gegenwart vergaß ich schnell jeden Anflug von Trübsal. Vermutlich habe ich mich aus diesem Grund in ihn verliebt. Er besaß die Gabe, über alles Unerfreuliche mit einem Achselzucken hinwegzugehen und auch den kleinsten Anlaß zu Freude und Vergnügen von Herzen auszukosten. Gegenwart und Zukunft sah Gervaise stets in den leuchtendsten Farben. Das Dunkle, Unangenehme gehörte der Vergangenheit an, die schleunigst aus dem Gedächtnis gestrichen werden sollte.

Ich hatte ihn eindringlich gebeten, nicht mehr zu spielen. »Du hast gesehen, wohin das führt.«

Daraufhin hatte er mich mit einem übertrieben zerknirschten Gesichtsausdruck angesehen und gemeint, er unternähme alles in seiner Macht Stehende, um mir von nun an nur noch Freude zu bereiten. Ich nahm das durchaus ernst und deutete seine Miene so, daß er sich zumindest Mühe geben werde, mit dem Spielen aufzuhören.

Ich war jung, von Natur aus abenteuerlustig, und mir gefiel die Reise. Kurzerhand machte ich mir Gervaises Optimismus zu eigen: Wir *finden* Gold und kehren in kürzester Zeit als reiche Leute nach England zurück, begleichen sämtliche Schulden bei Onkel Peter und leben glücklich in unserem gemütlichen kleinen Haus, auf das ich so stolz war.

In erwartungsvoller Zuversicht genoß ich die Reise. Oft unterhielten wir uns mit Kapitän Gregory, der Australien sehr gut kannte. Sein Vater hatte sich dort vor vierzig Jahren niedergelassen und in der Gegend von Melbourne Grundbesitz erworben. Der Kapitän war dann nach England gegangen, um Schiffahrtskunde zu studieren. Wenn sein Schiff Australien anlief, besuchte er regelmäßig seine Familie. Häufig aßen wir zusammen mit dem Oberbootsmann — einem sympathischen jungen Mann, der uns Wissenswertes über das Schiff erzählte.

Wir freuten uns auf jeden Hafen, in dem wir an Land gehen konnten. Morwenna sagte lachend, das Schönste an einer Seereise sei, morgens aufzuwachen und festzustellen, daß das Schiff in einem Hafen vor Anker liege. Mit größtem Vergnügen besichtigten wir gemeinsam mit Morwenna und Justin die fremden Städte. Die exotischen Orte und Landschaften und die unbekannten, uns zum Teil recht merkwürdig anmutenden Landesbräuche faszinierten uns.

Ich fand es wundervoll, plötzlich mit eigenen Augen all die Orte zu entdecken, die ich bisher nur als Namen auf der Landkarte gekannt hatte. Auf Teneriffa mieteten wir eine Pferdekutsche und besuchten den Schauplatz der Schlacht, in der Lord Nelson den rechten Arm verloren hatte. Von dieser herrlichen Insel nahm ich nur ungern Abschied. Ich bedauerte unendlich, daß unsere Zeit zu knapp bemessen war und wir auf eine Fahrt in die Kraterlandschaft der Las Cañadas und auf eine Besteigung des hoch aufragenden Pico de Teide, der majestätisch die ganze Insel beherrschte, verzichten mußten.

Ich beklagte mich beim Kapitän über die Kürze unseres Aufenthalts. Lächelnd sah er mich an. »Unsere Aufgabe, verehrte junge Dame, besteht darin, Sie so schnell wie möglich nach Melbourne zu bringen. Wir legen unterwegs nur an, um Fracht aufzunehmen.«

Gervaise tröstete mich: »Ein kurzer Aufenthalt ist vielleicht gar nicht so schlecht, denn dabei genießt man jeden Augenblick besonders intensiv.«

Er war wild entschlossen, jeden Augenblick seines Lebens voll auszukosten. Sollte er jemals auch nur den geringsten Zweifel daran gehegt haben, in Australien einen bedeutenden Goldfund zu machen, so hat er es zumindest nie gezeigt.

Sehr gut erinnere ich mich auch an unseren Aufenthalt in Durban, der Hauptstadt von Natal, das erst seit kurzem britische Kolonie war. Durban liegt direkt an der Küste, und die einmalige Schönheit dieser Stadt bezauberte mich. Der Anblick und das Geräusch der sich am Ufer brechenden Wellen wird mir unvergeßlich bleiben. Aus irgendeinem Grund, den ich mir bis heute noch nicht erklären kann, beeindruckte mich die Brandung an dieser Küste mehr als an jedem anderen Ort der Welt.

Vielleicht blieb mir Durban aber auch wegen einer ganz bestimmten Begebenheit so deutlich in Erinnerung.

Nach der Rückkehr von unserem Landausflug sagte Morwenna, sie wolle sich sofort niederlegen. In der Tat sah sie sehr müde und erschöpft aus. Ich hatte das Gefühl, irgend etwas quälte sie, und nahm mir vor, sie bei der nächsten Gelegenheit danach zu fragen.

Diese Gelegenheit ergab sich, als das Schiff in Durban ablegte. Wir saßen zusammen an Deck. Die See lag spiegelglatt vor uns. Nicht die kleinste Welle kräuselte die Wasseroberfläche, die einen Farbton durchscheinender Jade mit einem getupften Hauch von Aquamarin widerspiegelte.

Ich blickte Morwenna von der Seite an. Sie war auffallend blaß und hatte dunkle Ringe unter den Augen.

»Morwenna, fühlst du dich nicht wohl?«

»Doch, doch«, antwortete sie in ungewohnt scharfem Ton. »Warum fragst du?«

»Ich finde, du siehst ein wenig ... abgespannt aus.«

»Abgespannt? Du meinst müde.«

»Ja. Aber auch, na ja, wie soll ich es sagen, ein wenig besorgt.«

Nach längerem Schweigen sagte sie: »Ich bin sehr glücklich, Angelet. Ich glaube, ich war in meinem ganzen Leben noch nie so glücklich. Natürlich fehlen mir Mutter und Pa. Sicher machen sich meine Eltern große Sorgen um mich.«

»Das ist anzunehmen, aber nicht weiter ungewöhnlich. Du bist ihnen das Liebste auf der Welt. Aber mit Trennungen müssen sich alle Familien abfinden. Irgendwann werden die Kinder erwachsen, heiraten und führen ihr eigenes Leben. Meinen Eltern geht es da nicht anders als deinen.«

»Ich weiß.«

»Also bedrückt dich nicht so sehr die Trennung von deinen Eltern. Was ist es dann?«

»Ich bin nicht bedrückt, Angelet, ganz im Gegenteil. Ich bin sehr glücklich.«

»Was versuchst du eigentlich, mir zu sagen?«

»Ich dachte, du errätst es. Ich erwarte ein Kind.«

»Morwenna!«

Mit einem strahlenden Lächeln sah sie mich an. »Ich habe mir so sehr ein Baby gewünscht, Angelet. Ein winziges Baby ... mein Kind. Und natürlich Justins.«

»Was sagt Justin dazu?«

»Er weiß es noch nicht. Deshalb mache ich mir ein bißchen Sorgen. Wahrscheinlich wirke ich aus diesem Grund etwas niedergeschlagen. Weißt du, ich habe Angst, mit ihm darüber zu sprechen. Er genießt diese Reise von ganzem Herzen. Auf keinen Fall möchte ich ihm die Freude daran verderben.«

»Glaubst du, er will kein Kind?«

»Nein, nein. Er hat nichts dergleichen gesagt. Aber wir fahren in dieses fremde Land und wissen nicht, was uns dort erwartet. Er wird sich Sorgen um mich machen. Und um das Baby.«

»Dazu besteht kein Grund. Die Australier haben sicher auch Hebammen und Ärzte.«

»Ja, wahrscheinlich.«

»Weißt du, ich finde es wundervoll. Ach, Morwenna, ich kann es noch gar nicht fassen. Du und ein Baby! Ich beneide dich.«

»Das brauchst du nicht. Du bekommst eines Tages auch ein Baby.«

»Hoffentlich. Und Justin weiß es wirklich nicht?«

»Bis jetzt nicht. *Ich* wußte es schon vor unserer Abreise, oder zumindest habe ich es geahnt. Aber ich habe niemanden eingeweiht, sonst hätten sie mich nicht weggelassen. Mutter und Pa hätten das nie erlaubt. Mein Vater kann außerordentlich stur sein. Er hätte mir die Reise rundweg verboten, wenn ich mich auch nur mit einem Sterbenswörtchen verraten hätte. Meine Eltern hätten unbedingt darauf bestanden, mich nach Pencarron mitzunehmen, damit mein Kind dort geboren wird.«

»Ich verstehe.«

»Dann hätte ich Justin alles verdorben, verstehst du? Mir ist nicht entgangen, wie wichtig ihm Australien ist. Ich hatte fast den Eindruck, als bliebe ihm gar nichts anderes übrig, er mußte dieses riskante Unternehmen einfach wagen. In London hat er sich gelangweilt. Endlich interessierte und begeisterte ihn etwas. Er ist ganz sicher, in Australien Millionär zu werden.«

»Gervaise auch.«

»Du hättest an meiner Stelle nicht anders gehandelt, Angelet.«

»Höchstwahrscheinlich nicht. Aber jetzt kannst du doch dein Geheimnis lüften. Du bist auf dem Schiff. Wir sind unterwegs und können nicht mehr zurück.«

»Ja«, antwortete sie ein wenig gequält. »Aber ich will Justin nicht beunruhigen.«

»Aber du mußt doch deine Freude mit ihm teilen. Außerdem brauchst du in deinem Zustand mehr Rücksicht und Fürsorge. Wir alle sollten dich ein wenig verwöhnen.«

»Das ist lieb von dir. Ich bin froh, daß du Bescheid weißt.«

»Ich finde, wir sollten es den Männern mitteilen.«

»Hm, also gut. Ich sage es Justin, sobald wir allein sind.«

»Darf ich es Gervaise sagen?«

»Wenn du willst.«

Als ich ihm die Neuigkeit berichtete, amüsierte er sich köstlich. »Also wirklich, das Mädchen hat Ideen. Hat sie uns doch tatsächlich ein Schnippchen geschlagen.«

»Sie freut sich sehr auf das Baby. Morwenna ist ein ganz uneigennütziger Mensch. Die Vorstellung, unter primitiven Bedingungen leben zu müssen, scheint ihr nicht das geringste auszumachen. Ihre ganze Sorge gilt nur Justin. Sie will ihm auf keinen Fall die Reise verderben.«

»Ja, sie ist ein gutes Mädchen. Justin hat Glück gehabt. Das heißt, wir beide, er und ich, haben Glück gehabt.«

An diesem Abend feierten wir ein kleines Fest. Ein überglücklicher Justin und eine freudestrahlende Morwenna saßen uns am Tisch gegenüber. Morwenna bestand darauf, niemanden in England von ihrer Schwangerschaft zu unterrichten. Erst nach der Geburt des Kindes wollte sie ihre Eltern benachrichtigen. Sie konnte den Gedanken nicht ertragen, daß sich ihre Eltern entsetzliche Sorgen um die Tochter und das Baby machten, die in der australischen Wildnis zurechtkommen mußten.

Ein weiterer Tag dieser Reise ist unauslöschlich in meiner Erinnerung verankert. Wir verbrachten einen Tag in Bombay und wollten die kurze Zeit, die uns für einen Landgang zur Verfügung stand, so gut es ging ausnutzen. Trotz der ungeheuren Hitze und der zahllosen Bettler, die sich um uns drängten, verzauberte mich die exotische Atmosphäre dieser Stadt. Schon nach kürzester Zeit hatte Gervaise das ganze Geld, das er mitgenommen hatte, an die Bettler verteilt. Was wir an diesem Tag noch an Geld benötigten, borgte er sich gut gelaunt von Justin. In der einmaligen Szenerie dieser vor Leben pulsierenden Stadt kauften wir wunderschöne Seidenstoffe, aus Ebenholz gefertigte Elefanten und bezaubernde Elfenbeinschnitzereien.

Am Abend dieses aufregenden, ereignisreichen Tages speisten wir am Tisch des Kapitäns. Er war der geborene Erzähler und redete gern und weitschweifig. Jeden Tag saßen andere Passagiere am Kapitänstisch. Stets hörte man von dort munteres Geplauder und fröhliches Gelächter. Gervaise vermutete, der Kapitän gäbe wieder und wieder dieselben Geschichten zum besten und wünsche aus diesem Grund stets neue Gesichter an seinem Tisch.

An diesem Abend schwelgte er in Erinnerungen.

»Den größten Teil der Reise haben wir hinter uns. Bald laufen wir unseren Bestimmungshafen an. Und dann muß ich mich leider von meinen reizenden Passagieren verabschieden.«

Wir versicherten ihm, wie gut uns die Reise gefallen habe.

»Die erste Seereise ist schon ein Abenteuer für sich. Wenn ich dagegen bedenke, wie oft ich schon vom guten alten Europa nach Australien gesegelt bin... also, um ehrlich zu sein, ich weiß kaum noch, wie viele Fahrten ich hinter mir habe.«

»Wahrscheinlich langweilen Sie sich inzwischen auf diesen Reisen«, bemerkte ich.

»O nein, ganz und gar nicht. Ich komme immer wieder mit anderen Menschen zusammen. Es ist erstaunlich, wie verschieden die Menschen sind. Keine Reise gleicht der anderen, und das liegt nur an den Menschen. Ich mache mir so meine Gedanken über meine Passagiere. Sie zum Beispiel wollen sich bestimmt nicht auf Dauer in Australien niederlassen. An Bord befinden sich etliche Auswanderer, die dort ein neues Leben anfangen möchten. Was Sie betrifft, vermute ich, Sie besuchen Verwandte. Habe ich recht?«

Gervaise antwortete: »Nein. Wir wollen einen kurzen Blick auf die Goldfelder werfen.«

»Aha. Aus dem Grund kommen viele. Aber inzwischen hat das Goldfieber zum Glück ein wenig nachgelassen. Wohin gehen Sie denn?«

»Nach Golden Creek, einige Meilen nördlich von Melbourne.«

»Oh, nach Lansdon Country.«

»Lansdon Country?« stammelte ich.

»Die Leute nennen die Gegend so. Ein Bursche namens Lansdon hat dort vor einigen Jahren für beträchtliches Aufsehen gesorgt. Er ist so eine Art großer weißer Häuptling.«

»Wir sind mit ihm verabredet. Er ist... ein Bekannter von mir.«

»Fein. Bei Ben Lansdon sind Sie in den besten Händen. Könnte Ihnen nichts Besseres passieren.«

»Kennen Sie ihn?«

»Jeder dort kennt Ben Lansdon.«

»Warum? Was hat er denn angestellt?«

»Nun, in gewisser Weise hat er sich selbst einen Namen gemacht. In der Gegend um Golden Creek hält man große Stücke auf ihn. Sein Aufstieg begann gegen Ende der Eureka-Stockade-Affäre.«

»Davon habe ich noch nie gehört. Worum ging es denn da?« erkundigte sich Gervaise.

»Vermutlich erreichen solche Schlagzeilen das alte Mutterland nicht. Und falls doch, sind sie den englischen Zeitungen nur ein paar wenige Zeilen auf der letzten Seite wert. In Melbourne wußte jedes Kind Bescheid. Peter Lalor war der Held der Affäre. Damals haben sich die Goldgräber gegen die Regierung erhoben, und am Ende haben sie sogar gewonnen. Ben Lansdon hat viel Ähnlichkeit mit Peter Lalor. Er ist die geborene Führernatur. Lansdon nimmt die Dinge in die Hand, und schon läuft's. Zugegeben, ich habe mich etwas salopp ausgedrückt, aber so ungefähr trifft es schon zu. Er ist ein angesehener Mann.«

In mir regte sich ein Funken Stolz. Ich erinnerte mich an meine Zeit mit ihm auf Cador. Für mich war er immer etwas Besonderes gewesen, und bis er mich mit all den Schwierigkeiten allein zurückgelassen hatte, hatte ich ihn unendlich bewundert.

Der Kapitän lehnte sich gemütlich zurück. Er genoß es sichtlich, aufmerksame Zuhörer um sich zu scharen. Auch diesmal konnte er sich über mangelndes Interesse nicht beklagen.

»Alles begann mit dem Gold. In Australien hatte es schon seit Jahren immer wieder kleinere Goldfunde gegeben, aber dann — wann war das bloß gleich? Es muß Anfang der fünfziger Jahre gewesen sein — entdeckte ein Mann Gold in Neusüdwales. In ein paar Tagen fand er in Ballarat, nicht weit von Melbourne, sechshundert Unzen. Und dann ging's los. Die Leute buddelten wie die Verrückten. Das Goldfieber war ausgebrochen. Manche fanden sogar etwas. In ganz Victoria tummelten sich Goldsucher. Mein Vater hat mir oft erzählt, wie sich das Land fast über Nacht veränderte. Überall entstanden kleine Siedlungen. In seinem Heimatort baute man sogar ein Hotel. Natürlich nicht gerade ein Luxushotel, wie es die Leute von zu Hause gewohnt waren, aber immerhin gut genug für die Goldsucher. Die hatten ohnehin nichts anderes im Kopf als Gold. Tausende von Männern strömten auf die Goldfelder. Wenn einer jahrelang an derselben Stelle grub und großes Glück hatte, konnte er Millionen verdienen. Aber der Vorrat ist nicht unerschöpflich. Es ist ein hartes, entbehrungsreiches Leben. Viele arbeiteten wochen- und monatelang und fanden nicht das kleinste Körnchen Gold. Meiner Meinung nach wollte die Regierung damals den Goldrausch unter Kontrolle bringen und hat deshalb beschlossen, Lizenzen an die Goldgräber zu vergeben. Nur wer eine Genehmigung bekam, durfte graben. Je mühseliger die Goldgräberei wurde, um so höher stiegen die Gebühren für die Genehmigung. Die Regierung wollte die Leute unbedingt zurück in die Städte holen und dieser fieberhaften Suche nach Gold, das in solchen Mengen gar nicht vorhanden war, ein Ende bereiten.«

»Aber mit dieser Politik waren die Leute wohl kaum einverstanden«, warf Gervaise ein. »Sie sind wegen des Goldes hingekommen und wollten sich natürlich die Chance auf Reichtum nicht verderben lassen.«

»Ganz genau«, bestätigte der Kapitän. »Aber die Überlegungen der Regierung gingen nun einmal in diese Richtung. Im Grunde wäre es kein Problem gewesen, hätte jeder Gold gefunden. Wenn nun aber die Suche erfolglos blieb, wie sollten sie dann die Lizenzgebühr an die Regierung entrichten? Sie schlossen sich zusammen und machten Peter Lalor zu ihrem Anführer.«

»Und Ben Lansdon«, fügte ich hinzu.

»Oh, das war lange bevor Lansdon auftauchte. Alles, wovon ich Ihnen gerade erzähle, geschah mindestens zehn Jahre vor seiner Ankunft. Ich sagte nur, Ben wäre ein neuer Lalor. Solche Leute sind immer dann zur Stelle, wenn die Zeit für sie reif ist. Nun, die Regierung verabschiedete einen Beschluß, der anordnete, sämtliche Lizenzen zu überprüfen. Wer keine gültige Lizenz besaß, mußte auf der Stelle von den Goldfeldern verschwinden. Sie können sich bestimmt vorstellen, was die Goldsucher dazu sagten.«

»Aber wie gelang es ihnen, ihre Interessen erfolgreich gegen die Regierung durchzusetzen?« fragte Justin.

»Moment, ich sag's Ihnen gleich. Lalor scharte die Leute um sich. Sie wußten, die Kontrolleure der Regierung waren unterwegs, um die Lizenzen zu prüfen. Auf den Goldfeldern wurden Palisaden und Barrikaden errichtet, hinter denen sich die Goldsucher verschanzten. Eigentlich müßten Sie auch in England von der Eureka-Stockade gehört haben. Die Goldgräber hatten sich also gebührend auf das Erscheinen der Regierungsleute vorbereitet. Als die Kontrolleure anrückten, nahmen alle, die noch nicht die inzwischen übermäßig erhöhte Gebühr bezahlt hatten, ihre Lizenzen und warfen die Papiere brennend über die Palisaden.«

»So langsam begreife ich, worum es ging«, sagte Justin. »Die Goldsucher mußten ihre Lizenzen erneuern lassen und protestierten auf diese Weise gegen die enorme Gebührenerhöhung.«

»Das hat bestimmt eine wesentliche Rolle gespielt«, bekräftigte der Kapitän. »Aber Sie wissen ja, wie sich derartige Dinge entwickeln. Sie besitzen eine eigene Dynamik. Aus dem Widerstand einer kleinen Gruppe von Goldsuchern wurde ein regelrechter Aufstand. Die Regierung mußte die Armee einsetzen. Die Goldsucher verbarrikadierten sich hinter ihrem Palisadenzaun und hißten eine eigene Flagge. Diese Flagge — die Sterne des Kreuz des Südens in Weiß auf blauem Untergrund — wehte praktisch über jedem Goldfeld in Victoria. Bei uns heißt sie Eureka-Flagge.«

»Wer hat gesiegt?« erkundigte sich Gervaise.

»Wie Sie sich denken können, befanden sich die Goldsucher in der Minderheit. Das Verhältnis stand angeblich drei zu eins. Sie waren nur siebzig Mann, aber sehr tapfer, und sie kämpften um das, was sie für ihr Recht hielten. Trotzdem überwältigten die Soldaten das Häufchen Aufständischer rasch. Allerdings mußten beide Seiten hohe Verluste hinnehmen.«

»Also mißlang der Aufstand«, meinte Justin traurig.

»So kann man es auch wieder nicht sagen. Die Regierung hatte sich gezwungen gesehen, den Goldsuchern klarzumachen, daß sie sich nicht außerhalb des Gesetzes stellen dürfen. Andererseits fürchtete sie, daß sich die Aufstände im ganzen Land ausbreiten könnten. Langfristig gesehen, haben die Aufständischen der Eureka-Stockade gesiegt. Noch vor Jahresfrist wurden die Gesetze geändert. Die Lizenzkontrolle wurde wieder abgeschafft. Die Regierung von Victoria wollte es sich nicht gänzlich mit den Goldsuchern verderben. Und diese hatten ihr Ziel erreicht. Lalor, der Anführer der Revolte, wurde sogar ins Parlament von Victoria gewählt. Inzwischen ist er ein angesehener Abgeordneter. Aber wie bin ich nur darauf gekommen? Ach ja, Ben Lansdon, wegen seiner Ähnlichkeit mit Peter Lalor.«

»Ein großartiger Mann«, bemerkte ich.

»Eine große Persönlichkeit, allerdings«, bestätigte der Kapitän. »Manche Männer sind eben geborene Führernaturen.«

»Wie Ben Lansdon?«

»Das sagte ich bereits. Und von den Leuten, die ihn kennen, wird mir da keiner widersprechen. Er hat die Sache in Golden Creek schon bewundernswert angepackt.«

»Ist er auf eine riesige Goldader gestoßen?«

»Verehrte junge Dame, niemand — nicht einmal Ben Lansdon — findet Gold, wo es keines gibt.«

Justin fragte rasch: »Wollen Sie damit sagen, in Golden Creek gibt es gar kein Gold?«

»Wer kann das schon mit Gewißheit behaupten? Zu Beginn des Goldrausches fanden die Männer Nuggets haufenweise. Aber wie ich bereits erwähnte, haben sich die Verhältnisse geändert. Kein Bodenschatz ist unerschöpflich — auch Gold nicht. Aber vielleicht suchen die Leute an den falschen Stellen. Soweit ich weiß, gab es jedenfalls in den letzten zehn Jahren in Golden Creek keine großen Funde mehr.«

»Sie sagten, die Gegend um Golden Creek heiße Lansdon Country«, erinnerte ich ihn.

»Er hat Männer angestellt, die für ihn arbeiten. Wissen Sie, manche Goldgräber arbeiten lieber für einen festen Wochenlohn, anstatt immer wieder vergeblich auf den großen Fund zu warten. Meist handelt es sich um Männer mit Familie. Von Hoffnung allein kann niemand eine Familie ernähren. Und Lansdon — nun ja, er gehört nicht gerade zu den Männern, die harte Knochenarbeit schätzen. Die Schufterei in einer Goldmine ist Schwerarbeit, das können Sie mir glauben. Also hat er Leute angeheuert, die die Drecksarbeit für ihn erledigen.«

»Und was macht er?«

»Er ist der Kopf des Unternehmens und hält sich jeden Tag in seiner Mine auf, um den Fortgang der Arbeiten zu überwachen. Ihm entgeht nichts. Einen kleinen Gewinn wirft seine Mine schon ab. Er hatte vor einigen Jahren einmal Glück. Der Erlös hat ausgereicht, um sich ein eigenes Haus bauen und ein wenig Komfort leisten zu können. Der Ort hat ihm viel zu verdanken. Lansdon achtet sorgfältig auf Recht und Ordnung. Dort draußen werden die Männer mit der Zeit ein bißchen rauh, aber das ist weiter nicht erstaunlich. Man muß sich vorstellen, tagein, tagaus warten sie auf den großen Fund, den sie nie machen. Irgend jemand hat einmal gesagt: ›Hoffen und Harren macht manchen zum Narren.‹ Und da ist was Wahres dran. O ja, Ben hat viel für den Ort getan. Er ist der König von Golden Creek, und er gefällt sich in der Rolle. Er liebt die Macht.«

Plötzlich empfand ich tiefe Sehnsucht nach ihm. Längst vergessene Erinnerungen an lange Gespräche kehrten zurück. In Gedanken hatte ich Ben nur noch mit dem schrecklichen Erlebnis am Teich in Verbindung gebracht und nicht mehr an die schönen gemeinsamen Ausflüge gedacht.

Gervaise streifte mich mit einem raschen Seitenblick. »Ich kann es kaum erwarten, den großartigen Helden endlich kennenzulernen.«

Als wir am Abend allein in unserer Kabine saßen, sagte er: »Dieser Kapitän ist offensichtlich ein großer Verehrer deines Ben, der in seinen Augen ein außerordentlich zielstrebiger, eindrucksvoller Mann zu sein scheint. Was empfindest du bei dem Gedanken, ihn bald wiederzusehen?«

»Ich weiß es nicht.«

»Ob mit dieser Begegnung deine Erinnerungen wieder lebendig werden? An all das, was vorgefallen ist?«

»Wahrscheinlich. Aber inzwischen hast du mich überzeugt, daß es damals für Ben und mich keine andere Möglichkeit gab.«

»Ich vermute, darüber ist sich diese großartige Führungspersönlichkeit längst im klaren. Ich könnte wetten, er hat den Vorfall völlig vergessen.«

»Kann ein Mensch ein solches Erlebnis je vergessen?«

Er faßte mich unters Kinn, hob mein Gesicht zu sich hoch und küßte mich.

»Du vielleicht nicht, Angelet. Ein Mann wie Ben sicher.«

Ich nickte stumm.

Er stand schon am Kai, als das Schiff anlegte. Ich erkannte ihn sofort.

Er war sehr groß und auffallend schlank. So mager hatte ich ihn nicht in Erinnerung gehabt. Die Sonne hatte sein Haar ausgebleicht, gegen seine braungebrannte Haut sah es fast weiß aus. Seine Augen leuchteten in strahlendem Blau. Kleine Falten hatten sich in seine Augenwinkel eingegraben, als hätte er die Augen häufig zum Schutz vor der grellen Sonne zugekniffen. Seine ganze Erscheinung strahlte Autorität aus.

Auch er erspähte mich sofort und eilte mit großen Schritten auf uns zu.

»Angel!« rief er. »Das ist unverkennbar die kleine Angel. Dich hätte ich unter allen Menschen der Welt sofort herauserkannt. Du bist ziemlich gewachsen, seit wir uns das letzte Mal gesehen haben.«

Lachend antwortete ich: »Du auch, Ben.«

Er umarmte mich und drückte mich ganz fest. Übermütig grinste er Gervaise an. Anscheinend hatte er sofort erkannt, daß Gervaise mein Ehemann war. »Wir sind alte Freunde«, erklärte er, als müsse er sich für seine überschwengliche, vertrauliche Begrüßung entschuldigen.

»Ich weiß«, erwiderte Gervaise und lächelte charmant. »Angelet hat mir viel von Ihnen erzählt. Darf ich Ihnen Justin Cartwright und seine Frau Morwenna vorstellen?«

»Ich freue mich, daß Sie mitgekommen sind«, sagte Ben. »Sicher möchten Sie ein oder zwei Tage in Melbourne verbringen, ehe wir ins Landesinnere fahren. Ich habe Zimmer im ›Lord Melbourne‹ reserviert. Das Gepäck wird gleich ins Hotel geschickt. Vermutlich haben Sie mehr als nur einen Koffer mitgebracht. Ich kümmere mich darum, daß das gesamte Gepäck nach Creek hinausgeschafft wird.«

»O Ben, das ist sehr liebenswürdig. Vielen Dank für deine Hilfe«, sagte ich.

Gervaise, Morwenna und Justin stimmten eifrig zu.

»Das ist doch selbstverständlich. Ich freue mich, daß ihr alle gesund und munter eingetroffen seid. Ich kann es kaum erwarten, endlich Neuigkeiten aus der Heimat zu erfahren. Ganz Golden Creek wartet sehnlichst auf euch. Aber jetzt gehen wir erst einmal in das Hotel, und ich erzähle euch, welche Vorbereitungen ich getroffen habe.«

Er half uns in ein seltsames Gefährt und erklärte, es handle sich um einen sogenannten Buggy. Rasch fuhren wir durch die von ansehnlichen Häusern gesäumten Straßen und erreichten schon bald das Hotel.

Ben führte uns hinein zum Empfang, wo uns eine schwarzgekleidete Dame freundlich begrüßte. Ich warf einen flüchtigen Blick in die Halle. Dort saßen an mehreren Tischen Männer, andere lehnten an der Bar. Jeder hatte ein Glas vor sich stehen. Anscheinend wurde hier viel getrunken.

Ein Hausdiener ging vor uns eine breite Treppe hinauf und führte uns über einen langen Korridor in unsere Zimmer, die auf die Straße hinausgingen. Die Zimmer erwiesen sich als recht geräumig und hatten sogar eine Nische mit einer Waschgelegenheit. Dieser Luxus war eine durchaus angenehme Überraschung.

Kaum hatte Gervaise die Tür hinter dem Diener geschlossen, umfaßte er meine Taille und wirbelte tanzend mit mir durch das Zimmer.

»Wir sind da!« jubelte er. »Und jetzt — jetzt werden wir reich!«

»O Gervaise«, sagte ich matt. »Hoffentlich hast du recht.«

»Natürlich. Vertrau mir. Wir schaffen es.«

»Bist du sicher?« Ich war ein wenig verzagt.

Aber er nickte mit absoluter Gewißheit.

Ben hatte uns mitgeteilt, er verbringe ebenfalls eine Nacht im Hotel, damit wir nicht gleich am ersten Abend auf uns allein gestellt seien. Anschließend kehre er nach Golden Creek zurück. Wir sollten noch ein paar Tage in Melbourne bleiben.

Bei unserem ersten Abendessen in Melbourne erzählte er von den Verhältnissen in Australien. »Wahrscheinlich findet ihr das Leben in Creek ein wenig rauh. Aber ich muß euch sagen, die Bedingungen haben sich schon wesentlich verbessert, seit ich hier bin. Ich könnte mir vorstellen, die Stadt hat euch überrascht. Oder habt ihr solch stattliche Häuser und derartigen Komfort erwartet?«

Wir versicherten ihm, Melbourne habe einen ausgezeichneten Eindruck auf uns gemacht.

»Mit ein klein wenig Phantasie fühlt man sich mühelos in

eine englische Kleinstadt versetzt. Stimmt doch, oder? Na ja, wenigstens fast. Die Bevölkerung hat wahre Wunder vollbracht. Das alles wurde erst aufgebaut, seit wir eine autonome Regierung haben.«

»Aber Australien ist doch eine britische Kolonie«, wandte Gervaise ein.

»Schon, aber wir haben uns vom restlichen Australien separiert. Wir leben in der ›Kolonie Victoria‹. Das ist uns sehr viel lieber. Die Königin von England erteilte uns das Recht dazu. Ihr zu Ehren und aus Dankbarkeit gaben wir unserem Land den Namen Victoria. Ich zeige euch demnächst einen Zeitungsausschnitt aus dem *Melbourne Herald*, den ich aufgehoben habe. Inzwischen ist er Geschichte geworden. ›Phantastische Neuigkeiten‹, lautete damals die Schlagzeile. ›Endlich sind wir eine unabhängige Kolonie‹.«

»Ich hätte eher angenommen, Australien käme besser weg, wenn sich alle als Bewohner ein und desselben Landes fühlten«, wandte ich ein.

Ben schüttelte den Kopf. »Den Menschen hier geht ihre Unabhängigkeit über alles. 1851 war das große Jahr in der Geschichte Victorias.«

»In dem Jahr haben wir uns kennengelernt«, rutschte es mir gegen meinen Willen heraus.

Liebevoll lächelte er mich an. »Stimmt genau. Während der Weltausstellung im Hyde Park. Damals brach ich wie ein Sturm aus heiterem Himmel in euer Leben ein. Mein unvermutetes Erscheinen versetzte meinem Großvater einen ziemlichen Schock.«

»Dein Großvater ist hart im Nehmen. Ihn wirft so schnell nichts um.«

»Was das angeht, hat er Ähnlichkeit mit seinem Enkel.«

Seine blauen Augen funkelten mich vergnügt an. Ein heimliches Einverständnis flammte zwischen uns auf. Ich wußte, woran er dachte. Zweifellos erinnerte er sich daran, wie wir den Mann in den Teich geworfen hatten.

Rasch wechselte er das Thema.

»In Melbourne und Umgebung ist Reichtum an der Tagesordnung. Hier stehen auffallend viele herrschaftliche Häuser. Sie wurden alle erst nach dem Goldrausch gebaut. Wer gleich zu Beginn da war, konnte sein Glück machen.«

»Und was ist mit Ihnen?« wollte Justin wissen.

»Ich hatte noch ein bißchen Glück. Wenigstens ein paar Krümel haben sie mir übriggelassen. Eine reiche Ader befand sich allerdings nicht darunter.«

»Glauben Sie, es gibt kein Gold mehr?« Der besorgte Unterton in Justins Stimme war nicht zu überhören.

Ben schwieg eine Weile und sah uns nachdenklich an. Zögernd antwortete er: »Das weiß niemand. Zweifellos hat es hier Gold gegeben. Ob die Goldvorkommen bereits erschöpft sind, weiß ich nicht. Ich weiß nur eines: Es ist nicht mehr so leicht zu finden wie früher.«

»Wir wissen, daß dir eine Mine gehört«, sagte ich. »Der Kapitän der *Royal Albert* hat eine Menge über dich verraten.«

»Mein Ruhm eilt mir voraus.« Ben lachte vergnügt. »Was hat er denn über mich erzählt?«

»Daß du große Ähnlichkeit mit Peter Lalor hast.«

»Oooh ... mit unserem angesehenen Parlamentsabgeordneten, dem Helden der Eureka-Stockade. Es wäre mir nicht im Traum eingefallen, mich mit ihm zu vergleichen. Mir liegt es völlig fern, mich in die australische Politik einzumischen.«

»Er meinte, du seist eine Führernatur.«

Ben brach in lautes Lachen aus. »Lalor ist ein ehrenwerter, rechtschaffener Mann. Ich glaube kaum, daß ich ihm in dieser Hinsicht das Wasser reichen kann. Er handelt stets zum Wohl der Allgemeinheit.«

»Und wessen Wohl hast du im Auge?«

»Mein eigenes natürlich.«

Diese entwaffnende Ehrlichkeit brachte uns alle zum Lachen.

Als wir uns wieder gefaßt hatten, fuhr er fort: »Ich habe euch Plätze bei Cobb's besorgt. Seit es Cobb's gibt, fährt man sehr viel komfortabler nach Creek als früher.«

»Wer oder was ist Cobb's?«

»Mr. Cobb ist Kalifornier. Er kam nach Australien, als die Leute von den Goldfeldern in die Städte drängten, und gründete ein kleines Fuhrunternehmen. Heute hat er Niederlassungen in ganz Australien. Wir sind Mr. Cobb aus Kalifornien sehr dankbar. Er ist ein wahrer Segen für dieses Land, das versichere ich euch. Wenn ihr in einer seiner Kutschen reist und euch unterwegs einmal überlegt, wie ihr ohne ihn in diesem Land von einem Ort zum anderen gelangen würdet, spätestens dann stimmt ihr in den allgemeinen Lobgesang über ihn ein.«

»In Australien ist alles ganz anders als zu Hause. Ich weiß gar nicht, was wir ohne dich machen würden, Ben«, sagte ich dankbar.

»Ihr kämt schon zurecht. Es wäre nur ein wenig umständlicher und ein bißchen zeitraubender. Es ist immer von Vorteil, jemanden zu kennen, der bereits Bescheid weiß.«

»Onkel Peter meinte, du würdest uns nach Kräften unterstützen.«

»Selbstverständlich«, antwortete er. Seine blauen Augen hielten meine einen Augenblick lang fest. »Ich reise morgen ab, damit ich vor eurer Ankunft in Golden Creek alle nötigen Vorbereitungen treffen kann. Außerdem nehme ich an, die Damen möchten die Zeit in Melbourne gerne für ein paar Einkäufe nutzen. Wir haben zwar einen Laden in Creek, in dem man die meisten Dinge bekommt, aber die Auswahl ist schon sehr begrenzt. Ich werde Unterkünfte für euch besorgen ... in der Nähe eurer Arbeitsstätte. Ich gebe euch den guten Rat, zusammenzuarbeiten. Ihr seid aufeinander angewiesen. Es ist kein leichtes Leben dort draußen. Aber nach einer Zeit der Eingewöhnung kommt ihr bestimmt zurecht.« Er sah mich eindringlich an. »Ein Haus wie Cador oder das meines Großvaters in London wartet nicht auf dich.«

»Wir sind auf Unbequemlichkeiten vorbereitet«, antwortete ich.

»Dann ist es gut, denn die werdet ihr reichlich haben.«

Von Unbequemlichkeiten hörte Gervaise nicht gern. Ungeduldig sagte er: »Wir möchten uns gerne für Ihre Hilfe erkenntlich zeigen.«

»Gebt mir nach einem Goldfund eine Provision«, antwortete Ben etwas obenhin.

»Abgemacht«, erklärte Gervaise. »Darauf trinken wir.«

»Einverstanden, Partner. Aber erst müßt ihr einmal Gold finden.«

»Wie man uns erzählt hat, beschäftigst du angestellte Männer in deiner Mine«, sagte ich.

»Ja, das stimmt.«

»Sie selbst ... Sie suchen kein Gold?« fragte Morwenna schüchtern.

»Ich bin jeden Tag in der Mine. Ich weiß genau, was vor sich geht. Ich habe nur ein paar Männer angestellt, die mir die Knochenarbeit abnehmen.«

Ben übte noch immer dieselbe Anziehungskraft auf mich aus wie früher. Zu gerne hätte ich gewußt, ob er verheiratet war. Bisher hatte er noch kein Wort von einer Ehefrau verlauten lassen. Sicher wohnten in Golden Creek nur wenige Frauen. Ich hätte ihn fragen können, aber ich wollte nicht aufdringlich erscheinen und ließ es bleiben.

Wir zogen uns früh auf unsere Zimmer zurück, denn nach diesem anstrengenden Tag waren wir alle erschöpft. Ungeachtet seiner Müdigkeit befand sich Gervaise in bester Laune.

»Alles läuft hervorragend. Dieser Verwandte von dir — wirklich, ich muß sagen, ein bemerkenswerter Mann.«

»Ja, das finde ich auch.«

»Jetzt, nachdem ich ihn kennengelernt habe, betrachte ich vieles, was du von ihm erzählt hast, unter einem anderen Gesichtspunkt.«

»Gefällt er dir, Gervaise?«

Gervaise überlegte. »Ich bin mir nicht sicher«, antwortete er nach einer Weile. »Einerseits kann er bestimmt ein guter, zuverlässiger Freund sein, andererseits ist er rücksichtslos. Er muß über eine ordentliche Portion Skrupellosigkeit verfügen, wenn man bedenkt, was er getan hat.«

»Du meinst am Teich?«

»Ja. So zu handeln, erfordert einigen Mut — und einen kühlen Kopf. Ich glaube, er könnte ein guter Freund sein, aber trotzdem sollte ich mich vorsehen und ihn nicht gegen mich aufbringen.«

»Wie meinst du das?«

»Wie gesagt, ich halte ihn für einen rücksichtslosen Mann. Aber jetzt haben wir genug von ihm geredet. Wir sind endlich in Australien. Ist das nicht herrlich?«

»Ja, Gervaise. Es ist das größte Abenteuer meines Lebens. Mir gefällt dieses Land. Bestimmt gibt es hier auch gute Hebammen.«

Fassungslos starrte er mich an.

»Ich dachte an Morwenna«, erklärte ich. Seine Erleichterung entging mir nicht.

Wir blieben drei Tage in Melbourne. Morwenna und ich durchstreiften die Stadt, um einzukaufen. Vor allem hielten wir Ausschau nach Babykleidung. Die schönen Geschäfte mit ihrer reichhaltigen Auswahl begeisterten uns. Als wir an einem Krankenhaus vorbeikamen, wollte ich sofort nähere Erkundigungen über die Klinik einholen, aber Morwenna meinte, dazu sei es noch zu früh.

Wohin wir auch kamen, überall hieß man uns freundlich willkommen. Die Menschen freuten sich über jeden Besucher aus der alten Heimat, wie sie England stets nannten. Sie erkundigten sich sofort nach Neuigkeiten, und es fiel uns schwer, ihren Hunger nach Informationen zu stillen. Die Menschen sogen unsere Berichte förmlich in sich auf. Natürlich empfanden sie Stolz auf ihre Stadt, aber sobald sie von der alten Heimat sprachen, klang eine gewisse Wehmut in ihren Stimmen mit.

Doch wie aufregend mußte es sein, in einer Stadt zu leben, die sich noch im Entstehen befand. In England begegnete man auf Schritt und Tritt Zeugnissen aus der Vergangenheit. London, das Londinium der Römer, war eine altehrwürdige Stadt mit großer Tradition. Und Cornwall mit seinen Legenden und Sagen, den Überresten aus der Zeit vor der Christianisierung der Insel, schien seit Menschengedenken unverändert. Von Melbourne hatte vor ein paar Jahren noch kein einziges Haus gestanden.

Voller Vorfreude überlegte ich, was mich in diesem Land noch an Wundern erwarten würde. Ich dachte oft an Ben und wünschte, er wäre hier und ich könnte mit ihm sprechen. Er hätte mir bestimmt alles über seine Abenteuer in diesem Land erzählt.

Melbourne prunkte mit prachtvollen Häusern. Das Gold hatte die Stadt reich gemacht. Belustigt stellten wir fest, daß einer der schönsten Stadtteile den Namen Richmond trug, wohl in Erinnerung an die Stadt Richmond an der Themse.

Obwohl auf der anderen Seite der Welt, fühlte ich mich hier wie zu Hause. Ich wußte, diese Stadt könnte ich lieben. Melbourne war ganz anders als London und trotzdem nicht fremd. Die Verkäufer in den Geschäften sprachen nicht anders als in London. Sie berieten uns bei der Wahl der Babywäsche und der Vorräte, die wir ins Landesinnere unbedingt mitnehmen sollten. Aber Morwenna und ich kamen überein, erst einmal nach Golden Creek zu fahren und zu erkunden, was wir dort am dringendsten benötigten. Sobald wir genau Bescheid wüßten, wollten wir wieder nach Melbourne zurück und die Einkäufe erledigen. Viele Bewohner Melbournes berichteten mit großem Stolz über den Aufbau ihrer schönen Stadt. Sie erzählten von dem neuen Theater, den eleganten Geschäften, deren Zahl täglich anwuchs, und den imposanten Häusern. Nicht nur Architektur und Lebensstil, auch die Bräuche ihrer englischen Heimat hatten die Siedler mitgebracht. Hier spielte man Kricket wie in England. 1861 fanden in Melbourne sogar die englischen Kricketmeisterschaften statt. Zweitausend Menschen bereiteten den Spielern aus der alten Heimat einen begeisterten Empfang.

Das Leben unterschied sich in nichts vom Alltag zu Hause.

Unsere Männer plagte langsam die Ungeduld. Sie wollten endlich ans Ziel unserer Reise. Mir ging es ähnlich. Sosehr es mir in Melbourne gefiel und so gerne ich noch länger hiergeblieben wäre, sosehr drängte es mich, endlich in die Kutsche nach Golden Creek zu steigen.

Am vereinbarten Tag fuhren wir mit Cobb's ab. Die in Amerika gefertigten Kutschen dieses Reiseunternehmens waren schneidig aussehende Gefährte. Sechs kräftige Pferde mußten eine Kutsche ziehen, in der siebzig Fahrgäste Platz fanden.

Unser Gepäck befand sich bereits auf dem Weg nach Golden Creek, so daß wir uns darum nicht mehr kümmern mußten und uns relativ unbeschwert und frei fühlten.

Auf der Fahrt durch die Außenbezirke von Melbourne konnten wir noch einmal die eleganten Häuser bewundern, die zumeist im englischen Landhausstil erbaut waren.

Bald ließen wir die Stadt endgültig hinter uns. Soweit das Auge reichte, sahen wir nichts als monoton wirkendes offenes Land, nur hie und da unterbrochen von großen Eukalyptusbäumen — der australische Busch.

Auf dieser Fahrt zogen sich die Tage endlos hin. Morwenna machte mir Sorgen, denn sie zeigte bereits die ersten Anzeichen von Erschöpfung. Ich betete, sie möge die Reise gut und ohne Zwischenfall überstehen. Sobald wir das Ziel unserer Reise erreichten, wollte ich mich sofort nach einer Hebamme erkundigen, ob es Morwenna paßte oder nicht.

Zweimal übernachteten wir in Gasthäusern, die eigens für die Reisenden der Cobb's-Gesellschaft eingerichtet worden waren. Die Unterkünfte waren primitiv und keineswegs mit dem Komfort in der Stadt vergleichbar.

»Was soll's?« sagte Gervaise, sichtlich beeindruckt von der spartanischen Unterbringung. »Es sind ja nur zwei Nächte. Hier draußen darf man keinen Luxus erwarten. Darauf waren wir vorbereitet.«

Wir sehnten uns nach der Ankunft in Golden Creek.

Am Ziel unserer Reise stiegen einige Leute zusammen mit uns aus. Die übrigen Fahrgäste fuhren weiter zu anderen Goldfeldern.

Ben erwartete uns. »Am besten kommt ihr erst einmal mit zu mir. Eure Arbeitsstelle könnt ihr morgen besichtigen.«

Ich sah mich um.

Ein paar einfache Häuser, um nicht zu sagen Hütten oder Bretterbuden, standen auf beiden Seiten der staubigen Straße. Ich entdeckte einen Laden, wahrscheinlich den, den Ben erwähnt hatte, in dem man alles Notwendige kaufen konnte. Der Bürgersteig bestand aus erhöht angebrachten Holzdielen, zu denen eine kleine Rampe hinaufführte. Ein paar Leute liefen aus den Hütten und Häusern herbei, um die Kutsche nicht zu verpassen. Kreischende und schreiende Kinder begrüßten die Neuankömmlinge.

»Die Ankunft der Kutsche ist jedesmal ein großes Erlebnis«, erklärte Ben.

»Wo sind die Goldfelder?« fragte Gervaise begierig.

Ben beschrieb mit der Hand einen großen Bogen. »Überall in der Stadt.«

»Sie meinen diesen Ort?«

»Es tut mir leid. Ich habe wohl ein wenig geprahlt. Für mich ist es eine Stadt, die Stadt Golden Creek.«

»Gibt es hier überhaupt einen Bach?«

»Natürlich haben wir einen Creek. Ihm verdankt die Stadt ihren Namen.«

»Golden Creek«, murmelte Justin.

»Diesen Namen trug die Stadt einmal zu Recht«, sagte Ben. »Hoffen wir, daß sich daran nichts geändert hat. Hier entlang. Einfach die Straße runter. Von hier aus könnt ihr das Haus noch nicht sehen. Es ist von dichtem Busch umgeben. Ich habe alles gelassen, wie es war. Privatsphäre, versteht ihr?«

Er führte uns die Straße hinunter. »Ihr braucht unbedingt Pferde. Ohne Pferde kommt man hier nicht weit. Ich habe einen ziemlich großen Stall.«

»Du hilfst uns sehr, Ben.« Dankbar sah ich zu ihm auf.

Ich spürte den leichten Druck seiner Hand auf meiner Schulter. »Wem sollte ich denn helfen, wenn nicht meiner kleinen Cousine Angel? Ich bin mir allerdings nicht hundertprozentig sicher, ob du meine Cousine bist. Wahrscheinlich gibt es für unseren Verwandtschaftsgrad gar keine korrekte Bezeichnung. Aber in solchen Fällen weicht man meist auf die Bezeichnung Cousine aus. Das hat man mir jedenfalls gesagt.«

Stumm gingen wir neben ihm her. Er führte uns durch ein Dickicht. Plötzlich bot sich unseren Blicken ein gepflegter Rasen dar und dahinter — das Haus.

Es überraschte mich, wie elegant und gediegen dieses weiße Steinhaus aussah. In der australischen Wildnis wirkte es wie ein englisches Herrenhaus.

»Vor euch seht ihr Golden Hall«, verkündete Ben.

»Hast du das Haus so genannt?« fragte ich lachend.

Er nickte. »Es verdankt sein Entstehen dem Gold. Nur weil es hier Gold gibt, wurde es erbaut. Ich wüßte keinen passenderen Namen.«

»Mit diesem Haus hast du mich wirklich verblüfft.« Kopfschüttelnd schaute ich über den Rasen zu dem imposanten Gebäude hinüber.

»Dich wird hier noch so manches verblüffen.«

»Da bin ich aber gespannt. Ich freue mich schon auf weitere Überraschungen.«

»Bitte, kommt mit. Ich habe sie schon auf eure Ankunft vorbereitet.«

»Wen?« fragte ich rasch. Eine plötzliche Furcht befiel mich. Wollte er uns seiner Frau vorstellen? Damit hätte ich rechnen müssen.

»Ich habe Angestellte, ein Ehepaar mit Familie«, erklärte er. »Thomas, seine Frau Meg und ihre Kinder Jacob und Minnie. Mehr Hauspersonal habe ich nicht. Thomas hat Hab und Gut verkauft und kam mit seiner Familie nach Golden Creek. Wie alle hoffte er auf den großen Fund. Eine ganz alltägliche Geschichte.«

»Er hat in Golden Creek kein Gold gefunden und ging statt dessen nach Golden Hall«, bemerkte Gervaise lachend.

»Genau. Viele, die das Goldfieber gepackt hat, arbeiten bis zum Umfallen, trotzdem finden sie nie etwas. Irgendwann kommt der Moment, da können sie das Wort Gold nicht mehr hören. Sie wollen nichts mehr damit zu tun haben. Sie sehnen sich nur noch nach einem gesicherten, ruhigen Leben, wie sie es früher gekannt haben. Zu diesen Menschen gehört Thomas. Seine Frau ist übrigens ganz seiner Meinung. Was Jacob betrifft, bin ich mir noch nicht ganz sicher. Einen jungen Mann packt leicht einmal das Goldfieber. Vielleicht geht er eines Tages auf und davon.«

»Sie jedenfalls lassen es sich hier gutgehen«, sagte Justin.

»Ich habe beide Welten so gut es geht vereint. Ich wohne wie ein Landjunker, aber ich arbeite auch in meiner Mine und habe die Hoffnung auf Gold noch nicht aufgegeben. Eines Tages stoße ich auf eine wirklich ergiebige Goldader, auf den größten Fund, der je gemacht wurde.«

»Und wenn nicht?« fragte ich.

»Ich versuche es so lange, bis ich mein Ziel erreicht habe oder bis man mich in den Sarg legt — je nachdem, was zuerst kommt.«

»Das nenne ich Zielstrebigkeit.« Gervaise sah bei diesen Worten allerdings nicht so aus, als beeindrucke ihn diese Eigenschaft besonders.

»Merk's dir gut«, sagte ich deshalb ein wenig spitz.

»Bitte kommt herein. Meg hat das Essen schon vorbereitet. Ich zeige euch eure Zimmer. Gleich morgen früh gehen wir dann hinaus auf die Goldfelder.«

Das Haus glich im Innern einem englischen Herrenhaus. Dicke Eichenbalken stützten die hohe Decke.

Ben wandte sich an mich. »Ich habe versucht, ein wenig Heimatgefühl zu schaffen.«

»Das ist dir hervorragend gelungen«, bestätigte ich.

Er führte uns in einen hübschen Salon, dessen große französische Fenstertüren sich zum Garten hin öffneten.

»Um den Garten kümmert sich Jacob. Thomas hilft ihm ein wenig dabei, und Meg schneidet die Blumen.«

»Du mußt oft Heimweh gehabt haben«, sagte ich nachdenklich. »Du hast alles so . . .«

»Oft«, unterbrach er mich. »Aber jetzt zeige ich euch eure Zimmer. Ah, da kommt Meg.«

Eine rundliche, freundlich aussehende Frau mit rosigen Wangen und glanzlosem braunem Haar stand unter der Tür.

»Unsere Gäste, Meg.« Er stellte uns vor.

Sie nickte uns zu und sagte, sie werde uns auf unsere Zimmer bringen. Sie hoffe, wir würden uns wohl fühlen. Wenn wir etwas brauchten, könnten wir uns jederzeit an sie wenden.

Wir gingen hinter ihr die breite Treppe hinauf. Gervaise und ich stießen unwillkürlich einen kleinen Schrei des Entzückens aus, als wir unser Zimmer betraten. Das durch Jalousien gefilterte Licht fiel auf einen blauen Teppich, mit dem die Möbelbezüge farblich harmonierten. Ein gemütlicher Lehnstuhl, ein Schreibtisch und eine Nische, in der ein Kleiderschrank und ein Toilettentisch mit einem schwenkbaren Spiegel standen, machten dieses Zimmer außerordentlich behaglich.

»Ich bringe gleich heißes Wasser«, versprach Meg. »Sie können in zwanzig Minuten essen, wenn es Ihnen recht ist.«

Wir bedankten uns freundlich.

Gervaise sah mich an. »Dieses Haus ist schon mehr nach meinem Geschmack als der Rest von Golden Creek. So etwas habe ich nicht mehr gesehen, seit wir von England fort sind. Anscheinend besitzt dieser Ben ein besonderes Talent dafür, überall das Beste für sich herauszuholen.«

Nachdem wir uns gewaschen und die Kleidung gewechselt hatten, gingen wir hinunter in das Eßzimmer. Auch dieser Raum besaß ähnlich große Fenstertüren wie der Salon. Von diesem Zimmer aus sah man über den gepflegten Garten hinaus auf sich bis zum Horizont erstreckendes Weideland.

Ich blickte aus dem Fenster. Ben trat zu mir. Er stand dicht hinter mir.

»Das ist Morley Country.« Mit einer Handbewegung umfaßte er die ganze Gegend.

»Morley Country?«

»Das Land gehört meinem Nachbarn, James Morley. Er ist

der Großgrundbesitzer in dieser Gegend. Ich habe dieses Grundstück von ihm gekauft, weil ich unbedingt hier mein Haus bauen wollte.«

»Hat er sein Vermögen mit Gold verdient?«

»Nein. Er lebt schon seit vielen Jahren in Australien. Er kam lange vor dem Goldrausch und hat das Land damals für einen Pappenstiel bekommen. Er ist Farmer, genauer gesagt, Viehzüchter. Ihm gehören riesige Rinder- und Schafherden. Das ist sein Geschäft, daran hat auch der Goldrausch nichts geändert. Er hat sich nie um Gold gekümmert, keinen Tag hat er seine Arbeit vernachlässigt. Das hat sich für ihn bezahlt gemacht. Du wirst ihn eines Tages kennenlernen. Aber jetzt wollen wir das Essen nicht kalt werden lassen, sonst bist du bei Meg gleich schlecht angeschrieben.«

Wir verbrachten einen wunderschönen Abend.

Zuerst servierte Meg eine gute heiße Suppe, anschließend trug sie Teller mit dicken Steaks auf.

»Hier draußen hat man einen gesegneten Appetit«, erklärte Ben. »Das kommt von der körperlichen Arbeit.«

Wir lernten Minnie kennen, die mit ihrer Mutter bei Tisch bediente.

Ben bestritt den Großteil der Unterhaltung, weil er auf zahlreiche Fragen antworten mußte.

Als erstes erkundigten wir uns nach unseren Unterkünften.

»Ich weiß nicht, was die Damen dazu sagen werden«, meinte er und sah mich besorgt an. »Die Unterbringung ist reichlich primitiv. Aber es gibt nichts anderes.«

»Bis auf dein Haus«, erinnerte ich ihn.

»Ja. Ich hatte mich entschlossen, meinen ganzen Verdienst in dieses Haus zu stecken. Mir schien das vernünftig. Die anderen hielten mich zweifellos für verrückt. Im allgemeinen wollen die Leute mit einem Schlag reich werden und so schnell wie möglich wieder von hier verschwinden.«

»Und Sie wollen bleiben?« erkundigte sich Justin.

»Eigentlich auch nicht. Sobald ich mein Ziel erreicht habe, gehe ich weg. Aber ich will ein großes Vermögen, nicht nur ein paar Goldkörnchen. Das reicht mir nicht. Doch bis dahin mache ich es mir so angenehm wie möglich. Meiner Meinung nach wäre es das beste, die Damen würden in meinem Haus wohnen.«

»Was sind denn das genau für Unterkünfte, die Sie für uns besorgt haben?« fragte Morwenna.

»Nichts weiter als Hütten. Golden Creek ist eine Barackensiedlung. Einen ersten Eindruck habt ihr ja schon bekommen.«

»Vielen Dank für das freundliche Angebot«, sagte ich. »Ich bin dir sehr dankbar, Ben. Aber ich finde, wir vier sollten zusammenbleiben und so leben wie die anderen Goldsucher.«

Er sah mich voller Mitleid an.

»Wir werden also ab morgen in diesen Hütten wohnen.«

»Wie ihr wollt. Die meisten Leute hausen anfangs in Zelten und bauen sich die Hütten später. Die Nachfrage nach festen Unterkünften ist gewaltig. Es war gar nicht leicht, zwei Hütten für euch zu bekommen, noch dazu benachbarte. Ich dachte, das wäre euch am liebsten. Möbliert sind sie mit einem Bett, ein paar Stühlen und einem Tisch. Die Miete ist nicht hoch. Innen sind sie abgeteilt, so daß ihr ein Schlafzimmer und einen Wohnraum habt. Auf der Rückseite befindet sich ein kleines Waschhaus. Das Wasser müßt ihr vom Brunnen holen. Und merkt euch, Wasser ist hier außerordentlich kostbar. Der Besitzer eurer Hütten gehört auch zu den Männern, die genug haben vom Goldsuchen. Die Vermietung bringt ihm seiner Ansicht nach mehr Geld ein.«

Ängstlich sah ich Morwenna an. Ich dachte an ihren Zustand.

»Wir kommen bestimmt zurecht«, sagte sie tapfer.

»Warten wir's ab. Die Damen sind jedenfalls in meinem Haus jederzeit herzlich willkommen.«

»Sie sind sehr freundlich und fürsorglich«, bedankte sich Morwenna. »Aber wir möchten bei unseren Männern bleiben.«

»Das ist wahrscheinlich auch besser. Sie erwarten es von euch.«

»Wer denn?« erkundigte ich mich.

»Na, die anderen.« Ben sah mich stirnrunzelnd an. »Hier lebt man sehr eng aufeinander. Sie erwarten, daß ihr euch anpaßt. Unter den Goldsuchern sind Menschen aus sämtlichen sozialen Schichten. Es sind Aristokraten darunter, aber auch Leute von der untersten sozialen Skala. Man könnte fast vom Abschaum der Menschheit sprechen. Ihr müßt mit ihnen auskommen. Das ist ein ungeschriebenes Gesetz. Wir wollen keinen Ärger in der Stadt und behalten die Leute scharf im Auge.«

»Wer?« wollte Gervaise wissen. »Gibt es so eine Art Bürgerwehr?«

»So ungefähr könnte man es ausdrücken. Ihr werdet bald lernen, nach welchen Regeln das Leben hier abläuft. Morgen besichtigt ihr erst einmal euren Claim. Sucht das Stück Land sorgfältig aus, bevor ihr es kauft. Ich vermute, ihr arbeitet zusammen. Meiner Ansicht nach ist es jedenfalls das beste. Hört sich doch gut an, die Mandeville-Cartwright-Parzelle. Ihr müßt auf jeden Fall zu zweit sein.«

»Ich kann es kaum noch erwarten. Am liebsten würde ich sofort anfangen zu graben«, sagte Gervaise.

Ben bedachte ihn mit einem merkwürdigen Blick. Offensichtlich fiel es ihm schwer, sich Gervaise beim Graben vorzustellen.

In dieser Nacht schlief ich tief und friedlich in dem bequemen Bett. Ausgeruht erwachte ich bereits in aller Frühe. Ich wollte nicht mehr länger liegen bleiben. Leise stand ich auf, um Gervaise nicht zu wecken. So geräuschlos wie möglich hantierte ich in der Waschnische. Nach der Morgentoilette eilte ich nach unten.

Ich lief in das Eßzimmer, öffnete eine der französischen Fenstertüren und trat hinaus.

Eine herrlich frische Morgenluft begrüßte mich. Ich blickte über den Garten hinaus auf Morley Country.

Ich versuchte, mir den Mann vorzustellen, der dieses Land billig gekauft hatte, in harter Arbeit seine Rinder- und Schafzucht betrieb und niemals der Versuchung des Goldes erlag.

Plötzlich hörte ich Schritte hinter mir. Das Geräusch riß mich aus meinen Tagträumen.

Ben erschien unter der Tür.

»Genießt du die gute Luft?« fragte er.

Ich nickte.

»Sehr erfrischend, nicht wahr?«

Auch diese Worte bestätigte ich nur durch ein Nicken.

»Glaubst du, es gefällt dir hier, Angel? Meinst du, du hältst es aus?«

»Es ist noch ein wenig zu früh, um dir diese Frage eindeutig zu beantworten, findest du nicht?«

»Ja, du hast natürlich recht. Auf dich wartet ein hartes Leben. Ich mache mir Vorwürfe. Vielleicht hätte ich dich eindringlicher warnen sollen.«

»Ach, weißt du, wir haben nicht erwartet, daß uns hier Heerscharen von Dienern umsorgen, falls du das meinst.«

»Schon, aber ... Nun, in meinem Haus steht immer ein Zimmer für dich bereit.«

»Ich will keine Sonderrechte. Wir leben wie alle anderen Goldsucher auch.«

Justin und Gervaise gesellten sich zu uns. Beide sahen frisch und ausgeruht aus. Ben fragte, ob sie gut geschlafen hätten, und sie bejahten seine höfliche Frage.

Nach dem Frühstück machten wir uns auf den Weg zu unseren neuen Behausungen.

Trotz Bens Warnungen waren Morwenna und ich ein wenig bestürzt beim Anblick unseres zukünftigen Zuhauses. Hütte war genau die passende Bezeichnung. Ich konnte mir meinen eleganten Gervaise beim besten Willen nicht in einer solchen Umgebung vorstellen. Aber er beklagte sich mit keinem Wort. Die Suche nach Gold erschien ihm als das bisher spannendste Spiel seines Lebens.

Die Männer waren bereit zum Aufbruch. Das Abenteuer konnte beginnen. Sie gingen fort, um ihre Parzelle auszuwählen und den Claim abzustecken. Ben half ihnen dabei. Er hatte gemeint, diese Arbeit würde eine ganze Zeit in Anspruch nehmen. Währenddessen unterzogen Morwenna und ich die Hütten einer eingehenden Prüfung. Als wir uns vom ersten Schrecken erholt hatten, begannen wir, Pläne zu schmieden. Wir mußten die Hütten unbedingt ein wenig gemütlicher gestalten, vielleicht mit einem hübschen Vorhang und ein paar bunten Kissen. Damit wäre schon viel gewonnen. Wir machten einen Spaziergang durch den Ort. Es gab nur die eine Straße mit den Holzplanken als Bürgersteig und den Hütten, die unseren zum Verwechseln ähnlich sahen. Nachdem wir noch die beiden Brunnen, die von Quellen gespeist wurden, begutachtet hatten, betraten wir den Laden. Auf einem Schild stand zu lesen, daß die Inhaberin, Mrs. Bowles, das Geschäft zusammen mit ihrem Ehemann führte — auch dieses Ehepaar hatte anscheinend genug von der Goldsuche und verdiente sich den Lebensunterhalt auf andere Weise. Ein Vermögen brachte ein Laden wohl nicht ein, aber ein regelmäßiger Verdienst war gewiß auch nicht zu verachten. Mrs. Bowles, eine ausgesprochen redselige Frau, beriet uns beim Einkauf. Wie die meisten Menschen sprach sie am liebsten von sich selbst und interessierte sich weniger für die Nöte der anderen. Nachdem sie erfahren hatte, aus welcher Gegend der alten Heimat wir kamen, redete sie ohne Unterlaß. Sie mußte nicht erst fragen, was uns hergeführt hatte. Jeder kam nur aus einem einzigen Grund nach Golden Creek. Auch sie war mit ihrem Mann Arthur auf die Goldfelder gezogen, um schnell reich zu werden.

Ihr Geschwätz ging mir ein wenig auf die Nerven. »Nuggets von der Größe einer Faust wachsen nicht auf den Bäumen. Einer unter einer Million findet so ein Kaliber. Nachdem wir drei Monate lang draußen gegraben und gerade mal ein paar Stäubchen gefunden haben, habe ich zu meinem Arthur gesagt: ›Jetzt reicht es. Was man hier dringend braucht, ist ein Laden. Und genau den werden wir eröffnen.‹«

Wie nebenbei erwähnte sie, sie sei in der alten Heimat Hebamme gewesen. Mir fiel ein Stein vom Herzen, und ich warf Morwenna einen bedeutungsvollen Blick zu.

»Aber hier draußen werden kaum Babys geboren. Als Hebamme verdient man hier nichts«, fuhr sie fort. »Ich helfe halt, wenn's nötig ist. Wenn man mich zu einer Geburt ruft, kümmert sich Arthur oder eine von den Frauen um den Laden. Das ist gar kein Problem.«

Wir behielten Morwennas Schwangerschaft vorerst für uns. Aber es beruhigte mich, eine erfahrene Frau in der Nähe zu haben.

Im Laufe der nächsten Tage wurde Morwenna und mir langsam klar, welch schwierige Aufgabe uns als Hausfrauen in einer Goldgräbersiedlung erwartete. Wir mußten kochen, und das bedeutete, das Feuer im Küchenhaus, einem winzigen Anbau, ständig in Gang zu halten. Das Wasser mußte von den Brunnen geholt und das Fleisch in aller Herrgottsfrühe gekauft werden, bevor die Fliegen es auffraßen. Aufheben konnten wir es nicht, es wäre verdorben, hätte man es nicht sofort zubereitet. Wir, die wir beide noch nie irgendeine Hausarbeit verrichtet hatten, mußten eine Menge lernen.

Unseren Männern erging es nicht besser.

Ben erklärte ihnen, das Gold, das heute noch gefunden werde, läge meist tief unter der Erde. Dicht unter der Oberfläche sei es bereits abgebaut. Inzwischen benötige man eine Art Stollensystem — und auch sie müßten auf diese Weise vorgehen. Man müsse bis zu hundert Fuß unter der Erde graben.

Die Goldgräber mußten also durch den Kies- und Lehmboden hindurch Schächte anlegen und diese zum Schutz vor einem Erdrutsch mit einer Holzverschalung abstützen.

Rund um die Minenschächte türmte sich die zutage geförderte Erde, das taube Gestein, wie es die Goldgräber nannten.

»Ihr müßt oben Winden anbringen«, erklärte Ben. »Aber das allein reicht für solche Tiefen nicht mehr aus. Jemand muß unten in der Mine graben und Eimer für Eimer mit Erde füllen. Diese Eimer zieht ihr mit Hilfe der Winde nach oben. Anschließend muß die Erde in einer Art Pfanne im Fluß ausgewaschen werden. Erst dann könnt ihr feststellen, ob sie eine Spur von dem kostbaren Metall enthält.«

Erstaunlicherweise ließ weder Gervaises noch Justins Begeisterung angesichts der ihnen bevorstehenden harten Arbeit nach. Gervaise betrachtete dieses Unternehmen nach wie vor als Spiel, und nichts zog ihn unwiderstehlicher an als die Aussicht auf ein aufregendes Spiel.

Wie besessen verrichteten die beiden Männer täglich ihre schwere Arbeit. Abends kehrten sie erschöpft in die Hütten zurück. Morwenna und ich brieten dicke Steaks über dem offenen Feuer in unseren Küchenhäusern. Wir lernten auch das Zubereiten von *damper*, ungesäuerten Brotfladen, die in der glühenden Asche gebacken wurden. Dazu reichten wir Bier. An Bier herrschte kein Mangel, denn ein weiterer aus der großen Zahl desillusionierter Goldsucher führte inzwischen einen Saloon.

Nach einer Woche stellte ich erstaunt fest, wie rasch wir uns eingelebt und an dieses karge Leben angepaßt hatten.

Hin und wieder traf ich Ben. Er schien sich stets zu freuen, mich zu sehen. Eines Tages kam er in unsere Hütte und fragte, ob Morwenna und ich nicht Lust hätten, mit ihm auszureiten. Seiner Meinung nach sei es an der Zeit, ein wenig von der Umgebung kennenzulernen. Am Vormittag hatte er Gervaise und Justin in ihrer Mine besucht. Bei der Erinnerung an diese Begegnung verzog sich sein Mund zu einem breiten Grinsen.

»Sie bringen es nicht über sich, auch nur einen Augenblick mit der Arbeit aufzuhören«, berichtete er. »Es ist immer dasselbe am Anfang. Die Leute haben Angst, auch nur eine Minute nicht zu arbeiten, denn genau in dieser Minute könnte ihnen ein sechshundert Unzen schweres Nugget entgehen. Ich habe die beiden informiert, daß ich euch zu einem Ausritt einlade, und sie waren einverstanden.«

Ich sagte, ich käme sehr gerne mit und Morwenna bestimmt auch.

Aber als wir Morwennas Hütte betraten, hatte sie sich wegen eines Anfalls von Übelkeit gerade hingelegt.

»Dann reiten wir zwei alleine los«, schlug Ben vor. »Komm mit. Wir müssen noch ein Pferd für dich aussuchen.«

Er besaß einen recht großen Stall und suchte eine Stute aus, die er für geeignet hielt.

»Sie steht dir zur Verfügung, solange du hier bist.«

»Danke. Sehr großzügig von dir.«

»Na, hör mal! Du bist meine älteste und beste Freundin.«

Ich lächelte ihn an. »Ich bin froh, daß wir dich haben, Ben. Ohne deine Hilfe wäre das Leben in Golden Creek noch weit beschwerlicher für uns.«

»Es lohnt nicht, auch nur einen einzigen Gedanken daran zu verschwenden. Ich bin da. Und ich bleibe da.«

»Zumindest bis du reich bist.«

»Genau. Gefällt dir das Pferd? Ist der Sattel bequem?«

»Ich bin zufrieden.«

»Sie ist ein alter Hase. Du bist ein gutes Pferd, nicht wahr, Foxey?«

»Foxey! Heißt sie so?«

»Ja. Wegen ihrer rötlichen Farbe. Sie ist kein richtiger Fuchs, aber immerhin rotblond. Außerdem ist sie ein gutmütiges altes Mädchen.«

»Du meinst, sie ist genau das richtige Pferd für eine Anfängerin?«

»Jawohl. Du kannst nicht auf einem ungestümen Pferd ausreiten, solange du das Land nicht kennst. Wir sind nicht in England. Hier gibt es kilometerweit nichts als Busch. Man verirrt sich leicht und bewegt sich dann, ohne es zu merken, immer im Kreis. Aber die alte Foxey sehnt sich zurück nach ihrem Stall, dort gefällt es ihr, und dort will sie wieder hin. Ich gehe jede Wette ein, daß sie dich wieder sicher zurückbringt.«

Inzwischen lag die Siedlung weit hinter uns.

»Wie in alten Zeiten«, meinte Ben. »Weißt du noch, wie wir auf Cador zusammen ausgeritten sind?«

»Ja. Ben ... sag mal, erinnerst du dich ...?«

»Du meinst an die Sache am Teich?«

»Ja. Mich verfolgt die Erinnerung bis heute.«

»Das ist längst vorbei und erledigt.«

»Ich kann nicht vergessen, was wir gemacht haben, Ben.«

»Das kann ich mir vorstellen.«

»Verfolgt es dich denn nicht?«

»Nein, das kann ich nicht gerade behaupten.«

»Wenn man's genau nimmt, haben wir ihn umgebracht.«

Erstaunt sah er mich an. »Er ist gestürzt und hat sich an einem Stein den Schädel eingeschlagen. Es war ein Unfall und noch nicht einmal die schlechteste Lösung. Jedenfalls hat dieser Mensch keine kleinen Mädchen mehr umgebracht.«

»Aber wir ... wir haben ihn weggeschafft.«

»Hm. Vielleicht hätten wir ihn einfach im Gras liegenlassen sollen und den Vorfall melden. Vermutlich wäre das richtig gewesen.«

»Ja. Ben. Ich wünschte, wir hätten es so gemacht.«

»Die Polizei hätte uns eine Menge lästiger Fragen gestellt. Das wäre für dich auch nicht leicht gewesen. Und höchst unangenehm für mich. Nein, es war schon das beste so. Man hätte ihn ohnehin gehängt.«

»Das sage ich mir auch immer wieder, aber es tröstet mich nicht.«

»Meine liebe Angelet, mir scheint, du hast unter dieser Sache furchtbar gelitten.«

»Du etwa nicht?«

»Ich denke kaum darüber nach. Es ist nun mal geschehen. Ich habe ihn niedergeschlagen, und er fiel mit dem Kopf auf den Stein. Er war tot. Wir haben ihn in den Teich geworfen. Das war alles.«

»Wenn ich es doch auch nur auf die leichte Schulter nehmen könnte!«

»Liebe Angelet, für mich war dieser Vorfall weniger schrecklich als für dich. Mich hat man nicht beinahe vergewaltigt und ermordet. Das ist dein Alptraum, nicht meiner.«

Er zügelte sein Pferd und sah mich an.

»Du hast es die ganze Zeit nicht vergessen. Oh, meine arme kleine Angel.« Er nahm meine Hand und küßte sie. »Hätte ich das nur gewußt! Ich wäre sofort zu dir gekommen und hätte dich getröstet.«

»Den ganzen Weg von Australien?«

Er sah mich sehr ernst, fast feierlich an. »Vom Ende der Welt.«

»Was anderes wäre dir auch gar nicht übriggeblieben. Du warst am anderen Ende der Welt.«

Wir lachten.

»Du fühlst dich doch nicht etwa schuldig, oder?« Forschend sah er mir ins Gesicht.

»Nein, nicht mehr.«

»Ich freue mich sehr über unser Wiedersehen, Angel. Ich habe oft an dich gedacht.«

»Wegen dieses Vorfalls?«

»Nein, eigentlich weniger. Obgleich uns dieses Erlebnis auf eigenartige Weise verbindet. Aber es gibt doch auch schöne Erinnerungen. Unsere gemeinsamen Ausflüge, die Gespräche. Kannst du dich an den Tag erinnern, an dem wir unsere Pferde am Rand des Moores angebunden, uns ins Gras gelegt und unterhalten haben?«

»Natürlich.«

»Es war eine glückliche Zeit. Eine unvergeßliche Zeit. Ich denke so oft daran. Wir müssen häufig zusammen ausreiten, Angel. Wie damals.«

»Leider haben wir beide eine Menge Arbeit.«

»Wir werden schon genug Zeit finden. Auf geht's, weiter!«

Er galoppierte los, und ich folgte ihm.

Auf einer kleinen Anhöhe verlangsamte er das Tempo. »Schau dir das an. Bestes Weideland. Das ganze Land, so weit du siehst, gehört Morley.«

»Er hat seinen Besitz gar nicht eingezäunt. Da kann doch jeder über seinen Grund und Boden reiten.«

Ben lachte lauthals. »Meine liebe Angelet, selbst wenn er sein Land einzäunen wollte, er könnte es nicht. Der Besitz ist riesig. Solange wir ihm keine Schafe stehlen, sind wir jederzeit willkommen. Sieh mal, dort drüben ist ein hübscher Platz. Wir binden die Pferde an den Strauch, setzen uns und unterhalten uns wie früher. Das bringt die alten Zeiten zurück.«

»Eine gute Idee.«

Ich fühlte mich wie vor langer Zeit am Bodmin-Moor.

»Ich erinnere mich noch gut an die Legenden, die du mir erzählt hast, besonders an die Geschichte von den Moorzwergen, die Gold aus einer Zinnmine geholt haben. Seit ich in Australien bin, geht sie mir nicht mehr aus dem Kopf. Schließlich bin ich auf Goldsuche, allerdings nicht in einer Zinnmine. Mir scheint hier der aussichtsreichere Ort für ein derartiges Unterfangen zu sein.«

Er riß einen Grashalm ab. »Hier gibt es längst nicht so viele verschiedene Blumen und Gräser wie zu Hause. Hast du Heimweh?«

»Höchstens nach Cador und nach meinen Eltern, nicht nach England. Dieses neue Leben ist sehr aufregend für mich. Außerdem ist Gervaise hier. Und mit Morwenna kann ich reden, wann immer ich will.«

»Das gibt dir ein bißchen Heimatgefühl, stimmt's?«

»Wahrscheinlich hast du recht. Erzähl mir von den Morleys und diesem Mann, den die anderen seltsamerweise Meister Petz nennen.«

Er lachte. »Meister Petz? Sein richtiger Name ist Robin Bears. Wir sind froh, daß wir ihn haben. Er ist unersetzlich für mich — für alle in Creek. Ich glaube, das wissen die Leute auch. Meister Petz ist sein Spitzname. Den verdankt er natürlich seinem Familiennamen. Zu allem Überfluß sieht er auch noch aus wie ein Bär.«

»Ist er Goldgräber?«

»Ja. Aber er hat noch andere Pflichten. Früher hat er sein Geld als Preisboxer verdient. Er war sogar recht bekannt. Dann ist ihm ein Unfall passiert. Er tötete im Ring einen Mann und wollte danach nie wieder boxen, deshalb kam er nach Golden Creek. Er hatte irgendwelche Schwierigkeiten beim Vertragsabschluß für seinen Claim, und ich habe die Angelegenheit für ihn geregelt. Um ehrlich zu sein, ich mußte fast nichts tun, es ging nur um eine Kleinigkeit. Aber in seinen Augen habe ich ein Wunder vollbracht. Er ist ein einfacher Mann, und schon der Anblick eines Schriftstücks versetzt ihn in Angst und Schrecken. Ich habe ihm gezeigt, wo er sein Kreuz als Unterschrift hinsetzen muß, und seither hält er mich für eine Art Zauberer. Inzwischen hat er seinen Claim längst abgesteckt. Als ich ihn kennenlernte, dachte ich, er sei der ideale Mann, um hier für Ordnung zu sorgen. Du mußt das verstehen, Angel. Hier herrschen rauhere Sitten als zu Hause. Unter uns leben einige wilde Burschen. Wir mußten Gesetze erlassen und dafür sorgen, daß sie beachtet werden.«

»Ich weiß. Das hast du mir bereits gesagt.«

»Das Zusammenleben so unterschiedlicher Menschen auf engstem Raum verläuft nicht immer reibungslos. Die meisten hier verbindet nur ein Ziel: über Nacht reich zu werden. Diese Situation ist nicht ganz ungefährlich.«

»Du denkst an Diebe?«

»Unter anderem. Aber es gibt noch ein großes Problem. Nur wenige Frauen leben hier — aber sehr viele Männer. Wenn man sieht, mit welchen Blicken manche Männer die Frauen verfolgen, dann ist das sehr beunruhigend. Man muß auf der Hut sein. Wir können in der Siedlung keinen Ärger brauchen, und wir müssen uns selbst um die Einhaltung von Recht und Ordnung kümmern.«

»Aber warum fühlst ausgerechnet du dich dafür verantwortlich, Ben?«

»Weil ich eine Menge zu verlieren habe. Doch wie dem auch sei — alle, die in Ruhe und Frieden ihrer Arbeit nachgehen wollen, stehen auf meiner Seite. Bei uns gibt es keine Gerichtshöfe. Die Regierung steht zwar hinter uns, kümmert sich aber nicht weiter darum. Die Behörden wollen sich nicht mit irgendwelchen Bagatelldelikten in einer Goldgräbersiedlung herumärgern, und der Regierung wäre es am liebsten, man würde sämtliche Siedlungen auflösen und die Männer gingen wieder in der Stadt zur Arbeit. Wahrscheinlich würde dann die Regierung die Goldsuche selbst in die Hand nehmen und den Profit machen. Diese Vorstellung gefällt uns gar nicht. Also sorgen wir dafür, daß Recht und Ordnung gewahrt bleiben. Und an diesem Punkt kommt Meister Petz ins Spiel. Hat sich ein Mann irgendeiner Verfehlung gegen die Gemeinschaft schuldig gemacht, fordert ihn Meister Petz zum Kampf heraus. Der Schuldige muß im Ring gegen ihn antreten und wird je nach der Schwere des Delikts von ihm bestraft. Diese Methode funktioniert ausgezeichnet. Niemand setzt sich gerne den Trommelschlägen von Meister Petz aus.«

»Das nenne ich eine eigenwillige Art, Gerechtigkeit zu üben.«

»Aber es funktioniert. Hier draußen muß man gelegentlich auf eigenartige Methoden zurückgreifen. Trotzdem, Meister Petz wird dir gefallen. Er ist, nun ja, sagen wir einmal, etwas außergewöhnlich. Er ist über sechs Fuß groß. Seine Nase sieht sonderbar platt aus, seit sie ihm in einem Kampf gebrochen wurde. Außerdem hat er deformierte Ohren, bei Boxern nennt man das Blumenkohlohren. Aber dieser Mann hat auch die unschuldigsten blauen Kinderaugen, die du dir nur vorstellen kannst. Diese Augen spiegeln sein Gemüt wider. Im Grunde ist er ein Kind.«

»Jetzt erzähl mir von den Morleys.«

»Du wirst sie sehr bald kennenlernen, dafür sorge ich. Ich habe James bereits von dir erzählt. Er würde sich freuen, wenn du ihn besuchtest. Weißt du, er wäre froh, wenn seine Lizzie in dir und Mrs. Cartwright zwei Freundinnen fände.«

»Lizzie? Von ihr höre ich zum erstenmal.«

»Lizzie ist seine Tochter, sein Augapfel.«

»Gibt es auch eine Mrs. Morley?«

»Sie ist gestorben. Es gibt nur den alten Morley und Lizzie. Ich zeige dir demnächst ihr Haus. Es ist auf seine Art ganz großartig. Auch wir in Australien haben vorzeigbare Häuser.«

»Ich weiß. Das ist mir schon in Melbourne aufgefallen.«

»Die meisten gehören Goldmillionären.«

»Anscheinend hat jeder Mensch nur ein Ziel: Jeder will reich werden.«

»Ja, natürlich. Reichtum bedeutet Macht. Vermutlich ist Macht das eigentlich angestrebte Ziel. So sind die Menschen nun einmal. Auch du wirst nichts daran ändern können.«

»Du willst auch Macht, stimmt's, Ben?«

Er nickte. »Ja.«

»Und was wirst du mit deiner Macht anfangen, wenn du sie einmal erlangt hast?«

»Das kommt ganz auf die Situation an.«

»Du möchtest dir alle Wünsche erfüllen können.«

»Wenn irgend möglich, ja.«

»Macht. Geld. Es gibt auch noch andere Dinge auf der Welt.«

Er sah mich aufmerksam an. »Ich weiß. Aber du mußt zugeben, das ist immerhin schon eine ganze Menge. Bist du glücklich, Angel?«

»Glücklich? Warum fragst du? Ja.«

»Dein Gervaise ... Er ist ein charmanter Bursche.«

»Er hat sich ganz wundervoll verhalten, als ich ihm das erzählt habe — das, was am Teich geschehen ist. Er hat mir geholfen und mir die Angst genommen.«

»Sehr schön. Das klingt, als wäre er ganz vernünftig. Und Justin Cartwright? Was ist mit ihm?«

»Er und Morwenna haben ganz romantisch geheiratet. Justin entführte seine Braut nach Gretna Green. Sie blieben tagelang verschwunden und jagten uns damit einen gehörigen

Schrecken ein, aber das ist inzwischen vergessen. Trotzdem mache ich mir Sorgen um Morwenna, Ben. Sie erwartet ein Kind.«

»Um Himmels willen! Wann ist es denn soweit?«

»In ungefähr drei Monaten, glaube ich. Es wird nicht ganz leicht sein, in Golden Creek ein Kind zu bekommen.«

»Wir haben eine Hebamme, Mrs. Bowles. Ihr gehört der Laden.«

»Das weiß ich bereits. Ich habe sie kennengelernt. Ist sie eine gute Hebamme?«

»Woher soll ich das wissen? Ich nehme es an. Aber es wäre in jedem Fall besser gewesen, Mrs. Cartwright hätte ihr Kind zu Hause zur Welt gebracht. Sie hätte ja später nachkommen können.«

»Damit wäre sie nie einverstanden gewesen. Sie wußte bereits vor unserer Reise, daß sie ein Baby erwartet. Zumindest vermutete sie es. Aber sie sagte zu keinem Menschen auch nur ein Wort, weil sie befürchtete, sonst nicht reisen zu dürfen. Morwenna ist eben so. Sie denkt nie an sich.«

»Mrs. Bowles ist bestimmt keine schlechte Hebamme.«

»Hoffentlich gibt es keine Komplikationen.«

»Lizzie Morley wurde hier geboren und andere Kinder auch. Soviel ich gehört habe, stand es bei Lizzies Geburt auf des Messers Schneide. Old Morley war in England Pächter gewesen. Als er damals erfuhr, daß man in Australien billig zu Grund und Boden kommen konnte, war er besessen von dem Gedanken an eine Übersiedlung. Er hat mir die Geschichte schon hundertmal erzählt. Als Pächter hatte er sich immer sehnlichst ein eigenes Stück Land gewünscht. Er und Alice waren schon viele Jahre verheiratet, hatten aber keine Kinder. Sie muß schon ungefähr vierzig gewesen sein und hatte jede Hoffnung auf ein Kind aufgegeben. Die beiden verkauften Hab und Gut und wanderten nach Australien aus. Alice war davon weniger begeistert. Sie liebte ihre Heimat sehr. Hier sehnte sie sich die ganze Zeit nach England zurück. Manche Menschen sind halt so, sie können sich von nichts trennen. Sobald sie von zu Hause weg sind, paßt ihnen nichts mehr. Sie hassen die Trockenheit und die Hitze. Sie hassen die grelle Sonne und denken sehnsüchtig an die Nebeltage und das angenehme Sonnenlicht und den sanften Regen in England. Sie grämen sich unendlich. Trotzdem war Alice ihrem Mann eine gute Frau. Sie hat ihm auch in dem ihr verhaßten Land ein schönes Heim bereitet.«

»Was ist mit Lizzie?«

»Damals war Lizzie noch nicht geboren. Ich weiß nicht,

woran es lag . . . vielleicht an der australischen Luft, an den veränderten Lebensbedingungen überhaupt. Wer weiß das schon? Jedenfalls kauften sie von ihren Ersparnissen Land und ließen sich nieder. Es stimmt schon, die Regierung hat damals den Grund und Boden förmlich verschleudert. Siedler wie James Morley wurden mit offenen Armen empfangen — gute, anständige, zähe, hart arbeitende Menschen. Zuerst gab es hier ja fast nur Sträflinge, erst im Lauf der Zeit vermischten sich die Bevölkerungsgruppen untereinander. Die Viehzucht von Morley entwickelte sich bestens. Und dann erwartete Alice ein Kind.«

»Ich kann mir vorstellen, wie sehr sie sich gefreut haben.«

»Ja, sie müssen überglücklich gewesen sein.«

»Und was ist dann geschehen?«

»Wie gesagt, Alice war nicht mehr die Jüngste, sondern schon über vierzig. Die Ärzte hatten Angst um sie und das Kind. Aber sie hat es geschafft. Nach Lizzies Geburt herrschte allenthalben Erleichterung. Die Morleys vergötterten ihre Tochter. Ich kenne die Geschichte nur vom Hörensagen. Ich war damals noch gar nicht hier. Aber in Golden Creek kann man kein Geheimnis für sich behalten, dazu lebt man zu eng aufeinander. Soviel ich weiß, ist Alice mit dem Kind auf dem Arm gestürzt. Ich weiß nicht, ob es stimmt oder nicht. Jedenfalls ist Lizzie nicht so geworden wie andere kleine Mädchen.«

»Soll das heißen, sie ist verkrüppelt?«

»Nein, nein, nicht verkrüppelt. Sie ist nur eben ein bißchen, nun ja, einfältig, dabei aber sehr praktisch veranlagt. Als ihre Mutter krank wurde, hat sie sie gepflegt. Sie besitzt so eine besondere Unschuld, wie soll ich sagen? Sie ist immer ein Kind geblieben und wird wahrscheinlich nie erwachsen werden. Sie ist ein süßes Mädchen, nett und freundlich. Jeder hat sie gern. Um ihre Mutter, die monatelang krank war, hat sie sich hervorragend gekümmert. Lizzie muß damals dreizehn oder vierzehn gewesen sein, ich weiß es nicht genau. Jedenfalls war alles sehr traurig. Ihre Mutter hatte einen Tumor, und es bestand nicht mehr die geringste Hoffnung. Auch in England wäre ihr nicht mehr zu helfen gewesen, aber du kannst dir vorstellen, wie hilflos man in einem solchen Fall hier draußen in der Wildnis ist. Lizzies Mutter starb einen qualvollen Tod. Der arme James war völlig am Boden zerstört. Seine ganze Zuneigung schenkte er nun Lizzie. Lizzie machte sich gut als Hausfrau, auch wenn sie ein bißchen langsam war. Er ließ eine Gouvernante aus England kommen, die ihr Lesen und Schreiben beibringen sollte. Die Gouvernante meinte, Lizzie sei zwar ein sehr nettes Mädchen, aber beibringen könne sie ihr nicht viel. Immerhin lernte sie im Laufe der Zeit nähen. Außerdem kümmert sie sich um den Garten und sorgt liebevoll für ihren Vater. Wenn du zu Lizzie freundlich bist, schenkt sie dir aufrichtige Zuneigung.«

»Scheint wirklich ein sehr liebenswertes Mädchen zu sein.«

»Liebenswert, das ist Lizzie wirklich. Ein Jammer, daß sie ein wenig ... nun ja.«

»Ich möchte sie bald kennenlernen.«

»Dem steht nichts im Weg. Wie wär's mit jetzt gleich? Warum schauen wir auf dem Rückweg nicht bei den Morleys vorbei?«

»Ich hätte nichts dagegen.«

»Ein schönes Fleckchen Erde. Hier könnte ich ewig sitzen und mit dir reden.«

»Mir geht's genauso, Ben.«

Er sah mich mit einem fast zärtlichen Lächeln an. Eine Zeitlang schwiegen wir beide.

Mir wurde ein wenig unbehaglich unter seinem intensiven Blick. Es schien, als könne er meine Gedanken lesen, die sich oft mit ihm beschäftigten. Kurz entschlossen stand ich auf. »Wenn wir noch bei Lizzie und ihrem Vater vorbeiwollen, müssen wir langsam aufbrechen.«

Ich ging zu Foxey hinüber, band sie los und stieg in den Sattel. Wortlos ritt ich neben Ben her. Er schien tief in Gedanken versunken zu sein.

Die Morleys bewohnten ein modernes, im neugotischen Stil erbautes, großes und kompaktes Haus. Sorgsam gepflegte Gärten umgaben das Gebäude. Als wir den Weg zum Haus hinaufritten, entdeckte ich ein Mädchen. Es trug einen Korb über dem Arm und zupfte die verwelkten Blüten von den Sträuchern.

»Das ist Lizzie!« rief Ben. »Lizzie, komm her! Ich stelle dir Mrs. Mandeville vor.«

Lizzie stieß einen kleinen überraschten Schrei aus und lief auf uns zu. Einige der verwelkten Blüten flatterten aus ihrem Korb. Unschlüssig blieb sie stehen und sah die auf dem Weg liegenden Blütenblätter an. Offensichtlich wußte sie nicht so recht, ob sie sich bücken und sie aufheben oder aber uns begrüßen sollte.

»Du kannst sie später aufheben«, sagte Ben freundlich. »Jetzt komm erst einmal her und begrüße deine neue Freundin.«

Sie nickte und sah ihn dankbar an. Anscheinend erleichterte es sie, daß sie diese schwere Entscheidung nicht selbst treffen mußte. Lächelnd kam sie näher.«

Ich sah in ein Kindergesicht mit kaum ausgeprägten Zügen. Große blaue Augen und glattes blondes Haar, das sie, zu einem

Zopf geflochten, um den Kopf gelegt und festgesteckt hatte, verstärkten den kindlichen Eindruck.

Ben nahm ihre Hand. Ihr Gesicht zeigte einen Ausdruck großer Zufriedenheit. Offensichtlich freute sie sich, ihn zu sehen.

»Mrs. Mandeville — Angelet«, stellte ich mich vor.

»Angelet«, wiederholte sie folgsam.

»Angelet, das ist Lizzie, von der ich dir erzählt habe.«

Ich reichte ihr die Hand, und sie schenkte mir ein reizendes, unschuldiges Lächeln.

»Ist dein Vater zu Hause, Lizzie?« fragte Ben.

Sie nickte.

»Meinst du, wir können ihn besuchen? Ah, da kommt ja Mrs. Wilder.«

Mrs. Wilder, eine streng aussehende Frau von ungefähr Ende Dreißig, eilte über den Rasen auf uns zu.

»Guten Tag, Mrs. Wilder«, grüßte Ben. »Das ist Mrs. Mandeville. Ich habe Ihnen und Mr. Morley ja schon von unseren Neuankömmlingen erzählt.«

»Ja, natürlich, Mr. Lansdon«, antwortete Mrs. Wilder. »Willkommen in Golden Creek, Mrs. Mandeville. Mr. Morley wird sich sehr über Ihren Besuch freuen. Kommen Sie bitte herein.«

Von Mrs. Wilder war bisher noch nie die Rede gewesen. Ich vermutete, sie sei die Hausdame und Betreuungsperson für Lizzie.

»Lizzie hat schon ungeduldig darauf gewartet, Sie kennenzulernen, Mrs. Mandeville«, sagte Mrs. Wilder. »Nicht wahr, Lizzie?«

»O ja, ja.«

Mit ihren großen, aufrichtigen Augen strahlte sie mich an. Diesem offenen Blick konnte ich nicht widerstehen und beantwortete ihn mit einem freundlichen Lächeln.

Wir wurden in eine Halle geführt, deren Wände hauptsächlich mit Pferdebildern geschmückt waren. Über einer schweren Eichentruhe hing ein Spiegel in einem wuchtigen Messingrahmen. Mrs. Wilder klopfte an eine Tür und rief laut: »Besuch für Sie, Mr. Morley! Mr. Lansdon hat Mrs. Mandeville mitgebracht.«

»Immer herein!« ertönte eine Stimme.

Wir betraten einen mit schweren Möbeln überladenen Raum. Auf dem reich verzierten Kaminsims erblickte ich die Daguerreotypie einer Frau, die ein Kleid mit einem eng anliegenden Oberteil und einem weiten, bauschigen Rock trug. Das Haar hatte sie seitlich aus dem Gesicht gekämmt und im Nacken zu einem Knoten geschlungen. Ich entdeckte eine leichte Ähnlichkeit mit Lizzie und vermutete, das Bild zeige Alice Morley. Es nahm zwischen den vielen Vasen, die sonst noch auf dem Kaminsims standen, einen Ehrenplatz ein.

James Morley, ein massiger Mann, saß in einem großen Armsessel, neben sich ein Tischchen mit einem Glas Ale.

»Hallo, James«, sagte Ben. »Ich habe dir einen unserer Neuankömmlinge mitgebracht, Mrs. Mandeville.«

Mit großer Mühe versuchte er, sich zu erheben, aber Ben bat ihn: »Bleib sitzen, James. Mrs. Mandeville hat Verständnis.«

»Zur Zeit sind meine alten Knochen ein wenig steif«, erklärte Mr. Morley. »Trotzdem: herzlich willkommen in Golden Creek. Ich freue mich, Sie kennenzulernen.«

»Setzen Sie sich doch«, forderte uns Mrs. Wilder auf. »Bei dieser Hitze tut Ihnen eine Erfrischung sicher gut. Was darf ich Ihnen bringen, Wein oder Bier?«

Wir entschieden uns für Wein, und Mrs. Wilder eilte geschäftig hinaus.

»Nun«, sagte James Morley, »was halten Sie von Golden Creek?«

Ben lachte.

»Eine höfliche Antwort wird Mrs. Mandeville bestimmt nicht ganz leichtfallen. Sie kommt geradewegs aus dem schönen London.«

»Ein bißchen anders hier bei uns, eh?«

Das konnte ich nur bestätigen, aber ich fügte hinzu, ich fände Golden Creek sehr interessant.

»In dieser Gegend kommen und gehen die Menschen. Keiner bleibt. Ich hätte nie herkommen sollen.« Sein trauriger Blick fiel auf das Bild auf dem Kaminsims.

Rasch ergriff Ben das Wort. »Das sagen wir uns alle von Zeit zu Zeit.« Er wandte sich an mich. »Mr. Morley gehört mit der schönste und ertragreichste Grundbesitz in ganz Victoria.«

Bei diesen Worten leuchteten Morleys Augen vor Freude auf. »Hervorragendes Weideland. Ich habe großes Glück gehabt. Ich war schon vor all den anderen hier. Als ich damals ankam, stand weit und breit kein Haus.«

Mrs. Wilder brachte den Wein und schenkte die Gläser ein.

»Wir haben Lizzie im Garten getroffen. Sie hat sich um die Blumen gekümmert«, sagte Ben.

»Lizzie beschäftigt sich dauernd mit den Blumen. Das macht dir viel Freude, nicht wahr, Lizzie?«

Das Mädchen nickte lächelnd.

»Sie vollbringt wahre Wunder im Garten. Stimmt doch, Mrs. Wilder?«

»Ich hätte nicht einmal zu träumen gewagt, daß Blumen in

diesem Klima in solcher Pracht und Üppigkeit gedeihen. Du hast einen grünen Daumen, Lizzie.«

Lizzie lachte laut auf vor Freude.

»Sie hoffen also, Gold zu finden, Mrs. Mandeville.« Vielleicht bildete ich es mir nur ein, aber mir schien, als sähe mich James Morley ein wenig mitleidig an.

»Ja«, antwortete ich. »Aus diesem Grund kommen doch die meisten Menschen nach Golden Creek.«

»Ein fruchtloses Unterfangen, wenn Sie mich fragen.«

»Manche Leute finden eine Frucht«, widersprach Ben.

James Morley sah ihn an und zwinkerte vielsagend mit einem Auge. »Wenn das überhaupt irgend jemandem gelingen sollte, gehe ich jede Wette ein, dann wirst du das sein, Ben Lansdon.«

»Wenn's nach mir ginge, schon«, antwortete Ben.

»Diese Gier nach Gold«, seufzte der alte Mann. »Warum sind die Menschen nie zufrieden mit dem, was sie haben? Warum wollen sie immer noch mehr besitzen?«

»Wenn es anders wäre, stünde die Welt still«, erwiderte Ben. »Aber darüber haben wir schon oft ergebnislos gestritten, James.« Er wandte sich an mich. »James schlägt mir immer wieder vor, ich solle mich als Viehzüchter versuchen. Für ihn ist das die einzig vernünftige Arbeit.«

»Du siehst, wie gut es mir dabei geht. Schau dir meinen Besitz an, diesen herrlichen Grund und Boden. In den Schafen steckt Geld, auch die Rinder bringen was ein. Für meinen Geschmack gehört mir das schönste Haus weit und breit. Oder bist du anderer Meinung?«

»Also, mein Haus ist auch nicht gerade eine Bruchbude«, entgegnete Ben. »Meine verehrten Damen, unterstützen Sie mich bitte ein bißchen. Angel, Mrs. Wilder, Lizzie!«

Lizzie lachte. »Ihr Haus ist sehr schön«, sagte sie. Der Blick ihres Vaters entging mir nicht. Er sah seine Tochter liebevoll und traurig zugleich an.

»Gibt es Neuigkeiten aus London?« erkundigte sich James Morley. »Wir hier draußen erfahren kaum, was in der Welt vor sich geht.«

Ich überlegte, was sich zuletzt an wichtigen Vorkommnissen ereignet hatte. England lag für mich in weiter Ferne. Nach kurzem Nachdenken berichtete ich ihm vom Tod des Prinzgemahls und erwähnte, daß die Königin sehr um ihn trauere und seitdem nicht mehr in der Öffentlichkeit erscheine. Sofort bereute ich, etwas Derartiges gesagt zu haben, denn er wandte den Kopf und blickte hinüber zu dem Bild auf dem Kaminsims.

Rasch fuhr ich fort mit einem Bericht über die Unruhen unter den Arbeitern der Baumwollspinnereien in Lancashire. Auch nicht gerade ein erfreuliches Thema. Verzweifelt suchte ich nach etwas Unverfänglichem und erzählte von der Verlobung des Prince of Wales mit Prinzessin Alexandra von Dänemark, anschließend erwähnte ich den Bürgerkrieg in Amerika.

In diesem Zimmer in Australien erschienen mir diese Nachrichten merkwürdig unwichtig. Ich wechselte das Thema und berichtete von unserer Überfahrt und den Hafenstädten, die wir besichtigt hatten. Abschließend setzte ich noch hinzu: »Morwenna, Mrs. Cartwright, möchte Sie ebenfalls sehr gerne besuchen. Sie hätte uns heute begleitet, aber sie fühlte sich leider nicht wohl. Sie erwartet ein Baby.«

Lizzies Augen funkelten vor Freude. »Oh, ich liebe kleine Babys!«

»Dann freust du dich bestimmt auf Morwennas Baby«, meinte ich und blickte gerührt in ihr glückstrahlendes Gesicht.

Mrs. Wilder hüstelte. »Bei uns kommen nur selten Babys zur Welt. Hat Mrs. Cartwright bereits Mrs. Bowles aufgesucht?«

»Nein. Bis jetzt noch nicht.«

»Dann sollte sie das schnellstens nachholen. Ich kenne mich ein wenig mit Krankenpflege aus, da ich jahrelang meinen Ehemann gepflegt habe. Mit Babys besitze ich allerdings leider nicht die geringste Erfahrung.«

»Ich sage Morwenna Bescheid wegen Mrs. Bowles.«

»Morwenna«, wiederholte Lizzie versonnen.

»Ein hübscher Name, nicht wahr, Lizzie? Ist das ein alter kornischer Name?«

»Ja. Der Name Morwenna stammt aus Cornwall. Das ist übrigens auch meine Heimat. Meine Familie besitzt ein Haus in Cornwall.«

»Es ist eine herrliche Gegend«, ergänzte Ben. »Auch das Haus ist wunderschön und bereits ein paar hundert Jahre alt. Du mußt Lizzie bei nächster Gelegenheit von Cador erzählen, Angelet.«

»O ja, bitte!« rief Lizzie und klatschte vor Begeisterung in die Hände.

Ihr Vater schien sich über die Lebhaftigkeit seiner Tochter zu freuen. Als wir uns erhoben, nahm er meine Hand und drückte sie ganz fest.

»Sie müssen bald wiederkommen«, sagte er. »Sie sind jederzeit willkommen.«

»Vielen Dank«, erwiderte ich. »Ich freue mich, Sie kennengelernt zu haben. Es war eine gute Idee von Ben, Sie heute zu besuchen.«

Mrs. Wilder und Lizzie begleiteten uns zu den Ställen. Wir bestiegen unsere Pferde und ritten den Weg hinunter. Die beiden winkten uns noch lange nach.

Nach einer Weile sagte Ben: »Nun hast du mit eigenen Augen gesehen, wie es um Lizzie steht.«

»Sie behandeln sie wie ein Kind.«

»In gewisser Weise ist sie noch ein Kind. Sie ist nie erwachsen geworden.«

»Wer ist Mrs. Wilder?«

»Sie ging nach dem Tod ihres Mannes zu den Morleys. Ihr Mann wurde ein Opfer der Minen. Er wurde verschüttet, und man hat ihn halberstickt geborgen. Aber nach dem schrecklichen Unfall war er nie mehr derselbe wie vorher. Als James' Frau gestorben war, suchte er eine Hausdame, die das Personal beaufsichtigte und für Lizzie so etwas wie eine Ersatzmutter sein konnte. Mrs. Wilder, damals wie gesagt schon verwitwet, bekam die Stellung und ist mittlerweile unentbehrlich geworden.«

»Sie macht einen ausgesprochen tüchtigen Eindruck.«

»Morley ist äußerst zufrieden mit ihr. Und Mrs. Wilder wiederum fühlt sich wohl bei den Morleys. Sie hat eine Aufgabe, die sie bewundernswert bewältigt. Sie geht großartig mit Lizzie um.«

»Das ist mir auch aufgefallen. Lizzie scheint sie gern zu haben.«

»Meine liebe Angelet, Lizzie liebt Gott und die Welt. Sie glaubt, alle Menschen seien so gut und aufrichtig wie sie. Manchmal denke ich, Menschen wie Lizzie seien im Grunde beneidenswert. Für sie ist die Welt wunderbar. Sie versuchen erst gar nicht, das unmöglich Scheinende zu erreichen, sondern sind wunschlos glücklich und zufrieden mit dem, was sie haben.« Er sah mich unverwandt an.

Ein unbehagliches Gefühl beschlich mich, denn ich spürte sehr wohl die tiefere Bedeutung seiner Worte.

Die Tage in Golden Creek flogen vorbei. Ich wußte nicht mehr genau, ob wir erst vor zwei oder bereits vor drei Wochen angekommen waren. Die Hausarbeit, die uns immer noch nicht leichtfiel, füllte unsere Tage aus. Weder Morwenna noch ich hatte kochen gelernt, und es wurde auch nicht gerade zu unserer Lieblingsbeschäftigung, deshalb erledigten wir diese Arbeit abwechselnd — mal aßen wir zu viert bei uns, dann wieder bei Morwenna und Justin.

Gervaise und Justin, die noch nie Schwerarbeit verrichtet hatten, fielen am Abend noch erschöpfter ins Bett als Morwenna und ich. Meiner Meinung nach konnten sie nicht mehr lange durchhalten. Zunehmend verloren sie ihre Illusionen. In unserem schmalen, unbequemen Bett liegend, sprach ich Gervaise einmal darauf an. Fast zu müde, um noch miteinander zu reden, unterhielten wir uns im Halbschlaf.

»Gervaise, warum fahren wir nicht nach Hause?«

»Zu all den Schulden?«

»Uns wird schon eine Lösung einfallen. Wie willst du das aushalten? Diese endlose Graberei, das Erdewaschen im Fluß in diesen Schwingtrögen – diese ganze Schinderei für nichts und wieder nichts.«

»Das bleibt nicht so. Es kann sich jeden Tag ändern. Wenn wir fortgingen und gleich am nächsten Tag fände einer Gold, könnte ich das nicht ertragen. Ich würde mir nie verzeihen, daß ich aufgegeben habe und davongelaufen bin.«

In diesem Augenblick begriff ich, warum die Männer ausharrten. Nicht gestern ... nicht heute ... aber morgen.

Gervaise, Justin und all die anderen Männer hatten eines gemeinsam: die Gier nach Gold. Ben machte da keine Ausnahme. Nur ein paar wenige wie Arthur Bowles und James Morley hatten es geschafft, der Goldenen Göttin, wie ich diese Sucht nach Gold insgeheim nannte, abzuschwören.

Im Lauf der Zeit gewöhnte ich mich an das karge Leben. Die Hausarbeit ging mir leichter und schneller von der Hand, so daß ich sogar ein wenig Freizeit hatte. Ich lernte die Leute kennen, mit denen ich Tür an Tür wohnte. Wie Ben gesagt hatte, lebten die unterschiedlichsten Menschen auf engstem Raum zusammen. Da war zum Beispiel Peter Callender, über den gemunkelt wurde, er habe drüben in der alten Heimat einen Adelstitel geführt. In Golden Creek machte er jedoch nie Gebrauch davon. Die anderen hätten es ihm mit Sicherheit auch sehr übelgenommen. Aber seine guten Manieren und seine gepflegte Sprache verrieten ihn als »feinen Pinkel«, wie ihn die Goldsucher verächtlich nannten. Den Frauen begegnete er stets ausnehmend höflich, wobei er immer eine gespielte Lässigkeit an den Tag legte. Dennoch arbeitete er mindestens so fieberhaft auf seinem Claim wie alle anderen.

David Skellington, ein Cockney mit einem Wieselgesicht, der sich nach der Verbüßung einer Freiheitsstrafe endgültig in Australien niedergelassen hatte, war das genaue Gegenteil von Peter Callender. Welches Verbrechen er begangen hatte, wußte niemand. Außer Skellington gab es noch weitere ehemalige

Sträflinge in Golden Creek. Niemand erkundigte sich nach der Vergangenheit der anderen. Dies gehörte zu den ungeschriebenen Gesetzen, die in der Siedlung galten.

Zu unseren Nachbarn zählte auch die Familie Higgins — Vater, Mutter und zwei Söhne, die alle wie besessen arbeiteten. Ich erfuhr, daß die Higgins' vor einem Jahr ein bißchen Gold gefunden hatten und seitdem davon überzeugt waren, ein besonders ertragreiches Claim zu besitzen.

Natürlich lernte ich auch Meister Petz kennen. Er gefiel mir auf Anhieb. Wie Lizzie hatte auch er sich ein kindliches und vertrauensvolles Gemüt bewahrt. Trotzdem hatte ihn das Goldfieber gepackt. Das überraschte mich, denn ich hätte ihn nie für einen nach Reichtum strebenden Menschen gehalten.

Ein schweigsamer Mann, dieser Meister Petz. Das bißchen, was ich von ihm erfuhr, berichtete er mir nur auf endlose Fragen. Ich mußte ihn förmlich ausquetschen.

»Haben Sie nie Heimweh nach England, Meister Petz?« fragte ich ihn einmal.

Sein in vielen Boxkämpfen zerschlagenes Gesicht verzog sich zu einem fast liebevollen Lächeln. »Dazu sage ich nicht nein und nicht ja, Misses.«

»Was sagen Sie dann dazu?«

Er lachte und meinte: »Sie sind eine ulkige Nummer.«

Das war einer seiner Lieblingsausdrücke. Vermutlich hatte er mich vom ersten Moment an als eine »ulkige Nummer« eingeordnet, was immer das für ihn bedeutete. An diesem ersten Eindruck hielt er eisern fest. Ich faßte es als Kompliment auf.

»Wann haben Sie denn gemerkt, daß Sie eine Kämpfernatur sind, Meister Petz?«

»Och, na ja. Ist schon lange her.«

»Als Sie noch ein Junge waren? So acht oder zehn Jahre alt?«

»Aye«, brummte er. »Aye.«

»Und irgend jemandem ist das aufgefallen, und der hat Sie gefördert?«

»Wird wohl so gewesen sein.«

»Sie mußten natürlich viel trainieren.«

Mit einem breiten Grinsen blickte er hinunter auf seine mächtigen Hände, ballte sie zu Fäusten und schlug mit einem Boxhieb nach einem unsichtbaren Gegner.

»Ich habe gehört, die Königlichen Hoheiten, jedenfalls der Prinzregent, waren begeisterte Anhänger des Boxsports.«

Er schwieg. Sicher dachte er an die Vergangenheit, denn plötzlich runzelte er die Stirn, und scharfe Falten erschienen um seinen Mund. Ich vermutete, er erinnerte sich an den

Mann, den er im Ring getötet hatte. Dieser arglose, einfältige Mann konnte seine Gefühle nicht verbergen. In seinem Gesicht konnte man lesen wie in einem offenen Buch.

»Erzählen Sie mir, wie Sie nach Australien gekommen sind, Meister Petz«, bat ich ihn in der Hoffnung, seine Gedanken auf ein anderes Thema zu lenken.

»Mit dem Schiff.«

»Ja, natürlich. Aber warum?«

»Gold«, antwortete er schlicht. »Mr. Ben. Er war gut zu mir.« Jetzt drückte sein Gesicht kindliche Bewunderung aus. Für ihn stand Ben über allen anderen Sterblichen.

Auf Ben kam die Sprache immer wieder. Ich wußte, dies war mit ein Grund, warum ich mich gerne mit Meister Petz unterhielt.

Nach und nach erfuhr ich, wie Ben ihm bei der Erledigung des notwendigen Papierkrams geholfen hatte. Meister Petz erschienen die Formalitäten ungeheuer kompliziert. Er hatte sich bereits damit abgefunden, unverrichteterdinge wieder nach Hause fahren zu müssen, weil er mit den Papieren einfach nicht zu Rande kam.

»Und dann, ganz einfach so«, sagte er und schnippte mit den Fingern, »kam Mr. Ben und hat gesagt: ›Hier machst du dein Kreuz, Meister Petz‹, hat er gesagt. Und dann habe ich mein Claim abgesteckt. Ganz einfach so.«

Es freute mich jedesmal, wie sein Gesicht bei der Erwähnung von Bens Namen aufleuchtete. Auch meine Gedanken drehten sich fast ausschließlich um Ben, der mir in mancher Hinsicht ein Rätsel blieb. Er stand außerhalb der Gemeinschaft der anderen. Obwohl die Goldsucher streng auf der Gleichstellung aller beharrten und Peter Callender trotz seines Adelstitels nicht anders behandelten als etwa den undurchsichtigen David Skellington, akzeptierten doch alle Bens Sonderrolle.

Ben handelte nach völlig anderen Maßstäben als üblich. Er hatte Gold gefunden, nicht gerade ein gewaltiges Vermögen, aber gemessen an hiesigen Verhältnissen war er reich. Jeder andere hätte sich nach dem Fund ein großes Haus in Melbourne gebaut und das Leben eines Gentlemans geführt. Es hätte sogar ausgereicht, nach England zurückzukehren. Und was tat Ben? Er baute sich ein Haus in Golden Creek, noch dazu ganz in der Nähe der Hüttensiedlung. Er besaß eine eigene Mine und ließ andere Männer für sich arbeiten. Außerdem ernannte er sich selbst zum Hüter von Recht und Ordnung, bei diesem bunten Gemisch von Menschen keine leichte Aufgabe.

Trotzdem wurde er allgemein respektiert, denn die Leute

spürten, ohne seine Autorität würde das Leben in der Siedlung weniger reibungslos verlaufen.

Morwenna stand kurz vor der Niederkunft. Vor einiger Zeit hatte sie sich von Mrs. Bowles untersuchen lassen, die ihr eine gute Gesundheit bescheinigte. Jedenfalls meinte Mrs. Bowles, es bestehe nicht die Gefahr von Komplikationen.

»Aber vergessen Sie nicht, sie ist eine Dame«, sagte Mrs. Bowles zu mir. »Da ist eine Geburt nie so leicht.«

»Was, um Himmels willen, hat das eine mit dem andern zu tun?« fuhr ich sie gereizt an.

»Fragen Sie mich nicht. Ich bin nicht der Allmächtige. Vielleicht werden die Damen ihr Leben lang zu sehr verwöhnt.«

»Eben haben Sie gesagt, sie sei gesund.«

»Kerngesund. Da bin ich ganz sicher.«

Trotzdem nahm meine Unruhe zu. Ich sprach mit Ben, der sofort Hilfe anbot. »Wenn es soweit ist, muß sie nach Golden Hall kommen.«

»Oh, vielen Dank, Ben. Ich spreche mit ihr.«

»Du mußt unbedingt darauf bestehen. In Golden Hall sind die Bedingungen unvergleichlich besser. Und noch eins, Angel: Bitte begleite sie. Sicher möchte sie dich in ihrer Nähe haben.«

Bei diesen Worten wurde mir ganz warm ums Herz. Selbstverständlich wollte ich Morwenna zur Seite stehen, aber — um ehrlich zu sein — mehr noch freute ich mich auf ein paar angenehme Tage in Bens Haus.

Der Sommer kam mit glühendheißen Tagen. Am Abend sanken die Temperaturen schlagartig. Was nach englischem Verständnis noch als extrem warm galt, kam uns nach der fast unerträglichen Mittagshitze plötzlich kalt vor. Die Fliegen plagten uns entsetzlich. Sie schienen eine bösartige Freude dabei zu empfinden, uns zu peinigen. Je energischer ich gegen sie vorging, um so hartnäckiger und blutrünstiger schlugen sie zurück. Sehnsüchtig dachte ich an zu Hause, wo jetzt der Winter Einzug hielt. Ich erinnerte mich an die Abende bei Onkel Peter, an die Gespräche mit Matthew über Politik, an all die interessanten Unterhaltungen während des Essens. Deutlich sah ich meine Eltern auf Cador vor mir. Ein fast unerträgliches Heimweh schnürte mir die Kehle zu.

Ich glaube, damals hörte ich auf, Gervaise zu lieben. Zwar gab er sich immer noch unbeschwert und ließ sich durch nichts die gute Laune verderben, aber er glich in nichts mehr dem eleganten jungen Mann, den ich geheiratet hatte. Er begann, nachlässig gekleidet und ungekämmt herumzulaufen — er, der immer so großen Wert auf sorgfältige Kleidung gelegt hatte, dem Eleganz über alles ging. Ich glaube, er hatte sich vorgestellt, nach Australien zu kommen, ein wenig in der Erde herumzugraben und dann — Heureka! — läge der Reichtum vor ihm im Schwenktrog.

Aber die Wirklichkeit sah leider ganz anders aus.

Trotzdem, der Glanz in seinen Augen war geblieben. Dieses fieberhafte Verlangen zu spielen, diese Sucht, die uns unsere gesicherte Existenz gekostet hatte, konnte anscheinend nichts und niemand zerstören.

Ich verglich ihn oft mit Ben. Ben arbeitete nicht weniger hart als die anderen. Den größten Teil des Tages verbrachte er in seiner Mine, überwachte die Arbeiten, gab Anweisungen, organisierte und beobachtete. Er hatte seine ruhige Selbstsicherheit behalten, die mir schon bei seinem ersten Besuch auf Cador Bewunderung abgenötigt hatte. Ben hatte sich in Australien in keiner Weise zu seinem Nachteil verändert.

Erst als ich mitbekam, wie die meisten Menschen in der Siedlung hausten, konnte ich ermessen, wieviel er wirklich für uns getan hatte. Wir hatten uns eingebildet, unsere Hütten seien äußerst bescheidene Bretterbuden, dabei lebten wir unter sehr viel besseren Bedingungen als die anderen. Ben hatte zum Beispiel kleine Teppiche auf die groben Holzdielen legen und uns außerdem genügend Bettwäsche schicken lassen. Kleine Annehmlichkeiten, die wir aber inzwischen sehr zu schätzen wußten.

Er schaute häufig kurz in unserer Hütte vorbei. Besorgt pflegte er mich anzusehen und sich nach meinem Befinden zu erkundigen. Ben war mein bester Freund, das wußte ich.

Gervaise und Justin arbeiteten schwer. Die Überzeugung, eines Tages den ganz großen Fund zu machen, spornte sie ungemein an. Ein paarmal hatten sie bereits einige winzige Goldkörnchen ausgesiebt, was wahre Freudentänze zur Folge hatte. Das bißchen Gold diente ihnen als Beweis, daß ihr Claim noch weit mehr hergeben mußte. Schließlich hatten manche Goldsucher auf ihrer Parzelle noch nicht die kleinste Spur von dem kostbaren Metall entdeckt.

Als sie die erste Unze Gold zusammenhatten, feierten sie ein Fest. In der Siedlung gab es etliche Männer, die ganz gerne ab und zu ein Spielchen wagten. Manchmal trafen sie sich in einer der Hütten, Karten spielten sie aber meist im Saloon. Natürlich schloß sich Gervaise dieser Gruppe bald an. Endlich wurde mir ein für allemal klar, daß er nichts, rein gar nichts, aus der Vergangenheit gelernt hatte. In kürzester Zeit verlor er all das

Geld, daß ihm sein kleiner Fund eingebracht hatte. Ganz anders Justin. Auch er spielte, machte aber kleine Gewinne. Justin schien wie Gervaise ein notorischer Spieler zu sein, allerdings mit etwas mehr Glück.

Ich hatte keine besonders enge Verbindung zu Justin. Im Grunde kannte ich ihn kaum. Morwenna, ganz ergebene Ehefrau, sprach häufig von ihm. Sie lobte ihn in den höchsten Tönen. Stets betonte sie, wie froh und glücklich sie sei, daß ein solcher Mann sie geheiratet habe. Manchmal hatte ich den Eindruck, sie schien es noch immer nicht fassen zu können, ein solches Musterexemplar von Mann bekommen zu haben. Justin hatte aus der unscheinbaren, schüchternen Morwenna eine selbstsichere, charmante Frau gemacht. Anscheinend hatte er auf den ersten Blick erkannt, was tatsächlich in ihr steckte.

Trotz Morwennas positiver Veränderung, die sie zweifellos Justin zu verdanken hatte, wurde ich den Eindruck nicht los, es müsse irgendein Geheimnis in seiner Vergangenheit geben. Nie hatten wir Genaueres über ihn erfahren. Wir wußten nur, daß er aus Amerika nach England zurückgekommen war und über ein kleines Einkommen verfügte. Zu gerne hätte ich gewußt, ob er seinen Entschluß, nach Australien zu gehen, inzwischen bereute.

Eines Tages stand Justin überraschend unter der Tür, als ich mich allein in der Hütte aufhielt. Das war mehr als ungewöhnlich, denn normalerweise arbeitete er um diese Zeit in der Mine.

»Ich bin auf dem Weg zu den Bowles', weil ich ein paar Vorräte einkaufen muß. Aber ich möchte kurz mit dir sprechen, Angelet. Oder hast du keine Zeit?«

»Doch, doch. Komm herein. Was hast du auf dem Herzen? Bitte, nimm Platz.«

Er setzte sich auf einen der gemütlichen Holzstühle, die wir ebenfalls Bens Großzügigkeit zu verdanken hatten.

»Ich mache mir Sorgen um Morwenna«, begann er.

»Du meinst wegen des Babys?«

Er nickte. »Sie ist nicht sehr kräftig.«

»Sie ist kräftiger, als du glaubst«, versuchte ich, ihn zu beruhigen. »Nach Mrs. Bowles' Überzeugung, und die versteht einiges davon, ist alles in bester Ordnung.«

»Angelet, wirst du ihr beistehen?«

»Selbstverständlich. Außerdem hat Ben Lansdon Morwenna ein Zimmer in seinem Haus angeboten. Dort sind die Voraussetzungen für die Geburt in jedem Fall besser als in der Hütte.«

»O ja«, antwortete er. »Ach, Angelet, wenn wir es doch schon überstanden hätten. Wenn wir doch unseren Sohn schon in den Armen halten könnten.«

»Es muß ja nicht unbedingt ein Sohn werden.«

»Nein, natürlich nicht. Das Wichtigste ist, daß Morwenna nichts passiert. Wenn wir das hinter uns gebracht haben, denke ich ernsthaft daran, mit ihr und dem Kind nach Hause zurückzukehren.«

»Eine gute Idee. Wenn ich doch Gervaise auch dazu überreden könnte«, meinte ich.

»Wir leben immer in der Hoffnung auf morgen. Morgen kommt der große Fund. Jetzt stell dir vor, du gibst nach einiger Zeit auf und fährst nach England zurück. Glaub mir, das wird man später bereuen. Immer wieder wird man sich sagen, hättest du doch länger durchgehalten, einmal hätte es bestimmt geklappt.«

»Das sagt Gervaise auch immer. Aber du kannst nicht dein Leben lang verpaßten Gelegenheiten nachtrauern.«

»Das ist auch wieder wahr. Deshalb ... nach der Geburt des Kindes denke ich ernsthaft an eine Heimkehr. Golden Creek ist nicht der richtige Ort für ein Kind. Oder was meinst du, Angelet?«

»Du hast völlig recht«, stimmte ich ihm zu. »Ein Kind sollte in einer anderen Umgebung aufwachsen.«

»Und die schwere Hausarbeit! Morwenna und du, ihr seid solche Arbeit nicht gewohnt.«

»Inzwischen haben wir uns damit abgefunden und gewissermaßen daran gewöhnt.«

Nachdenklich sah er mich an. Unvermutet sagte er: »Nach der Geburt des Kindes muß ich etwas unternehmen. Ich verspreche dir eines, Angelet, ich werde mich ändern. Ich will und ich werde mich ändern.«

Ich verstand nicht, was er meinte. Neugierig und in Erwartung weiterer Erklärungen sah ich ihn an, aber er lachte nur. »Ich bin ein bißchen überarbeitet, und dazu kommen noch die Sorgen um Morwenna. Angelet, versprich mir, daß du ihr in ihrer schweren Stunde beistehst.«

»Das verspreche ich dir gern. Sofern man mich zu ihr läßt. Du brauchst dir wirklich keine Sorgen zu machen, Justin. Babys kommen noch an weit unwirtlicheren Orten zur Welt.«

»Ich weiß. Trotzdem mache ich mir Sorgen.«

»Je eher Morwenna in Bens Haus übersiedelt, um so besser.«

»Es ist sehr nett und rücksichtsvoll von ihm, Morwenna ein Zimmer zu überlassen.«

»Wir haben ihm viel zu verdanken, Justin. Ohne ihn wären wir weit schlechter dran.«

»Zweifellos.«

»Und hör auf, dir Sorgen zu machen. Morwenna ist glücklich. Du hast sie sehr glücklich gemacht, Justin. Dich und das Baby, mehr braucht sie nicht.«

Abrupt erhob er sich.

»Entschuldige, ich habe dich sehr lange aufgehalten.«

»Aber nein. Ich habe mich über dein Kommen gefreut. Und vergiß nicht, Justin, Morwenna hat Freunde hier.«

Er nickte. Bevor er die Hütte verließ, lächelte er mich seltsam schüchtern an.

Anscheinend wollte er unbedingt einen Sohn. Nun ja, in diesem Punkt unterschied er sich nicht von den meisten Männern. Seine Sorge um Morwenna schien aufrichtig zu sein. Mein tiefes Mißtrauen gegen ihn ließ etwas nach.

Mrs. Bowles hatte Morwenna den voraussichtlichen Tag der Geburt ausgerechnet. Ben schlug vor, wir sollten eine Woche vorher nach Golden Hall kommen, die Zimmer seien vorbereitet.

Morwenna fiel die anstrengende Hausarbeit inzwischen von Tag zu Tag schwerer. Ein wenig Komfort und Geborgenheit würde ihr guttun.

Meg begeisterte die Aussicht, ein Baby im Hause zu haben, und sei es auch nur vorübergehend. Mit Gervaise und Justin vereinbarten wir, daß sie nach der Arbeit in der Mine in die Hütten gehen, sich waschen und umziehen und zum Abendessen nach Golden Hall kommen würden.

Alles schien bestens vorbereitet.

»So ist das Leben«, sagte Gervaise vergnügt. »Alles geht glatt, wenn man die richtigen Freunde am richtigen Ort hat.«

Er schien nicht im geringsten eifersüchtig oder gar neidisch auf Ben zu sein. Mißgünstige Gefühle entsprachen nicht seiner Natur. Gervaise war ein herzensguter Mann. Ich wünschte, ihn von dieser zerstörerischen Schwäche befreien, ihn von dieser Sucht heilen zu können, und stellte mir vor, welch wunderbares Leben wir dann miteinander führen würden.

Der Tag, den Mrs. Bowles für die Geburt des Babys ausgerechnet hatte, verlief ohne besondere Vorkommnisse. Morwenna ging es gut, nichts deutete auf die baldige Ankunft des Babys hin.

Zwei Tage vergingen. Am dritten begannen wir uns zu sorgen.

Mrs. Bowles beruhigte uns. »Kein Grund zur Aufregung. Babys haben so ihre Eigenheiten. Es ist völlig sinnlos, sie zur Eile anzutreiben. Sie wissen schon selbst, wann es Zeit ist.«

Morwenna fühlte sich furchtbar müde. Sie sehnte sich danach, endlich alles überstanden zu haben. Die meiste Zeit schlief sie.

Am Nachmittag saß ich neben ihrem Bett. Sie war gerade eingeschlafen, als es leise klopfte. Auf Zehenspitzen ging ich zur Tür. Draußen stand Ben. Er zog mich hinaus auf den Flur.

»Angel, du solltest eine Weile an die frische Luft. Komm mit.«

»Was ist, wenn es bei Morwenna soweit ist und ich nicht da bin?«

»Nicht die geringsten Anzeichen deuten darauf hin. Außerdem ist Meg im Haus. Falls nötig, schickt sie Jacob zu Mrs. Bowles. Ich sage ihr sofort Bescheid. Nun komm schon. Du brauchst ein wenig Abwechslung, und sei es auch nur für eine Stunde, sonst wirst du noch krank.«

Ich sah noch einmal nach Morwenna. Sie schlief ruhig.

»Gut«, sagte ich. »Aber Meg muß auf dem Posten sein.«

»Selbstverständlich.«

»Vielleicht ist es am besten, wenn sie sich solange um nichts anderes kümmert und sich zu Morwenna in ihr Zimmer setzt.«

»Schon gut. Das macht sie bestimmt.«

Meg war richtiggehend entzückt, daß man ihr diese Verantwortung übertrug.

»Ich kümmere mich um sie. Bei den ersten Anzeichen schicke ich Jacob oder Thomas los. Gehen Sie nur ein wenig hinaus an die frische Luft, Mrs. Mandeville. Sonst werden Sie uns noch krank. Sie sind schon ganz blaß um die Nase.«

Ben ließ Foxey für mich satteln. Schweigend ritten wir nebeneinander her.

Wir kamen wieder zu dem Platz, an dem wir schon einmal Rast gemacht hatten. Von neuem überraschte mich der herrliche Blick über das flache Land bis zum Horizont. Wir banden unsere Pferde an, setzten uns ins Gras und betrachteten das Spiel der Sonnenstrahlen im glitzernden Bach.

Unvermittelt sagte Ben: »Ich mache mir Sorgen um dich, Angel.«

»Um mich? Warum, um alles in der Welt?«

»Das Leben hier. Die Siedlung ... die winzigen, primitiven Hütten. Dein Leben unterscheidet sich in nichts von dem einer Hausmagd.«

»Da geht es mir wie den meisten anderen Frauen in Golden Creek.«

»Du hast bestimmt Heimweh.«

Ich schwieg. Was sollte ich darauf auch antworten?

»Wie lange, glaubst du, hältst du dieses Leben noch durch, Angel?«

»Vermutlich so lange ich muß.«

»So. Vermutlich. Bisher wußte ich gar nicht, wie geduldig und gleichmütig du bist.«

»Nein? Manchmal kann ich auch außerordentlich ungeduldig sein.«

»Morwenna hat hier gleichfalls nichts zu suchen.«

»Befürchtest du Komplikationen?«

»Ich habe jetzt nicht an die Geburt gedacht. Golden Creek ist kein Platz für Frauen.«

»Für Männer auch nicht.«

»Und wenn du ihnen das tausendmal sagst, sie werden dir kein Wort glauben.«

»Du wohnst wenigstens gemütlich in deinem schönen Haus.«

»Anfangs habe ich auch in einer Hütte gehaust.«

»Aber nicht lange. Du hast einen Ausweg aus der Misere gefunden.«

»Ich finde immer einen Ausweg aus schwierigen Situationen. Aber da bin ich nicht der einzige, das gelingt anderen auch. Mir gefiel das Leben in der Hütte nicht, ich fand es unbequem und beschwerlich. Außerdem hockt man so eng aufeinander. Mir paßte das nicht.«

»Zum Glück. Inzwischen ist dein Haus zu einer Zuflucht für Bedürftige geworden. Morwenna fühlt sich wohl in Golden Hall.«

»Und du, Angel?«

»Ich teile für einen Augenblick den Luxus.«

»Wenn es nach mir ginge, würdest du ihn ... immer teilen.«

Ich war vielleicht ein wenig verblüfft, allerdings nicht wirklich überrascht. Trotz aller Anstrengungen gelang es mir nicht mehr, mir etwas über meine Gefühle vorzumachen. Wieder und wieder sagte ich zu mir, ich liebe Gervaise. Aber ich wußte genau, in unseren Flitterwochen war etwas unwiederbringlich Schönes in die Brüche gegangen. Wie oft erinnerte ich mich an die majestätisch hinter dem Empfang thronende Madame Bougerie. Sie hatte uns vertraut, doch Gervaise hatte sie ohne die geringsten Gewissensbisse betrogen. Ob er ihr jemals das Geld geschickt hätte, wie er behauptete?

Am schlimmsten war es für mich, wenn ich diesen fiebrigen Glanz in seinen Augen sah. Diesen Zwang zu spielen verabscheute ich aus tiefstem Herzen.

Ich versuchte, leicht über Bens deutliche Anspielung hinwegzugehen. »Ich genieße den Luxus, solange es geht«, sagte ich obenhin.

»Ich hätte nicht nach Australien fahren dürfen«, fuhr er fort. »Mein Gott, warum bin ich nicht nach Cornwall zurück und habe mich dort niedergelassen? Vielleicht hätte ich mir ein kleines Gut gekauft. Wir hätten uns oft sehen können, sehr oft sogar.«

»Aber du hast es nicht getan.«

Er nahm meine Hand und drückte sie ganz fest. »Vielleicht wäre es gutgegangen. Möglich, aber ...«

»Der Mann im Teich?«

»Du warst sehr krank. Man sagte mir, du hättest hohes Fieber. Ich wußte, warum. Ich kannte die Ursache nur zu gut. Deine Eltern hatten große Angst um dein Leben. Als ich dich in deinem Zimmer besuchte, lagst du in deinem Bett – mit deinem fieberheißen Gesicht, den kurzen Haaren und dem verstörten Blick sahst du so verletzlich aus. Als du mich erkanntest, hast du geschrien: ›Nein, nein!‹ Die anderen dachten, mein Besuch rege dich auf. Sie schickten mich hinaus. Ich wußte, ich könnte dich nie vergessen. Aber wie solltest du dich erholen, wenn dich meine Gegenwart stets an all das erinnerte? Sobald ich sicher sein konnte, daß du dich auf dem Weg der Besserung befandest, reiste ich ab.«

»Mein Leben wäre völlig anders verlaufen, wenn ich an jenem Tag nicht zum Teich gegangen wäre. Aber daran ist nichts mehr zu ändern, nicht wahr? Ein kleiner Zwischenfall löst eine Kettenreaktion verhängnisvoller Ereignisse aus und lenkt das Leben einer ganzen Generation in falsche Bahnen. Ein schrecklicher Gedanke.«

»*Ich* möchte mein Leben ändern, Angel.«

»Wer will das nicht?«

»Ich wollte damit sagen, daß ich mich nicht von irgendwelchen von außen aufgezwungenen Ereignissen, auf die ich nicht den geringsten Einfluß habe, in diese oder jene Richtung drängen lasse. Ich nehme mein Leben selbst in die Hand. Ich allein entscheide über mein Leben. Mich manipuliert niemand. Wenn ich damals schon genau gewußt hätte, was ich will, wäre alles anders gekommen. Manchmal stelle ich mir vor, ich könnte die Zeit zurückdrehen und dann ...«

»Das ist das ewig gleiche alte Lied, Ben. Was geschehen ist, läßt sich nicht rückgängig machen. Es läßt sich nicht mehr ändern.«

»Es ist zu spät, unwiederbringlich zu spät. Ich darf gar nicht an all diese verschwendeten Jahre denken. Ich liebe dich, Angel. Ich werde nie eine andere Frau lieben, nur dich.«

»Bitte, Ben, sag das nicht.«
»Warum nicht? Es ist die Wahrheit. Glaubst du mir nicht?«
»Ich weiß nicht.«
»*Möchtest* du mir glauben?«
Ich schwieg. Ich dachte, ja, ich möchte dir glauben, weil ich dich liebe.
Eine Weile sprach keiner von uns ein Wort. Ich lauschte auf das Rascheln des Grases in der leichten Brise.
Endlich brach er das Schweigen. »Sag mir aufrichtig und ehrlich, Angel, bist du glücklich?«
»Oh, ich glaube, zu Hause wäre ich es bestimmt. In England ging es gut.«
»Mit Gervaise, meinst du?«
»Gervaise ist einer der nettesten und liebenswertesten Menschen, die ich kenne.«
Er nickte. »Ich weiß Bescheid über die Schulden. Er hat mir erzählt, er stehe bei meinem Großvater in der Kreide. Das kann passieren. Ich will deshalb nicht den Stab über ihn brechen.«
»Es ist nicht ganz so schlimm, weil Onkel Peter der Gläubiger ist. Er verlangt keinesfalls von einem Tag zum andern sein Geld zurück oder droht mit unerfreulichen Konsequenzen.«
»Wenn Gervaise Gold findet ...«
»Dann können wir sofort nach Hause.«
»Woher weißt du, daß er nicht trotzdem bleiben und noch weiter nach Gold graben will?«
»Er ist nicht wie du.«
»Allerdings nicht. Zwischen uns besteht ein entscheidender Unterschied. Ich habe geschworen, nur als sehr vermögender Mann nach England zurückzukehren. Ich habe zwar ein bißchen Geld verdient, und mein Haus zeugt immerhin von einem gewissen Wohlstand, aber das reicht nicht. Wegen dem bißchen Gold treibe ich mich nicht auf den Goldfeldern herum. Wenn ich jetzt zurückginge, dann nur aus einer Schwäche heraus. Ich hätte das Gefühl, ein Versager zu sein.«
»Aber du hast dir dieses Ziel doch selbst gestellt und mittlerweile genug, um in England ein Geschäft zu gründen. Wie kannst du dich als Versager bezeichnen?«
»Ich gebe mich nicht so schnell zufrieden, Angel.«
»Das heißt, du bleibst in Australien, bis du ein sehr reicher Mann bist. Wenn du Pech hast, sitzt du bis ans Ende deiner Tage in Golden Creek.«
»Zwei große Ziele habe ich in meinem Leben. Daß ich reich werden will, weißt du. Ich will eine Mine, wie man sie zu Beginn des Goldrausches mit etwas Glück finden konnte. Aber

etwas anderes wünsche ich mir noch viel mehr. Ich will dich, Angel.«

»Bitte sprich nicht so mit mir.«

»Ich rede ganz offen und ehrlich mit dir.«

»Das geht nicht, und das weißt du genau. Ich bin mit Gervaise verheiratet.«

»Aber du liebst ihn nicht.«

»Doch.«

»Ach was, nicht wirklich. Er hat dich enttäuscht. Glaubst du, ich merke das nicht?«

Er drehte sich zu mir und sah mich an. Plötzlich lag ich in seinen Armen, und er küßte mich stürmisch. Ich war so überrascht, daß ich keinen klaren Gedanken fassen konnte. Nur ein Wunsch wurde übermächtig: für immer hier zu bleiben, ganz nah bei ihm.

Gervaise war ein freundlicher Mensch und ein zärtlicher Ehemann. Ich hatte mir eingebildet, ihn zu lieben. Doch ich war zu jung und unerfahren gewesen. Ohne Gervaise näher zu kennen, hatte ich ihn geheiratet. Erst während unserer Hochzeitsreise zeigte sich zum erstenmal sein wahres Gesicht. Er war ein besessener Spieler mit einer amoralischen Lebenseinstellung, die ich absolut nicht billigen konnte.

Mit Ben dagegen verband mich vieles. Ich kannte ihn in unangenehmen und angenehmen Situationen. Ich liebte ihn wirklich. Doch mein Pflichtgefühl gegenüber Gervaise siegte. Ich entzog mich Ben.

»Wir dürfen uns nicht mehr treffen, Ben.«

»Was heißt das? Wir müssen uns treffen, so oft wie möglich. Ich will mit dir zusammensein, Angel.«

»Nein.«

Seine blauen Augen sahen mich durchdringend an. »Doch.«

»Wozu soll das gut sein?«

»Es macht mich wenigstens für eine kurze Zeit glücklich. Und dich vielleicht auch.«

Heftig schüttelte ich den Kopf.

»Du liebst mich«, behauptete er im Brustton der Überzeugung. Für ihn schien es nicht den geringsten Zweifel an meinen Gefühlen zu geben.

»Ben, wir haben uns jahrelang nicht gesehen. Als ich dich in Melbourne am Kai stehen sah . . .«

»Da hast du es sofort gewußt. Wir dürfen nicht noch mehr Zeit verlieren. Es ist grundverkehrt, die Augen vor der Wahrheit zu verschließen, Angel. Laß uns gemeinsam überlegen, wie wir es anstellen können.«

»Da gibt es nichts zu überlegen. Gervaise und ich kehren so schnell wie möglich nach England zurück. Du bleibst hier und wartest noch ein paar Jahre auf deinen sagenhaften Reichtum. Wenn wir uns eines Tages wiedersehen, sind wir beide alt und hoffentlich klug genug, um über diese Dummheit von eben lachen zu können.«

»Da bin ich ganz anderer Meinung.«

»Das ist dein Problem.«

»Denkst du. Ich nehme keine Niederlage hin.«

»Was soll das nun wieder heißen?«

»Ich liebe dich, und du liebst mich. Du bist verheiratet — meinetwegen, wenn du es unbedingt hören willst — mit einem netten, charmanten Mann, aber mit einem Spieler. Dein Mann ist der geborene Verlierer, Angel. Ich erkenne einen Verlierer auf den ersten Blick. Wenn du bei ihm bleibst, verbringst du dein Leben auf der Flucht vor Gläubigern. Du bildest dir ein, damit leben zu können. Aber wohin hat es dich gebracht? In eine Goldgräbersiedlung. Bis nach Australien hast du vor den Gläubigern davonlaufen müssen. Verlasse ihn! Ich warte auf dich.«

»Das meinst du doch nicht im Ernst?«

»Aber sicher. Wir können doch nicht einfach tatenlos herumsitzen und abwarten, was das Leben uns bringt. Wärst du mit Justin Cartwright verheiratet, würde ich vielleicht anders reden. Er unterscheidet sich gewaltig von deinem Mann.«

»Wie meinst du das?«

»Cartwright weiß, wie man gewinnt.«

»Weiß, wie man gewinnt?« wiederholte ich verständnislos.

»Mir ist da einiges zu Ohren gekommen. Er hat auffallend viel Glück an den Spieltischen. Er geht jeden Abend mit einem kleinen Gewinn nach Hause. Höchstwahrscheinlich verdient er mehr an den Spieltischen als mit der Mine.«

»Woher willst du das wissen?«

»Sie spielen im Saloon. Ja, ja, der alte Featherstone hat seinen Saloon sozusagen zu einer Goldgrube gemacht. Er holt sich das Gold, ohne sich in einer Mine abzurackern. Es gibt verschiedene Möglichkeiten, Reichtum anzusammeln. Dein Freund Justin scheint zumindest als Spieler durchaus berechtigte Aussichten auf Erfolg zu haben.«

»Vielleicht geht er bald nach England zurück. Er macht sich große Sorgen um Morwenna.«

»Das ändert nichts an seinen Fähigkeiten. In den Londoner Klubs ist ohnehin mehr Geld zu holen als in einer Goldgräbersiedlung im hintersten Australien. Doch hier hat er immerhin tagsüber die Hoffnung auf Gold aus der Mine und abends auf einen sicheren Gewinn am Spieltisch. Schade, daß dein Gervaise sich von Justins Glück nicht ein Scheibchen abschneiden kann. Angel, du mußt diesen Mann verlassen! Sprich mit ihm! Wir erklären ihm, wie die Dinge zwischen uns stehen. Er hat bestimmt Verständnis für uns. Er ist so ein Mensch.«

»Ich glaube, du bist verrückt, Ben.«

»Ja, verrückt nach dir, Angel. Schon am Tag deiner Ankunft in Melbourne wußte ich, daß es so kommen mußte. Ich habe oft an dich gedacht. Doch in meiner Erinnerung warst du immer noch das kleine Mädchen von damals. Ich fühlte mich aus unerfindlichen Gründen zu dir hingezogen, aber du warst noch ein Kind. Als ich die erwachsene Frau gesehen habe, wußte ich genau, was ich will.«

»Du darfst nicht so mit mir reden.«

»Meine liebe Angel, wir sitzen nicht im Salon deiner Eltern. Willst du dich ein Leben lang herumschubsen lassen? Willst du deine Wünsche ein Leben lang ignorieren und dich immer nur nach anderen richten?«

»Ich bin mit Gervaise verheiratet. Ich liebe Gervaise. Ich werde ihn nie verlassen. Er ist ein anständiger Mann. Er ist immer freundlich und gut zu mir gewesen.«

»Du bist und bleibst das eigentliche Opfer seiner Spielleidenschaft. Glaub mir, Angel, ich erlebe das nicht zum erstenmal. Es ist eine Krankheit. Ich will nicht, daß du ein solches Leben führst, Angel.«

»Und du? Was ist mit dir? Du bist doch genauso besessen wie er. Du und dein verrückter Schwur, deine Gier nach einem Vermögen. Ist das vielleicht etwas anderes?«

»Ja. Ich schaffe es, er niemals.«

»Woher willst du das wissen? Vielleicht findet Gervaise schon morgen ein riesiges Nugget.«

»Und wennschon? Glaubst du im Ernst, er würde nach Hause fahren? Ich garantiere dir, in kürzester Zeit hätte er alles beim Spiel verloren. Dieser Mann bringt innerhalb von ein paar Jahren, ja in spätestens drei Jahren, das größte Vermögen durch. Dir scheint nicht klar zu sein, was dir noch bevorsteht. Was weißt du schon vom Leben eines Spielers?«

»Ich verbiete dir, so über ihn zu sprechen.«

»Deshalb ist es nicht weniger wahr.«

Während er sprach, hob er ein wenig Erde auf und ließ sie durch die Finger rieseln. »Ich werde in diesem Land zu Reichtum kommen. Und du und ich, wir werden eines Tages zusammensein.«

»Red keinen Unsinn. Wir müssen zurück. Ich möchte Morwenna nicht so lange allein lassen. Sieh dir mal deine Hände an. Sie sind ganz schmutzig.«

Er wies mit dem Kopf hinunter zum Bach. »Ich gehe mir rasch die Hände waschen.«

Ich blickte ihm nach und beobachtete ihn, wie er am Ufer niederkniete und seine Hände in das Wasser tauchte. Angestrengt versuchte ich, gegen den inneren Aufruhr, den er in mir hervorgerufen hatte, anzukämpfen.

Er wußte, daß ich ihn liebte. Auch ich zweifelte nicht mehr an meinen Gefühlen für ihn. Meiner Meinung nach besaß er nicht weniger Fehler als Gervaise. Aber seine Fehler entsprangen eher einer Härte, während bei Gervaise die Schwäche ausschlaggebend war. Gervaise handelte nicht selbstbestimmt und überlegt, sondern unter Zwang. Ben dagegen handelte wohlüberlegt und traf Entscheidungen mit einer gewissen Rücksichtslosigkeit, ja sogar Skrupellosigkeit. Wem war da der Vorzug zu geben? Vom moralischen Standpunkt aus — keinem.

Er blieb lange am Fluß. Was trieb er dort unten nur? Ich sah, wie er mit den Händen im Wasser plätscherte. Kopfschüttelnd erhob ich mich, ging zu meinem Pferd und band es los. Ich mußte zu Morwenna zurück.

Er schien sich nicht losreißen zu können. Immer noch ließ er das Wasser über die Hände laufen.

»Ich gehe jetzt«, rief ich ihm zu.

Er trocknete die Hände an seiner Jacke und kam seltsam widerwillig zurück.

Schweigsam ritten wir nach Golden Hall. Er schien tief in Gedanken versunken.

Sicher bereut er, so unverblümt mit mir gesprochen zu haben, dachte ich. Er weiß genau, er hätte das nicht tun dürfen.

Am nächsten Tag herrschte große Aufregung in Golden Creek.

Einauge Thompson und Tom Cassidy hatten Gold gefunden — nicht nur ein oder zwei Stäubchen, sondern einige ordentliche Nuggets.

Einauge — niemand wußte, wo und wodurch er sein rechtes Auge verloren hatte — hielt sich stets etwas abseits von den anderen Männern. Seine Hütte teilte er mit seinem Partner Tom Cassidy. Die beiden wortkargen Männer besuchten nur selten den Saloon. Sie kehrten dort höchstens einmal auf einen Becher Ale ein und zogen sich bald wieder in ihre Hütte zurück.

Bis zu jenem Tag hatten die beiden mit ihrer Mine noch überhaupt kein Glück gehabt, trotzdem arbeiteten sie unbeirrt weiter.

Die Neuigkeit von ihrem großen Fund verbreitete sich wie ein Lauffeuer. Ein Goldfund, gleichgültig wie groß, gab der Hoffnung aller Goldsucher neuen Auftrieb. Wo einige Goldklumpen gefunden wurden, mußte es noch mehr geben. Die Goldvorkommen von Golden Creek waren noch längst nicht abgebaut.

Einauge sagte nur wenig, aber Cassidy hielt mit seiner überschäumenden Freude nicht zurück.

»Jetzt haben wir doch noch Glück gehabt!« rief er. »Wir sind gemachte Leute. Bald sind wir wieder in England. Als Millionäre!«

Fieberhaft machten sie sich wieder an die Arbeit. Unermüdlich förderten sie Erde aus dem Schacht und schleppten sie hinunter zum Bach, wo sie mit dem Schwenktrog das kostbare Metall vom tauben Gestein zu trennen versuchten.

Die anderen Goldsucher sprachen nur noch von Einauges und Cassidys großem Glück.

Drei Tage lang arbeiteten die beiden unermüdlich. Aber es half nichts. Sie holten kein Körnchen Gold mehr aus ihrer Mine. Das Glück hatte sie so plötzlich verlassen, wie es gekommen war.

»Das macht nichts«, erklärte Cassidy. »Es reicht. Wir sind reiche Leute.«

Ihre Rückkehr nach England war beschlossene Sache.

Für den Transport nach Melbourne, wo der Wert geschätzt und ausbezahlt werden sollte, verstauten sie das Gold in Beuteln. Es gab nicht den geringsten Zweifel, daß die beiden Männer über Nacht reich geworden waren.

Nach einem Goldfund gab es nach altem Brauch stets ein Fest.

Die erfolgreichen Goldsucher luden die ganze Siedlung ein. Ein Hammel wurde im Freien an einem großen Spieß gebraten. Die Leute tanzten und sangen. Neuer Optimismus belebte die Gemüter. Wenn die beiden Glück gehabt hatten, warum sollten dann nicht auch die anderen einmal an die Reihe kommen?

»Es gibt immer noch so viel Gold wie '51«, jubelten die Männer. »Man muß nur ein bißchen tiefer graben.«

Ich erinnere mich noch gut an diesen Tag. Die Aufregung schlug hohe Wellen und steckte jeden an. Sogar Einauge vergaß seine übliche Zurückhaltung und tanzte ausgelassen und fröhlich. Cassidy schwebte wie auf Wolken.

Gervaise geriet in Hochstimmung. »Heute die beiden und morgen wir! Bald fahren wir heim. Es gibt Gold. Ich rieche es! Hört ihr, ich rieche Gold.«

»Ich habe auch so ein Gefühl, als hätten wir es bald geschafft«, meinte Justin und schlug Gervaise auf die Schulter.

»Das Gefühl hat jeder«, dämpfte ich den Überschwang der beiden. »Hoffentlich trügt eure Ahnung nicht.«

Die Hitze des Tages war endlich der angenehmen Wärme der Nacht gewichen. Das funkelnde Kreuz des Südens am samtfarbenen Sternenhimmel erinnerte uns daran, wie weit weg wir von unserer Heimat waren. Sämtliche Siedlungsbewohner versammelten sich im Freien.

»Heute erlebt ihr endlich einmal, wie ein großer Fund gefeiert wird«, sagte Ben. »Nach Monaten der Enttäuschung, wenn alle schon die Hoffnung aufgegeben haben, bedeutet ein solches Ereignis einen riesigen Ansporn zum Weitermachen.«

Auch er schien sich verändert zu haben. Die Freude und Hoffnung der anderen hatten ihn offensichtlich angesteckt.

Gervaise befand sich in allerbester Laune.

»Überleg doch«, sagte er zu mir. »Das könnte unser Gold sein.«

»Ist es aber leider nicht«, seufzte ich.

»Wenn wir ...«, wiederholte Justin zum hundertstenmal.

Diese beiden Worte hallten ständig in meinem Kopf wider. Ich dachte dabei allerdings an Bens Geständnis, das mich innerlich dermaßen aufgewühlt hatte, daß ich mir meiner selbst nicht mehr sicher war.

Einige Männer und Frauen tanzten. Zwei Männer mit ihren Geigen, bei solchen Anlässen immer sehr gefragt, spielten zum Tanz auf. Einer von ihnen konnte zudem noch sehr gut singen.

Es war ein merkwürdiger Anblick. Der Feuerschein verzauberte die Hütten. Der trostlose Anblick, den sie bei Tageslicht boten, wich einem fast geheimnisvollen Glanz.

Morwenna konnte uns natürlich nicht begleiten. Sie fühlte sich nicht besonders wohl. Stündlich erwarteten — oder erhofften — wir die Geburt des Kindes. Einer von uns hielt sich ständig in ihrer Nähe auf. Im Augenblick war Meg an der Reihe. Ihr Ehemann stand bereit, um unverzüglich Mrs. Bowles zu verständigen, wenn die Wehen einsetzten.

Ich saß mit Justin und Gervaise im Gras.

Gervaise sprach ununterbrochen von dem Goldfund. In ihm tobten widerstreitende Gefühle. Einerseits wünschte er nichts sehnlicher als die Rückkehr nach England, andererseits konnte er unmöglich mit leeren Händen heim. Ohne die Schulden bei Onkel Peter wäre er meiner Meinung nach längst nach Hause gefahren. Schließlich konnte er seinem Vergnügen in den Londoner Klubs wesentlich angenehmer frönen als in den Erdlöchern der australischen Goldfelder.

Doch der neue Fund hatte auch in ihm neue Hoffnungen geweckt. »Es muß noch mehr dasein«, wiederholte er unentwegt. »Es kann gar nicht anders sein. Überall unter unseren Füßen kann es liegen. Wir müssen es nur finden und aufheben. Ich weiß, wir finden es.«

»Hoffentlich bald«, warf ich ein.

»Ich habe ein merkwürdiges Gerücht gehört«, sagte Justin. »Ben Lansdon will angeblich Land von James Morley kaufen. Was er wohl damit vorhat? Ob er Vieh züchten will?«

Gervaise erwiderte: »Ich kann ihn mir nicht als Viehzüchter vorstellen.«

»Meinst du, er will eine neue Mine aufgraben?«

»Auf Morleys Land? Warum?«

»Wer weiß? Es könnte ja sein, daß er zu der Überzeugung gelangt ist, seine jetzige gibt nichts mehr her.«

»Na ja, allzuviel hat sie in der letzten Zeit nicht abgeworfen.«

Ich erspähte Ben in Begleitung von James Morley und Lizzie in der Menschenmenge. Ben unterhielt sich angeregt mit den Morleys. James lachte, und Lizzie lächelte glücklich. Im Schein des Feuers wirkte sie bezaubernd. Ihre ruhige, heitere Miene drückte völlige Zufriedenheit aus.

Sie entdeckten uns und kamen herüber.

Ben nahm meine Hand und drückte sie so fest, daß ich fast aufgeschrien hätte.

»Ein herrlicher Abend«, sagte ich. »Im Feuerschein und unter dem funkelnden Sternenhimmel sieht die Siedlung völlig verwandelt aus.«

»Wie in rosiges Licht getaucht. Einauge und Cassidy sind heute sicherlich die glücklichsten Menschen auf der ganzen Welt.«

»Sie werden uns fehlen«, meinte Gervaise.

»Keine Bange, andere nehmen ihren Platz ein.«

»Und es wird neue Enttäuschungen geben«, behauptete James Morley. »Meiner Meinung nach wäre es für die meisten befriedigender, sich ein Stück Land zu kaufen und Schafe und Rinder zu züchten.«

»Nicht jeder eignet sich zum Viehzüchter, James«, sagte Ben.

»Ist diese sinnlose Arbeit vielleicht besser? Da wird gegraben und gegraben, und am Ende stehen sie vor dem Nichts. Sie ruinieren nur gutes Weideland.«

»Du kannst es nicht lassen, James«, sagte Ben lachend. »Aber glaub mir, du bist nicht weniger fanatisch als die Goldsucher.

Nur ist dein Anliegen ein anderes, nämlich die Leute zur Landwirtschaft zu bekehren.«

»Jawohl, damit dieser ganze Unfug endlich aufhört. Mag sein, es gibt hier Gold. Aber bestimmt nicht genug für alle. Deshalb sage ich euch, laßt es, wo es ist.«

»Meiner Ansicht haben Sie sich für den besseren Weg entschieden. Ein Viehzüchter führt sicher ein zufriedeneres und glücklicheres Leben als ein Goldsucher«, pflichtete ich ihm bei.

»Du sprichst mit einem der erfolgreichsten Viehzüchter Victorias«, entgegnete Ben. »Längst nicht alle haben es soweit gebracht wie James. Was Glück und Zufriedenheit angeht, zeig mir mal zwei glücklichere Männer als Einauge und Cassidy heute abend.«

»Sie sind glücklich, weil sie endlich von hier wegkommen«, erwiderte ich.

»Aber Liebling«, warf Gervaise ein. »Versuch dir doch einmal das Glücksgefühl vorzustellen, wenn du Gold in deinem Schwenktrog entdeckst. Eines Tages liegt plötzlich ein Nugget vor dir, ein riesengroßes Nugget, einfach so.«

»Ja. Alles schön und gut. Natürlich muß das ein herrliches Gefühl sein. Aber wie oft passiert das?« fragte ich ihn.

»Angelet hat Heimweh«, kommentierte Gervaise.

»Haben wir das nicht alle?« Bens Frage rief betretenes Schweigen hervor.

Schließlich antwortete James Morley: »Was mich betrifft, ich habe kein Heimweh. Jeden Tag empfinde ich aufs neue tiefe Freude beim Anblick meines Weidelandes, meiner Schafe und Rinder. Ich liebe mein Land und möchte keinen einzigen Zentimeter davon umgraben, damit das klar ist.«

»Nicht einmal, wenn unter der Erde faustgroße Nuggets liegen?« erkundigte sich Gervaise.

»Die müßten Sie mir erst einmal zeigen, bevor ich auch nur einen Quadratmeter Land zerstöre.«

»Bevor Sie nicht gegraben haben, wissen Sie nicht, ob Sie Goldland besitzen«, wandte ich ein.

»Gut beobachtet. Sie würden also graben, nicht wahr? Was mich betrifft, kann das Gold bleiben, wo es ist. Ich bin mit meinem Dasein zufrieden. Ich will nicht das geringste mit dem Goldfieber zu tun haben. Sehen Sie sich doch diese Leute an, wie sie tanzen und singen. Das erinnert mich an ein Bild aus der Bibel, an den Tanz um das Goldene Kalb.«

Lizzie stand abseits von den anderen und wirkte ein wenig verloren. Ich ging zu ihr hinüber.

Mit einem bezaubernden Lächeln sah sie mich an. »Wie hübsch die Siedlung in diesem Licht aussieht! Am Tag ist hier alles so häßlich.«

Ich pflichtete ihr von Herzen bei.

Irgend jemand begann zu singen. Die alten, vertrauten Lieder aus der Heimat erklangen: *Come Lasses and Lads, The Mermaid* und natürlich *Rule Britannia*.

Einige Männer wischten sich verstohlen die Tränen aus den Augen. Diese Lieder weckten das Heimweh.

Doch dann stimmte Cassidy das Lied von den Goldfeldern an, das ich an diesem Abend zum erstenmal hörte.

Gold, Gold, Gold,
Bright and yellow, hard and cold,
Molten, graven, hammered and rolled,
Heavy to get und light to hold,
Price of many a crime untold . . .

Seine Stimme erhob sich laut und klar in der Nachtluft. Alle ringsum verstummten. Nach den vertrauten Klängen aus der Heimat wirkte dieses Lied sehr ernüchternd.

Ich hakte mich bei Gervaise unter und bat: »Bitte, laß uns gehen. Ich möchte Morwenna nicht so lange allein lassen.«

»Sie ist doch nicht allein.«

»Schon. Trotzdem denke ich die ganze Zeit an sie. Ach, wenn nur endlich das Baby käme.«

»Ich bin kein Experte, aber soweit ich weiß, ist Unpünktlichkeit bei einem Baby nicht ungewöhnlich.«

»Mag sein. Ich bereue, daß wir sie nicht nach Melbourne ins Krankenhaus gebracht haben.«

Beruhigend sagte Gervaise: »Alles geht gut, du wirst schon sehen. Mach dir keine Gedanken.«

»Das versuche ich. Aber ich will jetzt zu ihr.«

»Ich bringe dich nach Hause.«

Ben gesellte sich zu uns. »Geht ihr schon?«

»Mir geht Morwenna nicht aus dem Kopf. Ich will zu ihr.«

»Vertraust du Meg nicht?«

»Doch, natürlich. Aber ich möchte gern bei ihr sein.«

»Ich begleite dich. Ich wollte ohnehin gehen.«

»Gute Nacht, Gervaise«, sagte ich.

Er umarmte mich und gab mir einen Kuß.

»Ich freue mich schon darauf, wenn du wieder in unserer Hütte wohnst«, flüsterte er.

»Hoffentlich schon bald. Es kann ja nicht ewig dauern.«

Golden Hall lag nicht weit von der Siedlung entfernt. Unterwegs sagte Ben: »Ich möchte mit dir reden.«

Schweigend wartete ich, was er mir zu sagen hatte.

»Es muß etwas geschehen. Und zwar bald.«

»Was zum Beispiel?«

»Alles muß sich ändern, unser ganzes Leben. Ich will, daß du Gervaise verläßt und zu mir kommst.«

»Und was schlägst du vor?«

»Das, was ich eben gesagt habe. Du hast Gervaise nie wirklich geliebt.«

»Du redest lauter Unsinn, Ben. Wir beide haben uns lange Zeit aus den Augen verloren und erst vor kurzem wiedergesehen. Was wissen wir schon voneinander?«

»Eine ganze Menge. Wir haben ein schreckliches Erlebnis miteinander durchgestanden. Ich habe dich nie vergessen. Hast du auch manchmal an mich gedacht?«

»Du bist damals weggegangen und hast mich allein gelassen.«

»Wenn ich gewußt hätte, daß du mich brauchst, wäre ich nie nach Australien gefahren.«

»Was hast du dir vorgestellt? Nach diesem furchtbaren Erlebnis ... Ich war doch noch ein Kind. Du hättest wissen müssen, daß ich deine Hilfe brauche.«

»Ich glaubte nicht, daß dieses Erlebnis nachhaltige Auswirkungen auf dich haben könnte. Ich war überzeugt, du kämst rasch darüber hinweg.«

»Wie konntest du das nur denken?«

»Ich war überzeugt, du hättest begriffen, daß wir keine Schuld an seinem Tod tragen. Aber warum reden wir dauernd von der Vergangenheit? Jetzt geht es um die Zukunft. Ich liebe dich, Angel. Und ich muß wissen, ob du mich auch liebst. Sag mir, ob du mit mir zusammen nach England zurückkehrst.«

»Das geht mir alles zu schnell.«

»Was heißt zu schnell? Ich liebe dich seit Jahren.«

»Wenn das so ist, warum bist du dann in Australien geblieben? Warum bist du nicht zu mir gekommen, bevor ich Gervaise geheiratet habe?«

»Weil ich mir über meine Gefühle nicht im klaren war. Aber in dem Augenblick, in dem ich dich in Melbourne auf dem Kai gesehen habe, fiel es mir wie Schuppen von den Augen. Ich wußte sofort, du bist die einzige Frau für mich.«

»Und was ist mit Gervaise?«

»Was soll mit ihm sein?«

»Immerhin ist er mein Mann. Wir sind glücklich. Glaubst du, ich kann einfach zu ihm hingehen und sagen: Es war schön, dich kennengelernt zu haben, aber jetzt habe ich genug von dir?«

»Gervaise erholt sich rasch von diesem Schrecken, glaube mir.«

»Woher willst du das wissen?«

»Ich kenne viele Männer wie ihn. Er ist nett, freundlich, liebenswert und schwach. Er käme mit jeder anderen Frau genausogut zurecht wie mit dir. Du stehst in seinem Leben nicht an erster Stelle. Das Wichtigste für ihn ist das Spiel. Spielen ist das einzige, was wirklich für ihn zählt. Wenn er dich verliert und im Roulette gewinnt oder Gold findet, dann kommt er sehr schnell über eure Trennung hinweg. Wenn ich dich aber verliere, erhole ich mich nie davon. Ich will es auch gar nicht. Mit uns ist es etwas anderes, unsere Gefühle gehen tief. Wir sind füreinander bestimmt. Angel, ich muß es wissen.«

»Was mußt du wissen?«

»Daß du zu mir kommst. Wir sprechen gemeinsam mit Gervaise und erklären ihm die Situation. Er wird uns bestimmt nicht im Wege stehen.«

»Glaubst du im Ernst, er läßt mich einfach gehen?«

»Er möchte sicher, daß du glücklich bist. Ich werde ihn entschädigen. Ich überschreibe ihm meine Goldmine. Und du und ich, wir kehren nach England zurück.«

»Das ist doch grotesk! Einfach lächerlich!«

»Wahrscheinlich hast du recht. Ich mache mich lächerlich.«

»Du mußt verrückt sein.«

»Ich rede ganz vernünftig mit dir. Er ist bestimmt mit einer Scheidung einverstanden. Wir könnten heiraten und uns in England niederlassen.«

»Wie stellst du dir das vor? Was glaubst du, wie uns die Familie zu Hause empfangen wird? Dein Großvater . . .«

»Mein Großvater ist ein Mann von Welt. Ich weiß, er hätte Verständnis. Von seiner Seite müßten wir keinen Ärger befürchten. Und falls doch, damit werde ich schon fertig. Ich bin weder von ihm noch von sonst jemandem abhängig.«

»Ach, Ben. Wenn man dich so reden hört, klingt alles ganz einfach.«

»Sei ehrlich, Angel. Bist du gern mit mir zusammen?«

»Ja, natürlich.«

»Lieber als mit irgend jemand anderem?«

Ich antwortete nicht.

»Schweigen bedeutet ja«, sagte er.

Ich stellte mir vor, immer mit Ben zusammenzusein, mit ihm nach Hause zu fahren. Es erschien mir wie das Paradies auf Erden. Zum erstenmal gestand ich mir offen ein, daß meine Nervosität und Empfindlichkeit durch das Wiedersehen mit ihm ausgelöst worden waren. Vergeblich hatte ich mir einzureden versucht, meine innere Unruhe käme nur von unserem abenteuerlichen Leben. Ich hatte Sehnsucht nach Ben. Sollte ich jemals frei sein — aber ich war nicht frei!

Ich liebte Gervaise. Ich wollte ihn beschützen, ihn von seiner Schwäche befreien. War das vielleicht keine Liebe? Konnte man gleichzeitig zwei Männer lieben?

Im Grunde meines Herzens wußte ich genau, daß ich Ben, den geborenen Sieger, wollte. Ich wußte aber auch, daß ich Gervaise, den geborenen Verlierer, nie verlassen konnte.

Als wir vor Bens Haus anlangten, packte er mich grob am Arm. »Angel, überleg es dir gut. Es könnte sein, daß du deine Entscheidung sonst ein Leben lang bereust.«

»Das tue ich in jedem Fall, egal, wie ich mich entscheide. Es kommt auf dasselbe heraus. Nein, Ben, ich kann es nicht. Ich glaube, du hast nicht gründlich genug darüber nachgedacht. Meine Gefühle hast du nämlich völlig außer acht gelassen.«

»Ich kann ohne dich nicht glücklich sein, Angel. Kannst du es denn? Ich meine, ohne mich.«

»Zumindest werde ich es versuchen, Ben. Ich war glücklich, bevor . . .«

»Bevor dir aufging, daß du einen Fehler gemacht hast?«

»Ich halte meine Heirat nicht für einen Fehler.«

»Obwohl du weißt, daß du dein Leben lang nie zur Ruhe kommen wirst, daß dieser Schatten immer bleiben wird? Schulden, Schulden und nichts als Schulden. Du wirst Gervaise nicht ändern können.«

»Ich muß es versuchen, und es wird mir gelingen.«

»Die Menschen sind, wie sie sind. Du redest dir etwas ein.«

»Ich glaube schon, daß man einem Menschen helfen kann, Schwächen zu überwinden.«

»Manche Schwächen vielleicht. Aber diese nicht. Nicht, wenn sie so tief verwurzelt ist, wenn sie diesen Menschen auffrißt. Ich habe das zu oft erlebt.«

»Was willst du? Wir haben alle unsere Fehler.«

»Wenn du mich meinst, ich habe mehr als genug.«

»Na, also.«

Wir betraten das Haus. Tiefe Stille empfing uns. Wahrscheinlich hatten sich Jacob und Minnie zu den Feiernden in der Siedlung gesellt. Thomas hatte sich wohl schon schlafen gelegt, und Meg döste neben Morwennas Bett.

Ben umarmte mich in der Halle.

»Bleib bei mir heute nacht«, flüsterte er. »Komm. Ich brauche diesen Beweis deiner Liebe. Angel, ich gebe alles für dich auf. Alles, das schwöre ich — wenn du diese Nacht mit mir verbringst.«

»Nein. Nein, ich kann das nicht, Ben.«

Er preßte mich fest an sich.

»Es ist wichtig. Liebste Angel, ich muß deiner Liebe sicher sein. Gib mir Gewißheit — heute nacht. Wenn du ja sagst, verzichte ich auf alles andere. Wir fahren sofort nach Hause und werden für immer zusammensein.«

Er küßte mich. Ein wahnsinniges Verlangen nach ihm ergriff mich. Es gab nichts mehr als diese Sehnsucht nach ihm. Schlagartig wurde mir bewußt, welch furchtbarer Fehler meine Heirat mit Gervaise war. Ich hatte gutes Aussehen, höfliche Manieren, Freundlichkeit und Zärtlichkeit mit Liebe verwechselt. Doch Liebe war etwas völlig anderes. Liebe war dies stürmische, heftige Gefühl, das mich so plötzlich in Bens Gegenwart in Aufruhr versetzte und gegen das ich mich nicht wehren konnte. Ohne auch nur im geringsten damit zu rechnen, war ich in die Falle der Liebe gegangen und zur Gefangenen meiner Gefühle geworden.

Das Schicksal beschreitet oft seltsame Wege. Im richtigen Moment am richtigen Ort zu sein war mir wohl nicht vergönnt. Warum war Gervaise dagewesen und nicht Ben? Es erschien mir unbegreiflich, wie ich taubes Gestein mit Gold hatte verwechseln können.

Jetzt war es zu spät. Zu spät. Diese Worte hallten wie ein Echo in meinen Ohren.

Es ist *nicht* zu spät, hatte er behauptet. Wir müssen die Dinge nicht hinnehmen, wie sie sind. Wir können unser Leben ändern.

Ich bekam Angst. Nur zu deutlich spürte ich meinen Widerstand schwinden. Ich liebte Ben. Ich wollte Ben. Meine Vernunft sagte mir, es sei unmöglich. Was er mir vorgeschlagen hatte, war falsch, ganz falsch. Ich hatte kein Recht, mich über jegliche Moral zu erheben, nur weil ich einen Fehler begangen und ihn zu spät erkannt hatte.

Energisch rief ich mich zur Ordnung. Ich mußte all meine Widerstandskräfte mobilisieren, um mich gegen Ben zu wehren. Ich hatte Angst — verzweifelte Angst, daß mein leidenschaftliches Verlangen nach ihm all meine Bedenken besiegen könnte.

Vielleicht wäre es soweit gekommen, dort, in diesem Haus. Wir fühlten uns einander so nah.

Doch plötzlich hörten wir Schritte über uns, eine Stimme rief. Der Zauber war gebrochen.

Oben an der Treppe erschien Thomas.

»Es geht um Mrs. Cartwright«, rief er. »Meg glaubt, es ist soweit.«

Ich riß mich los und eilte in Morwennas Zimmer. Meg machte ein sehr besorgtes Gesicht, denn Morwenna litt große Schmerzen.

»Hoffentlich ist Mrs. Bowles bald da.« Meg ging unruhig auf und ab. »Thomas ist bereits unterwegs zu ihr. Sie hat sich schon darauf vorbereitet und wartet nur, daß man sie benachrichtigt. Es kann also nicht lange dauern. Auch hier ist alles Nötige veranlaßt. Ich gehe jetzt und hole heißes Wasser. Weiß Gott warum, aber Hebammen brauchen immer heißes Wasser. Bleiben Sie bei mir. Bitte.«

Morwenna sah kreidebleich aus. Hin und wieder krümmte sie sich vor Schmerzen. Sie bemühte sich, nicht laut zu schreien. Ich fühlte mich völlig hilflos und wußte nicht, was ich tun sollte. Ich betete um Mrs. Bowles' baldiges Eintreffen.

Obwohl in Wirklichkeit nur wenige Minuten vergangen waren, erschien es mir wie eine Ewigkeit, bis sie endlich ankam.

Mrs. Bowles schickte mich aus dem Zimmer, nur Meg durfte bleiben. Meg hatte ihr vor kurzem bei einer Geburt geholfen und sich dabei nach Ansicht von Mrs. Bowles sehr geschickt angestellt.

Inzwischen waren auch Justin und Gervaise eingetroffen. Minnie und Jacob eilten herbei und boten ihre Hilfe an.

Schweigend saßen wir beieinander. Wir warteten — und wir hatten Angst.

Die Zeit dehnte sich endlos. Es mußte bereits weit nach Mitternacht sein, als Mrs. Bowles herunterkam.

Mit ernstem Gesicht sagte sie: »Es verläuft nicht alles, wie es verlaufen sollte. Ich möchte einen Arzt hinzuziehen. Holen Sie bitte Dr. Field.«

»Dr. Field!« rief Ben. »Aber der wohnt zehn Meilen von hier!«

Mrs. Bowles antwortete kurz und bündig: »Es muß sein.«

»Ich gehe sofort«, erwiderte Ben.

Und schon war er aus dem Haus.

Wir anderen sahen uns besorgt an. Justin tat mir unendlich leid. Sein angespanntes Gesicht verriet große Angst. Regungslos saß er da und starrte vor sich auf den Boden.

»Alles wird gut«, sagte Gervaise. »Kleine Komplikationen gibt es häufig.«

Am liebsten hätte ich ihn angeschrien: Was weißt denn du schon davon? Warum behauptest du immer, alles wird schon gut? Ich ärgerte mich über ihn. Wahrscheinlich suchte ich im Unterbewußtsein nach einem Grund, ihm böse zu sein, weil ich ihm in Gedanken untreu gewesen war. Ich verachtete mich selbst und übertrug instinktiv meine Schuldgefühle auf ihn. Dazu kam natürlich noch die entsetzliche Sorge um Morwenna.

Ich durchlebte schreckliche Ängste. Wir warteten und fragten uns voller Entsetzen, was in dem Zimmer dort oben geschah. Wir lauschten auf das kleinste Geräusch und sehnten uns nach Mrs. Bowles' Erscheinen, um endlich etwas zu erfahren. Gleichzeitig hatten wir Angst vor der Nachricht, die sie uns bringen würde.

Meg kam kurz herunter. Ich bot ihr meine Hilfe an, aber sie lehnte sie mit dem Hinweis ab, zu viele Menschen in Morwennas Zimmer seien nicht gut für sie. Wenn sie mich brauchten, würden sie mich rufen. Sie sei nur gekommen, um mitzuteilen, es habe sich noch nichts ereignet. Wir müßten auf den Doktor warten und sollten beten, daß er rechtzeitig einträfe.

Den Anblick des bedauernswerten Justin werde ich nie vergessen. Ich hätte es nie für möglich gehalten, daß er so besorgt um Morwenna sein könnte. Mein Verdacht, er habe nur die reiche Erbin geheiratet, erwies sich offensichtlich als unbegründet. Er schien fast gebrochen vor Kummer. Wahrscheinlich sah er seine sehnlichste Hoffnung auf einen Sohn dahinschwinden.

Gegen Morgen kehrte Ben mit Dr. Field zurück. Zum Glück hatte er den Arzt zu Hause angetroffen. Von dem scharfen Ritt durch die Nacht ganz außer Atem, eilte Dr. Field zu Morwenna, ohne sich auch nur einen Augenblick bei uns aufzuhalten. Das Warten begann von neuem.

Endlich kam Meg die Treppe herunter. »Der Doktor möchte Mr. Cartwright sprechen.«

Justin erhob sich sofort und folgte ihr.

Gervaise fragte: »Was glaubst du, was passiert ist?«

»Ich habe Angst.« Mehr konnte ich nicht sagen.

»Es wird alles gut«, antwortete er. »Ganz bestimmt.«

Schweigen senkte sich über den Raum. Der Druck des hilflosen Wartens wurde unerträglich.

Ich hielt es nicht mehr aus. »Ich muß wissen, was los ist.«

Beruhigend legte Gervaise seine Hand auf meinen Arm. »Du darfst dich nicht verrückt machen, Angelet.«

Entnervt wandte ich mich ab und lief zur Treppe.

Justin saß auf den Stufen vor Morwennas Zimmer. Er hatte das Gesicht in den Händen vergraben. Ich setzte mich neben ihn.

»Justin«, fragte ich leise. »Was ist los?«

»Der Doktor hat mir eine Frage gestellt. Die Geburt verläuft nicht normal, Angelet. Er hat gesagt, er könne das Leben des Kindes retten, aber das könnte Morwennas Tod sein.«

»O nein.«

Er nickte. »Er sagt, entweder überlebt die Mutter oder das Kind. Wenn Morwenna überlebe, könnten wir nie mehr ein Kind haben.«

»Mein Gott, Justin. Das ist ... das ist furchtbar.«

»Ich habe ihm gesagt, er soll Morwenna retten.«

»Aber du hast dir doch so sehr ein Kind gewünscht, Justin.«

»Der Doktor hat gesagt — er hat gesagt, beide schweben in äußerster Lebensgefahr, aber ein Leben kann er retten.«

Wir schwiegen. Ich dachte daran, wie sehr sich Morwenna auf das Kind gefreut hatte. Sie würde sehr unglücklich sein.

Eine große Zuneigung zu Justin erfaßte mich. Fast hätte ich ihn für mein ungerechtfertigtes Mißtrauen gegen ihn um Verzeihung gebeten.

Stumm saßen wir beieinander. Plötzlich durchbrach der Schrei eines Kindes die Stille.

Justin sprang auf. Entsetzt starrte er mich an.

Justins Lippen formten nur ein Wort: »Morwenna.«

O nein, nein, dachte ich. Das darf nicht sein. Er hatte doch gesagt, rettet die Mutter.

Wie schwerwiegend eine solche Entscheidung ist, hatten mir schon mehrmals Menschen erzählt, die in einer ähnlichen Lage waren. Warum nur waren wir in dieses rückständige Land gegangen? In London hätte Morwenna die beste Pflege bekommen. Die erfahrensten Ärzte hätten sich um sie gekümmert, und die besten Krankenschwestern hätten sie umsorgt.

Wie gelähmt blieb ich sitzen. Was hätte ich Justin sagen sollen? Mir fielen die passenden Worte nicht ein. Ich hoffte, er spüre mein Mitgefühl und meine Zuneigung.

Ich weiß nicht, wie lange wir dort auf der Treppe saßen. Wieder hörten wir das Kind schreien. Justin legte den Kopf auf die Knie und hielt sich die Ohren zu. Er saß nur da und sagte kein Wort.

Endlich öffnete sich die Tür, und der Arzt kam heraus.

»Mr. Cartwright«, sagte er.

Sofort war Justin auf den Beinen.

»Ihre Frau schläft. Sie wird einige Stunden schlafen. In der nächsten Zeit braucht sie gute Pflege. Mrs. Bowles ist darin sehr erfahren. Sie weiß, was zu tun ist. Ach übrigens, Sie haben einen Sohn.«

»Ich dachte . . .«

»Ich bin selbst sehr überrascht, das muß ich zugeben. Ich hätte nie gedacht, daß wir beide durchbringen. Also, ich muß schon sagen, Ihr Sohn ist ein zäher Bursche.«

Justin und ich starrten einander ungläubig an. Plötzlich umarmte er mich ganz fest und drückte mich an sich.

Im Rückblick erscheint mir dieser Tag, der so voller Angst und Schrecken verlief, als einer der glücklichsten Tage meines Lebens.

Es herrschte nur noch Jubel. Morwenna, bereits verloren geglaubt, war uns wiedergeschenkt worden. Zwar lag sie noch sehr schwach in den Kissen, aber bei guter Pflege würde sie sich rasch erholen. Ihr Baby sah gesund und kräftig aus. Ihren Sohn schien es nicht im geringsten zu beeindrucken, daß er solche Schwierigkeiten gemacht hatte.

Mrs. Bowles platzte fast vor Stolz und fühlte sich als Heldin des Tages. Sie allein hatte die Verantwortung getragen und entschieden, den Doktor zu holen. Sie habe ja immer gesagt, alles werde ein gutes Ende nehmen.

Ich besuchte Morwenna einige Stunden später. Mit glänzenden Augen lag sie im Bett. Sie sah wunderschön und unendlich zufrieden aus. Als Mrs. Bowles ihr das Baby in den Arm legte, erinnerte sie mich an das Bildnis einer Madonna.

»Nie hätte ich geglaubt, daß ich einmal so glücklich bin«, sagte sie. »Angelet, bitte schreibe an Mutter und Pa und benachrichtige sie von der Geburt ihres Enkelsohnes.«

Vor Rührung brachte ich kein Wort heraus. Auf der Treppe vor ihrem Zimmer hatte mich wieder und wieder der Gedanke geplagt: Wie bringe ich es den Pencarrons bei? Und nun konnte ich ihnen diese Freudenbotschaft übermitteln.

Justin lächelte Morwenna überglücklich an und bestaunte fast ungläubig seinen Sohn. Alle wollten das winzige Baby ansehen und berühren, aber Mrs. Bowles bewachte es wie ein Zerberus. Niemand wagte, dem Kind zu nahe zu kommen.

Mrs. Bowles übernachtete nun ebenfalls im Haus, denn sie wollte sich solange wie nötig um Morwenna kümmern. Sie schlief im sogenannten Kinderzimmer, das direkt an Morwennas Schlafzimmer grenzte.

Am nächsten Morgen ging ich sofort zu Morwenna und

sprach mit ihr. Sobald sie wieder zu Kräften gekommen wäre, müßten wir unbedingt nach Melbourne fahren und ein Kinderbettchen und einen Kinderwagen kaufen. Außerdem wollte ich Spielzeug besorgen.

Morwenna lachte mich aus. »Wozu braucht er eine Unmenge Spielsachen? Ihm genügt ein hübsches, weiches Kuschelding.«

Ich setzte mich zu ihr ans Bett und erzählte ihr von den entsetzlichen Ängsten, die wir bei der endlosen Warterei ausgestanden hatten.

»Ihr seid alle so lieb zu mir«, sagte sie unter Tränen.

»Ben Lansdon ist mitten in der Nacht die zehn Meilen zu Dr. Field geritten. Und wieder zurück natürlich. Stell dir vor, mitten in der Nacht zwanzig Meilen!«

»Das werde ich ihm nie vergessen.«

»Weiß der Himmel, was ohne den Arzt passiert wäre, Morwenna.«

»Justin freut sich schrecklich auf sein Baby«, sagte sie mit weicher Stimme.

»Er freut sich noch viel mehr, daß es dir gutgeht«, erklärte ich ihr. »Weißt du, man hat ihn vor die Wahl gestellt . . . in einem bestimmten Stadium hat der Arzt gesagt, entweder dein Leben oder das des Kindes.«

»Das wußte ich nicht.«

»Justin hat zu Dr. Field gesagt, er solle dich retten. Er liebt dich sehr, Morwenna.«

Lautlos liefen die Tränen über ihre Wangen. »Hat er das wirklich gesagt, Angelet?«

»Ja. Ich schwöre es dir.«

»Weißt du, manchmal habe ich mich gefragt . . .« Sie brach ab.

»Was?«

»Ob er mich auch wirklich liebt.«

»Warum? Hat er dir je Anlaß zu Zweifeln gegeben?«

»Nein, das nicht. Er hat immer gesagt, daß er mich liebt. Aber in tiefster Seele habe ich ihm nicht geglaubt. Es kam mir unvorstellbar vor, daß ein Mann mich aufrichtig lieben könne.«

»Du bist ein dummes Mädchen, Morwenna. Jetzt weißt du es jedenfalls genau.«

»Ich bin unendlich glücklich. Es ist unglaublich! Hier, an diesem Ort, bin ich glücklicher als je zuvor in meinem ganzen Leben. Ist das nicht verrückt? Und ist es nicht gleichzeitig ganz wundervoll?«

Lachend umarmte ich sie.

In der Siedlung verbreiteten sich Neuigkeiten stets wie ein Lauffeuer. Das Gold von Einauge und Cassidy war plötzlich verschwunden, und spurlos verschwunden war auch David Skellington. Während die anderen ausgelassen gefeiert hatten, mußte er es gestohlen und sich klammheimlich davongemacht haben. Niemand hatte etwas bemerkt. Einauge und Cassidy vermißten das Gold erst nach vierundzwanzig Stunden, da sie nach dem Fest erst einmal tüchtig ausschliefen.

Am nächsten Tag redeten die Goldsucher fast ausschließlich von dem Diebstahl. Nur das neue Baby und die schwere Geburt lenkten die Aufmerksamkeit ein wenig vom Schicksal der bedauernswerten Goldsucher ab. Einauge und Cassidy hatten ihr Vermögen über Nacht gewonnen, und genauso schnell hatten sie es wieder verloren.

In Golden Hall rühmte man einhellig die überragenden Fähigkeiten des Doktors und von Mrs. Bowles. Mrs. Bowles' große Stunde schlug. Jedesmal, wenn sie in die Siedlung ging, scharten sich die Leute um sie.

»Es stand auf Messers Schneide«, erzählte sie ihren Zuhörern immer wieder. »Dr. Field hat mich gefragt: ›Was halten Sie davon, Mrs. Bowles?‹ Und ich habe geantwortet: ›Entweder sie oder das Baby.‹ Und er hat gesagt: ›Genau das habe ich befürchtet. Aber wir versuchen unser Bestes.‹ Und das taten wir. Unser Herrgott allein weiß, wie sehr wir uns bemüht haben. Wir haben sie beide durchgebracht. Ich hätte nie geglaubt, daß wir das schaffen würden.«

Jeder Kunde, der zu ihr kam, um Zucker oder Speck zu kaufen, mußte sich die Geschichte wohl oder übel anhören. Wahrscheinlich erzählte sie sie noch Jahre später.

Wir erlebten in dieser Woche alle ein ganz neues Hochgefühl. Morwenna ging es von Tag zu Tag besser. Glück und Freude schienen die beste Medizin zu sein. Mrs. Bowles wurde immer stolzer und das Baby immer kräftiger.

Morwenna sprach mit uns über den Namen des Babys. Nach längerem Hin und Her entschied sie sich für Pedrek, einen guten alten, kornischen Namen. Sie erinnerte sich, ihn als Kind auf dem Grabstein ihres Urgroßvaters gelesen zu haben, und seitdem hatte ihr der Name immer gefallen.

Die Taufe sollte in Walloo stattfinden, wo auch Dr. Field seine Praxis hatte. Dort gab es eine Kirche, und bei besonderen Anlässen kam auch ein Pfarrer dorthin. Mrs. Bowles berichtete uns, er habe schon bei Beerdigungen gepredigt und Trauungen vollzogen. Zu einer Taufe käme er ganz bestimmt.

»Wir warten mit der Taufe, bis er ein wenig älter ist«, beschloß Morwenna.

Morwenna sollte in Bens Haus bleiben, bis sie wieder zu Kräften gekommen war. Mrs. Bowles machte mir gegenüber dunkle Andeutungen, daß zwar sie und der Doktor ein Wunder vollbracht hätten, sie aber trotzdem Morwenna noch nicht im Stich lassen dürfe.

Das konnte nur zu Morwennas Bestem sein. Mrs. Bowles war entzückt, sich noch eine Zeitlang im Glanz ihres Glorienscheins sonnen zu können — sie wußte nur zu gut, wie flüchtig der Ruhm war. Mochte sie sich noch so sehr anstrengen und ihre Heldentat den anderen immer wieder ins Gedächtnis rufen, irgendwann würde ihr Nimbus verblassen. Aber davon ganz abgesehen, genoß sie sichtlich das Luxusleben, wie sie den Aufenthalt in Golden Hall bezeichnete.

Sehr zu Bens Verdruß kehrte ich wieder in die Hütte zurück. Ich behauptete, für einen längeren Aufenthalt in seinem Haus gebe es keinen vernünftigen Grund mehr. In Wahrheit versetzten mich die leidenschaftlichen Gefühle, die Ben in mir geweckt hatte, in panische Angst.

In dieser Zeit machte ich wichtige Erfahrungen. Ich lernte, Menschen anders einzuschätzen. Bisher war ich stets vom ersten Eindruck ausgegangen, hatte einen Menschen danach beurteilt und oft erfahren müssen, daß ich mich getäuscht hatte. Ich hatte die Menschen nur in zwei Kategorien eingeteilt — in gute und schlechte. Aber so einfach war es nicht. Ich begriff, daß solche vorschnellen Urteile viel zu oberflächlich waren, daß man Menschen erst nach einer gewissen Zeit richtig einschätzen und jemand sowohl gute wie schlechte Eigenschaften besitzen konnte.

Anfangs übertrug ich in meiner Unschuld auf Gervaise all die ritterlichen Eigenschaften, die mir bewundernswert erschienen, und war dann natürlich maßlos enttäuscht, als ich entdeckte, daß auch er Schwächen und Fehler besaß wie jeder andere. Ben würde ich trotz aller Schwächen lieben, die ich vielleicht noch an ihm entdecken würde. Vielleicht war das die wichtigste Erfahrung.

Ich verstand nicht mehr, wie mich Gervaise dermaßen hatte blenden können, und entfernte mich jeden Tag weiter von ihm.

Das Leben in der Siedlung fiel mir immer schwerer, der ständige Schmutz, die Mühsal des Alltags, die trostlosen vier Wände meiner primitiven Hütte. Ich hatte es satt, ständig zu putzen, ohne daß es jemals sauber wurde, in der gnadenlosen

Hitze das Feuer in Gang zu halten, damit ich kochen konnte, dauernd Wasser zu sparen. Ich haßte das Ungeziefer, von dessen Existenz ich früher nicht die geringste Ahnung gehabt hatte, und die allgegenwärtigen Fliegen. Ich wollte nach Hause — aus vielerlei Gründen. Ich wollte meine Familie wiedersehen; ich wollte mein bequemes, sorgloses Leben wieder führen; und ich hatte Angst vor der Leidenschaft, die mich und Ben verband.

Er hielt sich ständig in meiner Nähe auf. Anscheinend wußte er immer, wo er mich finden konnte. Stets bedrängte er mich, wenn nicht mit Worten, dann mit Blicken. Ich glaube, auch er sehnte sich nach England. Auch er schien mit widerstreitenden Gefühlen kämpfen zu müssen.

Eines Tages sagte ich zu ihm: »Du kannst doch nach Hause fahren. Warum reist du nicht auf der Stelle ab?«

Wieder berief er sich auf seinen Schwur, nicht eher nach Hause zurückzukehren, bevor er ein Vermögen gemacht habe.

»Wenn du mit mir kommst, fahre ich zurück«, sagte er. »Sonst bleibe ich. Von dir hängt alles ab. Was würde mein Großvater von mir denken, wenn ich zurückkomme, ohne mein Ziel erreicht zu haben?«

»Er hätte Verständnis dafür.«

»Wenn ich mit dir zurückkomme — ja. Dann würde er mich bestimmt verstehen.«

»Ben, ich kann nicht mit dir zurück. Ich halte treu zu Gervaise. Ich bin mit ihm verheiratet. Auch ich habe einen Schwur geleistet.«

»Das kann doch nicht dein Ernst sein.«

»Es ist mein letztes Wort.«

Traurig sah er mich an.

»Wenn das so ist, muß ich wohl zusehen, wirklich reich zu werden.«

»Du bist bereits ein bedeutender Mann. Die Leute in der Siedlung sehen in dir ihr Oberhaupt.«

Er lachte, aber sein Lachen klang nicht fröhlich, sondern seltsam hohl.

»Denk doch an die Arbeiter, die du in deiner Mine beschäftigst. Du hast ein schönes Haus und Personal. Dein Lebensstil unterscheidet sich grundlegend von dem der anderen in Golden Creek. Mit dir können sich höchstens die Morleys vergleichen.«

»Darum geht es gar nicht. Ich weiß genau, was ich will. Ich will nach Hause, und zwar will ich mit dir nach Hause. Wenn das nicht geht, dann ...«

»Es geht nicht, Ben.«

»Niemals?«

»Ich habe Gervaise Treue geschworen, und diesen Schwur breche ich nicht.«

»Ich soll mich also mit dem bescheiden, was ich habe?«

»Ja, Ben. Du bist sehr ehrgeizig, aber du kannst mit dem Erreichten zufrieden sein. Vielleicht machst du auch noch den einen, den ganz großen Fund. Wenn dir das gelingt, kommst du über alles hinweg. Reichtum wird dich trösten, daß auch du nicht alles haben kannst.«

»Nichts und niemand kann mich trösten«, widersprach er heftig. »Ich liebe dich. Aber du hast recht. Ich muß nehmen, was ich kriegen kann. Ich werde in jeder Hinsicht Glück haben, nur nicht in der Liebe.«

»Es ist schon viel, wenn man etwas erreicht, auf das man stolz sein kann.«

»Mir genügt das nicht. Das interessiert mich nur am Rande. Ich will dich, nur dich. Das Gold ist mir gleichgültig. Vergiß das nie, Angelet. Ich habe das nicht gewollt.«

Ich spürte, wie mein Widerstand schwächer wurde, und kämpfte mit aller Kraft dagegen an.

Damals hatte ich den Verdacht, schwanger zu sein. Zuerst glaubte ich, mir das einzureden, weil ich von dem kleinen Pedrek so begeistert war.

Andererseits wäre es nicht weiter überraschend gewesen. Ich war jung und gesund, Gervaise ebenso. Die Möglichkeit, ein Kind zu bekommen, bestand durchaus.

Unter normalen Umständen, als glücklich verheiratete Frau in London, würde ich vor Begeisterung außer mir sein. Ich konnte mir die Aufregung, die eine solche Nachricht auslösen würde, nur zu gut vorstellen. Meine Mutter ... Tante Amaryllis ... alle würden sich um mich kümmern. Mein Kind würde in eine heile Welt geboren werden.

Aber in Australien! Golden Creek war kein Ort für ein Kind. Ich machte mir schon Sorgen, wie es mit Morwenna und dem Baby weitergehen sollte, wenn sie Golden Hall verlassen und in ihre Hütte zurückkehren würde. Ganz sicher wollte sie Bens Gastfreundschaft nicht länger als nötig in Anspruch nehmen, dagegen konnte er so viele Einwände vorbringen, wie er wollte. Wie sollte sie mit dem Baby in der kleinen Hütte zurechtkommen? Woher sollten wir die Milch für das Kind nehmen? Mit Entsetzen dachte ich an all die Schwierigkeiten, die auf uns warteten.

Andere Frauen hier hatten diese Situation schon gemeistert.

Aber Morwenna brauchte unbedingt noch Ruhe, und ich war harte Arbeit nicht gewöhnt.

Ben behauptete, es sei unmöglich, das Baby in die Hütte zu nehmen. Morwenna müsse in seinem Haus bleiben. Meg und Minnie stimmten ihm eifrig zu. Sie genossen es, ein Baby im Haus zu haben.

»Morwenna muß in Golden Hall bleiben, das ist das einzig Vernünftige«, betonte Ben. »Du könntest sie ja jeden Tag besuchen. Ich bestehe darauf, daß sie wenigstens noch eine Zeitlang bleibt.«

Ich sprach mit Justin und Gervaise darüber.

»Eine hervorragende Idee«, meinte Gervaise. »Warum nicht? In Bens Haus stehen genügend Zimmer zur Verfügung. Ben kann von Glück sagen, ein so bequemes Plätzchen zu besitzen.«

»Er hat hart dafür gearbeitet«, antwortete ich scharf. »Vergiß nicht, er hat den Ertrag seiner Mine nicht verspielt.«

Justin war enttäuscht, daß Morwenna noch länger blieb, sah aber ein, daß es für seine Familie das Beste war.

Inzwischen gab es keine Zweifel mehr an meiner Schwangerschaft.

Als ich es Gervaise mitteilte, nahm er mich ungestüm in die Arme und tanzte ausgelassen mit mir durch die Hütte.

»Gervaise«, sagte ich, als ich wieder zu Atem gekommen war, »wir sollten nach Hause fahren.«

»Was? Jetzt? Nach Einauges und Cassidys großem Fund?« fragte er und sah mich ungläubig an.

»Ich kann das Kind nicht hier zur Welt bringen.«

»Bis dahin dauert es noch Monate. Wir machen einen großen Fund und reisen rechtzeitig vor der Geburt des Kindes nach Hause.«

»Bis zur Geburt sind es noch sieben Monate, Gervaise.«

»Eben, das sage ich ja. Eine Menge Zeit.«

»Da bin ich anderer Meinung.«

Liebevoll zerzauste er mein Haar und schenkte mir sein charmantestes Lächeln. »Ich verspreche dir, wir reisen rechtzeitig ab.«

Ich seufzte, denn ich wußte inzwischen, was ich von Gervaises Versprechungen zu halten hatte.

In seiner charmanten Art würde er ohne Rücksicht auf Verluste machen, was er wollte, und freundlich dazu lächeln. Vielleicht noch ein paar zärtliche Worte murmeln. Damals spürte ich keinen Funken Liebe mehr für Gervaise.

Weil ich dachte, es könne sie aufregen, verschwieg ich Morwenna vorerst meine Schwangerschaft. Zu lebendig war noch die Erinnerung an Pedreks gefährliche Geburt, die sie wie durch ein Wunder überlebt hatte. Sie würde sich um mich ängstigen, und ich wollte den kleinsten Schatten von ihrem Glück fernhalten.

Einen Tag nach dem Fest waren Einauge und Cassidy losgezogen, um nach David Skellington zu suchen. Sie hatten Rache geschworen und mit drastischen Worten geschildert, was sie mit ihm anstellen würden, falls es ihnen gelingen sollte, ihn aufzuspüren.

Ich sprach mit Gervaise darüber. »Da siehst du, wie diese Gier nach Gold das Böse in den Menschen weckt. Sie hat David Skellington zum Dieb gemacht.«

»Er war schon immer ein Dieb, dieser ehemalige Sträfling, das weißt du genau.«

»Wenn sie ihn finden, töten sie ihn. Dann hat sie das Gold zu Mördern gemacht. Begreifst du denn nicht, Gervaise? Gold verdirbt die Menschen. Wenn ich den gierigen Blick in den Augen der Männer sehe, wird mir übel. Ich ertrage dieses Leben nicht mehr. Das einzige, was hier zählt, ist Gold. Jeder will über Nacht reich werden.«

»Über Nacht!« rief er empört. »Wir haben Monate härtester Arbeit hinter uns!«

»Es ist der falsche Weg, Gervaise. Ihr betet das Goldene Kalb an.«

»Ha!« machte er verächtlich. Mit einer Hand hob er mein Kinn hoch und küßte mich — eine Geste, die mich früher entzückt hatte und die ich inzwischen kaum noch ertragen konnte.

»Jawohl, ihr betet einen Götzen an, eine goldene Göttin. Daraus entsteht nichts Gutes. Diese Besessenheit bringt das Böse im Menschen zum Vorschein. Ihr tut alles, um die Gunst der goldenen Göttin zu erringen.«

»Du hattest schon immer eine blühende Phantasie, Liebling.«

»Gervaise«, bat ich, der Verzweiflung nahe, »laß uns heimfahren. Ich will nicht mehr in Golden Creek bleiben. Wir wollen versuchen, von unserem Einkommen zu leben. Onkel Peter verhält sich bestimmt nicht hart gegen uns. Glaub mir, er räumt uns zur Begleichung unserer Schulden eine großzügige Frist ein. Ich könnte auch meinen Vater fragen. Wenn ich ihm unsere Lage schildere, hilft er uns. Ach, wenn ich nur wüßte, daß du nicht wieder alles verspielst.«

»Du brauchst dir keine Sorgen zu machen«, versuchte er mich zu besänftigen. »Du wirst sehen, wir finden Gold. Daran zweifle ich keinen Augenblick. Vielleicht sogar schon morgen. Und dann fahren wir gleich nach Hause. Unser Kleines wird im

Hause reicher Eltern geboren, und wir leben glücklich bis ans Ende unserer Tage.«

»Ich will nicht auf das Gold warten, Gervaise.«

»Überleg doch mal. Wenn hier kurz nach unserer Abreise der größte Fund aller Zeiten gemacht wird, könnten wir uns die vorzeitige Rückkehr ein Leben lang nicht verzeihen.«

»Ich spüre mit jeder Faser meines Herzens, daß wir gehen müssen. Wir müssen fort, ehe es zu spät ist.«

»Du verrennst dich da in etwas. Das liegt an deinem Zustand. Frauen, die ein Kind erwarten, haben oft merkwürdige Phantasien.«

»Ich hatte dieses ungute Gefühl schon vorher.«

Er gab mir einen flüchtigen Kuß. Ich wußte, er würde mich nie verstehen.

Ich besuchte Morwenna. Inzwischen durfte sie sich mit dem Baby im Garten aufhalten. Sie fühlte sich noch immer ein wenig geschwächt. An eine Rückkehr in die Hütte war nicht zu denken.

Als sie mich über den Rasen kommen sah, strahlte sie. »Solange ich lebe, danke ich Ben für seine großzügige Gastfreundschaft.« Mit diesen Worten empfing sie mich. »Ich weiß nicht, wie ich diese Zeit ohne seine Hilfe überstanden hätte.«

»Wir können wirklich froh sein, daß wir ihn haben«, entgegnete ich.

»Meg und Minnie kümmern sich wunderbar um mich. Sogar Thomas und Jacob kommen ab und zu in den Garten und erkundigen sich nach meinem Befinden. Es ist lustig, die beiden zu beobachten. Sie benehmen sich ein wenig linkisch. Anscheinend halten sie es für unmännlich, sich für ein Baby zu interessieren. Ich habe Mutter und Pa geschrieben und ihnen das Neueste über ihren Enkel berichtet. Er entwickelt sich ganz prächtig. Er erkennt mich sogar schon.«

»Tatsächlich?«

»Sobald ich ihn hochnehme, hört er sofort auf zu schreien.«

»Du wirst sehen, er wird ein Genie.«

Beim Anblick der glückstrahlenden Morwenna dachte ich unwillkürlich, wie flüchtig das Glück doch sei. Kaum erhascht man einen Zipfel vom Glück, ist es schon vorbei. Man müßte jeden Augenblick des Glücks bis zur Neige auskosten und dürfte nicht eine einzige Gelegenheit ungenutzt verstreichen lassen.

»Ich verdanke Ben unendlich viel«, fuhr sie fort. »Hätte er

nicht mitten in der Nacht Dr. Field geholt, hätte ich mein Baby verloren. Ich würde mich so gerne erkenntlich zeigen.«

»Er ist froh, daß es dir und dem Baby gutgeht. Das ist ihm Dank genug.«

»Jedenfalls würde ich mich für ihn freuen, wenn er das Land kaufen könnte. Es scheint ihm viel daran zu liegen.«

»Du meinst das Land von Morley?«

»Ja. Aber Morley ist halsstarrig. Er fürchtet, Ben gräbt das Land um und baut eine neue Mine. Morley will es nur als Weideland hergeben. Das hat mir zumindest Justin erzählt. Morley ist einfach stur.«

»Da muß ich dir recht geben.«

»Ben weiß, was er will. Aber Morley ebenso. Wenn zwei solche Männer aufeinandertreffen, weiß man nie, wie es ausgeht. In diesem Fall ist es nur leider so, daß Mr. Morley das Land gehört, und wenn er unter keinen Umständen verkauft, kann sich Ben nicht durchsetzen. Er wird es schwer haben, denn Mr. Morley hält nichts von Männern, die im Dreck herumkriechen, wie er die Goldsucher nennt, und etwas suchen, das es überhaupt nicht gibt.«

»Das kann er gar nicht wissen. Hier hat es immerhin Gold gegeben. Manche Männer wurden tatsächlich reich. Denk doch an all die vielen prächtigen Häuser in Melbourne.«

»Ja, schon«, antwortete Morwenna. »Trotzdem möchte ich gerne nach Hause. Wärst du nicht auch froh, wenn wir bald wieder nach England zurückkehren würden, ob mit oder ohne Gold?«

»Ja«, sagte ich heftiger, als ich es eigentlich wollte. »Du ahnst nicht, wie froh.«

Nach dem Besuch bei Morwenna und dem angenehmen Geplauder im herrlichen Garten von Golden Hall kam mir unsere Hütte noch armseliger vor als sonst. Sosehr ich mich auch bemühte, diese Behausung ließ sich unmöglich sauberhalten. Der Staub drang durch jede Ritze und bedeckte jeden Zentimeter des Fußbodens und der Möbel.

Den Männern blieb wenigstens die Hoffnung, mit jeder Schaufel Erde, die sie nach oben beförderten, Gold zu entdecken. Die Frauen hatten nur die Mühsal der täglichen Pflichten — die Zubereitung der fast ungenießbaren Lebensmittel, das Herbeischaffen des kostbaren Wassers.

Lange hielt ich dieses Leben nicht mehr durch, das wußte ich. Manchmal war ich versucht, zu Ben zu gehen und zu sagen: Du hast versprochen, mich von hier wegzubringen. Bring mich nach Hause. Ich komme mit dir, weil ich dich liebe.

Eines Tages um die Mittagszeit kehrten Einauge und Cassidy in die Siedlung zurück.

Die Männer arbeiteten alle in den Minen, und die Frauen hantierten in den Hütten. Mittäglicher Friede lag über Golden Creek.

Aber als die beiden so unvermutet die staubige Straße entlangritten, erwachte der Ort zum Leben. Um sich bemerkbar zu machen, stieß Cassidy einen wilden Schrei aus. Die Männer ließen ihre Arbeit im Stich und eilten herbei. Die Frauen traten aus den Hütten. Alle scharten sich um die beiden Männer.

Einauge und Cassidy kehrten im Triumph zurück. Sie hatten David Skellington gefunden.

»Er lag draußen im Busch«, berichtete Cassidy. »Kaum fünfzig Meilen von hier. Sein Pferd lebte noch, ist aber fast zu einem Skelett abgemagert. Wir haben es mitgebracht.«

Einauge streichelte das Pferd und gab ihm einen liebevollen Klaps. »Wir füttern es heraus. Es wird wieder gesund. Wir sind diesem Pferd sehr viel schuldig, schließlich hat es uns auf Skellingtons Spur geführt.«

Alle fragten durcheinander. Nur zu gern hätten wir sogleich die ganze Geschichte gehört. Aber Einauge und Cassidy bestanden darauf, zuerst das Pferd zu versorgen. Ihm verdankten sie schließlich die Wiederbeschaffung ihres Goldes. Das Pferd wurde wahrhaft königlich behandelt.

Nachdem Einauge und Cassidy diese Pflicht erfüllt hatten, betraten sie, umringt von Neugierigen, den Saloon. Sie setzten sich, aßen in aller Gemütsruhe Fleischpastete und tranken mit sichtlichem Behagen einige Becher Ale.

Erst nach Beendigung ihrer ausgiebigen Mahlzeit erzählten sie.

»Wir wußten nicht, wo wir mit der Suche nach Skellington anfangen sollten. Eine Nähnadel im Heuhaufen ist leichter zu finden als ein Mann in Australien«, begann Cassidy. »Wir hatten eine Stinkwut, was, Einauge? Uns beschäftigte nur ein Gedanke, nämlich diesen hinterhältigen kleinen Dieb zu fassen. Die schlimmsten Strafen malten wir uns für ihn aus. Wir haben ihn aufgehängt, in Stücke geschnitten und scheibchenweise sterben lassen. Wie lange haben wir für diesen Fund geschuftet! Zuerst suchten wir den Kerl in Melbourne. Wir stellten Nachforschungen an, aber kein Mensch hatte ihn gesehen. Also sind wir wieder zurück in den Busch. Wir hatten schon fast jede Hoffnung aufgegeben. Stimmt doch, Einauge?«

Einauge nickte bestätigend.

»Aber dann«, fuhr Cassidy fort, »als wir uns schon beinahe

damit abgefunden hatten, mit der ganzen Graberei wieder von vorne anfangen zu müssen, haben wir plötzlich das Pferd gesehen. Es stand neben dem Körper von Skellington. Er ist nicht einmal fünfzig Meilen weit gekommen. Er war immer ein Narr, dieser Skellington. Keine Ahnung, wohin er eigentlich wollte. Vielleicht nach Walloo. Ihr macht euch keine Vorstellung, was passiert ist. Er ist verhungert. Anscheinend hat er noch versucht, Gras zu essen, jedenfalls hatte er Grasflecken auf dem Gesicht und um den Mund. Die Bussarde hätten bald kurzen Prozeß mit ihm gemacht, sie hatten ihn wohl nur noch nicht entdeckt.«

Wieder nickte Einauge.

Arthur Bowles fragte: »Und er liegt immer noch dort?«

»Jawohl«, antwortete Einauge.

Cassidy setzte hinzu: »Zuerst haben wir bedauert, daß er uns nicht lebend in die Hände gefallen ist. Aber im Grunde war es uns ganz recht so. Er hat seine Strafe bekommen. Eigentlich erleichterte es uns mächtig, das nicht selbst erledigen zu müssen. Als er tot vor uns lag, verrauchte unsere Wut. Unser ganzes Gold trug er bei sich, in seinem Gürtel und in den Taschen. Jede Unze haben wir gefunden, was, Einauge?«

»Ja«, bestätigte Einauge. »Jede einzelne Unze.«

»Da wird man schon nachdenklich«, fuhr Cassidy fort. »Ein Mann stirbt, und alles ist vorbei. Im Angesicht des Todes spielt Haß keine Rolle mehr. Einauge und ich geben einen Sarg für ihn in Auftrag. Wir gehen noch einmal hinaus und holen seinen Leichnam. Er soll hier begraben werden. Anschließend fahren wir nach Hause zurück. Unser Gold lassen wir keine Sekunde mehr aus den Augen, was, Einauge? Nicht eine Sekunde, bis wir in Melbourne sind und unser Geld dafür bekommen haben.«

An diesem Tag vernachlässigten sogar die Goldgräber ihre Arbeit. Unentwegt wurde über Skellington geredet.

Jetzt, da er tot war, sprachen alle vom armen alten Skellington, der nie eine Chance gehabt hatte. Als er fast noch ein Junge war, hatte man ihn zu sieben Jahren verurteilt und nach Australien deportiert. Er mußte in seinem Leben viel durchmachen und war stets vom Pech verfolgt. Nicht das kleinste bißchen Glück durfte er erleben, das den meisten Menschen irgendwann einmal vergönnt ist, der arme alte Skellington.

Einauge und Cassidy hielten Wort. Sie ließen einen Sarg für Skellington anfertigen und brachten die Leiche mit dem Buggy in die Siedlung.

Man holte den Pfarrer aus Walloo. Skellington bekam eine

richtige Beerdigung. Außerhalb der Siedlung hatten die Bewohner bereits einige Gräber angelegt. Dort fand auch der alte Skellington seine letzte Ruhe.

Dieser tragische Zwischenfall verstärkte nur noch meinen Wunsch, endlich nach Hause zurückzufahren.

Bald nach dem Begräbnis bat mich Ben, mit ihm auszureiten, weil er unbedingt mit mir reden müsse.

Wieder ritten wir zu dem Platz oberhalb des Baches, an dem wir schon des öfteren gesessen hatten. Nachdem wir die Pferde angebunden hatten, setzten wir uns ins Gras.

»Wie lange soll das noch so weitergehen?«

Müde antwortete ich: »Irgend etwas wird passieren. Irgend etwas passiert immer.«

»Nein, nicht, wenn wir weiterhin tatenlos herumsitzen. Angel, willst du den Rest deines Lebens in dieser Siedlung verbringen?«

»Da sei Gott vor!«

»Glaubst du wirklich, Gervaise findet Gold? Genug Gold, damit er zufrieden ist und die Suche aufgibt?«

»Nein. Eigentlich nicht. Aber wenn du mich so fragst, ich glaube, das wird kaum jemandem gelingen. Schade, daß es früher manch einen reich gemacht hat. Ich wünschte, das Gold wäre unter der Erde geblieben und niemand hätte je davon erfahren.«

»Du kannst so nicht weiterleben, Angel.«

»Das Gefühl habe ich allerdings auch.«

»Hast du mit Gervaise darüber gesprochen?«

Ich nickte.

»Und er hat geantwortet, es dauert nicht mehr lange, dann sind wir reich und gehen nach Hause. Oder hat er das etwa nicht gesagt? Eh?«

»Doch.«

»Leider wird er kein Gold finden.«

»Warum nicht? Einauge und Cassidy hatten Glück.«

»Das heißt gar nichts, und das weißt du. Und was würde Gervaise deiner Meinung nach tun, wenn er tatsächlich Gold entdeckte? Nach Hause fahren? Vielleicht, und dann? Ein paar Wochen später hätte er alles verspielt und keinen Krümel mehr davon. Er würde wieder versuchen, dich zu überreden, nach Australien zu gehen und von vorne anzufangen.«

»Wenn ich einmal zu Hause bin, komme ich nie wieder hierher.«

»Ich bringe dich nach Hause. Du hast mein Wort. In ein paar Wochen können wir fahren. Sag ja, Angel! Du weißt gar nicht, wieviel mir das bedeutet. Es ist unglaublich wichtig für mich. Gerade jetzt.«

Ich schloß die Augen. Mich für Ben zu entscheiden und mit ihm nach Hause zu fahren bedeutete ein schlagartiges Ende der ständigen Angst wegen der Schulden. Ich wußte genau, Gervaise würde immer wieder Schulden machen. Doch trotz aller Verlockung mußte ich mich gegen Ben zur Wehr setzen.

»Komm, Angel!« Er umarmte mich.

»Nein, Ben, nein und nochmals nein. Ich kann nicht.«

»Ich verstehe dich nicht. Du willst doch nach Hause.«

Ich gab keine Antwort.

Er küßte mich. »Wir beide können so nicht weitermachen. Ich weiß genau, was du empfindest, und du kennst meine Gefühle. Sieh mal, Angel, ich bin nach Australien gegangen, um Gold zu suchen und ein Vermögen zu machen. Aber für dich breche ich meinen Schwur, nur als schwerreicher Mann nach England zurückzukehren. Beweist dir das denn nicht genug?«

»Warum bist du nicht früher zu mir gekommen? Warum bist du nicht nach Cador gekommen?«

»Jammern hilft jetzt auch nicht weiter. Du weißt sehr gut, daß man die Uhr nicht zurückdrehen kann.«

»Ach, Ben. Wenn ich das doch nur könnte.«

»Red keinen Unsinn. Wir können aber ganz von vorn anfangen und unseren eigenen Weg gehen. Wir müssen nur den Mut aufbringen, einen neuen Anfang zu wagen.«

»Und was ist mit unseren Familien?«

»Natürlich wären sie zuerst einmal schockiert. Aber das überstehen wir. Du bist deinen Eltern viel zu wichtig, sie wollen dich nicht verlieren. Die ganze Aufregung wird sich rasch legen. Die Leute gewöhnen sich an alles.«

»Ich kann es nicht, Ben.«

»Und ich weiß, daß du es kannst.«

»Nein. Ich erwarte ein Kind.«

»Ein Kind! Ein Kind von Gervaise!«

»Von wem sonst? Er ist mein Mann. Jetzt sieht die Sache schon ganz anders aus, nicht wahr?«

»Sicher, das macht alles ein bißchen komplizierter. Aber das schaffen wir auch.«

»Ich kann nicht, Ben.«

»Aber ohne das Kind würdest du ja sagen?«

»Das weiß ich nicht. Ich kann Gervaise nicht verlassen.«

»Warum nicht? Diesen Mann mit seinen ewigen Schulden! Er spielt ständig. Wenn er nicht im Saloon spielt, dann sitzt er in einer der Hütten mit den anderen Spielern zusammen. Dein

Gervaise, der große Verlierer, hat eine Menge Schulden im Saloon.«

»O nein!«

»Aber sicher. Das wird sein Leben lang so weitergehen. Glaubst du, du erträgst ein solches Leben? Komm mit nach Hause. Es wird einen Skandal geben, und mein Großvater wird sich darüber aufregen, weil sich das für Matthews Karriere ein wenig nachteilig auswirken kann. Aber er hat schon Schlimmeres überstanden. Noch ein Wort zu ihm: Er ist kein Heiliger, aber wie die meisten Sünder steht er seinesgleichen recht großmütig gegenüber. Angel, wir dürfen unsere zweite Chance nicht auch noch in den Wind schlagen.«

»Aber das Kind«, wandte ich zaghaft ein.

»Wir beide kümmern uns um das Kind.«

»Gervaise ist der Vater. Wie soll ich ihm das erklären?«

»Du brauchst gar nichts zu erklären. Warum solltest du dich rechtfertigen? Ich halte das für überflüssig.«

»Geheimnisse. Täuschung. Lügen. Das ist kein guter Anfang, Ben. Ich kann das nicht. Außerdem wäre Gervaise schrecklich verletzt. Er ist davon überzeugt, zwischen uns stehe alles zum besten.«

»Solange er Karten in der Hand hält, ist er glücklich. Er ist ein Spieler, Angel.«

»Wenn er doch nur Gold finden würde. Wenn wir endlich nach Hause fahren könnten — dann wäre alles anders. Ich glaube, ich könnte . . .«

»Wie oft soll ich es dir noch sagen, Angel? Du kannst die Menschen nicht ändern. Ich kann dich nicht ändern, und du kannst mich nicht ändern. Du mußt dich entscheiden. Es ist unendlich wichtig. Heute, sofort, Angel. Die Zeit drängt. Ich muß es wissen. Jetzt.«

»Meine Antwort lautet nein.«

»Weil du mich nicht liebst? Weil du nicht genügend Vertrauen zu mir hast?«

»Du weißt genau, das ist nicht der Grund. Ich kann es ganz einfach nicht. Ich kann Gervaise nicht verlassen. Ganz besonders jetzt nicht, da wir ein Baby bekommen.«

»Schon wegen des Kindes mußt du unbedingt nach Hause. Du weißt, was Morwenna durchgemacht hat.«

»Ich bin kräftiger als Morwenna. Mir passiert das nicht.«

»Ich muß deine endgültige Antwort haben, Angel. Auch wenn du nicht begreifst, warum es unbedingt jetzt sein muß. Jetzt, sofort.«

»Ben, ich kann nicht. Ich kann nicht.«

Er wandte sich ab und starrte zum Bach hinunter.

»Es bleibt nur noch wenig Zeit, Angel. Bitte.«

»Ein für allemal, ich kann nicht. Ich bin mit Gervaise verheiratet. Ich habe ihm Treue geschworen, und dieser Schwur ist mir heilig. Und dann das Kind. Begreifst du denn nicht? Ich könnte auf diese Weise nie glücklich werden. Wie ich mich auch entscheide, ich werde unglücklich sein. Ich will ganz offen sein, Ben. Ich liebe dich. Wir beide hätten heiraten sollen. Aber es ist alles anders gekommen. Übrigens glaube ich kaum, daß wir die einzigen sind, denen ein solches Schicksal widerfährt.«

»Was anderen widerfährt, ist mir gleichgültig. Ich verspreche dir, du wirst mit mir glücklich sein. Zum allerletzten Mal, Angel. Was gedenkst du zu tun?«

»Ich muß jetzt zurück und das Essen zubereiten. Ich muß an meine täglichen Pflichten denken.«

»Du bist zu schade für ein solches Leben.«

»Die Dinge sind nun einmal, wie sie sind.«

»Du hast dich also entschieden.«

»Ja, Ben.«

Sein Mund verzog sich zu einem schmalen Strich. Er preßte die Lippen fest aufeinander, und ich fürchtete einen Wutausbruch. Aber freundlich und höflich half er mir in den Sattel.

Ich erfuhr die Neuigkeit von Mrs. Bowles, als ich einige Vorräte in ihrem Laden einkaufte. Sie begrüßte mich fast überschwenglich.

»Wie geht es meinem kleinen Schatz?« fragte sie.

Damit meinte sie Pedrek, auf den sie gewisse Besitzansprüche erhob.

Ich antwortete, dem Kleinen gehe es sehr gut.

»So ist es recht. Aber er wächst ja auch in Saus und Braus auf. Mr. Lansdon ist es sicher nicht unangenehm, wenn er einmal eine Frau im Haus hat. Ein Mann sollte nicht alleine leben. Verstehen Sie mich nicht falsch, ich will damit nichts gegen Meg und Minnie gesagt haben. Sie versorgen ihn hervorragend. Aber eine Ehefrau ist ganz etwas anderes, das wird niemand bestreiten.«

»Ich bin überzeugt, es wird bestens für ihn gesorgt«, erwiderte ich.

»Meg und ihre Familie bleiben natürlich bei ihm. Sie braucht Hilfe bei der Haushaltsführung, das steht nun mal fest.«

»Meg?« fragte ich verwundert. »Wieso? Warum?«

Mrs. Bowles brach in lautes Lachen aus. »Ich dachte eigentlich an Miß Morley.«

»Was ist mit ihr?«

»Anscheinend haben Sie noch nichts von der Verlobung gehört. Angeblich soll die Hochzeit schon in ein paar Wochen stattfinden. Mit Mr. Morleys Gesundheit steht es nicht zum besten. Ich glaube, es beruhigt ihn, seine Tochter bald in guten Händen zu wissen.«

»Ich fürchte, ich verstehe nicht ganz, was Sie meinen, Mrs. Bowles.«

»Sie sind überhaupt nicht auf dem laufenden. Als ich es erfuhr, war ich einfach platt. Ich hab' zwar oft gesagt, es ist schade, daß er keine Frau hat, aber an Miß Morley habe ich dabei natürlich nicht gedacht.«

Eine bleierne Kälte breitete sich in mir aus. Ich wollte nicht glauben, was ich langsam zu begreifen begann. Es mußte ein Irrtum sein.

Ganz langsam sagte ich: »Soll das heißen, Mr. Lansdon heiratet Miß Morley?«

»Ganz genau. Na ja, sie ist schon ein liebes, nettes Ding. Ich will nichts gegen sie sagen. Sie ist halt ein bißchen einfältig. Irgend etwas ist nach ihrer Geburt schiefgegangen. Damals war ich noch nicht hier«, fügte sie bedauernd hinzu, als müsse Lizzie, wäre sie schon damals hiergewesen, so gescheit wie alle anderen sein.

»Wissen Sie das genau?« Wie aus weiter Ferne hörte ich mich stammeln. »Es kommt ziemlich — unerwartet.«

»Selbstverständlich weiß ich es, hundertprozentig weiß ich es. Ich habe ihm bereits gratuliert. Er hat gelächelt und sich für meine guten Wünsche bedankt.«

Die Verlobung wurde das Tagesgespräch in der Siedlung.

Gervaise sagte: »Da wird sich der alte Morley freuen. Er hängt sehr an seiner Tochter. Bestimmt hat er sich große Sorgen gemacht, wer sich nach seinem Tod um sie kümmert. Ich bezweifle allerdings, daß sie die richtige Frau für Ben ist. Aber vielleicht ist an mancher Redensart doch was dran. Man sagt ja immer, Gegensätze ziehen sich an.«

Ich wollte Ben nicht sehen und ging ihm nach Möglichkeit aus dem Weg. Auch er schien meine Gesellschaft nicht zu suchen, denn ich sah ihn höchstens einmal von ferne. Wenn ich Morwenna besuchen wollte, mußte ich notgedrungen nach Golden Hall. Es wäre aufgefallen, wenn ich sie plötzlich nicht mehr aufgesucht hätte. Jedesmal befürchtete ich, ihm in seinem Haus plötzlich gegenüberzustehen. Ich hatte keine Ahnung, wie ich mich in einem solchen Fall verhalten sollte.

Seine Liebeserklärung hatte nichts bedeutet. Ich war ihm gleichgültig. Und ich war auf ihn hereingefallen! Ich hatte ihm geglaubt. Warum hatte er das getan? Ich fand keine Antwort. Wollte er nur die Frau eines anderen Mannes verführen?

Morwenna mußte unbedingt über die große Neuigkeit reden.

»Ich hoffe von ganzem Herzen, er wird glücklich. Im Grunde bin ich überzeugt davon. Lizzie ist so ein liebes Mädchen. Sie ist glücklich, ja geradezu selig. Sie bewundert ihn schon lange. Vermutlich ist sie genau die richtige Frau für ihn. Er gehört zu den Männern, die sich in nichts reinreden lassen, und Lizzie käme nicht einmal im Traum auf den Gedanken, ihn auszufragen oder hinter ihm herzuspionieren. Sie liebt ihn aufrichtig. Mr. Morley ist natürlich auch begeistert. Meiner Meinung nach hat er sich große Sorgen um die Zukunft seiner Tochter gemacht. Er ist ja nicht mehr bei bester Gesundheit. Kurz bevor wir angekommen sind, hatte er einen leichten Schlaganfall. Dr. Field hat ihm befohlen, vorsichtig zu sein und sich zu schonen. Erst gestern hat er mich mit Lizzie besucht. Wir haben uns lange unterhalten. Er hat zu mir gesagt: ›Ich bin unendlich froh, daß meine Lizzie heiratet. Ben wird sich um sie kümmern. Das erleichtert mich sehr. Er hat mir eine große Bürde abgenommen, denn wissen Sie, ich kann jede Minute tot umfallen.‹ So schlimm steht es mit ihm.«

»Ja, so schlimm steht es«, antwortete ich wie in Trance.

»Die Hochzeit findet schon bald statt. Es gibt keinen Grund, sie unnötig hinauszuschieben.«

»Keinen Grund, nein.«

»Mr. Morley liegt sehr viel daran. Das kann man verstehen, ein Mann von angegriffener Gesundheit, der sich so um seine Tochter sorgt wie er. Er möchte vor seinem Tod alles für sie regeln.«

»Ja. Er ist ein sehr guter Vater.«

»Wenn du selbst einmal ein Kind hast, kannst du das noch besser beurteilen«, sagte Morwenna mit unüberhörbarem Stolz.

Ihre Selbstgefälligkeit ging mir auf die Nerven. In meinem Kopf drehte sich alles. Wie konnte er nur? Wie konnte er das tun? Er mußte diese Heirat bereits ins Auge gefaßt haben, als er mich zu seiner Geliebten machen wollte.

Bitter enttäuscht schwor ich mir, nie wieder einem Menschen zu vertrauen.

Ich weiß nicht mehr, wie ich die nächsten Wochen überstand. Alles erschien mir so unwirklich. Jeden Morgen erwachte ich in der trostlosen kleinen Hütte neben Gervaise, der sich unverändert fröhlich gebärdete. Ich dachte, ein Spieler müsse wohl von Natur aus Optimist sein. Jeden Tag erzählte er mir dasselbe: »Wenn es heute nicht klappt, dann eben morgen. Morgen bin ich bestimmt ein reicher Mann.« Vielleicht hätte ich auf ihn eingehen und ihm begeistert zustimmen sollen, aber mich machte sein ewiges Gerede nur noch ungeduldiger.

Ab und zu gewann er beim Kartenspielen. Diese seltenen Gelegenheiten nahm er zum Anlaß, im Brustton der Überzeugung zu verkünden, jetzt wende sich alles zum Guten. Er brauche nur auf seine Glückssträhne zu vertrauen. In bester Laune marschierte er zur Mine, und abends saß er am Spieltisch. Seine Lässigkeit, die ich früher einmal als Charme bezeichnet hatte, ließ die anderen nicht einmal ahnen, daß er bis über beide Ohren in Schulden steckte. Das wußten nur seine Gläubiger und ich.

Justin gehörte ebenfalls zum Kreis der unentwegten Spieler. Ich wollte Morwenna warnen, brachte es aber nicht übers Herz, sie zu beunruhigen. Doch ich machte mir Sorgen, denn ich betrachtete Justin als ebenso besessenen Spieler wie Gervaise, nur mit dem Unterschied, daß er mehr Glück hatte. Er schien nie in finanzielle Schwierigkeiten zu geraten.

Erst jetzt, da ich Ben unwiederbringlich verloren hatte, merkte ich, wieviel er mir bedeutete. Ben war meine Zuflucht gewesen. Sein Zuspruch hatte mir stets neuen Mut gegeben. In dieser elenden Umgebung hatte er mir einen Hoffnungsschimmer gelassen. Hatte er es ernst gemeint, als er mir immer wieder sagte, er fahre mit mir nach Hause, wann immer ich wolle? Ich glaubte es nicht mehr, sondern hielt ihn für einen Lügner und Betrüger. Wäre es ihm sonst so leichtgefallen, sich einer anderen Frau zuzuwenden?

Aber warum gerade Lizzie Morley? Oh, sie sah sehr hübsch aus, das schon. Aber wie konnte ein kluger Mann wie Ben sein Leben mit einem Mädchen wie Lizzie teilen?

Den wahren Grund sollte ich bald erfahren.

Der Pfarrer aus Walloo wurde bestellt. Er sollte die Trauung im Garten der Morleys vornehmen. Man erzählte mir, Mr. Morley habe die besten Lieferanten aus Melbourne damit beauftragt, sich um Speisen und Getränke zu kümmern.

Niemand konnte sich erinnern, jemals ein solch aufwendiges Fest, wie es nun vorbereitet wurde, in Golden Creek erlebt zu haben.

Mrs. Bowles äußerte Befürchtungen. »Gerade hatten wir ein Begräbnis und jetzt eine Hochzeit. Na, ich weiß nicht. Das eine Ereignis folgt zu dicht auf das andere. Da fragt man sich doch, was als nächstes auf uns zukommt. Bestimmt wieder eine Beerdigung. Eine weitere Hochzeit steht beim besten Willen nicht in Aussicht. Wer sollte hier auch heiraten? Na ja, man weiß nie, was kommt. Wer hätte je gedacht, daß Mr. Lansdon Miß Morley heiratet?«

Gervaise schien an der Hochzeit nichts merkwürdig zu finden. »Bens Besitz grenzt an den von Morley. Durch die Heirat vergrößert er sein Land beträchtlich.«

Justin bemerkte wie nebenbei: »Jetzt bekommt Ben doch noch das Land, das ihm Morley nicht verkaufen wollte.«

Daran hatte ich in meiner Enttäuschung noch gar nicht gedacht. Darum also heiratete er Lizzie. Natürlich, das mußte der Grund sein. Er wollte das Land. Bei diesem Gedanken steigerte sich mein Zorn auf ihn ins Unermeßliche.

In den Wochen vor der Hochzeit verfolgte mich die fixe Idee, ich müsse diese Heirat unbedingt verhindern. Sosehr ich mich auch bemühte, ich konnte mich einfach nicht damit abfinden. Manchmal dachte ich, alles sei nur ein böser Traum, aus dem ich bald erwachen müsse.

Aber der Hochzeitstag nahte unerbittlich. An diesem merkwürdigen Festtag herrschte herrliches Wetter. Es war nicht so heiß wie sonst. Golden Creek befand sich in heller Aufregung. Sämtliche Minen lagen verlassen da. An Bens und Lizzies Hochzeitstag arbeitete nicht einer der Goldgräber.

Mr. Morley hatte mehrere Geiger engagiert, die zum Tanz aufspielten. Im Garten vor dem Haus standen Stühle, die allerdings nicht für alle Gäste reichten. Manche lungerten unschlüssig herum, andere lagen im Gras. Als der Pfarrer von Walloo feierlich den Garten betrat, breitete sich gespannte Stille aus. Er stellte sich vor den Tisch, den Meg zum Altar herausgeputzt hatte. Mr. Morley kam mit einer strahlenden Lizzie am Arm aus dem Haus. Die Braut war ganz in Weiß gekleidet und trug einen Orangenblütenkranz auf dem Kopf. Arthur Bowles geleitete Ben zum Altar. Ich schloß die Augen, als Lizzie und Ben vor dem Pfarrer standen und sich ewige Treue schworen.

Ich wünschte mich ans andere Ende der Welt, in die Einöde, auf den höchsten Gipfel eines Berges. Überall wollte ich sein, nur nicht hier. Aber ich saß auf einem Stuhl im Garten der Morleys und nahm als Gast an Bens Hochzeit teil. Wäre ich ferngeblieben, hätte es sicher eine Menge Gerede gegeben.

Eine Krankheit vortäuschen wollte ich auch nicht. In gewisser Weise quälte ich mich ganz bewußt. Ich mußte mich mit eigenen Augen von dieser Heirat überzeugen, sonst hätte ich nie daran geglaubt. In meiner Phantasie sah ich mich an Lizzies Stelle.

Mein Heimweh nach England wurde übermächtig. Ich wollte diese ganze australische Episode aus meinem Leben streichen. Wie hatte ich nur so dumm sein können zu glauben, Ben liebe mich aufrichtig? Beinahe hätte ich seinem hartnäckigen Werben nachgegeben. Bestimmt hatte er insgeheim über mein kindisches Benehmen gelacht. Aber jetzt war ich endlich erwachsen geworden. Ich durchschaute ihn.

Tag für Tag bat ich Gervaise: »Bitte! Laß uns bitte nach Hause fahren.«

»Bald. Es dauert nicht mehr lange. Ich spüre es in jedem Knochen«, erwiderte er stets.

»Das sagst du immer. Gervaise, ich halte es hier nicht mehr aus.«

»Ja, ich weiß. Sehr lustig ist es wirklich nicht. Hab nur noch ein bißchen Geduld, Liebling. Nur noch ein ganz kleines bißchen.«

»Wie lange denn noch?«

»Bis ich Glück gehabt habe.«

»Weißt du, langsam glaube ich, das wird nie der Fall sein.«

»Was redest du da? Denk an Einauge und Cassidy. Die beiden sind inzwischen als reiche Männer auf dem Weg nach England.«

»Und wer noch, Gervaise? Die beiden sind die einzigen. Und das nach all der langen Zeit, die wir inzwischen hier sind.«

»Morgen kommt die Reihe an uns.«

»Das glaubst du doch selbst nicht.«

»Aber natürlich. Ich weiß, unser Tag kommt. Du wirst Augen machen, das verspreche ich dir. Gut Ding will Weile haben.«

»Ich möchte bald nach Hause. Ich muß rechtzeitig dort sein wegen des Babys.«

»Wir sind längst daheim, bevor es auf die Welt kommt.«

Es hatte alles keinen Zweck.

Ich hatte einen Spieler geheiratet, und ich liebte ihn nicht mehr. Ich liebte einen anderen Mann — leider wieder den falschen.

Ich wünschte, ich hätte mich bei Morwenna aussprechen können. Aber ich brachte kein Wort über die Lippen. Sie hätte nicht das geringste Verständnis für meine Lage aufgebracht und wäre nur unglücklich gewesen.

Lizzie, die neue Herrin auf Golden Hall, bat Morwenna inständig zu bleiben.

»Ich habe ihr gesagt, daß ich ausziehen möchte«, erzählte mir Morwenna. »Die Umstände haben sich inzwischen völlig verändert. Ich will zurück. Mir geht es wieder recht gut, und das Baby ist gesund und kräftig. Ich möchte in meinen eigenen vier Wänden wohnen. Lizzie ist ein ganz reizendes Geschöpf. Sie hat mich ganz fest umarmt und angefleht hierzubleiben. Man muß sie einfach gern haben, Angelet. In ihrer Gesellschaft fühlt man sich wohl. Ben verhält sich ausnehmend freundlich zu ihr. Der alte Mr. Morley strahlt ungeheure Zufriedenheit über die neue Situation aus.«

Auf Lizzies Wunsch blieb Morwenna weiter in Golden Hall. Justin ging häufig zum Essen hinüber. Ich war nach der Hochzeit nicht mehr dortgewesen. Vermutlich konnte ich mich nicht ewig vor einem Besuch drücken, aber ich schob ihn hinaus, solange es irgend ging. Das Gefühl, belogen und betrogen worden zu sein, nagte zu sehr an mir.

Nicht lange nach der Hochzeit starb Mr. Morley.

Sein Diener fand ihn morgens tot im Bett. Er schien ganz friedlich eingeschlafen zu sein. Vermutlich hatte er den Kampf um sein Leben aufgegeben, nachdem er Lizzie gut versorgt wußte.

Somit traf Mrs. Bowles' düstere Prophezeiung ein. In Golden Creek fand wieder ein Begräbnis statt. Arme Lizzie! Vor kurzem trug sie Weiß, nun ging sie ganz in Schwarz gehüllt. Aus der größten Seligkeit stürzte sie in tiefste Trauer.

»Gott sei Dank hat sie Ben«, vertraute mir Morwenna an. »Er ist ein großer Trost für sie. Übrigens, er hat mich gefragt, wo du die ganze Zeit steckst. Er meint, er hätte dich schon sehr lange nicht mehr gesehen.«

»Ja? Das ist mir gar nicht aufgefallen«, antwortete ich ein wenig ungehalten.

»Zu mir hat er gesagt, ihr wärt schon lange nicht mehr zusammen ausgeritten. Ich soll dir ausrichten, Foxey warte sehnsüchtig auf dich.«

»Ich habe keine Zeit für Ausritte«, beschied ich sie kurz.

Morwenna sah mich nachdenklich an. »Langsam bekomme ich Schuldgefühle. Ich muß zurück nach Hause.«

»Nach Hause! Ach, du meinst diese schäbige Hütte. Sei nicht dumm, Morwenna. Du kannst Pedrek nicht an einem solchen Ort aufwachsen lassen. Schon seinetwegen mußt du bleiben, wo du bist.«

»Das sage ich mir auch immer. Aber weißt du, ich glaube, das ist weiter nichts als Selbstbetrug. Angelet, ich begreife nicht, wie du dieses Leben aushältst. Warum kommst du nicht auch nach Golden Hall?«

»Warum sollte ich?«

»Lizzie freut sich bestimmt, dich um sich zu haben.«

»Als was denn? Als ständigen Hausgast?«

»Wie gesagt, ich habe auch Schuldgefühle. Nicht zuletzt natürlich wegen Justin. Es wäre meine Pflicht, bei ihm zu sein.«

»Er kann sich glücklich schätzen, daß du bei Ben und Lizzie wohnst. Er weiß, es ist besser so.«

»Wenn sie doch endlich genug Gold fänden, damit wir nach England zurückkönnen.«

»Nach England!« wiederholte ich, den Tränen nahe. Ben hatte versprochen, mich nach Hause zu bringen. Aber er hatte mich angelogen, und ich hatte mich wie ein törichtes Mädchen benommen. Langsam war ich davon überzeugt, kein besseres Schicksal verdient zu haben. Ich würde noch Jahre in Golden Creek verbringen müssen.

Eines Tages begriff ich endlich. Die Wahrheit stand mir glasklar vor Augen.

Wie üblich erfuhr ich die Neuigkeit von Mrs. Bowles.

»Sie haben es bestimmt schon gehört«, begrüßte sie mich.

»Was gehört?« fragte ich neugierig.

»Na, von dem Fund.«

»Fund? Von welchem Fund?«

»Sie wissen es nicht? Gold. Auf Morleys Land, das heißt, inzwischen ist es Bens und Lizzies Land. Die Leute behaupten, es sei die größte Goldader, die jemals landauf, landab in Australien entdeckt wurde.«

»Auf Morleys Land?« Ich konnte es nicht fassen.

»Ja. Sie kennen doch den Bach, nicht weit vom Haus.«

Der Bach auf Morleys Land. Sofort kam die Erinnerung zurück. Dort hatte ich oft mit Ben gesessen. Dort hatte er mir seine Liebeserklärung gemacht. Dann hatte er sich die Hände im Bach gewaschen und gedankenverloren in das im Sonnenlicht glitzernde Wasser gestarrt.

»Ja. Ja, natürlich kenne ich den Bach.«

»Genau dort liegt Gold. Mr. Ben hat es entdeckt. Angeblich eine Ader wie in den guten alten Zeiten Anno '51. Damals hat ein Mann in Ballarat an einem einzigen Tag sechshundert Unzen herausgeholt. Das Gold befindet sich dicht unter der Wasseroberfläche des Baches. Es lag offen vor aller Augen da, doch niemand hat es bemerkt, nur Mr. Ben. Das sieht ihm ähnlich!

Jetzt sitzt er auf einem Vermögen. Wenn Sie mich fragen, bleibt er nicht mehr lange hier. Er fährt bestimmt bald nach Hause.«

Mir fiel es wie Schuppen von den Augen. Darum also hatte er Lizzie geheiratet! Er hatte das Gold im Bach entdeckt, deshalb gehörte es nach seinem Verständnis ihm. Er mußte es haben, gleichgültig, zu welchem Preis.

Der Zorn, den ich bisher wegen meiner Dummheit empfunden hatte, verwandelte sich in eine fast unerträgliche Wut auf Ben. Ich hatte mich wie eine Närrin benommen und trotzdem noch Glück gehabt. Bei dem Gedanken, ich hätte ihm nachgegeben, ergriff mich blankes Entsetzen. Ich war kurz davor gewesen — und hätte dann feststellen müssen, einen Spieler gegen einen anderen ausgetauscht zu haben, denn auch Ben hatte hoch gespielt, wenngleich mit einer sicheren Gewinnchance.

Wie aus weiter Ferne hörte ich mich zu Mrs. Bowles sagen, Mr. Lansdon habe wirklich großes Glück gehabt.

Der Bach zog mich magisch an. Ich konnte nicht widerstehen und machte mich auf den Weg.

Am Ufer herrschte reges Treiben. Die ersten Förderanlagen standen bereits. Der Frieden der Landschaft war unwiderruflich zerstört. Es schien eine Ewigkeit vergangen zu sein, seit er hier mit mir gesessen und mir seine Liebe gestanden hatte.

Als ich mich gerade auf den Rückweg machen wollte, begegnete ich ihm.

»Angel«, sagte er mit sanfter Stimme. »Wir haben uns lange nicht gesehen.«

»Das letzte Mal bei deiner Hochzeit.«

Er nickte nur.

»Ich hoffe, du bist glücklich.«

»Du weißt genau, ich bin es nicht.«

Spöttisch zog ich die Augenbrauen hoch. »Mir hat man das Gegenteil erzählt.«

Er sah mich an. In seinem Blick lag unendliche Sehnsucht. Meine Laune besserte sich augenblicklich.

Ich versuchte, an ihm vorbeizugehen, aber er faßte mich am Arm. »Ich möchte mit dir reden, Angel.«

»Gut, rede! Hast du mir denn noch irgend etwas zu sagen?«

»Ich wollte das nicht.«

»Ich dachte, du machst immer, was du willst.«

»Diese Heirat . . .«

»Man hat dich doch nicht gezwungen, oder?« Ich gab mir Mühe, meiner Stimme einen ironischen Unterton zu verleihen.

Stumm sah er mich eine Weile an. Endlich sagte er: »Du

weißt ganz genau, ich wollte dich. Du bist die einzige Frau, die ich liebe. Daran wird sich nie etwas ändern.«

»Von einem frischgebackenen Ehemann erwartet man nicht unbedingt, daß er solche Worte an die Frau eines anderen Mannes richtet.«

Ich fand, ich spielte meine Rolle überaus gut, und berauschte mich an meiner Leistung. So mußte man mit ihm reden! Respektlos und von oben herab! Aber mein Herz schmerzte dabei. Noch nie hatte ich mich unglücklicher gefühlt.

»Du hast mich abgewiesen.«

»Was hätte ich denn tun sollen? Ich bin verheiratet. Du bist jetzt ebenfalls verheiratet. Damit sind wir beide in derselben Lage. Warum beenden wir dieses sinnlose Gespräch nicht endlich? Wenn du mir sonst nichts zu sagen hast . . .«

»Warte eine Minute! Da gibt es noch etwas.«

»Meine Gratulation. Die ganze Stadt spricht nur noch von deiner Goldader. Du bist ein Glückspilz, das muß man dir lassen. Dir muß es blendend gehen. Jetzt hast du dein Ziel erreicht. Soviel ich gehört habe, handelt es sich um eines der größten Goldvorkommen aller Zeiten.«

»Ich möchte es dir erklären.«

»Was gibt es da zu erklären? Du hast gewußt, daß es auf diesem Stück Land Gold gibt. Darum wolltest du es unbedingt kaufen.«

»Stimmt.«

»Ich erinnere mich noch gut an den Tag, als wir hier saßen und uns unterhielten. Irgendwann bist du hinunter zum Bach gegangen, um dir die Hände zu waschen. Ich merkte damals, daß irgend etwas los war. Jetzt weiß ich, was. Oder irre ich mich?«

»Nein. An diesem Tag habe ich das Gold im Bach entdeckt. Es war genauso, wie du eben gesagt hast. Ich wußte, wenn Gold so offen zutage liegt, muß es sich um eine gewaltige Ader handeln.«

»Mr. Morley gegenüber hast du bestimmt kein Wort darüber verloren.«

»Er hätte nichts unternommen. Du weißt, er haßte die Goldsucher. Er sah in ihnen nur Leute, die sein Land verwüsten wollen.«

»Immerhin war es sein Land.«

»Wenn du mit mir gekommen wärst . . . Ich habe dich so sehr darum gebeten. Ich hätte alles für dich aufgegeben.«

»Ich glaube dir kein Wort, Ben. Du bist genauso wie alle anderen. Du leidest an dem gleichen Fieber, nämlich am Goldfieber. Du wärst nie weggegangen von hier, schon gar nicht nach dieser Entdeckung.«

»Erinnere dich, wie wir das letzte Mal hier zusammensaßen. An diesem Tag wußte ich schon von dem Gold, und ich habe dich gefragt, ob du nicht mit mir nach Hause fahren möchtest. Damals wäre ich auf der Stelle mit dir nach England gereist.«

»Du meinst, nachdem du dir das Gold gesichert hättest.«

»Hör zu, Angel. Ich kam nach Golden Creek, um Gold zu suchen und Gold zu finden. Aber ich hätte auf das Gold verzichtet — wenn du mit mir gekommen wärst.«

»Du hättest das Land gekauft und in jedem Fall ausgebeutet.«

»Wenn möglich, aber Morley wollte nicht verkaufen. Nur ein Narr hätte leichten Herzens auf das Gold verzichtet. Aber für dich hätte ich es getan.«

»Also hättest du handeln müssen wie ein Narr, aber du bist kein Narr, Ben. Du hast den einzigen Weg gewählt, den es gab, um in den Besitz des Landes zu gelangen. Eine Heirat.«

»Wenn du mit mir nach England gegangen wärst, hätte ich Lizzie nie geheiratet und dieses Land nie bekommen. Ich will ganz ehrlich zu dir sein. Natürlich wollte ich das Gold. Aber dich wollte ich noch viel mehr. Daran hat sich nichts geändert. Für dich würde ich sofort auf all das verzichten.«

Ich lachte ihn aus. »Du scheinst mich wirklich für ein leichtgläubiges kleines Mädchen zu halten, Ben. Aber inzwischen durchschaue ich dich. Du bist genau wie all die anderen hier. Du bist genauso besessen und kommst nie von deiner Goldgier los.«

»Ich will dir eines sagen: Wenn ich den Reichtum dieses Landes...«

»Du meinst das Land, das du dir erheiratet hast?«

»Warum bist du so böse, Angel? Ich verspreche dir, ich kehre bald nach England zurück, und in England fasse ich kein Goldstück mehr an.«

»Weshalb erzählst du mir das? Du kannst mich nicht mehr hinters Licht führen. Ich kenne dich jetzt, Ben, durch und durch. Ich bin nicht mehr so dumm, wie du glaubst.«

»Angel!«

»Adieu, Ben. Wir haben uns nichts mehr zu sagen.«

»Angel!« rief er hinter mir her, als ich mich zum Gehen umwandte. »Ich muß dich ab und zu sehen.«

»Das wird sich kaum machen lassen.«

»Du hast nur Angst vor deinen Gefühlen. Du liebst mich!«

Zornig drehte ich mich um. »Hier kennt jeder jeden. Ich hasse und verabscheue Klatsch. Was glaubst du, wie sehr das

Gerede Lizzie verletzen würde. Sie kommt mir vor wie ein Lamm, das man zur Schlachtbank führt.«

»Lizzie ist sehr glücklich«, widersprach er heftig. »Und ich sorge dafür, daß es so bleibt.«

»Hoffentlich kommt sie nie dahinter, warum du sie geheiratet hast.«

»Wenn du Foxey reiten möchtest — sie steht dir immer zur Verfügung.«

»Vielen Dank«, sagte ich kalt und ging mit großen Schritten auf die Siedlung zu.

Am liebsten hätte ich geweint.

Meine Niederkunft stand in fünf Monaten bevor. Ich wußte, eine Reise nach England kam nicht mehr in Frage. In meinem gegenwärtigen Zustand war nicht einmal an die Fahrt mit der rumpelnden Kutsche nach Melbourne zu denken, ganz zu schweigen von der langen Seereise.

Ich suchte Mrs. Bowles auf.

»Noch ein Baby!« rief sie begeistert. »Na, das nenne ich gute Neuigkeiten. Ich verspreche Ihnen, Sie haben eine leichte Geburt. So etwas sehe ich auf den ersten Blick. Wissen Sie, bei Mrs. Cartwright war mir von Anfang an klar, daß es ein paar Schwierigkeiten geben könnte. Bei Ihnen sieht die Sache ganz anders aus.«

Nach Bens großem Fund breitete sich wieder derselbe überschwengliche Optimismus in der Siedlung aus wie nach Einauges und Cassidys Glückstag. Wieder einmal hatten die Goldsucher den Beweis erhalten, tatsächlich auf goldenem Boden zu stehen.

Gervaise und Justin arbeiteten fieberhaft. Aber jeden Abend war die Enttäuschung groß, wenn sie wieder nichts gefunden hatten. Ich bekam immer dasselbe zu hören: »Morgen haben wir Glück.«

»Ben Lansdon hat mehr Glück als Verstand.« Der Neid in Justins Stimme war nicht zu überhören. »Er hat sich wahrhaftig nicht abgerackert. Und ausgerechnet er stolpert ganz einfach so über ein riesiges Goldvorkommen.«

»Immerhin mußte er Lizzie Morley heiraten, um in den Besitz des Goldes zu gelangen«, erwiderte ich gereizt.

»Darauf kommt's nicht an. Jetzt gehört es ihm«, antwortete Justin. »Er hat gewußt, daß es am Bach Gold gibt. Alle behaupten das. Nach allem, was ich gehört habe, hat Morley mit ihm einen Vertrag gemacht. Heirate Lizzie, und du bekommst das Land.«

»Glaubst du das?« fragte ich.

»Zumindest könnte es so gewesen sein. Er hat mit allen Mitteln versucht, das Land zu bekommen. Sicher hat er Morley einen phantastischen Preis dafür geboten, aber der wollte unter keinen Umständen verkaufen. Und kaum sind Ben und Lizzie verheiratet, schwupp, ist das Gold auch schon da.«

»Vermutlich hast du recht.«

»Ben stört das überhaupt nicht. Solange er bekommt, was er will, zahlt er bereitwillig den erforderlichen Preis.«

Ben bezahlte einige Goldsucher, die sämtliche Arbeiten für ihn ausführten. Er machte sich nicht selbst die Finger schmutzig.

Inzwischen widerten mich die emsig arbeitenden Männer nur noch an. Oft mußte ich an David Skellington denken, dem seine Goldgier zum Verhängnis geworden war.

Manchmal ging ich hinaus zum Friedhof. Rohe Steine markierten die Gräber. James Morley. David Skellington. Seit unserer Ankunft in Golden Creek waren zwei Männer gestorben. Bei dem Gedanken, auch Morwenna und ihr Baby könnten hier begraben liegen, lief es mir eiskalt über den Rücken. Im stillen dankte ich Gott für ihre Rettung, vergaß aber nicht, auch Dr. Field und Mrs. Bowles in mein Dankgebet einzuschließen.

Eines Abends kam Justin in unsere Hütte, um mit Gervaise Karten zu spielen. Meist spielten sie mit den anderen Männern im Saloon, aber an diesem Abend wollten die beiden wieder einmal einen gemütlichen Poker zu zweit spielen, unter Freunden, wie sie behaupteten.

Vor Pedreks Geburt traf ich mich bei solchen Gelegenheiten stets mit Morwenna. Wir zogen uns dann in das abgeteilte Schlafzimmer zurück und unterhielten uns, während die beiden Männer spielten.

Diesmal war ich allein, denn Morwenna wohnte noch immer in Golden Hall.

Ich ging hinüber ins Schlafzimmer. Am liebsten wäre ich weggelaufen. Mir kam alles schmutzig und gemein vor — das schäbige Wohnzimmer mit den tropfenden Kerzen in den häßlichen Eisenständern, die ihr flackerndes Licht auf ihre verzerrten Gesichter warfen. Dieses sichtbare Anzeichen für die alles verschlingende Gier, der wir dieses trostlose Leben zu verdanken hatten, machte mich ganz krank.

Plötzlich hörte ich einen Schrei von der anderen Seite der Trennwand und ein Geräusch, als würde ein Stuhl umgestoßen. Die Stimmen wurden lauter.

Ich lief hinüber. Die beiden Männer standen sich am Tisch gegenüber.

»Betrüger!« schrie Gervaise. Seine Stimme überschlug sich fast, und er stützte sich mit den Fäusten auf der Tischplatte auf. »Ich habe es genau gesehen. Du kannst es nicht abstreiten.«

Justins Gesicht war kreideweiß. Kein Wort kam über seine Lippen. Ich sah die Karten auf dem Tisch liegen. Obenauf lagen Herz-As und Herz-König.

Mit eiskalter Stimme sagte Gervaise: »So ist das also. Darum gewinnst du ständig. Du bist ein Betrüger, Cartwright. Ein Falschspieler!«

Entsetzt stammelte Justin: »Aber ... aber ... es war nur ein Versehen. Ich habe einen Fehler gemacht.«

»Jawohl! Den Fehler, dich ertappen zu lassen.« Gervaise lief um den Tisch herum und packte Justin am Kragen seines Rockes. Er war um einiges größer als Justin. Mühelos hob er ihn hoch und schüttelte ihn wie einen Hund. Voller Wut schleuderte er ihn durch den Raum. Justin taumelte, stürzte und kroch auf allen vieren hinüber zur Wand.

Ganz langsam erhob er sich und nahm eine Haltung ein, als wolle er sich auf Gervaise stürzen, der ihn angriffslustig erwartete.

Rasch stellte ich mich zwischen die beiden Männer. »Hört auf!« rief ich. »Hört sofort auf! Hier wird nicht geprügelt!«

»Er ist ein Lügner und Betrüger.« Gervaise war nicht wiederzuerkennen. So entsetzlich wütend hatte ich ihn noch nie gesehen. Möglicherweise kam das des öfteren vor, wenn die heiligen Spielregeln gebrochen wurden. Ich war nur noch nie dabeigewesen.

Rasch sagte ich: »Justin, ich glaube, es ist besser, du gehst jetzt. Gleich auf der Stelle.«

»Ich spiele nie wieder mit ihm«, erklärte Gervaise hart.

Justin sagte kein Wort. Er war am Boden zerstört. Ich dachte: Es ist also wahr. Er ist ein Falschspieler, darum hat er so unverschämtes Glück im Spiel. Arme Morwenna! Gervaise war zwar auch ein Spieler, aber wenigstens ein ehrlicher Mann.

Wie ein geprügelter Hund schlich Justin hinaus. Die Tür fiel hinter ihm zu.

Ich wandte mich an Gervaise. »Ich bin zutiefst bestürzt.« Ich raffte die Karten zusammen und legte sie in eine Schublade. »So schnell wirst du wohl nicht wieder spielen.«

»Jedenfalls nicht mit diesem Falschspieler. Der spielt hier nie wieder, das schwöre ich dir. Kein Mensch setzt sich noch mit ihm an einen Tisch, wenn es sich erst einmal herumgesprochen hat.«

Schwer atmend ließ sich Gervaise auf einen Stuhl fallen und

starrte vor sich auf die Tischplatte. »Sagst du es den anderen?« fragte ich.

»Was sonst? Ich kann doch nicht zulassen, daß sie sich mit einem solchen Kerl an einen Tisch setzen und spielen.«

»Vielleicht hat er es zum erstenmal gemacht. Einfach aus einer Laune heraus.«

Energisch schüttelte Gervaise den Kopf. »Dazu ist er ein viel zu guter Spieler. Ich wundere mich schon seit einiger Zeit, wieviel Glück er hat. Wahrscheinlich macht er das schon seit Jahren. Aber ich muß sagen, er ist sehr geschickt. Er muß lange Übung darin haben. Gestern nacht hatte er gegen jede Wahrscheinlichkeit wieder einmal genau die richtige Karte. Ich habe ihn nicht aus den Augen gelassen. Er ist klug. Man muß verteufelt aufpassen. Heute habe ich ihn endlich erwischt.«

Ich schwieg. Mein Gott, wie haßte ich die Karten. Wie sehr haßte ich Golden Creek. Ich wollte weg und nie mehr etwas von Karten und Gold hören oder sehen.

»Du sagst es also den anderen.«

»Es bleibt mir nichts anderes übrig.«

»Was ist mit Morwenna?«

»Was hat denn sie damit zu tun?«

»Sie ist seine Frau. Bedeutet dieser Vorfall das Ende deiner Freundschaft mit Justin?«

»Du erwartest doch nicht von mir, daß ich mit einem solchen Menschen befreundet bleibe? Ich habe den Betrüger auf frischer Tat ertappt.«

»Was sagen wir Morwenna?«

»Die Wahrheit natürlich.«

»Das geht nicht. Sie würde sich entsetzlich aufregen.«

Ungläubig starrte mich Gervaise an.

»Du glaubst doch nicht, daß ich diese Sache auf sich beruhen lasse? Daß ich einfach so weitermache wie bisher, nur weil Morwenna sich sonst aufregen könnte?«

»Sie hat sich noch immer nicht völlig von Pedreks Geburt erholt. Begreifst du denn nicht? Bei dieser Geburt ging es um Leben und Tod. Sie darf sich auf keinen Fall aufregen. Das würde sich auch auf das Baby auswirken. Beide brauchen noch Pflege und besondere Rücksicht.«

»Ich lasse nicht zu, daß Justin Cartwright weiter mit den anderen spielt. In London hätte er in einem solchen Fall absolutes Klubverbot erhalten. Das ist ein ungeschriebenes Gesetz, wenn jemand beim Betrügen erwischt wird. Den Skandal kannst du dir wohl vorstellen.«

»Nur damit dein Halbgott, das Kartenspiel, ohne Fehl und Tadel bleibt, setzt du leichtfertig Morwennas Gesundheit und die des Babys aufs Spiel!«

Verständnislos sah mich Gervaise an.

»Ich sage dir, was wir machen, Gervaise: Ich rede mit Justin. Er muß mir versprechen, in der nächsten Zeit nicht mehr zu spielen. Wenn er mir das verspricht, gibst du mir dann dein Wort darauf, niemandem auch nur ein Sterbenswörtchen über den heutigen Vorfall zu verraten? Hältst du wenigstens für eine Weile den Mund?«

»Ich verstehe nicht, was du meinst, Angelet.«

»Dafür verstehe ich es um so besser. Diese erbärmliche Kartenspielerei bedeutet dir mehr als alles andere auf der Welt. Dir ist alles andere gleichgültig. Sieh dich doch mal um, wohin es uns gebracht hat. Wir haben Schulden in England, und auch hier wachsen uns die Schulden über den Kopf. Unser ganzes Unglück haben wir nur deiner krankhaften Spielerei zu verdanken. Seit ich dich kenne, verlierst du heute und gewinnst morgen. Und jetzt fällt dir nichts Besseres ein, als aller Welt zu verkünden, Justin sei ein Betrüger. Justin ist Morwennas Mann, und sie liebt ihn. Ich dulde nicht, daß sie sich aufregt. Gervaise, versprich mir, zu niemandem ein Wort zu sagen.«

»Ich erlaube nicht, daß er spielt. Nicht, seit ich Beweise habe, daß er betrügt.«

»Das widerspricht deiner Spielerehre, ich weiß. Aber ein so ehrbarer Spieler wie du darf im Kasino Geld setzen, das ihm nicht gehört. Darf Schulden über Schulden anhäufen, seine Familie ins Unglück stürzen. Das alles ist völlig in Ordnung. Doch die albernen Regeln des Spielers zu brechen ist dagegen natürlich eine Todsünde.«

Inzwischen hatte sich Gervaise etwas beruhigt. Er wurde wieder der freundliche Mann, den ich kannte. »Du bist sehr ungestüm, Angelet«, sagte er sanft.

»Morwenna darf sich nicht aufregen, sonst erleidet sie einen schweren Rückschlag. Im Augenblick geht es ihr tagtäglich besser. Gervaise, sie darf nichts davon erfahren.«

»Ich kann unmöglich einen Falschspieler decken und zusehen, wie er die anderen betrügt.«

»Aber wenn er verspricht, nicht mehr zu spielen ...«

»Das tut er nie.«

»Es wird ihm nichts anderes übrigbleiben.«

»Wo gehst du hin?«

»Zu ihm. Nein, du bleibst hier. Ich gehe allein.«

Ich lief hinüber zu Justins Hütte. Als ich eintrat, saß er vornübergesunken am Tisch, den Kopf auf die Arme gebettet.

»Justin«, sagte ich leise.
Er hob den Kopf und sah mich an.
»Angelet.«
»Ich möchte mit dir reden.«
Ich ging zum Tisch und setzte mich ihm gegenüber.
»Es tut mir leid, was vorgefallen ist.«
»Betrügst du jedesmal?« fragte ich.
Er nickte.
»Ist das dein Beruf?«
»Von irgend etwas muß ich ja leben«, entgegnete er. »Ich kann sonst nichts.«
»Morwennas Vater hat dir eine Stellung in seiner Mine angeboten.«
Er sah mich mit einem kläglichen Blick an. »Das ist nichts für mich.«
»Justin, was gedenkst du zu unternehmen?«
»Was kann ich denn tun? Ich bin ruiniert.«
»Gervaise hat mir versprochen, den Vorfall eine gewisse Zeit für sich zu behalten.«
»Wie bitte?«
»Vorausgesetzt, du versprichst, nicht mehr zu spielen.«
»Er hält nie den Mund.«
»O doch. Er hat es mir versprochen. Niemand darf etwas erfahren, und Morwenna schon gar nicht.«
Ängstlich sah er mich an.
»Ich weiß nicht, wie sie es aufnehmen würde, aber ich fürchte, es bräche ihr das Herz. Sie ist ungeheuer stolz auf dich. Außerdem mußt du an das Baby denken.«
»Sie darf es nie erfahren«, murmelte er.
»Du bist Berufsspieler und lebst vom Falschspiel. War das bereits in London so?«
Er bot einen mitleiderregenden Anblick. Sein Schweigen war mir Antwort genug. Womit hatten Morwenna und ich das nur verdient? Anscheinend hatte sie einen noch schlimmeren Fehler begangen als ich. Im Vergleich zu Justin schien mir Gervaise noch das kleinere Übel zu sein.
»Das muß aufhören, Justin. Früher oder später kommt es heraus.«
»Nach einem Goldfund würde ich nie wieder eine Karte anfassen. Warum bekommen nur die immer noch mehr, die ohnehin schon mehr als genug haben? Sieh dir Ben Lansdon an.«
»Er verspielt das Geld nicht, das er mit seiner Mine verdient, sondern geht sinnvoll damit um. So einfach ist das.«
»Aha. Und jetzt hat er eine Goldmine dazugeheiratet.«

»Du hast nicht den geringsten Grund, verbittert zu sein, Justin. Für mich seid ihr alle gleich, ihr mit eurer Goldgier. Versprich mir auf der Stelle, nicht mehr zu spielen, bis wir entschieden haben, wie es weitergeht! Ich rede noch einmal mit Gervaise. Ich bestehe darauf, daß alles so bleibt, als wäre nichts vorgefallen. Allerdings mit einem Unterschied: Du rührst keine Karte mehr an. Sobald du spielst, bringt Gervaise seine Anklage gegen dich vor. Seiner Ansicht nach ist es ohnehin Ehrensache, die anderen aufzuklären.«

»Ich habe ja keine andere Wahl. Ich verspreche dir, was du willst.«

»In diesem Fall dürfen wir nichts überstürzen. Ihr beide, du und Gervaise, betrachtet den Zwischenfall morgen schon mit ganz anderen Augen. Ihr seid doch keine Feinde. Immerhin arbeitet ihr zusammen in der Mine.«

Ich erhob mich.

»Angelet, ich verspreche dir hoch und heilig, nicht mehr zu spielen.«

»Das habe ich gehofft. Zum Wohle Morwennas.«

Er nickte. Ich war schon unter der Tür, da hörte ich ihn murmeln: »Vielen Dank, Angelet.«

Gervaise hatte diesen Waffenstillstand mit Justin äußerst widerwillig geschlossen. Deshalb fragte ich mich, wie lange das wohl gutgehen würde. Bei der Arbeit sprachen sie kaum ein Wort miteinander, aber das war auch nicht nötig, denn während der eine tief unter der Erde in der Mine grub, holte der andere die mit Erde gefüllten Eimer mit der Winde nach oben. Ansonsten gingen sie einander geflissentlich aus dem Weg.

Ich träumte von London und von Cador. Noch nie hatte ich so tiefe Sehnsucht nach zu Hause empfunden. Cornwall schien mir der Himmel auf Erden zu sein.

Für meinen zunehmenden Widerwillen gegen Golden Creek und die Goldgräberei machte ich anfänglich meinen Zustand verantwortlich. Meine Gedanken drehten sich ständig um das Baby. Wie sollte ich in dieser verwahrlosten Umgebung ein Kind großziehen?

Wohin ich auch sah, überall nichts als drohendes Unheil und tiefstes Elend. Ich sorgte mich wegen Gervaises Streit mit Justin, muß allerdings gestehen, daß ich kaum Mitleid mit Justin empfand. Für mich ging es nur um Morwenna. Irgendwann mußte sie zwangsläufig erfahren, daß sie einen Betrüger geheiratet hatte. Die arme Morwenna war noch weit weltfremder als ich. Wie würde sie auf diesen Schlag reagieren?

Irgend etwas mußte geschehen. Fieberhaft überlegte ich und suchte nach einem Ausweg. Es mußte eine Lösung gefunden werden.

Eine Lösung fand sich, wenn auch auf ganz andere Weise, als ich es mir vorgestellt hatte.

Damals wußte ich wenig über die Arbeit in den Minen. Erst später erfuhr ich mehr darüber. Zur Zeit der ersten Goldfunde Anfang der fünfziger Jahre war es vergleichsweise einfach, das Gold abzubauen, denn es lag dicht unter der Erdoberfläche. Schon bald waren diese Vorräte aber abgebaut, und die Männer mußten tiefer graben. Tiefe Schächte und Stollen wurden angelegt. Nach mehreren tödlichen Unfällen begannen die Goldgräber zur Sicherheit das brüchige Erdreich mit Holzverstrebungen abzustützen.

Die Erde wurde mit Hilfe von Winden nach oben befördert, in Schubkarren verladen, zum Wasser transportiert, in den Schwenktrögen gewässert und ausgewaschen, um das Gold herauszufiltern.

Es handelte sich um eine zermürbende, harte Arbeit. Wieder und wieder wurden die Männer enttäuscht, denn zumeist blieben ihre Anstrengungen vergeblich.

Als die Schächte immer tiefer in die Erde getrieben werden mußten, stieg natürlich auch die Gefahr für die Goldgräber. Besondere Sorgfalt mußte auf das Holz gelegt werden, das die Seitenwände eines Schachtes stützte. Dieses Holz mußte dick und stark genug sein, um einen Erdrutsch zu verhindern.

An einem frühen Nachmittag, als ich mich gerade auf dem Weg zum Laden befand, hörte ich aufgeregte Schreie. Lauschend blieb ich stehen.

Mrs. Bowles eilte aus ihrem Laden auf mich zu. Mit weit aufgerissenen Augen starrte sie die Straße hinunter.

Die Männer in den Minen ließen ihre Arbeit liegen und rannten alle auf dieselbe Stelle zu.

»Da ist etwas passiert!« rief Mrs. Bowles. »Arthur! Schnell!«

Arthur schloß sich uns an, und wir liefen so schnell wir konnten zum Unfallort. Erst jetzt wurde mir bewußt, daß wir zu unserem Schacht rannten.

Ich stand inmitten der Menschenmenge, die sich inzwischen versammelt hatte.

Von weitem sah ich Gervaise, umringt von Männern. Mit heftigen Ellbogenstößen drängte ich mich nach vorn.

Ich hörte einen Mann sagen: »Einer ist noch unten.«

»Das ist Cartwright. Es kann nur Cartwright sein«, meinte ein anderer.

»Gervaise!« rief ich. »Gervaise!«

Er hörte mich nicht.

»Was ist passiert?« fragte ich einen der Umstehenden.

Er drehte sich zu mir um und sah mich an. »Das Holz muß nachgegeben haben.«

Ich drängte weiter nach vorn. Es war schwer, sich durch die Menge zu kämpfen.

Ich hörte Gervaise sagen: »Er ist noch unten. Ich hole ihn rauf.«

»Du bist verrückt, Mann«, entgegnete Bill Merrywether, einer der ältesten und erfahrensten Goldgräber. »Das schaffst du nie.«

»Ich hole ihn«, wiederholte Gervaise.

»Gervaise! Gervaise!« schrie ich, so laut ich konnte.

Er drehte sich kurz um und lächelte mich zärtlich an.

Bill Merrywether versuchte, ihn zurückzuhalten, aber er schob ihn beiseite. Entsetzt beobachtete ich, wie er im Schacht verschwand.

Einer der Goldgräber wandte sich an mich. »Es geht alles gut, meine Liebe«, sagte er tröstend.

Wieder ein anderer rief: »Er muß verrückt sein. Jetzt bleiben zwei unten.«

»Was geht hier vor? Sagen Sie es mir«, bat ich.

Mrs. Bowles hatte sich inzwischen ebenfalls einen Weg durch die Menge gebahnt und stand nun neben mir. Sie legte den Arm um meine Schultern. »Ein Erdrutsch«, sagte sie. »Ihr Mann ist bestimmt bald wieder oben.«

»Mein Gott«, hörte ich eine andere Stimme. »Der hat vielleicht Schneid.«

»Geht da runter, um seinen Kumpel zu retten.«

»Ein Wahnsinniger! Das ist Selbstmord.«

Ich versuchte, an den Schacht heranzukommen, aber einige Männer hielten mich zurück.

»Sie können nichts tun«, sagte einer von ihnen. »Wir können nur abwarten und bereit sein, falls ...«

Ich weiß nicht, wie lange es dauerte. Die Zeit stand still. Kaum jemand sprach. Das Schweigen lastete drückend auf mir. Es schien, als hätten sich die Leute zu einem stillen Gebet versammelt.

Wie lange? Sekunden? Minuten? Stunden? Ich dachte an die beiden unten im Schacht. An Gervaises Haß auf Justin. Gervaise, der Spieler, und Justin, der Betrüger, befanden sich allein unten in der Mine.

Plötzlich ertönte ein Schrei.
Irgend etwas tat sich. Wie magisch angezogen, bewegte sich die Menschenmenge auf die Mine zu.
Ich entdeckte Justin. Er schien bewußtlos zu sein. Gervaise hielt ihn und schob ihn langsam über den Rand des Schachts. Ein paar Männer traten vor, griffen nach Justin und zogen ihn heraus. Einen Moment lang sah ich Gervaise. Ich sah sein triumphierendes, von Erde verschmiertes Gesicht und das Aufblitzen seiner weißen Zähne. Er lachte.
Im selben Augenblick hörte ich ein grollendes Geräusch. Ein Mann streckte die Hand aus, um Gervaise herauszuhelfen — aber er war nicht mehr da.
Wir hörten das entsetzliche Geräusch abwärts polternder Erde. Der Schacht war zusammengebrochen. Die Erdmassen hatten Gervaise mitgerissen.

Die Männer brauchten vier Stunden, bis sie ihn geborgen hatten. Ganz Golden Creek trauerte um den tapferen Mann, dessen Witwe ich war.
Justin hatte man in seine Hütte gebracht. Morwenna eilte aus Golden Hall herbei und blieb bei ihm. Er hatte eine Gehirnerschütterung und schwere Prellungen, aber keine lebensgefährlichen Verletzungen davongetragen.
Ich konnte nicht mehr klar denken und hatte das Gefühl, ein fürchterlicher innerer Schmerz würde mich zerreißen. Die Menschen scharten sich um mich. Da stand ich, im sechsten Monat schwanger, und hatte meinen Mann unter dramatischen Umständen verloren.
Morwenna bestand darauf, sich nicht nur um Justin, sondern auch um mich zu kümmern.
Sie verlor kein Wort über Gervaises Heldentat, aber ich wußte, sie dachte beständig daran.
Alle Bewohner der Siedlung wollten mir helfen — jeder auf seine Weise. Ihre ehrliche Anteilnahme berührte mich tief. Anscheinend bringt erst eine Katastrophe die besten Seiten der Menschen zum Vorschein. Wieder einmal mußte ich mein Urteil über meine Mitmenschen revidieren. Vor kurzem noch hatte ich diese Leute für selbstsüchtig, goldgierig und neidisch gehalten, nun schenkten sie mir fürsorgliche Aufmerksamkeit.
Wenn ich an Gervaise dachte, dann meist an die glücklichen Stunden, die wir zusammen verbracht hatten — an sein Verständnis in der Hochzeitsnacht, seine liebevolle Zärtlichkeit und sein unbekümmertes Lachen. Ich vergaß jenen Zwischen-

fall in der *auberge,* der mir die Augen über ihn geöffnet hatte. Ich vergaß seine Spielleidenschaft, die vielen Schulden und all das Leid, das ich seinetwegen durchgemacht hatte. Angesichts des Todes überwog die Erinnerung an seine guten Seiten. Ich trauerte um Gervaise.

Doch ich mußte auch über mein verändertes Leben nachdenken und Pläne für die Zukunft schmieden. Das würde mich ein wenig von meinem Schmerz ablenken.

Ben besuchte mich in der Hütte, die mir ohne Gervaise noch trostloser erschien als zuvor. Er sah mich besorgt an.

»Ach, Angel, was soll ich sagen? Wenn ich irgend etwas für dich tun kann, wenn ich dir irgendwie helfen kann ...«

Ich lächelte. »Diese Worte höre ich zur Zeit von allen Seiten.«

»Wenn ich nur ...«

Flehend sah ich ihn an. Ich wußte, was er sagen wollte. Aber diese Worte hätte ich nicht ertragen.

»Ich nehme an, du kehrst nach Hause zurück.«

Ich nickte. »Aber erst nach der Geburt.«

Prüfend blickte er sich um. »Ich ertrage es nicht, dich allein in dieser schäbigen Hütte zu wissen.«

»Es stört mich nicht. Andere Frauen mußten dasselbe durchmachen.«

»Und dann haben wir nur Mrs. Bowles als Hebamme. Dr. Field muß unbedingt herkommen. Ich kümmere mich darum.«

Ich nahm meine letzte Kraft zusammen und brachte ein Lächeln zustande. »Du vergißt eines, Ben: Dich geht das alles gar nichts an.«

»Alles, was dich betrifft, geht mich etwas an.«

»Wirft deine neue Mine einen guten Ertrag ab?«

Er antwortete nicht, sondern sah mich nur sehr traurig an.

Plötzlich empfand ich Mitleid mit ihm. »Alle sind sehr freundlich zu mir und helfen, wo sie nur können«, sagte ich verbindlich. »Ich danke auch dir sehr für deine Hilfe, Ben. Es war nett, daß du vorbeigekommen bist.«

»Du redest mit mir, als wäre ich einer von den anderen.«

»Das bist du inzwischen auch, Ben.«

»Darüber unterhalten wir uns später. Im Moment stehst du noch unter Schock.«

Ich sah ihn nur an und wiederholte: »Danke.« Er drehte sich um und ging.

Die Beisetzung fand auf dem kleinen Friedhof der Siedlung statt. Es war fast eine Art Heldenbegräbnis.

Morwenna und Justin hatten mich in ihre Mitte genommen und sprachen mir Trost zu. Über Nacht war ich zu einer tragischen Figur geworden — die junge Witwe, die bald das Kind ihres tödlich verunglückten Mannes zur Welt bringen würde. Jeder der Anwesenden bezeugte dem toten Gervaise Respekt für seine Heldentat.

Der Pfarrer aus Walloo, der die Predigt hielt, fand bewegende Worte: »Sein Tod dient uns als ein Beispiel für das höchste Opfer, das ein Mensch bringen kann. Sein Freund schwebte in Lebensgefahr. Niemand hätte von ihm verlangt, ein solch großes Wagnis auf sich zu nehmen. Aber er zögerte keinen Augenblick. Zusammen sind sie hierhergekommen. In gutem Einvernehmen haben sie zusammengearbeitet. Diese Männer waren Freunde.«

Blitzschnell sah ich ein ganz anderes Bild von mir: die beiden Männer, die sich am Kartentisch gegenüberstanden. Gervaise, der seine übliche Unbekümmertheit verloren hatte und vor Wut bebte; Justin, vor ihm auf dem Boden liegend; Gervaise, der Justin packte und schüttelte wie einen Hund.

Das Loblied des Pfarrers auf die Freundschaft brachte so manchen am offenen Grab zum Weinen.

Gervaise fand neben den sterblichen Überresten David Skellingtons seine letzte Ruhe.

Armer Gervaise. Sein letztes Spiel hatte er mit dem Leben bezahlt.

Sehr zu Lizzies Bedauern verließ Morwenna Golden Hall und kehrte in ihre Hütte zurück. Lizzie besuchte uns von nun an häufig und brachte stets Geschenke für das Baby mit. Sie machte sich große Sorgen um mich und versuchte stets, mich zu überreden, nach Golden Hall überzusiedeln.

»Angelet, du mußt nach Golden Hall kommen. Du kannst dein Kind nicht hier bekommen.«

»Doch«, widersprach ich. »Vielen Dank, aber ich kann nicht nach Golden Hall. Du bist wirklich sehr lieb zu mir. Ich danke dir von Herzen für deine Freundlichkeit.«

»Du mußt kommen. Es geht nicht anders«, beharrte sie. Ihre Augen füllten sich mit Tränen. »Du weißt, wie gern ich Babys habe.«

»Ich muß in meinem eigenen Haus bleiben, Lizzie. Erst hat Morwenna bei euch gewohnt, und jetzt soll ich kommen. Das ist unmöglich. Ihr könnt nicht ständig fremde Menschen aufnehmen.«

»Ben will auch, daß du kommst.« Sie lächelte triumphierend. »Er hat sogar gesagt, er besteht darauf.«

»Es geht nicht, Lizzie.«

Sie schien meine Einwände nicht ernst zu nehmen. Bens Wunsch kam für sie einem Gesetz gleich.

Ich führte lange Gespräche mit Justin und Morwenna.

»Wir fahren bald nach Hause«, erzählte Morwenna voller Freude. »Nicht wahr, Justin? Ich habe Pa und Mutter geschrieben. Sie freuen sich schon sehr. Sie waren sehr unglücklich, weil wir so weit weg sind. Aber jetzt denken sie nur noch an unsere Heimkehr. Wir nehmen dich mit, Angelet.«

Ich blickte hinunter auf meinen unförmigen Leib.

»Natürlich warten wir«, fuhr Morwenna fort. »Wir gehen nicht, bevor das Baby geboren ist. Du kannst jetzt unmöglich reisen. Bestimmt möchtest du warten, bis das Baby ungefähr sechs Monate alt ist. Wir stehen die Zeit gemeinsam durch.«

»Das sind ja noch fast neun Monate. So lange wollt ihr sicher nicht warten. Es ist besser, ihr fahrt gleich. Ich komme schon nach Hause.«

»Das kommt gar nicht in Frage, nicht wahr, Justin? Weißt du, Angelet, die verbleibende Zeit ist nicht mehr so schlimm. Wenn man den Zeitpunkt der Abreise kennt, kann man die Tage zählen. Ich streiche einen nach dem anderen aus, und der Abreisetag rückt unaufhaltsam näher. Schlimm ist es nur, wenn kein Ende abzusehen ist. Wir warten neun Monate. Was sagst du dazu, Justin?«

Justin sah mich an. »Ja, das ist doch selbstverständlich. Wir lassen dich nicht allein, Angelet. Wir fahren zusammen zurück. Außerdem können wir nicht Hals über Kopf wegfahren und alles stehen und liegen lassen. In der Zwischenzeit suche ich jemanden, der mir bei der Arbeit in der Mine hilft.«

»Aber Justin! Du wirst doch nicht noch einmal da hinuntergehen! Nicht nach allem, was passiert ist!«

»Inzwischen weiß ich, wie es zu dem Unfall kommen konnte. Dort unten war es so feucht, daß das Holz im Lauf der Zeit verfault ist. Aus Erfahrung wird man klug. Man macht nicht zweimal denselben Fehler.«

»Fahrt lieber zurück nach England. Ich weiß, ihr sehnt euch danach, von Golden Creek fortzukommen, nach allem, was ihr hier erlebt habt. Macht euch um mich keine Sorgen. Ich komme schon zurecht.«

Aber sie beachteten meine Einwände überhaupt nicht.

Später sprach ich mit Justin unter vier Augen.

»Angelet, ich bin zutiefst beschämt. Nur dir kann ich sagen, wie sehr ich mich schäme.«

»Laß es gut sein, Justin. Es ist alles vorbei. Gervaise ist tot. Nur wir drei wußten, was in jener Nacht vorgefallen ist. Du darfst nicht mehr daran denken.«

»Wir haben kein einziges freundliches Wort gewechselt, seit das passiert ist«, fuhr er fort. »Er hat mich verachtet, das weiß ich genau. Ich habe es in seinen Augen gesehen.«

»Ja. Betrügen beim Kartenspiel war für ihn eine Todsünde. Gervaise war ein besessener Spieler.«

»Da ist er nicht der einzige.«

»Hörst wenigstens du auf zu spielen?«

Hilflos irrten seine Augen durch den Raum, ohne irgendwo zu verweilen.

»Fahrt bald nach Hause, Justin. Morwennas Vater besorgt dir eine Stellung.«

»Ich weiß. Und ich werde es wohl mit anständiger Arbeit versuchen. Was hier vorgefallen ist, vergesse ich mein Leben lang nicht. Er hat eine Heldentat vollbracht.«

»Gervaise hatte auch seine guten Seiten.«

»Das kann man wohl sagen. Er hat mich gehaßt und zutiefst verachtet. Es gab nicht den geringsten Grund für ihn, mich zu retten. Wäre er nicht in den Schacht hinuntergestiegen, würde er heute noch leben und ich statt seiner auf dem Friedhof liegen. Warum hat er das getan? Er wußte doch, welches Risiko er einging.«

»Er liebte das Risiko. Er blieb bis zuletzt ein Spieler. Er dachte immer, er gewinnt. Mit Vorliebe hat er gewettet. Er ging die waghalsigsten Wetten ein. Dieses Mal hatte er einen besonders hohen Wetteinsatz: ein Menschenleben.«

»Und er hat verloren«, stöhnte Justin.

»Nein, er hat gewonnen. Er hat um dein Leben gewettet, Justin, nicht um seins. Daß er sterben könnte, daran hat er überhaupt nicht gedacht.«

»O Angelet! Es tut mir so leid. Mich hätte es treffen sollen. Ich bin der Unwürdigere, Gervaise war stets ehrlich.«

»Du hast Morwenna glücklich gemacht, das vergesse ich dir nie. Ihr beide habt einen Sohn. Du liebst ihn und wirst für ihn sorgen. Justin, wir müssen nach vorn blicken. Aus den schlimmen Erfahrungen müssen wir Lehren ziehen, aber wir dürfen nicht in der Vergangenheit leben. Nur die Zukunft zählt.«

Sehr ernst sah er mir in die Augen. »Ich tue für dich, was in meinen Kräften steht, Angelet. Ich werde versuchen, dich für meine Sünden an Gervaise zu entschädigen.«

Während der folgenden Wochen brachten die Bewohner der Siedlung mir, der Witwe des Helden, uneingeschränkte Hochachtung entgegen.

Morwenna wich kaum von meiner Seite. Seit sie wußte, daß sie in einigen Monaten nach Hause fahren durfte, ertrug sie alle Unannehmlichkeiten mit völligem Gleichmut. Sie sprach fast von nichts anderem mehr. »Nur noch acht Monate. Bald haben wir es geschafft.«

Justin arbeitete mit einem neuen Partner zusammen, einem Mann namens John Higgs. Nach unserer Abreise wollte Higgs die Mine ganz übernehmen. Die Männer hatten neue Stützbalken in den Schacht eingezogen. Die erfahrensten Goldgräber erklärten die Mine nun für absolut sicher — sofern man im Zusammenhang mit einer Goldmine überhaupt von Sicherheit sprechen konnte.

Meiner Meinung nach war es eine Herausforderung des Schicksals, nach dem schrecklichen Unfall noch einmal in die Mine hinunterzusteigen. Aber Justin schien das anders zu sehen. Vermutlich trieb ihn die Hoffnung, in den allerletzten Monaten doch noch Gold zu finden. Für ihn wäre es der perfekte Schlußpunkt seiner Zeit in Golden Creek gewesen — mit knapper Not dem Tod entronnen und Gold gefunden.

Das Leben ging seinen gleichförmigen Gang. Hin und wieder machte einer der Männer einen kleinen Fund — gerade soviel, daß immer wieder Hoffnung aufkam. Justin spielte gelegentlich Karten. Ich fragte ihn nicht, ob er betrog. Es kümmerte mich nicht.

Ich dachte oft an Gervaise. Traurig und voller Wehmut erinnerte ich mich an unsere anfängliche Liebe. Das Bild des strahlenden Helden überlagerte alles andere. Wann immer ich mich an eine Begebenheit aus unserem gemeinsamen Leben erinnerte, sah ich sein Gesicht vor mir, wie ich es sekundenlang am Rand des Schachts erblickt hatte. Das von der Erde verklebte Haar, die Schmutzstreifen im Gesicht und sein siegessicheres Lächeln. Nie werde ich diesen Ausdruck reinsten Triumphes auf seinem Gesicht vergessen, als er Justin aus dem Schacht schob. Er hatte sein letztes Spiel — das Spiel um Justins Leben — gewonnen und dafür mit seinem eigenen Leben bezahlt.

Die Gedanken an das Baby lenkten mich von der Beschäftigung mit der Vergangenheit ab. Ich wollte mich davon lösen, nicht mehr an Ben und Lizzie denken, nicht mehr daran erinnert werden, daß ich Gervaise beinahe untreu geworden wäre. Ich wollte die Enttäuschungen vergessen, die Illusionen, die ich verloren hatte, die Sorgen, die mir Gervaises Spielleidenschaft bereitet hatte. Dieses Leben lag hinter mir. Mein zukünftiges Leben würde ich mit meinem Kind teilen.

Als ich mich eines Tages mit Mrs. Bowles in ihrem Laden unterhielt, sagte sie plötzlich: »Ich habe sämtliche Vorbereitungen getroffen. Wir werden wieder das Zimmer nehmen, in dem Mrs. Cartwright den kleinen Pedrek geboren hat.«

»Was?« Wütend starrte ich sie an.

»Aber, aber. Jetzt ist nicht die Zeit, daß *Sie* sich um solche Dinge kümmern. Überlassen Sie ruhig alles mir. Ich bewohne das Zimmer gleich neben Ihrem. Ungefähr eine Woche vor dem errechneten Geburtstermin gehen wir beide nach Golden Hall. Es ist schon alles abgemacht.«

»*Ich* habe nichts abgemacht, Mrs. Bowles!«

»Aber ich. Und zwar mit Mr. Lansdon und Miß Lizzie. Sobald sich das Baby bemerkbar macht, reitet Jacob sofort los und holt Dr. Field.«

»Das geht nicht. Sie können nicht einfach über meinen Kopf hinweg entscheiden und Anordnungen treffen, Mrs. Bowles.«

»Bitte, regen Sie sich nicht auf. Das ist gar nicht gut für das Kleine. Wir wollen doch nicht, daß es vorwitzig wird und nachsieht, was die ganze Aufregung soll, oder? Das wollen wir doch wirklich nicht.«

»Ich möchte das Baby in meinem Heim zur Welt bringen.«

»Das ist nicht der richtige Ort für eine Geburt. Stellen Sie sich vor, was Mrs. Cartwright hätte passieren können, wenn sie nicht in Golden Hall bei vernünftigen Leuten untergebracht gewesen wäre.«

»Ich bin nicht Mrs. Cartwright.«

»In gewisser Weise schon. Frauen sind auf der ganzen Welt gleich, besonders, wenn sie in anderen Umständen sind. Jetzt machen Sie sich mal keine Gedanken. Ich habe alles geregelt. Außerdem, was würden denn die Leute denken? Die würden doch glatt denken, Sie hätten etwas gegen die dort in Golden Hall.«

Ich gab klein bei – zum Wohle des Babys und auch wegen »der Leute«.

Daß man mich mehr oder weniger dazu zwang, erleichterte mir die Situation, denn auch für mich war die Aussicht, das Baby in der Hütte zu bekommen, nicht gerade erhebend gewesen.

Was kümmert es mich, wem ich die Gastfreundschaft zu verdanken hatte? Das Leben meines Kindes war schließlich wichtiger als mein Stolz.

Mittlerweile stand ich kurz vor der Niederkunft und konnte es kaum erwarten, mein Baby in den Armen zu halten.

Wie vereinbart, machte ich mich in Begleitung von Mrs. Bowles auf den Weg nach Golden Hall. Bei unserem Eintreffen begrüßten uns Ben und Lizzie unter der Eingangstür.

»Ich freue mich, daß du kommst«, sagte Ben.

»Es wäre nicht nötig gewesen. Man hat über meinen Kopf hinweg entschieden.«

Sanft legte er eine Hand auf meine Schulter. »Lizzie bestand darauf.«

»Ja«, bekräftigte Lizzie. »Ben hat auch gemeint, es wäre vernünftiger.«

Sie begleitete mich auf mein Zimmer. Welch ein Unterschied zu meiner schäbigen Hütte! Nein, dort hätte mein Baby nicht das Licht der Welt erblicken dürfen.

Mrs. Bowles, ganz erfüllt von ihrer eigenen Wichtigkeit, hastete geschäftig umher. Ein paar Tage später traf auch Dr. Field ein. Ich genoß die Zeit in Golden Hall. Man umsorgte mich und gab mir das Gefühl, geborgen zu sein.

Endlich war es soweit. Die Geburt verlief leicht und ohne Komplikationen. Freude durchströmte mich, als sie mir mein kleines Mädchen in den Arm legten.

Ich hatte mir sehnlichst ein Mädchen gewünscht und war überglücklich.

»Wunderbar! Jetzt haben wir einen Jungen, meinen Pedrek, und ein Mädchen. Vielleicht heiraten die beiden einmal«, meinte Morwenna.

»Ich bestehe darauf, daß meine Tochter erst der Wiege entwächst, bevor du sie kopfüber in den Ehestand stürzst«, sagte ich lachend.

Gemeinsam suchten wir einen Namen für das Baby.

Morwenna schlug Bennath vor, einen alten kornischen Namen. Bennath bedeute Segen, behauptete sie.

»Und das«, fügte sie hinzu, »bedeutet doch dieses Kind für dich, Angelet.«

Bennath. Ganz sicher wird man sie später Ben oder Bennie rufen. Das gefiel mir ganz und gar nicht, denn damit würde ich ständig an ihn erinnert.

Schließlich entschied ich mich für Annora Rebecca — Annora nach meiner Mutter und Rebecca, weil mir der Name einfach gefiel. »Ihr Rufname ist Rebecca«, beschloß ich. »Wenn zwei in der Familie den gleichen Namen tragen, kommt es immer wieder zu Mißverständnissen, weil man nie weiß, wer gemeint ist.«

Rebecca entwickelte sich prächtig. Zum Wohl des Kindes, wie

ich ständig betonte, blieb ich in Golden Hall. Aber im Grunde meines Herzens graute mir vor der Rückkehr in die Hütte. Ich genoß den Luxus in Bens Haus.

Mrs. Bowles zeigte mir, wie man ein Baby richtig versorgt. Sie war sehr geschickt, und ich lernte von ihr viel über Babypflege.

Ich schrieb an meine Eltern und teilte ihnen die Geburt ihrer Enkeltochter mit. Von Gervaises Tod hatte ich ihnen bereits ausführlich berichtet. Inzwischen hatte ich mehrere Briefe von ihnen erhalten, in denen sie mich zur Rückkehr drängten. Nun konnte ich ihnen endlich schreiben, daß die Heimreise in greifbare Nähe gerückt war.

Der Tag der Abreise nahte. Alles war vorbereitet. Justin hatte in Melbourne die Schiffspassagen auf der *Southern Cross* gebucht. Wenn alles gutging, würden wir in ungefähr drei Monaten in England eintreffen.

In England wäre dann Frühling, während in Golden Creek der Winter begann. Der Winter in der Siedlung war fast noch schwerer zu ertragen als die drückende Sommerhitze. Auf der Straße folgten mir neiderfüllte Blicke. Obwohl wir kein Gold gefunden hatten, galten wir als die Glücklichen, denn wir reisten nach Hause.

Zwei Tage, bevor Cobbs' Kutsche fahrplanmäßig nach Melbourne fuhr, packte ich in der Hütte die letzten Habseligkeiten zusammen. Plötzlich trat Ben ein.

Er schloß die Tür und lehnte sich mit dem Rücken dagegen. Aufmerksam sah er mich an.

»Du bist also schon reisefertig. Ach, Angel, wir haben alles falsch gemacht.«

»Was? Du? Der am meisten beneidete Mann von Golden Creek, ach, was sage ich da? Von ganz Australien!«

»Auf diese Art und Weise habe ich nicht reich werden wollen.«

»Aber nur so bist du es geworden.«

»Golden Creek wird sehr langweilig sein ohne dich.«

Ich versuchte zu lachen. »Ich wußte gar nicht, daß ich der Mittelpunkt des gesellschaftlichen Lebens war.«

»Du weißt genau, was du mir noch immer bedeutest. Ich werde dich immer lieben, Angel. Aber das Schicksal hat sich gegen uns gestellt. Als ich frei war, warst du nicht frei. Und jetzt... Wer hätte aber auch gedacht...?«

Ich bemühte mich um einen schnippischen Ton. Ich hatte Angst, meine wahren Gefühle zu offenbaren. Nie durfte er erfahren, was ich noch immer für ihn empfand. »Willst du damit andeuten, Gervaise hätte seinen Tod auf einen uns genehmeren Zeitpunkt verlegen sollen?«

Entgeistert sah er mich an.

In spöttischem Ton fuhr ich fort: »Weißt du, du könntest mir eigentlich dankbar sein. Stell dir vor, ich hätte auf dich gehört, dann wärst du heute ein Mann ohne Goldmine.«

»Du warst mir immer wichtiger als die Mine.«

»Vergiß nicht deinen Schwur. Du wärst nie nach England zurückgekehrt ohne ein Vermögen in der Tasche. Nun bist du ein reicher Mann. Du hast, was du wolltest.«

»Ich kehre bald zurück. Sehr bald sogar.«

»Ganz sicher nicht, solange die Mine noch gewaltigen Gewinn bringt, Ben.«

Er kam auf mich zu, aber ich wich zurück.

»Nein, das ist vorbei«, wies ich ihn zurecht. »Ach, was heißt vorbei? Es war nie, oder irre ich mich?«

»Ich hätte nie nach Australien gehen dürfen. Bei dir auf Cador hätte ich bleiben sollen.«

»Meine Güte, das ist Jahre her, Ben. Ich verlasse in Kürze Golden Creek. Zu Hause sieht die Welt wieder ganz anders aus. Ich fange mit meinem Kind ein neues Leben an. Die Vergangenheit ist tot und vorbei. Es ist, als hätte es sie nie gegeben.«

»Du kannst nichts vergessen. Du hast mich zu gern.«

»Ich werde mich nach Kräften bemühen zu vergessen. Und sollte ich mich wirklich einmal in Erinnerungen verlieren und leise Trauer empfinden, dann sage ich mir: Er hat Lizzie geheiratet. Er hat sie geheiratet, weil er genau wußte, auf dem Land ihres Vaters befindet sich eine Goldmine und nur durch Heirat kommt er an das Gold heran.«

»Du zeichnest kein sehr schmeichelhaftes Bild von mir, Angel.«

»Ich sitze nicht zu Gericht über dich. Lizzie ist glücklich, und du bist reich. Lizzies Vater ist zufrieden gestorben, weil er seine Tochter versorgt wußte. Folglich ist doch allen gedient. Ich habe mein Kind, und du hast deine Mine. Wie du siehst, haben wir beide allen Grund, dankbar zu sein.«

»Du weißt, dies ist kein Abschied für immer. Ich komme bald nach England.«

»Aber nicht doch, Ben. Du hast noch so viel Gold in deiner Mine.«

»Gold! Gold! Du denkst wohl nur an Gold?«

»Nein, Ben. Ich spreche nur davon. Du aber lebst dafür.«

»Du hast gar nichts begriffen.«

»Doch, doch. Ich habe sehr wohl verstanden. Genieße, was du hast, und strebe nicht nach dem Unmöglichen. So lautet ab jetzt mein Wahlspruch. Geh jetzt.«

Wortlos ging er zur Tür. Unter der Tür wandte er sich noch einmal um.

»Angel, bitte, vergiß mich nicht.«

Er war fort. Ich ging zur Tür und lehnte mich dagegen. Ein Gefühl entsetzlicher Trostlosigkeit befiel mich.

Rasch ging ich hinüber zu Rebeccas Bettchen. Sie war wach. Erstaunt blickte sie mich an, Erkennen lag in ihren Augen, und ein zufriedenes Lächeln breitete sich auf ihrem Gesicht aus.

Ich dankte Gott für Rebecca.

Zwei Tage später reisten wir ab. Ganz Golden Creek war auf den Beinen, um sich von uns zu verabschieden.

Das große Gepäck hatten wir bereits vor einer Woche nach Melbourne geschickt, wo es direkt auf das Schiff verladen werden sollte. Die Kutsche stand schon abfahrbereit.

Aber noch mußten wir viele Hände schütteln und gute Wünsche entgegennehmen. Neid und Heimweh stand den anderen ins Gesicht geschrieben.

Ben, der in Begleitung von Lizzie gekommen war, wirkte sehr traurig, aber auch seine Frau machte nicht gerade einen fröhlichen Eindruck.

»Jetzt gehen beide Babys fort«, seufzte Lizzie.

Ben nahm meine Hand.

»Vergiß uns nicht. Vergiß mich nicht.«

Eindringlich sah ich ihn an. »Glaubst du, das könnte ich?«

Für die Zuhörer klangen diese Worte wie ganz gewöhnliche Abschiedsfloskeln. Aber wir beide wußten um ihre besondere Bedeutung.

Die Kutsche fuhr los. Ich blickte aus dem Fenster, bis wir die Siedlung hinter uns gelassen hatten. Wie sehr hatte ich mich nach diesem Augenblick gesehnt. Doch alles, was ich jetzt denken konnte, war: Ich sehe ihn nie wieder.

Rebecca lag in meinen Armen. Ihr kleiner warmer Körper gab mir die tröstliche Gewißheit, einen Menschen zu haben, für den es sich zu leben lohnte.

Heimkehr

Die Reise verlief ohne besondere Zwischenfälle. Wir verbrachten die warmen Tage gemeinsam an Deck, unterhielten uns oder hingen unseren Gedanken nach. Natürlich wurden wir ständig an die Hinreise erinnert, auf der Gervaise noch voller Optimismus überzeugt gewesen war, als reicher Mann nach Hause zurückzukehren. Nicht einmal im Traum wäre es ihm in den Sinn gekommen, seine Heimat vielleicht nie mehr wiederzusehen.

In der Tasman-See kam stürmisches Wetter auf. Deshalb blieb Morwenna während der Umsegelung des Kaps vorsichtshalber in der Kabine. So konnten Justin und ich endlich einmal alleine an Deck über all die Dinge sprechen, die wir vor Morwenna geheimhielten.

Er redete erfreulich offen mit mir. Es bewegte ihn noch immer tief, daß Gervaise, der ihm so unmißverständlich seine Verachtung gezeigt hatte, ihm das Leben gerettet und dabei sein eigenes geopfert hatte.

Ich konnte mich des Verdachts nicht erwehren, Justins auffallende Zuvorkommenheit mir gegenüber basiere auf dem Wunsch, seine große Dankbarkeit für Gervaise auszudrücken. Bei Gervaise konnte er sich nicht mehr bedanken, also betrachtete er mich als eine Art Ersatz.

»Er hätte gerettet werden sollen«, betonte er wieder und wieder. »Er war der bessere Mensch von uns beiden. Ich wäre bestimmt nicht hinuntergestiegen, um ihn heraufzuholen. Weißt du, Angelet, ich habe viel darüber nachgedacht. Es tut mir leid, aber mein erster Gedanke, als man ihn tot geborgen hatte, war: Jetzt kann er niemandem mehr erzählen, was vorgefallen ist. Nur noch Angelet weiß Bescheid, und von ihr droht keine Gefahr.«

»Ich mache dir deshalb keinen Vorwurf, Justin«, entgegnete ich. »Das war eine ganz natürliche spontane Reaktion.«

»Er hätte sich nicht für mich opfern dürfen. Ich ertrage es nicht, daß er meinetwegen gestorben ist.«

»Das Leben geht seltsame Wege. Gervaise konnte sich sehr

edelmütig verhalten ... im allgemeinen Leben. Am Spieltisch veränderte er sich völlig. Wie die meisten Menschen hatte auch er seine guten und seine schlechten Seiten.«

»Trotzdem hätte er niemals falschgespielt.«

»Nein. Nicht im Spiel selbst. Aber man kann auch auf andere Weise betrügen. Er hat Geld gesetzt, das ihm nicht gehört hat.« Wie so oft, dachte ich wieder an Madame Bougerie. »Gervaise hatte im Grunde keinen schlechten Charakter. Er war überaus freundlich, liebevoll und opferbereit. Letzteres hat er ja eindrucksvoll bewiesen. Aber kein Mensch ist perfekt, jeder hat Fehler und Schwächen. Justin, vergiß, was geschehen ist. Blick nur noch nach vorn.«

»Seit mich Gervaise erwischt hat, habe ich nie wieder falschgespielt.«

»Wann wirst du das Spielen endlich ganz aufgeben?«

Nach einem langen Schweigen sagte er: »Ich lebe davon, Angelet.«

»Das heißt, du hast bisher mit deinen Gewinnen deinen Lebensunterhalt verdient. Mit den Gewinnen, die du durch deine ganz persönliche Art zu spielen gemacht hast.«

»Du hast es sehr höflich ausgedrückt, Angelet. In Golden Creek ging es eigentlich nur um kleine Beträge, in den Londoner Klubs dagegen kamen ganz stattliche Summen zusammen. Ein Teil der Spannung liegt natürlich auch darin, daß man sich nicht erwischen lassen darf, sonst wird man auf Lebenszeit in den Klubs gesperrt. Aber ich war verflixt gut. Ich muß ungeheuer nachlässig gewesen sein, wenn Gervaise mich überführen konnte.«

»Die arme Morwenna. Sie hat eine so hohe Meinung von dir.«

»Ich hatte mir fest vorgenommen, mit dem Spielen aufzuhören, sobald ich ein wenig Gold fände. Mir lag sehr viel daran. Ich wollte nichts mehr mit den Karten zu tun haben. Seit ich Morwenna geheiratet habe, kämpfe ich unentwegt mit meinem Gewissen. Sie glaubt, ich beziehe ein festes Einkommen von meiner Familie oder von sonstwem, was weiß ich. Aber ich habe nur vom Spiel gelebt.«

»In Zukunft kannst du doch in der Pencarron-Mine arbeiten.«

»Ich habe immer geglaubt, diese Abgeschiedenheit weit weg von dem Leben, das ich gewohnt bin, nie aushalten zu können. Aber ich habe mich verändert.«

»Wie meinst du das?«

»Ich werde mich bemühen, ein ehrliches Leben anzufangen. Gervaise hat mich sozusagen auf frischer Tat ertappt, und das bedeutet, ich lasse nach. Ein solcher Fehler hätte mir nie unterlaufen dürfen. Seit ich mit Morwenna verheiratet bin, spiele ich zunehmend schlechter. Und jetzt ist auch noch das Baby da. Meine Lebensumstände haben sich völlig verändert. Falls mir Morwennas Vater noch einmal eine Stellung anbietet, und sei es dort draußen am Ende der Welt in dieser trostlosen Einöde, greife ich zu. Ich werde versuchen durchzuhalten.«

»Oh, Justin, das erleichtert mich. Ich finde auch, du mußt ganz von vorne anfangen. Auf dich wartet ein neues Leben mit deiner Familie.«

»Du bist meine beste Freundin, Angelet. Dir kann ich mich anvertrauen. Ich weiß, du wirst mich nicht hintergehen.«

Ich lachte. »Ach weißt du, Justin, für mich bist du nicht der Teufel in Menschengestalt. Hauptsächlich hast du doch den Reichen das Geld aus der Tasche gezogen.«

»Na ja, in London schon. In Golden Creek war das etwas anders.«

»Wenn du mit dem Spielen aufhörst und ab sofort ein ehrliches Leben führst, wirst du ein glücklicher, zufriedener Mensch sein, glaube mir. Auf dir muß doch ein fürchterlicher Druck gelastet haben durch die ständige Angst, erwischt zu werden.«

»Sicher, das schon. Aber gleichzeitig erhöhte das natürlich auch die Spannung. Ich empfand es als unwiderstehliche Herausforderung.«

»Du mußt jetzt an Morwenna und Pedrek denken. Bist du sicher, du kannst auf das Spielen verzichten?«

»Ja, wenn ich es wirklich will.«

Ich freute mich für Morwenna. Wenigstens auf sie wartete ein glückliches Leben.

Während sich das Schiff unaufhaltsam der Heimat näherte, genossen wir in der Vorfreude auf unsere Heimkehr die Gleichförmigkeit der Tage an Bord.

Endlich kam der große, heißersehnte Tag unserer Ankunft.

Hektische Vorbereitungen hielten uns in Atem. Meine Aufregung wuchs von Stunde zu Stunde. Wir standen alle an Deck und konnten es kaum erwarten, endlich die weißen Kreidefelsen der Küste zu passieren. Nun würde es nicht mehr lange dauern.

Als unser Schiff schließlich in den Hafen einlief und sich dem Kai näherte, entdeckte ich schon von weitem meine Eltern und die Pencarrons, die ungeduldig die an Deck versammelten Passagiere musterten. Nach dem Anlegen des Schiffes wurden wir in kleinen Booten an Land gerudert. Endlich ertönte der erlösende Freudenschrei, sie hatten mich entdeckt und winkten mir aufgeregt zu. Als wir uns gegenüberstanden, sahen wir uns nur wortlos an. Von Rührung übermannt, konnte keiner sprechen. Ein wenig unsicher betrachteten meine Eltern ihre Enkelin in meinen Armen.

Plötzlich war der Bann gebrochen. Vater und Mutter versuchten gleichzeitig, mich zu umarmen. Morwennas Eltern weinten vor Freude. Justin stand lächelnd daneben.

»Mein liebes, liebes Kind!« rief meine Mutter. »Oh, Angelet!« Auch in ihren Augen glitzerten Tränen. »Und das ist Rebecca! Meine Güte, was für ein wunderschönes Kind. Genauso hast du als Baby ausgesehen. Sieh doch nur, Rolf.«

Ihre Gefühle drohten sie zu überwältigen.

»Gott sei Dank, daß du endlich wieder zu Hause bist.« Mein Vater wischte sich verstohlen die Augen.

Wir wollten zuerst nach London fahren und dort ein paar Tage verbringen, bevor wir nach Cador weiterreisten.

»In London können sie es kaum noch erwarten, dich endlich wiederzusehen, deshalb haben wir es so arrangiert«, erklärte meine Mutter. »Gib mir das Baby, Angelet. Meine Güte, bist du mager. Wir müssen dich ordentlich herausfüttern.«

Mein Vater kümmerte sich um das Handgepäck. Das große Gepäck wurde direkt vom Schiff nach Cornwall geschickt.

Bei unserer Ankunft in London — wir wohnten wie meist bei Onkel Peter — hatte sich die ganze Familie zu unserer Begrüßung versammelt: Onkel Peter und Tante Amaryllis, Matthew und Helena mit Geoffrey, Peterkin und Frances. Auch Grace Gilmore hatte sich eingefunden.

Alle küßten mich zärtlich und bewunderten das Baby.

»Hoffentlich nimmst du mir mein Erscheinen nicht übel, aber heute mußte ich einfach herkommen«, sagte Grace. »Ich will mich nicht in eure Familie drängen, aber heute ist schließlich ein ganz besonderer Tag.«

»Ich freue mich sehr, dich zu sehen, Grace«, beruhigte ich sie.

»Komm doch für eine Weile nach Cornwall, jetzt, da Angelet wieder da ist«, setzte meine Mutter hinzu.

Amaryllis beugte sich über die Babys und gab gurrende Laute von sich. Sie brachte die beiden Kleinen gemeinsam im alten Kinderzimmer unter. Das Personal wetteiferte miteinander um das Vorrecht, die Kinder versorgen zu dürfen.

Ich genoß diese Welt voller Behaglichkeit und Komfort und fand es herrlich, wieder in einem bequemen Bett zu schlafen und köstliches Essen serviert zu bekommen. An die angenehmen Seiten des Lebens gewöhnte ich mich rasch. Doch schon bald kehrten die düsteren Erinnerungen zurück.

Wenn ich an Gervaise dachte, der in der Erde Australiens begraben lag, und an Ben, der so unendlich weit fort von mir war, fühlte ich mich grenzenlos einsam.

In London ließ mich meine Mutter kaum eine Minute allein. »Möchtest du darüber sprechen? Mein armer Liebling, du mußt Schreckliches durchgemacht haben. Er war ein so guter Mann. Die Zeitungen haben einen kleinen Artikel über ihn gebracht. Als Onkel Peter von dem Vorfall erfuhr, hat er das sofort in die Wege geleitet.« Sie lächelte traurig. »Du kennst ihn ja. Er versucht aus allem einen Vorteil herauszuschlagen.«

Nur zu deutlich sah ich die Überschriften vor mir: »Verwandter von Matthew Hume ein heldenhafter Retter. Der Held, der sein Leben für das seines Freundes geopfert hat, war mit dem bekannten Politiker Matthew verwandt ...« Auch was dabei in Onkel Peters Kopf vorging, konnte ich mir lebhaft vorstellen: Das bringt wieder ein paar Wählerstimmen.

Ich erklärte meiner Mutter, ich wolle darüber sprechen.

»Wenn ihr doch nie nach Australien gegangen wärt«, jammerte sie.

»Es war Gervaises Wunsch.«

»Ja. Ich weiß von seinen Schulden.«

»Er war überzeugt, mit Gold reich zu werden. Nach einem großen Fund hätte er seine Schulden mühelos bezahlen können.«

»Es handelte sich um Spielschulden, nicht wahr? So viele junge Männer verfallen dem Spiel. Sie müssen ihre Lektion erst lernen, bevor sie wieder davon loskommen.«

Ich sagte ihr nicht, daß Gervaise in dieser Hinsicht völlig unbelehrbar gewesen war und sich eine Spielernatur wie er niemals ändern würde. Mir war es lieber, sie betrachtete ihn als tapferen Helden.

»Und er hat Rebeccas Geburt nicht mehr erlebt?«

»Nein. Aber er wußte von meiner Schwangerschaft.«

»Der arme Gervaise. Anfangs glaubt man immer, das Unglück nicht ertragen zu können. Aber du wirst darüber hinwegkommen. Du bist noch so jung.«

»Ja«, pflichtete ich ihr bei. »Es wird wohl einige Zeit dauern, aber ich schaffe es schon.«

»Und jetzt hast du die reizende Rebecca. Wir nehmen dich mit nach Hause und kümmern uns um dich. Ich weiß nicht, ob du dich endgültig in Cornwall niederlassen möchtest. Du brauchst sicher noch etwas Zeit, bis du dir darüber im klaren bist. Außerdem hast du noch das Haus in London, das wir dir zur Hochzeit geschenkt haben.«

»Das gehört mir nicht mehr«, antwortete ich. »Onkel Peter hat es als Sicherheit bekommen für das Geld, das er Gervaise geliehen und mit dem Gervaise seine Schulden bezahlt hat, bevor wir nach Australien gefahren sind. Das Haus gehört inzwischen Onkel Peter.«

»Das hat er uns gesagt. Übrigens wollte er auf die Rückzahlung verzichten.«

»O nein! Die Schulden werden bezahlt. Auch an ihn.«

»Dieser Ansicht war dein Vater auch. Er hat darauf bestanden und die Schulden bei Peter beglichen. Das Haus gehört wieder dir. Du brauchst keine Bedenken zu haben, irgendwann hätte dir das Geld ohnehin gehört. Trotzdem, ich muß sagen, ich finde das Angebot von Onkel Peter großzügig. Er ist schon ein sonderbarer Mann. Meine Mutter hat ihn zwar gehaßt, aber zu mir war er stets sehr nett.«

»Jeder Mensch hat seine guten und schlechten Seiten. Keiner ist die Güte selbst oder durch und durch schlecht.«

»Mag sein. Jedenfalls weißt du jetzt Bescheid, was das Haus angeht. Wahrscheinlich möchte Morwenna auch zuerst nach Cornwall. Die Pencarrons haben mit uns über die Zukunft gesprochen. Sie fühlten sich entsetzlich unglücklich und einsam ohne Morwenna. Mr. Pencarron will einen erneuten Versuch unternehmen und Justin eine Stellung anbieten.«

»Du meinst in seiner Mine?«

»Ich halte das für eine vernünftige Idee. Eines Tages geht der gesamte Besitz ohnehin in Morwennas Hände über, und damit natürlich in Justins. Mr. Pencarron möchte bestimmt den Besitz in der Familie halten. Irgendwann wird der kleine Pedrek alles übernehmen. Für dich ist es doch auch schön, wenn Morwenna in Cornwall wohnt. Dann ist wieder alles wie früher. O Angelet, ich bin unsagbar glücklich, dich wieder hier zu haben. Doch es bedrückt mich sehr, daß Gervaise dir nicht mehr zur Seite stehen kann. Aber denk stets daran, wir müssen für das dankbar sein, was wir an Schönem erleben durften.«

Dankbar für das, was ich an Schönem erleben durfte! Was stellten sie sich eigentlich vor?

Morwenna erzählte mir, Justin habe zugestimmt, nach Cornwall zu gehen und für ihren Vater zu arbeiten.

»Ich bin überglücklich«, berichtete sie. »So weit weg von Pa und Mutter hat es mir gar nicht gefallen. Meine Eltern beten Pedrek an. Für mich hat sich alles zum Guten gewendet. Ich wünsche mir sehnlichst, auch du könntest wieder glücklich werden, Angelet.«

»Mir geht es gut. Meine Familie hat mir einen überwältigenden Empfang bereitet. Ich freue mich auf zu Hause. Und vergiß nicht, ich habe Rebecca.«

Nach einigen Tagen reisten wir weiter nach Cador.

Alle sorgten sich um mich und gaben ihr Bestes, um mich glücklich zu machen. Sogar mein altes Zimmer wartete auf mich. Es sah aus, als hätte ich es nie verlassen.

Eine einzige Veränderung entdeckte ich — die Wiege. »Ich dachte, du möchtest Rebecca sicher bei dir haben«, meinte meine Mutter. »Sollte ich mich geirrt haben, machen wir uns gleich an die Arbeit und richten das Kinderzimmer neu her. Die Mädchen streiten sich schon darum, wer sich um das Kind kümmern darf. Wenn du mich fragst, sollten wir Verbindung mit Nanny Grossley aufnehmen. Sie hat großartig für dich und Jack gesorgt.«

»Können wir diese Entscheidung nicht noch ein wenig hinauszögern?« fragte ich. »Rebecca ist noch so klein. In Australien habe ich mich selbst um sie gekümmert, und das möchte ich auch weiterhin tun. Anfangs hat mir die dortige Hebamme zur Seite gestanden und mir alles Nötige beigebracht. Die Mädchen helfen mir sicher gern, dann schaffe ich es leicht. Später sehen wir weiter.«

»Du bist noch ein wenig aus dem Gleichgewicht, das verstehe ich. Warten wir also ab. Vorerst wird es auch so gehen.«

Mein Bruder Jack war während meiner Abwesenheit fast erwachsen geworden. Auch er begrüßte mich herzlich, wenn auch nicht ganz so gefühlvoll wie meine Eltern. Er war bereits voll in die Arbeit auf dem Gut, seinem späteren Erbe, eingespannt.

Er zeigte sich sehr interessiert an Australien und stellte mir viele Fragen. Meine Eltern beobachteten mich ängstlich. Sie sorgten sich, er könne alte Wunden aufreißen.

Morwenna kam häufig nach Cador, und ich besuchte sie oft in Pencarron Manor. Justin hatte sich bereits gut eingelebt. Ihr Vater meinte, er hätte das Zeug zum erfolgreichen Geschäftsmann. Morwenna fiel ein Stein vom Herzen. Diese Entwicklung beruhigte sie außerordentlich. Der zweijährige Pedrek war zu einem entzückenden Jungen herangewachsen. Er spielte ganz reizend mit der um ein Jahr jüngeren Rebecca.

Mit magischer Kraft zog es mich zum Teich. Noch immer übte er dieselbe unheimliche Anziehungskraft auf mich aus. Ich trat ans Ufer. Beim Blick in das geheimnisvolle dunkle Wasser kamen all die Erinnerungen zurück. Nun lag der Tote schon seit vielen Jahren auf dem Grund des Teiches. Bei diesem Gedanken schauderte ich unwillkürlich.

Ich ritt hinunter zum Strand, vorbei am alten Bootshaus und weiter in die Stadt zum Kai. Hier schien sich nicht das geringste verändert zu haben. Die Fischerboote schaukelten wie eh und je auf den Wellen, während die Männer am Kai saßen, die Fische ausnahmen oder die Netze flickten. Mrs. Fenny stand natürlich unter der Tür. »Guten Tag wünsche ich, Miß Angel. So, Sie sind zurück? Und ein Kleines haben Sie auch mitgebracht. Jetzt brauchen Sie sich keine Sorgen mehr zu machen. Sie sind wieder zu Hause und alles wird gut. Das Ausland hat noch keinem etwas Gutes gebracht.« Ich erblickte Miß Grant, die, über eine Häkelarbeit gebeugt, in ihrem Wollgeschäft saß. Als sie mich vorbeigehen sah, kam sie rasch an die Tür, um mich zu begrüßen. »Schön, daß Sie wieder da sind, Miß Angelet.« Der alte Pennyleg und sein Schankkellner rollten gerade Fässer in den Keller. »Willkommen daheim, Miß Angelet.« Verstohlene mitleidsvolle Blicke folgten der jungen Witwe, deren Ehemann auf so tragische, heldenhafte Weise umgekommen war.

Wieder zu Hause angekommen, sagte ich zu meiner Mutter: »In Poldorey ändert sich nichts. Hier steht die Zeit still.«

»Auf den ersten Blick, ja. Aber auch bei uns sterben Menschen und werden Kinder geboren. Erinnerst du dich an den alten Reuben Stubbs aus dem Cottage beim Branok-Teich?«

Wie immer, wenn die Rede auf den Teich kam, erstarrte ich innerlich.

»Der alte Reuben, natürlich erinnere ich mich an ihn. Er war ein eigenartiger Kauz. Was ist mit seiner Tochter? Jenny hieß sie, glaube ich.«

»Das wollte ich dir gerade erzählen. Reuben ist schon vor deiner Hochzeit gestorben, das weißt du ja.«

Ich erinnerte mich gut an ihn. Ein unordentlicher Mann, der oft Holz oder Strandgut sammelte. Ich fand ihn immer ein bißchen unheimlich. Jeden, der seinem Cottage zu nahe kam, verfolgte er mit wütenden Blicken, als habe er Angst, man könne ihm etwas wegnehmen. Seine Tochter Jenny war ein wenig »daneben«, wie man hier in der Gegend sagte.

»Was nun Jenny angeht«, fuhr meine Mutter fort, »du weißt, sie war immer ein wenig sonderbar. Sie führte ständig Selbstgespräche und sang auch oft leise vor sich hin. Wenn man sie ansprach, sah sie einen erschrocken an und lief davon. Du erinnerst dich bestimmt. Nach dem Tod ihres Vaters wurde das noch schlimmer. Dein Vater meinte, wir sollten sie trotzdem weiter im Cottage wohnen lassen, denn sie war eigentlich völlig harmlos. Sie achtete peinlich auf Sauberkeit. Nach dem Tod ihres Vaters brachte sie das Cottage zum Funkeln, so gründlich hat sie geputzt. Von Zeit zu Zeit half sie auf den Farmen aus, wenn dort zusätzliche Arbeit anfiel. Sie stellte sich ganz geschickt an, und was ihr übertragen wurde, erledigte sie ordentlich. Sie war halt ein wenig sonderbar. Rate mal, was passiert ist? Sie hat ein Baby bekommen.«

»Hat sie geheiratet?«

»Aber nein. Niemand weiß, wer der Vater ist. Eine Zeitlang hielt sich ein Mann hier in der Gegend auf, der den Farmern beim Heckenschneiden und ähnlichem geholfen hat. Eben so ein Wanderarbeiter, wie es ja viele gibt. Sie nehmen alle möglichen Gelegenheitsarbeiten an, helfen beim Heumachen, bei der Ernte, beim Säen und beim Pflanzen. Er unterhielt sich anscheinend des öfteren mit ihr und gewann ihr Vertrauen. Wir sind überzeugt, er ist der Vater. Doch wie dem auch sei, eines schönen Tages war er jedenfalls verschwunden, und sie bekam ein Baby. Es wurde ungefähr zur selben Zeit geboren wie Rebecca. Wir machten uns alle Sorgen um ihre Zukunft, aber das war völlig überflüssig. Durch das Kind veränderte sie sich von Grund auf. Sie ist eine ganz normale Frau geworden. Keine Mutter kann besser für ihr Kind sorgen als sie. Es ist fast ein Wunder. Hast du ihr Cottage gesehen, als du am Teich gewesen bist?«

»Ich gehe nur ganz selten dorthin.«

»Du wirst sie irgendwann in der Stadt treffen. Das Kind hat sie immer dabei.«

»Ich freue mich für sie. Was haben die Leute in der Stadt zu dem unehelichen Kind gesagt? Mrs. Fennys Urteil kann ich mir lebhaft vorstellen.«

Meine Mutter lachte. »Sie war mit der Verurteilung schnell bei der Hand, da hast du ganz recht. Nun, das ist ihre Sache. Auf Jenny machte das häßliche Gerede nicht den geringsten Eindruck.«

Der Sommer ging vorbei, und der Herbst zog ins Land. Mir war fast, als wäre ich nie fortgewesen, so glücklich und zufrieden verliefen die Tage. Weihnachten stand vor der Tür. Die Pencarrons wollten die Festtage bei uns verbringen.

Meine Eltern bemühten sich, ein ganz besonders schönes Weihnachtsfest auszurichten, denn es würde Rebeccas erstes bewußt erlebtes Weihnachten sein.

Sie war inzwischen fast zwei Jahre alt. Ich konnte kaum glauben, daß alles schon so weit zurücklag. Häufig dachte ich an

Ben. Nachdem sich die erste überschäumende Freude über meine Heimkehr etwas gelegt und ich mich wieder eingelebt hatte, verfolgte mich die Erinnerung an ihn. Inzwischen fand ich mein Urteil über ihn sehr hart. Er war zwar ehrgeizig und strebte nach Geld und Macht, doch das war an sich nicht verwerflich, und ich hatte es immer gewußt. Wahrscheinlich hatte ich ihm die erste Niederlage seines Lebens beigebracht. Meine Zurückweisung hatte ihn sicher schwer gekränkt. Nun konnte ich die Dinge mit gebührendem Abstand betrachten und brachte Verständnis für ihn auf. Ich fühlte, ohne ihn würde ich nie von Herzen glücklich sein. Der Gedanke daran, was ich versäumt hatte, ließ mir keine Ruhe. Ich liebte ihn trotz all seiner Fehler und vermißte ihn sehr. Diese traurigen Gedanken machten es mir nicht gerade leicht, in Weihnachtsstimmung zu kommen.

Rebecca konnte bereits sprechen. Sie nannte sich Becca, und wir alle riefen sie nun auch so.

Der Anblick ihrer strahlenden Augen, als das Weihnachtsscheit hereingebracht und das Haus mit Stechpalmenzweigen, Buchs- und Lorbeergestecken geschmückt wurde, rührte mich zutiefst. Mrs. Penlock hantierte mit hochrotem Gesicht geschäftig in der Küche. Rebecca war ihr besonderer Liebling, und die Kleine nutzte jede Gelegenheit, um hinunter in die Küche zu entwischen. Mich begeisterte diese Freundschaft weniger, denn Mrs. Penlock steckte Rebecca ständig Leckereien zu. Ihrer Überzeugung nach mußten alle und ganz besonders natürlich kleine Kinder »aufgepäppelt« werden.

Zusammen mit meiner Mutter schmückte ich den Weihnachtsbaum. Die Spitze zierte eine blonde Puppe, ein Geschenk für Rebecca, darunter hing ein Kasper mit einer Schellenkappe für Pedrek.

Wir richteten auch einen Weihnachtsbusch her, was hier in der Gegend üblich war, bevor man anfing, Weihnachtsbäume aufzustellen. Er bestand aus zwei im rechten Winkel zusammengesetzten Holzreifen. Dieser Holzrahmen wurde mit Immergrün und Äpfeln geschmückt und aufgehängt. Jedes Paar, das sich unter dem Weihnachtsbusch begegnete, durfte sich küssen, über der Küchentür befestigten wir Mistelzweige. Die Stallburschen machten sich ein besonderes Vergnügen daraus, die jungen Mädchen abzupassen, wenn sie durch die Tür eilten. Es gab großes Gelächter und viele Küsse. Ich glaube, alle hatten großen Spaß daran. Selbst Mrs. Penlock sah dem Treiben wohlwollend zu, schnurrte wie eine Katze und verweigerte ebenfalls keinen Kuß. Allerdings achtete sie sorgfältig darauf, nichts von ihrer würdevollen Erscheinung einzubüßen. Die Weihnachtssänger kamen vorbei und die Armen, die um eine milde Gabe für ihre Weihnachtsschüsseln baten. Natürlich gab es auch Festpunsch. Wir ließen keinen der alten cornischen Weihnachtsbräuche aus. Darauf hatte mein Vater — obwohl er nicht aus Cornwall stammte — stets großen Wert gelegt. Er kannte sich besser als manch Einheimischer mit den uralten keltischen Gepflogenheiten aus.

Besonders freute er sich über die Guise Dancers. Diese maskierten Tänzer pflegten eine Tradition, die noch aus der vorchristlichen Zeit stammte. Im Verlauf eines Jahres besuchten sie abwechselnd alle großen Herrenhäuser und gaben ihre Vorstellungen. Die Kinder klatschten dabei übermütig in die Hände, und es herrschte stets eine ausgelassene Stimmung.

Am Weihnachtsmorgen gingen wir zum Gottesdienst in die Kirche. Zum Mittagessen gab es den traditionellen Gänsebraten und natürlich Plumpudding. Anschließend wurden die Geschenke vom Baum genommen. Es war für jeden etwas dabei. Die Freude der beiden Kinder war unbeschreiblich groß. Selten hatte ich so zufriedene Gesichter gesehen, wie die der Pencarron-Eltern und ihrer Tochter.

Sie hatten mir erzählt, Justin gefalle seine neue Arbeit gut. Aber ich traute ihm nicht so recht. Ich kannte seine Vorbehalte gegen das beschauliche Landleben. Es mußte schwer für ihn sein, sich damit abzufinden. Gervaise hätte es nie in Cornwall ausgehalten. Ich hoffte inständig, Morwenna und ihren Eltern bliebe eine Enttäuschung erspart.

Als die von den Weihnachtsfreuden und dem Trubel erschöpften Kinder kaum noch die Augen offenhalten konnten, brachten wir sie zu Bett. Rebeccas letzte Worte, bevor sie in tiefen Schlaf sank, lauteten: »Mama, feiern wir morgen noch einmal Weihnachten?« Darüber freute ich mich sehr, denn ich wußte, alle unsere Anstrengungen hatten sich gelohnt.

Kurz nach Weihnachten starb Jennys kleine Tochter. Ganz Poldorey war tief betroffen. Sogar Mrs. Fenny bedauerte die arme Jenny. Es erstaunte mich immer wieder, wie Menschen, die andere unnachsichtig verurteilten — hauptsächlich, weil sie anders waren als sie selbst — und die auch angesichts mißlicher Umstände nicht die kleinste Nachgiebigkeit zeigten oder Verständnis aufbrachten, sich im Falle einer wirklichen Katastrophe plötzlich völlig anders verhielten. Alle bemitleideten Jenny Stubbs sehr. Ihre kleine Tochter hatte eine schwere Halsentzündung und hohes Fieber bekommen. Ein paar Tage später war sie tot.

Für Jenny bedeutete das eine Tragödie. In Begleitung meiner Mutter brachte ich ihr einen Korb mit besonderen Leckereien in das Cottage.

Jenny hatte sich wieder von der Wirklichkeit entfernt und schien unsere Anwesenheit kaum zu bemerken. Ich konnte ihren tiefen Kummer nachempfinden. Würde Rebecca so etwas zustoßen, wüßte ich nicht, wie ich weiterleben sollte. Ich hätte Jenny so gerne getröstet und ihr geholfen.

Der Tod ihres Kindes hatte die neue vernünftige Jenny wieder in das arme, verwirrte Geschöpf von damals verwandelt. Wir alle versuchten, ihr, so gut es ging, zu helfen. Die Farmer, für die sie früher schon gearbeitet hatte, zeigten sich besonders mitfühlend und boten ihr vermehrt Arbeit an, um sie aus ihrem Cottage herauszulocken. Sie sollte unter Menschen gehen und auf andere Gedanken kommen.

»Sie kommt darüber hinweg«, meinte Mrs. Penlock. »Es dauert halt seine Zeit.«

Mrs. Fenny hielt den Tod des Kindes für den Preis der Sünde. »Das Kind wurde unehelich geboren. Eine solche Sünde straft der Herr.«

Als sie diese Worte auch mir gegenüber äußerte, packte mich kalter Zorn. Wütend erwiderte ich: »Vielleicht hat Er sich aber auch über die wunderbare Verwandlung gefreut, die mit Jenny nach der Geburt des Kindes vor sich gegangen ist.«

Das brachte mir einen mißbilligenden Blick ein. Ich wußte genau, dem nächsten Menschen, der ihr über den Weg lief, würde sie erzählen, wie bedauerlich es sei, daß Miß Angelet im Ausland gelebt habe, denn Menschen, die unter Heiden lebten, würden unweigerlich selbst zu Heiden.

Niemand konnte Jenny helfen. Sie versank in Kummer und Trostlosigkeit. Alle verhielten sich sehr freundlich zu ihr. Wer ihr begegnete, grüßte sie zuvorkommend. Vor dieser Tragödie wäre das niemanden in den Sinn gekommen.

Der Frühling, die schönste Zeit in Cornwall, entfaltete seine Pracht. Der Südwestwind liebkoste das Land und brachte warmen Regen vom Atlantik mit. Die Blumen öffneten ihre Knospen und blühten um die Wette — leuchtend gelbes Schöllkraut, goldgelber Löwenzahn, rote Feuernelken und purpurfarbener englischer Efeu. Auch die Sträucher standen in voller Blüte. Der Gesang der Amseln und Drosseln erfüllte die Luft. Ein frischer, belebender Wind von der See kündigte den nahenden Sommer an.

Während dieser Zeit machte ich lange Spaziergänge im Park und hing meinen Gedanken nach. Noch immer hatte ich mich mit meinem Schicksal nicht ganz abgefunden. Oft dachte ich an die Goldgräbersiedlung, wo jetzt der Winter vor der Tür stand. Ich dachte an Mr. und Mrs. Bowles, die sicher noch immer tagtäglich in ihrem Laden bedienten. Wie viele Babys mochten inzwischen in Golden Creek zur Welt gekommen sein? Ich dachte an den Friedhof, wo Gervaise und David Skellington nebeneinander lagen. Erinnerungen an Golden Hall versuchte ich zu vermeiden, aber leider erfolglos. Wie hatten sie dort Weihnachten verbracht? Wie ging es Ben? Führte er eine glückliche Ehe? Warf die Mine noch immer einen großen Ertrag ab? Bestimmt, sonst wäre er längst nach England zurückgekehrt. Ich konnte mir nicht vorstellen, daß er glücklich war. Wie sollte er auch? Er war ein Mann, der anregende Gespräche liebte, der sich immer rege und mit großer Sachkenntnis an interessanten Unterhaltungen beteiligt hatte. In der Siedlung wohnten höchstens zwei oder drei Männer mit entsprechender Bildung. Und Lizzie? Lizzie war nett, freundlich und liebenswert — aber konnte sie ihm das geben, was er brauchte? Vielleicht. Vielleicht brauchte ein dominierender Mann wie Ben eine fügsame Frau.

Obwohl mir in Cador jeder Wunsch von den Augen abgelesen wurde, obwohl ich meine über alles geliebte Tochter bei mir hatte, sehnte ich mich nach einer verwahrlosten australischen Goldgräbersiedlung — trotz Staub, trotz Schmutz, trotz der Fliegen und der schäbigen Hütte.

Du mußt verrückt sein, schalt ich mich, aber es half nichts.

In solchen Augenblicken suchte ich Rebeccas Nähe. Ich spielte mit ihr, nahm sie mit in den Park und lauschte ihrem munteren Geplapper. Oder ich unterhielt mich mit meinen Eltern. Ich las viel. Mein Vater hatte mein Interesse an der Geschichte und Kultur unserer Gegend geweckt. Die keltische Vergangenheit gehörte zu seinen Lieblingsthemen. Im Lauf der Zeit errang auch ich beachtliches Wissen auf diesem Gebiet, und wir unterhielten uns angeregt über die zum Teil eigenartigen Bräuche.

Im April kam ein Brief von Grace. Sie habe uns schon so lange nicht mehr gesehen, schrieb sie. Ob sie nicht für ein paar Wochen nach Cador kommen dürfe?

Meine Mutter antwortete umgehend, wir würden uns über ihren Besuch außerordentlich freuen.

Tante Amaryllis schrieb fleißig und hielt uns über das Geschehen in London auf dem laufenden. Sie war voll des Lobes über Onkel Peters geschäftliche Unternehmungen, Matthews Erfolge im Parlament und die Arbeit von Peterkin und Frances in der Mission.

Von ihr erfuhren wir auch, Grace gebe in ihrem Haus zahlreiche Gesellschaften. Obwohl ihr Haus nicht sehr groß sei, schienen sich ihre Gäste bei ihr wohl zu fühlen. Grace werde auch häufig eingeladen und sei immer dabei, wenn Peter Gäste empfänge. »Peter behauptet, sie sei die geborene Gastgeberin«, schrieb Tante Amaryllis. »Seiner Meinung nach sollte sie unbedingt wieder heiraten. Jonnie ist schon Jahre tot. Eine so junge Frau kann nicht bis an ihr Lebensende trauern. Ich glaube, Grace möchte gerne wieder heiraten. Hoffentlich lernt sie eines Tages einen netten Mann kennen.«

»Es sieht ganz so aus, als würde sich Tante Amaryllis als Heiratsvermittlerin versuchen«, bemerkte ich lachend zu meiner Mutter.

»Den Eindruck habe ich auch«, erwiderte sie.

Grace traf in Cador ein. Obwohl sie im landläufigen Sinne nicht hübsch oder gar eine Schönheit war, strahlte sie wie stets diese gewisse vornehme Eleganz aus.

Jack holte sie mit der Kutsche vom Bahnhof ab. Ich begleitete ihn.

Sie umarmte mich überströmend herzlich.

»Wie schön, daß du mich abholen kommst, Angelet!« rief sie. »Ich kann es kaum erwarten, endlich auch Rebecca wiederzusehen.«

»Sie nennt sich Becca«, entgegnete ich. »Wahrscheinlich fällt es ihr ein wenig schwer, Rebecca auszusprechen.«

»Becca. Na, mir gefällt's. Klingt ungewöhnlich. Aber deine Tochter muß ja auch ungewöhnlich sein, Angelet. Das hat sie von dir.«

»Falls das ein Kompliment sein soll, vielen Dank.«

»Es ist wundervoll, wieder einmal hier zu sein. In meinem ganzen Leben vergesse ich nicht, was deine Familie für mich getan hat.«

»Inzwischen ist es auch deine Familie«, erinnerte ich sie. »Du hast eingeheiratet. Aber ich hatte schon vorher das Gefühl, du gehörst dazu.«

»Ein bißchen vielleicht. Im Moment kommt es mir jedenfalls fast so vor, als käme ich nach Hause.«

Meine Mutter begrüßte sie mit überschwenglicher Freude.

»Erinnerst du dich noch an die schönen Kleider, die du für uns genäht hast? Allein bei dem Gedanken daran gerate ich in Versuchung, während deines Aufenthaltes von deinem großen Talent Gebrauch zu machen.«

»Das würde mich freuen. Ich nähe immer noch sehr gern und arbeite lieber, als untätig herumzusitzen«, versicherte Grace.

»Aber du bist nicht zum Arbeiten hergekommen, sondern um dich von der Großstadt zu erholen«, erwiderte meine Mutter.

Grace zeigte sich beeindruckt von Rebeccas Anmut, ihrem Charme und ihrer Klugheit. Ihre lobenden Worte hörte ich natürlich mit großem Vergnügen. Rebecca schloß Grace sofort ins Herz.

Wir warteten schon begierig auf die letzten Neuigkeiten aus London.

»Bei uns dreht sich alles um Politik«, berichtete sie. »Nach Palmerstons Tod herrschte gewaltige Aufregung. Wir haben schon nicht mehr daran geglaubt, daß er jemals seinen Platz räumt. Dabei war er schon fast achtzig. Niemand konnte sich das politische Leben ohne Palmerston vorstellen. Er imponierte den Leuten bis zuletzt. Vor Cambridge House in Piccadilly blieben die Passanten stehen, wenn er piekfein gekleidet aus dem Haus kam und auf seinem Grauschimmel ausritt. Die Menschen liebten den alten Sünder von Herzen. Er hatte für Frauen immer viel übrig, daran hat sich auch im hohen Alter nichts geändert. Seltsamerweise gefiel das den Leuten. Wirklich, ein geistreicher und schlagfertiger Mann, das kann man nicht anders sagen. Man behauptet, seine letzten Worte seien gewesen: ›Sterben? Ich? Das ist ja wohl das letzte, was ich tun werde!‹ Die Königin war außerordentlich bestürzt, denn sie hielt große Stücke auf ihn. Vorerst hat John Russell sein Amt übernommen, aber bestimmt nicht für lange. Palmerstons Tod ließ die Liberalen in der Gunst der Öffentlichkeit sinken. Damit kommt Lord Derbys große Chance, und Matthew wird ebenfalls davon profitieren.«

»Politik ist eine ganz unsichere Angelegenheit«, sagte meine Mutter. »Heute steht ein Politiker ganz oben, und morgen fällt seine Popularität vielleicht bereits ins Bodenlose.«

»Gerade das macht Politik so spannend«, erwiderte Grace.

»In letzter Zeit spricht man sogar bei uns hier in der Provinz zunehmend von Benjamin Disraeli.«

»O ja, das ist der kommende Mann«, fuhr Grace fort. »Der kommende Mann ist vielleicht nicht ganz richtig, im Grunde ist er bereits da. Von ihm werden wir noch eine Menge hören. Erstaunlicherweise ist es ihm gelungen, die Königin auf seine Seite zu bringen. Niemand hätte geglaubt, daß sie sich von seinen schwarzgefärbten Pomadelocken beeindrucken läßt.«

»Dem Prinzgemahl hätte ihre merkwürdige Vorliebe für diesen Mann sicher mißfallen«, warf ich ein.

»Hat sie sich inzwischen mit seinem Tod abgefunden?« erkundigte sich mein Vater.

Meine Mutter warf ihm einen mahnenden Blick zu. Ich wußte, was sie damit sagen wollte: Sprich in Angelets Anwesenheit nicht von toten Ehemännern.

Er verstand sofort und machte ein verlegenes Gesicht.

Rebecca hatte eine besondere Sympathie für unser Stubenmädchen Annie entwickelt, deshalb schlug meine Mutter vor, sie solle sich um Rebecca kümmern, bis wir uns für ein Kindermädchen entscheiden würden. Wir hatten Nanny Crossley noch nicht gefragt, ob sie wieder zu uns kommen wolle. Ich erinnerte mich gut an sie — sie machte ihre Arbeit hervorragend, führte aber ein strenges Regiment im Kinderzimmer. In die Erziehung ließ sie sich von niemandem hineinreden. Ich wollte aber kein Kindermädchen, das mich meiner Tochter entfremdete.

Annies Hilfe schien mir die ideale Lösung zu sein, noch dazu, da Rebecca sie liebte und Annie noch sehr jung war und besonders gut mit Kindern umgehen konnte.

Dann kam jener schreckliche Nachmittag, den ich mein Leben lang nicht vergessen werde. An jenem Tag waren Grace und ich zusammen ausgeritten. Grace wollte zum Moor, denn dort war es zu dieser Jahreszeit besonders schön. Der Stechginster stand in üppiger Blüte, und die Luft war rein und klar.

Annie sollte Rebecca beaufsichtigen und im Laufe des Nachmittags einen kleinen Spaziergang mit ihr machen.

Doch als Grace und ich wieder zu Hause eintrafen, herrschte große Aufregung. Als ich erfuhr, was geschehen war, erstarrte ich fast vor Angst. Mir wurde eiskalt. Rebecca war verschwunden.

»Verschwunden!« schrie ich gellend. »Was soll das heißen?«

Annie brach in Tränen aus. Sie war mit Rebecca lachend und schwatzend spazierengegangen. Dabei stolperte sie plötzlich über einen großen Stein und stürzte zu Boden. Zum Beweis zeigte sie uns die blutigen Schrammen an ihren Armen.

»Ich muß einen Augenblick bewußtlos gewesen sein«, erzählte sie. »Als ich wieder zu mir gekommen bin, war Rebecca weg.«

»Weg! Wohin?« rief ich entsetzt.

Beruhigend legte meine Mutter den Arm um meine Schultern. »Die Männer sind schon unterwegs, um sie zu suchen. Sie kann nicht weit sein.«

»Wann ist das passiert?«

»Vor ungefähr einer Stunde.«

»Wo? Wo, um Himmels willen?«

»Auf der Straße, nicht weit vom Cherry Cottage.«

»Dort suchen sie nach ihr«, erklärte meine Mutter. »Aber nicht nur dort. Sie suchen die ganze Gegend ab.«

Grace schlug vor: »Wir beteiligen uns an der Suche. Komm, Angelet. Sie kann nicht sehr weit gelaufen sein.«

»Sie ist ganz allein! Sie ist doch noch ein Baby.«

»Sie ist sehr klug. Wahrscheinlich findet sie von selbst nach Hause zurück.«

»Das dachten wir uns auch«, erwiderte meine Mutter. »Darum bin ich zu Hause geblieben. Ich warte hier auf sie.«

»Nun komm schon, Angelet«, drängte Grace.

»Ja, geht ihr beiden«, fügte meine Mutter hinzu. »Sie ist bald wieder da. Mach dir keine Sorgen.«

Wir ritten in Richtung Cherry Cottage. Unterwegs trafen wir meinen Vater. Er sah mich verzweifelt an. Mir wurde schlecht vor Angst.

»Wir reiten weiter«, sagte ich zu ihm.

»Da hinten sind wir fertig. Nicht die kleinste Spur von ihr.«

»Wir sehen nochmals nach«, entgegnete Grace.

Rasch verabschiedeten wir uns. Meine Angst wuchs mit jeder Minute. In meinem Kopf formten sich die verschiedensten Bilder. Wo konnte sie nur hingegangen sein? Wir hatten ihr nie verboten, alleine in der Gegend herumzulaufen, oder sie vor den einschlägigen Gefahren gewarnt, ganz einfach, weil sie niemals allein aus dem Haus ging.

Es könnte sie jemand mitgenommen haben. Zigeuner? Zur Zeit hielten sich in der Gegend keine Zigeuner auf. Dann durchzuckte mich blitzartig ein schrecklicher Gedanke: Der Teich!

Ich sagte zu Grace: »Da hinüber.«

»Wo willst du hin?«

»Zum Teich«, flüsterte ich.

»Der Teich«, wiederholte sie. Ich hörte deutlich die Angst in ihrer Stimme.

Ohne ein weiteres Wort trieb ich mein Pferd zur Eile an. Wir verließen die Straße und ritten durch den Wald. Da lag er vor uns, der Teich – glitzernd, böse. Ich stieg ab und führte mein Pferd zum Ufer hinunter. Dort entdeckte ich eine kleine blaue Seidentasche mit einem vergoldeten Rahmen und einer Kette zum Umhängen. Sie schien mich anzustarren, als wollte sie mich verhöhnen. Ich erkannte sie sofort. Es handelte sich um eines der Geschenke, die Rebecca zu Weihnachten bekommen hatte. Seitdem nahm sie die Tasche überallhin mit.

Ein unbeschreibliches Entsetzen ergriff mich, als ich die kleine Tasche in den Händen hielt.

Voller Angst sah ich auf den bedrohlichen Teich hinaus. Das ist die Vergeltung dafür, daß wir damals die Leiche des Mannes im Teich versenkten, dachte ich, der Hysterie nahe. Jetzt hatte er sich mein Kind geholt.

Ich wollte hineinwaten, aber Grace hielt mich zurück.

»Was ist das?« fragte sie.

»Rebeccas Tasche.«

»Bist du sicher?«

Ich nickte. »Ganz sicher. Und das kann nur bedeuten ...«

Wie eine Wahnsinnige starrte ich in das dunkle, unheimliche Wasser.

Grace hielt mich am Arm fest. »Wir müssen sofort zurück und den anderen berichten, was wir gefunden haben.«

»Becca!« rief ich, so laut ich konnte. »Wo bist du? Komm her, Becca.« Doch ich wußte, wie sinnlos mein Rufen war.

Höhnisch warf der See das Echo meiner Stimme zurück. Die Weiden neigten ihre Äste weit über das Wasser. Trauerweiden, dachte ich. Sie trauern um Rebecca.

Grace hatte natürlich recht. Wir beide konnten nichts weiter tun, sondern mußten unverzüglich Hilfe holen. Die Männer mußten den Teich absuchen. Aber was immer die Helfer auch unternehmen würden, sie kämen zu spät.

Ich war kaum mehr ansprechbar. Grace übernahm die notwendigen Erklärungen. Bestürzung breitete sich aus. Mein Vater machte sich in Begleitung einiger Männer sofort auf den Weg. Ich hörte sie miteinander reden. Sie wollten tatsächlich den Teich absuchen.

Bei Einbruch der Dunkelheit waren die Männer noch immer nicht zurück. Zusammen mit Mutter und Grace wartete ich. Die Zeit dehnte sich endlos. Nie vergesse ich ihre Gesichter im flackernden Kerzenschein. Jede Spur von Hoffnung war daraus verschwunden.

Überwältigt von tiefstem Schmerz, konnte ich keinen klaren Gedanken mehr fassen. Nur eines wußte ich genau: In jedem Fall werden sie *ihn* finden.

Die Männer entdeckten keine Spur von Rebecca. Trotzdem blieb die Suche nicht ergebnislos. An einer seichten Stelle stießen sie auf eine goldene Herrenuhr und eine Kette, an der noch

Stoffetzen hingen. Des weiteren fand der Suchtrupp die Überreste eines Mannes, der zu lange im Wasser gelegen hatte, um noch einwandfrei identifiziert werden zu können. Polizeibeamte kamen und brachten weg, was noch von ihm übrig war. Besonders die Uhr schien ihr Interesse hervorzurufen.

Ich nahm diese Neuigkeit wie durch einen Nebelschleier wahr. Meine Gedanken drehten sich ausschließlich um mein Kind. Meine Hoffnung bekam neue Nahrung. Rebecca war nicht ertrunken, sonst hätten sie die Männer im Teich gefunden.

Meine Mutter nahm mich in die Arme. Grace sah mich teilnahmsvoll an.

»Sie kommt zurück«, flüsterte meine Mutter.

»Vielleicht ist sie beim Herumlaufen müde geworden, hat sich irgendwo niedergelegt und ist eingeschlafen.«

Der Gedanke, Rebecca ganz allein und verängstigt dort draußen zu wissen, schien mir unerträglich. Doch es war weniger entsetzlich, als sie auf dem Grund des tückischen Teiches zu vermuten.

Ich konnte unmöglich weiter untätig zu Hause herumsitzen. Ich mußte hinaus und sie suchen. Wie magisch zog es mich erneut zum Teich. Grace bestand darauf, mich zu begleiten.

»Ich weiß, sie war am Teich«, beharrte ich mit Nachdruck. »Die Tasche ist der Beweis.«

Am Teich angelangt, rief ich wieder: »Becca!« Und wieder erklang das unheilvolle Echo meiner Stimme durch die gespenstische Stille.

Plötzlich hörte ich es: Unzweifelhaft läuteten Glocken. Das Geräusch schien direkt aus dem Teich zu kommen. Ich fühlte mich wie in einem bösen Traum. Die Glocken verkündeten eine Katastrophe, und ich dachte sofort an mein Kind.

Entsetzt sah ich Grace an. Auch sie hatte die Glocken gehört. Verblüfft schaute sie sich um. Unversehens rannte sie los. Sie lief rasch am Ufer entlang in Richtung auf das Dickicht. Ich hörte sie rufen. Dann geriet sie wieder in mein Blickfeld, und ich sah, wie sie irgend jemanden hinter sich herzerrte. Es war Jenny Stubbs. Jenny hielt ein Kinderspielzeug in der Hand — zwei Glocken an einem Stab, die läuteten, wenn man sie schüttelte.

Grace keuchte: »Da hast du deine Glocken.«

Jenny versuchte sich loszureißen, aber Grace hielt sie mit eisernem Griff fest.

Ich trat auf die beiden zu. »Du also hast immer die Glocken geläutet, Jenny.«

Unter halbgesenkten Lidern warf sie mir einen raschen Blick zu. »Meinen Vater hat nie jemand erwischt. Ihn nicht. Er hat immer geläutet, wenn sich Leute hier herumgetrieben haben und er wollte, daß sie verschwinden.«

Grace nahm Jenny das Spielzeug aus der Hand.

Sie schüttelte den Stab, und Geläut erklang. »Soviel zu den Glocken von St. Branok«, sagte sie trocken.

»Warum wolltest du uns vertreiben, Jenny?« fragte ich.

»Eine Menge Leute sind hier gewesen. Sogar im Teich haben sie herumgesucht. Jetzt sind Sie auch noch gekommen. Ich dachte, Sie nehmen sie mir weg.«

Mir schlug das Herz bis zum Hals. Eine Vermutung stieg in mir auf.

»Sie wegnehmen, Jenny? Wen sollten wir denn mitnehmen wollen?«

»Na sie. Meine Daisy.«

»Dein kleines Mädchen?«

Sie nickte. »Daisy ist zurückgekommen.«

»Wo ist sie?« Ich zitterte am ganzen Körper.

Sie sah mich nur verschlagen an.

Ich wartete nicht länger auf eine Antwort, sondern lief zu ihrem Cottage hinüber. Die Tür war verschlossen. Mit den Fäusten hämmerte ich dagegen. Ich hörte die Schritte eines Kindes. Grenzenlose Erleichterung erfaßte mich. Diese Schritte kannte ich.

»Becca!« schrie ich.

»Mama! Mama! Ich will nach Hause. Ich will nicht mehr hierbleiben.«

Ich drehte mich zu Jenny um. »Mach die Tür auf, Jenny. Ach was, gib mir den Schlüssel.«

Sie fügte sich in das Unvermeidliche. Gehorsam reichte sie mir den Schlüssel. Ich öffnete die Tür, und Rebecca lag in meinen Armen.

Rebecca erzählte uns eine reichlich wirre Geschichte. Als Annie bewußtlos auf der Straße lag, sei sie einfach losmarschiert. Sie begegnete Jenny, die sie bei der Hand nahm und sagte, sie würde sie nach Hause bringen. Sie sagte zu ihr, sie sei Daisy und nicht Becca und nicht da zu Hause, wo sie jetzt wohnen würde. Ihr Zuhause sei woanders.

Rebecca hatte anscheinend nicht die geringste Angst empfunden. Jenny war sehr freundlich zu ihr gewesen, hatte ihr Milch gegeben und sie zu Bett gebracht. Rebecca dachte sich weiter nichts dabei, bis sie das Spiel satt hatte und nach Hause wollte.

Uns alle erleichterte der glimpfliche Ausgang des Abenteuers. Lediglich das Mitleid mit Jenny trübte unsere Freude.

»Das arme Mädchen.« Meine Mutter sah mich hilflos an. »Jenny hätte dem Kind niemals etwas zuleide getan. Wahrscheinlich war sie wirklich überzeugt, ihre Tochter vor sich zu haben. Sie ist sehr krank. Gleich nachher gehe ich zu den Grendalls und bitte sie, Jenny für eine Weile bei sich aufzunehmen. Mrs. Grendall ist eine herzensgute Frau, Jenny hat schon oft für sie gearbeitet. Das arme Geschöpf braucht jemanden, der sich um sie kümmert. Sie muß am Boden zerstört sein.«

Die Grendalls waren Pächter auf Cador — gute, ehrliche, hart arbeitende Menschen. Wir wußten Jenny bei ihnen in den besten Händen.

»Wir dürfen ihr keinen Vorwurf machen«, fügte meine Mutter hinzu. »Sie wollte nichts Böses und hat sich in ihrem Cottage rührend um Rebecca gekümmert. Was Jenny braucht, sind Freundlichkeit und Verständnis.«

In jener Nacht ließ ich Rebeccas Bettchen in mein Schlafzimmer bringen. Ich wollte sie unbedingt bei mir haben. Fast die ganze Nacht lag ich wach und lauschte beruhigt ihren regelmäßigen Atemzügen.

Die Zeitungen von Bodmin berichteten ausführlich über die sensationelle Entdeckung im Teich.

Die Uhr und die Kette. die die Männer gefunden hatten, trugen die Initialen M. D. und W. B. Die Buchstaben waren nicht fachgerecht eingraviert, sondern nur eingekratzt. Man erinnerte die Leser an jenen Fall des entsprungenen Sträflings, eines Kindermörders, der sich vor einigen Jahren zugetragen hatte. Die Spuren hatten damals nach Poldorey geführt. Nach intensiver, vergeblicher Suche war die Polizei schließlich davon ausgegangen, daß ihm die Flucht ins Ausland geglückt sei.

Aber der Mann hatte zu lange im Wasser gelegen, um mit letzter Sicherheit identifiziert werden zu können. Verschiedene Hinweise deuteten darauf hin, daß es sich um den entflohenen Mörder handeln könnte. Die Uhr trug die Initialien M. D., und sein Name war Mervyn Duncarry. Die Buchstaben W. B. könnten auf eine Person hinweisen, zu der er eine besondere Beziehung gehabt hatte. Unklar war, wie ein Sträfling in den Besitz einer goldenen Uhr gelangt sein konnte. Im Gefängnis hatte er sie sicher noch nicht besessen, sie wäre ihm abgenommen worden.

Die Sträflingskleider fand man damals im Moor von Bodmin. Folglich mußte ihm jemand bei der Flucht geholfen haben. Bestimmt hatte der Helfer die Kleider und vielleicht auch die Uhr besorgt, in die er dann seine Initialen und die seines Kumpans eingekratzt hatte. Für die Polizei reichte dies aus, um die Identität des Mannes als geklärt anzusehen. Rätselhaft blieb nur der Tod des Mannes. Er mußte in den Teich gefallen sein. Aber wie und warum? Die Polizei schloß die Akten des Falles noch nicht.

Grace wirkte zutiefst erschüttert. Der Fall schien sie sehr aufzuregen. Ich vermutete, der Gedanke entsetzte sie, daß Rebecca ganz allein im Wald herumspaziert war, wo Diebe und Mörder ihr Unwesen trieben.

Ein paar Tage später ritten wir aus. Grace wollte unbedingt an den Strand. Wir galoppierten am Meer entlang bis zum alten Bootshaus. Dort zügelte sie ihr Pferd. »Binden wir doch die Pferde an und machen einen kleinen Spaziergang«, schlug sie vor.

Ich war einverstanden. Während wir nebeneinander hergingen, sagte sie unvermutet: »Mir geht dieser Mann im Teich nicht aus dem Kopf.«

Über ihn wollte ich nun wirklich nicht reden. Mir spukte er schon seit Jahren im Kopf herum.

Ich ging nicht auf sie ein. »Wir sollten nicht so lange wegbleiben. Ich bin immer etwas unruhig wegen Rebecca. Ich vertraue Annie nicht mehr.«

»Sie ist jetzt bestimmt noch vorsichtiger, als sie es ohnehin schon war. Und die anderen haben auch ein Auge auf sie. Erinnerst du dich nicht mehr an diesen Mann? Ich noch genau, welche Aufregung damals herrschte. Und kannst du dich auch noch an den Ring erinnern?«

»Ja«, gab ich widerstrebend zu.

»Darin waren ebenfalls Initialen eingraviert. M. D. und noch zwei andere Buchstaben.«

»Ich glaube W. B.«

»Wie auf der Uhr«, sagte sie nachdenklich. »Du hast den Ring gefunden, nicht wahr?«

Ich nickte.

»Und wo, Angelet?«

»Als ich den Unfall hatte.«

»Am Strand. Hier beim Bootshaus?«

Ich antwortete nicht.

»Merkwürdig.« Sie ließ nicht locker. »Die Uhr lag im Teich und der Ring — hier in der Nähe des Bootshauses. Er war am Strand und hat seinen Ring verloren, dann muß er zum Teich gegangen sein und sich ertränkt haben. Begreifst du das, Angelet?«

»Es ist allerdings sehr rätselhaft.«

»Zeig mir mal die Stelle, wo du den Ring gefunden hast.«

»Ich erinnere mich nicht mehr genau. Grace, wir müssen nach Hause.«

Sie legte eine Hand auf meinen Arm. »Angelet.« Ihr Griff war fest, und sie zwang mich, sie anzusehen. »Du weißt doch etwas. Sag mir, was du weißt.«

»Was meinst du? Was soll ich wissen?«

»Etwas über diesen Mann. Versuche, dich zu erinnern. Du hattest einen Unfall am Strand. An der Unfallstelle hast du den Ring gefunden.«

»Das ist schon so lange her. Ich erinnere mich wirklich nicht genau.«

»Angelet, ich glaube, du erinnerst dich sehr gut daran. Du hast damals gelogen, nicht wahr?«

Ich fühlte mich in der Falle. Wie damals bei Gervaise überfiel mich wieder der brennende Wunsch, über den Vorfall zu reden. Ich hatte das Bedürfnis, ihr alles zu erklären.

Wie aus weiter Ferne hörte ich mich sagen: »Ja, ich habe gelogen.«

»Es hängt mit dem Teich zusammen, oder täusche ich mich?«

»Woher weißt du das?«

»Ich habe dich beobachtet. Du hast dich stets verändert, wenn der Teich auch nur erwähnt wurde. Was hat es damit auf sich? Wußtest du, daß man den Mann im Teich finden würde?«

»Ja.« Ich war den Tränen nahe. »Ja, ich wußte es.«

Sie kam näher. Ihre Augen funkelten neugierig. Den Griff um meinen Arm lockerte sie nicht.

»Erzähl mir, was vorgefallen ist, Angelet. Bestimmt hilft es dir, wenn du darüber sprichst.«

Ich schloß die Augen. Deutlich sah ich die Szene vor mir. »Wir hätten es nicht tun sollen. Wir hätten Hilfe holen und ihnen sagen müssen, daß er tot ist.«

»Tot? Wer?«

»Dieser Mann. Der Mörder.«

»Du hast ihn gesehen?«

»Ja. Er wollte mir antun, was er mit dem anderen Mädchen gemacht hatte. Ben kam gerade noch rechtzeitig. Die beiden kämpften miteinander. Dabei stürzte der Mörder mit dem Kopf auf einen der Mauerreste. Man konnte diese Steine damals kaum sehen, erst später, bei den Ausgrabungen, wurden sie freigelegt. Ein spitzes, scharfkantiges Stück Stein ragte aus dem Gras. Es hat ihm den Schädel gespalten. An dieser Verletzung starb er. Ben und ich wußten nicht, wie wir uns verhalten sollten, deshalb schleppten wir ihn zum Teich und versenkten ihn.«

Entgeistert starrte sie mich an. Ich erkannte sie kaum wieder. Sie war leichenblaß geworden.

»Und der Ring?« fragte sie.

»Er lag am Teich. Ich habe ihn aufgehoben, ohne nachzudenken. Zu Hause habe ich ihn in die Schublade gelegt. Später dachte ich nicht mehr daran. Ich wußte nicht, daß es sein Ring war. Eines Tages sagtest du, er gefalle dir, und ich habe ihn dir gegeben.«

»Ich verstehe«, sagte Grace langsam. »Und die ganze Zeit, als die Polizei nach dem Mann gesucht hat, wußtest du, daß er im Teich liegt.«

Ich schwieg. Was hätte ich zu meiner Entschuldigung auch sagen können?

»Ich sehe deutlich vor mir, wie alles passiert ist«, fuhr sie fort. »Wer weiß sonst noch davon? Hast du es irgend jemandem erzählt?«

»Nur Gervaise.«

»Gervaise«, wiederholte sie bedächtig.

»Grace, glaubst du, wir haben etwas falsch gemacht?«

»Wenn du mich fragst, hättet ihr die Leiche nicht verschwinden lassen dürfen.«

»Ja, das denke ich jetzt auch. Damals schien es mir aber richtig zu sein. Wir hatten Angst vor Schwierigkeiten. Verstehst du, wir dachten, man würde behaupten, wir hätten ihn umgebracht. Bei meinem Großvater ist das geschehen. Er tötete ebenfalls einen Mann, der versuchte, ein Mädchen zu vergewaltigen. Damals wurde er wegen Totschlags zu sieben Jahren Verbannung nach Australien verurteilt.«

»Das liegt doch schon eine Ewigkeit zurück. Heute urteilt man in solchen Fällen anders.«

»So lange ist es nun auch wieder nicht her. Möglicherweise haben wir überstürzt gehandelt. Wir wußten einfach nicht, was wir tun sollten. Er war tot, aber man hätte ihn ohnehin gehängt. Da trösteten wir uns mit dem Gedanken, er sei auf diese Weise immerhin angenehmer gestorben.«

»Diese Tat lastete schwer auf deinem Gewissen, nicht wahr? Diese ganzen Jahre lang.«

»So etwas vergißt man nie. Ich bin froh, daß ich es dir gesagt habe, Grace.«

»Ja. Ich auch.«

Auf dem Heimweg fiel kein weiteres Wort. Beide dachten wir an den Mann, dessen Leiche all die Jahre im Teich von St. Branok gelegen hatte.

Grace fuhr nach London zurück. Ihre Gesellschaft fehlte mir sehr. Zunehmend packte mich eine nervöse Unruhe. Die übertriebene Fürsorglichkeit meiner Eltern drohte mich zu ersticken. Sie behandelten mich zuweilen noch immer wie ein Kind. Ich fühlte mich in einer Art Schwebezustand. Jeder gab sich alle erdenkliche Mühe, mich zu schonen und alle unangenehmen Dinge von mir fernzuhalten, als fürchtete man, ich könne an dem kleinsten Ungemach zerbrechen. Dabei vergaßen sie völlig, daß ich in Australien ein nicht gerade behütetes Leben geführt hatte. Es fiel mir ungeheuer schwer, in dieser abgelegenen Ecke Englands das geruhsame Leben einer Dame vom Lande zu führen — auch wenn es meine Heimat war.

Meiner Mutter entging mein wachsendes Unbehagen nicht. Sicherlich führte sie lange Gespräche mit meinem Vater über meine Zukunft. Sie gaben einige Gesellschaften, zu denen junge Männer eingeladen wurden — um genau zu sein, ganz so jung waren sie nicht mehr. Die meisten kannte ich seit meiner Kindheit. Ich wußte nur zu gut, was meine Eltern im Schilde führten. Sie wollten mich wieder verheiraten und suchten einen passenden Ehemann für mich.

Ich gab ihnen deutlich zu verstehen, ich wolle nicht heiraten, und falls doch, könne ich mir meinen Mann selbst auswählen. Endlich begriffen sie, daß ich ihre kleinen Tricks durchschaut hatte. Sie wollten nur mein Glück, aber ich fühlte mich eingesperrt und erdrückt von so viel Liebe. Ich wünschte, mit ihnen über Ben und meine Gefühle für ihn sprechen zu können. Aber ich hatte niemanden, dem ich mich anzuvertrauen wagte.

Morwenna und die Pencarrons beteiligten sich an der Verschwörung, einen Ehemann für mich zu finden. Einerseits amüsierte ich mich über ihr wenig geschicktes Vorgehen, andererseits ärgerte mich diese unerwünschte Einmischung in meine ureigensten Angelegenheiten.

Eines Tages kam Mrs. Pencarron zum Tee und brachte Neuigkeiten mit.

Wir saßen im Salon. Langsam rührte sie ihren Tee um und sagte: »Wir haben miteinander gesprochen, Josiah und ich. Es ging um Justin.«

»Oh?« machte meine Mutter nur.

Alarmiert sah ich Mrs. Pencarron an. Was hatte er jetzt wieder angestellt? In meiner Phantasie saß er am Kartentisch der Pencarrons — nebenbei gesagt, sie spielten nie Karten —, aber ich stellte mir Justin vor, mit hochrotem Gesicht, schuldbewußt, das Herz-As im Ärmel.

»Er ist ein netter junger Mann. Und sehr gescheit«, fuhr Mrs. Pencarron fort. »Wir sind ihm unendlich dankbar, denn er hat unsere Morwenna glücklich gemacht.«

»Den Eindruck habe ich auch«, stimmte meine Mutter zu.

»Er liebt sie aufrichtig, und auch den kleinen Pedrek hat er von Herzen gern.«

»Pedrek ist ja auch ein reizender kleiner Kerl. Unsere Rebecca ist ganz vernarrt in ihn, und sie hat einen guten Geschmack.«

Mrs. Pencarron lächelte. »Anfangs war ich strikt dagegen. Josiah im Grunde auch. Aber er sagte, wir dürften nicht nur an uns denken, und da hat er natürlich recht. Schon vor langer Zeit, noch vor Morwennas Hochzeit, war er der Ansicht, wir brauchten ein Büro in London. Vom geschäftlichen Standpunkt aus betrachtet, ist das zweifellos richtig. Jos sagt, alles, was den Vertrieb und den Export angeht, ist von Cornwall aus schwer zu machen. Jetzt denkt er ernsthaft daran, eine Niederlassung in London einzurichten. Er meint, Justin wäre der richtige Mann dafür. Er hat schon mit ihm gesprochen, noch nicht konkret natürlich. London ist so weit weg, trotz der Eisenbahn. Wenn sie wirklich dorthin — na ja. Justin behauptet, sie kämen uns oft besuchen, und der kleine Pedrek könnte ja immer wieder für eine Weile bei uns bleiben, weil sie in London sehr beschäftigt seien und die Landluft für den Kleinen selbstverständlich auch viel besser ist. Trotzdem ist es natürlich eine schmerzliche Trennung, ein Abschied. Für das Geschäft wäre es von Vorteil, besonders dann, wenn ein Familienmitglied das Londoner Büro übernimmt.«

»Ich verstehe«, seufzte meine Mutter. »Wir werden Morwenna auch sehr vermissen, nicht wahr, Angelet?«

Meine Mutter ließ mich nicht mehr aus den Augen. Nachdem Mrs. Pencarron gegangen war, sagte sie zu mir: »Ich habe das Gefühl, du beneidest Morwenna.«

Ich ging nicht darauf ein.

»Justin wird sich freuen, bald wieder in London zu sein«, entgegnete ich.

Darauf sagte meine Mutter nichts mehr. Ich wußte, sie würde mit meinem Vater darüber reden. Früher oder später sprachen sie mich sicher darauf an.

Ich behielt recht. Es dauerte nicht lange, und meine Mutter

nahm mich wieder einmal beiseite. »Angelet, ich habe den Eindruck, du möchtest gerne wieder nach London. Anscheinend langweilst du dich bei uns.«

»Aber nein. Natürlich nicht. Es ist nur . . .«

»Ich weiß.« Bestimmt dachte sie jetzt an Gervaise. »Du hast eine Tragödie durchgemacht, Angelet. Du warst erst so kurze Zeit verheiratet. Wir haben uns große Sorgen um dich gemacht. Aber du weißt, dein Vater und ich, wir wollen nur dein Bestes. Wir haben über dich gesprochen und sind zu dem Schluß gekommen, daß du für einige Zeit nach London gehen solltest. Mach dir wegen uns keine Gedanken, wir sind dir nicht böse. Außerdem wäre es gut, wenn du dich um dein Haus in London kümmertest.«

Bei diesen Worten erwachten meine Lebensgeister. Eine Veränderung würde mir guttun, denn jede Veränderung versprach auch ein wenig Aufregung und Spannung.

Meiner Mutter, die mich unverwandt ansah, entging meine Freude über ihren Vorschlag keineswegs.

»Gut, das wäre abgemacht«, sagte sie. »Am besten fährst du zusammen mit Morwenna und Justin. Ich benachrichtige Amaryllis. Höchstwahrscheinlich kannst du bei ihnen wohnen, bis du dein Haus in Ordnung gebracht hast. Möchtest du Annie mitnehmen? Für Rebecca wäre das sicher nicht schlecht. Du wirst uns natürlich sehr fehlen, aber wir kommen dich oft besuchen. Und du kannst selbstverständlich nach Cador kommen, wann immer du willst.«

Ich umarmte sie. »Du bist so gut und verständnisvoll.«

Sie lachte. »Was hast du denn erwartet? Dein Vater und ich — und auch Jack — wünschen uns nichts mehr auf der Welt, als dich glücklich zu sehen.«

Bereits am nächsten Tag kam Morwenna nach Cador. Sie zeigte sich begeistert über meinen Umzug nach London.

»Erst wollte ich überhaupt nicht weg, Angelet«, gestand sie. »Ich bin so gerne hier. Außerdem ist die Landluft viel besser für Pedrek.«

»In London gibt es herrliche Parks«, erinnerte ich sie.

»Ja, aber das ist nicht dasselbe. Andererseits freut sich Justin schon sehr auf London. Er ist nun einmal durch und durch ein Stadtmensch. Die Niederlassung in London aufzubauen ist eine Aufgabe, die ihn reizt.«

Die liebe Morwenna sah dem Umzug nach London mit gemischten Gefühlen entgegen. Im Gegensatz zu mir genoß sie das ruhige Landleben. Ich dagegen konnte es kaum erwarten, endlich wegzukommen.

Ein paar Tage vor unserer Abreise traf ein Brief von Tante Amaryllis ein.

Ich freue mich schon auf Angelet und die reizende kleine Rebecca. Und natürlich auch auf Morwenna und Justin. Es ist schön, sie alle bald in unserer Nähe zu wissen. Wir haben dafür gesorgt, daß Angelets Haus in Ordnung gebracht wird. Natürlich kann sie bei uns wohnen, so lange sie möchte, aber das weiß sie ja.

Heute habe ich eine große Neuigkeit für Euch. Was glaubt Ihr wohl? Ben ist zurückgekommen, und zwar als reicher Mann. Peter freut sich sehr — ich glaube, er ist mächtig stolz auf ihn. Er hat sein Wort gehalten, als er sagte, er käme nicht nach Hause, bevor er ein Vermögen gemacht habe. Peter meint, auf Ben könne man sich eben verlassen. Er erreicht, was er sich vornimmt. Inzwischen hat er die Mine anscheinend gekauft. Wahrscheinlich hat er das meiste Gold abgebaut. Übrigens, er möchte in England bleiben! ›Die Herumtreiberei hat ein Ende‹, sagte er. ›Mir reicht es.‹ Er hat sich ein wunderschönes Haus gekauft, nicht weit weg von unserem. Allerdings ist sein Haus noch größer als das unsere. Er muß nämlich eine Menge Gesellschaften geben. Und was glaubt Ihr, warum? Er geht in die Politik. Peter meint, das wäre der richtige Zeitvertreib für ihn. Ich wünschte nur, sie stünden auf derselben Seite. Wie Ihr wißt, unterstützt Peter die Konservativen, und auch Matthew ist Abgeordneter dieser Partei. Aber Ben hält es mit den Liberalen. Ihr könnt Euch bestimmt vorstellen, daß es deshalb immer wieder lebhafte Diskussionen gibt. Seit er zurück ist, sorgt er für beträchtliche Aufregung in der Familie. Mit Ben ist es nie langweilig.

Ich bedaure nur seine arme kleine Frau. Die liebe Lizzie ist ein sehr liebenswerter Mensch und die Güte selbst, aber ganz bestimmt nicht die richtige Frau für einen Politiker. Ich mache mir große Sorgen, wie sie mit ihrem neuen Leben zurechtkommen wird. Sie ist ein schlichtes Geschöpf. Ich kann mir nicht vorstellen, daß sie glücklich ist. Aber sie betet Ben an und ist sehr stolz auf ihn. Nur weiß ich nicht, wie sie das Leben, das er plant, durchstehen soll. Wir wissen ja von Helena, was von der Frau eines Politikers alles verlangt wird. Helena hat es geschafft, aber sie ist auch eine energische Frau. Außerdem hat Peter natürlich Matthews Karriere nach Kräften gefördert. Für Ben würde er dasselbe tun, aber das wird wohl schwierig, weil er einer anderen Partei angehört.

Grace und Lizzie haben sich angefreundet, und das freut mich wirklich. Grace ist für Lizzie eine Art Hausdame geworden. Sie hilft ihr bei der Wahl ihrer Garderobe und dergleichen Dingen und stärkt ihr den Rücken, wann immer es nötig ist. Wenn Du mich fragst, ist sie für Lizzie und Ben schon unentbehrlich geworden. Aber auch für Grace ist diese Freundschaft nur gut, denn sie hat sich oft einsam gefühlt. Ich bin nach wie vor der Meinung, sie sollte wieder heiraten. Schließlich ist Jonnie schon viele Jahre tot. Sie hat lange genug getrauert. Aber bis jetzt ist ihr der Richtige anscheinend noch nicht begegnet. Es ist also für beide, für Grace und Lizzie, ein Segen, daß sie sich gut verstehen.

Ich erwarte Angelet und Rebecca voller Ungeduld.

Alles Liebe für Euch alle.

Während meine Mutter den Brief vorlas, dachte ich unentwegt an Ben — nach erfolgreicher Mission zurückgekehrt nach London.

Die Aussicht, ihn wiederzusehen, erfüllte mich mit einer gewissen Besorgnis, aber dieses unangenehme Gefühl wurde rasch von ungeheurer Neugierde verdrängt.

Unser erster Weg in London führte uns zu Onkel Peter und Tante Amaryllis, die uns herzlich begrüßten. Rebecca und Pedrek wurden pflichtschuldigst bewundert und bald darauf zu Bett gebracht. Tante Amaryllis hatte zwei Betten nebeneinander in das alte Kinderzimmer stellen lassen, weil sie dachte, die beiden würden sich in einem fremden Haus weniger fürchten, wenn sie zusammen in einem Zimmer schliefen. Schließlich könnte ja eines der Kinder in der Nacht aufwachen und Angst bekommen, so ganz alleine.

Ich hatte Annie mit nach London genommen und Morwenna Pedreks Kindermädchen May. Sobald wir in London Kindermädchen eingestellt hatten, sollten die beiden nach Cornwall zurückkehren.

Auch Justin und Morwenna übernachteten in Onkel Peters Haus. Ich blieb einige Tage bei meinen Verwandten, bis in meinem Haus alles für meinen Einzug vorbereitet war.

Die allgemeine Wiedersehensfreude war groß. Ich fühlte mich in London sofort wieder zu Hause. Helena und Matthew kamen mit Geoffrey; auch Peterkin und Frances leisteten uns Gesellschaft. Gerade als wir uns zum Abendessen setzten, erschienen Ben und Lizzie.

Er strotzte vor Gesundheit, und seine Augen sahen im Kontrast zur dunkel verbrannten Haut eher noch blauer aus, als ich sie in Erinnerung hatte. Sofort als ich ihn erblickte, wußte ich, ich hätte nicht kommen sollen. Schon in Cornwall hatte ich ihn vergeblich aus meinen Gedanken zu verbannen versucht. Wie sollte ich in London je von ihm loskommen?

»Angel«, begrüßte er mich. »Schön, dich wiederzusehen.«

»Das gleiche wollte ich eben zu dir sagen, Ben. Und Lizzie, ich freue mich, daß du da bist!«

Sie lächelte mich schüchtern an, und ich küßte sie leicht auf die Wange.

»Ich bin erstaunt, daß du schon in London bist«, sagte ich zu Ben.

»Es lag von Anfang an in meiner Absicht, so bald wie möglich nach England zurückzugehen«, antwortete er.

»Tante Amaryllis hat uns von deiner Ankunft verständigt.«

»Du bist also nach London gekommen, um mich zu begrüßen?«

»Nun ja, um ehrlich zu sein, mein Umzug hierher war längst beschlossene Sache, als ich von deiner Rückkehr erfuhr.«

»Wie dem auch sei, jedenfalls sind wir nun wieder alle beisammen.«

Wir setzten uns zum Essen. Onkel Peter, der trotz seiner inzwischen silbergrau gewordenen Schläfen noch immer sehr jugendlich aussah, saß am einen Ende des Tisches; Tante Amaryllis, deren faltenloses Gesicht ihr Alter gleichfalls Lügen strafte, nahm am anderen Ende Platz.

»Wie ich gehört habe, eröffnet ihr ein Büro in London«, wandte sich Onkel Peter an Justin.

»Ja«, antwortete Justin. »Ich muß mich gleich morgen darum kümmern.«

»Ich kann Sie mit einigen Leuten bekannt machen, die Ihnen nützlich sein können.«

Der gute Onkel Peter. Jemand hatte einmal über ihn gesagt, er hätte seine Hände überall im Spiel. Da war wirklich etwas Wahres dran. Dankbar dachte ich an die Übernahme von Gervaises Schulden. Ich mochte Onkel Peter, den durchtriebenen alten Sünder, von Herzen gern. Bestimmt konnte er mit seinen Beziehungen Justin von großer Hilfe sein.

Peterkin und Frances erzählten von der Arbeit in der Mission, Geoffrey berichtete über sein Jurastudium. Den größten Teil der Unterhaltung bestritten aber naturgemäß Onkel Peter und Ben. Natürlich sprachen sie über ihr Lieblingsthema, die Politik.

Aufmerksam hörte ich ihnen zu. Im Gegensatz zu Matthew, der seinem Schwiegervater immer sklavisch zustimmte, trachtete Ben überhaupt nicht danach, seinem Großvater nach dem Munde zu reden. Sie standen in verschiedenen politischen Lagern. Onkel Peter rühmte die Erfolge von Disraeli, der nach dem Rücktritt von Lord Derby Premierminister geworden war. Ben dagegen setzte auf William Gladstone.

»Die Königin mag eine Schwäche für Disraeli haben«, sagte Ben, »aber über kurz oder lang ist Gladstone der starke Mann. Denk an meine Worte. Gladstone wird Premierminister. Und er wird dieses Amt lange behalten. Wer ist das denn schon, dein Disraeli?«

»Im Augenblick der schlaueste Politiker, den wir haben«, entgegnete Onkel Peter. »Das weiß auch die Königin, darum unterstützt sie ihn nachhaltig.«

»Aber die Regierung dieses Landes ist nicht auf Lebenszeit am Ruder wie die Königin. England hat eine demokratisch gewählte Regierung. Das Volk allein entscheidet, von wem es regiert wird. Und das Volk unterstützt einen starken Mann wie Gladstone – nicht so eine zweifelhafte Figur wie diesen Disraeli.«

»Aufgrund der Wahlreform kommen fast eine Million neuer Wähler hinzu. Da hat Gladstone keine Chance.«

»Wir müssen dafür sorgen, daß die neuen Wähler für uns stimmen.«

»Das schafft ihr nie!« rief Onkel Peter. »Wir setzen alles daran, daß sie für *uns* stimmen.«

So ging es hin und her. Jeder hielt unerschütterlich an seinem Standpunkt fest und verteidigte seine Partei. Trotzdem spürte man die aufrichtige Hochachtung, die beide füreinander empfanden.

Schon der erste Abend in London hatte mir außerordentlich gefallen. Ich genoß diese interessanten Unterhaltungen über Politik. Als ich spätabends noch wach im Bett lag, dachte ich an Ben. Jetzt hielt er sich mit Lizzie, die den ganzen Abend kaum ein Wort gesprochen hatte, in seinem prachtvollen Haus auf.

Bereits eine Woche später konnte ich mein Haus beziehen. Amaryllis und Helena halfen mir bei der Einstellung des Personals. Rebecca bekam ein richtiges Kindermädchen. Meine Tochter war begeistert von London. Besonders liebte sie die Parks. Rebecca hatte ein bezauberndes Wesen. Sie mochte alle Menschen, und die meisten erwiderten ihre offen gezeigte Zuneigung. Sie steckte voller Lebensfreude, die sie mit jedermann teilen wollte. Jeden Tag dankte ich Gott für dieses Kind. Sie hatte auffallende Ähnlichkeit mit Gervaise. Wie er, war auch sie immer munter und vergnügt und sah nur die heiteren Seiten des

Lebens. Ich achtete sorgfältig darauf, daß sie nicht leichtsinnig wurde, und hoffte inständig, sie habe seine verhängnisvolle Leidenschaft nicht geerbt.

Morwenna wohnte ebenfalls wieder in ihrem eigenen Haus. Inzwischen fühlte sie sich in London recht wohl. Justin gefiel es in der Stadt, und deshalb gefiel es ihr auch. Unsere Kinder kamen häufig zusammen und spielten miteinander.

Schon wenige Tage nach meinem Einzug besuchte mich Ben. Er kam am späten Vormittag. Annie war mit Rebecca unterwegs zu Morwenna. Ich wollte gerade gehen, weil ich noch einige Einkäufe zu erledigen hatte, als Maggie, das neue Hausmädchen, einen Besucher meldete.

»Hat er denn seinen Namen nicht genannt?« fragte ich sie erstaunt.

»Doch, Madam. Ein Mr. Lansdon.«

Ich dachte, es sei Onkel Peter.

»Ben!« Mir verschlug es den Atem.

»Du scheinst überrascht. Dabei wußtest du doch genau, daß ich dich besuche. Ach, es ist phantastisch, daß du in London wohnst.«

»Warum?«

»Was für eine Frage! Die Antwort lautet: Weil mir nichts wichtiger ist, als dich oft zu sehen.«

»Möchtest du eine Erfrischung? Tee? Kaffee? Wein?«

»Nein, danke. Dich zu sehen ist Erfrischung genug für mich.«

Ich lachte und versuchte, einen unbefangenen Eindruck zu machen.

»Dir ist also das Gold ausgegangen, und da hast du gedacht, es ist an der Zeit, zurückzukehren.«

»Ich wollte nie länger bleiben als unbedingt nötig. Nein, das Gold ist mir ganz und gar nicht ausgegangen. Die Mine wirft noch immer einen anständigen Gewinn ab.«

»Das meiste Gold ist bestimmt abgebaut. Vermutlich bringt sie nicht mehr ein als jede andere Mine auch.«

»Diese Mine ist nach wie vor die beste weit und breit. Ich habe den anderen noch einiges übriggelassen.«

»Und einen guten Preis dafür erzielt?«

»Den Preis, den der Käufer bezahlt hat. Ich bin nicht gekommen, um mit dir über Geschäfte zu sprechen.«

»Worüber wolltest du denn mit mir reden?«

»Ich wollte nur mit dir zusammensein.«

Er kam einen Schritt auf mich zu, und ich wich zurück. »Es hat sich nichts geändert«, sagte ich in scharfem Ton.

»Nein, anscheinend nicht.« Traurig sah er mich an. »Du hast

mir sehr gefehlt. Ich habe ständig an dich gedacht. Hast du dich auch von Zeit zu Zeit an mich erinnert?«

»Wir haben viele gemeinsame Erinnerungen.«

»Das stimmt. Und nun eine gemeinsame Zukunft in London.«

»Als ich mich entschied, nach London zu ziehen, wußte ich nichts von deiner Rückkehr.«

»Hätte das einen Unterschied gemacht?«

»Das weiß ich nicht.«

»Was soll dieses Gerede? Nennen wir die Dinge doch endlich beim Namen. Ich liebe dich, Angel. Ich hatte dich schon gern, als du noch ein kleines Mädchen warst. Aber damals warst du erst zehn Jahre alt. Ich habe nie an dich gedacht wie an eine Frau. Und später hat sich das Schicksal wirklich gegen uns verschworen.«

»Was beklagst du dich? Hättest du mich geheiratet, wärst du nie an die Goldmine gekommen.«

»Du warst mir wichtiger. Warum hast du nicht auf mich gehört? Wir hätten zusammen nach Hause fahren sollen. Gervaise hätte bestimmt in eine Scheidung eingewilligt.«

»Du bist sehr schnell bei der Hand, wenn es um die Scheidung anderer Leute geht.«

»Ach, Angel, was soll das? Du bedeutest mir mehr als alles andere auf der Welt. Ich liebe dich.«

»Mehr als deine Goldmine?«

»Ja. Ich wäre auch auf andere Weise zu Reichtum gekommen. Meinem Großvater ist es schließlich auch gelungen, und ich bin ihm sehr ähnlich. Wir haben sogar dieselben Ansichten und Ziele.«

»Auch, was die Politik betrifft?«

»Ja, auch in diesem Fall. Es spielt keine Rolle, daß wir in zwei verschiedenen Lagern stehen und oft gegensätzliche Auffassungen vertreten. Ich meinte die Art und Weise, wie wir etwas durchsetzen, wie wir zum Ziel gelangen. Aber nun zu uns, Angel. Die Dinge sind nicht so gelaufen, wie wir es uns gewünscht haben. Wir befanden uns nie zur rechten Zeit am richtigen Ort. Und wenn man nicht das bekommt, was man sich am sehnlichsten wünscht, muß man sich leider mit dem Zweitbesten begnügen.«

»Was schlägst du vor?«

»Wir beide lieben einander. Wir wohnen nicht weit voneinander entfernt. Die Lage entspricht nicht ganz unseren Idealvorstellungen – aber warum sollten wir nicht etwas gemeinsam haben?«

»Meinst du eine heimliche Liebesaffäre?«

»Ich meine — irgend etwas. Wir können doch nicht einfach auf unsere Liebe verzichten, nur weil einer von uns immer gerade nicht frei ist. Zuerst warst du verheiratet, jetzt bin ich es.«

»Und Lizzie?«

»Lizzie ist ein nettes Mädchen, aber keine Partnerin für mich. Ich kann sie nicht verlassen, weil ich mich für sie verantwortlich fühle. Ich habe ihrem Vater versprochen, für sie zu sorgen. Sie braucht jemanden, der sich ständig um sie kümmert.«

»Dein Versprechen war ein Teil des Preises für die Goldmine.«

»Erinnerst du dich an die Zeit auf Cador? Als wir am Moor gesessen haben und du mir die Geschichte von den Zwergen erzählt hast, die in der Zinnmine Gold fanden?«

»Ja, natürlich. Es handelt sich um eine uralte Legende.«

»Als sich die Söhne der Männer, mit denen die Zwerge den Vertrag geschlossen hatten, nicht mehr an die Abmachung hielten, bekamen sie kein Gold mehr.«

»Willst du damit sagen, du hast Angst, deine Goldquelle versiegt, wenn du Lizzie verläßt? Du brauchst doch das Gold nicht mehr. Du bist reich genug.«

»Ganz so habe ich es nicht gemeint. Ich meinte, wenn ich sie verletze, auf welche Weise auch immer, verliere ich einen Teil meines Selbst — meine Selbstachtung oder Würde, oder wie soll ich es nennen?«

»Meine Güte, Ben, was bist du edelmütig geworden!«

»Du weißt genau, Edelmut ist nicht unbedingt meine starke Seite. Aber bitte, versuch Verständnis für meine Gefühle gegenüber Lizzie aufzubringen.«

»Anscheinend betrachtest du sie als eine Art Talisman. Als könne Böses über dich hereinbrechen, wenn du sie verläßt. Aber so sehr liebst du sie dann auch wieder nicht, daß es dich stören würde, mit einer anderen Frau eine entwürdigende Affäre anzufangen. Damit erniedrigst du uns alle, dich, mich und Lizzie.«

»Jetzt wirst du aber sehr dramatisch.«

»Nein, Ben, ganz und gar nicht.«

»Liebst du mich oder liebst du mich nicht?«

Ich zögerte.

»Ich weiß, warum du mir nicht antwortest. Weil deine ehrliche Antwort ja lauten würde. Du hast mich nicht vergessen.«

»Das ist ja wohl kaum möglich. Uns verbindet ein entsetzliches Erlebnis. Hast du gehört, was vor kurzem passiert ist?«

»Ja. Man hat eine Uhr oder irgendeinen Gegenstand mit seinen Initialen gefunden. Das muß ein Schock für dich gewesen sein.«

»Zuerst empfand ich nur Erleichterung. Ich hatte befürchtet, Rebecca sei ertrunken. Sie war verschwunden, deshalb hat man den Teich abgesucht.«

»Arme Angel! Was für eine fürchterliche Geschichte.«

»Rebecca war die ganze Zeit wohlauf. Eine verwirrte Frau, deren Kind gestorben war, nahm sie mit in dem Glauben, Rebecca sei ihre Tochter.«

Er schloß mich in die Arme. Für einen Augenblick gab ich nach und lehnte meinen Kopf an seine Schulter.

Aber ich kam rasch wieder zur Vernunft und entzog mich ihm.

»Ich halte es für besser, wenn wir einander nicht sehen, Ben. Ich meine, nicht allein. Es reicht, wenn wir uns bei Familienzusammenkünften über den Weg laufen. Das läßt sich nicht vermeiden. Aber damit wollen wir es genug sein lassen.«

»Davon halte ich nichts. Mir ist das nicht genug«, widersprach er heftig.

Hilflos zuckte ich die Achseln.

»Nächsten Mittwoch geben wir eine Dinnerparty. Du warst noch nie in meinem Haus. Bitte, komm.«

»Wer wird dasein?«

»Mein Großvater und natürlich Amaryllis, Helena, Matthew und ein paar Freunde. Ich hoffe, man gibt mir die Kandidatur in Manorleigh. Manorleigh liegt in Essex. Am Mittwoch kommen Leute, die für mich wichtig sind.«

Ich lächelte und bemühte mich, gleichzeitig ein überhebliches Gesicht zu machen.

»Ich hoffe, Peterkin und Frances kommen auch«, fügte er hinzu. »Aber ich fürchte, sie sind von solchen Gesellschaften nicht besonders angetan.«

»Für dich wäre es natürlich von Vorteil, wenn sie anwesend wären«, entgegnete ich. »Verwandte, die sich wohltätigen Werken verschrieben haben, sind für einen zukünftigen Politiker immer ein Pluspunkt.«

Nun lächelte er.

»Ja, ich muß zugeben, du hast tatsächlich große Ähnlichkeit mit Onkel Peter.«

Er ging nicht darauf ein. »Grace Hume hat sich schon prächtig bewährt. Lizzie hängt sehr an ihr. Die arme Lizzie ist bei derartigen Anlässen immer ganz durcheinander. Sie hat ständig Angst, etwas geht schief. Eine überlegene, selbstsichere Gastgeberin war sie noch nie. Grace steht ihr zur Seite, dann wird sie es schaffen.«

»Grace hilft der Familie seit ewigen Zeiten. Daran hat sich anscheinend nichts geändert.«

»Ja, ja.«

»Sie berät Lizzie bei der Wahl ihrer Kleider und dergleichen Dinge mehr. Darin besitzt sie ein erstaunliches Geschick. Sie ist oft bei uns. Um die Wahrheit zu sagen, sobald irgend etwas aus dem Rahmen des gewöhnlichen Alltags fällt, ist sie zur Stelle.«

»Das freut mich für Lizzie. Lizzie hat es wahrlich nicht leicht, aber mit der Zeit wird sie sich hoffentlich an ihr neues Leben gewöhnen. Du wirst schon dafür sorgen und aus ihr die passende Frau des zukünftigen Premierministers machen. Dieses Amt strebst du doch an, oder irre ich mich?«

»Man muß sich immer hohe Ziele setzen. Auch wenn man es nicht ganz bis zur Spitze schafft, findet man in diesem Fall unterwegs zumindest einen guten Platz.«

»Du hast sicher recht. Wie immer.«

»Dann sehen wir uns am Mittwoch?«

»Ja. Ich komme.«

»Ich habe mir überlegt, auch Morwenna und Justin einzuladen. Dann hättest du Begleitung.«

»Du denkst wirklich an alles.«

Er trat auf mich zu und ergriff meine Hände.

»So schnell kommst du mir nicht davon, das weißt du. Ich finde einen Weg.«

»Es gibt keinen Weg«, antwortete ich. »Es darf gar keinen Weg geben.«

»Es gibt immer einen Weg«, behauptete er mit fester Stimme.

Auch Grace besuchte mich.

Ich nahm eine kaum merkliche Veränderung an ihr wahr. Ihr Gang schien federnder geworden zu sein, und eine Art inneres Leuchten ging von ihr aus.

Ob sie sich verliebt hat, fragte ich mich.

Der Brief von Tante Amaryllis fiel mir wieder ein, in dem sie geschrieben hatte, ihrer Meinung nach solle Grace wieder heiraten. Sie habe nun lange genug um Jonnie getrauert.

Ich hoffte, sie würde mich ins Vertrauen ziehen, aber sie sprach nur von Lizzie.

»Sie ist ein so liebes Geschöpf«, schwärmte sie. »Ich fühlte mich vom ersten Moment an zu ihr hingezogen.«

»Ben sagte mir, welch große Hilfe du für sie bist.«

»Oh. Du hast Ben gesehen?«

Von seinem Besuch in meinem Haus wollte ich ihr nichts erzählen, deshalb sagte ich: »Wir haben uns bei einem Abendessen bei Onkel Peter getroffen.«

»Ah ja, natürlich. Er bringt viel Geduld für sie auf. Sie geht ihm sicher manchmal auf die Nerven.«

»Du meinst Lizzie?«

Sie nickte.

»Immerhin hat Ben sie geheiratet«, erinnerte ich Grace.

»Ja, natürlich. Vermutlich tat ihm das hilflose Wesen leid.«

Ich lächelte. »Das hilflose Wesen hat eine anständige Mitgift mit in die Ehe gebracht.«

»Davon habe ich gehört. Ihrem Vater gehörte das Land, auf dem Ben das Gold entdeckt hat. Er spricht oft darüber. Lizzie ist ganz entzückt und betont immer wieder, wie sehr sie sich für Ben freue. Leider hat sie nicht die geringste Ahnung, was ein Mann wie Ben von seiner Ehefrau erwartet. Aber sie macht sich — wenigstens ein bißchen. Ich helfe ihr, so gut ich kann.«

»Das ist eine ganze Menge, nach allem, was ich gehört habe.«

»Hat Ben dir das erzählt?«

»Ja.«

Sie lächelte erfreut. »Sie gibt sich so viel Mühe. Ich habe aufrichtiges Mitleid mit ihr. Sie möchte ihm so gern eine würdige Ehefrau sein.«

»Da muß sie sich aber überwältigende Mühe geben. Er will hoch hinaus.«

»In der Politik, meinst du?«

»Er gehört zu den Männern, die immer nach Höherem streben. Aber die Heirat mit Lizzie war der Grundstock zu seiner Karriere.«

»Du meinst das Land. Und damit das Gold, das sie in die Ehe gebracht hat.«

»Ganz genau.«

»Magst du Ben nicht, Angelet?«

Gegen meinen Willen verzog sich mein Gesicht zu einem verzerrten Lächeln. »Ach, weißt du.« Ich gab mir große Mühe, Geringschätzung in meine Stimme zu legen. »Er ist klug und amüsant, das schon.«

»So, wie du es sagst, klingt es eher mißbilligend.«

»Es geht nicht darum, ob ich etwas billige oder mißbillige.

Ich nehme an, er ist glücklich. Vermutlich hat er ein schönes Haus und hervorragende Aussichten in der Politik. Was will er mehr? Die Ehe mit Lizzie steht natürlich auf einem anderen Blatt.«

Sie runzelte die Stirn und sah mich nachdenklich an. »Du reagierst ziemlich heftig.«

»Ja? Das ist mir gar nicht aufgefallen. Aber jetzt erzähl mir von dir. Was machst du die ganze Zeit?«

»Ich gebe ab und zu Gesellschaften. Zugegeben, mein Haus ist dafür fast zu klein, trotzdem ging es bisher stets recht amüsant zu. Peter und Amaryllis Lansdon, Helena und Matthew laden mich oft ein. Bei ihnen treffe ich immer mit interessanten Menschen zusammen. Einige habe ich näher kennengelernt und auch zu meinen Gesellschaften eingeladen. Aber seit Ben und Lizzie in London sind, kümmere ich mich hauptsächlich um Lizzie. Für andere Dinge bleibt mir kaum noch Zeit.«

»Ben sagte mir, du seist so eine Art Hausdame oder Gesellschafterin für Lizzie.«

»Wirklich?« Sie lächelte, und zwar ziemlich selbstgefällig, wie ich fand. »Ich kann doch das arme kleine Mädchen nicht hilflos dem Londoner Dschungel aussetzen, oder?«

»Du bezeichnest die besten Londoner Gesellschaftskreise als Dschungel?«

»In gewisser Weise sind sie das doch. Lizzie ist ein unschuldiges Lämmchen. Sie weiß noch nicht einmal, wie man sich korrekt anzieht.«

»Ich fand, sie sah ausgesprochen reizend aus, als ich sie bei Onkel Peter gesehen habe.«

»Mein Werk, meine Liebe. Sie kleidet sich stets nach meiner Anleitung. Ich sage ihr auch, wie sie mit den Leuten reden soll, was sie sagen soll, was andere Menschen interessiert. Wie gesagt, sie macht sich ganz gut. Was ich dich übrigens noch fragen wollte: Gibt es weitere Neuigkeiten über den Mann und die Uhr?«

»Nein, nichts.«

»Vermutlich verläuft die ganze Sache im Sande. Wahrscheinlich auch das beste so, findest du nicht auch?«

Ich nickte.

Insgeheim dachte ich: Irgend etwas stimmt nicht mit ihr. Aber was?

Bens Haus überraschte mich. Onkel Peter hatte mir bereits gesagt, es sei ein prächtiges Haus, aber es war weit mehr als das. Es war großartig, vornehm, prunkvoll.

Bombastische Kronleuchter tauchten die Halle in strahlendes Licht. Oben auf der breiten Treppe standen Ben und Lizzie und begrüßten die Gäste. Grace hielt sich dicht hinter ihnen — jederzeit bereit zum Eingreifen.

Ungefähr dreißig Gäste hatten sich versammelt. Die meisten waren in politischen Kreisen sehr bekannt. Onkel Peter kam auf mich zu. Er nahm meine Hand und küßte sie galant.

»Was sagst du zu diesem Haus?«

»Ziemlich protzig«, antwortete ich obenhin.

»Um ehrlich zu sein, ich bin ein wenig neidisch. Damit hat mich Ben in den Schatten gestellt.«

»Die Leute sagen, er sei ganz der Großvater.«

»Ich bedauere wirklich, daß wir so lange nichts voneinander wußten. Ungeregelte Familienangelegenheiten bereut man später meist. Vermutlich richtet man sich zu sehr nach der Konvention. Im Grunde finde ich das falsch, aber es macht das Leben um einiges geruhsamer.«

»Ist ein geruhsames Leben nicht langweilig für einen Mann mit deinem Temperament?«

»Möglich. Aber ich rate niemandem, die Leute ständig vor den Kopf zu stoßen.«

»Aber Ben und du, ihr habt trotzdem Erfolg.«

»Wir sind vom gleichen Schlag, und Menschen unseres Schlags gehen im Gegensatz zu manch anderen nicht unter. Ich habe einmal eine Anekdote über Walter Raleigh und die Königin gehört. Mit einem scharfen Diamanten kratzte er folgenden Satz in die Fensterscheibe: ›Gern würde ich emporsteigen, aber ich fürchte zu fallen.‹ Die Königin nahm ihm den Diamanten aus der Hand und kratzte darunter: ›Mangelt es dir an Mut, bleibe unten.‹ Ich muß schon sagen, sie gingen damals reichlich sorglos mit ihrem Eigentum um. Eine seltsame Laune, ein Fenster auf diese Weise zu verunstalten! Aber vielleicht war es das in diesem Fall sogar wert. Ein wahres Wort.«

»Dir hat es nie an Mut gefehlt emporzusteigen.«

»Nein, das kann man wirklich nicht behaupten. Ich habe einige gefährliche Klettertouren hinter mir. Ben ist da nicht anders. Er ähnelt mir mehr als Peterkin oder Helena.«

»Ja, das finde ich auch. Du mußt einmal ein sehr anziehender Mann gewesen sein, als du jung warst, Onkel Peter.«

Er lachte. »Das heißt, Ben wirkt anziehend auf dich und ich nicht, weil ich zu alt bin.«

»So habe ich es nicht gemeint. Du warst und bleibst ein anziehender Mann. Ihr beide übrigens.«

»Das erinnert mich an einen Spruch, den unser ehrenwerter Freund Disraeli mal geäußert hat. ›Jeder liebt Schmeicheleien, aber wer es mit königlichen Hoheiten zu tun hat, muß besonders dick auftragen.‹ Hast du besonders dick aufgetragen, meine Liebe?«

»Aber nein. Wenn ich an dich denke, sehe ich dich zwar immer als König der Familie. Aber was ich gesagt habe, meine ich wirklich ernst.«

»Du erinnerst mich an deine Großmutter. Ihr Tod hat mich tief getroffen. Ein schreckliches Ende für eine so kluge und attraktive Frau. Sie war noch so jung. Meine Güte, jetzt werde ich auch noch wehmütig. Ach herrje, da kommt meine höchst ehrbare Schwiegertochter Frances raschen Schrittes herbeigeeilt. Ich verschwinde lieber. Diese rechtschaffene Dame erinnert mich immer daran, was für ein großer Sünder ich bin.«

»Lieber Onkel Peter, freut mich, dich zu sehen.«

»Ah, Frances«, antwortete er. »Wo ist Peterkin? Oh, da drüben. Sicher möchtest du dich mit Angelet unterhalten. Ich lasse euch beide allein. Leider muß ich auch mit den anderen Gästen noch ein paar Worte wechseln.«

Peterkin gesellte sich zu uns. Sie erkundigten sich, ob ich vorhabe, länger in London zu bleiben.

»Das kommt darauf an«, antwortete ich. »Ich bin mir noch nicht ganz schlüssig. Aber ich liebe mein Haus und genieße meine Unabhängigkeit. Das Leben in London gefällt mir.«

»Ich verstehe gut, daß du deine Unabhängigkeit genießt«, erwiderte Frances. »Wie wär's? Hast du nicht einmal Lust, uns in der Mission zu besuchen?«

»Ich habe mir bereits vorgenommen, mich einzuladen, wenn du mich nicht aufgefordert hättest«, entgegnete ich lachend.

»Aber meine Liebe, zu einem Besuch bei uns brauchst du doch keine Einladung. Hast du schon so was gehört, Peterkin?«

»Du bist jederzeit willkommen. Vielleicht spannen wir dich auch gleich in die Arbeit ein.«

»Es gibt immer eine Menge zu tun, besonders jetzt«, erläuterte Frances. »Weißt du, wir haben die Mission wesentlich erweitert. Wir haben das Nachbargebäude dazugekauft und uns damit fast um das Doppelte vergrößert. Die Küchen sind auch beträchtlich größer geworden. Jeden Tag bereiten wir hektoliterweise Suppen zu. Eine richtig nahrhafte Brühe, nicht wahr,

Peterkin? Wir können immer jemanden brauchen, der uns zur Hand geht.«

»Unsere Mitarbeiter sind von der Notwendigkeit der Wohltätigkeitsarbeit überzeugt und halten sie für sinnvoll«, fuhr Peterkin fort. »Die meisten von ihnen arbeiten ehrenamtlich mit. Bezahlte Kräfte können wir uns kaum leisten. Das ganze Geld fließt in die Wohltätigkeit.«

»Wie mir Tante Amaryllis gesagt hat, habt ihr wahre Wunder vollbracht.«

»Meinem großzügigen Schwiegervater verdanken wir sehr viel«, erklärte Frances. »Ganz besonders spendabel ist er, wenn eine politische Krise ansteht und er die Öffentlichkeit auf die guten Werke seiner Familie aufmerksam machen will. Das wirkt sich vorteilhaft auf Matthews Laufbahn aus. Als Gegenleistung für seine großzügige Unterstützung verlangt Peter lediglich, daß alle Welt erfährt, wem wir den Geldsegen zu verdanken haben. Und das ist ein kleiner Preis, den wir dafür bezahlen müssen, sage ich immer.«

Frances stand Onkel Peter nach wie vor ganz und gar nicht unkritisch gegenüber. Aber solange er sein mit zweifelhaften Geschäften verdientes Geld in die Mission steckte, war ihr das nur recht.

»Wie gesagt, komm bald einmal vorbei«, sagte Frances zu mir.

Das versprach ich gerne.

Später beim Essen drehten sich die Gespräche wieder hauptsächlich um Politik. Ben, am Kopfende des Tisches sitzend, lenkte die Unterhaltung immer wieder auf aktuelle Ereignisse. Die anderen gingen geistreich, witzig und engagiert darauf ein. Viele Anwesende schienen über vertrauliche Kenntnisse über »Dizzy«, wie sie Disraeli respektlos nannten, Mr. Gladstone und sogar Ihre Majestät zu verfügen. Sie machten Anspielungen über John Brown, den Diener der Königin, dessen Aufgaben, wie manche anzüglich bemerkten, wohl über die eines Dieners hinausgingen. Sie sprachen über die skandalösen Karikaturen, die in der Presse veröffentlicht wurden, und stellten Vermutungen an, ob der bösartige Klatsch die Königin endlich doch noch aus der Reserve locken würde.

Mir fiel auf, wie lebhaft sich Grace an der Unterhaltung beteiligte. Anscheinend besaß sie ebenso viele Kenntnisse wie die anderen Gäste. Lizzie dagegen sprach kaum ein Wort. Sie saß am anderen Ende des Tisches, Ben genau gegenüber. Einige Male machte sie ein Gesicht, als würde sie jeden Augenblick in Tränen ausbrechen. Ich bemerkte, wie oft sie Blickkontakt mit

Grace aufzunehmen versuchte, die zwei Stühle weiter saß. Aber Grace unterhielt sich ausgezeichnet und beachtete die verzweifelte Lizzie nicht.

Ich wünschte, näher bei Lizzie zu sitzen, dann hätte ich mich mit ihr unterhalten können.

Bens Gegenwart war mir sehr wohl bewußt. Selbstsicher thronte er am Ende der Tafel. Wenn man ihn reden hörte, gab es nicht den geringsten Zweifel, daß er bald Parlamentsabgeordneter sein würde. Er brauchte nur noch als Kandidat aufgestellt zu werden. Er schien völlig sicher, die Wahl zu gewinnen.

Ein- oder zweimal fing er meinen Blick auf und lächelte mir zu. Ich glaube, er erriet meine Gedanken. Mir kam der Verdacht, er veranstalte diese Gesellschaft hauptsächlich meinetwegen. Es war, als wolle er mich daran erinnern, daß ein Mensch wie er immer das durchzusetzen vermochte, was er sich vorgenommen hatte.

Nach dem Essen zogen sich die Damen in den Salon zurück und ließen die Herren bei Zigarren und Portwein allein.

Endlich ergab sich die Gelegenheit zu einem Gespräch mit Lizzie. »Ihr habt ein herrliches Haus, Lizzie. Und der Abend ist ein großer Erfolg.«

»Ja«, antwortete sie nur und sah mich ängstlich an.

Schon stand Grace neben ihr.

»Du hast deine Sache sehr gut gemacht, Lizzie«, lobte sie.

»Wirklich?« Lizzies Stimme zitterte.

»Aber ja. Es fällt dir mit jedem Mal leichter. Schön, daß Angelet gekommen ist, nicht wahr?«

»Stimmt es, daß du bis vor kurzem auf dem Land gelebt hast?« erkundigte sich Lizzie.

»Ja, bei meinen Eltern.«

»Dort war es bestimmt wundervoll.«

»Es war schön, ja.«

»Hoffentlich sehe ich bald das hübsche Baby wieder.«

»Oh, weißt du, Rebecca ist kein Baby mehr. Es würde ihr gar nicht gefallen, wenn du sie als Baby bezeichnest. Sie ist schon ein kleines Mädchen und will nicht mehr wie ein Baby behandelt werden.«

Lizzie lachte fröhlich. Die Sorgenfalten auf ihrer Stirn verschwanden mit einem Schlag.

»Bei Pedrek ist das nicht anders«, fuhr ich fort. »Er ist schon ein kleiner Mann. Die beiden Kinder spielen sehr oft zusammen. Besonders gern gehen sie im Park spazieren. Ich komme bald einmal mit den beiden bei dir vorbei. Oder sind dir beide auf einmal lästig?«

»Nein, nein. Bitte komm bald und bring beide mit.«

Ehe sich die Männer wieder zu den Damen gesellten, führte mich Lizzie hinauf in ihr Schlafzimmer. Zwar gab es direkt neben dem Salon einen Raum, der den Damen zur Verfügung stand, aber sie bat mich dringend auf ihr Zimmer. Ich dachte, sie wolle mit mir unter vier Augen sprechen.

Sofort bemerkte ich, daß nichts auf Bens Anwesenheit hindeutete. Anscheinend hatten sie getrennte Schlafzimmer.

Sie schloß die Tür und lehnte sich mit dem Rücken dagegen. »Jetzt ist es bald vorbei, nicht wahr?«

»Bald vorbei?«

»Dieser Abend, meine ich.«

»Ja, sicher. Die Gäste werden sich bald verabschieden, dann hast du dein schönes Haus wieder für dich alleine.«

»So meinte ich es nicht.«

Sie sah mich an. Plötzlich lag sie in meinen Armen und weinte bitterlich.

»Lizzie, Lizzie! Was ist los? Wein doch nicht, sei so lieb. Du bekommst nur rote Augen. Du willst doch nicht, daß die Leute sehen, daß du geweint hast?«

»Nein, nein!« Sie bebte am ganzen Leib.

Ich nahm mein Taschentuch und trocknete ihre Tränen. »Was ist denn, Lizzie?«

»Ich will nach Hause. Ich kann das alles nicht. Ich hätte nie nach England kommen sollen.«

»Du meinst, du willst diese Leute nicht treffen?«

»Ich weiß nicht, was ich mit ihnen reden soll. Grace sagt es mir. Und dann plappere ich es nach. Aber plötzlich weiß ich nicht mehr weiter. Ich lerne es nie. Ich bin nicht so klug wie die anderen. Ich weiß genau, Ben bereut es, daß er mich geheiratet hat.«

»Hat er das gesagt?« fragte ich in scharfem Ton.

Traurig schüttelte sie den Kopf. »Nein. Aber ich merke es.«

»Ist er denn nicht ... nett zu dir?«

»Oh doch, sehr nett sogar. Und immer freundlich. Er hat viel Geduld. Aber die braucht er auch mit mir. Er hätte lieber Grace heiraten sollen.«

Am liebsten hätte ich gesagt: Die hätte ihm aber keine Goldmine in die Ehe gebracht. Ich nahm mich zusammen und sagte statt dessen: »Er hat *dich* geheiratet, Lizzie, weil er dich heiraten wollte.«

»Ich glaube eher, mein Vater hat ihn dazu überredet.«

Arme Lizzie. Sie tat mir entsetzlich leid. Haß gegen Ben stieg in mir auf. Er hatte Lizzie ein Leben aufgezwungen, das ihr nicht gefiel und das sie überforderte.

»Lizzie, diese Gesellschaften und die Rolle als Gastgeberin, das ist nicht wirklich wichtig.«

»Doch, doch, für Ben schon. Er will unbedingt ins Parlament. Mein Gott, dann wird alles noch schlimmer. Ich schaffe das nie, und wenn ich mir noch soviel Mühe gebe.«

»Du hast es heute sehr gut gemacht.«

»Ich bin nicht klug. Ich bin nicht klug genug für Ben.«

»Weißt du, Männer mögen kluge Frauen gar nicht besonders.«

Verwundert sah sie mich an.

»Nein.« Sorgfältig suchte ich nach den passenden Worten. »Sie haben es gern, wenn sie unangefochten die Klügsten sind. Ich kenne einige sehr kluge Frauen, die ihre Klugheit verstecken. Sie tun so, als wären sie ein wenig dumm. Und das nur, damit die Männer sie mögen.«

Ungläubig schüttelte sie den Kopf: »Du willst mich nur trösten. Ach, Angelet, es ist alles so schwierig. Ich habe solche Angst.«

»Du brauchst doch keine Angst zu haben, Lizzie.«

»Grace hilft mir, aber sie ist schließlich nicht immer da. Sie sagt mir, was ich anziehen und was ich reden soll. Aber noch nicht einmal dann mache ich alles richtig. Ich kann nachts nicht mehr schlafen. Ich liege im Bett, denke über alles nach und wünsche mir nichts sehnlicher, als wieder zu Hause zu sein. Ich stelle mir vor, mein Dad würde noch leben und alles wäre wie früher.«

»Aber, Lizzie, du sollst dir keine so trüben Gedanken machen. Du bist mit Ben verheiratet. Du hättest es schlechter treffen können. Er ist ein angesehener Mann.«

»Aber das ist es ja gerade, was mir angst macht. Ich hätte Ben nie heiraten dürfen.«

»Lizzie, du *bist* mit ihm verheiratet, überleg doch mal: Ohne dich hätte er es nie soweit gebracht. Hast du vergessen, daß er nur dir allein die Goldmine verdankt? Er steht tief in deiner Schuld. Glaub mir, er weiß das. Du mußt die Dinge sehen, wie sie sind. Liebst du ihn?«

Sie nickte.

»Dann ist doch alles in bester Ordnung.«

»Ich habe Grace. Und jetzt auch dich. Wenn ich in der Nacht durchschlafen kann, geht es mir auch viel besser. Grace hat mir etwas besorgt, damit ich wenigstens ab und zu Schlaf finde.«

»Oh, was ist das denn?«

»Ich habe vergessen, wie das Mittel heißt. Es ist irgendwelches Zeug in einer Flasche. Ich zeige sie dir.«

Sie öffnete eine Schublade und holte ein Fläschchen heraus.

»Laudanum.« Bestürzt sah ich sie an.

»Es tut mir gut, Angelet. Wenn ich es einnehme, kann ich schlafen. Man muß sich nur genau an die Einnahmevorschriften halten. Wenn man zuviel nimmt, wird man entsetzlich schläfrig.«

»Vielleicht solltest du lieber einmal zu einem Arzt gehen. Frag ihn um Rat, anstatt einfach dieses Zeug zu schlucken.«

Sie zuckte zurück. »Das kann ich nicht. Ich bin doch nicht krank. Ich kann nur nicht einschlafen, weil ich mir so große Sorgen mache. Wenn ich dieses Mittel nehme, geht es mir gut. Dann schlafe ich tief. Wenn ich aufwache, fühle ich mich wie neugeboren. Dann bin ich morgens ganz entspannt.«

»Also, ich weiß nicht, Lizzie. Meiner Meinung nach solltest du dieses Medikament nicht nehmen, ohne einen Arzt befragt zu haben. Weiß Ben davon?«

Entsetzt schüttelte sie den Kopf. »Du wirst ihm doch nichts sagen, oder? Er darf nicht wissen, daß ich mir Sorgen mache.«

»Nein, ich sage ihm nichts, das verspreche ich dir. Aber dann mußt du mir versprechen, einen Arzt aufzusuchen. Mit Laudanum und ähnlichen Elixieren muß man ausgesprochen vorsichtig umgehen.«

»Grace sagt, die Leute nehmen es gegen alle möglichen Leiden. Es lindert auch Zahnschmerzen. Aber ich habe keine Schmerzen, ich kann nur nicht schlafen. Und da hilft es auch. Wirklich, glaub mir.«

»Bitte, geh zu einem Arzt, Lizzie. Vielleicht gibt er dir ein anderes Mittel gegen deine Schlaflosigkeit.«

»Wenn du meinst«, erwiderte sie, wenig überzeugt.

»Weißt du, Lizzie, du und ich, wir sehen uns von nun an häufiger. Wir haben so viel miteinander zu besprechen. Ich bringe Rebecca mit. Und Morwenna kommt mit Pedrek.«

»Versprich es mir!« verlangte sie.

»Ich verspreche es, und du hast mir versprochen, zu einem Arzt zu gehen. Vergiß das nicht. Aber nun sollten wir wieder hinuntergehen zu den anderen.«

Als wir den Salon betraten, hatten sich die Herren bereits wieder zu den Damen begeben.

Wir saßen in kleinen Gruppen beisammen und unterhielten uns. Justin war in eine ernsthafte Unterhaltung mit Grace vertieft. Ben setzte sich dicht neben mich und fragte, ob mir der Abend gefalle.

»Ein sehr interessanter Abend«, antwortete ich.

»Und wie gefällt dir mein Haus?«

»Ich glaube, es paßt zu dir und deinen Zukunftsplänen.«

»Ich fasse deine Worte so auf, daß es dir gefällt. Es ist wunderschön, dich hier zu haben. Bitte, versuch nicht, mir ständig aus dem Weg zu gehen.«

»Das kommt auf dich an, das heißt, auf dein Benehmen.«

»Wenn ich dich ab und zu wenigstens sehen darf, ist mein Leben gleich viel erträglicher.«

»Ich dachte, dein Leben ist in hohem Maße erträglich. Du bist doch der Inbegriff des erfolgreichen Mannes.«

»Ich finde diesen Erfolg ziemlich schal. Ich fühle mich innerlich ganz leer.«

»Empfandest du diese innere Leere auch, als du dein Gold gewogen hast? Leere — daß ich nicht lache! Du bist doch schon wieder bereit zum Angriff. Ich bin sicher, du eroberst das parlamentarische England im Sturm.«

»Meine Güte, bist du dramatisch! Aber das warst du schon immer.« Er rückte noch ein Stück näher an mich heran. Ich hatte das Gefühl, als sähe er mich ein wenig spöttisch an.

»Benimm dich! Du bist ein bißchen zu überschwenglich«, ermahnte ich ihn. »Den anderen entgeht nichts.«

»Es ist mir nicht möglich, meine Gefühle für dich zu verbergen.«

»Unter diesen Umständen wäre es wohl besser, wir würden uns in Zukunft nicht mehr sehen.«

»Vielleicht nicht in der Öffentlichkeit, sondern höchstens allein.«

»Ich habe keineswegs die Absicht, mich in eine heimliche Liebesaffäre verwickeln zu lassen.«

»Wir verabreden uns für irgendwo. Wie wär's am Fluß? Dort können wir ungestört miteinander reden.«

Ich ging nicht darauf ein. »Ich habe mit Lizzie gesprochen. Sie ist nicht gerade glücklich.«

Er schwieg.

Entschlossen fuhr ich fort: »Findest du es anständig, den Erlös aus der Goldmine, die du ihr weggenommen hast, ausschließlich für deine Ziele einzusetzen? Du zwingst ihr ein Leben auf, dem sie nie und nimmer gewachsen ist.«

»Wir teilen uns den Erlös aus der Goldmine«, sagte er leise.

»Ich dachte, das Vermögen der Frau geht im Falle einer Heirat in den Besitz des Mannes über. Ein verabscheuungswürdiges Gesetz!«

»Ich denke nicht im Traum daran, Lizzie etwas wegzunehmen, das ihr gehört«, widersprach er. »Ich versuche im Gegenteil, ihr alles zu geben, was sie sich wünscht.«

»Sie wünscht sich ein ruhiges Leben auf dem Land«, erwiderte ich. »So in der Art, wie sie es vor ihrer Ehe gekannt hat.«

»Sie wird sich auch an meine Art zu leben gewöhnen. Übrigens hat sie sich auf dein Kommen gefreut.«

In diesem Augenblick schaute Grace zu uns herüber. Sie kam durch den Salon und setzte sich neben Ben.

»Der Abend ist ein großer Erfolg«, sagte sie. »Ich gratuliere dir, Ben.«

»Noch ist nicht alles überstanden«, erinnerte er sie.

»Alles lief hervorragend. Lord Lazenby hat sich über die Karikaturen und Anekdoten über Ihre Majestät köstlich amüsiert.«

»Das war zu erwarten. Er ist ein Gegner der Monarchie. Ich habe zwar keine Ahnung, warum, denn aufgrund seiner Herkunft würde man ihn für einen Monarchisten halten. Wahrscheinlich ist er in mancher Hinsicht einfach ein wenig wunderlich, eben ein exzentrischer Adliger.«

»Ich fand den Abend gelungen. Oh, sieh mal, die arme Lizzie sitzt ganz allein da drüben. Kommst du mit, Angelet? Ich muß mich um sie kümmern.«

»Ja.« Wir erhoben uns beide. Ben sah mich traurig an. Ich ignorierte seinen flehenden Blick und ging mit Grace zu Lizzie hinüber.

Sie atmete erleichtert auf, als wir uns zu ihr setzten. Für den Rest des Abends blieben wir an ihrer Seite.

Als ich wieder zu Hause war, wußte ich nicht, ob ich weinen oder lachen sollte. Ben faszinierte mich. Wie gern hätte ich ihn bei seiner politischen Arbeit unterstützt. Man behauptete allgemein, Mary Anne Disraeli sei ihrem Mann eine wunderbare Ehefrau gewesen. Sie selbst hatte einmal gesagt, ihr Mann habe sie nur wegen ihres Geldes geheiratet, aber beim nächsten Mal würde er sie aus Liebe heiraten. Mrs. Disraeli wartete stets, bis ihr Mann vom Parlament nach Hause kam, und mochte es noch so spät werden. Nie versäumte sie, ihrem Mann noch ein köstliches Essen zu servieren, auch mitten in der Nacht. »Meine Liebe«, hat er angeblich einmal zu ihr gesagt, »du bist weit eher eine Geliebte als eine Ehefrau.« Selbst wenn er zynisch war, behielt er seinen Charme.

Wenn ich an Lizzie und ihre Ehe dachte, überfiel mich Traurigkeit. Sie war keine Mary Anne Disraeli. Der heutige

Abend hatte mir das Unglück zweier Menschen vor Augen geführt.

Lizzie würde sich niemals ändern. Jeder Blick in ihre klaren blauen Augen zeigte, wie verzweifelt und gleichzeitig vergeblich sie gegen ihre Angst ankämpfte. Sicher, Grace kümmerte sich um sie, aber sie konnte ihr schließlich nicht ständig zur Seite stehen.

Zweifellos würde Ben seinen Weg als Politiker machen. Wenn es ihm tatsächlich eines Tages gelingen sollte, auf dem Schleudersitz des Premierministers Platz zu nehmen — wie Disraeli —, wer würde ihm dabei helfen, sich oben zu halten?

Fanny

Rebecca und Pedrek verbrachten die Tage abwechselnd bei Morwenna und mir. Abgesehen davon, daß sie sehr gerne miteinander spielten, verschaffte uns diese Regelung ausreichend Zeit für die Erledigung unserer Einkäufe. Außerdem mußten wir auf diese Weise die Kinder nicht alleine der Obhut des Personals überlassen.

An einem der Tage, an denen Rebecca sich bei den Cartwrights aufhielt, wollte ich endlich, wie versprochen, Frances und Peterkin in ihrer Mission besuchen.

Als ich mein Vorhaben Helena gegenüber erwähnte, meinte sie, der Besuch werde sicher interessant für mich sein, aber ich müsse mich auf leidvolle Erfahrungen gefaßt machen. Nur die wenigsten Menschen aus unseren Kreisen hätten auch nur die geringste Vorstellung vom Elend der Armen. Matthew kannte die Verhältnisse von der Materialsammlung für sein Buch und hatte ihr viel darüber erzählt. Auch Frances und Peterkin wußten von erschütternden Schicksalen zu berichten.

Sie bot mir ihre Kutsche an, die mich am Morgen abholen und zur Mission bringen sollte.

Dankend lehnte ich ab und meinte, ich könne mir doch eine Droschke nehmen.

»Wahrscheinlich findest du eine Droschke, die dich hinbringt. Aber ich glaube kaum, daß du dort eine für den Heimweg auftreibst.«

Daraufhin willigte ich gerne ein.

Wie abgemacht, fuhr am nächsten Vormittag die Kutsche vor. Die Fahrt in den Osten Londons weckte aufs neue mein Interesse an dem bunten Treiben in den Straßen. Das pralle Leben in der Großstadt hatte mich stets begeistert. Das Bild unseres Stadtviertels wurde vor allem von großen, eleganten Häusern geprägt und immer wieder von kleinen Grünanlagen aufgelockert. Die großen Parks vermittelten eine fast ländlich anmutende Atmosphäre. Der Hyde Park, der Palast, all die prächtigen Häuser boten einen herrlichen Anblick. Je weiter wir Richtung Osten fuhren, um so ärmlicher wurde die Gegend.

Neugierig sah ich aus dem Fenster. Das Straßenbild hatte sich auf schockierende Weise verändert. Hier herrschten wildes Menschengedränge und ohrenbetäubender Lärm. Die Leute schienen sich nur durch Schreien verständigen zu können. Von der Hauptstraße aus konnte ich hin und wieder einen Blick in eine der Nebenstraßen erhaschen. Dort spielten barfüßige Kinder mit verhärmten Gesichtern zwischen schmutzigen Verkaufsbuden, die von Waren aller Art förmlich überquollen — von Kommoden bis zu Fliegenfängern reichte das Angebot. Frauen verkauften Nadeln und Garn, Männer boten heiße Pasteten an. Etliche Männer saßen auf dem Gehweg und schoben seltsame Marken hin und her. Anscheinend handelte es sich um irgendein Glücksspiel. Bänkelsänger gaben lauthals Proben ihres Könnens. Überall herrschten Lärm und geschäftiges Treiben.

Wir erreichten die Mission, ein großes viereckiges Gebäude, das früher einmal aus zwei Häusern bestanden hatte und wohl zu einer Zeit gebaut worden war, als es in dieser Gegend noch einen gewissen Wohlstand gab.

Die Tür stand offen. Ich trat unangemeldet in die große Eingangshalle, einen sehr hohen Raum, dessen ganzes Mobiliar aus einem Tisch und einem Stuhl bestand. Auf dem Tisch entdeckte ich eine Glocke. Ich läutete. Fast sofort erschien eine junge Frau. Sie war groß und grobknochig, hatte eine unordentliche Frisur und trug ein kittelartiges Hauskleid.

Ich dachte, sie gehöre zum festangestellten Personal, doch da hatte ich mich geirrt. Ich merkte es sofort an ihrer gepflegten Sprache.

»Oh, guten Tag. Sie müssen Mrs. Mandeville sein. Frances hat Ihren Besuch bereits angekündigt. Sie ist gerade in der Küche. Wir teilen bald das Essen aus und sind ein bißchen spät dran. Ich bringe Sie zu ihr. Ach, Entschuldigung, mein Name ist Jessica Carey.«

Ich erwiderte ihre Begrüßung.

Sie lächelte mich an, drehte sich um und ging. Mir blieb nichts anderes übrig, als ihr zu folgen.

Ein angenehmer Geruch stieg mir in die Nase.

Wir gingen eine Treppe hinunter und betraten einen großen Raum, in dem ein gewaltiges Feuer brannte. Über dem Feuer dampften mehrere große Kessel. Auf einem Tisch stapelten sich unzählige Holzschüsseln.

Inmitten des geschäftigen Durcheinanders stand Frances mit hochrotem Kopf. Auch sie trug ein kittelartiges Hauskleid. In ihrer gewohnten resoluten Art erteilte sie Anweisungen. Als sie mich sah, lächelte sie.

»Willkommen«, begrüßte sie mich. »Wir sind spät dran. In einer halben Stunde sind die Leute da. Wir müssen die Schüsseln hinaufschaffen. Du kannst uns dabei helfen.«

»Ja, gerne. Wohin soll ich sie bringen?«

Jessica Carey nahm einen Stapel der Schüsseln. »Ich zeige es Ihnen.«

Ihrem Beispiel folgend, nahm ich ebenfalls einige Schüsseln und ging hinter ihr ein paar Stufen hinauf.

Wir gelangten in einen Raum, in dem ein langer Holztisch stand. Auf dem Tisch befanden sich etliche Eisengestelle, die für die Schüsseln bestimmt waren. Neben den Regalen lagen mehrere große Schöpfkellen.

»Hier verteilen wir das Essen«, erklärte Jessica. »Dieser Raum eignet sich am besten dazu. Die Tür führt direkt auf die Straße. Die Leute müssen also nicht erst durch das ganze Haus gehen. Morgens und gegen Mittag ist die geschäftigste Zeit. Fütterungszeit. Frances sagt immer, das sei eine unserer Hauptaufgaben. Wir müßten uns mindestens ebenso gründlich um die körperlichen Bedürfnisse der Menschen kümmern wie um ihre seelischen.« Sie lachte. »Ich bin froh, daß Sie gekommen sind. Wir können jede Hilfe brauchen.«

Wir stellten die Schüsseln auf den Tisch und gingen zurück in die Küche, um weitere zu holen.

»Ich überlasse diese Arbeit Ihnen«, sagte Jessica. »Ich muß mich um andere Dinge kümmern. Wenn Sie die Schüsseln hinaufbringen und beim Essenausgeben helfen, wäre das wirklich eine große Entlastung für uns. Die Leute kommen um halb zwölf. Bis dahin müssen wir fertig sein, sonst bricht Chaos aus. Ich habe den Eindruck, Tag für Tag kommen mehr Menschen. Wir müssen immer für einen gewissen Vorrat sorgen. Frances regt sich jedesmal auf, wenn das Essen nicht für alle Bedürftigen reicht.«

Ich fand diese Begrüßung äußerst merkwürdig. Dabei schien Frances so viel an meinem Besuch gelegen zu haben. Anscheinend ging ihr ihre Arbeit über alles. Amaryllis hatte einmal gesagt, Frances und Peterkin arbeiteten härter als alle anderen in der Familie.

Ich mühte mich redlich, lief treppauf, treppab und schleppte Schüsseln. Als ich gerade einen weiteren Stapel auf den Tisch stellte, ging die Tür auf, und ein Mann trat von der Straße herein.

Ich wollte gerade sagen, wir seien noch nicht soweit, als mir klarwurde, daß er gar nicht der Suppe wegen kam.

Er war sorgfältig gekleidet und strahlte eine gewisse Vornehmheit aus. Ein trauriger Ausdruck verdüsterte sein Gesicht.

Doch als er mich erblickte und freundlich lächelte, wirkte er ganz verändert.

»Guten Morgen«, grüßte er höflich.

»Guten Morgen«, erwiderte ich.

»Wir kennen uns noch nicht.«

Erstaunt sah ich ihn an. Woher sollten wir uns auch kennen? Endlich begriff ich, daß es sich wohl um einen häufigen Besucher der Mission handeln müsse. Bestimmt kannte er die meisten freiwilligen Helfer, die regelmäßig hier arbeiteten.

»Mein Name ist Timothy Ransome«, stellte er sich vor.

»Angelet Mandeville.«

»Frances hat Ihren Namen bereits mehrmals erwähnt. Wenn ich mich recht erinnere, sind Sie mit Peterkin verwandt.«

»Ja, das stimmt. Zwar um ein paar Ecken, aber verwandt sind wir schon.«

»Waren Sie schon häufiger in der Mission?«

»Nein. Heute zum erstenmal.«

»Und da hat man Sie gleich zu den Schüsseln abkommandiert?«

»Alle sind so beschäftigt, und irgend jemand muß schließlich die Schüsseln heraufbringen.«

»Ja, natürlich. Die Morgensuppe. Ich helfe Ihnen.«

Kurz entschlossen zog er seinen Rock aus und machte sich an die Arbeit.

Als er hinter mir die Küche betrat, ertönten Begrüßungsrufe. »Hallo, Tim! Wir sind spät dran.«

»Ich helfe mit den Schüsseln«, antwortete er.

»Gut.«

Bald standen alle Schüsseln ordentlich gestapelt oben auf dem Tisch. »Zu zweit geht's schneller«, meinte er.

»Helfen Sie häufig aus?«

»Ich komme recht oft. Ich halte die Arbeit von Frances und Peterkin für ausgesprochen sinnvoll. Sie führen die Mission großartig.«

»Ja, das habe ich auch schon gehört.«

»Und heute wollten Sie sich selbst davon überzeugen?«

Von unten erklang eine laute Stimme. »Tim! Tim! Wir brauchen einen starken Mann für die Kessel.«

»In Ordnung!« rief er. »Ich komme.« Und zu mir gewandt: »Entschuldigen Sie!«

Ich verbrachte einen seltsamen Vormittag. Zusammen mit einigen Frauen und Timothy Ransome stand ich hinter dem Tisch und verteilte Suppe. Eine ernüchternde Erfahrung — die gierigen Hände, die sich nach den Schüsseln ausstreckten, und der

Heißhunger, mit dem die Menschen die Suppe verschlangen. Der Anblick der Leute, die in schmutzige Lumpen gehüllt und völlig verwahrlost waren, machte mich gleichzeitig traurig und wütend. Am meisten berührten mich die hungrigen Kinder. Ich dachte an unsere Kinder — besonders an Pedrek, den man oft zum Essen überreden mußte, nach dem Muster »und noch ein Löffelchen für Mama und noch ein Löffelchen für Papa«, bis er endlich seinen Teller geleert hatte.

Endlich hatten alle Suppe erhalten. Der Vorrat hatte gereicht, jeder hatte eine Schüssel voll bekommen.

Timothy Ransome wandte sich an mich. »Nehmen Sie es sich bitte nicht zu sehr zu Herzen, wir versuchen, wenigstens etwas für diese Leute zu tun. Ich gebe allerdings zu, anfangs ist die Arbeit in der Mission deprimierend.«

»Sie haben die Suppenausgabe vermutlich schon etliche Male mitgemacht.«

»O ja. In diesem Haus werden Sie immer wieder mit traurigen Schicksalen konfrontiert, mit Dingen, von denen Sie sich noch keine Vorstellung machen können.«

»Ich weiß, ich muß auf das Schlimmste vorbereitet sein.«

»Nach der Anstrengung, die wir gerade hinter uns haben, steht uns eine kleine Erfrischung zu. Eine bescheidene Belohnung: Brot, Käse und ein Glas Apfelmost.«

»Das hört sich ja großartig an.«

»Ich zeige Ihnen, wo wir das köstliche Mahl bekommen. Wenn wir Glück haben, können wir gleich zugreifen und uns noch eine halbe Stunde Verschnaufpause gönnen.«

In diesem Augenblick kam Frances auf uns zu. »Hallo, Angelet, schön dich zu sehen. Entschuldige bitte, aber ich war gerade mitten in der Arbeit, als du gekommen bist. Was für ein Vormittag! Ich hätte nie gedacht, daß wir noch fertig werden, bevor die hungrige Meute einfällt. Tim, Sie kümmern sich um Angelet. Bringen Sie ihr alle Kniffe bei.« Sie grinste mich übermütig an. »Du gewöhnst dich bald an unsere Bräuche. Abends setzen wir uns zum Essen zusammen und besprechen die Vorfälle des jeweiligen Tages. Wenn du Zeit hast, kommst du dazu. Wir sehen uns später noch. Ich habe Probleme mit Fanny und muß mich darum kümmern.«

»Kann ich helfen?« fragte Timothy.

»Nein. Ich habe schon jemanden beauftragt. Ich weiß bald nicht mehr, was wir mit diesem Kind noch machen sollen. Ich spreche später mit dir, Angelet. Falls ich Zeit habe.«

Und schon war sie verschwunden.

Timothy Ransome lachte mich an. »Und wir kümmern uns um unser Mahl.«

Ich fand es etwas eigenartig, mit einem mir im Grunde völlig unbekannten Mann in einem kleinen Zimmer zu sitzen, heißes Krustenbrot mit Käse zu essen und aus einem Humpen Most zu trinken.

»Ich muß gestehen, ich weiß einiges über Sie«, erzählte er. »Ich habe vom Tod Ihres Mannes gehört. Es stand ja damals in allen Zeitungen. Auf diese Weise habe ich von Ihrer Verwandtschaft mit Peterkin erfahren. Sie haben eine schreckliche Tragödie durchgemacht. Es tut mir so leid.«

»Das Schlimmste ist vorbei.«

»Ihr Mann war ein Held.«

»Ja«, antwortete ich. »Er ist gestorben, weil er einem Mann das Leben gerettet hat.«

»Sie müssen sehr stolz auf ihn sein.«

Ich nickte nur.

»Verzeihen Sie«, fuhr er fort. »Es war dumm von mir. Ich hätte nicht davon sprechen sollen. Arbeiten Sie in Zukunft in der Mission mit?«

»Nein, nein. Ich habe eine vierjährige Tochter und konnte heute nur kommen, weil sie bei Freunden ist.«

Enttäuschung spiegelte sich auf seinem Gesicht.

»Sobald sich wieder eine Gelegenheit ergibt, komme ich natürlich wieder«, beeilte ich mich, ihm zu versichern.

»Die Arbeit hier ist nicht leicht und schlägt manchem aufs Gemüt. Zu Anfang regt man sich furchtbar über all das Elend auf. Aber mit der Zeit legt sich das Entsetzen. Man merkt, es hilft niemandem, sich bloß aufzuregen, mitleidig den Kopf zu schütteln und ansonsten nichts zu unternehmen. Dieser Ort macht einen stark. Frances ist eine bewundernswerte Frau. Es gibt keine zweite wie sie. Nie sitzt sie untätig herum und grübelt über Ungerechtigkeiten nach. Sie ergreift die Initiative und handelt. Natürlich ist das nicht jedem möglich, das weiß ich wohl. Frances verfügt über ein kleines Einkommen von seiten ihrer Familie und Peterkin ebenfalls. Die beiden sind ein gutes Gespann. Sie führen eine gute Ehe — eine perfekte Ehe, würde ich sagen. Nur schade, daß sie keine Kinder haben. Andererseits würde darunter vermutlich ihre Arbeit in der Mission leiden. Schließlich müssen sich Eltern auch um ihre eigenen Kinder kümmern.«

»Sie bewundern die beiden sehr, nicht wahr?«

»Ja. Es bleibt einem gar nichts anderes übrig. Wenn man sich einmal an Frances' rauhe Schale gewöhnt hat, entdeckt man den weichen Kern. Sie hat ein Herz aus Gold.«

Allein die Erwähnung des Wortes »Gold« erinnerte mich wieder an Golden Creek — und an Ben.

Laut sagte ich: »Die beiden leisten unendlich viel.«

»Sie müssen unbedingt wiederkommen. Jetzt haben Sie schon einmal mit der Arbeit angefangen, da können Sie sich nicht so einfach wieder drücken. Ich komme zwei- oder dreimal die Woche. Frances zählt mich zu ihren Gelegenheitsarbeitern. Lieber sind ihr natürlich Vollzeitarbeiter wie Jessica. Kennen Sie sie?«

»Ich habe sie heute kennengelernt.«

»Ja, die liebe Jessica hat das Herz auf dem rechten Fleck. Sie ist überaus praktisch veranlagt. An ihr sollten wir uns alle ein Beispiel nehmen. Aber schließlich haben wir auch noch andere Verpflichtungen, die wir nicht vernachlässigen dürfen.«

»Welcher Art sind denn Ihre Verpflichtungen?«

»Ich besitze ein Gut, zum Glück nicht weit von London entfernt. Es ist nicht allzu umständlich für mich herzukommen. Das Gut liegt gleich hinter Hampton. Außerdem habe ich einen Sohn und eine Tochter und kann mich deshalb unmöglich mit Haut und Haaren der Wohltätigkeitsarbeit verschreiben.«

»Ich verstehe.«

»Ihre Tochter ist Ihnen seit dem Tod Ihres Mannes sicher ein großer Trost.«

»O ja.«

»Mir geht es genauso mit Alec und Fiona. Wissen Sie, ich habe meine Frau verloren.«

»Das tut mir leid.«

»Es ist jetzt ungefähr vier Jahre her. Ein Reitunfall. Es kam so unerwartet. Alles ging so schnell. Am Morgen war sie noch gesund und munter — und am Abend war sie tot.«

»Ein entsetzlicher Schicksalsschlag!«

»Unfälle passieren jeden Tag. Man rechnet nur nie damit, daß man selbst einmal davon betroffen sein könnte.«

»Wie alt sind Ihre Kinder?«

»Alec ist zehn, Fiona acht.«

»Dann erinnern sie sich noch an ihre Mutter.«

Er nickte traurig. Plötzlich lächelte er. »Ein schwermütiges Gespräch. Möchten Sie noch etwas Apfelmost? Irgendwo finde ich sicher noch Nachschub.«

»Nein, vielen Dank.«

Wir brachten unsere Teller und Becher in die Küche und wuschen gerade das Geschirr ab, als Frances hereinkam.

»Es gibt Ärger«, sagte sie. »Billings macht wieder Dummheiten.« Sie wandte sich an mich. »Solche Fälle haben wir tagtäglich. Aber wenn Kinder darin verwickelt sind, treibt es mich zum Wahnsinn.«

»Wieder einmal Fanny?« erkundigte sich Timothy Ransome.

»Ja. Ich weiß nicht mehr, was wir machen sollen. Mir wäre es am liebsten, Fanny käme weg von dort. Aber da ist die Mutter. Sie will ihren Mann nicht verlassen.« Sie runzelte die Stirn. »Billings trinkt. Wenn er nüchtern ist, ist er gar nicht mal ein so schlechter Mensch. Aber er kommt an keinem Stehausschank vorbei. Du weißt ja, was man von diesen Trinkhallen sagt: ›Betrunken für einen Penny, und für zwei Pennies voll wie eine Haubitze.‹ Nun, er jedenfalls ist die meiste Zeit volltrunken. Emily Billings ist ganz einfach dumm. Sie sollte ihn schleunigst verlassen. Aber nein, sie will nicht. Er ist ihr zweiter Mann und scheint sie völlig unter der Fuchtel zu haben. Fanny ist ihre Tochter aus erster Ehe«, erklärte sie mir. »Ihr erster Mann war auf dem Bau beschäftigt und stürzte vom Gerüst. Sie erhielt keinen Penny Entschädigung oder Unterstützung. Das gehört zum Beispiel auch zu den Dingen, für die wir uns immer wieder einsetzen. Für solche Fälle müßte es endlich finanzielle Regelungen geben. Emily heiratete daraufhin Billings, und damit fing der Ärger für sie eigentlich erst richtig an.«

»Es gibt viele ähnliche Fälle«, warf Timothy Ransome ein.

»Das schon. Was Emily angeht, so steht es ihr frei zu tun, was sie will. Das ist ganz allein ihre Sache. Wenn sie ihn nicht verlassen will, muß sie die Konsequenzen tragen. Mir geht es um das Kind — um Fanny. Sie ist ein kluges Mädchen und verdient es, gefördert zu werden. Aber ich kann nicht ohne weiteres ein fünfzehnjähriges Mädchen von zu Hause wegholen. Vor Gericht stünde Emily auf der Seite ihres Mannes. Sie würde sämtliche gegen ihn erhobenen Anschuldigungen leugnen. Selbst wenn er sie halb totschlagen würde, würde sie noch behaupten, sie sei die Treppe hinuntergefallen. Ich mache mir große Sorgen um Fanny. Nach allem, was mir zu Ohren gekommen ist, besteht die Gefahr sexuellen Mißbrauchs. Fanny hat einmal etwas angedeutet, das deutlich darauf hinweist. Ich kann nicht einfach darüber hinweggehen. Was Fanny betrifft, muß etwas geschehen.«

»Das ist wirklich ein großes Problem«, stimmte ihr Timothy Ransome zu. »Wenn ich irgend etwas tun kann ...«

»Dann komme ich schon auf Sie zu, keine Bange. Angelet, dich hat man heute ins kalte Wasser geworfen, wie man so sagt. Ich hätte dich gern herumgeführt und dir alles gezeigt, aber heute morgen hatte ich keine Minute Zeit.«

»Ich bin dir wahrhaftig nicht böse. Ich wollte wissen, wie die Arbeit in der Mission vonstatten geht. Heute habe ich immerhin schon einen kleinen Einblick bekommen.«

»Holt dich die Kutsche nachher wieder ab?«
»Ja, um vier Uhr. Helena hat darauf bestanden.«
»Sehr vernünftig von ihr. Hier bekommst du nie eine Droschke.«
»Ich hätte Sie natürlich nach Hause bringen können, aber es konnte ja niemand wissen, daß wir uns heute kennenlernen«, meinte Timothy Ransome.
Frances antwortete an meiner Stelle. »Ein andermal, Timothy. Wissen Sie, Angelet kommt bestimmt wieder in die Mission.«
»Ich werde es versuchen«, erwiderte ich. »Vielleicht am Freitag, falls ich Rebecca zu Morwenna bringen kann.«
Timothy Ransome lächelte. »Ich bin auf jeden Fall am Freitag hier. Dann kümmere ich mich darum, daß Sie sicher nach Hause kommen.«
Freudestrahlend sah Frances von einem zum andern.
»Na, wunderbar. Dann sehen wir uns alle am Freitag. Ich verspreche euch, es gibt genug zu tun für euch beide.«

Von diesem Tag an ging ich zweimal in der Woche in Frances' Mission — jeweils am Mittwoch und am Freitag. Frances freute sich über meine Mitarbeit. Über Mangel an Arbeit brauchte ich mich nicht zu beklagen. Ich mußte mich mit dem Leben von Menschen auseinandersetzen, die unter völlig anderen Verhältnissen lebten als ich. Zwar entsetzte und schockierte mich dieses Elend, aber ich spürte, ich leistete wertvolle Arbeit, und dieses Gefühl ließ mich geradezu aufleben.
Mit Tim Ransome, der gleichfalls mittwochs und freitags in die Mission kam, freundete ich mich im Lauf der Zeit an. Ich fuhr mit der Droschke hin, und er brachte mich mit seiner Kutsche nach Hause.
Tante Amaryllis zeigte sich aufrichtig entzückt über meine Mithilfe in der Mission. Frances hatte ihr ausführlich Bericht erstattet und sich sehr lobend über mich geäußert.
»Die Wohltätigkeitsarbeit ist tatsächlich sehr sinnvoll und bringt Hilfe, wo sie nötig ist«, erklärte Tante Amaryllis. »Onkel Peter sagt immer, in der heutigen Zeit sei sie einfach unerläßlich. Er spendet viel Geld für die Mission.«
Ich nickte und erinnerte mich an Frances' spöttische Bemerkungen über Onkel Peters großzügige Spenden.
Mein Hausmädchen richtete mir aus, Ben sei einige Male hiergewesen und habe nach mir gefragt. »Er schien sehr enttäuscht zu sein, Sie nicht angetroffen zu haben, Madam.«
Frances hatte Timothy und mich zu Botengängen abkom-

mandiert. Sie wollte mich nicht allein gehen lassen und schickte deshalb Timothy als Geleitschutz mit. Wir brachten Kleidung und Essen zu den Kranken und Alten. Dabei lernte ich dieses mir völlig fremde Milieu rasch besser kennen. Außerdem hatten wir den Auftrag, auf dem Markt die für die Mission notwendigen Vorräte zu besorgen, eine Arbeit, die ich besonders gern erledigte. In den Marktständen stapelten sich Waren aller Art. Die Straßenhändler boten in breitestem Cockney-Dialekt lautstark Obst und Gemüse an. Ich verstand höchstens die Hälfte von ihrem Slang, und Timothy übersetzte bereitwillig.

Unter solchen Voraussetzungen konnte sich unsere Freundschaft rasch entwickeln.

Er hatte den Tod seiner Frau nicht verwunden. Zwar liebte er seine Kinder von ganzem Herzen, aber sie konnten ihm über den unersetzlichen Verlust nicht hinweghelfen. Dabei hatte er noch Glück im Unglück, wie er mir erzählte: Seine ältere unverheiratete Schwester kümmerte sich rührend um ihn und die Kinder. Sie wohnte bei ihnen und besorgte den Haushalt. »Ich wüßte nicht, wie ich ohne sie zurechtkommen sollte«, sagte er einmal. »Auch die Kinder haben sie sehr gern.«

Anscheinend hatte Frances Tante Amaryllis von meiner Freundschaft mit Timothy erzählt, denn nun wurde er des öfteren zum Essen in Onkel Peters Haus eingeladen.

Man spürte deutlich, daß auch sie ihn gern mochten.

Bei einem dieser Essen war Grace zugegen. Sie nahm mich beiseite und meinte mit vielsagendem Lächeln, er sei ein reizender Mann. Damit gab sie mir den ersten Hinweis, daß meine Freundschaft mit Timothy anscheinend als ernste und besondere Beziehung betrachtet wurde.

Ben traf ich ab und zu — gewöhnlich in Anwesenheit Dritter. Nur selten ergab sich die Gelegenheit zu einem kurzen Gespräch unter vier Augen. Allerdings suchte ich diese Gelegenheiten auch nicht, während er sich immer wieder darum bemühte.

Bei einer Dinnerparty in Matthews und Helenas Haus sagte er zu mir: »Wie man mir erzählt hat, widmest du dich hingebungsvoll der Wohltätigkeit.«

»Du meinst der Arbeit in der Mission.«

»Ja. Ich habe gehört, du gehst regelmäßig hin.«

»Es macht mir Spaß, etwas Sinnvolles zu tun.«

»Ich würde dich gerne wenigstens hin und wieder sehen.«

Ich antwortete nicht. Am anderen Ende des Raumes sah ich Lizzie neben einem Herrn mittleren Alters sitzen. Sie bemühte sich, eine Unterhaltung in Gang zu bringen, aber ihrem verzweifelten Gesichtsausdruck nach zu schließen, mußte das Ergebnis niederschmetternd sein. Grace dagegen unterhielt sich höchst angeregt mit einem jungen Mann. Sie blickte auf, entdeckte uns und kam eilig herüber.

Sie verwickelte Ben in ein Gespräch über den Wahlkreis, in dem er als Kandidat aufgestellt worden war. Überrascht registrierte ich, wie gut sie Bescheid wußte.

Ich nutzte die Gelegenheit, um mich davonzustehlen.

Es fanden zahlreiche Dinnerpartys statt — entweder in Onkel Peters Haus oder bei Matthew und Helena.

Einmal sagte Helena zu mir: »Es liegt so eine fiebrige Erwartung in der Luft. Ich nenne diese Stimmung immer das Wahlfieber.«

»Glaubst du, es findet bald eine Wahl statt?«

Sie nickte nachdrücklich. »Ich erkenne inzwischen die Anzeichen. Disraeli geht es nicht gut. Er hält nicht mehr lange durch.«

»Und dann?«

»Wer kann das schon mit Bestimmtheit sagen? Wir hoffen, er erholt sich wieder und kommt mit neuen Kräften zurück. Ben hat da natürlich andere Vorstellungen.«

»Eigentlich seltsam, innerhalb einer Familie derart gegensätzliche politische Einstellungen vorzufinden.«

»Ach, weißt du, im großen und ganzen läuft alles ganz freundschaftlich ab. Die harten Auseinandersetzungen finden im Parlament statt. Außerdem ist mir schon häufig aufgefallen, daß die Mitglieder ein und derselben Partei oft gehässiger miteinander umgehen als mit denen der gegnerischen Partei.«

»Vermutlich weil alle in einer Partei auf dasselbe Ziel hinarbeiten. Jeder will einen guten Posten. Mit der oppositionellen Partei besteht eine Rivalität anderer Art.«

»Wahrscheinlich. Ich sehe das auch so.«

»Politik ist eine interessante und aufregende Sache.«

»Ja, solange man sie nicht zu ernst nimmt.«

Was das Wahlfieber anbelangt, behielt sie recht.

Inzwischen war es Oktober geworden. Ein herbstlich kalter Wind blies durch die Parks. Ein bunter Teppich aus gelben und roten Blättern bedeckte die Erde. Spannung lag in der Luft. Nach Meinung der meisten Leute konnte Disraeli nicht mehr lange so weitermachen wie bisher.

Ich hielt mich oft in Onkel Peters Haus auf. Meist war auch Ben da. Timothy wurde ebenfalls recht häufig eingeladen, während Frances und Peterkin nur selten kamen. Sie behaupteten, ihre Arbeit ließe ihnen zuwenig Zeit.

Onkel Peter und Ben diskutierten eifrig miteinander. Ähnlich stellte ich mir die Debatte im Parlament vor — Onkel Peter unterstützte Disraeli, und Ben plädierte für Gladstone. Wir anderen hielten uns zwar nicht unbedingt zurück, aber die beiden führten das Wort.

»Du bist anscheinend sehr beschäftigt in Manorleigh, Ben«, sagte Onkel Peter. »Wie läuft es denn?«

»Sehr gut, danke.«

»Und du glaubst tatsächlich, du schaffst es?«

»Meine Chancen stehen gut.«

»Auf die Wähler ist kein Verlaß, Ben. Du wirst sie schwerlich davon überzeugen können, daß Gladstone besser ist als Disraeli.«

»Das sehe ich anders. Ich muß meine Wähler nur dazu bringen, meinen Standpunkt einzusehen und zu übernehmen.«

Grace wandte sich an Onkel Peter. »Mr. Lansdon, meiner Meinung nach hat der neue Kandidat in Manorleigh schon viele Wähler auf seine Seite gebracht.«

Sie sah Ben auf eine fast besitzergreifende Weise an.

»Du hast also den Wahlbezirk schon bereist und die Stimmungslage erforscht, Grace?« warf Tante Amaryllis ein.

»Aber ja. Vergangenes Wochenende war ich mit Ben und Lizzie in Manorleigh. Ich ging in Begleitung von Lizzie in ein paar Geschäfte und sprach mit den Leuten. Nicht wahr, Lizzie?«

Lizzie murmelte irgend etwas Unverständliches.

»Ich fand dieses Unternehmen richtig aufregend. Außerdem, glaube ich, haben wir einen guten Eindruck hinterlassen.«

»So fängt man Wähler«, kommentierte Onkel Peter. »Das ist die richtige Taktik. Zeig ihnen, daß du ein rechtschaffener Familienmensch bist, behalt deine Frau immer an deiner Seite, und schon machen sie ihr Kreuz hinter deinen Namen.«

»So sehe ich das auch«, bemerkte Grace. »Lizzie ist wirklich unentbehrlich für Ben.«

»Ich ... ich ... Grace hat mir geholfen«, stotterte Lizzie verlegen.

»Ach, komm, Lizzie, du hast schon auch deinen Teil dazu beigetragen.«

Anschließend unterhielten sie sich über die Chancen der beiden Parteien. Offenbar rechnete Onkel Peter mit einem Sieg der Liberalen — obwohl er das sicherlich nicht hoffte. Aber ich bemerkte sehr wohl die anerkennenden Blicke, mit denen er Ben bedachte. Er war sichtlich stolz auf seinen Enkel.

Nach dem Essen sprach ich kurz mit Onkel Peter.

»Ich finde diese Gespräche über Politik außerordentlich interessant.«

Er lächelte zufrieden. »Faszinierend, nicht wahr?«

»Du möchtest die Konservativen als Wahlsieger sehen.«

»Meine liebe Angelet, ich bin ein treuer Gefolgsmann dieser Partei.«

»Ben nicht.«

Er seufzte. »Hmm. Er hat sich auf die andere Seite des Zauns gestellt.«

»Glaubst du, er schafft es?«

»Natürlich. Daran gibt es für mich keinen Zweifel. Wer kann ihm schon widerstehen? Ich wünschte nur . . .«

Zu gerne hätte ich erfahren, was er sich wünschte, aber er sagte rasch: »Grace ist eine kluge Frau. Sie hat recht, die Wähler mögen einen glücklich verheirateten Mann. Matthew hat Helena viel zu verdanken. Und natürlich auch ihrem Bruder. Seit Peterkin mit Frances verheiratet ist und mit ihr die Mission leitet, ist unsere Familie zu einem Inbegriff für Wohltätigkeit geworden.«

»Die Mission wirkt sich nicht nur für Matthews Karriere segensreich aus, Onkel Peter.«

»Ja doch, das weiß ich. Du gehörst auch dazu, nicht wahr? Netter Kerl, dieser Timothy Ransome. Scheint sehr beständig und ruhig zu sein — und in angenehmen Verhältnissen zu leben.«

»Hast du etwa Erkundigungen über ihn eingezogen?«

»Natürlich. Ich hole über alle Freunde der Familie Erkundigungen ein.«

»Onkel Peter, du bist unverbesserlich.«

»Da hast du recht. So war ich, und so bleibe ich. Mach dir nichts draus. Nimm mich, wie ich bin. Glaubst du, das gelingt dir, meine Liebe?«

Ich lächelte. »Ohne große Schwierigkeiten.«

Ungefähr eine Woche später lernte ich Fanny kennen.

Timothy und ich hatten gerade unsere übliche Aufgabe beim Suppeausteilen erfüllt. Die leeren Schüsseln und Kessel standen bereits wieder in der Küche. Jeder versuchte, sich, so gut es ging, zu entspannen. Wir saßen in dem kleinen Zimmer neben dem großen Raum, in dem die Suppe ausgegeben wurde, und unterhielten uns wie meist über besonders tragische oder interessante Fälle, mit denen wir es in letzter Zeit zu tun gehabt hatten. Plötzlich hörten wir, wie die Tür in den Saal von der Straße her geöffnet wurde. Angespannt lauschten wir. Deutlich vernahmen wir rasche, leise Schritte.

Wir erhoben uns und eilten in den Saal. Und da stand sie.

Als sie uns sah, schien sie nicht recht zu wissen, ob sie davonlaufen oder stehen bleiben sollte.

Ich fragte: »Können wir dir helfen?«

»Wo ist Mrs. Frances?« verlangte sie zu wissen.

»Sie ist im Augenblick nicht da. Was können wir für dich tun?«

Sie zögerte. Mir fiel die erschreckende Magerkeit des Mädchens auf. Außerdem zitterte sie vor Kälte. Das fadenscheinige Kleid war entschieden zu leicht für diese herbstlichen Temperaturen.

»Ich ... ich bin weggelaufen«, stieß sie schließlich hervor.

»Komm mit und erzähl uns, was vorgefallen ist«, forderte Timothy sie auf. »Möchtest du etwas essen?«

Hungrig leckte sie sich die Lippen.

»Komm mit«, wiederholte Timothy.

Suppe war keine mehr übrig, aber wir entdeckten noch Brot und Käse. Gierig machte sie sich über das Essen her. In einem Schrank stand noch ein Krug Milch, die wir ihr ebenfalls servierten.

Als müsse sie sich für ihr Kommen entschuldigen, sagte sie: »Ich kenne Mrs. Frances gut.«

»Wie heißt du?« fragte ich.

»Fanny«, lautete die Antwort.

Ich wurde ganz aufgeregt. Das also war Fanny, um die sich Frances so große Sorgen machte.

»Sie ist bald wieder zurück«, beantwortete ich ihre Frage nach Frances. »Du kannst auf sie warten. Einstweilen erzählst du uns, was dich bedrückt. Vielleicht können wir dir helfen. Wir arbeiten mit Mrs. Frances zusammen. Ich weiß, wie gern sie dir helfen möchte.«

Das Kind, denn das war sie im Grunde noch, berichtete: »Ich halt' das nicht mehr aus. Letzte Nacht hat er fast meine Mum umgebracht. Als ich versucht hab', dazwischenzugehen, hat er auf mich eingeschlagen. Bestimmt verprügelt er sie wieder, wenn er merkt, daß ich weg bin.« Ängstlich blickte sie sich um. »Er gibt Mum die Schuld an meinem Verschwinden, das weiß ich. Ich muß sofort zurück.«

»Bitte, geh jetzt nicht«, bat ich sie. »Warte, bis du mit Mrs. Frances gesprochen hast.«

»Sie will bestimmt nicht, daß du zurückgehst. Jedenfalls nicht jetzt. Das kannst du mir glauben«, fügte Timothy hinzu.

Sie nickte. »Mrs. Frances ... ist eine gute Frau.«

»Ja, und deshalb solltest du dir anhören, was sie dir zu sagen hat«, erwiderte ich.

»Aber meine Mutter … Er tut ihr bestimmt was an.«

»Wir halten ihn irgendwie auf«, versprach Timothy.

Sie maß ihn mit einem verächtlichen Blick. »Was, Sie? Wie denn? Das kann keiner. Sogar ich hab' Angst vor ihm. Ihm geht's um mein Geld. Jeden Tag nimmt er's mir weg. Alles, was ich habe, jeden Penny. Dann haut er ab. Ich bin froh, wenn er verschwindet. Er geht saufen. Mir wär's recht, wenn er bleiben würde, wo der Pfeffer wächst. Wenn's nach mir geht, braucht er überhaupt nicht mehr nach Hause zu kommen.«

»Woher hast du Geld?« fragte ich.

»Ich arbeite, was denn sonst? Für den alten Felberg. Er gibt mir einen Bauchladen, manchmal mit Blumen, manchmal mit Nähnadeln oder mit Äpfeln, je nachdem. Beim alten Felberg weiß man nie. Ich bringe ihm, was ich eingenommen hab', er nimmt das Geld und gibt mir zwei Pennys raus. Und die zwei Pennys gehören mir. Ist mein Verdienst. Aber *er* sieht das anders. Er nimmt sie mir weg und versäuft mein Geld. Ich habe Angst vor ihm, vor seinen Schlägen, aber mehr noch …«

Sie zauderte und traute sich nicht weiterzusprechen. Beruhigend legte ich ihr die Hand auf die Schulter. »Wir sorgen dafür, daß das aufhört. Mrs. Frances möchte dich hierbehalten. Sie wird das Nötige unternehmen.«

»Aber meine Mutter.« Mit einem jämmerlichen Blick sah sie mich an.

In diesem Moment kam Frances herein. Als sie das Mädchen sah, leuchtete ihr Gesicht auf.

»Fanny!« rief sie. »Bist du also doch gekommen!«

»Oh, Mrs. Frances. Ich hatte fürchterliche Angst vor ihm heute nacht. Sie haben gesagt, ich soll dann in die Mission kommen.«

»Ja, natürlich. Gott sei Dank bist du noch rechtzeitig zur Vernunft gekommen. Bist halt doch ein kluges Mädchen. Erst einmal bleibst du eine Weile hier. Wir kümmern uns um dich. Hier wird dir kein Leid geschehen.«

»Ich gebe Ihnen das Geld, das ich bei Mr. Felberg verdiene.«

»Jetzt vergiß einmal deinen Mr. Felberg. Du bleibst hier, und wir überlegen uns die weitere Vorgehensweise. Auf keinen Fall gehst du zurück, Fanny, nie wieder.«

Es erstaunte mich immer wieder, wie resolut und sicher Frances ihre Entscheidungen traf. Ich glaube, Timothy und ich wären viel zu gefühlvoll an die Sache herangegangen. Wir hätten Fanny bemuttern wollen und große Umstände mit ihr gemacht, um sie für ihr bisheriges armseliges Leben zu entschädigen. Frances reagierte völlig anders — kurz angebunden und geschäftsmäßig. Aber genau diese gezielten Anordnungen brauchte Fanny.

Energisch bestimmte Frances: »Zieh deine Kleider aus, und zwar schnell. Mrs. Hope soll sie am Feuer trocknen, sie sind ja ganz feucht. Und du brauchst ein Bad. Dein Haar kann auch dringend etwas Wasser vertragen. Anschließend teilen wir dir eine Arbeit zu, eh? Was kannst du denn besonders gut, Fanny? In der Küche könnten wir eine Hilfe brauchen. Dort gibt es immer eine Menge zu tun.«

So also mußte man mit diesem Mädchen reden. Ich konnte noch eine Menge von Frances lernen.

Verblüfft beobachteten Timothy und ich in den nächsten Tagen die Veränderung, die mit Fanny vorging. Aus dem ängstlichen, verwahrlosten Kind wurde ein selbstbewußtes junges Mädchen. Ihr Stiefvater mußte ein besonderes Scheusal sein, um dieses Straßenkind, an dem absolut nichts Weiches zu entdecken war, dermaßen in Angst und Schrecken versetzen zu können. Sie war eine richtige Cockney — pfiffig, aufgeweckt, schlagfertig. Mrs. Penlock hätte sie ein »freches Gör« oder »Großmaul« genannt.

Fanny bewunderte Frances von ganzem Herzen. Sie betrachtete sie fast als ein überirdisches Wesen. Für mich und Timothy hegte sie eine Art liebevoller Geringschätzung. Ihrer Meinung nach waren wir zu »weich«. »Feine Pinkel« nannte sie uns, was soviel bedeutete wie, daß wir eine andere Sprache sprachen und andere Manieren hatten als die Leute, die in ihrer gewohnten Umgebung lebten. Wir waren in ein behütetes Dasein hineingeboren worden und mußten nie lernen, wie man sich vor den Gefahren des Lebens schützt. Nach Fannys Meinung jedenfalls fehlte uns das grundlegende Wissen, wie man sich in gefährlichen Situationen verhält, und deshalb waren Timothy und ich ihrer Ansicht nach weitaus schutzbedürftiger als sie.

Ihre Zuneigung zu uns lag schlicht daran, daß wir ihr als erste in der Mission über den Weg gelaufen waren.

Frances nahm eine Sonderstellung ein. Obwohl als »feiner Pinkel« geboren und ungeachtet der gepflegten Sprache und der guten Manieren, gehörte sie in Fannys Augen zu ihren eigenen Leuten.

Fanny veränderte unser gewohntes Leben in der Mission. Stets führte unser erster Weg zu ihr. Sie begrüßte uns eher beiläufig, und dabei huschte ein leichtes Lächeln über ihr Gesicht, ganz so, als mache sie sich insgeheim über uns lustig.

Timothy und ich unterhielten uns oft über dieses Mädchen. Auf unsere Frage, welche Zukunftspläne Frances mit Fanny habe, hatte sie geantwortet, sie müsse die Entscheidung darüber noch offenlassen.

»Das Mädchen hat immer noch große Angst vor diesem fürchterlichen Mann, und sie weiß es genau«, sagte sie. »Das macht sie aggressiv. Um ihre Angst zu besiegen, muß sie sich einreden, sie sei sehr stark und könne es jederzeit mit ihm aufnehmen. Sie ist noch längst nicht über alles hinweg. Hoffentlich muß sie nie zurück.«

»Um Himmels willen, niemals! Das dürfen wir nicht zulassen!« rief Timothy entrüstet.

»So einfach ist das nicht. Soweit ich weiß, hat der Stiefvater nach dem Gesetz die gleichen Rechte wie der leibliche Vater. Er wird ihren Aufenthaltsort erfahren wollen. Vermutlich weiß er bereits Bescheid, wo sie ist. Ich habe schon einmal vergeblich versucht, sie von dort wegzubringen. Wir müssen ihn im Auge behalten. Ich nehme an, wir hören in Kürze von der Mutter. Eigentlich merkwürdig, daß sie noch nicht da war.«

»Willst du damit andeuten, ihre Mutter holt sie wieder dorthin zurück?« fragte ich verblüfft.

»Mit Sicherheit nicht freiwillig. Aber was will sie machen, wenn er sie bedroht? Er will die Pennys, die das Mädchen nach Hause bringt. Schon mit Fannys bißchen Geld kann er sich einen Rausch ansaufen. Und dann ist da noch etwas. Bestimmte Andeutungen weisen auf sexuellen Mißbrauch. Die Mutter weiß also genau, daß es für ihre Tochter am besten ist, wenn sie nie wieder zurück muß.«

»Ja, diesen speziellen Punkt haben Sie bereits einmal erwähnt«, sagte Timothy leise.

»Ich muß das unterbinden. Diese Leute sind fähig, bis in die tiefsten Tiefen der Verkommenheit hinabzusteigen. Sie führen ein leeres, armseliges Leben. Wenn sie zur Flasche greifen, verlieren sie jeden Sinn für Moral und Anstand. Stellt euch einmal einen Mann wie Billings vor — keinen Verstand, keinen Lebenssinn, keine Moral, gar nichts. In gewisser Weise tut er mir leid. Ich weiß nicht, was für ein Leben er hinter sich hat, deshalb steht es mir nicht zu, ihn zu verurteilen. Aber Fanny muß unter allen Umständen hierbleiben. Sicher finde ich bald eine Stelle für sie. Es wäre schön, wenn sie ein nettes Zuhause bekäme. Aus ihr kann ein gutes Stubenmädchen werden. Ein wenig Übung und Unterricht braucht sie natürlich, deshalb muß ich sie noch für eine Weile in der Mission behalten.«

»Sie bleibt bestimmt. Sie bewundert dich grenzenlos«, sagte ich.

»Hoffentlich. Gegen ihren Willen kann ich sie nämlich nicht halten. Ich kann sie schließlich nicht einsperren.«

»Warum, um alles in der Welt, sollte sie denn überhaupt zurückwollen?«

»Wer weiß schon genau, was in Fannys Kopf vorgeht? Sie bildet sich ein, sie müsse ihre Mutter beschützen. Allein aus diesem Grund hat sie das Leben in der jämmerlichen Bruchbude so lange ertragen. Sie könnte schon viel länger in der Mission sein. Na ja, im Augenblick kann ich nichts weiter tun. Warten wir's ab. Ihr beide habt jedenfalls gute Arbeit geleistet. Sie mag euch gern.«

»Ich fürchte, sie verachtet uns ein wenig. Ihrer Ansicht nach sind wir zu weich.«

»Das ist halt ihre Art. Aber sie hat euch aufrichtig gern und vertraut euch. Das ist außerordentlich viel für einen Menschen wie Fanny, der aufgrund schlechter Erfahrungen fast krankhaft mißtrauisch ist.«

Im Lauf der nächsten Wochen ging mit Fanny eine fast an ein Wunder grenzende Verwandlung vor. Sie verrichtete Gelegenheitsarbeiten in der Mission und erhielt dafür einen kleinen Lohn. Ihren Verdienst sparte sie eisern. Ich glaube, sie hielt sich für reich. Sie wusch und frisierte ihr Haar nun regelmäßig, so daß glänzende, weiche Locken ihr Gesicht umrahmten. Ihren flinken dunklen Augen, die klar und hellwach alles verfolgten, entging absolut nichts. Es war fast, als habe sie Angst, etwas zu versäumen. Die ungesunde, teigige Haut, die sie zuvor so kränklich aussehen ließ, hatte ein wenig Farbe bekommen. Ich schenkte ihr ein Band für ihr Haar. Strahlend sah sie mich an, legte es sorgsam zu ihren Ersparnissen und sagte, sie hebe es sich für sonntags auf.

Timothy und ich betrachteten Fanny als unseren Schützling. Ständig sprachen wir von ihr. Voller Staunen verfolgten wir ihre Fortschritte. Eines Tages kauften wir gemeinsam ein Kleid für sie. Als wir es ihr in die Mission brachten, sah sie uns überrascht an.

»Das ist nicht für mich«, stammelte sie. »Das kann gar nicht sein.«

Wortreich versicherten wir, es sei sehr wohl ihr Kleid.

»So etwas Schönes habe ich in meinem ganzen Leben noch nicht besessen«, meinte sie.

»Dann wird es ja Zeit«, sagte Timothy trocken.

Ihre dunklen Augen sahen uns durchdringend an. »Na ja, ich

an eurer Stelle hätte das nicht für mich gemacht. Also ihr zwei seid schon ein paar gewaltige Schwächlinge.«

Diese Worte bedeuteten uns Dank genug.

Eine ihrer Aufgaben sollte es in Zukunft sein, mit uns die Einkäufe auf dem Markt zu erledigen. Timothy und ich nahmen sie nun immer mit, doch wenn wir glaubten, sie könne von uns etwas lernen, dann hatten wir uns gründlich getäuscht. Mit zunehmender Mißbilligung verfolgte sie unser Geschäftsgebaren.

»Jetzt will ich euch mal was sagen«, schimpfte sie nach einer unserer Einkaufstouren. »Wenn die Leute euch kommen sehen, gehen sofort die Preise rauf.«

»Aber das stimmt doch nicht«, widersprach ich. Doch ich erntete nur einen spöttischen Blick.

»Sie haben auch gar keine Ahnung. Von gar nichts«, sagte sie schließlich verächtlich.

Sie wandte sich direkt an Frances und behauptete, allein könne sie wesentlich billiger einkaufen. Frances, die jede Gelegenheit beim Schopf packte, um Fannys neues Selbstbewußtsein zu festigen, willigte sofort ein und übertrug ihr diese Aufgabe. Wir hielten Fanny für großmäulig und glaubten ihr kein Wort, aber sie kaufte tatsächlich günstiger ein. Sie betrachtete es als eine Art Spiel.

»Ich habe einiges gespart. Zuerst wollte er keinen Penny nachlassen, aber ich habe ihn runtergehandelt«, verkündete sie stolz. Wir bewunderten ihr Verhandlungsgeschick gebührend.

»Dank deiner Hilfe sparen wir etliche Pfund, Fanny«, lobte Frances und sah das Mädchen anerkennend an.

Dieses Idyll dauerte ungefähr drei Wochen. Eines Tages war sie verschwunden.

Sie war wie jeden Morgen zum Markt gegangen, nur hatte sie an diesem Tag das blaue Wollkleid angezogen und ihr Haar mit dem roten Band geschmückt.

Zuerst dachten wir, ihre Einkäufe dauerten ein wenig länger, weil sie noch unnachsichtiger feilschte als sonst, und machten uns weiter keine Sorgen. Aber als Fanny nach einigen Stunden noch immer nicht aufgetaucht war, bekamen wir es mit der Angst. Wir suchten nach irgendeinem Hinweis und entdeckten dabei in einer Ecke der Halle die Einkaufstasche, die sie normalerweise mitnahm. Das Geld für die Einkäufe steckte im Seitentäschchen. Sie hatte ihr Verschwinden geplant.

Frances war bitter enttäuscht.

»Was machen wir jetzt?« rief ich hilflos.

»Sie wollte zu ihrer Mutter«, behauptete Frances. »Sie ist bestimmt zu ihr zurück.«

»Aber der Stiefvater...«

Frances ging überhaupt nicht darauf ein, sondern begann uns die Situation zu erklären.

»Fanny unterscheidet sehr genau zwischen ehrlich und unehrlich. Vielleicht hat sie das von ihrem leiblichen Vater gelernt. Seht ihr, sie hat das Kleid und das Band mitgenommen — die Sachen gehören ihr. Auch ihre Ersparnisse hat sie mitgenommen. Aber das Geld für die Einkäufe ließ sie hier. Wie viele Mädchen in ihrer Lage hätten das getan?«

»Aber was sollen wir nun machen?« fragte auch Timothy.

»Wir können gar nichts machen. Ich kann nicht das Haus stürmen lassen, in dem sie wohnt, und sie entführen. Sie ist aus freien Stücken zurückgegangen. Ich bedaure das unendlich. Ehrlich gesagt, es bricht mir das Herz, aber wir können absolut nichts unternehmen. Jetzt haben wir eben wieder einen Fall mehr, der nicht so zu Ende gegangen ist, wie wir uns das gewünscht haben. Solche Fälle gibt es mehr als genug.«

Erst nach Fannys Verschwinden merkte ich, wie tief Timothy und ich durch unsere Beziehung zu Fanny miteinander verbunden waren. Wir hatten die Freude über ihre Fortschritte geteilt, nun teilten wir den Kummer und die Enttäuschung über ihr Verschwinden.

Timothy begleitete mich zu einem Abendessen in Onkel Peters Haus. Zwei unterschiedlichere Männer als Timothy und Onkel Peter kann ich mir schwerlich vorstellen. Trotzdem verstanden sich die beiden gut. Ich wußte, was Onkel Peter und Tante Amaryllis dachten. Sie hatten mich gern, nahmen großen Anteil an meinem Leben und überlegten, ob Timothy der passende Ehemann für mich sei. Besonders Tante Amaryllis glaubte zutiefst daran, daß eine Ehe für jede Frau den ersehnten Himmel auf Erden darstelle. Auch in dieser Hinsicht dachte Onkel Peter weitaus praktischer als seine Frau. Ihm ging es hauptsächlich darum, mich gut versorgt und aufgehoben zu wissen. Offensichtlich hatten seine Erkundigungen über Timothy nur positive Ergebnisse erbracht. Timothy genoß Ansehen, lebte in guten finanziellen Verhältnissen und besaß einen guten Charakter. Somit erschien er Onkel Peter durchaus als wünschenswerter zukünftiger Ehemann für mich.

Natürlich wußte ich, was in Onkel Peters und Tante Amaryllis' Köpfen vorging. Aber ich weigerte mich, über die Gegenwart hinauszudenken. Ich war gern mit Timothy zusammen. Er brachte ein wenig Abwechslung in mein Leben. Dennoch gelang es mir nicht, Ben, der sich fast ständig in Manorleigh aufhielt und hart für die bevorstehende Wahl arbeitete, aus meinen Gedanken zu verbannen.

Von der Familie erfuhr ich, welch großen Erfolg seine Wahlkampagne hatte. Auf die Wähler schien er großen Eindruck zu machen.

»Ich bin sicher, er gewinnt«, sagte Onkel Peter. »Und das ist eine gewaltige Leistung, das kannst du mir glauben. Sein Wahlkreis ist seit gut hundert Jahren eine Hochburg der Torys. Wahrscheinlich bekommt er keine große Mehrheit, aber immerhin eine ausreichende. Darauf kann er gewaltig stolz sein.«

»Bist du von seinem Sieg dermaßen überzeugt?«

Lächelnd sah mich Onkel Peter an. »Ich habe Grund zu der Vermutung, daß er seinen Gegner bereits ganz schön nervös gemacht hat.«

»Und wie hat er das fertiggebracht?«

»Du kennst doch Ben. Er verfügt über eine besondere Vitalität. Von ihm geht viel Kraft aus. Und Entschiedenheit. Er weiß, was er will. Er glaubt, er gewinnt, und seine überzeugende Sicherheit überträgt sich auf die Wähler. Ich bin eitel genug zu behaupten, daß er diese Veranlagung von seinen Großeltern geerbt hat. Auch seine Großmutter, eine Putzmacherin, war nämlich eine bewundernswerte Kämpfernatur.« Er lächelte und schien in Erinnerungen zu schwelgen. »Beinahe hätte ich sie geheiratet. Aber das ging nicht. Es wäre nicht gut gewesen.«

»Du meinst . . .«

»Man nennt so etwas eine Mesalliance, wie du sehr wohl weißt.«

»Aber du hast sie geliebt.«

»Ich war nie der Sklave meiner Gefühle.«

»Das hat dich allerdings nicht davon abgehalten, einen unehelichen Sohn zu zeugen.«

»Von diesen Gefühlen habe ich eben nicht gesprochen. Ich habe für sie gesorgt und ihr in Sydney ein eigenes Geschäft eingerichtet. Außerdem habe ich ihr regelmäßig Geld geschickt. Sie kam hervorragend zurecht. In gewisser Weise waren wir zwei vom gleichen Schlag. Sie wußte genau, ich konnte sie nicht heiraten. Im Grunde wollte ich dir nur zu verstehen geben, daß Ben von beiden Großeltern Kampfgeist geerbt hat.«

»Du hast ein ereignisreiches, aufregendes Leben geführt, Onkel Peter.«

»Meiner Meinung nach ist ein ereignisreiches Leben Voraussetzung für beruflichen Erfolg. Auch Ben hat schon einiges erlebt und Erfahrungen gesammelt. Es wird nicht mehr lange dauern, dann sitzt er im Parlament.« Nachdenklich sah er mich an. Unvermittelt sagte er: »Nur schade, daß er Lizzie geheiratet hat. Sie ist nicht die richtige Frau für einen Politiker.«

»Soweit ich weiß, begleitet sie ihn aber auf seinen Wahlreisen.«

»Ja, schon. Doch das allein reicht nicht aus. Meistens ist Grace dabei. Sie weiß, was zu tun ist. Aber das ist nicht dasselbe. Die Ehefrau sollte all diese Aufgaben selbst wahrnehmen.«

»Aber Lizzie braucht die Hilfe von Grace. Sie ist einfach nicht selbständig genug.«

»Das sage ich ja. Aber Lizzie müßte es allein schaffen. Es ist schade, daß sie immer eine Souffleuse braucht. Auf die Dauer geht das nicht gut. Nein, ich fürchte, über kurz oder lang wird Lizzie ein Hindernis für Ben werden.«

»Ein Hindernis!« rief ich empört. »Wo wäre er denn ohne sie? Ihr verdankt er die Goldmine, oder etwa nicht? Ohne ihre Hilfe säße er heute noch in Golden Creek und würde nach Gold buddeln.«

»Du bist sehr heftig, meine Liebe.«

»Mag sein. Aber ich hasse dieses Gerede, Lizzie sei ein Hindernis oder ein Hemmschuh für Ben. Sie allein hat ihm die politische Laufbahn ermöglicht. Ihr allein verdankt er seinen Reichtum.«

Er legte den Arm um meine Schultern. Plötzlich sagte er etwas sehr Merkwürdiges: »Weißt du, ich wäre auch froh, wenn alles anders gekommen wäre.«

»Wie meinst du das?« stammelte ich.

Er sah mich nur mit einem traurigen Lächeln an. Da wußte ich, Onkel Peter kannte meine wahren Gefühle für Ben — und Bens Gefühle für mich.

Eines Tages erhielt ich einen vielsagenden Brief von meiner Mutter.

Meine liebe Angelet,
Amaryllis hat mir berichtet, wie schwer Du in Frances' Mission arbeitest, daß Dich diese Arbeit andererseits aber ungemein befriedigt. Das freut mich. Dein Vater und ich sind uns darin einig, wie wichtig eine sinnvolle Beschäftigung für Dich ist. Bestimmt ist es sehr interessant, obwohl Du dort sicherlich auch fürchterliche Dinge zu Gesicht bekommst. Wie mir Tante Amaryllis schreibt, ist Frances außerordentlich zufrieden mit Dir. Sie kann Deine Unterstützung sehr gut brauchen, sagt sie.

Du fehlst uns sehr. Ich habe Tante Amaryllis geschrieben, wie gern ich nach London käme — wenigsten für ein paar Wochen. Dein Vater und Jack können zur Zeit unmöglich verreisen. Aber ich möchte Dich gern sehen und alles über Deine Arbeit aus erster Hand erfahren. Ich muß mich selbst davon überzeugen, daß es Dir gutgeht und Du glücklich bist.
Hier läuft das Leben im gewohnten Gleis. Wie geht es der lieben kleinen Rebecca? Bestimmt ist es herrlich für sie, einen so netten Spielgefährten wie Pedrek zu haben. Morwenna wohnt ja nicht weit von Dir entfernt, und so könnt ihr Euch gegenseitig mit den Kindern helfen. Ansonsten wäre es sicher schwierig für Dich, Deine Arbeit in der Mission auszuüben.
Josiah Pencarron berichtete mir, Justin leiste hervorragende Arbeit in London. Anscheinend ärgert er sich ein wenig, die Londoner Niederlassung nicht schon vor Jahren eingerichtet zu haben.
Ich freue mich auf ein baldiges Wiedersehen.

In Liebe
Mutter

Ich wußte, was dieser Brief zu bedeuten hatte. Tante Amaryllis hatte ihr über meine Freundschaft mit Timothy Ransome geschrieben. Meine Mutter wollte sich nun mit eigenen Augen überzeugen, wie weit die Sache gediehen war.

Mir wäre es lieber gewesen, meine Eltern hätten sich aus meinen Angelegenheiten herausgehalten. Natürlich meinten sie es nur gut. Und es *war* ja tatsächlich keine oberflächliche Freundschaft, die mich mit Timothy verband. Ein wenig Ernst steckte durchaus dahinter. An Timothys Verhalten merkte ich das nur zu deutlich.

Aber ich wollte nicht an eine Heirat denken. Ich hatte ihn gern und fühlte mich wohl in seiner Gegenwart. Mehr wollte ich jedoch nicht. In Gedanken beschäftigte ich mich fast ausschließlich mit Manorleigh. Nichts wünschte ich mir sehnlicher, als an Bens Wahlkampagne beteiligt zu sein. Meine Tätigkeit in der Mission schien mir lediglich ein Notbehelf und bedeutete mir kaum mehr als armseligen Trost.

Nach Fannys Verschwinden übernahmen Timothy und ich wieder das Einkaufen auf dem Markt, doch wir waren nicht mehr mit der gleichen Begeisterung bei der Sache wie früher. Fanny hatte uns überdeutlich gezeigt, wie ungeeignet wir für diese Arbeit waren.

Vielleicht gefiel es uns auch deshalb nicht mehr so gut, weil uns der Gang über den Markt ständig an Fanny erinnerte, die uns sehr fehlte.

An einem sonnigen Vormittag gingen wir mit prüfenden Blicken an den Marktständen vorbei. Ich berichtete Timothy vom bevorstehenden Besuch meiner Mutter. Er meinte sofort, er würde sie sehr gerne kennenlernen.

»Bestimmt lädt man Sie zu einer Gesellschaft ein«, versicherte ich ihm.

Er drückte ganz leicht meinen Arm. »Das freut mich.«

Vor einem Obststand blieben wir stehen. Ich wählte die Früchte aus, Timothy kümmerte sich um das Bezahlen. Aus einem unerfindlichen Grund drehte ich mich plötzlich um und erstarrte. Mitten in der Menschenmenge entdeckte ich Fanny.

»Fanny!« schrie ich, so laut ich konnte. Sie mußte mich gehört haben, trotzdem lief sie weg.

»Fanny! Fanny!« rief ich.

Wie eine Besessene kämpfte sie sich den Weg durch die Menge frei und rannte weiter.

Vielleicht hätte ich sie laufenlassen sollen, aber aus einer spontanen Eingebung heraus folgte ich ihr. Ich wollte mit ihr reden. Ich mußte wissen, warum sie vor mir weglief.

Der Markt lag bereits hinter uns, und sie war mir noch immer ein gutes Stück voraus.

»Fanny!« keuchte ich. »Bleib doch stehen. Ich will mit dir reden.«

Sie warf nicht einmal einen raschen Blick über die Schulter, sondern beschleunigte noch ihr Tempo. Blindlings hastete ich hinter ihr her, ohne auf die Umgebung zu achten. Wir rannten durch ein Gewirr von Straßen und Gassen. Hier war ich noch nie gewesen. Fanny hetzte immer weiter. Plötzlich bog sie ab. Fast hätte ich sie aus den Augen verloren. Ich setzte meine letzten Reserven ein und versuchte, noch schneller zu laufen.

Die Umgebung nahm ich nur undeutlich wahr. Die Häuser waren im besten Fall halbverfallene Bruchbuden. Der unangenehme Geruch alter Kleider und ungewaschener Körper stieg mir in die Nase. An der Straßenecke, an der Fanny abgebogen war, befand sich ein Stehausschank. Als ich daran vorbeieilte, erhaschte ich flüchtig einen Blick auf herumlungernde Gestalten. Ein Mann lag der Länge nach ausgestreckt auf dem Bürgersteig.

Irgend jemand rief hinter mir her: »Hallo, Kleine!« Ohne darauf zu achten, stürmte ich weiter. Vor mir sah ich Fanny in einem baufälligen Haus verschwinden.

Schlagartig dämmerte mir, welch große Dummheit ich begangen hatte. Ich war mutterseelenallein. Timothy wußte nicht, was geschehen war. Er hatte gerade das Obst bezahlt, und ich war einfach weggelaufen. Da stand ich nun, allein an diesem unangenehmen Ort.

Kinder hockten auf dem Bürgersteig und spielten ein mir unbekanntes Spiel. Bei meinem Erscheinen hörten sie augenblicklich auf und starrten mich verblüfft an. Eine Frau stand unter einer Tür. Sie strich sich das fettige Haar aus der Stirn und lachte unverschämt.

Zwei junge Männer, fast noch Kinder, kamen auf mich zu.

»Können wir Ihnen helfen, Miß?«

Ich wich einen Schritt zurück, sie traten einen Schritt vor. Einer schlüpfte an mir vorbei und befand sich plötzlich hinter mir. Der andere starrte mir frech und aufdringlich ins Gesicht.

Entsetzen packte mich.

»Fanny!« rief ich.

Aber welchen Zweck hatte das? Sie war verschwunden. Sie konnte mich nicht hören, und falls doch, hätte sie mir keine Beachtung geschenkt.

Einer der Männer packte mich am Arm. Sein Mund verzog sich zu einem anzüglichen Grinsen.

»Ganz hübsch, die Kleine«, sagte er höhnisch.

Zornig rief ich: »Verschwinden Sie! Wie können Sie es wagen ...?«

In diesem Moment hörte ich eine bekannte Stimme.

»Angelet!«

Es war Timothy. Er warf sich auf den jungen Mann, der mich am Arm hielt, und schleuderte ihn zu Boden. Der andere stürzte auf ihn zu, aber Timothy war schneller. Die beiden Jugendlichen, spindeldürr und schlecht ernährt, waren keine ebenbürtigen Gegner für Timothy.

»Angelet, was, um alles in der Welt ...«, begann er.

Ich zeigte auf das Haus. »Fanny ist da drin.«

Timothy zögerte nur den Bruchteil einer Sekunde. »Kommen Sie. Wir gehen hinein.«

Er sah grimmig aus. Mit festem Griff nahm er meinen Arm, und wir betraten das verkommene Haus, in dem Fanny vermutlich wohnte.

Der dunkle Flur roch muffig und modrig. Eine Tür öffnete sich, und eine Frau mit einem Baby kam heraus. »Was wollen Sie?« erkundigte sie sich barsch.

»Fanny ...«

Sie machte eine ruckartige Bewegung mit dem Kopf. »Oben.«

Wir stiegen die wacklige Treppe hinauf. Das Geländer war zerbrochen, Wasser tropfte von der Decke herab.

Oben an der Treppe standen wir vor einer Tür. Wir öffneten sie und traten in ein Zimmer. Ein zerrissenes Stoffstück hing vor dem Fenster und sollte wohl die Funktion eines Vorhangs erfüllen. Eine Couch, aus der die Sprungfedern hervorstanden, diente anscheinend als Bett. Doch ich achtete nicht weiter auf das Zimmer. Ich sah nur Fanny und eine Frau, die ich für ihre Mutter hielt.

Fanny trug das blaue Wollkleid, das allerdings zwischenzeitlich seine ursprüngliche Frische verloren hatte. Das einstmals hübsche Band schmückte ihr Haar. Sie sah beschämt und sehr unglücklich aus.

»Fanny«, sagte ich sanft, »warum wolltest du nicht mit mir reden?«

»Sie hätten gar nicht herzukommen brauchen«, blaffte sie mich an.

»Ich hatte keine andere Wahl.«

»Solche wie ihr haben hier nichts zu suchen.« Die altvertraute Aggression kam wieder zum Vorschein.

»Aber wir sind da«, entgegnete Timothy freundlich.

»Fan.« Nun mischte sich ihre Mutter ein. »Geh mit den Herrschaften. 's ist besser so. Hättest nicht weglaufen sollen. War dumm von dir.«

»Ging nicht anders. Wegen ihm.«

Die arme Mrs. Billings. Ihr Gesicht drückte reinstes Elend aus.

Ich dankte meinem Schicksal, daß der Mann nicht zu Hause war, und schöpfte neue Hoffnung.

Eindringlich sagte Timothy: »Wir möchten dich mitnehmen, Fanny. Es ist dir doch gutgegangen in der Mission. Du hast dich prächtig entwickelt.«

»Sag' ich ihr die ganze Zeit«, meldete sich ihre Mutter wieder zu Wort.

Fanny bedachte uns mit finsteren Blicken. Instinktiv wußte ich, sie setzte sich zur Wehr, aus Angst, weinen zu müssen, denn damit hätte sie wohl die größte Schwäche überhaupt gezeigt.

»Ich sag's ihr die ganze Zeit«, wiederholte Mrs. Billings. »Geh wieder zu Mrs. Frances, sag ich dauernd. Fan, geh zurück. Ist doch das Beste, was du tun kannst. Du mußt hier abhauen. Aber sie hört nicht. Sie hofft, er krepiert bald. Bricht sich den Hals auf der Treppe oder so was. Runtergefallen ist er schon mal.«

»Mrs. Billings, wir möchten Fanny mitnehmen.« Timothys Stimme klang beschwörend. »Sie können sie jederzeit in der

Mission besuchen. Mrs. Frances wäre es am liebsten, Sie kämen ebenfalls gleich mit.«

Müde schüttelte sie den Kopf. »Kann ihn doch nicht allein lassen. Geht doch nicht.«

»Und was wird aus Fanny?«

»Fanny soll gehen. Ich sag's ihr schon dauernd.«

»Es liegt an dir, Fanny«, sagte ich. »Deine Mutter möchte, daß du mitkommst.«

»Was ist mit ihm?« fragte Fanny mit harter Stimme.

»Überlaß das mir«, antwortete ihre Mutter.

»Mum, komm mit. Wirst sehen, schön ist es dort. Alle sind nett. Mrs. Frances und diese zwei da ...«

»Ich kann ihn nicht verlassen, Fan. Du weißt das.«

»Und was macht er mit dir? Er ist ein Ungeheuer.«

»Ich weiß, trotzdem. Ich laß ihn nicht allein.«

»Gut. Aber Fanny kommt mit«, bestimmte Timothy. »Ohne Fanny gehen wir nicht weg.«

»Um Himmels willen! Wenn er zurückkommt, solange ihr zwei da seid ...« Entsetzt sah uns Fanny an.

»Gut, gehen wir«, entschied ich. »Und du kommst mit. Mrs. Billings, bitte, verstehen Sie uns. Wir möchten nur helfen. Fanny war so glücklich in der Mission. Bitte! Es ist unendlich wichtig für das Mädchen. Kommen Sie mit, und überzeugen Sie sich selbst. Mrs. Frances hat auch für Sie genug Arbeit. Kommen Sie mit, kommt alle beide mit.«

Flehend sah Fanny ihre Mutter an.

Die Augen der verhärmten Frau füllten sich mit Tränen, doch sie schüttelte trotzig den Kopf. »Ich verlaß ihn nie. 's ist doch mein Mann. Egal, was er sonst ist. Mein letztes Wort.«

»Gut, wie Sie wollen. Fanny, komm jetzt«, drängte Timothy.

»Ja, Fan, geh mit«, bat ihre Mutter. »Geh, Mädchen. Ich will es so. Besser, du bist nicht da, wenn er kommt. Viel besser. Glaub mir. So wahr ich hier stehe. Machst mir nichts als Sorgen. Ich kann gut auf mich allein aufpassen. Geh, Fan. Ich will es.«

»O Mum ...«

»Nun komm endlich«, sagte Timothy. »Mrs. Billings, ich danke Ihnen. Und vergessen Sie nicht, Sie sind jederzeit in der Mission willkommen.«

Sie nickte. »Nehmen Sie Fanny mit. Ich will es. Ich will das Beste für sie. Für mich ist's ohne sie leichter. Ein Segen, wenn sie fort ist.«

»Er wird dich schlagen, Mum.« Fanny zögerte noch immer.

»Du gehst. Wie oft soll ich's noch sagen? Für uns ist's besser, wenn du abhaust.«

»Sie hat recht, Fanny«, redete ich ihr weiter zu. »Du kannst hier nichts tun. Deine Mutter kommt dich besuchen, und vielleicht entschließt sie sich doch noch, bei dir in der Mission zu bleiben.«

Ganz fest drückte ich Fannys Hand und zog sie in Richtung Tür.

»Ich . . .«, begann sie.

Sofort unterbrach ich sie. »Du kannst. Deine Mutter hat recht. Nun komm schon.«

Endlich ging sie mit.

Der Rückweg war entsetzlich. Ich hatte gar nicht bemerkt, wie weit wir gelaufen waren. Erst jetzt nahm ich die Umgebung bewußt wahr: die Altkleiderläden, vor deren Türen Ständer mit abgetragenen Kleidern standen, die unterernährten Kinder, die verhängnisvollen Trinkstuben. Ungeniert starrten uns die Leute an und drehten sich nach uns um. Einmal blieb Fanny stehen, wandte sich ebenfalls um und streckte den Gaffern, deren Hohngelächter uns verfolgte, die Zunge heraus. Ich glaube, der Gang durch dieses Viertel wäre noch weit unangenehmer gewesen, wenn die Leute nicht gewußt hätten, daß wir in der Mission arbeiteten. Davor hatten sie einen gewissen Respekt.

Erschrocken fragte ich mich, in welchem Ausschank das Ungeheuer sich gerade seinen Rausch antrank. Dort an der Ecke? Was würde wohl passieren, wenn wir ihm begegneten? Zum Glück kamen wir unbehelligt an dem Stehausschank vorbei.

Der Weg zur Mission schien sich endlos zu dehnen. Erleichtert atmete ich auf, als wir unser Ziel unversehrt erreicht hatten.

Frances hatte sich schon Gedanken gemacht, wo wir blieben, und war natürlich völlig überrascht, als wir Fanny hereinführten. Ihr widmete sie zuerst ihre ganze Aufmerksamkeit. Fanny mußte wieder dieselbe Reinigungsprozedur über sich ergehen lassen wie beim erstenmal. Das Wollkleid und das Haarband wurden aus hygienischen Gründen ein Opfer der Flammen. Ich versprach der untröstlichen Fanny, ihr ein neues Kleid zu schenken. Auch das Haarband ließ sich leicht ersetzen.

Später berichteten wir Frances unser Erlebnis.

Timothy übernahm diese Aufgabe. »Ich bezahlte eben die Marktfrau, als ich merkte, das Angelet verschwunden war. Ich sah sie gerade noch in der Menschenmenge verschwinden. Kurz entschlossen ließ ich alles liegen und rannte hinter ihr her. Im letzten Augenblick sah ich sie um die Ecke biegen. Fanny konnte ich nicht sehen. Ich wußte also nicht, wohin Angelet lief. Sie hatte leider einen gewaltigen Vorsprung.«

»Ihr hättet niemals allein in diese Straßen gehen dürfen«, schalt

Frances. »Gott weiß, was euch dort alles hätte zustoßen können. Trotzdem bin ich froh, daß ihr das Risiko eingegangen seid.«

»Fast wäre etwas passiert, aber Timothy war rechtzeitig zur Stelle.«

»Ich bog gerade keuchend um die Ecke, als sie von zwei nicht besonders vertrauenerweckenden Jugendlichen angepöbelt wurde.«

»Gerade noch rechtzeitig.« Dankbar lächelte ich ihn an. »Er benahm sich wie ein Ritter ohne Furcht und Tadel und rettete mich aus den Händen meiner Peiniger. Gemeinsam gingen wir dann in das Haus. Sofern man ein derartig heruntergekommenes Gebäude überhaupt noch als Haus bezeichnen kann.«

»Die Lebensbedingungen in diesem Viertel sind erbärmlich. Ich hoffe, wir können daran bald etwas ändern. Habt ihr Mrs. Billings kennengelernt?«

»Die arme Frau. Warum macht sie das nur? Sie hätte doch mit uns kommen können. Warum bleibt sie bei diesem Scheusal?« fragte Timothy kopfschüttelnd.

Frances sah ihn verständnisvoll an. »Die Antwort hängt mit der komplizierten menschlichen Natur zusammen. Manche Leute nennen das Liebe. Ich habe das wieder und wieder erlebt. Es kommen Frauen zu uns, die von ihren Männern halb totgeschlagen wurden. Sie bitten um Asyl. Wir nehmen sie auf, pflegen sie gesund und bringen sie auf den Weg zu einem menschenwürdigen Leben. Und dann ... dann gehen sie zurück und lassen sich erneut mißhandeln. Manchmal könnte man schon den Mut verlieren und fragt sich, was diese Arbeit hier noch soll. Aber es ist immer nur ein bestimmter Typ Frau, dem das passiert. Vielleicht steckt in diesen Frauen ein besonders starker Dulder- und Leidensdrang, der sie immer wieder zu ihren gewalttätigen Männern zurücktreibt. Sie wollen von einem Mann beherrscht und dominiert werden. Ich werde verrückt, wenn ich nur daran denke. Aber wie dem auch sei, Mrs. Billings kann ich nicht helfen. Für Fanny müssen wir etwas tun. Und das, meine Lieben, ist eure Aufgabe. Ich danke euch beiden, daß ihr sie zurückgebracht habt.«

Und dann tat Frances etwas für sie höchst Außergewöhnliches: Sie küßte uns beide — und wir, Timothy und ich, küßten einander auch. Er nahm meine Hände und sah mich mit großem Ernst an. In diesem Augenblick wußte ich, er liebt mich.

Am nächsten Tag erschütterte uns ein dramatisches Ereignis. Die Zeitungen meldeten einen Mord.

ENTSETZLICHER MORD IN DER SWAN STREET

Ich las den Artikel beim Frühstück. Ganz langsam drang die grausame Erkenntnis in mein Bewußtsein. Ich konnte es kaum fassen.

Jack Billings kehrte nach einem Zechgelage nach Hause zurück und prügelte seine Frau Mary zu Tode. Glücklicherweise hielt sich die Tochter aus Mrs. Billings' erster Ehe zu dieser Zeit in der Mission auf, die von Peter und Frances Lansdon, Sohn und Schwiegertochter des bekannten Philanthropen Peter Lansdon, geleitet wird.

Weitere Einzelheiten erwähnte der Artikel nicht.

Ich eilte sofort zu Frances. Sie hatte die Neuigkeit bereits erfahren.

»Gott sei Dank habt ihr Fanny in die Mission gebracht«, sagte sie.

»Vielleicht wurde Mrs. Billings erschlagen, weil ihre Tochter nicht zu Hause war«, widersprach ich.

»Schon möglich. Aber früher oder später mußte das so enden. Es gab keine Rettung für Mrs. Billings.«

»Was ist mit Fanny? Weiß sie es schon?«

»Bis jetzt noch nicht. Ich weiß nicht, ob ich es ihr sagen soll.«

Timothy kam. Auch er wußte bereits, was geschehen war.

Seine ersten Worte lauteten: »Was ist mit Fanny?«

»Sie weiß es noch nicht«, antwortete Frances. »Ich überlege gerade, wie ich mich verhalten soll.«

»Was halten Sie von dem Vorschlag, sie von hier wegzubringen?«

»Das wäre vielleicht nicht schlecht.«

»Ich könnte sie mit nach Hampton nehmen.«

»Oh, Tim! Würden Sie das wirklich tun?«

»Warum denn nicht? Ich habe meiner Schwester und den Kindern schon viel von Fanny erzählt. Sie freuen sich sicher, sie endlich kennenzulernen.«

»Eine ausgezeichnete Idee. Wahrscheinlich berichten die Zeitungen in den nächsten Tagen noch ausführlicher über den Fall. Fanny kann zwar nicht lesen, aber es gibt ganz bestimmt eine Menge Gerede. Und sie ist schrecklich neugierig und nicht dumm. Mir liegt viel daran, daß der unvermeidliche Schock nicht zu brutal über sie hereinbricht.«

»Glauben Sie, Fanny wäre mit einem Besuch in Hampton einverstanden?« fragte Timothy ein wenig unsicher.

»Ich denke schon. Mit Ihnen geht sie wohl mit. Fragen wir sie doch. Sie hat Sie gern, das weiß ich, und sie vertraut Ihnen.

Ganz besonders, seit Sie sich in die Höhle des Löwen gewagt und sie herausgeholt haben.«

Wir sahen wieder die andere Fanny vor uns — gewaschen und gekämmt. Das Kleid war ihr ein wenig zu groß, aber ein besseres hatte Frances in der kurzen Zeit nicht auftreiben können. Sie hatte es den Kleiderspenden entnommen, die hin und wieder an die Mission geschickt wurden.

»Fanny«, sagte Frances, »Mr. Ransome möchte dich in sein Haus auf dem Land einladen. Hast du Lust, ihn zu besuchen?«

»Ich war noch nie auf dem Land.«

»Dann wird es höchste Zeit. Jetzt hast du jedenfalls die Gelegenheit dazu.«

»Mit dem da?« fragte sie und zeigte ungeniert mit dem Finger auf Timothy.

»Das geht schon in Ordnung. Ihm gehört dort ein Haus. Außerdem hat er zwei Kinder, einen Jungen und ein Mädchen. Er hat den beiden schon viel von dir erzählt. Du könntest bei der Beaufsichtigung der Kinder helfen.«

Diese Aufgabe schien ihr zuzusagen, denn ein zufriedenes Leuchten ging über ihr Gesicht.

»Was'n mit ihr?« fragte sie und nickte mit dem Kopf in meine Richtung.

»Ich wohne nicht auf dem Land, Fanny.«

»Ach so.« Ihre offensichtliche Enttäuschung schmeichelte mir.

»Vielleicht können wir Mrs. Mandeville gemeinsam dazu überreden, ein paar Tage auf dem Land zu verbringen«, regte Timothy an.

»Ich fänd's gut«, sagte sie.

»Weißt du, was wir machen?« Während ich sprach, begeisterte ich mich selbst an meinem Vorschlag. »Wir kaufen noch heute ein neues Wollkleid für dich. Ein blaues, so eins wie dein altes. Falls wir etwas Ähnliches finden.«

»Und ein rotes Haarband?« erkundigte sie sich. Sie strahlte mich an wie ein glückliches Kind.

»Selbstverständlich, das auch«, versprach ich.

Am nächsten Tag nahm Timothy Fanny mit nach Hampton. Überrascht stellte ich fest, wie langweilig mir mein Leben ohne die beiden vorkam.

Zu Hause erwartete mich ein Brief meiner Mutter, in dem sie ihren Besuch in London ankündigte. Schon in zwei Tagen würde sie eintreffen.

Nach einer überschwenglichen Begrüßung erkundigte sich meine Mutter nach den Geschehnissen in London. Mir fiel auf, daß sie mich aufmerksam beobachtete. Keine Sekunde ließ sie mich aus den Augen. Ich wußte genau, sie wartete darauf, endlich zu erfahren, wie weit meine Freundschaft mit Timothy inzwischen gediehen war.

Doch ich wußte ja selbst nicht genau, was es letzten Endes mit dieser Freundschaft auf sich hatte, und konnte ihre Neugier nicht befriedigen.

Mehr denn je sehnte ich mich nach Ben. Ich hätte ihn so gerne während des Wahlkampfs in Manorleigh unterstützt. Wieviel besser hätte ich die Aufgaben erfüllt, die Lizzie aus tiefstem Herzen verabscheute und die sie nur mit Graces Hilfe bewältigen konnte.

Ich stellte mir vor, welch aufregendes Leben ich als Frau eines bekannten Politikers führen würde. Meine Phantasie ging mit mir durch, und energisch rief ich mich wieder zur Ordnung.

Während des Abendessens brachte Tante Amaryllis das Gespräch auf unser Erlebnis mit Fanny.

»Deine Mutter kann es kaum erwarten, endlich die ganze Geschichte über das junge Mädchen zu hören, dem ihr geholfen habt«, erklärte sie.

Also erzählte ich meiner Mutter, was vorgefallen war.

»Du bist ganz allein an diesen furchtbaren Ort gegangen!« lautete ihre erste entsetzte Bemerkung.

»Ich habe nicht darüber nachgedacht. Ich bin einfach hinter Fanny hergelaufen.«

Meine Mutter schüttelte den Kopf. »Wie dumm von dir!«

»Wer weiß, was passiert wäre, wenn ich nicht so dumm gewesen wäre, wie du es nennst. Außerdem befand sich Timothy dicht hinter mir.«

»Eine entsetzliche Geschichte! Und die arme Frau wurde — ermordet.«

»Wenigstens ist dieses Ungeheuer von Mann jetzt hinter Gittern«, seufzte Tante Amaryllis. »Er ist schuldig, das ist bewiesen. Er hat die Tat gestanden. Man wird ihn zweifellos hängen.«

»Und das arme Kind?«

»Sie hält sich bei Timothy und seiner Familie auf.«

Natürlich hatte meine Mutter von Tante Amaryllis einen ausführlichen Bericht über alles erhalten, was mit Timothy zusammenhing.

»Ich finde es sehr nett von ihm, sie bei sich aufzunehmen«, meinte meine Mutter. »Ehrlich gesagt, alles, was ich bisher über ihn gehört habe, klingt ausgesprochen sympathisch.

Seine Mitarbeit in der Mission ist in der Tat bewundernswert.«

»Du kennst doch Frances. Sie bedrängt die Leute und sorgt dafür, daß sie in die Mission kommen und mitarbeiten.«

»Frances ist eine prachtvolle Frau.«

»Peterkin ist auch nicht gerade untätig. Er arbeitet tüchtig mit.«

»Wirklich ein bemerkenswertes Paar.«

»Übrigens«, sagte Tante Amaryllis, »ich habe Timothy zum Essen eingeladen. Du kannst es sicher kaum erwarten, ihn kennenzulernen.«

Timothy und meine Mutter mochten sich auf Anhieb. Mir entging die gegenseitige Sympathie keineswegs.

»Ich habe so viel von Ihnen gehört«, sagte meine Mutter. »Sie unterstützen die Mission mit bewundernswertem persönlichem Einsatz. Nur Ihnen verdankt das arme Kind seine Rettung. Ich muß gestehen, ich empfinde große Hochachtung für Sie.«

Wir hatten uns alle um den Eßtisch versammelt. Onkel Peter saß wie üblich am Kopfende des Tisches, Tante Amaryllis ihm gegenüber. Die beiden wechselten dauernd vielsagende Blicke. Sie benahmen sich wie milde gestimmte Götter, die mit ihrer Weisheit sämtliche Schwierigkeiten der Welt auf einen Schlag gelöst hatten. Für sie war es beschlossene Sache, daß ich Timothy Ransome heiraten und bis an mein Lebensende in glücklicher Ehe mit ihm leben würde. Anscheinend glaubte jeder, er könne die Probleme anderer mit Leichtigkeit lösen, während er mit den eigenen nicht fertig wurde.

Wie gewöhnlich redeten wir über Politik. Ein Abendessen ohne Gespräche über Politik schien in diesem Haus undenkbar. Meine Mutter erkundigte sich nach Ben. Mit sichtlichem Stolz berichtete Onkel Peter von den Erfolgen seines Enkels, der die besten Chancen habe, seinen Gegner zu schlagen.

»Eigentlich seltsam«, meinte meine Mutter, »wenn man bedenkt, daß du und Matthew auf der einen und Ben auf der anderen Seite steht.«

»Das gibt der ganzen Angelegenheit erst die richtige Würze«, erwiderte Onkel Peter.

»Grace unterstützt Ben bei seinen Wahlveranstaltungen und kümmert sich um Lizzie«, erzählte Tante Amaryllis.

»Das kann ich mir gut vorstellen. Sie ist sehr klug und vielseitig interessiert«, antwortete meine Mutter. »Das fiel mir gleich auf, als sie zu uns nach Cador kam. Erinnerst du dich noch an diesen Tag, Angelet?«

Ich nickte und sagte: »Die arme Lizzie, sie kann ja nichts dafür, daß sie all dem Trubel nicht gewachsen ist.«

»Sie hätte einen weniger ehrgeizigen Mann heiraten sollen«, bemerkte Tante Amaryllis. »Na ja, da kann man nichts machen. Wenigstens hat sie Grace an ihrer Seite.«

»Wie geht es dem bedauernswerten Kind, dieser Fanny? Grämt sie sich sehr wegen ihrer Mutter? Wie soll das alles nur weitergehen?«

»Ihr Stiefvater bekommt, was er verdient«, antwortete Onkel Peter. »Es ist ein klarer Fall. Er hat den Mord zugegeben. Für die Mission ist es vorteilhaft, so oft in der Zeitung erwähnt zu werden. Schließlich verdankt das Mädchen sein Leben dem Umstand, daß es sich zur Tatzeit in der Mission aufgehalten hat. Wäre sie zu Hause gewesen, hätte sie vermutlich dasselbe Schicksal ereilt wie ihre Mutter.«

»Wie hat das arme Kind denn diese entsetzliche Sache aufgenommen?« erkundigte sich meine Mutter.

»Bis jetzt weiß sie es noch nicht«, erklärte Timothy. »Im Moment ist sie recht ausgeglichen. Wer weiß, was passiert, wenn sie es erfährt? Sie hat ihre Mutter sehr geliebt.«

»Das arme, arme Mädchen«, seufzte meine Mutter.

»Wir wollen auf jeden Fall vermeiden, daß sie glaubt, am Tod ihrer Mutter schuld zu sein, weil sie nicht zu Hause gewesen ist.«

»Wie kann sie sich etwas so Ungeheuerliches einreden?«

»Nun, Fannys Stiefvater wollte sie unter seiner Fuchtel haben. Er war hinter dem bißchen Geld her, das sie verdiente. Davon konnte er sich Gin besorgen. Fanny könnte sich den Tathergang so zusammenreimen, daß er an diesem Abend ihr Weggehen bemerkte und in seiner Wut darüber seine Frau angriff und totschlug. Vielleicht hat es sich sogar genauso abgespielt.«

»Aber wir wissen es nicht mit Bestimmtheit«, warf ich ein.

»Auf jeden Fall wäre es früher oder später ohnehin passiert«, fuhr Timothy fort. »Er hat seine Frau schon unzählige Male mißhandelt.« Er wandte sich direkt an mich und lächelte. »Fanny gefällt es ausgezeichnet auf dem Land. Sie hat sich verändert. Die Kinder haben sie gern. Sie finden Fanny drollig. Als ich weggegangen bin, um in die Stadt zu fahren, beschäftigte sie sich mit den Kindern und der Gouvernante im Garten. Ich glaube, Fanny ist betrübt, weil Fiona, die schließlich um einiges jünger ist als sie, lesen und schreiben kann. Fanny möchte schrecklich gerne lesen und schreiben lernen.«

»Werden Sie ihr Unterricht erteilen?« fragte meine Mutter.

»Wenn sie es möchte, ja. Ich bin mir nicht ganz sicher, was für sie das beste ist. Meine Schwester Janet denkt an eine Ausbildung als Stubenmädchen oder etwas in dieser Art. Ich weiß es wirklich nicht. Fanny besitzt eine ungewöhnlich rasche Auffassungsgabe und ist sehr klug.« Hilfesuchend wandte er sich mir wieder zu. »In dieser Frage wollte ich Sie um Rat bitten. Sie kennen das Mädchen und hatten immer Verständnis für sie. Ich wünschte, Sie würden nach Hampton kommen und Fanny in der dortigen Umgebung erleben.« Er warf einen raschen Blick zu meiner Mutter hinüber. »Vielleicht hätten Sie Lust, Angelet zu begleiten, Mrs. Hanson. Meine Schwester Janet würde sich über Ihren Besuch freuen.«

»Ich wüßte nicht, was dagegen spricht«, antwortete meine Mutter. »Im Gegenteil. Ich halte es für eine ausgezeichnete Idee.«

»Es ist nur ein Katzensprung von London.«

»Wir nehmen die Einladung gerne an, nicht wahr, Angelet?« Meine Mutter mied meinen Blick.

Ich lächelte und stimmte ihr zu.

Fast spürbar breitete sich am Tisch allgemeine Erleichterung aus. Für meine Familie schien der Abend wunschgemäß zu verlaufen.

Timothy holte meine Mutter, Rebecca und mich vom Bahnhof ab. Rebecca war ganz aufgeregt. Sie kannte Timothy bereits recht gut und hatte sich schon ein wenig mit ihm angefreundet. Die Aussicht auf einen Besuch in Hampton begeisterte sie. Ein kleiner Wermutstropfen trübte allerdings ihre Freude: Pedrek würde diesmal nicht mit von der Partie sein.

Riverside Manor stellte sich als prachtvolles Haus im Tudorstil heraus. Das schöne Fachwerkgebäude mit den dunklen Balken und dem weißen Mauerwerk, dessen obere Stockwerke das Erdgeschoß überragten, war typisch für seine Epoche. Im Garten vor dem Haus, das nicht weit vom Flußufer entfernt lag, blühten Chrysanthemen und Dahlien. Im Frühling prangte er bestimmt in einer noch viel üppigeren Blütenpracht.

Wir betraten eine Tudorhalle mit hohem Deckengewölbe, dicken Eichenbalken und holzgetäfelten Wänden. Janet Ransome, eine hochgewachsene, magere Frau mit ernstem Gesicht, erwartete uns bereits. Sie schien ein wenig spröde, etwas zu ordentlich und eher verschlossen zu sein. Doch bald merkte ich, daß sich hinter dieser unnahbaren Fassade ein freundliches, weiches Herz verbarg.

Sie durchbohrte mich förmlich mit ihrem Blick, doch was sie

sah, schien ihr zu gefallen. Ich war froh, ihre erste Musterung bestanden zu haben.

Meine Mutter lobte das Haus überschwenglich. Sie erzählte, wie sehr Häuser sie seit jeher faszinierten. Unser Haus in Cornwall befände sich seit Generationen im Familienbesitz.

Während wir uns miteinander bekannt machten, erklang von oben Fußgetrappel. Die Kinder eilten die Treppe herunter — Fanny hielt sich vorsichtig im Hintergrund.

»Fanny!« rief ich und winkte ihr zu.

Eilig lief sie herunter und rannte auf mich zu. Unvermittelt blieb sie stehen. »Hallo«, sagte sie ein wenig unfreundlich. »Sind Sie also doch noch gekommen.«

»Dir gefällt es in Hampton, nicht wahr, Fanny?« sprach Timothy sie an.

»Es ist ganz nett«, murmelte sie.

»Darf ich Ihnen Fiona vorstellen?«

Ein kleines Mädchen mit strahlendblauen Augen begrüßte mich lächelnd.

»Und das ist Alec.«

Alec, ein recht großer, schlaksiger Junge, schüttelte mir etwas linkisch die Hand. Timothys Familie gefiel mir auf Anhieb.

Fiona kümmerte sich sofort um Rebecca. Darüber schien sich ihr Vater zu freuen, und Janet Ransome warf ihrer Nichte einen anerkennenden Blick zu.

Janet und Timothy zeigten uns das ganze Haus: die Speisekammer, die Waschküche, die große Küche mit den Steinfliesen, gewaltigen Herden und Bratspießen.

»Diese Gerätschaften benutzen wir heute fast gar nicht mehr«, erklärte Janet. »Gott sei Dank gehören die opulenten Mahlzeiten unserer Vorväter endgültig der Vergangenheit an.«

Die Besichtigung ging weiter: die Halle, das Eßzimmer mit einer entzückenden Stoffbespannung an den Wänden, die lange Galerie mit den Familienporträts, der Salon mit den kostbaren Wandteppichen und den Sesseln mit Petitpointstickerei in sämtlichen Blauschattierungen, die sicher eine Urahnin vor mehr als hundert Jahren angefertigt hatte. Weiter ging es in die Bibliothek — die Mansarden wurden auch nicht ausgelassen — und schließlich in die Schlafzimmer. In den meisten Schlafräumen standen gewaltige Himmelbetten, die sich wahrscheinlich schon seit Generationen im Besitz der Familie befanden.

Aus den Fenstern hatte man einen herrlichen Blick auf den Fluß. Der gepflegte, parkähnliche Garten erstreckte sich bis zum Fluß hinunter. Eine kleine Steintreppe führte zum Wasser. Die Ransomes bezeichneten sie als ihre Hintertreppe. Zwei an

Pfosten festgebundene Boote schaukelten auf den Wellen. Von hier aus konnte man den Fluß hinauf- und hinunterrudern.

Vom obersten Stockwerk aus sah man Hampton Court, den herrlichen Palast, der einmal Kardinal Wolsey gehört hatte, bis man ihn zwang, den Besitz dem König zu schenken.

Timothy Ransome besaß ein prachtvolles Anwesen, das mußte ich neidlos anerkennen.

»Ich kann mir vorstellen, wie sehr Sie an diesem Haus hängen«, sagte ich zu Timothy.

Er sah mich nur traurig an. Vermutlich erinnerte ihn die Umgebung an seine Frau. Von diesen Stallungen war sie an jenem verhängnisvollen Vormittag zu ihrem Morgenritt aufgebrochen, und auf einer Bahre hatte man sie zurückgebracht. Auf Schritt und Tritt mußten ihn wehmütige Erinnerungen begleiten.

In der Galerie hatte ich ein Porträt von ihr gesehen — eine hübsche Frau mit einem reizenden Lächeln. Noch bevor man mir sagte, wen das Bild darstellte, erriet ich, um wen es sich handelte.

Meine Mutter genoß den Aufenthalt in Riverside Manor. Ihr gefiel das Haus ausnehmend gut, und die Familie gefiel ihr nicht minder. Ihr beglückter Gesichtsausdruck schien zu sagen, ich könne wirklich zufrieden sein, hier einziehen zu dürfen.

Nach ein paar Tagen fühlte ich mich schon fast wie zu Hause. Auch Rebecca hatte sich gut eingelebt. Ihre neuen Spielgefährten entschädigten sie für Pedreks Abwesenheit. Sie hatte Fiona in ihr Herz geschlossen, fühlte sich aber offensichtlich besonders stark zu Fanny hingezogen.

Fanny genoß Rebeccas Zuneigung sichtlich. In Gesellschaft meiner Tochter sah Fanny glücklicher aus, als ich sie je gesehen hatte.

»Mir gefällt es hier«, verkündete Rebecca eines Tages. »Wohnen wir bald bei den Ransomes?«

Ihre Frage verblüffte mich. Fing sie jetzt auch schon an? Ich wußte, meine Familie hielt eine Ehe mit Timothy für die beste Lösung, und Timothys Schwester, das hatte ich inzwischen bemerkt, schien sich mit diesem Gedanken ebenfalls angefreundet zu haben. Sie wohnte zwar in seinem Haus und hatte die Rolle der Hausherrin übernommen, aber ich spürte, ihr bedeutete diese Autorität nicht viel. Sie hing an Timothy und schien der festen Überzeugung zu sein, er müsse wieder heiraten, um sich endlich von dem vernichtenden Schlag zu erholen, den der plötzliche Tod seiner Frau ihm versetzt hatte.

Erst in dieser Umgebung wurde mir bewußt, wie sehr er noch immer darunter litt. Er trauerte noch heute um seine Frau. Tief in meinem Innern wußte ich, niemand würde je die Stelle seiner ersten großen Liebe, der Mutter seiner Kinder, einnehmen können. Trotzdem hätte es mich nicht gewundert, wenn er mich gebeten hätte, seine Frau zu werden.

Wir ritten zusammen aus. Es war die einzige Möglichkeit, der im Haus herrschenden Unruhe zu entgehen und sich einmal ungestört zu unterhalten. Es überraschte mich keineswegs, als er sein Pferd zügelte und einen kleinen Spaziergang vorschlug. Wir banden die Pferde an einen Strauch. Er nahm meinen Arm und führte mich hinunter zum Fluß.

Es war November, aber warm für diese Jahreszeit. Der blauschimmernde Nebel verlieh der Szenerie am Fluß und den großen Häusern auf der anderen Uferseite ein fast unwirkliches, geheimnisvolles Aussehen.

Schweigend blickten wir hinaus auf das Wasser. Nach einer Weile sagte er: »Ich nehme an, Sie wissen, was ich Sie fragen möchte, Angelet. Es geht mir schon einige Zeit durch den Kopf. Möchten Sie mich heiraten?«

Ich zögerte mit der Antwort.

»Ich liebe Sie. Ich fühlte mich vom ersten Augenblick an, als wir uns kennenlernten, zu Ihnen hingezogen. Als Sie hinter Fanny hergejagt sind, packte mich die kalte Angst. Mir wurde klar, wie unglücklich und einsam ich wäre, wenn ich Sie verlieren würde.«

»Eine Ehe sollte man nicht Hals über Kopf eingehen. Dazu ist die Angelegenheit zu ernst«, antwortete ich zögernd.

»Da gebe ich Ihnen recht. Aber ich habe reiflich darüber nachgedacht. Und Sie?«

»Über eine neue Ehe habe ich noch nicht nachgedacht. Ich bin nicht sicher, ob ich wieder heiraten möchte. Ob ich jetzt heiraten möchte.«

»Natürlich kennen wir einander noch nicht sehr lange. Aber immerhin haben wir gemeinsam einige Abenteuer erlebt. Außerdem hat es mir gefallen, welch große Sorgen Sie sich um Fanny gemacht haben. Ihre Anteilnahme am Schicksal anderer Menschen schätze ich zutiefst.«

»Sie haben sich mindestens ebenso große Sorgen um Fanny gemacht und das Mädchen sogar in Ihr Haus aufgenommen.«

»Ich kümmere mich gern um sie, das stimmt. Sicher kämen wir alle gut miteinander aus, wenn wir unter einem Dach wohnten.«

»Vielleicht.«

»Es spricht nichts dagegen. Ich bewundere Sie. Die Kinder mögen Sie und Janet auch. Rebecca fühlt sich wohl bei uns. Ihre Mutter hat keine Vorbehalte gegen mich, im Gegenteil. Die Voraussetzungen für eine gute Ehe scheinen mir gegeben.«

»Ja, unter diesem Gesichtspunkt bestimmt. Aber zu einer guten Ehe gehört mehr, Tim. Ich glaube, Sie lieben noch immer Ihre Frau.«

»Sie ist schon lange tot.«

»Für Sie ist und bleibt sie die einzige.«

»Aber deshalb kann ich Sie doch ebenfalls gern haben. Und wie ist es bei Ihnen? Sie denken oft an Ihren Mann. Er muß ein wundervoller Mensch gewesen sein. Das war meine Frau auch. Wir haben beide eine glückliche Ehe hinter uns. Und beide haben wir die Menschen, die wir so sehr liebten, auf gewaltsame Weise verloren. Allein diese schicksalhafte Übereinstimmung verbindet uns. Wir dürfen nicht für den Rest unseres Lebens trauern, Angelet.«

»Nein. Trotzdem bin ich mir noch nicht sicher, Tim. Ich weiß nicht, wie ich mich entscheiden soll.«

»Sie brauchen Zeit, um in Ruhe darüber nachzudenken.«

»Möglich. Ich weiß nur, Sie haben Ihre Frau noch nicht vergessen, und ich ...«

»Sie wollen sagen, wir lieben beide einen anderen Menschen.«

Ich nickte.

»Natürlich ist es schwer, sich mit einem Helden wie Gervaise messen zu müssen.«

Ich antwortete nicht. Ich hatte nicht an Gervaise gedacht, sondern an Ben. Ben ließ mir keine Ruhe. Ständig dachte ich an ihn. Ich war wie besessen von diesem Mann. Die Vernunft sagte mir, ich solle Timothys Heiratsantrag annehmen, auch wenn es für beide von uns nur die zweitbeste Lösung war. Ich hätte ihn verwöhnen und von seiner Trauer um seine Frau ablenken können. Er wiederum hätte mich sicher darin bestärkt, daß es für mich keine glückliche Zukunft mit Ben geben konnte.

Eigentlich sprach alles für diese Heirat. Ich konnte mir ein gemeinsames Leben in diesem prachtvollen Haus gut vorstellen. Fanny und den Kindern könnten wir eine glückliche Zukunft bereiten. Er wäre Rebecca bestimmt ein guter und liebevoller Vater. Unsere Familien verstanden sich. Die Arbeit in der Mission könnten wir gemeinsam fortsetzen.

Ich wußte, es wäre äußerst dumm, mich von ihm abzuwenden, zumal ich ihn auch sehr gern mochte. Aber ich brauchte Zeit, um darüber nachzudenken. Ich mußte mich meinen Gefühlen für

Ben stellen, mir über meine Beziehung zu ihm klarwerden und meine Entscheidung genauestens abwägen. Aber was für ein Leben erwartete mich an der Seite eines Mannes, der einer Goldmine wegen geheiratet hatte? Ben war rücksichtslos, für ihn zählte nur der Erfolg. Ein solcher Mann wäre nie zu einer hingebungsvollen Liebe fähig wie Tim. Außerdem war Ben verheiratet.

Bei Timothy erwarteten mich Zufriedenheit und stilles Glück, bei Ben Unruhe und Spannung. Ben war von einer wilden Leidenschaftlichkeit. Ich zweifelte nicht an seiner Liebe zu mir, aber mindestens ebensosehr liebte er Reichtum und — Macht. Auch Timothy liebte mich auf seine Art, aber bei ihm kam an erster Stelle seine erste Frau. Die Erinnerung an sie würde stärker sein als meine Gegenwart. Vielleicht kämen wir uns mit der Zeit näher. Daran zweifelte ich im Grunde nicht. Möglicherweise gelänge es uns sogar, die Schatten der Vergangenheit endgültig zu vertreiben.

Ich steckte in einem Dilemma. Ich mußte die Entscheidung hinausschieben, bis ich mir völlig darüber im klaren war, was ich wollte.

»Ich brauche noch Zeit«, entschuldigte ich mich.

Er hatte Verständnis. Dieser Mann würde immer Verständnis haben.

»Gut. Warten wir ab. Lassen wir den Dingen Zeit zu reifen. Aber bitte vergessen Sie nicht, Angelet, wir haben einander viel zu geben.«

In Gedanken versunken ritten wir zum Haus zurück.

Bei unserer Rückkehr spürte ich die Enttäuschung der anderen. Sie hatten die Ankündigung unserer Hochzeit erwartet.

Gleich am nächsten Tag sagte ich zu Timothy: »Wir müssen mit Fanny reden. Heute steht wieder ein Artikel über den Fall in der Zeitung. Ihr Stiefvater muß sich vor Gericht verantworten. Sie kann zwar nicht lesen, aber man muß schließlich damit rechnen, daß ihr irgend etwas zu Ohren kommt.«

Wir kamen überein, ihr alles zu erzählen.

Meine Mutter und Janet wußten von unserem Vorhaben und versprachen, dafür zu sorgen, daß wir nicht gestört würden.

»Wir möchten mit dir reden, Fanny«, sagte ich sehr ernst zu dem Mädchen.

Sie sah von einem zum anderen. Angst flackerte in ihren Augen. »Sie schicken mich fort.«

»Kein Gedanke«, erwiderte Timothy. »Du bist hier zu Hause, so lange du willst.«

»Um was geht es dann?« wollte sie wissen.

»Um deine Mutter«, antwortete ich. »Sie ... sie ist tot.«

Ungläubig starrte sie uns an. »Was? Wieso?« Sie verstummte. Plötzlich schrie sie: »Er hat's getan! Er war's. Stimmt's?«

»Ja«, gab ich zu.

Ihr schmerzverzerrtes Gesicht verriet tiefe Trauer. Ich ging zu ihr hinüber und legte den Arm um ihre Schultern.

»Ich bringe ihn um.« Sie geriet außer sich. »Ich bringe ihn um.«

»Das ist nicht nötig, Fanny. Dafür sorgt das Gesetz.«

Ein zufriedenes Lächeln huschte über ihr Gesicht. »Dann haben sie ihn also?«

»Sie haben ihn«, wiederholte ich.

»Und ich war nicht da«, murmelte sie. »Wenn ich zu Hause gewesen wäre ...«

Beruhigend strich ich ihr über das Haar. »Nein, Fanny. Es war gut, daß du nicht dabei warst. Deine Mutter hätte mit uns kommen sollen.«

»Aber sie *wollte* bei ihm bleiben.«

»Eben. Sie wollte es.«

»Das war ein Fehler.«

»Jeder Mensch muß selbst entscheiden, was er will. Sie wußte, was passieren konnte, und ist trotzdem bei ihm geblieben.«

Timothy trat zu uns und schloß uns beide in die Arme.

»Alles wird gut, Fanny«, sagte er. »Du bleibst bei uns. Für immer.«

»Ihr wollt mich doch gar nicht.«

»O doch.«

»Ihr habt eure eigenen Kinder. Alle beide habt ihr eigene Kinder.«

»Unsere eigenen Kinder reichen uns nicht«, entgegnete ich. »Weißt du, Fanny, wir sind habgierig. Wir wollen dich auch noch.«

»Im Ernst?«

»Ganz im Ernst«, bestätigte Timothy mit Nachdruck. »Wir möchten dich bei uns behalten. Das ist unser größter Wunsch.«

»Warum denn?« fragte sie.

»Weil wir dich liebhaben«, antwortete ich.

»Quatsch«, sagte sie. »Das hat noch niemand zu mir gesagt.«

»Dann hörst du es eben heute zum erstenmal.«

Unvermutet weinte sie — die ersten Tränen, die ich bisher bei ihr gesehen hatte. Fest klammerte sie sich an mich. Dann streckte sie die Arme aus und bezog Timothy in die Umarmung ein.

Plötzlich schniefte sie energisch und wischte sich ärgerlich mit dem Ärmel die Tränen ab. »Seht mich an. Ihr müßt mich für doof halten.«

»Wir halten dich für ein sehr nettes Mädchen«, versicherte Timothy.

Wieder kullerten die Tränen.

»Das macht nichts, Fanny«, beruhigte ich sie. »Wir alle weinen von Zeit zu Zeit, weißt du. Man sagt, Tränen heilen innere Wunden.«

Sie legte ihren Kopf an meine Schulter. Unaufhaltsam flossen die Tränen über ihre Wangen. Liebevoll wischte ich sie ab.

»Ich liebe sie«, flüsterte sie. »Sie war gut zu mir. Sie war meine Mum.«

»Ich weiß.«

»Ihn hasse ich. Hab' ihn immer gehaßt. Warum hat sie ihn geheiratet? Mein Dad war ein guter Mensch, das weiß ich.«

»Das Leben geht manchmal sonderbare Wege«, erwiderte ich. »Wir müssen hinnehmen, was kommt, und versuchen, das Beste daraus zu machen.«

»Mir gefällt es hier«, schluchzte sie. »Ich hab' nie geglaubt, daß ich hierbleiben kann. Ihr seid schon komisch, ihr zwei. Ich schrubbe euch die Böden oder irgend so was. Ist mir ganz gleich. Aber wenn's nach mir geht, tät ich mich um die Kinder kümmern. Ich mag die kleine Rebecca. Wohnt sie auch bald hier?«

Timothy drückte ganz fest meine Hand.

»Nein, wir wohnen in London«, antwortete ich. »Wir sind nur zu Besuch bei der Familie Ransome.«

»Aber demnächst wohnt ihr doch hier, oder? Alle beide.«

Ihre Stimme klang fast flehend.

»Ihr beide zusammen. Alle beide. Ich mag euch lieber als Mrs. Frances. Sie hat was von 'nem Engel. Aber ihr zwei, wie soll ich's sagen, also ihr zwei seid . . . Menschen. Das gefällt mir besser, kapiert? Ich will bei euch bleiben. Bei euch und den Kindern. Bei der kleinen Rebecca.«

»Vielleicht läßt sich das ja machen«, antwortete Timothy und warf mir einen bedeutungsvollen Blick zu.

Ganz langsam sagte sie: »Ich sehe meine Mutter nie mehr wieder. Ich kann das einfach nicht glauben.«

»Es ist furchtbar traurig«, murmelte ich. »Wenn sie doch nur mitgekommen wäre.«

»Hängen sie ihn auf?« erkundigte sie sich.

»Höchstwahrscheinlich.«

»Das freut mich«, sagte sie heftig. »Bei dem Gedanken geht es mir gleich viel besser. Der tut keinem mehr was.«

Sie drückte mich ganz fest an sich, dann wandte sie sich zu Timothy und umarmte ihn.

Sanft löste sich Timothy aus ihrer Umklammerung. »Wir schaffen das schon, Fanny. Mach dir keine Sorgen. Ich bin überzeugt, wir werden alle sehr glücklich miteinander.«

Er nahm ihre Hand, anschließend ergriff er die meine. So standen wir zu dritt beisammen, einander an den Händen haltend.

Tief in meinem Innersten fühlte ich unsere Zusammengehörigkeit und den starken Wunsch nach einer gemeinsamen Zukunft in diesem Haus.

Das Tagebuch

Am nächsten Morgen versammelten wir uns alle am Frühstückstisch — meine Mutter, Timothy, Janet und ich. Meine Mutter blätterte die Morgenzeitungen durch.

»Oh, hier steht etwas, das dich bestimmt interessiert«, wandte sie sich an mich. »In einem dieser Skandalblätter. Es geht um Benedict Lansdon. Der Artikel ist ein deutliches Anzeichen dafür, daß Benedicts bevorstehender Erfolg in Manorleigh einigen Leuten ganz und gar nicht gefällt. Ich finde es skandalös, derartige Berichte zu veröffentlichen.«

»Was steht denn drin?«

Sie legte die Zeitung zurecht und las vor:

Benedict Lansdon, der charismatische Kandidat in Manorleigh, macht großen Eindruck auf die Wähler. Wenn es so weitergeht, schlägt er seine Rivalen um Längen. Er arbeitet unermüdlich — überall brilliert er mit Charme und Wahlversprechen. Glaubt man den Prognosen, findet zum erstenmal seit vielen Jahren in diesem Wahlkreis ein Parteienwechsel statt.

Benedict Lansdon hat einen atemberaubenden Aufstieg hinter sich. Er ist Goldmillionär — einer der wenigen, die in Australien ihr Glück gemacht haben. Benedict verdankt sein Glück einer Heirat, die ihm eine Mine mit ertragreichen Goldadern eingebracht hat.

Mrs. Elizabeth Lansdon erscheint bei allen offiziellen Anlässen an der Seite ihres Ehemannes, aber wer ist die elegante Dritte? Das werden sich viele fragen. Es ist Mrs. Grace Hume, Schwiegertochter von Matthew Hume, dem Kabinettsminister der letzten Tory-Administration. Mrs. Hume unterstützt treu die Opposition gegen die Partei ihres Schwiegervaters.

Nur ein Sturm im Familienwasserglas? Vielleicht. Aber Mrs. Humes leidenschaftliche Hingabe an die Politik konzentriert sich ausschließlich auf den Kandidaten Benedict. Mrs. Hume spricht mit der Presse. Die Lippen von Mrs. Lansdon bleiben versiegelt. Warum sieht sie bei jedem öffentlichen Auftritt so traurig aus? Macht sie sich Sorgen, ob ihr Mann in Manorleigh genügend Wählerstimmen bekommt? So, wie die Dinge liegen, scheint eine solche Sorge mehr als unbegründet. Oder bereitet ihr die elegante und glühende Anhängerin ihres Mannes Kummer, die bereits ein Mitglied des Haushalts geworden zu sein scheint?

Je weiter meine Mutter las, um so wütender wurde ich.

»Eine widerliche Andeutung!« empörte sie sich und legte die Zeitung beiseite. »Grace geht es ausschließlich darum, Lizzie zu helfen. Die arme Lizzie, was mag wohl jetzt in ihrem Kopf vorgehen?«

»Mich würde weit mehr interessieren, was Ben dazu zu sagen hat«, meinte ich.

»Oh, er wird mit einem Achselzucken darüber hinweggehen. Aber für Lizzie und Grace ist es äußerst unangenehm.«

»Nach allem, was ich bisher über Benedict Lansdon gehört habe, muß er ein attraktiver Mann sein«, sagte Janet.

»Er ist ein entfernter Verwandter von uns. Wußten Sie das?« fragte meine Mutter. »Er ist der Enkel von Peter Lansdon. Peter hatte vor seiner Heirat eine Liebesaffäre. Angeblich hat er weiter für die Frau, eben Benedicts Großmutter, gesorgt.«

Janet wirkte peinlich berührt.

»Ja«, fuhr meine Mutter unbeirrt fort, »man kann sagen, es waren unordentliche Verhältnisse. Aber die meisten Menschen haben Peter diese Eskapade verziehen, nicht wahr, Angelet?«

Ich nickte.

»Er unterstützt die Mission ausgesprochen großzügig. Ohne seine Spenden hätte Frances nicht halb so viele Erfolge erzielen können. Sie müßte ihre Aktivitäten einschränken. Ich wüßte zu gern, was Peter zu diesem Zeitungsartikel sagt.«

»Du glaubst, der Bericht könne sich negativ auf Bens Siegeschancen auswirken?« fragte ich.

Statt meiner Mutter antwortete Timothy. »Nein, das kann ich mir nicht vorstellen. Während eines Wahlkampfes werden immer irgendwelche widerwärtigen Gerüchte veröffentlicht. Ich glaube nicht, daß die Leser davon groß Notiz nehmen.«

Nachdenklich starrte ich auf die Tischdecke. Die in dem Artikel gemachte Andeutung schockierte mich. Ich hörte kaum, was Timothy sagte. Ich dachte an Lizzie, die sich der Situation in keinster Weise gewachsen fühlte und entsetzliche Angst vor dem Leben hatte, das man ihr aufgezwungen hatte. Und dann sah ich die elegante Grace vor mir, die charmant und weltgewandt sämtliche Angelegenheiten in die Hand nahm, die eigentlich Lizzies Aufgabe gewesen wären.

Grace und Ben! Steckte ein Körnchen Wahrheit in diesem Bericht? Ben wurde von vielen Frauen bewundert, und Grace war schon seit langer Zeit Witwe. Lizzie hatte Graces Freundschaft und Hilfe gesucht. Ben etwa auch?

Ich rief mich zur Ordnung. Warum machte ich mir darüber Gedanken? Was ging es mich an? Timothy hatte mir einen Heiratsantrag gemacht. Wenn ich wollte, konnte ich ein friedliches Leben an der Seite eines Mannes führen, der mein volles Vertrauen verdiente. Und ich war drauf und dran, diesen Mann zurückzuweisen wegen meiner Gefühle für einen verheirateten und deshalb für mich unerreichbaren Mann, an dessen Seite mich Unsicherheit und Aufregung erwarten würden.

Meine Mutter und ich kehrten mit Rebecca nach London zurück. Die Ransomes bedauerten unsere Abreise sehr. Als die Kutsche vorfuhr, die uns zum Bahnhof bringen sollte, begleitete uns die ganze Familie zur Tür, um sich von uns zu verabschieden. Fiona und Alec winkten traurig. Janet sagte enttäuscht: »Ihr müßt unbedingt wiederkommen. Bald schon.« Timothy fuhr mit uns zum Bahnhof. Auch Fanny ließ es sich nicht nehmen, bis zur letzten Minute mit uns zusammenzusein. Sie sah mich vorwurfsvoll an. Rebecca brach in Tränen aus. Deutlicher konnte sie nicht zum Ausdruck bringen, wie gut es ihr bei den Ransomes gefallen hatte. Sie beruhigte sich erst, als wir ihr versprachen, bald wieder einen Besuch in Hampton zu machen.

Timothy nahm meine Hand, drückte sie ganz fest und sagte: »Wir sehen uns am Mittwoch in der Mission.« Als der Zug aus dem Bahnhof fuhr, winkten wir noch lange.

Auf der Heimfahrt lobte meine Mutter unentwegt die reizende Familie Ransome und betonte immer wieder, wie gespannt mein Vater auf das Ergebnis unseres Besuchs sei. Dabei betrachtete sie mich mit einem vorwurfsvollen Blick. Ich wußte, sie war ebenso enttäuscht wie Janet, weil keine Verlobung stattgefunden hatte. Keinem war entgangen, daß ich die Schuldige war.

So fuhr ich in Gesellschaft einer weinenden Tochter und einer unzufriedenen Mutter nach London zurück. Außer mir schien jeder eine Heirat mit Timothy für wunderbar zu halten.

Aber noch blieb mir Zeit, darüber nachzudenken.

Am nächsten Abend lud uns Onkel Peter zum Essen ein. Zu meiner Überraschung war auch Ben anwesend. Lizzie hatte ihn nicht begleitet. Sie müsse sich ausruhen, erklärte er. Grace leiste ihr Gesellschaft.

Erstaunt sagte ich zu ihm: »Ich hätte nicht erwartet, dich heute zu sehen. Mußt du denn nicht deine Wähler in Manorleigh umgarnen?«

»Bis zur Wahl bleibt noch genügend Zeit«, erwiderte er.

Während des Essens kam Onkel Peter natürlich auf den berüchtigten Zeitungsartikel zu sprechen. Er schien ihn nicht allzu ernst zu nehmen. »Nichts weiter als böswilliger Klatsch. Das beweist nur, wie nervös sie bereits geworden sind, Ben. Jetzt müssen sie schon auf solche Machenschaften zurückgreifen.«

Nach dem Abendessen begleiteten uns die Herren in den Salon. Ben nahm mich beiseite.

»Ich muß mit dir reden, Angel«, bat er.

»Tatsächlich? Bitte, ich höre.«

»Nicht hier. Können wir uns treffen?«

»Worum geht es, Ben?«

»Wir müssen uns treffen. Wie wär's mit Kensington Gardens? Im Blumengarten.«

»Ist es wirklich so wichtig?«

»Ja, ungeheuer. Morgen, zehn Uhr dreißig.«

»Aber ...«

»Bitte, Angel. Ich warte auf dich.«

In dieser Nacht schlief ich schlecht. Ich überlegte hin und her, was er mir wohl so Dringendes zu sagen hatte.

Als ich am nächsten Morgen am verabredeten Treffpunkt ankam, erwartete er mich schon ungeduldig. Wir setzten uns auf eine Bank.

»Was ist los, Ben? Was ist passiert?«

»Es geht um Timothy Ransome.«

»Was ist mit ihm?«

»Du warst Gast in seinem Haus. Zusammen mit deiner Mutter.«

»Ja, und?«

»Das hat doch einen Grund, wenn er dich zusammen mit deiner Mutter einlädt. Und ich sehe dafür nur einen einzigen Anlaß. Hast du ihm versprochen, ihn zu heiraten?«

»Nein, Ben. Aber ich sehe nicht ein ...«

»Was mich das angeht? Es *geht* mich etwas an, Angel. Ich liebe dich. Du und ich, wir sind füreinander bestimmt.«

»Du bist mit Lizzie verheiratet.«

»Aber doch nur, weil ...«

»Du brauchst mir nichts zu erklären. Ich weiß nur zu gut Bescheid. Du hast Lizzie nie geliebt, nur ihre Mitgift. Du wolltest nur das Gold.«

»Hör auf damit. Du verstehst das nicht.«

»Ich verstehe sogar sehr gut. Ich war dabei, falls du dich erinnerst.«

»Das ist längst Vergangenheit.«

»Aber mit den Auswirkungen müssen wir heute noch leben.«

»Ich liebe dich. Ich will dich, nur dich. Mehr als alles auf der Welt will ich dich. Das Leben hat uns beiden grausam mitgespielt. Immer kam einer von uns zu spät. Erst warst du mit Gervaise verheiratet, dann ich mit Lizzie. Und jetzt denkst du wieder daran zu heiraten.«

»Du bist immer noch mit Lizzie verheiratet.«

»Vielleicht läßt sie sich scheiden.«

»Eine Scheidung? Und was ist der Scheidungsgrund? Ich kann mich noch gut erinnern, daß du mir einmal die Scheidung von Gervaise vorgeschlagen hast. Für dich scheint das die einfachste Lösung zu sein.«

»Es ist wenigstens eine Lösung.«

»Niemals. Denk doch an deine politische Karriere. Willst du, daß sie gleich zu Beginn im Sande verläuft?«

»Ich würde alles tun, damit wir zusammensein können.«

»Auch deine politische Karriere opfern?«

»Ich wollte dich bitten, noch ein wenig zu warten. Stürz dich nicht Hals über Kopf in eine neue Ehe. O ja, ich weiß, er ist ein ehrenwerter Mann, tugendhaft und mildtätig. Immer mit guten Werken beschäftigt. Ganz anders als ich. Aber liebt er dich auch genausosehr wie ich?«

»Ich muß schon sagen, es steht dir nicht zu, so mit mir zu reden.«

»Ich sage nur die Wahrheit. Ich weiß, was wir einander bedeuten. Dieser ... Zwischenfall damals hat uns für immer verbunden. Ich hätte niemals fortgehen sollen. Rückblickend weiß man immer, was man hätte tun sollen. Ich hätte nie nach Australien gehen dürfen. Aber begreifst du denn nicht, Angel, du warst damals noch ein Kind. Als ich dich als erwachsene Frau wiedertraf, habe ich *sofort* gewußt, daß ich dich liebe. Aber da warst du schon mit Gervaise verheiratet.«

»Es ist doch sinnlos, immer wieder über verpaßte Chancen zu reden. Heute ist heute, und heute bist du mit Lizzie verheiratet. Ich weiß, sie liebt dich hingebungsvoll. Durch sie hast du bekommen, was du ersehnt hast — Geld und Macht. Danach hast du immer gestrebt. Wir Menschen müssen bezahlen für das, was wir unter allen Umständen und ohne Rücksicht auf Verluste haben wollen.«

»Dieser Preis ist zu hoch, Angel.«

»Sei vernünftig, Ben. Du hast ein erfülltes Leben. Vor dir liegt eine Karriere, die deine ganze Kraft erfordert. Die Politik befriedigt dich. Du genießt die Macht. Gut, vielleicht hast du damit nicht alles erreicht, was du ersehnt hast, aber immerhin schon eine ganze Menge.«

Im stillen dachte ich: Und ich habe Timothy. Er ist nicht alles, wonach ich mich gesehnt habe. Ich wollte Ben. Aber eine Ehe mit Timothy ist immerhin schon eine ganze Menge.

»Ich gebe die Hoffnung nie auf«, beteuerte er. »Hast du ihm nun versprochen, ihn zu heiraten?«

»Nein«, antwortete ich mit fester Stimme.

»Dafür danke ich Gott.«

»Bist du plötzlich gottesfürchtig geworden, Ben?«

»Sei nicht albern. Die ganze Sache ist zu ernst.«

»Es ist nun einmal nicht zu ändern, Ben. Ich muß jetzt gehen.«

»Warte noch einen Augenblick.«

»Ich hätte überhaupt nicht herkommen sollen. Was steckt eigentlich hinter diesem ganzen Gerede?«

»Hinter welchem Gerede?«

»Ich meine den Zeitungsartikel über dich und Lizzie und Grace.«

»Ach das. Da ist der Feind zum Angriff übergegangen.«

»Mindert diese Geschichte deine Chancen?«

»Bei vernünftigen Leuten nicht. Die durchschauen ein solches Manöver.«

»Was meint denn Grace dazu?«

»Sie ist ein wenig durcheinander, fürchte ich.«

»Ich finde es gemein. Sie wollte doch Lizzie nur helfen.«

»Ich weiß. Aber die meisten Leute lassen sich von übler Nachrede dieser Art nicht beeindrucken.«

»Du glaubst also noch immer, du schaffst es?«

»Ich hoffe es zumindest.«

»Der erste Schritt zu einer blendenden Politikerlaufbahn?«

»Wenn du glaubst, die Karriere ginge mir über alles, dann täuschst du dich.«

»Ach, Ben, ich kenne dich.«

»Glaubst du wirklich, Angel? Vielleicht kann ich dir eines Tages das Gegenteil beweisen. Mir wird schon etwas einfallen.«

»Ich muß jetzt wirklich gehen.«

»Wie du meinst. Ich fahre noch heute nachmittag nach Manorleigh zurück.«

»Wirst du bis zur Wahl dort bleiben?«
»Sieht ganz so aus.«
»Ich wünsche dir viel Glück, Ben.«
»Du bedeutest mir mehr als alles andere auf der Welt, und du weißt das.«
Ich sah ihn mit einem wehmütigen Lächeln an. Wir trennten uns, ohne noch ein weiteres Wort gewechselt zu haben.

Als ich zu Hause eintraf, fand ich Grace in angeregter Unterhaltung mit meiner Mutter vor.
»Ich mußte euch einfach sehen«, begrüßte mich Grace. »Ich habe gehört, daß ihr wieder in London seid, und dachte, ich muß wenigstens auf einen Sprung vorbeikommen.«
Meine Mutter lächelte ihr zu. »Wie schön, daß du gekommen bist, Grace. Es war wirklich eine gute Idee. Ich hoffe, nach der Wahl wirst du uns wieder einmal in Cornwall besuchen.«
»Vielen Dank für die Einladung«, entgegnete Grace. »Das mache ich gern. Aber ihr könnt euch sicher vorstellen, was im Augenblick in Manorleigh los ist. Da bleibt einem höchstens einmal eine kleine Atempause.«
»Wie geht es Lizzie?« erkundigte ich mich.
»Oh . . .« Sie runzelte die Stirn und machte ein übertrieben besorgtes Gesicht. »Sie ist sehr erschöpft. Es ist einfach zu anstrengend für sie, ständig im Rampenlicht zu stehen.«
»Sie muß sich dabei schrecklich fühlen.«
»Ich helfe ihr, so gut ich kann. Sie schafft es schon. Übrigens, man hat mir viel über deine hervorragende Arbeit in der Mission erzählt. Deine Mutter berichtete mir von dem armen Mädchen, dessen Stiefvater des Mordes angeklagt ist.«
»Ein trauriger Fall.«
»Und Timothy Ransome hat die Kleine aufgenommen?«
»Ein wundervoller Mann«, bemerkte meine Mutter und warf mir wieder einen ihrer vorwurfsvollen Blicke zu.
»Das muß er in der Tat sein. Auch Frances hält große Stücke auf ihn. Ich bewundere Menschen, die so viel von ihrer Zeit für die Wohltätigkeitsarbeit opfern.«
»Angelet verbringt auch viel Zeit in der Mission.«
»Das weiß ich. Du hast dich recht schnell mit Mr. Ransome angefreundet. Frances meinte, ihr hättet viele Gemeinsamkeiten.«
»Ja. Wir waren uns sofort sympathisch.«
Meine Mutter lächelte — ein wenig selbstgefällig, wie ich mit einiger Mißbilligung bemerkte.

»Ich bin froh, daß ich in der Wahlkampagne mitarbeiten darf«, fuhr Grace fort. »Diese Verpflichtung bedeutet mir sehr viel. Bestimmt geht es dir mit deiner Arbeit in der Mission genauso, Angelet. Als Witwe fühlt man sich oft einsam und ganz allein auf sich gestellt.«

»Nun«, sagte meine Mutter, »vielleicht treten bei euch beiden bald einschneidende Veränderungen ein.«

»Ich muß jetzt gehen«, sagte Grace. »Angelet, begleitest du mich hinaus?«

Offensichtlich wollte sie noch ein paar Worte unter vier Augen mit mir wechseln.

»Stimmt es, daß du Timothy Ransome heiratest?« fragte sie.

»Nein. Wer hat das gesagt?«

»Ich habe es aus Gesprächen entnommen. Amaryllis und deine Mutter deuteten so etwas an. Für sie scheint die Verlobung beschlossene Sache.«

»Da irren sie sich gewaltig.«

Sie nickte. »Eine Ehe ist ein bedeutender Schritt. Man sollte sich Zeit lassen und jede Kleinigkeit bedenken. Besonders, wenn man bereits einschlägige Erfahrungen gesammelt hat und weiß, wie leicht eine Ehe schiefgehen kann. Mit zunehmender Erfahrung wird man vorsichtig.«

»Ja.« Da mußte ich ihr von Herzen beipflichten.

»Angelet, ich wünsche dir alles Glück der Welt. Hoffentlich triffst du die richtige Entscheidung. Timothy Ransome scheint ein guter Mensch zu sein. Die Leute reden nur Gutes über ihn. Denk daran, gute Männer sind selten.«

Noch eine, die es nicht abwarten konnte, bis ich wieder verheiratet war, dachte ich zornig und beneidete sie darum, daß sie am Nachmittag mit Ben und Lizzie nach Manorleigh fahren durfte.

Als meine Mutter am nächsten Tag nach Cornwall zurückkehrte, atmete ich erleichtert auf. Ihre vorwurfsvolle Miene hatte mir das Leben schwergemacht.

Nachdem ich am nächsten Morgen gefrühstückt hatte und mich gerade anschickte, ein wenig mit Rebecca in ihrem Kinderzimmer zu spielen, brachte mir eines der Mädchen eine Nachricht von Tante Amaryllis. Ich solle sofort zu ihr kommen, teilte sie mir mit.

Als ich bei ihr eintraf, machte sich Onkel Peter eben zum Ausgehen fertig. Sein Gesicht war kreidebleich. Er sah zutiefst erschüttert aus — ganz anders als sonst.

»Oh, Angelet«, rief Tante Amaryllis und umarmte mich. »Ich wollte es dir sagen, bevor du es von anderer Seite erfährst. Die Zeitungen sind voll davon. Onkel Peter fährt sofort nach Manorleigh. Er weiß, Ben braucht dringend seine Unterstützung.«

»Was ist denn los, Tante Amaryllis?«

»Es geht um Lizzie.«

»Um Lizzie? Ist sie krank?«

»Sie ist — tot.«

»Tot!« rief ich entsetzt. »Aber wie? Warum?«

»Anscheinend eine Überdosis Laudanum.«

Mit weichen Knien ließ ich mich in einen Sessel fallen. Ich hatte das Gefühl, jeden Moment ohnmächtig zu werden.

Tante Amaryllis setzte sich auf die Sessellehne und strich mir beruhigend über den Kopf.

»Es tut mir unendlich leid. Ich hätte es dir ein wenig schonender beibringen sollen. Aber ich bin selbst so entsetzt.«

»Sag, was passiert ist. Erzähl mir alles.«

»Heute morgen hat man sie gefunden. Das heißt, Grace hat sie gefunden. Sie ging in ihr Zimmer, und da lag sie ... tot.«

»Wo war Ben?«

»Vermutlich in seinem Zimmer. Sie hatten getrennte Schlafzimmer. Aber das weißt du doch. Neben ihrem Bett stand das Fläschchen.«

»Ich werde sehen, was ich tun kann«, versprach Onkel Peter, der eben kurz hereingekommen war, um sich zu verabschieden. »Ich gebe euch so bald wie möglich Bescheid.«

Tante Amaryllis sah mich besorgt an. »Ich hole dir einen Brandy. Du siehst furchtbar aus.«

»Nein danke, Tante Amaryllis. Es ist nur ...«

»Ich weiß, wie du dich fühlst. Mir geht es genauso. Es ist entsetzlich. Das arme Kind. Ich weiß nicht, was ich davon halten soll.«

Sie reichte mir ein Glas mit einem kleinen Brandy, aber ich wußte, nichts würde die schrecklichen Gedanken vertreiben, die mir durch den Kopf gingen.

Wir saßen beieinander. Tante Amaryllis sprach unentwegt, aber ihre Worte drangen wie durch einen Nebelschleier an meine Ohren. Grace war in Lizzies Zimmer gegangen und hatte sie gefunden, und Ben hatte seinem Großvater sofort eine Nachricht geschickt.

»Peter bringt die Angelegenheit in Ordnung«, hörte ich Tante Amaryllis' Stimme wie aus weiter Ferne.

Wie bringt man den Tod in Ordnung? Das ging sogar über Onkel Peters Kräfte. So viel Einfluß hatte auch er nicht.

An die nächsten Tage erinnere ich mich nur schemenhaft. Ich durchlebte sie wie einen Alptraum.

Einmal besuchten mich Morwenna und Justin.

»Es ist furchtbar«, seufzte Morwenna.

»Ein gefundenes Fressen für die Zeitungen«, fügte Justin hinzu.

»Ja, das kann man wohl sagen«, erwiderte ich.

»Jetzt geht es um etwas anderes. Das ist kein alberner Skandal, der nur auf Gerüchten basiert«, erklärte Justin. »Ist Grace noch dort?«

»Ja, sie war mit den beiden zusammen. Sie und Lizzie waren gute Freundinnen. Grace hat sie unterstützt, wo sie nur konnte. Ach, die arme Lizzie! Sie tut mir so leid. Sie wollte nie fort von Golden Creek.«

»Es würde mich interessieren, ob Grace in Manorleigh bleibt«, meinte Justin nachdenklich.

»Sie hilft Ben im Wahlkampf. Ich nehme doch an, daß die Kampagne weitergeht.«

»In jedem Fall ist es jetzt eine aussichtslose Sache.«

»Du meinst . . .«

»Ja, glaubst du denn im Ernst, Angelet, die Leute wählen einen Mann, dessen Frau unter ungeklärten Umständen gestorben ist?«

»Ungeklärte Umstände . . .«

»Erst die gerichtliche Untersuchung bringt Klarheit. Bis dahin steht nichts Genaues fest. Ich möchte zu gern wissen, ob Grace dort bleibt. Ohne Lizzie geht das eigentlich nicht.«

»Was spielt denn das für eine Rolle?« fragte ich ungehalten. »Lizzie ist tot, begreifst du das denn nicht? Nur darauf kommt es an. Ich kann es immer noch nicht fassen.«

Ich war wie gelähmt. Ben hatte mir beweisen wollen, daß er für mich sogar seine Karriere aufs Spiel setzen würde. Wieder und wieder hörte ich seine Worte: »Mir wird schon etwas einfallen.«

Ihm war etwas eingefallen.

Nein. *Das* konnte ich von Ben nicht glauben. Er war rücksichtslos, wenn es um das Erreichen eines Zieles ging. Er hatte sie aus kalter Berechnung geheiratet. Aber war er deshalb auch zwangsläufig imstande, Lizzie kaltblütig umzubringen?

Zum erstenmal kam mir dieses Wort in den Sinn. Bisher hatte ich jeden Gedanken an etwas so Ungeheuerliches verdrängt. Aber von diesem Augenblick an verfolgte mich diese Vorstellung. Ich fand keine Ruhe mehr.

In der Familie herrschte große Besorgnis. Wir trafen uns jeden Tag und sprachen unentwegt über Lizzies unfaßbaren Tod. Übereinstimmend gelangten wir zu dem Schluß, Lizzie hätte versehentlich eine zu hohe Dosis des Schlafmittels eingenommen. Es handelte sich schließlich um ein gefährliches Medikament, mit dem man äußerst sorgfältig umgehen mußte.

Onkel Peter blieb bis zum Abschluß der gerichtlichen Untersuchung zur Feststellung der Todesursache in Manorleigh.

Wir alle warteten mit großer Ungeduld auf das Ergebnis. Entweder würden sich dann all unsere Ängste als unbegründet herausstellen, oder aber wir mußten der furchtbaren Wahrheit ins Gesicht sehen.

Am liebsten hätten wir es in dieser Zeit vermieden, Zeitung zu lesen, andererseits mußten wir uns natürlich über eventuelle Neuigkeiten informieren. Über den Fall wurde in aller Ausführlichkeit berichtet. Der plötzliche Tod von Mrs. Elizabeth Lansdon hatte andere Tagesereignisse aus den Schlagzeilen verdrängt. Die Frau des Kandidaten aus dem Wahlkreis Manorleigh war von ihrer besten Freundin, die auch mit ihrem Ehemann befreundet war, morgens tot im Bett aufgefunden worden ... Mrs. Grace Hume, die Witwe eines Helden aus dem Krimkrieg, Enkel des Philanthropen Peter Lansdon. Es war ein gefundenes Fressen für die Presse. Jede noch so winzige Kleinigkeit wurde ausgeschlachtet.

Immer wieder wurden dunkle Andeutungen gemacht, wie sich die Tragödie abgespielt haben könnte. Mrs. Elizabeth Lansdon sei schüchtern gewesen und habe gern zurückgezogen gelebt. Ein Leben an der Seite eines erfolgreichen Politikers habe keinerlei Reiz für sie gehabt. Bei öffentlichen Auftritten habe ihre Freundin Mrs. Grace Hume stets im Mittelpunkt gestanden. Sie sei diejenige, die sich anstelle der Ehefrau des Kandidaten unter die Leute gemischt, kleine Kinder geküßt und sich mit den Menschen über deren Bedürfnisse unterhalten habe.

Die böswilligen Unterstellungen, die zwischen den Zeilen standen, waren nicht zu übersehen. Mit Bestürzung stellte ich fest, wie gierig die Presse Jagd auf Sensationen machte. Die Reporter erinnerten mich an eine Meute Jagdhunde, die eine Fuchsfährte aufgenommen hatte. Die Zeitungsleute waren Ben nicht wohlgesonnen. Er war ihnen zu geschickt, zu schnell erfolgreich gewesen. Sie gönnten ihm den rasanten Aufstieg nicht, sondern haßten ihn deswegen. Nun bot sich ihnen die einmalige Gelegenheit, Bens großartigen Erfolg mit einem Schlag zunichte zu machen.

Das Ergebnis der gerichtlichen Untersuchung erfuhren wir noch vor Onkel Peters Rückkehr.

Wir saßen alle bei Tante Amaryllis. Auch Justin und Morwenna waren gekommen. Sie meinten, sie fühlten sich fast als Familienmitglieder und wollten in einer so schweren Zeit die Sorgen mit uns teilen.

Unten auf der Straße ertönten die Rufe der Zeitungsjungen. »Untersuchungsergebnis ... Gerichtliche Untersuchung Mrs. Lizzie abgeschlossen. Lesen Sie alles über die Todesursache.«

Man brachte uns die Zeitungen. Die fettgedruckten Überschriften lauteten:

URTEIL DES CORONERS: TOD DURCH UNFALL

Erleichtert atmeten wir auf. Bestimmt hatten auch die anderen insgeheim dieselben Schlagzeilen befürchtet wie ich: Mordanklage gegen ... oder gegen Unbekannt.

Nach seiner Rückkehr berichtete Onkel Peter Einzelheiten über die gerichtliche Untersuchung.

»Die reinste Tortur! Anscheinend hat Lizzie das Zeug regelmäßig eingenommen. Ich muß schon sagen, eine gefährliche Angewohnheit. Man hätte ihr das verbieten sollen. Ben wußte nichts davon. Allerdings hat ihm das nicht viel genützt, sondern im Gegenteil den Eindruck erweckt, als hätte er sich nicht um seine Frau gekümmert.

Grace als ihre beste Freundin mußte eine Menge Fragen beantworten. Ja, sie habe von dem Laudanum gewußt. Nein, sie habe es nicht für nötig gehalten, Lizzies Ehemann zu informieren. Sie habe von Lizzies Schlafstörungen gewußt. Wenn sie nachts durchgeschlafen hatte, sei sie ein glücklicher, ausgeglichener Mensch gewesen. Sie, Grace, habe gedacht, es sei gut für Lizzie. In Maßen eingenommen, natürlich. Sie sei nie auf den Gedanken gekommen, Lizzie könne die Dosis erhöhen. Tatsächlich habe sie immer geglaubt, Lizzie nehme das Laudanum nur höchst selten. Anschließend berichtete sie dem Untersuchungsrichter, wie sie Lizzie an jenem Morgen gefunden hatte. Daß Lizzie und Ben kein gemeinsames Schlafzimmer hatten, wußte er bereits. Das hat ihm gar nicht gefallen. Um die Wahrheit zu sagen: An diesem Punkt der Untersuchung begann ich mir Sorgen zu machen.

Aber Grace hielt sich gut. Eine ausgezeichnete Zeugin. Sie sagte aus, Ben sei ein sehr liebevoller Gatte gewesen, und Lizzie habe ihn angebetet. Das einzige, was Lizzie beunruhigt habe, seien Auftritte in der Öffentlichkeit gewesen. Man habe so viel von ihr erwartet — nicht ihr Mann, der immer große Geduld mit ihr gezeigt habe, sondern die anderen. Sie habe immer ihr Bestes getan, um Lizzie über ihre Unsicherheit hinwegzuhelfen.

Grace wurde gefragt, ob sie gewisse Bemerkungen in der Presse zur Kenntnis genommen habe. Sie bejahte. Was sie dabei empfunden habe? Sie habe sie ignoriert, weil es lauter Unsinn gewesen sei, erfunden von mißgünstigen Leuten, die fürchteten, ihr eigener Kandidat könne aufgrund der Erfolge Benedict Lansdons scheitern, das heißt die Wahl verlieren. Mr. Lansdon habe in keinster Weise jemals gegen das gute Benehmen verstoßen, sondern sich stets wie ein Gentleman und liebevoller Ehemann verhalten.

Ob sie sich vorstellen könne, daß Lizzie absichtlich eine Überdosis genommen habe, in Kenntnis der Wirkung? Grace antwortete, das könne sie sich ganz und gar nicht vorstellen. Die einzige Erklärung sei Unachtsamkeit. Vielleicht habe Lizzie bereits einige Tropfen eingenommen, dies aber vergessen und eine zweite Dosis geschluckt. Möglicherweise sei sie zu diesem Zeitpunkt schon schläfrig gewesen. Vergeßlich gewesen sei sie ohnehin. Aber, fragten die Untersuchungsbeamten, Mrs. Lansdon sei sich doch ihrer Unzulänglichkeiten bewußt gewesen, und zwar in einem solchen Ausmaß, daß ihr der Gedanke daran schlaflose Nächte bereitet habe. Das gab Grace zu.

›In Anbetracht dessen‹, fragte man sie, ›und unter Berücksichtigung der Aussage, Sie hätten sich als ihre Beschützerin gefühlt, hielten Sie es da für klug, ihr ein Fläschchen mit Laudanum auf das Nachtschränkchen zu stellen?‹

Ich muß sagen, Grace war großartig. Sie behielt einen kühlen Kopf. Meiner Meinung nach hat Ben das günstige Urteil nur Grace zu verdanken. Sie antwortete, bis man sie eben direkt danach gefragt habe, sei ihr nie auch nur der Gedanke gekommen, Lizzie könne sich das Leben nehmen. Ihrer Meinung nach handle es sich um das versehentliche Einnehmen einer Überdosis.

Und so lautete die amtliche Feststellung der Todesursache: Tod durch Unfall.«

Die nächste Feuerprobe, die uns bevorstand, war das Begräbnis. Lizzies Leichnam wurde zur Beisetzung in der Familiengruft auf dem Friedhof von St. Michael's nach London überführt. Von Onkel Peters Haus mußten wir eine kurze Wegstrecke bis zum Friedhof zurücklegen. Da der Fall reichlich Staub aufgewirbelt hatte, säumten unzählige Neugierige die Straßen, durch die sich der Trauerzug bewegte.

Lizzie hatte im Tod eine Berühmtheit erreicht, die sie sich nie hätte träumen lassen.

Ben wirkte völlig verändert. Er sah ernst und traurig aus. Ich machte mir Sorgen um ihn und überlegte, ob er sich vielleicht Vorwürfe machte, weil er sie ohne Liebe geheiratet, später vernachlässigt und sogar die Scheidung ins Auge gefaßt hatte. Jedenfalls schien er unter Schuldgefühlen zu leiden.

Grace wirkte in der schwarzen Trauerkleidung äußerst elegant. Vergeblich bemühte sie sich, im Hintergrund zu bleiben. Die Schaulustigen waren neugierig auf sie und wollten sie sehen. Die Leute sahen in ihr »die andere Frau«, um derentwillen Ben seine Ehefrau umgebracht hatte. Die Menge sehnte sich nach einem Drama, und wenn es offiziell keins war, sondern Tod durch Unfall, dann wollten sie sich wenigstens in ihrer Phantasie einen Nervenkitzel gönnen.

Als der Sarg in das Grab gesenkt wurde, warf jemand einen Stein nach Ben. Er traf ihn in den Rücken. Man hörte den Lärm eines Handgemenges, anschließend sich eilig entfernende Schritte.

Beim Geräusch der auf den Sarg fallenden Erde erfaßte mich tiefe Traurigkeit. Den Tränen nahe, warf ich meinen Asternstrauß in die Grube.

Langsam entfernten wir uns vom Grab. Onkel Peter und Tante Amaryllis hatten Ben in die Mitte genommen. Wir gingen in Bens prunkvolles Haus. Auf mich machte es nun den Eindruck einer hohlen Schale, kalt und leer. Kaum ein Wort wurde gesprochen. In düsterem Schweigen tranken wir Sherry und aßen Schinkensandwiches.

Grace setzte sich zu mir. Sie machte einen völlig ruhigen und gefaßten Eindruck.

»Ich gebe mir die Schuld«, sagte sie nach einer Weile. »Ich hätte besser auf sie aufpassen sollen.«

»Du und schuldig! Grace, du hast dich Lizzie gegenüber wunderbar verhalten. Sie hat sich blind auf dich verlassen.«

»Eben. Ich hätte merken müssen, wie oft sie dieses Zeug einnimmt.«

Justin kam zu uns herüber.

»Welche Erleichterung, daß es endlich vorbei ist«, sagte er mit einem Blick auf Grace.

Sie nickte.

»Sie haben sich gut gehalten«, setzte er hinzu.

Mir kam es vor, als bestünde zwischen den beiden eine versteckte Feindseligkeit. Einen flüchtigen Augenblick glaubte ich, Justin hätte die Andeutungen über ein näheres Verhältnis zwischen Ben und Grace für bare Münze genommen. Aber das war Unsinn. Ich bildete mir in letzter Zeit die sonderbarsten Dinge ein.

»Es war nicht leicht für mich«, erwiderte Grace. »Diese Untersuchung war ausgesprochen unangenehm.«

»Das kann ich mir vorstellen«, antwortete Justin. »Gehen Sie zurück nach Manorleigh?«

»Selbstverständlich. Warum nicht?«

»Es könnte doch so aussehen, als ob ...«

»Ach was, Unsinn!« entgegnete Grace barsch. »Kein Mensch glaubt dieses Gerede. Das ist doch nur Parteipolitik.«

»Natürlich«, sagte Justin sanft.

Morwenna gesellte sich zu uns. »Hoffentlich läßt Ben sich nicht entmutigen. Er sieht sehr niedergeschlagen aus«, meinte sie.

»Da ist er ja«, sagte Grace. »Fragen Sie ihn selbst.«

Ben stand vor uns. Ganz kurz nur trafen sich unsere Blicke. Trotzdem schien mir dieser Augenblick endlos zu dauern. Ich bildete mir ein, sämtliche Anwesenden müßten meine Gefühle für ihn entdeckt haben.

»Welche Frage soll ich beantworten?« erkundigte er sich.

»Ich habe gerade gesagt, hoffentlich erholen Sie sich rasch von diesem Schock«, erläuterte Morwenna.

»Ja, ich denke schon«, antwortete Ben.

»Gehen Sie zurück nach Manorleigh?« wollte Justin wissen.

»Ja, schon bald. Heute nachmittag.«

»Vermutlich ist es das beste. Arbeit hilft über den ersten Schmerz hinweg.«

»Ja. Ich muß mich ablenken.«

Wieder fing ich seinen Blick auf. Er sah mich flehend an. Ich hatte das Gefühl, bald die Nerven zu verlieren. Ich wußte nicht mehr, wie ich mich verhalten sollte. Rasch sagte ich: »Ich glaube, Tante Amaryllis will etwas von mir. Entschuldigt mich bitte.«

Schnell erhob ich mich. Die anderen schienen mein Benehmen ein wenig merkwürdig zu finden. Besonders Justin sah mich prüfend an.

Ich eilte hinüber zu Tante Amaryllis. »Oh, da bist du ja, Angelet. Onkel Peter hofft, du ißt noch eine Kleinigkeit mit uns. Die anderen verabschieden sich bald.«

Onkel Peter kam zu mir und drückte meinen Arm.

»Mir wäre es lieber, Ben bliebe eine Weile in London«, seufzte Tante Amaryllis. »Es ist doch furchtbar, an diesen Ort zurückzukehren und den Wahlkampf wiederaufzunehmen. Das ist doch sinnlos. Da müßte schon ein Wunder passieren, um jetzt noch ins Parlament gewählt zu werden.«

»In unserer Familie sind schon häufiger Wunder geschehen, aber diesmal glaube ich auch nicht daran«, antwortete Onkel Peter.

Nach dem Essen bei Onkel Peter und Tante Amaryllis brachte er mich nach Hause.

Ich fragte ihn: »Was denkst du wirklich über Lizzies Tod und das ganze häßliche Gerede?«

»Ich wünschte bei Gott, es wäre nicht geschehen. Einen ungünstigeren Zeitpunkt hätte es für Ben nicht geben können.«

»Kannst du dir vorstellen, daß die Leute denken ...«

»Die Leute denken meistens das Schlechteste. Das finden sie wenigstens aufregend. An das Gute zu glauben ist langweilig.«

»Wie geht es wohl weiter?«

»Ben wird dieses Mal nicht ins Parlament gewählt.«

»Er wird furchtbar enttäuscht sein. Er hat so schwer dafür gearbeitet.«

»Er wird's überleben. Zumindest ist die Untersuchung über die Todesursache für ihn gut ausgegangen. Die ganze Sache hätte noch weitaus unerfreulicher verlaufen können. Das dürfen wir nicht vergessen.«

Zum Abschied gab er mir einen Kuß.

Ich betrat das Haus und zog mich gleich in mein Schlafzimmer zurück. Aber Schlaf fand ich in jener Nacht nicht.

Onkel Peter behielt recht, es geschah kein Wunder. Ben wurde nicht gewählt.

Er hatte eine Niederlage erlitten. Geschlagen — er!

Insgeheim dachte ich: Zumindest ist er nicht für Lizzies Tod verantwortlich. Wenn er ihren Tod geplant hätte, dann bestimmt nicht kurz vor der Wahl.

Dieser Gedanke erleichterte mich ungemein.

Ben kehrte nach London zurück. Grace wohnte ebenfalls wieder in ihrem eigenen Haus. Aber sie besuchte ständig jemanden von der Familie. Sie bot sich an, Lizzies Kleider auszusortieren und einige der Mission zu spenden. Sie brachte die Kleidungsstücke selbst hin und führte ein langes Gespräch mit Frances. Grace schien sich zunehmend für die Mission zu interessieren.

Nur hin und wieder traf ich mit Ben zusammen.

Onkel Peter behauptete, Ben sei sehr enttäuscht und trage sich mit dem Gedanken, aus der Politik auszusteigen. »Es dauert mit Sicherheit einige Zeit, bis er diesen Tiefschlag überwunden hat. Den Wählern gefällt es nun mal nicht, wenn ihr Abgeordneter in mysteriöse Angelegenheiten verwickelt ist. Sie bilden sich ein, ein Politiker müsse über jeden Tadel erhaben sein. Die Sünden gewöhnlicher Sterblicher gesteht man einem Politiker nicht zu.«

Ich erhob Einspruch. »Ben hat doch keine Sünde begangen.«

»Nein, das wohl nicht. Aber seine Frau ist unter rätselhaften Umständen gestorben. Diese Tatsache legt für die Wähler den Verdacht nahe, daß sie, wenn er sie nicht getötet hat, Selbstmord begangen habe. Sie fragen sich also: Warum hat sie eine Überdosis genommen? Die Antwort lautet: Weil ihr Privatleben nicht in Ordnung war. Ein Abgeordneter, in dessen Familie es Krisen oder Unstimmigkeiten gibt, paßt nicht ins Weltbild der Wähler.«

Onkel Peter war der Überzeugung, Ben solle sich nicht geschlagen geben und sich keinesfalls wie ein verwundetes Tier verkriechen. Vielleicht würde er bei der nächsten Wahl eine Kandidatur im Norden des Landes erhalten. Dort oben wüßten die Menschen so gut wie nichts von dem Skandal.

Eine Zeitlang fanden bei Tante Amaryllis keine Dinnerpartys mehr statt. Aber den Kreis der Familie versammelte sie gern um sich. Sie lud uns häufig ein. Oft kamen auch Grace, Morwenna und Justin dazu.

»Für mich gehört ihr zur Familie«, erklärte sie Morwenna und Justin. »Fremde möchte ich zur Zeit nicht um mich haben.«

Mit Ben unterhielt ich mich nur beiläufig, weil wir meist nicht allein im Raum waren. Normalerweise fanden diese Unterhaltungen nach dem Essen statt, oder wir wechselten kurz ein paar Worte, bevor wir uns zu Tisch setzten.

Ich fragte ihn, ob er über den Wahlausgang sehr enttäuscht sei. Er meinte, er hätte nichts anderes erwartet.

»Und das nach all der Arbeit, Ben!«

»In der Politik oder, richtiger gesagt, im Leben überhaupt kann sich die Lage der Dinge innerhalb einer Woche vollständig ändern. Ich wußte gleich nach Lizzies Tod, daß ich keine Chance mehr hatte.«

»Machst du weiter?«

»Wahrscheinlich. Aber es wird lange dauern, bis in der Öffentlichkeit Gras darüber gewachsen ist.«

»Trittst du bereits zur nächsten Wahl wieder an?«

»Dann kommt alles wieder hoch. Irgend jemand wird unweigerlich damit anfangen. Vermutlich bauscht die Presse die Ereignisse wieder zur Sensation auf. Diese Sache hängt mir noch lange nach, Angelet. Ich wünschte, ich hätte rechtzeitig etwas unternommen. Es war alles meine Schuld. Ich habe mich nicht um sie gekümmert. Jetzt ist es zu spät.«

»Die Zeit heilt auch diese Wunde.«

»Das versuche ich auch, mir einzureden. Dann können wir endlich von vorn anfangen — du und ich.«

»Sprich nicht davon, Ben. Nicht hier und nicht jetzt.«

»Vielleicht hast du recht. Aber später müssen wir darüber reden.«

Grace trat zu uns.

»Ich hoffe, ich störe nicht«, sagte sie mit einem strahlenden Lächeln.

»Aber nein«, antwortete ich.

»Ihr scheint eine ernste Unterhaltung zu führen.«

»Nein. Wir haben über nichts Bestimmtes geredet.«

Ich sah auf und entdeckte Justin. Er blickte unverwandt zu uns herüber. Ich lächelte, und er schloß sich uns an. Die Unterhaltung wandte sich allgemeinen Belanglosigkeiten zu.

Zu meiner großen Überraschung suchte mich Justin am nächsten Tag auf. Er trug ein Päckchen bei sich.

Erstaunt überlegte ich, was ihn wohl in aller Herrgottsfrühe zu mir getrieben hatte. Ich führte ihn ins Wohnzimmer.

»Ich muß dich unbedingt alleine sprechen, Angelet.«

»Oh, Justin, ist etwas passiert?«

»Nein. Jedenfalls nicht in letzter Zeit.«

»Du meinst, es könnte etwas passieren? Morwenna?«

»Nein. Mit Morwenna hat das nichts zu tun. Sie weiß nicht einmal, daß ich hier bin.«

»Das klingt alles sehr geheimnisvoll, Justin.«

»Ich weiß nicht, wie ich es dir sagen, geschweige denn, wo ich anfangen soll. Es ist nur ein ganz vager Verdacht. Ich hoffte, es niemals jemandem erzählen zu müssen. Aber seit mir Gervaise damals das Leben rettete, habe ich das Gefühl, dir etwas schuldig zu sein. Ich wollte mich deiner annehmen, mich an seiner Stelle um dich kümmern. Du weißt, ich bin nicht gerade ein über jeden Fehl und Tadel erhabener Mann. Aber ich habe mich geändert. Ich bin von Grund auf ein neuer Mensch geworden. Deshalb ...«

»Justin, es wird immer geheimnisvoller. Warum sagst du nicht einfach, worum es geht?«

»Das will ich ja. Aber vorher sollst du das hier lesen. Anschließend sage ich dir alles.«

Er legte das Päckchen auf den Tisch. »Was ist das?« fragte ich neugierig.

»Ein Tagebuch. Es gelangte vor langer Zeit in meine Hände. Lies es. Wenn du es gelesen hast, treffen wir uns, und ich schenke dir reinen Wein ein, obwohl ich mich davor fürchte. Aber du würdest mir nicht glauben, bevor du nicht dieses Tagebuch gelesen hast. Dabei wird dir einiges klarwerden.«

»Wessen Tagebuch ist das denn?«

»Angelet, versprich mir, es niemandem zu zeigen. Versprichst du das?«

»Ja, natürlich, aber ...«

»Bewahr es in deinem Zimmer auf. Warte bis heute nacht. Lies es erst, wenn du ganz allein bist. Das ist sehr wichtig.«

»Ich verstehe das alles nicht, Justin.«

»Ich weiß. Mach nur, was ich sage. Bring es gleich auf dein Zimmer. Schließ es weg, und wenn du heute abend ganz alleine bist und sicher weißt, daß du nicht mehr gestört wirst, dann lies.«

»Warum kann ich nicht gleich einen Blick hineinwerfen?«

»Es könnte jemand hereinkommen. Bitte, tu, was ich dir sage. Versprich es mir, Angelet.«

»Na gut. Ich verspreche es hoch und heilig.«

Ein wenig beruhigt verabschiedete er sich.

Ich schaute das Päckchen an. Nur schwer konnte ich der Versuchung widerstehen, es sofort zu öffnen, aber ich fühlte mich an mein Versprechen gebunden. Seufzend trug ich das Tagebuch in mein Zimmer und verwahrte es in einer abschließbaren Kommode.

Den ganzen Tag dachte ich über Justins sonderbares Benehmen nach.

An diesem Abend zog ich mich früh zurück. Sobald ich sicher war, nicht mehr gestört zu werden, schloß ich die Kommode auf und nahm das Päckchen heraus. Aufgeregt wickelte ich das Tagebuch aus dem Papier. Ich warf einen kurzen Blick auf das Datum einer beliebigen Seite und auf die kleine penible Handschrift.

Rasch zog ich mich aus, kletterte ins Bett und begann zu lesen.

Auf dem Vorsatzblatt stand eine Widmung: »Für Mina in Liebe von Mutter.«

Einer gewissen Mina gehörte also das Tagebuch.

1. Januar: Dieses Tagebuch kam mir zufällig wieder in die Hände, als ich bereits aufbruchsbereit war. Mutter hat es mir zum letzten Weihnachtsfest geschenkt. Damals sagte sie: »Schreib alles hinein, was geschieht, Mina, dann kannst du in einigen Jahren immer wieder nachlesen, was vorgefallen ist. Dabei wirst du den Eindruck haben, alles noch einmal zu erleben.« Ich nahm mir fest vor, Tagebuch zu führen, ließ es dann aber doch sein. Nun ist sie tot, und ich muß fort von hier und ein neues Leben beginnen. Ich glaube, ab heute schreibe ich in das Tagebuch. Was ich aufschreibe, weiß ich noch nicht. Es fällt mir schwer, mich zu entscheiden. Das meiste ist nicht wert, eingetragen zu werden. Es wird sich zeigen, was einer Erinnerung würdig ist. Dies ist mein erster Eintrag. Mir fällt leider nichts Besonderes ein. Wahrscheinlich sollte ich aufhören, aber irgendeinen Anfang muß ich schließlich machen. Für mich fängt ein neues Leben an. Ab heute muß ich selbst für meinen Lebensunterhalt sorgen. Das hat Mutter nie gewollt, aber das wenige, das sie sparen konnte, reicht nicht zum Leben. Ich will nicht mein Leben lang knausern müssen und gerade so über die Runden kommen. Außerdem, was soll ich hier allein? Mir bleibt nichts anderes übrig, als die Stellung bei Bonners anzunehmen. Das einzige, womit eine Frau in meiner Lage ihren Lebensunterhalt verdienen kann, ist eine Stellung als Gouvernante. Ich nehme mir vor, meinen Beruf als ein Abenteuer zu betrachten. Sollte es bei den Bonners ganz unerträglich sein, stehe ich wenigstens nicht mit leeren Händen da und kann mir in Ruhe eine andere Stellung suchen. Ich bin gespannt auf mein neues Leben.

Der nächste Eintrag folgte eine Woche später:

28. Januar: Endlich habe ich etwas einzutragen. Ich bin inzwischen in Crompton Hall. Crompton liegt in der Nähe von Bodmin in Cornwall. Ein etwas unheimlicher Ort, und die Bonners sind reichlich unmöglich. Aber wir amüsieren uns über sie, Mervyn und ich. Wahrscheinlich sollte ich zuerst aufschreiben, wie wir uns kennengelernt haben. Zuerst hielt ich es für einen sonderbaren Zufall, aber da wir beide auf dem Weg zu den Bonners waren, ergab es sich wohl zwangsläufig. Wir mußten unsere Stellung am selben Tag antreten, und die Eisenbahn in diese entlegene Gegend ist nicht gerade überfüllt. Außerdem führt nur eine einzige Strecke nach Crompton. Ich fühlte mich an eine Spielzeugeisenbahn erinnert — aber sie ist der ganze Stolz der Einheimischen. Es schneite, als ich in den Zug kletterte. Außer mir stiegen nur drei weitere Fahrgäste ein, ein Paar mittleren Alters und Mervyn. Er gefiel mir sofort. Er half mir mit meinem Gepäck. Im Waggon saßen wir uns gegenüber. Ich erinnere mich noch gut an unsere Unterhaltung:

»Was für ein entsetzliches Reisewetter!«
»Es ist nun mal Winter.«
»Trotzdem, ganz so schlimm müßte es wirklich nicht sein. Fahren Sie nach Crompton?«
»Ja. Hoffentlich holt man mich vom Bahnhof ab.«
»Bleiben Sie länger?«
»Ich trete eine Stellung als Gouvernante an. In Crompton Hall.«
Er lachte. Dabei sah ich seine wunderschönen weißen Zähne.
»Ich bin ebenfalls auf dem Weg nach Crompton Hall — als Hauslehrer.«
Ungläubig sahen wir einander an.
Und ich dachte: Das mußt du in dein Tagebuch schreiben.
Während der Reise unterhielten wir uns angeregt. Es war ein Bummelzug, und die Fahrt dauerte recht lang. Aber das störte mich nicht im geringsten. Meinetwegen hätte sie ewig dauern können. Er erzählte von sich. Er stehe allein in der Welt — seine Eltern seien gestorben. Sie hätten ihre gesamten Ersparnisse für seine Ausbildung ausgegeben. Nun müsse er seinen Lebensunterhalt verdienen und nehme deshalb die Stelle eines Hauslehrers bei einem »jungen Herrn vom Lande« an — »so jedenfalls bezeichneten sie meinen neuen Schützling«, sagte er.
Ich erzählte ihm, daß ich jahrelang meine verwitwete Mutter gepflegt habe, deren einziges Kind ich sei. »Sie bezog eine Rente, von der wir leben konnten. Aber nach ihrem Tod war praktisch nichts übrig geblieben.« Wie er, so hatte auch ich eine gute Ausbildung genossen und würde in Zukunft Gouvernante einer »jungen Dame vom Lande« sein.
Als der Zug in Crompton hielt, hatten wir uns bereits angefreundet. Unser zuvorkommender Dienstherr hatte einen Dogcart zum Bahnhof geschickt, mit dem wir nach Crompton Hall fuhren.

Der nächste Eintrag lautete:

3. Februar: Mutter würde mich auszanken, wenn sie wüßte, wie sträflich ich mein Tagebuch vernachlässige. Sie war begeistert davon gewesen, ein Tagebuch zu führen. Als ich aber nach ihrem Tode die Tagebücher las, standen nur belanglose Dinge darin wie: »Heute nicht so wohl gefühlt.« Oder: »Den ganzen Morgen hat es geregnet.« Meiner Meinung nach sind solche Alltäglichkeiten nicht wert, festgehalten zu werden. Ich jedenfalls schreibe nur das auf, was mir wichtig erscheint.

Und ich habe das Gefühl, als gebe es da in Zukunft einiges festzuhalten.

Das liegt an Mervyn. Ich bin sehr glücklich, daß wir im selben Haus in Stellung sind. Schon bei unserer Begegnung im Zug fühlte ich mich zu ihm hingezogen. Ich glaube, ihm ging es genauso. Gemeinsam amüsieren wir uns und lachen über unsere Herrschaft. Die Bonners stammen nicht aus Cornwall, sondern sind erst vor fünf Jahren hergezogen. In der Gemeinde betrachtet man sie als Ausländer, aber das scheinen sie gar nicht zu bemerken.

Sie halten sich für die angesehensten Gutsherrn der Gegend und begreifen nicht, daß sie dafür schon seit mindestens hundert Jahren hier ansässig sein müßten. Das Personal verachtet sie, die Dorfbewohner ebenfalls. Die Bonners gehören nicht zum Landadel. Akzeptiert werden die höchstens vom Doktor und vom Anwalt, den Landjunkern aus der Nachbarschaft und natürlich vom Vikar, »dem guten alten Pfaffenstümper«, wie ihn Mervyn nennt. »Er ist der gute Hirte, und wir alle sind seine Schäfchen, ob alt oder jung, arm oder neureich.« Wir haben viel Spaß und lachen uns halbtot über die Leute. An den Kindern ist absolut nichts Besonderes dran, im Grunde sind es Nullen. Die junge Dame und der junge Herr vom Lande brauchen natürlich jeder einen eigenen Lehrer — einen Hauslehrer für Master Paul und eine Gouvernante für Miß Jennifer. »Wie viele Familien können sich das schon leisten?« brüstet sich Bonner. »Die meisten lassen doch beide Kinder von einer Person unterrichten. Aber Geld ist schließlich zum Ausgeben da. Für die Familie ist mir nichts zu teuer!« Das ist Mr. Bonners Devise. Und mir paßt das natürlich sehr gut, denn damit gibt er mir und Mervyn die Gelegenheit, uns näherzukommen.

Mervyn überzeugte die Eltern davon, daß die Kinder unbedingt reiten lernen müßten. Jetzt sind die Reitstunden fester Bestandteil ihres Unterrichts. Er sitzt wundervoll zu Pferde. Ich bin nie viel geritten, weil ich kaum Gelegenheit dazu hatte. Aber er bringt es mir bei. Natürlich während der Reitstunden der Kinder. Da Master Paul und Miß Jennifer das Reiten zu gefallen scheint, sind *mère* und *père* Bonner zufrieden. Sie wollen so schnell wie möglich noch weiter die gesellschaftliche Leiter nach oben klettern, und das Reiten ist eine weitere Sprosse dazu.

Warum ich das alles aufschreibe? Weil die dumme kleine Gwennie Talbot heute zu mir gesagt hat: »Ich glaube, der Hauslehrer mag Sie sehr, Miß.«

Ich wurde rot, und sie kicherte albern. Aber ich gab vor, verärgert zu sein. Energisch sagte ich: »Du bist frech und unverschämt, Gwennie.« Dabei freute ich mich insgeheim sehr über ihre Worte. Den Leuten fällt es also auch schon auf, nicht nur mir. Das ist doch einen Tagebucheintrag wert.

1. März: Ich bin wirklich keine große Tagebuchschreiberin. Nur höchst selten habe ich den Wunsch, etwas einzutragen. Vermutlich, weil in den letzten Wochen nichts Ungewöhnliches geschehen ist. Das Leben läuft im alten Trott. Aber ich war noch nie so glücklich. Alles ist ganz wundervoll, und das liegt nur an Mervyn. Jeden Tag bin ich bereits beim Aufstehen frisch und munter und freue mich auf den vor mir liegenden Tag. Wahrscheinlich ist das Liebe. Am aufregendsten finde ich, daß wir beide unter demselben Dach wohnen.

Manchmal bitten uns die Bonners zum Essen an ihren Tisch — natürlich nur, wenn sie zu wenige Gäste haben. Wegen uns braucht man sich nicht zu schämen, wir sind gut ausgebildet — besser als unsere Herrschaft, Gott sei Dank —, und deshalb müssen wir bei Gästemangel sozusagen den Tisch füllen. Wir amüsieren uns köstlich darüber. Mervyn fällt unendlich viel Komisches zu den Leuten ein, die zu Besuch kommen. Er ist ein ausgezeichneter Beobachter und kann schrecklich boshaft sein. Ich sagte zu ihm, er sei grausam.

Vor ein paar Tagen kam der Vikar zum Essen. Er brachte einen weitläufigen Verwandten mit, irgendeinen Vetter zweiten Grades oder so ähnlich. Der junge Mann scheint mir ein rechter Taugenichts zu sein. Aber er sieht gut aus — um ehrlich zu sein, er ist sehr attraktiv. Justin Cartwright heißt er.

Als ich diesen Namen las, erstarrte ich. Mir war, als hätte mich jemand geschlagen.

Justin! Noch etwas hatte sich in mein Bewußtsein geschlichen. Wie hatte der Mann doch gleich geheißen, den wir in den Teich geworfen hatten?: Mervyn Duncarry. Mervyn war kein geläufiger Name. Ich hatte mich schon gewundert, warum mir Justin das Tagebuch einer wildfremden jungen Frau namens Mina zu lesen gegeben hatte. Aber anscheinend war es durchaus von Bedeutung für mich.

Entschlossen wandte ich mich wieder dem Buch zu.

Er wohnt beim Vikar. Ich könnte mir vorstellen, daß er in Schwierigkeiten verwickelt ist. Aber ich mag ihn. Mervyn übrigens auch.

6. März: Der schönste Tag meines Lebens. Mervyn hat mir seine Liebe gestanden. Wir werden heiraten. Das ist zwar nicht ganz leicht für einen Hauslehrer und eine Gouvernante, aber über die Probleme denken wir später nach. Wir müssen eine Menge Pläne schmieden. Ich bin ganz selig und kann an nichts anderes mehr denken.

30. März: Heute sind wir nach Bodmin geritten. Wir entschuldigten uns damit, ein paar Schulbücher für die Kinder kaufen zu müssen. So hatten wir einen ganzen Tag für uns alleine.

Ich war wunschlos glücklich. Ich lachte, als ich an meine Ängste zurückdachte, die mich vor dem Antritt der Stellung in Crompton Hall gequält hatten. Diesem Ort verdanke ich das größte Glück der Welt. Seit dem Augenblick, in dem ich in den Bummelzug eingestiegen bin, scheine ich schier unglaubliches Glück zu haben.

»Wir kaufen einen Ring für dich«, schlug Mervyn vor. »Als Pfand für unser Wort.«

»Ich möchte dir auch einen Ring schenken«, antwortete ich. »Jeder von uns muß einen Ring tragen.«

»Hast du genügend Geld?«

»Ich fürchte, nein.«

»Ich auch nicht.«

Wir ritten nach Bodmin und überließen die Pferde der Obhut des Wirtes. Im Gasthaus tranken wir Apfelmost und aßen belegte Brote dazu. So glücklich wie ich war, schmeckte mir selbst dieses kärgliche Mahl wie das beste Festessen. Wir gingen in ein Juweliergeschäft. Es mußte unbedingt ein Goldring sein. Die Preise überstiegen unsere Verhältnisse bei weitem. Ich hatte eine Idee. Warum kaufen wir nicht doch nur einen Ring? Eine Woche trägt er ihn, und in der nächsten Woche stecke ich ihn an. Das war die Lösung. Begeistert umarmten wir einander. Wir kauften einen goldenen Siegelring. Dafür reichte unser gemeinsames Geld gerade. Wir ließen unsere Initialen eingravieren: M. D. und W. B.

Übelkeit stieg in mir auf. Dieser Teich würde mich bis in alle Ewigkeit verfolgen. Die Frau meinte den Ring, den ich gefunden und Grace gegeben hatte. Sie hatte ihn ins Meer geworfen.

»Wilhelmina«, sagte er, er nennt mich stets bei meinem vollen Namen, weil er findet, er klinge bedeutend — Wilhelmina ist großartig, Mina gewöhnlich. »Wilhelmina, mit diesem Ring bist du die Meine, solange wir beide leben.« Ich bin glücklich. Von so viel Glück hätte ich noch nicht einmal zu träumen gewagt. Der Ring sorgte für schallendes Gelächter. Er war viel zu groß für mich. Ich konnte ihn nur über den Zeigefinger streifen. Und ihm war er zu klein, er mußte ihn am kleinen Finger tragen. Später wollen wir unsere erste Absicht in die Tat umsetzen und zwei Ringe kaufen — einen für ihn und einen für mich. Und diese Ringe werden wir nie wieder abnehmen, weil sie uns unendlich viel bedeuten.

5. April: Vermutlich kann man nicht immer und ewig auf dem höchsten Gipfel des Glücks verweilen. Ich habe durchaus Verständnis für Mervyn. Vielleicht sollte ich seinem Drängen nachgeben. Aber ich kann es nicht — meine Erziehung verbietet es mir.

Meine Mutter und ich standen einander sehr nahe. Während ihrer Krankheit verlor ich zwar ab und zu die Geduld mit ihr, aber dennoch liebte ich sie sehr. Ich hielt sie immer für eine kluge Frau, deshalb war mir ihre Meinung besonders wichtig. Sie hatte wieder und wieder betont: »Eine Braut muß jungfräulich in die Ehe gehen. Ich habe mich daran gehalten, Mina. Und ich weiß, auch du wirst dir das zu Herzen nehmen. Du mußt meine Bitte beherzigen. Ich könnte nie in Frieden ruhen, wenn du dich nicht daran hältst. Alles andere ist eine Sünde, Mina.« Ich stimmte ihr zu, weil ich es ebenfalls für eine Sünde hielt, und versprach ihr, bis zu meinem Hochzeitstag rein und jungfräulich zu bleiben. Wahrscheinlich glaubten wir beide nicht, daß eine Frau in meiner Lage jemals einen Ehemann findet. Eine Heirat schien in unerreichbarer Ferne zu liegen. Ich jedenfalls dachte nie an eine Hochzeit, deshalb fiel es mir auch nicht schwer, das Versprechen zu geben und zu halten. Aber nun bedrängt mich Mervyn. Er kommt mir völlig verändert vor. Er sieht finster aus, fast wütend. Er wollte in der Nacht in mein Zimmer kommen. Mein Zimmer liegt direkt neben Jennifers Schlafzimmer. Entsetzt fragte ich mich, was geschehen würde, wenn er bei mir sei und sie käme mitten in der Nacht herein, weil sie irgend etwas brauchte. Das war schließlich schon des öfteren vorgekommen. Man würde uns in Schimpf und Schande entlassen — uns alle beide. Ich zweifelte keinen Augenblick, daß die Bonners eine sehr tugendhafte Haltung einnehmen würden.

Deshalb sagte ich: »Nein. Wir müssen warten, bis wir verheiratet sind.«

»Und wann wird das endlich der Fall sein? Bei uns, in unserer Position?« fragte Mervyn fordernd.

Trotzdem vertrat ich die Meinung, wir müßten warten. Wir sollten vernünftige Zukunftspläne machen und auch die Bonners davon unterrichten. Vielleicht beschäftigen sie uns weiter, auch als Ehepaar.

Er meinte, ganz sicher nicht. Außerdem wollen wir auch nicht unser ganzes Leben in diesem Haus verbringen.

»Was sollen wir denn sonst machen?« fragte ich.

»Wir gehen fort und wohnen in einem eigenen kleinen Häuschen.«

»Und wie? Wovon? Wir können schlecht ohne regelmäßiges Einkommen leben.«

»Wir nehmen irgendeine Stellung an. Aber bis dahin — ich will dich, Wilhelmina. Es ist eine einzige Qual für mich. Wir leben unter einem Dach.«

Eigentlich sollte ich mich darüber freuen, daß er mich so sehr begehrt. Aber das Versprechen, das ich meiner Mutter gegeben habe, und meine puritanische Erziehung machen mir das unmöglich. Ich halte mich zurück. Ach, wie gern würde ich seinem Drängen nachgeben, aber ich habe Angst und weiß, unter diesen Umständen kann es mich niemals glücklich machen. Mervyn war sehr böse auf mich. So wütend habe ich ihn noch nie gesehen. Ich hatte fast den Eindruck, einem mir völlig Fremden gegenüberzustehen.

15. April: Zwischen uns klafft ein Riß. Manchmal nimmt mich Mervyn ganz fest in den Arm und preßt mich an sich, daß ich vor Schmerz aufschreien möchte. Ich habe ein wenig Angst vor ihm. Er sieht dann so böse und wütend aus. Ganz anders als sonst. Neulich hätte ich fast nachgegeben. Doch im letzten Augenblick sah ich das Gesicht meiner Mutter vor mir und bekam es wieder mit der Angst. Sie hat mir viel von verlassenen Frauen und unerwünschten Babys erzählt und gesagt: »Weißt du, manche Frauen glauben den Schwüren ewiger Liebe. Und dann müssen sie feststellen, daß man sie schamlos belogen hat.«

Ich kann mir nicht vorstellen, daß Mervyn mich belügt. Wir lieben einander von Herzen. Die ganze letzte Woche trug ich den Ring. Diese Woche hat er ihn. Heute war er besonders ungestüm. Ich habe mich furchtbar aufgeregt. Es war gleich nach dem Essen. Er ging neben mir die Treppen hoch. Wieder begann er auf mich einzureden und mich zu bedrängen — sogar noch heftiger als sonst.

Ich sagte: »Sprich leiser, sonst hören sie dich noch.«

Da gab er mir einen derben Stoß. Beinahe wäre ich gestürzt.

Ich lief schnell in mein Zimmer. Ich glaube, wenn er mir nachgekommen wäre, hätte ich nachgegeben. Aber er kam nicht. Später hörte ich, wie er sein Zimmer verließ. Er macht mir wirklich manchmal angst. Ich hätte nicht gedacht, daß er so heftig sein kann. Er kommt mir fremd vor.

Ich kann nicht schlafen, deshalb schreibe ich in mein Tagebuch.

16. April: Es war schrecklich. Alle meine Träume schienen zu zerplatzen wie die Seifenblasen, die die Kinder mit Tonpfeifen in die Luft pusten. Obwohl ich lange am Fenster saß und hinausschaute, hörte ich ihn nicht nach Hause kommen. Ich glaube nicht, daß ich eingedöst bin. Dazu war ich viel zu aufgeregt. Immer wieder dachte ich über diesen unerfreulichen Vorfall nach. Ich sagte mir wieder und wieder: Er ist nur so, weil er dich über alles liebt. Heute morgen war er sehr still. Er hatte dunkle Ringe unter den Augen.

Er sagte zu mir: »Bitte entschuldige mein Verhalten, Wilhelmina.«

Ich antwortete: »Ist schon gut. Ich habe Verständnis. Wir heiraten bald, gleichgültig, was danach kommt.«

»Ja«, sagte er. »O Gott, Wilhelmina, wenn wir nur schon unser eigenes Leben führen könnten. Wir müssen alles tun, um schnellstens heiraten zu können.«

Ich bin wieder glücklich. Er hat Verständnis für mich. Alles wird gut.

16. April, Nachmittag: Zwei Kinder aus dem Dorf, die im Wald spielten, fanden eine Leiche. Es handelt sich um ein ungefähr zehn Jahre altes Mädchen — eins der Kinder aus dem Dorf. Man hat das Kind vergewaltigt und erdrosselt. Natürlich bin ich furchtbar schockiert. Trotzdem kam mir nicht einen Augenblick in den Sinn, dieser Mord könne irgend etwas mit uns zu tun haben. Doch dann kamen sie ins Haus und stellten Fragen.

Mervyn klopfte an meine Zimmertür. Als ich öffnete, sagte er: »Ich möchte fort. Ich kann nicht bleiben.«

Ich war erstaunt. »Warum denn nicht?«

»Ich muß weg«, antwortete er. »Ich kann unmöglich bleiben.« Seine Augen blickten wild. Er hatte wieder diesen verrückten Blick, der mir immer angst macht.

Gwennie kam die Treppe herauf. Sie sagte: »Sie möchten in den Salon kommen, Mr. Duncarry.«

16. April, abends: Ich kann es nicht glauben. Sie haben ihn mitgenommen. Irgend jemand sah ihn in der Nacht aus dem Wald kommen, und in seinem Zimmer fanden sie eine blutgetränkte Jacke. Deshalb nahmen sie ihn mit.

20. April: In den letzten Tagen war ich nicht in der Lage weiterzuschreiben. Ich sehe die Welt wie durch einen schwarzen Schleier. Er steht unter Verdacht. Mrs. Bonner geht dauernd im Haus herum und plärrt irgend etwas von fürchterlichen Gefahren. In ihrem Haus habe er gewohnt! Er hätte uns alle in unseren Betten ermorden können. Wenn sie an ihre Tochter denke, überlaufe es sie eiskalt. Welcher Segen, ihn endlich hinter Schloß und Riegel zu wissen.

Ich bin bitter enttäuscht. Obwohl ich versucht habe, an seine Schuldlosigkeit zu glauben, weiß ich, er hat es getan. Ich habe in einem verrückten, unmöglichen Traum gelebt. Das Leben wird für mich nie mehr so sein, wie ich es mir vor kurzem noch erträumt habe. Wann durfte ich eigentlich jemals ein bißchen Glück empfinden? Ich bin verbittert über mein Leben und böse auf die ganze Welt. Ich habe meinen Geliebten verloren. Was wäre geschehen, wenn ich seinem Drängen nachgegeben hätte? Dann wäre er nie über das Kind hergefallen. Niemals hätte ihn diese überwältigende Gier geplagt, die ihn alles vergessen ließ, die er unbedingt befriedigen mußte. Aber diese Gier kann vermutlich jederzeit wieder durchbrechen. Wie konnte Mervyn etwas so Entsetzliches tun? Was wissen wir schon von anderen Menschen? Ganz normale Menschen verwandeln sich plötzlich in furchtbare Ungeheuer, getrieben von einem unbegreiflichen Trieb.

30. April: Ich liebe ihn. Was immer er auch getan haben mag, ich liebe ihn. Ich werde mich in Zukunft um ihn kümmern, wenn er aus der ganzen Sache mit heiler Haut herauskommt. Aber wie sollte er das schaffen? Man spricht ihn mit Sicherheit schuldig. Man wird ihn hängen. Ich verliere meinen Geliebten für immer. Dabei bin ich überzeugt, ich könnte ihm helfen. Ich kann ihn retten. Mit mir redet er vernünftig. Ich kann es erreichen, daß er mir sein Verhalten erklärt. Mehr als alles andere auf der Welt möchte ich wenigstens die Chance bekommen, ihn in ein normales Leben zurückzubringen. Ich möchte mit ihm das Leben verwirklichen, von dem wir geträumt haben. Wie kann sich ein Mann wie Mervyn — amüsant, charmant — von einer Minute zur anderen so verändern? Was macht einen solchen Mann zum Mörder? Es muß sich um einen Anfall von Geistesverwirrung gehandelt haben, um eine Krankheit. Ich hatte ihn zurückgewiesen und deshalb ... Ich kann ihn heilen. Ich weiß, ich kann ihn heilen.

1. Mai: Die Zeitungen berichten ausführlich über den Fall. Die Artikel triefen vor Haß gegen ihn. Ich kann unmöglich hierbleiben. Zu Mrs. Bonner sagte ich, ich habe einen Freund in ihm gesehen und sei so schockiert, daß ich unbedingt von hier weg müsse. Sie zeigte Verständnis. Ich übergab ihr meine Kündigung. In einem Monat gehe ich weg. Sicher finden sie bald eine neue Gouvernante. Sie sagte noch, sie werde nie wieder einen Hauslehrer einstellen. Um beide Kinder solle sich in Zukunft eine Gouvernante kümmern. Ob ich nicht doch ... »Nein«, habe ich geantwortet, »nein, ich muß weg.« Ich weiß nicht, wie es weitergehen soll.

13. Mai: Man wird ihn als Mörder verurteilen. Schon vor Ende des Prozesses ist es beschlossene Sache. Die Menschen haben ihn bereits schuldig gesprochen. Die Presse forschte in seiner Vergangenheit und fand heraus, daß er früher schon einmal in einen ähnlichen Fall verwickelt war. Damals kam ein Mädchen unter ähnlichen Umständen ums Leben, und es gab eine Untersuchung. Aber sie fanden keine Beweise gegen ihn und mußten ihn laufenlassen. Hätte man ihn damals nicht freigelassen, so mutmaßten die Zeitungen, würde die kleine Carrie Carson noch leben. Er wird sterben, und das kann ich nicht ertragen. Man muß mir eine Besuchserlaubnis geben.

20. Mai: Ich habe ihn im Gefängnis von Bodmin besucht. Es war nicht leicht, mit ihm zu sprechen. Die Wärter beobachteten uns die ganze Zeit. Er redete nur sehr leise.

Er beschwor mich: »Hilf mir. Ich muß hier raus. Wir werden für immer zusammen sein. Wir verlassen das Land. Bring mir irgend etwas — vielleicht ein Messer. Ja, bring mir ein Messer. Ich kämpfe mir den Weg frei. Wir gehen weg. Denk darüber nach. Ich liebe dich, Wilhelmina. Ich werde dich immer lieben.«

Ich sagte: »Auch ich werde dich immer lieben, Mervyn.«

29. Mai: Morgen gehe ich fort. Ich habe einen Plan entworfen, um ihn aus dem Gefängnis zu befreien. Ich gehe an die Küste. Nicht weit vom Gefängnis entfernt suche ich mir eine Unterkunft. Anschließend kundschafte ich einen geeigneten Treffpunkt aus. Wenn ich soweit alles geklärt habe, besuche ich ihn und erläutere ihm meinen Plan. Ich bin ganz aufgeregt. Jetzt bin ich froh, daß ich das Tagebuch habe. So weiß ich mein Leben lang, was ich empfunden habe ... ganz zu Beginn, während der ersten herrlichen, wundervollen Tage. Dieses Gefühl möchte ich wieder und wieder spüren. Ich weiß genau, ich liebe Mervyn, gleichgültig, was er getan hat. Ich glaube, das ist wahre Liebe. Ich darf ihn nicht verlieren. Ich tue alles in meiner Macht Stehende, um ihn aus dem Gefängnis herauszuholen. Dann weiß er, wie sehr ich ihn liebe. Einen größeren Beweis kann ich ihm nicht geben. Ich werde ihn heilen. Ich weiß, ich kann es. Ich weiß, er ist kein schlechter Mensch. Früher behaupteten die Leute, manche Menschen seien vom Teufel besessen. Das ist bei Mervyn der Fall. Er ist besessen. Ich kümmere mich um ihn und mache aus ihm wieder den Mann, der er ursprünglich einmal war. Wir werden glücklich sein, wo immer wir auch leben. Vielleicht müssen wir England verlassen. Irgendwann werden wir all das Böse vergessen.

Hier endete das Tagebuch.

Ich ging ans Fenster. Nachdenklich sah ich in die Dunkelheit hinaus. In dieser Nacht schlief ich wenig. Ich konnte es kaum erwarten, mit Justin zu reden.

Wie versprochen, kam er gleich am nächsten Morgen.

»Warum hast du mir das Tagebuch gegeben?« fragte ich ihn rundheraus.

»Weil ich dachte, du befindest dich vielleicht in Gefahr.«

»Dieses Tagebuch ...«

»Ich erkläre dir alles. Damals, als Mina fortging, kam ich gerade zufällig am Haus vorbei. Ich verabschiedete mich von ihr. Sie gab mir die Hand und behauptete, nach diesem entsetzlichen Vorfall könne sie nicht länger bleiben. Sie sah krank und elend aus. Ich hatte gleich vermutet, daß zwischen ihr und diesem Mann eine Liebesbeziehung bestand. Sie verstaute ihr Gepäck im Dogcart. Niemand half ihr dabei, deshalb tat ich es. Als sie abgefahren war, entdeckte ich das Tagebuch. Es lag auf dem Boden, direkt zu meinen Füßen. Es mußte aus einer ihrer Taschen gefallen sein. Ich hob es auf und warf einen Blick hinein. Daraufhin beschloß ich, es zu behalten. Kannst du dir denken, wer die Frau ist?«

Ich nickte. »Grace.«
»Genau.«
»Ich erinnere mich, wie du sie damals im Park angesprochen hast. Du nanntest sie Wilhelmina Burns.«
Sekundenlang sah er mich prüfend an. »Es kostet mich große Überwindung, dir alles zu erzählen. Ich fürchte, die ganze Sache wirft nicht gerade ein gutes Licht auf mich. Ich möchte auf keinen Fall, daß Morwenna etwas davon erfährt. Ich vertraue dir. Du hast nie auch nur ein Wort darüber verlauten lassen, daß ich ein Falschspieler war.«
»Davon hätte niemand etwas gehabt, oder? Es hätte nur Morwenna verletzt.«
»Ich danke dir sehr, Angelet. Jetzt möchte ich ein vollständiges Geständnis ablegen. Du weißt, ich war Berufsspieler.«
»Ja, du hast andere Spieler betrogen und davon gelebt.«
»Geh nicht zu hart mit mir ins Gericht. Zu achtzig Prozent habe ich gewonnen, das stimmt. Ab und zu mußte ich verlieren, damit niemand mißtrauisch wurde.«
»Ich verstehe.«
»Ich war der Tunichtgut, der Verwandte des Vikars aus Crompton. Eine Zeitlang wohnte ich immer wieder bei verschiedenen Verwandten. Irgendwann ging das nicht mehr, und ich machte mich auf nach London. Zufällig sah ich Wilhelmina im Park. Ich erkannte sie sofort. Sie hatte nach ihrem Weggang einen anderen Namen angenommen: Grace Gilmore. Soweit ich mich erinnere, wurde ihr richtiger Name ein paarmal in der Zeitung erwähnt, als Einzelheiten über das Haus, in dem Mervyn Duncarry Hauslehrer war, berichtet wurden. Selbstverständlich wollte sie nicht damit in Verbindung gebracht werden. Ich traf sie, wie gesagt, im Park. Ich eröffnete ihr, daß ich ihr Tagebuch besitze. Sie geriet außer sich. Ich fragte sie über dich und Morwenna aus. Um die Wahrheit zu sagen, ich habe sie erpreßt. Ich wußte von ihrer Verbindung zu diesem Mörder. Er war entflohen — dank ihrer Hilfe. Sie hatte große Angst, es könne alles ans Licht kommen, und ich sah eine Gelegenheit, mein bisheriges Leben zu ändern. Ich hatte es satt, ständig in der Angst zu leben, ertappt zu werden. Ein kleiner Ausrutscher, und alles wäre vorbei. Kein Londoner Klub hätte mich dann noch eingelassen. Zum Glück ist das nie passiert, aber es wäre jederzeit möglich gewesen. Ich sehnte mich nach einem sicheren, ruhigen Leben. Eine Ehe mit einer reichen Erbin schien mir eine gute Lösung. Sie erzählte mir von Morwennas Eltern und ihrer wenig erfolgreichen Saison. Ich mochte Morwenna vom ersten Augenblick

an. Wirklich, das muß du mir glauben. Sie war so unschuldig, so naiv.«

»Justin, wie konntest du nur!« rief ich entrüstet.

»Ich will mich gar nicht entschuldigen. So war ich eben. Aber eines möchte ich noch mal ausdrücklich betonen: Ich habe mich geändert, Angelet. Ich bin ein anderer Mensch geworden. Ich will der Mann sein, den Morwenna in mir sieht. Sie hält mich für einen anständigen Menschen, und deshalb will ich ein anständiger Mensch sein.«

»Hast du etwa auch den Zwischenfall mit diesem kleinen Dieb arrangiert? Hast du den Jungen angeheuert, damit er Morwennas Geldbörse stiehlt?«

Er nickte nur.

»Und dein Werben um sie? Euer Durchbrennen nach Gretna Green?«

Wieder nickte er nur.

»Vermutlich dachtest du, es sei das einfachste, mit ihr durchzubrennen. Erst einmal mit ihr verheiratet, müßten dich ihre Eltern akzeptieren. Dann blieb ihnen ja gar nichts anderes mehr übrig. Du wolltest ihnen keine Zeit geben, eventuell Nachforschungen über dich anzustellen.«

»Ich weiß, ich verdiene deine Verachtung, aber bitte glaube mir, ich liebe Morwenna und den Jungen. Ich versuche, anständig zu leben. Ich habe seit dem Zwischenfall mit Gervaise keine Karten mehr angerührt. Na ja, höchstens zwei-, dreimal. Ich liebe meine Arbeit. Meine Schwiegereltern habe ich aufrichtig gern. Ich bemühe mich, der gute Ehemann und Vater zu sein, für den Morwenna mich bereits hält. Das beweist doch, daß ich auf dem richtigen Weg bin.«

»Davon bin ich überzeugt, Justin. Aber bitte laß für alle Zukunft die Finger von den Karten.«

»Das verspreche ich dir.«

»Und was ist mit Grace? Ich meine, mit Wilhelmina.«

»Sie ist eine starke Frau.«

»Warum hast du mir das Tagebuch gegeben?« fragte ich. »Warum hast du es ihr nicht zurückgegeben? Was hat sie schon Schlimmes getan? Ich habe ihr Tagebuch gelesen. Ihr einziges Verbrechen, wenn du so willst, war es, diesen Mann zu lieben.«

»Warum hat sie ihren Namen geändert?«

»Weil sie von der Vergangenheit loskommen wollte.«

»Warum meldete sie sich freiwillig auf die Krim? Weil sie sich ins gemachte Nest setzen wollte. Sie hat euch alle hintergangen.«

»Sie arbeitete als Krankenpflegerin. Ich hege aufrichtige Bewunderung für diese Frauen.«

»Sie ging nur deshalb auf die Krim, um Jonnie zu heiraten und später in angenehmen Verhältnissen leben zu können.«

»Die Ehe ist rechtskräftig. Onkel Peter hat das nachgeprüft. Ich sehe keinen Grund, warum sie nicht mit ihrer Vergangenheit abschließen könnte. Du kannst es doch auch.«

»Man hat die Leiche des Mannes im Teich entdeckt. Das stimmt doch?«

»Ich erinnere mich gut daran«, erwiderte ich heftig.

»Und wie ist er dort hineingekommen? Wie ist er gestorben? Immerhin ist er in der Nähe des Hauses umgekommen, in dem sie gewohnt hat.«

Ich hielt wohlweislich den Mund.

Er fuhr fort: »Aber nun genug von dem Mann. Um ihn geht es längst nicht mehr. Sie ist eine kluge Frau — aber auch eine Intrigantin. Sie besitzt inzwischen zwar einiges Geld — aber längst nicht so viel, wie sie gern möchte. Deshalb ist sie auf der Suche nach einem reichen Ehemann. Es ist ihr Traum, eine bekannte Gastgeberin in der Gesellschaft zu werden. Ich sehe alles ganz klar vor mir. Weißt du, auf wen sie ein Auge geworfen hat? Weiß du es?«

»Nein. Auf wen denn?« fragte ich. Eine vage Angst stieg in mir auf.

»Ben Lansdon.« Er sah mich spöttisch an. »Ich habe meine Augen offengehalten und sie beobachtet. Ein Spieler muß die Leute, mit denen er zu tun hat, immer im Auge behalten. Man muß wissen, wie die Leute reagieren, damit man sich rechtzeitig auf ihr Verhalten einstellen kann. Man muß sich dem Gegner anpassen. Jetzt sage ich dir auch noch, welches Geheimnis ich von Ben Lansdon kenne.«

»Was weißt du denn von ihm?«

»Er interessiert sich für jemand ganz anderen.«

»So?«

»Ich glaube, du weißt, wen ich meine. Hat er nicht mit dir gesprochen? Er ist verrückt nach dir. Und seine Frau soll zufällig eine Überdosis genommen haben.«

»Was willst du damit andeuten?«

»Daß ich nicht an die versehentliche Einnahme einer Überdosis glaube.«

»Oh . . . nein!«

»Es war ganz leicht, ihr das Laudanum einzuflößen. Denk daran, sie stand jemandem im Wege.«

»Ich will nichts mehr davon hören, Justin. Das sind doch reine Vermutungen. Das ist unfair. Du weißt nichts Bestimmtes. Du hast nicht den geringsten Beweis.«

»Ich glaube, man hat sie umgebracht.«

»Nein, nein. Es war ein Unfall. Bei der Untersuchung ...«

»Solche Untersuchungen haben die Eigenart, nicht unbedingt die Wahrheit ans Tageslicht zu bringen.«

»Justin, worauf willst du hinaus?«

»Zwei Menschen kommen als Mörder in Frage. Erstens der Ehemann, der eine andere Frau liebt und dem Lizzie wie ein Klotz am Bein hing. Zweitens die andere Frau, die fest entschlossen war, den Ehemann zu heiraten.«

»Das ist doch blanker Unsinn.«

»Nicht unbedingt. Ich glaube nicht, daß Ben Lansdon den Mord begangen hat. Dazu ist er zu klug. Er hat seine Frau auch nicht gehaßt. Er haßt keinen Menschen in dem Ausmaß, daß er ihn umbringen würde. Er gehört zu den Männern, die nicht immer eine ganz weiße Weste haben — wie ich auch —, aber diese Männer sind oft zuverlässiger und rücksichtsvoller als die wahrhaft tugendhaften Menschen. Er heiratete Lizzie nur wegen des Goldes, aber er hat sie gern gehabt. Das war nicht zu übersehen. Doch was ist mit Wilhelmina/Grace? Da sieht die Sache schon ganz anders aus. Ich sage dir, sie wünschte sich verzweifelt, Mrs. Benedict Lansdon zu werden.«

»Was du da sagst, ist furchtbar. Grace — eine Mörderin? Das glaube ich nicht.«

»Ich kann mich natürlich täuschen. Aber ich wollte dich warnen. Du wärst nämlich die nächste in der Schußlinie. Glaub mir, Wilhelmina kennt Bens Gefühle für dich. Wenn es dich nicht gäbe ... eine kleine Weile später ... Sie war stets sehr liebevoll zu Lizzie und half ihr in jeder erdenklichen Situation, oder etwa nicht? Sie weiß, er wird sich dankbar an ihre Unterstützung im Wahlkampf erinnern. Sie ist verteufelt schlau. Hätte sie nicht dich als Rivalin, könnte sie schon am Ziel sein.«

»Du redest nichts als Unsinn, Justin.«

»Vielleicht, aber möglich wäre es immerhin. Deshalb wollte ich, daß du das Tagebuch liest. Damit du weißt, mit wem du es zu tun hast. Sie weiß, was sie will. Und sie ist stark. Sie manipuliert andere Menschen. Weißt du, Lizzie ist zu einem auffallend günstigen Zeitpunkt gestorben.«

»Aber nein, ganz und gar nicht. Lizzies Tod hat Bens Chancen, gewählt zu werden, zunichte gemacht.«

»Menschen wie Wilhelmina denken langfristig. Wenn die Zeit reif ist, packt sie die Gelegenheit beim Schopf. Zugegeben, das ist nur eine Vermutung. Aber ich finde, du solltest darüber nachdenken.«

»Ich sollte dir wohl dankbar sein für deine Warnung, Justin. Aber ich glaube es nicht. Ich glaube es ganz einfach nicht.«

Er neigte den Kopf und zuckte die Achseln.

»Ich habe jedenfalls mein Möglichstes versucht«, sagte er.

Aufatmen

Angst und Zweifel quälten mich. Was mir Justin eröffnet hatte, beunruhigte mich außerordentlich. Lizzie ging mir nicht mehr aus dem Kopf. Ich hatte das Gefühl, ich könne nie wieder zur Ruhe kommen.

Am meisten fürchtete ich, Ben könne der Mörder sein, falls sie tatsächlich umgebracht worden war. Immer wieder beschwichtigte ich meine Ängste, indem ich mir sagte, er hätte sie niemals zu einem für ihn dermaßen ungünstigen Zeitpunkt getötet. Er war berechnend und kaltblütig und hätte dafür gesorgt, daß ihr Tod seine politische Karriere nicht ruinierte. An diese Überlegung klammerte ich mich. Aber zunehmend drängte sich mir ein anderer Gedanke auf. Ben war nicht dumm. Vielleicht hatte er den Zeitpunkt gerade deshalb gewählt, weil man ihn dann nicht verdächtigen würde.

Ich konnte es nicht glauben. Zugegeben, er war ehrgeizig, möglicherweise sogar skrupellos, doch Lizzie hatte er stets freundlich und zuvorkommend behandelt. Dieser Mann konnte unmöglich ein eiskalter Mörder sein.

Blieb noch Grace. Nicht einmal in Gedanken nannte ich sie Wilhelmina. Für mich war und blieb sie Grace. Was wußte ich im Grunde von ihr? Ich sah sie vor mir, wie sie an jenem Tag nach Cador kam und um Arbeit bat. Es war ihr gelungen, Mitleid zu erregen. Aber während der ganzen Zeit auf Cador war sie in einen Mörder verliebt und hatte mit ihm Kontakt. Was hatte sie ausgerechnet auf Cador gewollt? Warum kam er ebenfalls in unsere Gegend? Obwohl mir Justin viel über sie erzählt hatte, blieb noch manches Geheimnis um Grace.

Es gab noch eine andere Möglichkeit: Ben und Grace waren beide unschuldig. Hatte Lizzie vielleicht doch Selbstmord begangen? Erschien Lizzie das Leben so unerträglich, daß sie ihm selbst ein Ende gesetzt hatte?

Ich überlegte hin und her, ohne zu einem Ergebnis zu kommen.

Timothy besuchte mich. Er nahm meine Hände und küßte mich leicht auf die Stirn.

»Meine liebe Angelet«, sagte er. »Ich habe ständig an Sie gedacht. Sie haben Schreckliches durchgemacht.«

»Es ist schön, daß Sie mich nicht vergessen haben, Tim.«

»Ich kann Ihnen versichern, ich mache mir große Sorgen um Sie. Ihr Wohlergehen liegt mir sehr am Herzen. Sie fehlen uns allen.«

»Sie meinen in der Mission?«

»Dort auch, aber ich meine zu Hause. Fanny spricht oft von Ihnen. Jeden Tag fragt sie, wann Sie nun endlich kommen.«

»Wie geht es ihr?«

»Hervorragend. Sie lernt lesen und schreiben. Sie findet es unerträglich, daß ein Kind wie Fiona Dinge beherrscht, die sie nicht kann. Fiona unterrichtet sie. Die beiden sind schon gute Freundinnen. Inzwischen nimmt Fanny auch am Unterricht der Gouvernante teil. Sie begreift rasch. Wirklich, sie ist ein gescheites Mädchen.«

»Weiß sie, daß ihr Stiefvater tot ist?«

»Nein. Wir haben es ihr nicht gesagt. Es war nicht nötig — bis jetzt. Sollte sie nach ihm fragen, sage ich ihr selbstverständlich die Wahrheit. Sie wird seinetwegen keine Träne vergießen, davon bin ich überzeugt.«

»Spricht sie noch immer von ihrer Mutter?«

»Nein. Aber manchmal zieht sie sich traurig zurück. Bestimmt denkt sie in diesen Momenten an ihre Mutter. Wir müssen die Trauer des Mädchens respektieren. Sie kann nicht von einem Tag auf den anderen ihre Vergangenheit vergessen. Aber ich muß sagen, im großen und ganzen entwickelt sie sich prächtig. Vom Umgang mit den Kindern ist sie ganz begeistert. Ich glaube, sie hat uns alle gern.«

»Sie kümmern sich wunderbar um das Mädchen, Tim.«

»Sie haben auch Ihren Beitrag dazu geleistet. Wenn ich an die Mission denke und mir vorstelle, wie vielen Menschen dort schon geholfen werden konnte, überlege ich mir, ob ich nicht doch mein Leben ganz der Wohltätigkeitsarbeit widmen soll.«

»Ja, das verstehe ich gut.«

»Ach, übrigens, Ihre Freundin Grace Hume ist dort gewesen.«

»In der Mission?«

»Ja. Sie sagte zu Frances, sie würde gerne kommen und helfen. Unsere Arbeit schien sie sehr zu interessieren. Frances fand sogleich heraus, wie gut sie sich auf Abrechnungen und dergleichen versteht, und teilte ihr unverzüglich diese Arbeit zu. Auf diesem Gebiet herrscht ja in der Mission ein entsetzliches Chaos. Nun erledigt Grace sämtliche Finanzangelegenheiten. Vor kurzem mußten wir am Abend noch rasch einige improvisierte Mahlzeiten ausgeben, deshalb bin ich länger in der Mission geblieben und konnte mich mit Grace unterhalten. Ich habe ihr von Fanny erzählt. Ich muß sagen, sie zeigte sich außerordentlich interessiert.«

»Ich kann mir Grace nur schwer in der Mission vorstellen. Bisher kannte ich sie nur als elegante Gastgeberin der guten Gesellschaft.«

»Die meisten Menschen haben mehrere Seiten, Angelet.«

»Ja, das habe ich inzwischen allerdings auch gemerkt.«

»Was mir aber am wichtigsten ist, wann kommen *Sie* wieder in die Mission?«

Ich zögerte mit der Antwort.

»Angelet, ich möchte Ihnen gern helfen. Auch diese schlimme Zeit geht vorbei. Es war eine Tragödie. Ich kann mir vorstellen, wie Ihnen zumute ist.«

Aus einer plötzlichen Regung heraus sagte ich: »Ich glaube, ich fahre für eine Weile nach Cornwall. Ich habe meine Eltern schon lange nicht mehr besucht. Sie freuen sich sicher, wenn ich mit Rebecca komme. Dort, weit weg von den Geschehnissen hier, kann ich in Ruhe über alles nachdenken.«

»Ich verstehe.«

Timothy hatte wohl für jeden und jederzeit Verständnis, dachte ich ein wenig belustigt.

Den Gedanken, nach Cornwall zu fahren, hatte ich eigentlich mehr als Ausrede benutzt, um etwas Zeit zu gewinnen. Aber nach längerer Überlegung hielt ich es tatsächlich für das beste, einmal alle Probleme hinter mir zu lassen. Ich mußte mit meinen Gefühlen ins reine kommen. An meinen Gefühlen für Ben zweifelte ich nicht mehr. Aber zwischen uns stand Lizzie. Ihr Tod hatte diese Kluft eher noch vergrößert. Mir ging der Gedanke nicht aus dem Kopf, er könne doch etwas mit ihrem Tod zu tun haben. Ich wußte, er würde mich bald fragen, ob ich ihn heiraten wolle. Was sollte ich ihm dann antworten?

Ich traute meinen eigenen Gefühlen nicht mehr. Der Frieden und die Ruhe auf dem Land, die herrliche Umgebung meiner Heimat erschienen mir nach den Geschehnissen der letzten Zeit wie das Paradies auf Erden. Was empfand ich für Timothy? Auch ihn hatte ich sehr gern, wenn auch auf ganz andere Art als Ben. Tim war ein guter, zuverlässiger Mann. An seiner Seite erwartete mich ein ruhiges Leben. Auch Rebecca wäre glücklich und zufrieden. In dieser Ehe könnte ich mich einspinnen wie in einen behaglichen Kokon. Aber war das genug für ein ganzes Leben? Könnte ich jemals den Mann vergessen, der so leidenschaftliche Gefühle in mir weckte wie kein anderer?

Kurz vor meiner Abreise nach Cador suchte mich Ben auf.

Er sah blaß und abgespannt aus.

»O Ben, du mußt eine schreckliche Zeit hinter dir haben.«

Unverwandt sah er mich an. »Schön, dich zu sehen, Angelet.«

Mit Mühe brachte ich ein kleines Lächeln zustande.

»Ich muß mit dir reden«, fuhr er unbeirrt fort. »Ich möchte, daß du mich verstehst.«

»Lizzies Tod war ein großer Schock für mich.«

Bei seinen nächsten Worten zuckte ich zusammen. »Ich habe sie umgebracht, Angel.«

»Ben!«

»So gewiß, als hätte ich die Überdosis eigenhändig in ihr Glas geschüttet. Ich bin dafür verantwortlich, daß ihr das Leben nicht mehr lebenswert erschien. Ich habe ihr das Leben zur Hölle gemacht, deshalb hat sie sich vergiftet. Sie war so hilflos, so verletzlich. Tag für Tag sehnte sie sich nach Golden Creek. Nur dort war sie glücklich. Ja, ich gebe es offen zu, ich habe sie nur der Mitgift wegen geheiratet. Du warst verheiratet, und ich hatte nicht mehr die geringste Hoffnung, dich je für mich zu gewinnen. Das Gold dagegen hat darauf gewartet, von mir geholt zu werden. Ich habe sie geheiratet und dann sträflich vernachlässigt. Ich habe ihr das Leben unerträglich gemacht. Sie hat wohl keinen anderen Ausweg mehr gesehen.«

»Du mußt dich nicht zum Sündenbock stempeln. Es ist nicht mehr zu ändern.«

»Alles hätte anders kommen können.«

»Im nachhinein weiß man immer alles besser. Aber wir sind nun einmal, wie wir sind. Keiner von uns kann aus seiner Haut.«

»Wenn ich wenigstens nur ein bißchen Verständnis für sie aufgebracht hätte! Aber ich habe mich ausschließlich mit meinem eigenen Leben beschäftigt. Sie hat das alles gehaßt. Die öffentlichen Auftritte, alles. Ich habe ihr dieses Leben aufgezwungen.«

»Sie wollte für dich tun, was in ihrer Macht stand.«

»Ja. Und das war zuviel für sie.«

»Du darfst dir das nicht so zu Herzen nehmen. Mit der Zeit kommst du darüber hinweg.«

»Nein. Diese Schuld begleitet mich mein Leben lang. Sie ist tot. Und ich hätte es verhindern können.«

Eine tiefe Freude durchströmte mich. Er hatte sie nicht umgebracht. Das wenigstens wußte ich jetzt ganz genau. Damit sah alles anders aus.

»Für Selbstvorwürfe ist es zu spät, Ben. Das bringt sie nicht wieder zurück.«

»Ich weiß«, seufzte er. »Dein Verständnis tröstet mich, Angelet.«

Ben brauchte Trost! Ben, verletzlich und schwach! So hatte ich ihn noch nie gesehen, und ich liebte ihn noch mehr um dieser eingestandenen Schwäche willen.

»Ich gehe für eine Weile weg, Ben. Ich besuche meine Familie in Cornwall.«

»Bleibst du länger?«

»Das weiß ich noch nicht. Ich muß über vieles nachdenken.«

»Ja. Ich verstehe.«

»Gräm dich nicht, Ben. Es ist nicht mehr zu ändern. Es hat keinen Zweck, ständig darüber nachzugrübeln. Dabei kommt nichts Gutes heraus.«

»Wahrscheinlich hast du recht.«

»Du fängst wieder ganz von vorne an. Sicher hast du dich bald wieder gefangen. Ich weiß genau, wie verhaßt dir der Gedanke an eine Niederlage ist. Du läßt dich nicht unterkriegen.«

»Das stimmt«, gab er zu. »Aber ich habe mir Dinge angemaßt, die mir nicht zustehen. Ich habe andere Menschen manipuliert.«

»Die meisten starken Persönlichkeiten tun das, oder etwa nicht? Manchmal stellt sich dann heraus, daß das Schicksal doch stärker war als sie. Niemand kann den Gang des Lebens ganz nach seinen eigenen Wünschen beeinflussen. Es folgt seinen eigenen Gesetzen.«

»Was machst du in Cornwall?«

»Spazierengehen. Reiten. Mit Rebecca spielen. Einfach mit meiner Familie zusammensein. Ich muß mir über mein weiteres Leben klarwerden.«

Er nickte. »Vergiß mich nicht. Und komm bald zurück. Ich warte auf dich.«

Rebecca freute sich sehr auf die Reise nach Cornwall und das Wiedersehen mit den Großeltern. Sie hatten geschrieben, wie sehnsüchtig auch sie unsere Ankunft erwarteten.

Jack holte uns am Bahnhof ab. »Euch zu Ehren wurde das Mastkalb geschlachtet«, begrüßte er uns.

Ich bezog wieder mein altes Zimmer. Kindheitserinnerungen stürmten auf mich ein. Hauptsächlich glückliche Erinnerungen, mit Ausnahme des einen Vorfalls, der bis heute wie ein Schatten auf meinem Leben liegt.

Am zweiten Tag nach meiner Ankunft teilte mir meine Mutter beim Frühstück mit, sie habe einen Brief von Grace erhalten.

»Sie möchte uns besuchen und ungefähr eine Woche bleiben. Sie fragt, ob sie willkommen sei. Ich schreibe ihr umgehend, wie sehr wir uns auf sie freuen. Wenn du mich fragst, trauert sie noch immer um Lizzie. Die beiden waren die besten Freundinnen, die man sich vorstellen kann.«

Mir lief es eiskalt über den Rücken.

Was wollte Grace in Cornwall? Warum kam sie ausgerechnet jetzt?

Justins dringende Warnung fiel mir ein. Damals hielt ich ihn für ziemlich melodramatisch. Der Gedanke, Grace wolle mich umbringen, um Ben heiraten zu können, kam mir reichlich weit hergeholt vor.

Die ganze Zeit über hatte ich Justins Warnung eigentlich nicht ernst genommen, nun begann ich wieder darüber nachzudenken.

Nach Bens letztem Besuch war für mich seine Schuldlosigkeit erwiesen. Zwar fühlte er sich vielleicht zu Recht moralisch verantwortlich, aber umgebracht hatte er Lizzie nicht.

Doch wie verhielt es sich mit Grace? Oder Wilhelmina, wie ihr richtiger Name lautete. Sie hatte einmal einen Mörder geliebt und ihm zur Flucht verholfen. Ich versuchte, mich an die Zeitungsartikel zu erinnern, die über Mervyn Duncarrys Ausbruch berichtet hatten. Bei der Flucht hatte er einen Gefängniswärter mit einem Messer schwer verletzt. Niemand konnte sich damals erklären, wie er an dieses Messer gekommen war. Jemand mußte es in das Gefängnis geschmuggelt haben. Grace?

Justins wilde Vermutungen erschienen mir nicht mehr ganz so abwegig.

Schon wenige Tage später traf Grace ein. Sie kam mir verändert vor, nur wußte ich nicht genau, woran es lag. Wie immer machte sie einen selbstsicheren und zielstrebigen Eindruck.

Meine Mutter bereitete ihr einen herzlichen Empfang. Sie hatte Grace immer gern gehabt und behandelte sie stets als vollwertiges Mitglied der Familie.

Beim Essen erzählte Grace Neuigkeiten aus der Mission. Inzwischen war sie einige Male in der Mission gewesen, und die dort geleistete Arbeit beeindruckte sie gewaltig.

»Du weißt ja, wovon ich spreche, Angelet«, wandte sie sich an mich. »Du warst an dem Abenteuer mit Fanny beteiligt. Ich habe Timothy Ransome gebeten, Fanny einmal besuchen zu dürfen.«

»Und hast du es getan?« fragte ich.

»Ja. Eine wunderbare Familie! Fanny fühlt sich dort wie zu Hause. Sie ist sehr umgänglich und hat anscheinend schon viel von den Ransomes gelernt. Nach dir hat sie sich auch erkundigt. Sie scheint dich sehr zu mögen. Timothy und die Kinder hat sie selbstverständlich auch gern. Sie hat mir haarklein berichtet, wie du und Timothy sie aus dem Haus geholt habt. Und das ist nur ein Fall, bei dem die Mission geholfen hat. Frances und ihre Mitarbeiter vollbringen wirklich wahre Wunder.«

Meine Mutter stimmte ihr eifrig zu.

»Soweit ich weiß, kümmerst du dich um die Buchführung«, warf ich ein.

Sie lachte. »Ein unvorstellbares Durcheinander! Frances ist großartig, aber wie man Bücher führt, davon hat sie keine Ahnung. Die Buchhaltung ist allerdings auch gar nicht so leicht. Spenden kommen herein, eine Menge Rechnungen sind zu bezahlen und so weiter. Na ja, es gibt einiges zu tun, und bisher wollte sich niemand so recht an diese Arbeit heranwagen.«

»Vermutlich weil Buchhaltung eine trockene Angelegenheit ist. Die Arbeit mit den hilfsbedürftigen Menschen verspricht sicher mehr Befriedigung«, meinte mein Vater.

»Aber eine ordentliche Buchführung ist überaus wichtig«, bemerkte meine Mutter. »Du wirst mit dem Durcheinander schon fertig werden, Grace.«

»Mir macht es großen Spaß, eine sinnvolle Arbeit zu haben. Später, sobald ich die Bücher in Ordnung gebracht habe, bleibt mir etwas mehr Zeit. Dann kann ich mich auch um die eigentliche Wohltätigkeitsarbeit kümmern. Höchstwahrscheinlich verbringe ich in Zukunft viel Zeit in der Mission.«

»Frances ist jede Hilfe recht«, sagte ich ein wenig spitz.

Sie lächelte mich an. Ein seltsames Glitzern funkelte in ihren Augen. Oder bildete ich mir das nur ein? Vor meinen Augen erschien ein Bild — Lizzies Schlafzimmer, Lizzie, die vom Laudanum benommen im Bett lag. Ich hörte Graces Stimme. »Kannst du nicht schlafen, Lizzie? Aber du mußt doch schlafen. Du mußt morgen ausgeruht sein. Wir haben eine Menge zu erledigen. Hier, nimm noch ein paar Tropfen. Das schadet dir schon nicht.«

Hatte Justin recht?

Lizzie hatte ihr im Weg gestanden. Und jetzt — ich.

Um alles noch einmal überdenken zu können, beschloß ich auszureiten. Wie immer, wenn ich die Vergangenheit aufleben ließ, stand ein Erlebnis im Vordergrund — die Begegnung am Teich. Auch heute führte mich mein Weg instinktiv dorthin. Ich kam am Cottage vorbei, in dem die verrückte Jenny Stubbs vor noch gar nicht so langer Zeit Rebecca gefangengehalten hatte. In diesem Zusammenhang fiel mir natürlich sofort die Suchaktion im Teich ein, bei der die Uhr und die Überreste des Mannes gefunden wurden, den Ben und ich ins Wasser geworfen hatten.

Urplötzlich war Gewalt in unser ruhiges Leben eingedrungen und hatte es für alle Zeit verändert.

Ich stieg vom Pferd und band es an denselben Busch wie immer. Wieder empfing mich diese unheimliche Stille — kein Geräusch war zu hören außer dem leisen Seufzen eines leichten Windes in den Zweigen der Trauerweiden über dem Wasser.

Es herrschte eine ähnliche Stimmung wie an jenem schicksalhaften Tag. Dort befand sich die Stelle, an der er mich überfallen hatte. Seit Gervaises und Jonnies Ausgrabungen konnte man den verhängnisvollen Stein nicht mehr übersehen. Beide, Jonnie und Gervaise, lebten inzwischen nicht mehr.

Die Erinnerungen überwältigten mich. Mein ganzes Leben schien auf diesen einen Ort konzentriert.

Die unheimliche Stille gab meiner Phantasie reichlich Nahrung. Ich hätte mich in diesem Augenblick nicht im geringsten darüber gewundert, das Läuten der Glocken und den Gesang der Mönche zu hören, die sich in ihrer gespenstischen Kapelle auf dem Grund des Sees zur Messe versammelt hatten.

Doch kein Laut durchbrach die Stille. Hier gab es nichts als Erinnerungen und das Gefühl, daß an diesem Ort auch das Unwahrscheinlichste geschehen könnte.

Ich stand am Ufer und schaute gedankenverloren auf das Wasser.

Plötzlich hörte ich Schritte hinter mir. Jemand kam zum Ufer herunter. Erschrocken drehte ich mich um. Es war Grace. Sie zögerte keinen Moment, als sie mich sah, sondern schritt rasch auf mich zu. Eine leise Angst beschlich mich.

»Hallo, Angelet. Ich dachte mir, daß ich dich hier finde. Zwei Menschen, ein Gedanke. Ich wollte mit dir unter vier Augen reden. Um ehrlich zu sein, nur aus diesem Grund bin ich nach Cornwall gekommen.«

Sie stellte sich dicht vor mich hin. Der Boden war vom vielen Regen aufgeweicht und schlüpfrig. Ich spürte ihre Nähe körperlich. Unbehagen ergriff mich.

»Der Teich übt eine große Faszination auf dich aus«, meinte sie. »Vermutlich wegen allem, was hier vorgefallen ist.«

»Ja, wahrscheinlich.«

»Du hast es nie vergessen. Aber wie könntest du auch, nach dem, was du mit Bens Hilfe hier getan hast?«

Ich sah ihr offen ins Gesicht. »Ich glaube, du weißt eine ganze Menge über den entflohenen Sträfling.«

»Ja«, antwortete sie. »Darüber wollte ich mit dir reden.«

»Warum mit mir?«

»Weil es dich angeht. Ich kannte Mervyn Duncarry. Er war Hauslehrer in demselben Haus, in dem ich als Gouvernante gearbeitet habe.«

»Vielleicht sollte ich dir lieber gleich sagen, daß ich Bescheid weiß.«

»Von Justin? Ich dachte mir, daß er es dir erzählt. Er gehört inzwischen zu den geläuterten Seelen. Ein wahrer Bekehrter. Wer hätte das je von ihm gedacht? Er möchte dich beschützen. Ich kenne doch Justin. Ich weiß genau, was in seinem Kopf vorgeht. Ich weiß auch, was du denkst, Angelet.«

»Und ich wüßte zu gern, was in deinem Kopf vorgeht«, entgegnete ich zornig.

»Du hast Angst vor mir. Aber dazu besteht kein Grund.«

»Weshalb sollte ich Angst vor dir haben?«

»Das müßtest du mir schon selbst sagen. Ich bin nur hier, um mit dir zu reden. Aus keinem anderen Grund bin ich nach Cornwall gekommen. Ich weiß nicht, weshalb du Angst vor mir hast, aber ich weiß, daß deine Gedanken eine ganz falsche Richtung einschlagen.«

»Wie kommst du darauf?«

»Weil es etwas gibt, das du noch nicht weißt. Aber das werde ich dir gleich erzählen. Ich habe dich von Herzen gern, Angelet. Ich mag eure ganze Familie. Ich vergesse nie, was ihr für mich getan habt. Ich darf gar nicht daran denken, was ohne euch aus mir geworden wäre. Stell dir bitte einmal eine verängstigte junge Frau vor, die plötzlich ihr Leben selbst in die Hand nehmen und ihren Lebensunterhalt verdienen muß. Jahrelang habe ich mich um meine Mutter gekümmert. Seit dem Tod meines Vaters habe ich sie gepflegt. Meine Eltern hatten mir eine gute Ausbildung ermöglicht. Immer wieder bestätigte man mir, wie klug ich sei, also nahm ich nach dem Tod meiner Mutter eine Stellung als Gouvernante an. Das kleine Erbe, das sie mir hinterließ, hätte nicht ausgereicht, um mein Leben zu fristen. Ich kam in einen Haushalt mit zwei Kindern — einem Mädchen und einem Jungen. Der Junge hatte einen Hauslehrer, das Mädchen wurde von mir betreut.«

»Das weiß ich alles«, unterbrach ich sie ungeduldig.

»Ich habe mich in den Hauslehrer verliebt. Er war sehr charmant, hatte aber leider einen Charakterfehler. Er hatte eine gespaltene Persönlichkeit. Man hätte glauben können, nicht einen Menschen, sondern zwei verschiedene vor sich zu haben. Viele Menschen leiden an dieser Krankheit. Mit der richtigen Behandlung kann man sie heilen. Eines Abends verließ er das Haus und tötete ein Mädchen.«

»Er war ein Mörder«, sagte ich haßerfüllt.

»Ich habe ihn geliebt und wollte ihm helfen. Kannst du das nicht verstehen? Ich habe ihn im Gefängnis besucht. Wir haben gemeinsam einen Fluchtplan ausgeheckt. Er schlug einen Treffpunkt am Meer vor, wo ich auf ihn warten sollte. Darum bin ich nach Poldorey gekommen. Ich nahm mir für einige Nächte ein Zimmer im Gasthaus. Aber ich mußte sehr sparsam mit dem bißchen Geld umgehen, das uns zur Verfügung stand. Wir brauchten es für unsere Zukunft. Deshalb beschloß ich, eine Stellung zu suchen, irgendeine Arbeit mit einer Unterkunft, die mich nichts kostete. Darum bin ich zu euch gegangen. Ich habe ihn nochmals im Gefängnis aufgesucht. Bei diesem Besuch schmuggelte ich das Messer hinein, um das er mich gebeten hatte.«

»Aber dir mußte doch klar sein, daß er damit wieder einen Menschen töten könnte.«

»Ich liebte diesen Mann verzweifelt. Trotz all seiner Fehler konnte ich mir eine Zukunft nur mit ihm vorstellen. Ich glaubte fest daran, ihn von hier fortbringen zu können — weg aus diesem Land. Ich war überzeugt, ich könnte ihn heilen. Verstehst du, nur weil ich ihn zurückgewiesen habe, ist er an jenem Abend in den Wald gegangen und hat diese abscheuliche Tat begangen. In einer halbverfallenen Hütte am Rande des Moores versteckte ich Kleidung zum Wechseln für ihn. Und die Uhr. Sie hatte meinem Vater gehört. Ich habe unsere

Initialen hineingekratzt, um ihm zu beweisen, daß ich zu ihm hielte, was immer auch geschehen mochte. Dann ist er dir begegnet.«

»Er hat versucht, mich umzubringen.«

»Ich hätte ihn heilen können. Davon war ich fest überzeugt. Ich kann dir gar nicht sagen, welche Qualen ich durchleiden mußte, nachdem er nicht am verabredeten Ort erschien. Ich glaubte, er hätte mich verlassen. Wenn ich gewußt hätte, daß er auf dem Grund des Teiches liegt, wäre es mir leichtergefallen, mich mit den Tatsachen abzufinden. Du hast gelogen. Du hast gesagt, du hättest den Ring beim Bootshaus am Strand gefunden. Und das Boot war fort.«

»Ja, ich erinnere mich. Das Boot haben wir einem der Fischer überlassen.«

»Und ich dachte, er sei damit auf und davon gegangen. Er sei ohne mich geflohen und ich hätte ihm auch noch geholfen. Ich fühlte mich hintergangen. Ich war so unglücklich wie noch nie in meinem Leben. Ich war verbittert und zornig.«

»Du hast den Ring ins Meer geworfen.«

Sie nickte. »Als die Männer den Teich absuchten, entdeckten sie die Uhr. Man fand seine Überreste. Nun wußte ich, er hatte mich nicht belogen. Er hatte mir nichts vorgemacht, als er sagte, er liebe mich. Ich begann euch zu hassen. Dich und Ben. Ich habe euch gehaßt für all die Jahre, die ich durchleiden mußte, weil ich glaubte, er habe mich verlassen. Aber in Wirklichkeit war er mir treu geblieben. Wir hätten ein neues Leben anfangen, gemeinsam nach Übersee gehen können, wenn ihr ihn nicht umgebracht hättet — du und Ben.«

»Wir haben ihn nicht umgebracht. Er ist gestürzt und hat sich dabei den Schädel eingeschlagen. Er hatte selbst schuld.«

»Aber ihr habt ihn verschwinden lassen. Ihr seid schuld, daß ich während all dieser qualvollen Jahr nur noch voller Haß an ihn denken konnte, und dabei lag er die ganze Zeit tot in diesem Teich. Er war aufrichtig und treu, und ich beschuldigte ihn jahrelang der Untreue.«

»Deshalb haßt du uns?«

»Es war gar nicht leicht, dich zu hassen. Schließlich hatte ich dich inzwischen sehr liebgewonnen. Du und deine Familie, ihr habt mir nur Gutes erwiesen.«

»Du hast Jonnie geheiratet. Hast du da immer noch an deinen Mörder gedacht?«

»Ich vergesse ihn nie. Ich habe diesen Mann geliebt. Manche Menschen bleiben ihrer Liebe ein Leben lang treu.«

»Nach allem, was er getan hat! Nach allem, was er auch mir angetan hat!«

»Eine Liebe, wie ich sie für ihn empfunden habe, fragt nicht nach solchen Dingen.« Sie packte mich am Arm und hielt ihn so fest, daß ich einen Augenblick lang glaubte, sie wolle mich in den Teich stoßen.

Heftig riß ich mich los. »Du hast Jonnie also nur wegen seines Geldes geheiratet.«

»Ich mochte Jonnie. Er war ein guter Mensch. Und ich habe hart gearbeitet in Skutari. Du vereinfachst die Dinge ein wenig zu sehr, Angelet. Die Menschen sind die kompliziertesten Wesen auf der Welt. Ich war eine gute Krankenschwester, und ich hatte Jonnie gern, sehr gern sogar. Wenigstens in der kurzen Zeit, die wir miteinander verbringen durften, waren wir glücklich. Aber Mervyn bedeutete mir mehr als alles andere auf der Welt. Diese Liebe konnte und kann ich nie aufgeben.«

»Und Ben? Du wolltest doch Ben, oder?«

»Ich dachte, ich sei die richtige Frau für einen Politiker.«

»Da hast du wahrscheinlich recht. Und Ben?«

»Ben hat sich anderweitig umgesehen. Das stimmt doch, nicht wahr? Er war schon immer vernarrt in dich. Ich glaube, das gemeinsame Erlebnis hier am Teich hat euch all die Jahre verbunden. Du wolltest Ben, und er wollte dich. Aber Ben war mit Lizzie verheiratet.«

»Und was ist mit dir? Du wolltest Ben ebenfalls.«

»Ja. Ich dachte, es wäre nicht das Schlechteste. Er ist ein Mann, der die Macht liebt. Zu solchen Männern fühlte ich mich stets hingezogen. Er ist reich — dank Lizzies Goldmine. Und ich wollte ebenfalls reich sein.«

»Sag mir, was in der Nacht von Lizzies Tod geschehen ist.«

»Ich weiß nur, was am Morgen danach war. Ich bin in ihr Zimmer gegangen und habe sie tot aufgefunden.«

»Wer hat sie umgebracht?«

Spöttisch sah sie mich an. Ihre Mundwinkel verzogen sich höhnisch. »Du glaubst, ich war es. Oder war es vielleicht doch Ben? Wir hatten beide ein Motiv. Einerseits wäre es ziemlich dumm von Ben gewesen, Lizzie ausgerechnet kurz vor der Wahl umzubringen und damit seine politische Karriere aufs Spiel zu setzen. Andererseits hätte man es auch als Meisterstreich auffassen können. Es wäre ja möglich gewesen, daß die Leute sich sagten: Wenn er sie schon umbringen wollte, warum dann ausgerechnet jetzt? Deiner Meinung nach habe ich Lizzie getötet. Und warum? Weil ich Ben für mich haben wollte. Aber er ist in dich verliebt, nicht in mich. Ich weiß das schon lange.

Welchen Vorteil hätte ich also von Lizzies Tod gehabt? Du erwartest doch wohl nicht von mir, daß ich ein Frau ermorde, nur damit sie dir nicht weiter im Wege steht.«

»Grace, warum erzählst du mir das alles?«

»Weil ich will, daß du begreifst. Und weil ich mir dabei ebenfalls über manches klarwerde.«

Plötzlich kam mir ein Gedanke. »Du hast vorhin gesagt, ihr hättet beide ein Motiv gehabt. Welches war dann dein Motiv?«

»Nun, ich hätte mir durchaus überlegen können, daß du Ben bestimmt nicht heiratest, wenn du der Überzeugung bist, er sei ein Mörder. Das stimmt doch, oder? Ich hätte Mervyn nie im Stich gelassen, gleichgültig, was er auch getan hat. Aber ob deine Gefühle für Ben so tief gehen wie meine für Mervyn, das wage ich zu bezweifeln. Und es gibt ja auch noch den liebenswürdigen, netten Timothy Ransome als Trostpflaster . . . ein angenehmes Leben auf dem Land, das verwahrloste Kind, das Ransome aufgenommen hat und das dich immer aufs neue an deinen Edelmut erinnern würde. Du hattest die Wahl. Ich vermute, wenn du Ben für den Mörder seiner Frau gehalten hättest, hättest du dich für Timothy entschieden. Und ich hätte freie Bahn gehabt.«

»Grace, ich fürchte, ich begreife nicht, was du mir sagen willst.«

»Glaubst du, ein Mensch kann wahrhaft bekehrt werden?«

»Was soll das nun wieder heißen?«

»Nun, sieh dir Justin an. Ein Falschspieler, Erpresser, Abenteurer, der sich zum gewissenhaften Geschäftsmann, vorbildlichen Ehemann und Vater gewandelt hat. Wahrlich, eine beeindruckende Veränderung!«

»Ich bin zutiefst davon überzeugt, daß Justin ein anderer Mensch geworden ist.«

»Ich auch. Er hat großes Glück gehabt. Ich darf gar nicht daran denken, was ohne Morwenna und seine verständnisvollen Schwiegereltern aus ihm geworden wäre. Justin zählt zu den wenigen Glücklichen, die es geschafft haben.«

»Das Glück hat ihm nur als Sprungbrett gedient. Er hat hart an sich gearbeitet.«

»Du weißt, kein Mensch ist vollkommen. Du nicht, Ben nicht. Keiner von uns. Manche Menschen sind schlimmer als andere — Mervyn zum Beispiel, der diese schreckliche Veranlagung hatte, sofern es überhaupt eine Veranlagung war. Justin, der Abenteurer. Vermutlich bin ich in deinen Augen auch eine Abenteurerin. Gervaise, der Spieler, hat dir nach seinem Tod einen Haufen Schulden hinterlassen. Man muß die Menschen nehmen, wie sie sind. Wir sollten niemanden zu unnachsichtig beurteilen oder gar vorschnell verurteilen.«

»Ich frage dich ein letztes Mal, Grace: Warum erzählst du mir das alles?«

»Es ist ein Plädoyer in eigener Sache.«

»Ich bitte dich, Grace, warum solltest du dich mir gegenüber verteidigen?«

»Weil ich gelogen und betrogen habe. Ich habe mich unter Vortäuschung falscher Tatsachen in deine Familie eingeschlichen. Später wurde ich Zeugin von Justins wundersamer Wandlung. Ich bin in der Mission gewesen, habe diese Fanny gesehen und was aus ihr geworden ist. Da wurde mir bewußt, jeder Mensch, gleichgültig, was er in der Vergangenheit getan hat, kann an einem Ort wie der Mission sein Seelenheil wiederfinden. Glaubst du mir?«

»Meinst du das im Ernst, Grace?«

Wieder nahm sie meinen Arm. »Ich meine es tödlich ernst. Ich werde in der Mission arbeiten. Sobald ich die Bücher in Ordnung gebracht habe, wende ich mich der eigentlichen Wohltätigkeitsarbeit zu. Mit Frances und Peterkin habe ich bereits gesprochen. Sie haben mein Angebot zur Mitarbeit dankbar angenommen. In der Mission kann ich all meine Bitterkeit, meinen brennenden Ehrgeiz und noch so manch anderes vergessen. Davon bin ich überzeugt. In der letzten Zeit wurde mir endlich bewußt, daß es sehr viel zufriedener macht, sich um das Wohl anderer Menschen zu kümmern, als ausschließlich selbstsüchtige Ziele zu verfolgen.«

Ich sah sie mißtrauisch an. Noch hatte sie mich nicht restlos überzeugt.

»Ich war ein schlechter Mensch«, fuhr sie unbeirrt fort. »In der Annahme, Mervyn habe mich sitzenlassen, schwor ich mir, nie wieder einen Menschen zu lieben. Ich wollte nur noch für mein eigenes Wohlergehen sorgen und nehmen, was ich kriegen kann. Vielleicht hätte ich Jonnie eines Tages von Herzen lieben können, wenn er nicht so früh gestorben wäre. Er war sehr gut zu mir. Ihm verdanke ich meine finanzielle Unabhängigkeit, aber damit gab ich mich längst nicht zufrieden. Ich wollte Macht. Und da lief mir Ben über den Weg. Ich habe etwas Entsetzliches getan, Angelet.«

Sie steckte die Hand in ihre Kostümtasche und zog einen Brief heraus. »Ich habe ihn zurückgehalten, weil ich wollte, daß Lizzie zwischen dir und Ben steht. Dieser Brief lag neben ihrem Bett an jenem Morgen, als ich sie fand. Ich habe ihn gelesen und blitzschnell beschlossen, ihn verschwinden zu lassen. Heute gebe ich ihn dir. Wenn du ihn gelesen hast, wird nichts mehr zwischen Ben und dir stehen.«

Ich faltete den Brief auseinander und las:

Liebster Ben,
ich hoffe, Du verstehst mich und verzeihst mir. Mein Leben ist nur noch eine Qual. Und nichts anderes erwartet mich in der Zukunft. Ich weiß es schon seit einigen Monaten, aber es wird schlimmer. Was auf mich zukommt, weiß ich von meiner Mutter. Die Schmerzen sind unerträglich. Ich leide an derselben Krankheit wie meine Mutter. Es gibt keine Heilung. Ich habe Dir nichts gesagt, weil ich Dich nicht beunruhigen wollte. Laudanum hilft. Anfangs machte es mich schmerzfrei, aber nun reicht es nicht mehr aus. Ich habe meine Mutter gepflegt und weiß, welche Qualen mir bevorstehen. Ich kann nicht auf den Tod warten, ich ertrage die Schmerzen nicht mehr länger. Hätte ich meine Mutter damals erlösen können, ich hätte es getan.
Ich danke Dir, daß Du mich glücklich gemacht hast. Ich wußte immer, ich bin nicht die richtige Frau für Dich. Du brauchst jemanden, der Dich bei Deiner Arbeit unterstützt. Ich konnte es nicht, trotzdem warst Du immer freundlich und liebevoll zu mir. Nie hast Du gesagt, wie sehr ich Dich enttäuscht habe. Du sollst wissen, daß ich Dich sehr liebe. Ich wünschte, ich könnte bleiben. Aber ich weiß, lange kann ich meine Krankheit nicht mehr vor Dir verbergen. Ich würde Dir und allen anderen nur Kummer bereiten. Ich weiß, ich kann die Schmerzen, unter denen meine Mutter gelitten hat, nicht aushalten. Mir scheint dies der einzige Ausweg zu sein. Ich wünschte, auch meine Mutter hätte einen leichteren Tod gehabt.
Gräm Dich nicht meinetwegen. Traure nicht. Versuch, mich zu vergessen, und werde glücklich.

Lizzie

Meine Augen füllten sich mit Tränen. Wie durch einen Schleier sah ich, daß auch Grace weinte.

»Sie war eine herzensgute Frau«, sagte Grace. »Ein Vorbild für uns alle. Verzeih mir, daß ich diesen Brief zurückgehalten habe. Es war bösartig. Aber nun kennst du die Wahrheit. Auch Ben muß die Wahrheit erfahren. Der Brief ist für ihn bestimmt. Ihr beide müßt mir vergeben, Angelet. Kannst du mir verzeihen?«

Ich nickte nur. Ich war zu tief bewegt, um auch nur ein Wort sagen zu können.

Noch am selben Tag kehrten Grace und ich nach London zurück.

Unverzüglich suchte ich Ben auf.

Zur Begrüßung streckte ich ihm den Brief entgegen. »Ich habe etwas für dich. Grace hat ihn mir gegeben.«

Er nahm den Brief und las.

Es schien, als fiele eine Zentnerlast von seinen Schultern. Er drehte sich zu mir um und ergriff meine Hände.

In seinen Augen stand Hoffnung. Und auch in mir begann die Hoffnung auf eine schöne Zukunft wieder aufzuleben.